ZODIAC ACADEMY

DAS ERWACHEN
AUS SICHT DER JUNGS

CAROLINE **PECKHAM** SUSANNE **VALENTI**

BÜCHER VON CAROLINE PECKHAM & SUSANNE VALENTI

Ruthless Boys of the Zodiac
Dark Fae
Savage Fae
Vicious Fae
Broken Fae
Warrior Fae

Zodiac Academy
Origins (Novella)
The Awakening
Ruthless Fae
The Reckoning
Shadow Princess
Cursed Fates
The Big A.S.S. Party (Novella)
Fated Throne
Heartless Sky
Sorrow and Starlight
Beyond The Veil (Novella)
Restless Stars
The Awakening: As Told by The Boys (Alternate POV)
Live and Let Lionel (Alternate POV)

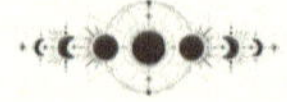

Darkmore Penitentiary
Caged Wolf
Alpha Wolf
Feral Wolf
Wild Wolf

Sins of the Zodiac
Never Keep
Echo Fort

A Game of Malice and Greed
A Kingdom of Gods and Ruin
A Game of Malice and Greed

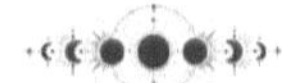

Age of Vampires
Eternal Reign
Immortal Prince
Infernal Creatures
Wrathful Mortals
Forsaken Relic
Ravaged Souls
Devious Gods

Das Erwachen aus Sicht der Jungs
Eine Zodiac Academy Novelle
Zodiac Academy #9.5
Copyright © 2021 Caroline Peckham & Susanne Valenti

Deutsche Übersetzung von Tatjana Becijos für Literary Queens
Buchsatz & Design von Wild Elegance Formatting
Kartendesign von Fred Kroner
Stock art von Depositphotos

Das Erwachen aus Sicht der Jungs/Caroline Peckham & Susanne Valenti, 1. Auflage
ISBN: 978-1-916926-83-7

Dieses Buch ist allen fiktiven Tyrannen gewidmet.

Wenn doch nur die Tyrannen im echten Leben heiße, nachdenkliche Männer mit dunklen Geheimnissen sein könnten, die ihre inneren Dämonen für die wahre Liebe überwanden …

Aber nein, sie sind ein Haufen Arschlöcher mit Washers schmierigen Dildos als Seelen.

Also, verschwindet, ihr Real-Life-Tyrannen! Lutscht einen verschimmelten Greifenscheißhaufen, während ihr wiederholt mit einem glitschigen Lachs geschlagen werdet. Und mögen die Sterne euch mit dem Gestank eines längst toten Wiesels, dem grausigen Haar einer ungeliebten Kokosnuss und einem Gesicht, das Mildreds haariger Arschritze würdig ist, verfluchen.

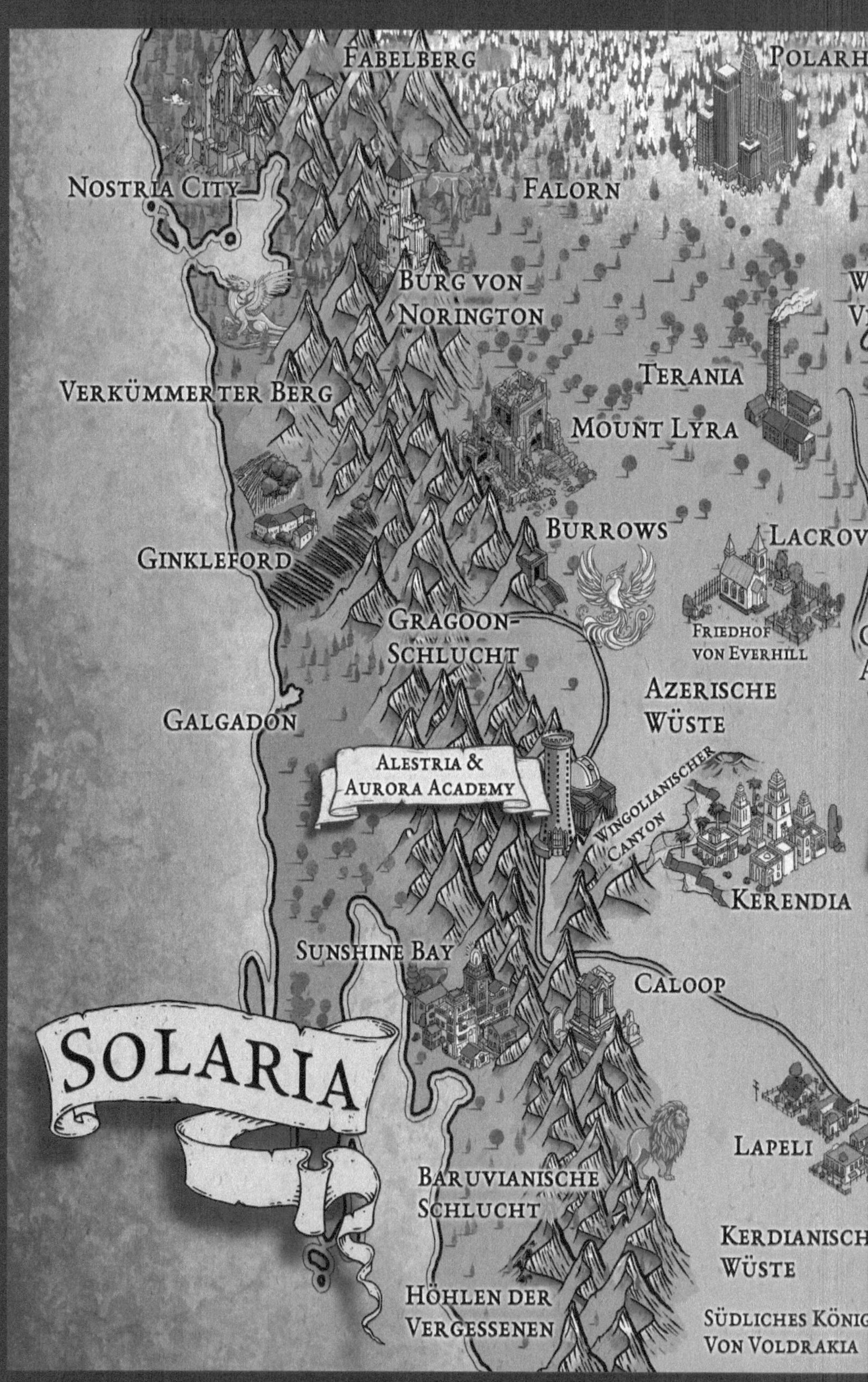

FABELBERG
POLARH.
NOSTRIA CITY
FALORN
BURG VON NORINGTON
W.
V.
TERANIA
VERKÜMMERTER BERG
MOUNT LYRA
BURROWS
LACROV.
GINKLEFORD
FRIEDHOF VON EVERHILL
C.
A
GRAGOON-SCHLUCHT
AZERISCHE WÜSTE
GALGADON
ALESTRIA & AURORA ACADEMY
WINGOLIANISCHER CANYON
KERENDIA
SUNSHINE BAY
CALOOP
SOLARIA
LAPELI
BARUVIANISCHE SCHLUCHT
KERDIANISCH WÜSTE
HÖHLEN DER VERGESSENEN
SÜDLICHES KÖNIG VON VOLDRAKIA

TSTADT
NORI
FALLINGTON
WACKERTON
SEE VON MULTUSH
MARESH
TUCANA
DER AMMNIS
ZODIAC ACADEMY
CELESTIA
DRACO ISLAND
PALAST DER SEELEN
HÖHLEN VON MULAKAI
AIRVALE-ANWESEN
UNA
GERICHTSHOF VON SOLARIA
BERMANISCHE BERGE
SKYBOUR BAY
GA
EMY
FLUSS MEUL
ARKMORE
MALLAKIN
CARONIS
KALIA
LASSAFIELD
GRAGORIA
KAHINTI-INSELN
CH

WILLKOMMEN AN DER ZODIAC ACADEMY!
HIER IST DEIN CAMPUSPLAN.

Hinweis an alle Studenten: Vampirbisse, der Verlust von Körperteilen oder das Verirren im Wimmernden Wald gelten nicht als Entschuldigung für das Zuspätkommen zum Unterricht.

Klicke auf die Karte, um sie näher zu betrachten!

Zodiac Academy
Erd-Höhle
Pitball-Stadion
Saturn-Auditorium
Uranus-Krankenstation
Haus Aqua
Neptun-Turm
Lunar-Lounge
Wasser-Lagune
Pluto-Büros
Schwelende Quellen

Haus Terra
Asteroidenplatz
Heulende Wiese
Jupiter Hall
King's Hollow
Orb
Mars-Laboratorien
Wimmernder Wald
Erd-Observatorium
Venus-Bibliothek
Kammern des Merkur
Haus Aer
Luft-Bucht
Feuer-Arena

Scorpio
Virgo
Gemini
Aries
Cancer
Leo
Sagittarius
Taurus
Capricorn
Aquarius
Libra
Pisces

DARIUS

PROLOG

Eine Explosion unkontrollierter Feuermagie schlug über meinem Kopf in die Wand ein. Ich duckte mich, während Lance einen Luftschild errichtete, um uns zu schützen.

Das unnatürliche Kreischen, das dem Angriff folgte, reichte aus, um meine Glieder angesichts der Kraft der Kreatur erzittern zu lassen. Die Nymphe versuchte mit ihren Fähigkeiten, uns den Zugang zu unserer Magie zu versperren.

»Ich nehme die rechte Seite«, brummte ich mit zusammengebissenen Zähnen. Lance nickte — mit seinem glänzenden Silberschwert in der Hand und im Begriff, hinter dem Baum hervorzuschießen, hinter dem wir Deckung gesucht hatten.

Wir befanden uns hier oben im äußersten Norden des Königreichs mitten im Nirgendwo. Die kalte Luft drang mit einer gnadenlosen Grausamkeit in meine Haut ein, die ich nicht gewohnt war.

Die Nymphe kreischte erneut, ihre Kraft überrollte uns in einer Welle und die Bestie unter meiner Haut wand sich unruhig. Sie bettelte darum, zum Spielen herauskommen zu dürfen. Aber ich würde meinen Drachen nicht befreien, solange ich eine andere Wahl hatte. Es wäre verdammt einfach für irgendeinen neugierigen Wichser, mich in dieser Form zu erkennen, und wir mussten, wenn möglich, unbemerkt bleiben.

Ich stieß mich vom Baum ab und rannte nach rechts, während Lance mit einem Impuls seiner Vampirgeschwindigkeit nach links schoss, das Schwert erhoben und ein Knurren auf den Lippen, das die scharfen Spitzen seiner Reißzähne erkennen ließ.

Meine Stiefel knirschten auf hartem, festgetretenem Schnee, der Frost gefährdete meinen Halt. Ich drückte etwas von meiner Feuermagie in meine Haut, damit die Hitze den Schnee um mich herum zum Schmelzen brachte und meinen Stand festigte.

Die Nymphe schrie erneut, richtete sich zu ihrer vollen Größe von weit über drei Metern auf und mein Herz pochte, als ich ihre schaurige Silhouette vor dem Hintergrund des Vollmonds dahinter wahrnahm.

Ihre Gliedmaßen waren lang und sehnig, mit einer harten rindenartigen Haut, die sie fast wie einen Dämon aussehen ließ, der in den Tiefen eines Baumes zum Leben erwacht war. Aber trotz ihrer schwerfälligen Erscheinung wusste ich genau, dass diese Dinger verdammt schnell sein konnten, wenn sie es sein wollten.

Die Schockwellen ihrer Kraft trafen mich und ich taumelte, als ich den Halt um meine Magie verlor. Das Feuer in meinen Adern erlosch, als auch mein Element als Geisel genommen wurde.

Ich biss die Zähne zusammen und riss das silberne Beil aus meinem Gürtel – die Klinge war aus reinstem Sonnenstahl gefertigt. Die Waffe lag schwer in meiner Hand, als ich meine Muskeln anspannte und sie in die Höhe stemmte. Mein Schritt wurde langsamer, als ich auf die Kreatur zurannte, deren Kraft meine Stärke stahl und mich auf dem eisigen Boden schlittern ließ.

»Komm doch her!«, brüllte ich die Nymphe an und stürmte weiter auf die Kreatur zu, obwohl jeder Instinkt in meinem Körper mich dazu drängte, in die entgegengesetzte Richtung zu rennen.

Die Nymphe richtete die volle Aufmerksamkeit ihrer leuchtend roten Augen auf mich, ein aufgeregtes Lächeln breitete sich auf ihrem entstellten Maul aus, während sie die Arme weit ausbreitete. Erneut ertönte ihr Rasseln.

Dieses Mal traf mich ihre Kraft mit voller Wucht und ein Drachenknurren entrang sich mir, als ich durch die Wucht mit den Knien voran im Schnee landete.

Weißer pulvriger Schnee explodierte um mich herum, als ich auf dem Boden aufschlug, das Eis biss sich durch meine Jeans, während sich mein rasender Herzschlag zu verlangsamen schien. Ich sah mich völlig im Griff der Magie des Wesens gefangen.

Mein Atem kam zwischenzeitlich nur noch stoßweise, während ich noch mehr an Kraft verlor. Mein Bizeps wölbte sich, als ich versuchte, das Beil festzuhalten, aber es rutschte mir aus den Fingern und fiel neben mir in den Schnee.

Dampf entwich meinen Lippen, während das dumpfe Pochen meines Herzens in meiner Brust dröhnte und in meinen Ohren widerhallte.

Das war's. Ich war gefangen, gefangen von meinem eigenen Körper, während die Macht des Monsters mich vollständig in ihren Bann zog. Die riesige Bestie trat vor mich, einen Arm mit scharfen Fühlern statt Fingern nach vorn gestreckt, direkt auf die Mitte meiner Brust gerichtet.

Mein Herz pochte dumpf und unerbittlich, während ich zu der Kreatur aufblickte, die mein Tod sein würde, und die Kälte an meinen Wangen spürte.

Wieder stieß ich einen Atemzug aus, der vor mir kleine Nebelwölkchen bildete. Die eisige Temperatur schien sich unter meine Knochen zu bohren, und selbst der Drache in mir drohte zu verschwinden und mich hier allein zurückzulassen. Allein mit meinem Tod. Und unter dem mondbeschienenen Himmel warteten wir darauf, einander zu begegnen.

Ich legte den Kopf in den Nacken und blickte zu dem Wesen auf, das sich mit einem Ausdruck der Freude in seinen blutroten Augen über mir aufbäumte.

Wie viel einfacher wäre mein Leben, wenn dies wirklich mein Ende bedeuten würde.

Kein Druck mehr, der Beste zu sein. Kein ständiger Kampf mehr, um einen Mann zu besänftigen, der sich niemals besänftigen lassen würde. Kein Leben mehr im Schatten eines Monsters, das so viel grausamer war, als diese Kreatur es jemals sein könnte.

Es war eine Schande, wirklich, dass ich dieses Schicksal nicht leichtfertiger akzeptierte. Dass ich die Freiheit, die der Tod mir bringen könnte, nicht mit offenen Armen annahm – um endlich von dem Mann loszukommen, der mit allen ihm zur Verfügung stehenden Mitteln darauf hinarbeitete, mich zur schlimmsten Version meiner selbst zu machen.

Aber ich war nicht dafür gemacht, mich zu fügen. Und es gab Leute, die sich auf mich verließen. Was bedeutete, dass ich mich diesem Schicksal nicht einfach so ergeben würde.

Die Sterne schienen mir ähnliche Gedanken zuzuflüstern, als mein Blick über die Nymphe hinaus in den klaren, hellen Himmel wanderte. Fast so, als würden sie uns hier ihre volle Aufmerksamkeit schenken. Und ich könnte schwören, sie sagen zu hören: Noch nicht. Nicht jetzt. *Wir haben noch so viel mehr für dich auf Lager, Sohn des Drachenlords.*

Ein Brüllen drang an meine Ohren, das weder bestialisch noch furchterregend war – zumindest nicht aus meiner Sicht. Aber ich war bereit, zu wetten, dass es für die Kreatur vor mir wie der Tod auf den Schwingen des Windes klang.

Ein Schwert rammte die Brust der Nymphe, schwarze Blutschlieren bedeckten die Klinge, als ihre Fühler meine Haut berührten. Ich spürte das scharfe Brennen, das mir verriet, dass die Nymphe es gerade so geschafft hatte, die Barriere meiner Haut zu überwinden.

»Stirb, du Wichser!«, brüllte Lance und zog die Klinge wieder heraus, während ein Schrei von den Lippen der Nymphe kam, der vom Wind selbst erfasst wurde und als Echo durch das Tal hinter uns hallte, während ihre Gestalt in sich zusammenfiel.

Lance sank zu Boden, als die Nymphe unter ihm verschwand. Ich atmete tief die eiskalte Luft ein. Erleichterung mischte sich mit dem Adrenalin in meinem Blut, und ich unterdrückte ein Lachen.

»Da hast du dir aber ganz schön Zeit gelassen«, grunzte ich, während ich meine Finger über die Risse in meinem Shirt gleiten ließ. Sofort wurden sie von der Wärme meines eigenen Blutes benetzt. Das Ganze war verdammt knapp gewesen.

»Da drüben hatte sich noch ein kleiner Nymphenscheißer versteckt«, brummte Lance und deutete mit dem Daumen auf ein kleines Wäldchen, das sich in der Richtung befand, aus der er gekommen war. »Die verdammten Dinger hatten unser Manöver durchschaut und versucht, mir aufzulauern.«

»Tja, fickt euch, ihr verfluchten Nymphen«, sagte ich in die Dunkelheit und konnte mir ein Lachen nicht verkneifen, als ich mein Beil im Schnee fand und wieder auf die Beine kam. Ich spürte, wie meine Feuermagie wieder in meine Arme und Beine zurückkehrte, sobald meine Kontrolle über meine Kräfte zurückkam.

»Am besten mit einem eurer eigenen Fühlern«, fügte Lance hinzu, richtete sich ebenfalls auf und umarmte mich dann mit einem Arm.

Der Schmerz in meiner Brust, der mich immer an ihn kettete, wurde durch die Geste gelindert. Das Mal auf meinem Arm, das das Symbol seines Sternzeichens trug, schien regelrecht vor Zufriedenheit zu summen, als er mich einen Moment lang so hielt und seine Hand über meine Brust gleiten ließ.

»Verdammt, du bist heute Abend aber zudringlich, Baby«, neckte ich ihn, als seine Finger auf den Wunden auf meiner Brust landeten und heilende Magie unter seiner Handfläche aufflammte.

»Oh, du kennst mich doch, Großer. Ich nutze jede Gelegenheit, um dich zu betatschen. Aber du musst deinen Drachenschwanz vielleicht erst mal in der Hose lassen, denn allem Anschein nach hatte die Nymphe hier nicht das, wonach wir gesucht haben.«

Ich trat von ihm weg und ignorierte das dumme Band, das wie eine kleine Schlampe schmollte und wollte, dass ich in seinen Armen blieb – als wären wir in einem epischen Liebesroman statt in einer beschissenen Tragödie mit einer ganzen Menge lebensbedrohlichem Bullshit.

Ich ging zu der Stelle, an der die Nymphe gestorben war, und scharrte mit den Füßen im zertrampelten Schnee. Mit der Hand strich ich über den Boden, um eine Hitzewelle zu erzeugen, die den Schnee um uns herum zum Schmelzen brachte und die Suche erleichterte.

»Verdammt!«, fluchte ich, da ich Lance' Einschätzung zustimmen musste. Hier war eindeutig nichts. »Kannst du irgendetwas spüren?«, fragte ich ihn und drehte mich zu meinem besten Freund um, während er mit der Hand durch seine dunklen Haare fuhr und über das schneebedeckte Tal blickte.

»Gib mir Rückendeckung«, murmelte er, steckte sein Schwert in die Scheide und nahm stattdessen den Dolch aus seinem Gürtel.

Ich scannte unsere Umgebung, zog die Schatten näher heran und tat mein Bestes, um uns zu verbergen, nur für den Fall. Es war verdammt unwahrscheinlich, dass uns hier draußen mitten im Nirgendwo am Rande des Königreichs jemand beobachtete, aber Vorsicht war besser als Nachsicht. Niemand durfte erfahren, was wir hier taten. Und mehr noch – niemand durfte auch nur den Hauch einer Ahnung davon haben, was Lance jetzt vorhatte.

Ich war zwar ein Celestia-Erbe, aber selbst ich stand nicht über den Gesetzen, die den Einsatz dunkler Magie regelten. Und wir konnten nicht riskieren, beim Wirken derselben erwischt zu werden, ganz gleich, aus welchen Gründen auch immer wir sie einsetzten.

Lance hob den Dolch und schnitt sich in die Hand. Sein Körper verharrte regungslos, während die Schatten um ihn herum wirbelten, und er verband sich mit ihnen, unterwarf sie seinem Willen und benutzte sie dazu, das dunkle Artefakt aufzuspüren, wegen dessen wir hierhergekommen waren.

Ich biss auf die Innenseite meiner Wange, mein Blick wanderte über das Tal, das sich unter uns ausbreitete, während ich die Fähigkeiten meines Drachen einsetzte. Meine Augen wurden so schmal wie die meines Reptils und meine Sicht schärfte sich, als ich durch die Augen meines Drachen sah. Es gelang mir, mehrere Spuren im Schnee auszumachen, die sich zwischen den Waldstücken abzeichneten, als wären seit dem letzten Schneefall mehrere Fußpaare in diese Richtung gelaufen.

Lance schnappte neben mir nach Luft, und ich wandte den Blick zu ihm. Ich war mir bereits ziemlich sicher, was er sagen würde, während er gegen den Sog der Schatten ankämpfte und seine Augen für einen Moment in Dunkelheit getaucht waren. Er schob sie mit geübten Bewegungen zurück, widerstand dem Ruf der Dunkelheit und kehrte zu mir zurück. Seine fast schwarzen Augen trafen die meinen, während sein Gesicht einen strengen Ausdruck annahm.

»Im Tal«, sagte er und deutete mit seinem bärtigen Kinn darauf. »Auf dem Weg nach Norden.«

»Dann wird es wohl Zeit, dass wir eine Runde fliegen«, sagte ich, griff an die Rückseite meines Shirts und riss es über meinen Kopf, ohne auf seine Zustimmung zu warten.

Ich hätte es vielleicht vermeiden sollen, meinen Drachen zu entfesseln, aber wir wussten beide, dass es wichtiger für uns war, sicherzustellen, dass es den Nymphen nicht gelang, dieses Ding weiter in ihrer Gewalt zu halten.

Lance hob eine Hand und manipulierte die Luft um sich herum mit seiner Magie. Der mitgebrachte Beutel schoss in hohem Bogen durch die Umgebung, nachdem es seiner Magie gelungen war, diesen dort aufzusammeln, wo Lance ihn zuvor zurückgelassen hatte. Jetzt fiel er zu unseren Füßen auf den Boden.

Ich zog meine Stiefel aus, zögerte nicht, auch meine Hose fallen zu lassen, und stopfte schnell alles, was ich am Körper getragen hatte, in die Tasche. Lance verstärkte zwischenzeitlich die von mir initiierten Verhüllungszauber und zog noch mehr Magie in seine Richtung, um mit seiner Wassermagie außerdem eine Wolke in der Luft um uns herum zu erschaffen.

In dem Moment, in dem ich splitternackt war und meine tätowierte Haut im Licht des Mondes silbern schimmerte, wandte ich mich von ihm ab und ließ die Bestie in mir frei. Ein Knurren entrang sich mir, als mein Fleisch riss und meine Knochen sich ausdehnten, um dem goldenen Drachen Platz zu machen, der sich aus meinem Fae-Körper losriss und vor Lance zum Leben erwachte.

Lance schulterte den Beutel und sprang mit einem Satz seiner Vampirgeschwindigkeit auf meinen Rücken.

Meine Schuppen kribbelten unter seiner Berührung, mein Herz wurde leichter angesichts des kindlichen Nervenkitzels, den ich verspürte, indem ich meinen Vater so verleugnete und seine Gesetze missachtete. Kein Drache sollte jemals wie ein gewöhnliches Maultier geritten werden. Seine Worte hallten in meinem Kopf wider, und wenn ich in dieser Form grinsen könnte, hätte ich es getan. I-ah, Arschloch!

»Richtung Norden«, rief Lance und meine Flügel schossen zu beiden Seiten von mir in die Höhe, kurz bevor ich in die Luft sprang und mit einem Rauschen meiner Kraft abhob, woraufhin Lance ein begeistertes Lachen ausstieß.

Egal, wie oft wir das taten, es wurde nie langweilig. Da war ein Nervenkitzel – eine Freiheit und eine Freude, die die brutale Realität dessen, was wir taten, überstieg und mir das Gefühl gab, auf eine Art und Weise lebendig zu sein, nach der ich mich so sehr sehnte. Ich brauchte das. Diese eine Sache, von der mein Vater nichts wusste, die er weder beschmutzen noch beflecken oder beeinflussen konnte. Das war meine Sache. Unsere Sache. Unser stiller Widerstand gegen die tyrannische Herrschaft, die er über unser Schicksal ausübte, und unsere Art, den Dingen in unserem Leben, die er allzu oft kontrollierte, ein lautes »Fick dich!« entgegenzuschleudern.

Mit ein paar kräftigen Flügelschlägen erhob ich mich über die gefrorene Landschaft unter uns. Die Wolke, die Lance erschaffen hatte, klammerte sich an uns und verbarg uns vor neugierigen Blicken, während wir unserer Beute nachjagten.

Mit meinen Drachenaugen gelang es mir mühelos, die Spuren am Boden zu verfolgen. Die der Kreaturen, die geflohen waren, während wir mit ihren Gleichgesinnten gekämpft hatten. Sie waren zu dritt, ihre Fußspuren waren nur gelegentlich auf den kleinen Lichtungen zwischen den Bäumen auszumachen, aber das reichte mir, um die Jagd fortzusetzen.

»Komm schon, Darius, beweg deinen Hintern! Ich weiß, dass du schneller fliegen kannst«, stichelte Lance von hinten. Knurrend schlug ich härter mit den Flügeln, um mich seiner Herausforderung zu stellen. Ich schoss durch den Himmel, während er mir die Richtungen zurief, damit ich auf Kurs blieb.

»Ich höre sie«, rief Lance, der seine Fähigkeiten offenbar auch dazu nutzte, sie aufzuspüren. »In dem Wäldchen zu unserer Rechten.«

Mein Blick fiel auf die Bäume, auf die er gedeutet hatte, und in meiner Brust wuchs ein Feuer von so ungeheurer Kraft, dass ich fast meine Schuppen knistern hörte und das Glühen meiner Haut spürte.

Ich umkreiste das Waldstück einmal, ließ mich dann tiefer fallen und stieß ein Brüllen aus, das mein Feuer auf die Bäume losließ und sie in prächtigen Flammen verschlang, die sich in einem Augenblick durch alles fraßen, was ihnen im Weg stand.

Die Schreie der Nymphen, die sich unter uns versteckten, waren wie Musik in meinen Ohren. Mein Feuer verzehrte sie, und ich brüllte erneut, während ich einen weiteren weiten Kreis zog und darauf wartete, dass die Flammen erloschen.

Wir landeten ungebremst inmitten schwelender Äste und herabfallender Asche, und meine Krallen gruben sich in den Boden zu unseren Füßen, bis ich zum Stillstand kam. Wir verharrten einen Moment lang so und lauschten den Geräuschen knisternder Äste und schmelzenden Schnees, aber es befand sich nichts mehr in den Bäumen, das uns hätte anspringen können. Die Nymphen waren unter der Macht meiner Gaben gestorben und wir waren wieder allein hier draußen in der Einöde.

»Sehr subtil, Alter.« Orion sprang von meinem Rücken, seine Stiefel versanken im Schlamm, als er von mir wegschritt, und ich verwandelte mich in der Mitte des verbrannten Rings zwischen den Bäumen wieder in meine Fae-Gestalt.

Meine nackten Füße versanken im Schlamm und ich verzog das Gesicht angesichts des Gefühls. Gleichzeitig blickte ich zu der noch brennenden Glut auf, die versuchte, in den Bäumen, die uns umgaben, Halt zu finden. Eine Mischung aus Asche und Schnee fiel vom Himmel und verdreckte meine Haut.

»Hast du es?«, fragte ich, als Lance sich bückte, etwas aufhob und es sich ansah, bevor er auf mich zukam.

»Ich habe es«, bestätigte er und warf mir den Klamottenbeutel zu, damit ich mich wieder anziehen konnte.

»Was ist es?«, fragte ich, während ich in meine Jeans schlüpfte. Ich fröstelte, als die kalte Luft meine erhitzte Haut streichelte.

»Eine Art Amulett«, sagte er, drehte das goldene Objekt in seinen Händen und hielt es mir hin, damit ich es begutachten konnte.

Der Drache in mir reckte bei der Aussicht auf einen Schatz den Kopf. Aber statt des heftigen Verlangens, es zu beanspruchen – was meine übliche Reaktion auf solch einen glänzenden, wertvollen Gegenstand gewesen wäre –, schreckte das Biest in mir zurück.

»Es ist alt«, grunzte ich, zwang mich, es zu nehmen, und drehte es in der Hand, um die verblassten Glyphen auf der Rückseite zu enthüllen. »Mindestens sieben oder acht Jahrhunderte.« Das Gold war angelaufen und durch die Berührung vieler Hände im Laufe der Jahre geschmeidig geworden. Aber da war noch etwas anderes. Etwas, das in seinem Kern schwelte und von der Dunkelheit in seinem Inneren und den Schatten sprach, die Lance hatte spüren können und die daran hafteten. »Hast du eine Ahnung, was sie damit wollten?«

»Vielleicht hat es ihnen geholfen, mehr von den Schatten anzuzapfen?«, schlug Lance vor, obwohl er sich nicht sicher zu sein schien. »Auf jeden Fall stelle ich mir vor, dass es am besten zerstört werden sollte.«

»Ganz meine Meinung.« Ich hielt es vor mich hin und unterdrückte den Wunsch, das verdammte Ding so weit wie möglich wegzuschleudern, als die süßliche Dunkelheit seiner Macht mich überschwemmte. »Bleib zurück.«

Lance gehorchte meinem Kommando, trat einige Schritte zurück und schirmte sich in Erwartung meiner Macht mit einem Luftschild ab.

Als ich sicher sein konnte, dass er in Sicherheit war, streckte ich das Amulett nach vorn und begann, Drachenfeuer aus meiner Handfläche in eine konzentrierte Energiekugel zu gießen.

Meine Finger verkrampften sich um das Gold, während es sich in meiner Hand erhitzte. Ich presste die Zähne aufeinander, als sich der üble Geschmack der Schatten, die sich gegen die Macht meiner Gaben wehrten und wanden, auf mich einprasselte. Aber ich ließ nicht los, sondern steckte knurrend immer mehr von meiner Kraft in die Hitze. Meine Zähne knirschten vor Entschlossenheit, während das Ding gegen meinen Willen ankämpfte. Als hätte es eigene Wünsche.

Ein schriller Schrei ertönte in meinem eigenen Schädel und die Schatten begannen, an meinem Arm zu nagen. Meine Haut riss und spaltete sich unter den Geistern der Reißzähne, während ich sie weiterhin mit aller Kraft zu verbrennen versuchte.

Ich sank auf ein Knie, als die Erschöpfung an mir zerrte, aber ich kämpfte weiter, um das Drachenfeuer weiter in die trübe Dunkelheit zu gießen, die sich in meiner Hand sammelte.

Mit einem Knurren der Anstrengung gelang es mir schließlich, das Gold zu schmelzen. Die flüssige Masse sammelte sich in meiner Hand, während das Feuer weiter darauf hinarbeitete, sie und alles, was darin enthalten war, zu zerstören.

Die Schatten schrien lauter, als sie versuchten, meinem Feuer zu entkommen, aber ich hatte sie in meiner Gewalt und es gab keinen Ort, an den sie hätten fliehen können.

Gerade, als der letzte der Schatten verzehrt werden sollte, erlosch mein Feuer. Ich fluchte, die Hitze verließ meinen Körper und ein einziger dunkler Schimmer drängte sich in die Schnittwunden meiner Hand und tauchte unter meine Haut.

Ein schmerzvolles Geräusch entrang sich mir, kurz bevor ein Stöhnen der Lust folgte und mich in die Dunkelheit zog, wo die Schatten verweilten. Ihr Reich schien so viel näher zu sein als je zuvor.

Ein wohliger Schauer lief mir über den Rücken, mein Körper begann zu prickeln, als die Dunkelheit mich wie einen alten Freund zu sich rief. Ich war diesen Weg schon einmal gegangen, aber immer nur mit Lance an meiner Seite. Und nur, wenn der Aussaugende Dolch mich dorthin gelotst hatte.

Ein Flüstern ertönte in der Dunkelheit, während ich mich bemühte, etwas zu finden, das mich im Reich der Fae verankern könnte. Etwas, an das ich mich klammern und mir helfen konnte, umzukehren.

Mehr! Die Stimmen schienen mich zu drängen, und ich wusste, dass sie mein Blut wollten.

Mein Herz pochte wie wild, während ich versuchte, Ruhe zu bewahren, um ihrem Sog zu widerstehen. Ich musste gegen das Vergnügen ankämpfen, das sie versprachen, und mich von der Dunkelheit fernhalten.

In der Ferne rief eine Stimme meinen Namen. Eine Stimme, die ich kannte und liebte. Aber das reichte nicht. Ich fiel, trieb, erlag dem Sog der Dunkelheit.

Doch dann flüsterten mir weitere Stimmen ins Ohr, diese waren erfüllt von Licht und Versprechen unermesslichen Glücks, ihre Liebkosung war sanft und prüfend, während sie Bilder von Dingen in meinen Geist schoben, die bislang nicht geschehen waren.

Grüne Augen, die tief in meine Seele blickten. Lippen, die die meinen berührten, so heiß und kraftvoll, dass ich diesen Kuss bis ins Innerste schmecken konnte. Ein Name in der Dunkelheit, der wie eine Bitte oder ein Versprechen klang. Und Worte, die in meinem Kopf nachhallten, als wären sie von den Sternen selbst gesprochen worden.

Wähle weise, Drachengeborener. Der größte Schatz ist am schwersten zu erlangen.

Eine Hand knallte gegen mein Gesicht und ich atmete scharf ein, als die Kälte mich durchdrang. Ich lag im Schlamm unter einem spöttischen Himmel, während Lance sich über mich beugte und mich knurrend aufforderte, zu ihm zurückzukommen.

Ich blinzelte benommen, die Worte und Visionen der Sterne verschwanden aus meinem Geist, während ich verzweifelt darum kämpfte, sie festzuhalten. Einer Verzweiflung, die mir unmissverständlich klarmachte, dass es nur schlecht ausgehen würde, wenn ich es nicht täte.

Aber es war unmöglich, schwieriger, als zu versuchen, die Flut selbst aufzuhalten. Und als ich in das besorgte Gesicht meines besten Freundes blickte, entglitten mir die Worte und Visionen und entfernten sich von mir wie die Samen eines Löwenzahns, die von einem starken Wind erfasst worden waren.

»Was ist passiert?«, nuschelte ich, während die Erschöpfung an mir zerrte. Ich kämpfte darum, meine Magie zu beschwören, und stellte fest, dass sie sich nur schwer bändigen ließ.

»Deine Kraft ist erschöpft«, grunzte Lance. »Nachdem dich die Schatten in die Tiefe gezogen hatten, hast du zu zucken begonnen und Magie verströmt, bis der ganze Wald in Gefahr war, gleichzeitig in Flammen aufzugehen und überschwemmt zu werden. Meine Wassermagie war meine einzige Möglichkeit, deine Kraft einzudämmen, bevor du alles verbrannt hast. Aber es ist mir gelungen, die Dunkelheit aus deinen Adern zu reißen.«

Ich blickte auf meinen Unterarm, als ich dort einen stechenden Schmerz verspürte. Lance' Hand umklammerte die gezackte Wunde, die er mir mit dem Aussaugenden Dolch zugefügt hatte. Er hatte selbst eine entsprechende Wunde an seinem Arm, aber er heilte mich, ohne ihr Beachtung zu schenken.

»Du hast mich rausgezogen?«, fragte ich benommen, schaffte es, mich aufzusetzen, und ignorierte, wie sich mein Kopf bei dieser Anstrengung drehte.

»Ja«, grunzte er. »Tu mir das verdammt noch mal nie wieder an!«

Er schlug mir auf den Bizeps, was nur dazu führte, dass mein Kopf noch lauter dröhnte, und ich stöhnte, während ich versuchte, die Puzzleteile des Geschehens wieder zusammenzusetzen.

»Hast du in der Dunkelheit irgendetwas *gesehen*?«, fragte Lance, seine Hand wanderte zu meiner Wange, seine raue Handfläche streifte die Bartstoppeln an meinem Kinn, während er mehr Heilmagie in mich trieb, um die Kopfschmerzen zu vertreiben, die mich fast erblinden ließen.

Ich versuchte, mich daran zu erinnern, was ich in den Schatten *gesehen* hatte. Aber da war nichts weiter als ein verschwommener Fleck in der Dunkelheit und ein Versprechen auf Vergnügen, von dem ich wusste, dass die Schatten es mir nie wirklich bieten würden.

»Nichts«, seufzte ich und wünschte mir, ich hätte von meinem Ausflug ins Dunkle wenigstens etwas anderes mitgebracht als dieses Pochen in meinem Schädel.

»Na, wenigstens hast du das Ding zerstört«, sagte Lance mit einem Achselzucken, heilte sich schließlich selbst, stand auf und bot mir seine Hand an, um mich ebenfalls auf die Beine zu ziehen.

Ich ließ es zu, mein Körper sackte in dem Moment, in dem ich aufrecht stand, vor Erschöpfung in sich zusammen. Er legte eine Hand um meinen Nacken und zog meinen Kopf nach unten, sodass meine Stirn für einen Moment an seine gedrückt wurde. Wir gaben dem Sog, der immer zwischen uns bestand, eine kleine Atempause.

Er warf Sternenstaub über uns, ohne mich loszulassen, und einen Moment später wurden wir in die Sterne gezogen und reisten blitzschnell durch die Welt, bevor wir in der Mitte meines Zimmers an der Academy landeten. Die wärmere Luft des Raumes umhüllte uns und ich seufzte erleichtert.

»Eine weitere gute Jagd«, sagte ich und schaffte es, ein Grinsen zu unterdrücken, als ich mich wieder aufrichtete.

»Ich würde sie als erfolgreich bezeichnen«, murmelte Lance. »Ich weiß nicht, ob sie gut war.«

Ich stimmte ihm zu, weil ich mich gerade wie der letzte Dreck fühlte, zog meine Jeans wieder aus und ging direkt zu meinem Bett, wobei ich mir unterwegs frische Boxershorts schnappte.

Ohne mir die Mühe zu machen, darunter zu kriechen, ließ ich mich auf die goldene Bettdecke fallen und verfluchte das Gefühl der Leere in meinen Knochen, das mir meinen Mangel an Magie signalisierte. Ich hasste es, mich so zu fühlen, und ich erlaubte mir im Grunde nie, so erschöpft zu sein, wie ich es jetzt war. Es war verdammt beschissen.

»Hier«, murmelte Lance, ging zur Truhe am Fußende meines Bettes und holte mit seiner Luftmagie einen Haufen Schätze heraus, die er mir prompt auf die Brust fallen ließ.

Ich keuchte, als mich das Gewicht fast um den Atem brachte, und verfluchte ihn, während ich die Münzen und Juwelen um mich herum schob, um es mir bequemer zu machen. Aber ich war nicht wirklich wütend, denn ich konnte bereits spüren, wie die Hitze des Goldes auf meine Haut einwirkte, meine Magie auffüllte und die Spannung in meinen erschöpften Gliedern etwas linderte. Bis ich aufwachte, würde meine Magie wieder so gut wie erholt sein.

»Der Moment ist also gekommen«, murmelte ich und schloss die Augen, als Lance sich neben mich aufs Bett fallen ließ und die Arme hinter dem Kopf verschränkte.

»Ja«, antwortete er ernst, die Realität dessen, was er nun tun würde, lastete auf uns beiden. Es war der letzte Tag des Semesters. Am nächsten

Morgen sollte er sich auf Geheiß meines Vaters auf eine Mission begeben, die alles verändern könnte.

Keiner von uns wusste, was geschehen würde, wenn er in die Welt der Sterblichen ging. Aber wenn er das fand, nach dem er suchen sollte, würde wahrscheinlich unsere gesamte Welt ins Wanken geraten.

»Es wird schon alles klappen«, sagte Lance, während die Sekunden verstrichen, und ich nickte.

»Ich weiß. Ich vertraue dir«, sagte ich, und das stimmte. Ich vertraute ihm mehr als jedem anderen Fae, den ich kannte. Sogar mehr als den anderen Erben, mehr als meinem eigenen Bruder. Denn Lance kannte mich in- und auswendig, wusste um jedes dunkle, beschädigte, zerbrochene Stück. Er kannte das Gute und das Schlechte, das volle Ausmaß dessen, was mein Vater war und was ich täglich ertragen musste, um ihn zu besänftigen. Er wusste, mit welchen Kämpfen ich fertig werden musste, und er war währenddessen immer an meiner Seite gewesen.

»Behalte einfach das Endziel im Auge«, sagte er, und ich riss die Augen auf, als ich spürte, wie er mir etwas auf den Kopf setzte. Das Gewicht einer goldenen Krone aus meinem Schatz lag schwer auf meiner Stirn.

»Immer«, versicherte ich ihm und richtete die Krone gerade, als sie zu verrutschen begann.

Wir sahen einander in die Augen, dieses unendliche Band hing in der Luft zwischen uns, dieses eine intrinsische Ziel war wie immer präsent. Ich musste unermüdlich weiter daran arbeiten, es zu erreichen. Ich musste weiterhin an Stärke gewinnen – und das auf jede erdenkliche Weise. Ich musste meine Kraft mit allem, was ich hatte, nutzen, damit ich mich erheben und meinen Vater herausfordern konnte. Das war alles, was zählte. Alles, wofür wir arbeiteten. Die einzige Chance, die wir jemals auf einen echten Anschein von Freiheit in unserem Leben bekommen würden. Ich musste Lionel Acrux' Platz im Celestia-Rat einnehmen. Und es gab nichts, was ich nicht tun würde, um das zu erreichen. *Nichts.*

Lance lehnte sich entspannt gegen die Kissen, als er sah, wie hell die stählerne Entschlossenheit in mir brannte. Denn das war alles, was zählte. Alles, was wir anstrebten. Und egal, was es auch kosten sollte, wir würden unser Ziel erreichen.

Wir verstummten, als der Schlaf uns übermannte und meine Augen wieder zufielen. Morgen würde das Semester zu Ende gehen und er würde in die Welt der Sterblichen aufbrechen, um die Vega-Zwillinge aufzuspüren. Nur eine weitere verdammte Hürde, die zwischen uns und dem Mann lag, den ich bezwingen musste. Nur eine weitere Sache, die wir beiseiteschieben mussten, wenn wir auch nur die geringste Hoffnung haben wollten, unser eigenes Leben zurückzugewinnen und etwas für uns selbst aufzubauen. Etwas, das nicht von dem Monster überschattet wurde, das mich erschaffen hatte.

Also würde ich alles tun, um sie aus dem Weg zu räumen. Denn nichts würde zwischen uns und der Freiheit stehen, die uns so bitterlich vorenthalten wurde. Nichts. Nicht einmal die Töchter des Grausamen Königs selbst.

Scorpio
Virgo
Gemini
Aries
Cancer
Leo
Sagittarius
Taurus
Capricorn
Aquarius
Libra
Pisces

ORION

KAPITEL 1

Drei Monate im Reich der Sterblichen und endlich kam ich meinem Ziel näher. Der Kristall in meiner Hand vibrierte mit der Energie einer in der Nähe befindlichen Vega, und ich wartete darauf, dass sie erschien, während ich ein Kribbeln im Nacken spürte. Es handelte sich um Gwendalina – oder Darcy, wie sie hier genannt wurde. Der Kristall erkannte die beiden und die unterschiedlichen Schwingungen in meiner Handfläche verrieten mir, welche der Schwestern sich in meiner näheren Umgebung befand. Ich konnte praktisch hören, wie der Kristall ihren Namen flüsterte, es war etwas Ungreifbares, am Rande meines Bewusstseins. Ich konnte sie fühlen. Und es fühlte sich nicht wie ein schwerer Mantel der Dunkelheit an, der sich um mich legte, wie ich es erwartet hatte. Nein, es war wie Sonnenschein in meiner Handfläche.

Ein paar Tarot-Lesungen und ein kleiner Schubs von meinem Freund Gabriel, der mich gestern Abend angerufen hatte, waren der Grund dafür, dass ich heute hier vor dem Haus eines Typen stand. Es nieselte leicht und ich hielt den Regen mit der subtilsten Luftmagie, die ich aufbringen konnte, von meiner Haut fern. Aber um ehrlich zu sein, waren Sterbliche so skeptisch gegenüber der Welt, dass ich hier auf einer Windböe stehen und fünfzig Rückwärtssaltos machen könnte, während ich ein Wasserpferd heraufbeschwor. Jemand würde trotzdem einen Weg finden, das Gesehene zu diskreditieren, das Ganze als irgendeinen Trick oder eine Illusion abzutun. Technisch gesehen war es mir nicht erlaubt, vor Sterblichen Magie zu wirken, aber technisch gesehen war ich auch niemand, der sich an Regeln hielt.

Es erforderte viel Geschick, mehrmals pro Woche zusammen mit dem Sohn des skrupellosesten Ratsmitglieds von Solaria das Gesetz zu brechen. Aber wir hatten es geschafft, zum Teil als eine Art *Fick dich!* an den großen alten Drachenlord, zum anderen, weil wir Nymphen jagen wollten – was an sich schon eine weitere Ebene der Illegalität darstellte –, aber hauptsächlich, weil wir mit besagtem Drachenlord noch eine Rechnung zu begleichen hatten. Und ich arbeitete hart daran, Darius Acrux einen Vorteil seinem Vater gegenüber zu verschaffen, wenn die Zeit gekommen war, ihn aus dem Rat zu drängen.

Natürlich war Lionel Acrux von meiner eigenen Mutter und meinem eigenen Vater in dunkler Magie ausgebildet worden, also revanchierte ich mich nur in gleicher Weise bei seinem Sohn, um sicherzustellen, dass er allem gewachsen war, was sein Arschloch von einem Vater ihm entgegenwarf. Wir spielten nur so fair wie Lionel, also wen interessierte es, ob es illegal war? Das Gesetz zu brechen, war nur von Bedeutung, wenn man erwischt wurde. Und das hatte ich nicht vor. Denn dann würde ich in Darkmore landen und mein Leben wäre vorbei. Der Schuppen war an sich schon ein Todesurteil. Wenn ich also bei dem Versuch, Lionel Acrux zu zerstören, sterben musste, dann wenigstens draußen an der verdammten frischen Luft.

Meine Finger kribbelten, als die Energie im Kristall immer hektischer wurde, und ich konzentrierte mich wieder auf meine Aufgabe. Genauer gesagt auf mein Problem. Denn sicherzustellen, dass Darius seinen Arsch im Rat platzierte, war in den letzten Jahren mein einziges lohnendes Ziel gewesen, seit ich als sein Wächter an ihn gebunden und gezwungen worden war, mein Leben für seine Zukunft aufzugeben. Und der einzige Trost bestand darin, dass ich eines Tages erleben würde, wie Lionel durch Darius' Hand fiel. Und darin, zu wissen, dass ich in gewisser Weise dafür verantwortlich war, da ich seine Elementarmagie verfeinert und ihn in den Wegen der dunklen Magie unterrichtet hatte, sodass er zum furchterregendsten Gegner hatte werden können, dem Lionel je gegenübergetreten war.

Aber jetzt … verdammt, jetzt gab es ein Problem mit diesem Plan. Ein Problem, das niemand hatte vorhersehen können, anscheinend nicht einmal die größten Seher des Landes. Zumindest nicht, bis die Vega-Zwillinge achtzehn geworden waren, was ihre magische Signatur zum Leben erweckt hatte. Dann hatte es jeder Seher im Königreich gespürt. Die Verschiebung des Schicksals. Den enormen Riss, der metaphorisch das Zentrum unserer Welt spaltete und alles veränderte.

Die Vega-Zwillinge waren am Leben – die beiden Mädchen, die dem alten König und der alten Königin von Solaria geboren worden waren. Alle waren davon ausgegangen, sie seien in dem Feuer umgekommen, das auch ihre Eltern verschlungen hatte, nachdem diese von Nymphen ermordet worden waren. Im Ernst, ich hatte es auch gespürt, als ich in den frühen Morgenstunden des elften Junis aufgewacht war. Die Sterne hatten mir etwas zugeflüstert, das ich nicht verstanden hatte. Aber ich wusste, ohne die Worte entschlüsseln zu müssen, dass sie von entscheidender Bedeutung gewesen waren. Ich hatte in dieser Nacht kein Auge mehr zugetan und mit Darius gesprochen, der ebenfalls aufgewacht und von Albträumen über Feuer und Tod geplagt worden war.

Am nächsten Tag wurde bekannt gegeben, dass ihre magischen Signaturen im Reich der Sterblichen entdeckt worden waren. Die Ratsmitglieder hatten eine Sitzung einberufen, um über das weitere Vorgehen zu entscheiden. Aber ich hatte von dem Moment der Bekanntgabe an gewusst, dass dies geschehen würde. Dass sie gefunden und zur Ausbildung nach Solaria gebracht werden würden. Denn so lautete das Gesetz. Und selbst wenn es kein derartiges Gesetz gegeben hätte, wäre es den Ratsmitgliedern kaum möglich gewesen, die wahnsinnigen Royalisten zu ignorieren, die wie wilde Tiere auf den Straßen gefeiert hatten, als die Nachricht vom Fortbestand der Vega-Linie verkündet worden war. Beim verdammten Mond, wenn ich mir noch einen einzigen Bericht über Royalisten ansehen müsste, die sich vor Freude nackt ausgezogen und ihre Titten oder Schwänze in die Kamera hielten, würde ich mich umbringen.

Wie auch immer, Lionel schien es für eine großartige Idee gehalten zu haben, mich zum Vega-Jäger zu ernennen, damit ich sie für ihn auskundschaften konnte. Und nun waren schon drei sternverdammte Monate vergangen, seit ich damit begonnen hatte, das Reich der Sterblichen – genauer gesagt den gesamten Bundesstaat Illinois – nach den beiden Wechselbalg-Zwillingen zu durchkämmen, die im Begriff waren, die Geschichte meiner Welt zu verändern. Das war also mein Sommer gewesen, und morgen würde ich wieder kleine Arschlöcher an der Zodiac Academy unterrichten.

Der heutige Tag bot mir die letzte Gelegenheit, die Zwillinge in die Finger zu bekommen. Und endlich hatte ich ihren Aufenthaltsort ausfindig gemacht. Ich musste sie also so schnell wie möglich schnappen und sie heute Abend zu ihrem Erwachen schleppen.

»Komm schon, wo steckst du, du kleine Lebenszerstörerin?«, murmelte ich vor mich hin.

Mein Blick war auf die Straße gerichtet, und durch die verbesserte

Sicht meiner Vampir-Formgebung reagierten meine Augen auf alles, was sich bewegte – von der gähnenden Katze auf der anderen Straßenseite bis hin zum Eichhörnchen, das sich im Baum darüber bewegte und aggressiv mit dem Schwanz wedelte.

Ein blauer Schimmer in meinem peripheren Sichtfeld ließ meinen Kopf zur Seite schnellen, und ich runzelte die Stirn, als ich den Rücken eines Mädchens mit blau gefärbten Haaren entdeckte, das durch einen Garten zu meiner Linken rannte. Darcy schaffte es bis zum offenen Fenster des Hauses, das ich beobachtet hatte, streckte sich und begann, sich hineinzuziehen. Ihre Turnschuhe klatschten gegen die Wand und sie knurrte wütend, während sie sich abmühte. Ihr Kopf verschwand in dem Moment in dem Fenster, als ich zur Seite trat, um sie besser sehen zu können.

Ihr Hintern wackelte von links nach rechts, als ihre Hüften in der engen Lücke stecken blieben – ein Hintern, der viel zu viel Aufmerksamkeit auf sich zog. Meine Reißzähne wurden länger und länger und ich fuhr mit der Zunge darüber, um den animalischen Drang in mir zu unterdrücken. Ich war mir sicher, dass es nur eine Reaktion auf ihre Kraft war, also würde ich mir nicht zu viele Gedanken darüber machen. Außerdem, warum sollte ich keine Vega beißen? Sie würden nicht lange hilflos sein, also warum nicht das Beste daraus machen, solange es anhielt?

Wahrscheinlich sollte ich sie lieber zum Unterricht bringen, bevor ich sie zerfleischte. Schließlich sollte ich ja professionell vorgehen und so.

Eine Polizeisirene lärmte in meinen Ohren und ich versuchte, das Dröhnen auszublenden; meine Sinne waren zu scharf, wenn es um solche Geräusche ging.

Das Mädchen fiel fast ins Haus und ich zog die Augenbrauen hoch. *Was zum Teufel hat sie vor?*

Ich ging am Haus entlang und benutzte einen Verhüllungszauber, um die Schatten um mich herum näher zu ziehen, während ich durch das

Eingangstor schlüpfte und zum Fenster ging, um hineinzuspähen. War diese Vega eine kleine Diebin?

Die Polizeisirenen kamen näher und ein Blick zur Seite verriet mir, dass das Auto gleich anhalten würde. Also legte ich einen Zahn zu, rannte in den Garten und versteckte mich hinter einem hohen Baum. Ich sollte meine Gaben eigentlich nicht auf diese Weise einsetzen, aber das ging mir so was von am Arsch vorbei.

Ein Polizist rannte zur Tür und schlug das Ding mit ein paar seiner Freunde ein. Ich fluchte. *Jetzt erwische ich endlich eine der Vegas und sie wird wegen eines fragwürdigen Diebstahls verhaftet?*

Ja … nein. Das würde nicht passieren. Ich hatte nicht vor, mit leeren Händen nach Solaria zurückzukehren. Mal wieder.

Mein Atlas summte in meiner Tasche und ich holte ihn heraus und fand eine Nachricht von Gabriel. Ich hatte ihn gebeten, heute ein Auge auf mein Schicksal zu werfen, und es sah so aus, als hätte sich diese Bitte gelohnt. Er war ein guter Freund und einer der besten Seher im ganzen Königreich. Wir hatten uns bereits vor einigen Jahren kennengelernt, als ich selbst Student an der Zodiac Academy gewesen war und er von seiner eigenen Academy im Rahmen eines Ausflugs dorthin geschickt worden war. Ein Fangirl hatte mir einen Liebestrank verabreicht und er hatte sich um mich gekümmert – nachdem der Trank mich dazu gebracht hatte, seinen Schwanz lutschen zu wollen. Verdammt, wir beide hatten Pech mit so etwas, aber wir hatten uns dadurch auf seltsame Weise angenähert. Es war immer noch ein großes Geheimnis, dass jemand ein zweites Mal versucht hatte, mich unter Drogen zu setzen – dieses Mal war Gabriel das Opfer gewesen. Er hatte gesagt, wenn ich jemals jemandem erzählen würde, was an diesem Tag mit seinem Schwanz passiert war, würde er mich umbringen. Aber er wusste, dass er mir vertrauen konnte. Trotzdem musste ich immer noch lachen, wenn ich daran dachte.

Noxy:
Vision unklar, aber du musst das Geld nehmen, Orio.

Welches Geld?

»Hey! Halt!«, rief eine Polizistin.

Mein Kopf schnellte in die Höhe, als Schritte in meine Richtung zu hören waren, und ich spähte an dem Baum vorbei. Die Polizistin jagte Darcy Vega gerade über die Wiese. Das Mädchen war bereits am Zaun in die Knie gegangen und hatte einen Haufen Geld in den hinteren Teil ihres Gürtels gestopft. Sie war im Begriff, durch ein Loch unterm Zaun zu klettern, das aussah, als wäre es von einem Tier gegraben worden. Aber die Polizistin holte sie ein und bewegte ihre Arme wie eine Superheldin hin und her.

»Ich brauche dieses Geld – es ist doch gar nicht seins!«, schrie Darcy, kurz bevor die Polizistin ihre Knöchel packte und versuchte, sie zurückzuzerren.

Das ist meine Vega, du Schlampe.

Ich schoss aus meinem Versteck und verfluchte den Tag. In dem Moment fiel das Geld aus Darcys Gürtel und verteilte sich auf dem Boden.

»Nein!«, schrie Darcy verzweifelt.

»Sarge!« Die Polizistin rief um Verstärkung, als ich hinter ihr auftauchte und ihr Körper in meinen großen Schatten fiel.

»Lass sie los!«, befahl ich mithilfe von Manipulation, um sie dazu zu bringen, auf mich zu hören.

Augenblicklich ließ die Polizistin Darcy los, woraufhin diese durch das Loch im Zaun kletterte und dann wütend dagegen trat.

Ich sammelte ihr Geld auf, bevor sie überhaupt daran denken konnte, es wieder in die Finger zu bekommen, und steckte es in meine Tasche.

Während ich über den Zaun schaute, hörte ich hinter mir Rufe und war gezwungen, in hohem Tempo davonzulaufen, durch Gärten zu hechten und dabei zu versuchen, die blauen Haarspitzen der Vega-Schwester im Auge zu behalten, die durch die Bäume zu meiner Linken lief. Schließlich erreichte ich diese Bäume und eilte in ihren Schatten, um mich herum eine Stillekuppel erzeugend, damit meine Bewegungen verborgen blieben.

Aber als ich mich umsah, war nicht zu erkennen, in welche Richtung sie verdammt noch mal verschwunden war.

Das Schicksal ist dir auf den Fersen, Darcy Vega. Du kannst mir nicht entkommen.

***

Ich war dem Summen meines Kristalls in einen heruntergekommenen Teil der Stadt gefolgt und saß nun in einem Bushäuschen, während ich darauf wartete, dass eine der Zwillingsschwestern wieder auftauchte. Ich spielte gerade mit einer Tarotkarte, als sich ein betrunkener Obdachloser, der nach Bier und Pisse stank, neben mich setzte. Der Kristall hatte nur die Kraft, mich in die ungefähre Gegend zu bringen, in der sie sich aufhielten, und da ihre Kraft so stark war, konnte er mir nicht helfen, einen spezifischeren Ort zu bestimmen.

Scheiß auf diesen Tag. Und ganz ehrlich – scheiß auf diesen Job. Obwohl mir mein Leben vor langer Zeit gestohlen worden war, hatte ich mich immer noch nicht daran gewöhnt, Lionel Acrux' persönlicher Sklave zu sein. Einige Fae waren für die Unterwürfigkeit geschaffen, aber ich gehörte definitiv nicht dazu. Seit meiner Kindheit hatte ich davon geträumt, mein eigenes Leben zu führen. Es war schon schlimm genug gewesen, dass meine Mutter von mir erwartet hatte, mich dem illegalen Familiengeschäft anzuschließen und den Acruxes bei ihren dunklen magischen Bedürfnissen zu helfen. Aber jetzt dazu gezwungen zu werden, ausgerechnet als sternverdammter Professor zu arbeiten, nur damit ich ein Auge auf Darius haben konnte, war seelenzerstörend. Im wahrsten Sinne des Wortes. Denn meine Seele war in Stücke gerissen, seit mir dieses magische Band aufgezwungen worden war. Und der ständige Drang, Darius zu meinem eigenen Nachteil zu beschützen, lebte nun in mir wie ein Fremdkörper. Es war ein Sukkubus, der sich von meiner Lebenskraft ernährte. Natürlich liebte ich Darius als Freund, und natürlich wollte ich ihn so beschützen, wie man es als bester Freund eben tat. Aber ich hatte nicht beabsichtigt, meinen freien Willen für den Kerl aufzugeben oder auch nur eine einzige Sekunde mehr als nötig von dem Schwachsinn seines Vaters zu ertragen.

Mir war die Chance geboten worden, in der Solarischen Pitball-Liga zu spielen. Ich war buchstäblich auf dem besten Weg gewesen, ein Star zu werden, und hatte während meiner Studienzeit an der Zodiac Academy deswegen so viel aufgegeben. Ich hatte es versäumt, zu feiern, mit Freunden zu trinken – Freunde *zu haben*. Ja, ich war ein Vampir und Einsamkeit war sowieso eine meiner Lieblingsbeschäftigungen. Aber vielleicht hätte ich … mehr haben können. Jetzt war jede Chance auf mehr von Lionel gründlich verspielt worden, und jede Traurigkeit, die ich darüber empfunden hatte, dass ich das Saufen verpasst hatte, war vergessen. Heutzutage galt ich schließlich als potenzieller Borderline-Alkoholiker.

Ein Pegasus-Punk war im letzten Semester in mein Büro eingebrochen und hatte eine Flasche Bourbon von meinem Schreibtisch gestohlen. Das kleine Arschloch hatte meinen magischen Alarm ausgelöst und ich ihn zum Nachsitzen verdonnert, wo er sich in seinen Boxershorts in Greifenscheiße hatte wälzen müssen, bis er einen unerträglichen Ausschlag entwickelt hatte. Aber er hatte es bereits geschafft, den Großteil meines Bourbons zu saufen, bevor ich dort angekommen war. Ungefähr zu diesem Zeitpunkt war mir klar geworden, dass ich möglicherweise ein Alkoholproblem hatte.

Ein Regenschauer war über die Stadt hinweggefegt und jetzt war einfach alles nur feucht. Ungeduldig saß ich im Bushäuschen, die Dunkelheit brach gerade herein. Der Betrunkene schreckte mit einem Schluckauf auf, hob dann eine alte Bierdose, die er immer noch in der Hand hielt, an die Lippen und schüttete die letzten Tropfen in seinen offenen Mund. Mein Blick fiel wieder auf die Straße, während ich den Kristall in meiner Handfläche rollte. Das leise Summen verriet mir, dass beide Zwillinge in der Nähe waren. Aber wo?

Zusammen fühlten sich ihre magischen Signaturen wie Tag und Nacht an. Gleichzeitig fielen sie in perfekter Harmonie zusammen, als könnten sie nicht getrennt voneinander existieren. Das Gefühl war warm und kühl zugleich und entsprach nicht Solarias völligem und katastrophalem Untergang – wie ich es erwartet hatte. Dies waren die Kinder des Grausamen Königs, Töchter der Brutalität, der Unterdrückung und des Mordens. Der Name ihrer Familie hinterließ einen bitteren Geschmack in meinem Mund und ich ließ mich nicht von dem Gefühl täuschen, dass sie in mir auslösten. Die magische Signatur des Grausamen Königs hätte sich nach Kätzchenküssen und Zuckerwatte anfühlen können – wer wusste das schon? Das bedeutete nicht, dass er kein verdammter Wahnsinniger gewesen war, der mit eiserner Faust regiert und das gesamte Königreich in Angst und Schrecken versetzt hatte.

»Da drüben habe ich heute Morgen eine Katze gesehen«, lallte der Betrunkene, während er auf die andere Straßenseite zeigte. Ich warf ihm einen strengen Blick zu, um ihn zu warnen, dass ich nicht in der Stimmung für ein Gespräch war. Ich unterhielt mich in diesem Leben ohnehin nur mit sehr wenigen Leuten gern und Small Talk mit Fremden war mir zuwider. Vor allem mit Betrunkenen, die nach Pisse stanken. »Sah aus wie du.« Er riss das Kinn hoch und mein finsterer Blick wurde noch finsterer. »Genau so hat sie mich angesehen.« Er deutete auf mein Gesicht und meine

Reißzähne kribbelten mit dem Verlangen, ihm die Kehle herauszureißen, damit ich mir seine wirren Worte keine Sekunde länger würde anhören müssen. »Es war das wütendste Gesicht, das ich je gesehen habe. Und ich habe die Katze für traurig gehalten. Für innerlich traurig.«

»Hör auf, zu reden!«, befahl ich und setzte meine Manipulation ein, um mein Problem zu lösen, woraufhin ihm die nächsten Worte im Hals stecken blieben. Sterbliche waren Wachs in meinen Händen – es war viel zu einfach, sie zu manipulieren. Deshalb hatten wir strenge Gesetze, die uns dies untersagten. Letztes Jahr war im Osten Solarias ein Ring aufgedeckt worden, der mit sterblichen Menschen gehandelt hatte. Sie waren aus diesem Reich entführt und für die Fae zur sexuellen Sklaverei gezwungen worden. Verdammt abgefuckt, die ganze Sache. Sterbliche konnten in unserem Reich nicht einmal sonderlich lange überleben, sodass die Geschichte eine noch dunklere Wendung genommen hatte, als das FIB das erste Massengrab aufgedeckt hatte.

Meine Art hatte die Fähigkeit, böse zu sein. Sie lebte in uns allen. Unsere gesamte Gesellschaft war darauf aufgebaut, Macht zu erlangen, und wir alle ließen uns leicht dazu verleiten, sie über schwächere Fae als uns selbst zu beanspruchen.

Ich nahm an, dass die Sterblichen eine verlockende Quelle für einen Machtrausch darstellten, wenn man selbst nicht über viel Magie verfügte und täglich von Fae mit überlegenen Gaben unterdrückt wurde. Bei vielen der in den Menschenhandel verwickelten Arschlöcher hatte es sich um Schwächlinge gehandelt, die Hälfte von ihnen war in Darkmore gelandet, die andere Hälfte war bei den Razzien gestorben. Ich hoffte, sie hatten geschrien, als sie abgekratzt waren. Es gab nichts, was mich mehr anwiderte als ein Fae, der seine Macht missbrauchte. Ich vermutete, dass das daran lag, dass ich wusste, wie es war, unter dem Absatz von jemandem zermalmt zu werden, gegen den ich nicht gewinnen konnte.

Und Lionel Acrux war der Inbegriff eines Tyrannen. Er schlug seinen Sohn grün und blau, um ihn nach seinem Ebenbild zu formen, aber Darius war nicht wie er, egal, wie sehr sich Lionel das auch wünschte.

Als es vollständig dunkel war und der Betrunkene endlich in einen Bus stieg, öffnete sich die Tür des Wohnblocks auf der gegenüberliegenden Straßenseite. Roxanya, auch bekannt als Tory, trat in einer übergroßen Lederjacke und einer Art Männerjeans und Bikerstiefeln nach draußen. Die Energie im Kristall in meiner Handfläche veränderte sich, als sie die Straße überquerte, und ich zog meine Kapuze hoch, um die Schatten mit Magie näher an mich heranzuziehen. Ihre magische Signatur drang in den Kristall ein, bis ich nichts mehr spürte, außer dem kühlen Kuss des Mondes auf meiner Handfläche. Es war seltsam, wie unterschiedlich zwei Zwillinge sich anfühlen konnten, aber ich nahm an, dass alle Geschwister auf ihre eigene Weise einzigartig waren. Meine Schwester war das Gegenteil von mir gewesen. Optimistisch, lustig, verspielt – *verdammt, ich vermisse sie.*

Tory eilte die Straße entlang, und ich stand auf, ging ihr in einiger Entfernung hinterher und fuhr mit dem Daumen über den Kristall, als wollte ich etwas anderes aus ihm hervorlocken. Ich mochte die Nacht, da meine Formgebung mit dem Mond verbunden war, aber aus irgendeinem Grund vermisste ich die Berührung der Sonne in meiner Handfläche und die Wärme der Anwesenheit ihrer Schwester. Ich ignorierte dieses seltsame Gefühl und folgte Tory, die noch ein paar Blocks weiterging. Sie hatte ihre Kopfhörer auf und ihr Kopf wippte gelegentlich im Takt der Musik, die sie hörte. Innerlich rollte ich mit den Augen. Hatte dieses Mädchen die Sehnsucht zu sterben? Sie lief nachts durch einen rauen Teil der Stadt und jeder hätte sich ihr mit einem Messer nähern können. Oder mit scharfen Zähnen.

Schließlich bog sie in ein Parkhaus ein, zog ihre Kapuze hoch und duckte den Kopf, als sie direkt unter einer Sicherheitskamera hindurchging. Ich schnippte mit den Fingern und löste die Kamera mit einem Luftstoß von der Wand, um sie dann sanft auf einen Grünstreifen fallen zu lassen, während ich Tory ins Innere des Gebäudes folgte. Mein vager Plan war es, sie in die Enge zu treiben, ihr zu erklären, dass sie eine verlorene Fae-Prinzessin war, die heute Abend mit mir zu ihrem Erwachen kommen müsste, dann unterwegs ihre Schwester abzuholen und aufzubrechen. Entweder das – oder sie zu entführen. Aber das war ein Plan B, auf den ich nur zurückgreifen würde, wenn ich es müsste. Ich hatte von den Ratsmitgliedern den ausdrücklichen Befehl erhalten, »professionell zu sein«. Was Schwachsinn war, aber was auch immer. Ich würde es einmal richtig versuchen, aber in jedem Fall würden die beiden heute Abend mit mir kommen. Ich hatte genug vom Reich der Sterblichen. Ich konnte die Sterne hier nicht so fühlen wie in Solaria, und mit jedem Tag fiel es mir schwerer, nach meiner Magie zu greifen. Das forderte langsam seinen Tribut von mir und ich musste nach Hause, bevor ich krank wurde. Ich hatte wahrscheinlich mehr Zeit hier verbracht, als ich es jemals in meinem Leben tun sollte.

Ich verlor Tory aus den Augen, aber es gab nur einen Ort, an den sie gegangen sein konnte. Also lief ich die Rampen zu den höheren Ebenen hinauf – der Kristall in meiner Hand führte mich zu ihr.

Als ich die dritte Ebene erreichte, stolperte eine blonde Frau in einem knappen rosafarbenen Kleid, High Heels und Netzstrümpfen aus einem Aufzug. Ihr Blick fiel auf mich. »Na, Cowboy, Lust auf einen Ritt auf einem wilden Pony?«

»Nein«, sagte ich einfach und ging zur nächsten Rampe, aber sie folgte mir lachend, als hätte ich etwas besonders Lustiges gesagt. Ich war mir nicht sicher, was genau an meiner deutlichen Ablehnung lustig gewesen sein könnte, aber was soll's.

»Auf einen hübschen Jungen wie dich wartet zu Hause sicher eine Frau, was? Aber was machst du so spät noch ohne sie draußen? Bist du auf der Suche nach Ärger?«, fragte sie und versuchte, meinen Arm zu ergreifen, aber ich beschleunigte einfach mein Tempo, damit sie es nicht konnte. Als Vampir konnte ich mich schneller als der Wind bewegen, aber ich konnte auch konstant im Tempo eines spätabendlichen Autofahrers laufen, der auf dem Nach-Hause-Weg war. Und das ohne ins Schwitzen zu kommen.

»Komm schon, zweihundert für die Nacht«, bot sie an und ging in einen Laufschritt über, um mich einzuholen.

Das Dröhnen eines Motors ertönte und ich bog fluchend um die nächste Ecke und zog mich in die Schatten zurück. Einen Moment später rauschte Tory auf einem Motorrad mit hoher Geschwindigkeit an mir vorbei die Rampe hinunter.

Die Nutte kam die Rampe herauf auf mich zugerannt und ich knurrte frustriert. *»Augen zu!«*, befahl ich dem Mädchen und ihre Augen schlossen sich sofort. Ich legte einen Vampir-Sprint hin und schoss zurück die Etagen des Parkhauses nach unten, dem Summen des Kristalls in meiner Handfläche folgend, während ich Tory Vega hinterherjagte.

Diese verfluchte Nacht.

Ich rauschte in einem Blitz durch die Stadt, um ihr auf dem Motorrad zu folgen, schnell genug, um nicht gesehen zu werden. Ja, ich wusste, dass ich damit gegen eine Menge Regeln verstieß, aber das war mir mittlerweile scheißegal. Ich musste die Vega-Zwillinge schnappen und sie schnell nach Solaria bringen, sonst würde ich durchdrehen.

Schließlich erreichte ich eine Bar, und Torys Energie summte lauter im Kristall. Ich hielt in einer dunklen Gasse auf der anderen Straßenseite an.

Ich überquerte die Straße, spazierte an der Reihe von Motorrädern draußen vorbei und stieß die Tür auf. Es war wie einer dieser Momente in Filmen, in denen alle aufschauten und wussten, dass man dort völlig fehl am Platz war. Aber kümmerte mich das? Kein bisschen. Denn ich war das tödlichste Wesen im Raum, auch wenn ich ein schickes Hemd trug.

Meine Reißzähne bohrten sich in meine Zunge, während riesige Bikertypen mit Tätowierungen auf ihren Tätowierungen mich über ihre Biergläser hinweg anstarrten. Ich ging direkt auf den Barmann zu, ignorierte ihn und trat an Tory Vega heran, die sich gerade einen Tequila-Shot hinter die Binde kippte. Ihr weit geschnittenes Outfit hatte sie gegen etwas viel Engeres ausgetauscht. Etwas, das wesentlich mehr Haut zeigte.

Endlich.

»Kann ich Sie kurz sprechen?«, fragte ich, bemüht, höflich zu bleiben, obwohl ich nach diesen drei langen Monaten nichts lieber tun wollte, als sie mir über die Schulter zu werfen und in eine Wolke aus Sternenstaub zu hüllen, um sie in ihr neues Leben zu schicken. Aber ich konnte wohl meinen allerletzten Rest Geduld dafür aufwenden, es auf die nette Art zu versuchen.

»Hast du dich verlaufen?«, fragte sie mit einem Grinsen. Sie musterte mich von oben bis unten und dachte offensichtlich das Gleiche wie alle anderen in der Bar, während ich ihre hübschen Gesichtszüge und den Argwohn in ihren grünen Augen studierte. Sie war meine Feindin. Sie mochte klein sein, aber das bedeutete nichts, wenn man Fae war. Die Kraft, die in ihren Adern floss, verursachte ein Brennen in meiner Kehle, weil ich von ihr trinken wollte. Aber ich ging davon aus, dass dies ein todsicherer Weg wäre, sie endgültig abzuschrecken. Und da ich einen Job zu erledigen hatte …

»Nein. Ich habe genau das gefunden, wonach ich gesucht habe«, antwortete ich und versuchte, die dröhnende Heavy-Metal-Musik auszublenden, die meine geschärften Sinne regelrecht in den Wahnsinn trieb.

»Schön für dich. Ciao.« Sie wollte sich von mir entfernen, aber das kam überhaupt nicht infrage, also packte ich sie am Arm.

»Hey, was glaubst du, was du …«, begann sie.

»Setzen Sie sich zu mir!«, forderte ich sie mittels Manipulation auf. Ich war es leid, nett zu fragen.

Sie ließ sich sofort auf einen Stuhl an der Bar fallen und ich setzte mich neben sie und ließ ihren Arm los. Sie hatte absolut keine mentalen Schutzschilde, und obwohl ich das erwartet hatte, überraschte es mich dennoch. Auch ohne Magie wurde den Fae schon in jungen Jahren beigebracht, an mentalen Blockaden zu arbeiten, die ihnen im Kampf gegen Manipulation halfen, aber dieses Mädchen schien keinerlei Fähigkeit zu haben, mir zu widerstehen. Das würde ihre Anfangszeit an der Academy zur Hölle machen. Schade.

Ich spürte, wie der Barkeeper zwischen Tory und mir hin und her blickte, und ignorierte ihn entschlossen, während ich dieser Nervensäge meine volle Aufmerksamkeit schenkte.

»Trinkst du heute, Tory?«, fragte der Barkeeper, während er ihr einen weiteren Tequila einschenkte.

»Ich glaube, nach den Ereignissen vom vergangenen Wochenende lasse ich das lieber bleiben«, sagte sie, und ich vermutete, dass sie hier öfter zu Gast war. Dieser Laden sah aus, als würden in ihm Träume sterben – und mit solchen Orten kannte ich mich aus.

Der Barkeeper beugte er sich vor, als hätte er Lust auf ein Gespräch. »Vielleicht werde ich eines Tages …«

»Verschwinde!«, befahl ich gereizt, und der Typ machte sich sofort auf den Weg zum anderen Ende der Bar.

Tory hob eine Augenbraue. »Ich glaube, das ist auch mein Stichwort«, sagte sie, sprang von ihrem Stuhl und schlüpfte einfach so zurück ins Getümmel der in Leder gekleideten Körper.

»Gebt mir Kraft, ihr Sterne«, murmelte ich, rieb mir die Augen und schob mich von meinem eigenen Stuhl. Ich folgte ihr durch die Menge, nutzte einen Geschwindigkeitsimpuls, während niemand hinsah, und packte schließlich wieder ihren Arm. Dieses Mal würde ich nicht loslassen. Ich hatte die Vegas endlich im Visier und würde sie, wenn nötig, schreiend und strampelnd nach Solaria zurückbringen.

»Wir müssen reden«, knurrte ich, aber es sah nicht so aus, als hätte sie mich über die laute Musik hinweg gehört.

»Verpiss dich!«, schnauzte sie, riss ihren Arm aus meinem Griff und verschwand wieder in der Menschenmenge. Ein paar Arschlöcher hörten sie und stellten sich mir in den Weg, wobei sie ihre Knöchel wie Idioten knacken ließen, als glaubten sie wirklich, sie würden mich gleich verprügeln. Es war wirklich lächerlich.

»*Aus dem Weg*«, knurrte ich, und meine Stimme war von Magie durchdrungen, sodass sie alle wie verschreckte Mäuse das Weite suchten. Ich stapfte durch die Lücke, die sich für mich geöffnet hatte, und machte mich auf die Suche nach Tory, während meine Zähne vor Wut immer länger wurden. *Das war's. Ich bin bedient.*

Ich schritt durch die Bar zum Ausgang und riss die Tür auf, während meine Oberlippe unter dem Drang zuckte, ein Knurren von sich zu geben. Aber es war wahrscheinlich nicht die beste Idee, einem Haufen Sterblicher meine Reißzähne zu zeigen, also hielt ich meinen inneren Fae im Zaum, trat auf die Straße und fixierte Tory, die hinten auf dem Motorrad eines Typen saß.

»*Halt!*«, brüllte ich und versuchte, den Fahrer zum Anhalten zu bringen, aber er gab gleichzeitig Gas, sodass meine Stimme im Dröhnen des Motors unterging. Jetzt knurrte ich wirklich. Ich überquerte die

Straße, verschwand in den Schatten und sprintete schließlich mit meiner Vampirgeschwindigkeit los und die Straßen entlang. Ich konnte nur hoffen, dass niemand die verschwommene Bewegung registriert hatte.

Der Typ setzte sie einen Häuserblock von ihrem Zuhause entfernt ab und ich folgte ihr den ganzen Weg zurück zu ihrer Wohnung. In der Dunkelheit wartete ich auf irgendeiner Veranda, während sie die Tür aufschloss, und schoss dann hinter ihr die Treppe hoch, weil ich annahm, dass ich sie endlich in die Enge getrieben hatte und es dieses Mal nicht vermasseln würde. Sie würden mich beide anhören und wenn ihnen nicht gefiel, was ich zu sagen hatte – tja, dann Pech gehabt. Das war nicht mein Problem.

»Wir haben unser Gespräch nicht zu Ende geführt«, rief ich Tory zu, wohl wissend, dass ich sie damit verärgern würde. Aber zu diesem Zeitpunkt war mir das egal. Sie drehte sich um, ihre Augen weiteten sich vor Angst, als sie mich direkt hinter sich entdeckte, und das Klopfen ihres Herzens drang bis zu meinen Ohren.

Um zu beweisen, dass sie nicht wirklich Todessehnsucht hatte, drehte sie sich um und floh die Treppe hoch.

Ich folgte ihr in aller Ruhe, trat die Tür zu und fuhr mir mit den Fingern durch die Haare. Ich war müde, stinksauer und wollte überhaupt nicht hier sein. Also würde ich jetzt auf Arschloch-Modus umschalten. Was zufällig meine Standardeinstellung war.

Ich ging mit wässrigem Mund die Treppe hoch, während sie weiterrannte, und der Drang, sie zu jagen, wallte in mir auf. Es war verdammt verlockend, aber stand völlig im Widerspruch zum Vampir-Kodex und ich würde wahrscheinlich dafür ins Gefängnis geworfen werden, wenn man in Betracht zog, wer diese Mädchen waren.

»Stehen bleiben!«, befahl ich ihr und sie gehorchte. Jedenfalls für ganze zwei Sekunden, dann kämpfte sie dagegen an und rannte weiter.

Ich zog etwas beeindruckt die Augenbrauen hoch. Schließlich hatte sie keinerlei Ausbildung genossen. Aber dann verwandelte sich meine Stimmung wieder in Wut, denn verdammt noch mal, ich hatte dieses Spiel langsam satt.

Ich beschleunigte mein Tempo und schoss hinter ihr hoch, wobei ich die Hand auf ihren Mund drückte, um ihren Schrei zu ersticken. In diesem Moment regte sich der Drang zu trinken in mir wie ein wildes Tier. Ich hatte meine Beute gestellt. Und jetzt würde ich trinken. Das war nur fair.

Schwer atmend presste ich die Kiefer aufeinander und kämpfte gegen diesen Instinkt an.

Du kannst sie nicht beißen. Reiß dich zusammen!

Ich schluckte den Kloß in meinem Hals hinunter und verdrängte meinen Durst, aber die Stärke ihrer Macht zerrte an den instinktiven Bedürfnissen meiner Formgebung und flehte mich an, jeden Tropfen ihres Blutes zu verzehren.

Nein. Keine Chance. Ich bin kein Sklave meines Durstes.

»Ich bin Professor Orion. Ich werde Ihnen nicht wehtun und *Sie werden nicht schreien. Sie wollen mich reinlassen.*« Ich ließ sie los und trat zurück, während sie mich mit angsterfüllten Augen anstarrte, aber sie war jetzt in meiner Falle gefangen, die Macht der Manipulation, die ich eingesetzt hatte, bot ihr dieses Mal keinen Spielraum.

Sie öffnete den Mund, als wollte sie sich meinem Befehl widersetzen, steckte dann aber ihren Schlüssel ins Schloss und drehte ihn um.

»Herein«, sagte sie freundlich. *Schon besser.*

Ich trat dicht an sie heran, für den Fall, dass sie sich doch noch entschließen sollte, wieder wegzulaufen. Denn ich wusste, dass diese Vega-Schwestern ungeheuer mächtig sein mussten. Auch wenn sie es noch nicht wussten. Ich lächelte sie flach an, als ich ihr in die Wohnung folgte und die Tür hinter mir zuschlug, wobei ich vorsichtshalber das Schloss vereiste, damit die Tür fest verschlossen blieb. Während Tory nicht hinsah, holte ich den Stein aus meiner Hosentasche, der meine Sachen inklusive meiner Notizen verhüllte, entfernte den magischen Zauber, der sie verbarg, und warf mir die Tasche über die Schulter.

Ich musterte die winzige heruntergekommene Wohnung, dann fiel mein Blick fast unwillkürlich zu dem Mädchen, das sich auf der Couch zusammengekauert hatte und fernsah. Ihr Kopf schnellte herum und sie sah ihre Schwester und mich an, woraufhin sich mein Herz bis zum Hals zusammenzog. Das Kribbeln in meinen Reißzähnen wurde sofort stärker und der Drang, mich an ihr zu laben, war fast unmöglich zu unterdrücken. Äußerlich ähnelte sie ihrer Schwester in jeder Hinsicht, der einzige Unterschied zwischen ihnen waren die blau gefärbten Haarspitzen. Und doch …

Ich scannte die Falte zwischen ihren Augen, als sie uns stirnrunzelnd ansah, dann fiel mein Blick auf ihre Lippen, als sie diese befeuchtete. Voll. Rosafarben. Appetitlich – *verdammt, hör auf damit!*

Dieses Mädchen war auf eine Art schön, die irgendwie tiefer ging als ihre Haut, auf eine Art, die ich *fühlen* konnte. Sie musterte mich ebenso eingehend und für einen Moment fühlte es sich an, als wären wir zwei Tiere, die im Begriff waren, sich gegenseitig in Stücke zu reißen. Nein, es war etwas anderes als das. Ich wollte keinen Kampf, mein Schwanz regte sich in meiner Hose und ein besitzergreifendes Knurren baute sich in meiner Kehle auf. Beide Vegas waren attraktiv, aber etwas an dieser Schwester war faszinierend. Ich konnte beim besten Willen meine Augen nicht von ihr abwenden.

»Auf keinen Fall.« Darcy stand auf und gab mir die Gelegenheit, den Pyjama zu studieren, den sie trug und der mit flauschigen Häschen bestickt war. Meine Lippen zuckten, während meine Reißzähne stärker kribbelten. Sie sah aus wie eines dieser Kaninchen, unschuldig, mit großen Augen, die perfekte Beute. Doch irgendetwas sagte mir, dass das, was in ihr lebte, absolut wild war und sich nicht leicht zähmen ließ. »Geh zu ihm nach Hause, Tor! Bist du verrückt? Erwartest du wirklich, dass ich mich aus dem Staub mache, damit du unser einziges Bett verschandeln kannst?«

Na toll. Sie denkt, ich bin hier, um ihre Schwester zu vögeln.

Nicht, dass es darauf ankäme, was sie denkt. Ab morgen wird sie meine Studentin sein.

Tory schüttelte den Kopf. »Natürlich nicht. Dieser Kerl wollte nur … nun ja, er wollte reinkommen, okay?«

»Und warum genau ist das akzeptabel?«, fragte Darcy völlig verwirrt und ich musste grinsen. Das war tatsächlich irgendwie lustig. Es war zu süß, wie sie sich in diesem lächerlichen Pyjama aufregte.

»Was glotzt du denn so?«, fragte Darcy und wandte sich zum ersten Mal an mich, woraufhin ich die Augenbrauen hochzog. *Das Häschen beißt.*

»Ich bin hier, um zwei Achtzehnjährige einzusammeln. Aber ich habe mich wohl in der Wohnung geirrt, Häschen.« Ich lachte leise und freute mich darüber, ihre Wangen erröten zu sehen. Sie war nervös. Ich konnte ihren rasenden Herzschlag von hier aus hören. Und das machte mich hungrig.

Ihr Blick fiel auf den Pyjama, den sie trug, und ihre Wangen färbten sich noch röter. Blut, dessen Geschmack ich unbedingt kennenlernen wollte. Nein, ich *musste* seinen Geschmack kennenlernen. Schmeckte es wie ihre magische Signatur? War ihr Blut flüssiger Sonnenschein? Warm und so verdammt einladend, dass es mir im Moment die größte Mühe bereitete, mich davon fernzuhalten. Von diesem Mädchen zu trinken, wäre die achte Todsünde, aber verdammt, ich wollte sie begehen.

»Wer zum Teufel bist du? Und warum kommst du in mein Zuhause und beleidigst mich?« Darcy blickte erneut zu ihrer Schwester und Tory zuckte entschuldigend mit den Schultern, bevor sie sich mir zuwandte.

Darcy stand auf, um sich ihr anzuschließen, trat von der Couch weg und stellte sich Schulter an Schulter neben ihre Zwillingsschwester, sodass ich sie aus der Nähe vergleichen konnte. Ich betrachtete die beiden kleinen Plagegeister und fragte mich, ob ich vor der größten Bedrohung stand, der Solaria je gegenübergestanden hatte. Ich war überrascht, dass ich sie nicht sofort hasste. Und ich hasste jeden, das wollte also schon etwas heißen.

»Sie wollten mir etwas zu trinken bringen«, fuhr ich Tory an, woraufhin sie sofort in die Küche ging und mir ein Glas Wasser einschenkte, was mir die Gelegenheit gab, Darcy aus der Nähe zu betrachten. Was war an dieser Frau so verlockend? Meine Instinkte spielten verrückt und meine Kehle brannte vor Durst. Ich hatte schon zu lange nichts mehr getrunken, das war es.

Darcy starrte mich mit ähnlicher Wildheit an, dann runzelte sie die Stirn, als ihr eine Erkenntnis kam. »Du bist ein Bulle. Du warst heute dort.«

»Wo genau?«, fragte ich unschuldig und genoss es, wie meine bloße Anwesenheit sie in einen Sturm zu versetzen schien.

»Stell dich nicht dumm!« Sie zeigte auf mich, während ihr Herzschlag noch schneller wurde, und es gefiel mir, dass ich sie so beeinflusste. Obwohl ich definitiv nicht an das denken sollte, was mir gerade durch den Kopf ging. *Diese blauen Haare würden sich so verdammt gut in meiner Faust machen.*

Bei den Sternen, sie wird deine verdammte Studentin sein, du Idiot.

Tory kehrte zurück und drückte mir das Wasserglas mit einem angespannten Gesichtsausdruck in die Hand, während sie versuchte, meine Manipulation abzuwehren. Darcy runzelte die Stirn, da sie ihr ungewöhnliches Verhalten deutlich spürte.

Ich bedankte mich bei ihr, kippte das Wasser in meinen Mund und hoffte, dass es den Blutdurst in meinem Hals lindern würde. Ich leerte jeden einzelnen Tropfen, aber als ich das Glas auf der Küchentheke abstellte, war ich noch blutrünstiger als zuvor.

Vielleicht brauche ich einfach etwas Abstand.

»Ich verfolge Sie beide schon den ganzen Tag.« Ich ging zur Couch, ließ mich auf den Platz fallen, den Darcy geräumt hatte, und legte meine Hände auf meinen Bauch.

»Lass Tory aus dem Spiel! Ich bin diejenige, die das Geld genommen hat«, sagte Darcy, und ich empfand es als ziemlich lustig, dass sie mich für einen Polizisten hielt, wo ich doch durch und durch ein Gesetzesbrecher war. *Du hast keine Ahnung, wozu ich fähig bin, Prinzessin.*

»Das Geld, dass du fallen lassen hast?«, gab Tory zu bedenken, und ich grinste.

»Meinen Sie *dieses* Geld?« Ich hob meinen Hintern und zog das Geldbündel aus meiner Gesäßtasche, um es über meinem Kopf zu schwenken.

Tory eilte herbei, riss es mir aus der Hand und setzte sich auf den Couchtisch vor mir, während sie jeden einzelnen Schein zählte.

Als sie sich vergewissert hatte, dass alles da war, warf sie mir einen eisigen Blick zu und ich sah ein Fünkchen Fae in ihr. Nichts, was mir Albträume bereiten würde. Im Großen und Ganzen wirkten die Töchter des Grausamen Königs ziemlich ungrausam, wenn ich ehrlich war. Und als ich mich in ihrer schäbigen Wohnung umschaute, wurde mir unbehaglich zumute. Diese Bude war ein Drecksloch und sie waren königlicher Abstammung. Wenn sie von ihren Eltern aufgezogen worden wären, hätten sie mehr Geld als alle Fae in Solaria. Sie hätten einen Reichtum kennengelernt, den sie sich so nicht einmal vorstellen konnten. Sie hätten Geld nicht gezählt, als wäre es das, was ihnen das Leben selbst ermöglichte.

Ich hatte mir während meines Aufenthalts hier eine Akte über sie zusammengestellt, Unterlagen von Krankenhäusern und Pflegefamilienunterkünften gesichtet und mir ein Bild von ihrem Leben gemacht. Und ehrlich gesagt war es ein beschissenes Leben gewesen, das ich keinem Kind wünschen würde. Ich wollte kein Mitleid mit ihnen haben, denn sie standen kurz davor, in einem Krieg auf der anderen Seite zu stehen. Einem Krieg, in dem ich ihr Feind sein würde. Aber zu sehen, welche Hölle sie durchgemacht hatten, war verstörend.

»Also, was willst du?«, fragte Tory. »Niemand gibt einfach so Geld aus der Hand, ohne etwas dafür zu wollen, Mr. Orion.«

»Professor Orion. Und Sie, wenn ich bitten darf. Was wollen *Sie*«, korrigierte ich und dachte mir, dass es am besten sei, sofort Grenzen zu setzen. Vor allem, weil ich immer noch an die kleine Miss Häschen-Pyjama dachte, die ich aus dem Augenwinkel heraus beobachtete. Und daran, wie ihr Körper unter all dem weiten Stoff aussehen könnte.

»Wie alt bist du? Ähm – wie alt sind Sie?«, fragte Darcy.

»Alt genug, um Professor zu sein.« Ich schaute sie wieder an und war sofort wieder in ihrer Gewalt. Vielleicht war sie eine Sirene – ihre Formgebung kurz vor dem Auftauchen. Vielleicht übte sie ihre Macht bereits auf mich aus, zog mich in ihren Bann und weckte ein dunkles Verlangen in mir, das ich nicht ignorieren konnte. *Okay, einigen wir uns fürs Erste darauf.*

Darcy machte einen Schritt nach vorn, verschränkte die Arme vor der Brust und wartete auf eine Erklärung.

Sie sah streng aus, aber sie strahlte auch Angst und Unsicherheit aus. Und sie schaute mich immer wieder auf eine Weise an, die ich nicht ganz verstehen konnte. Aber ich hatte das Gefühl, dass ich sie genauso anstarrte.

»Sie werden mir jetzt zuhören und dabei ruhig und gefasst bleiben«, sagte ich mit kräftiger, manipulativer Stimme, um sicherzustellen, dass die Sache reibungslos über die Bühne ging, jetzt, da ich sie in die Enge getrieben hatte.

Darcy nickte bereitwillig – und verdammt, das gefiel mir. Es gefiel mir zu sehr, dass sie mir gehorchte. Sie war eine Prinzessin, die Tochter eines Mannes, den ich verachtete, mein Todfeind höchstpersönlich. Und in diesem Moment gehörte sie mir.

Sie ließ sich neben Tory auf den Couchtisch fallen und beide schenkten mir ihre volle Aufmerksamkeit. *Endlich.*

Ich strahlte sie zufrieden an und bereitete mich darauf vor, ihre traurige kleine, arme Lebensblase zum Platzen zu bringen und sie in eine Welt unvorstellbaren Reichtums, Ruhms und mit mehr Feinden, als sie mit einem Stock abwehren könnten, zu stürzen. Einer davon war ich, denn ich war eindeutig Team Erben – auch wenn mich einige von ihnen nervten. Und vor allem war ich Team Darius.

»Seit Ihrem achtzehnten Geburtstag verströmen Sie beide eine Signatur, die meine Art aus einer anderen Welt wahrnehmen kann. Im wahrsten Sinne des Wortes.« Ich machte eine Pause, damit diese seltsamen Worte wirken konnten. Darcy öffnete den Mund, um eine Frage zu stellen, aber ich hob die Hand, um sie zu stoppen, und fuhr fort, bevor sie ausflippen konnten. »Ich werde alles erklären. *Bleiben Sie einfach ruhig.«*

Darcy nickte und ich nahm mir einen quälend langen Moment Zeit, um ihren Mund zu studieren. Beim Mond, dieser *Mund.*

»Fahren Sie fort«, ermutigte Tory. *Richtig, ja, die Dinge, die ich zu sagen habe.*

Ich lehnte mich auf dem Sofa zurück und rieb mir mit der Hand über den Nacken. »Ich bin kein Typ, der um den heißen Brei herumredet. Also. Sie sind keine Menschen. Sie sind Fae. Was bedeutet, dass Sie eine schlafende Kraft in sich tragen, die von den Sternen selbst definiert wird. Sie gehören nach Solaria – einer Spiegelwelt der Erde, wo die Fae regieren. Können Sie mir bis hier her folgen?« Ich spürte, wie Belustigung in mir aufwallte, weil ich die Bombe einfach so hatte platzen lassen. Ja, okay. Vielleicht genoss ich es ein wenig, die Zwillinge des Grausamen Königs zu verunsichern. Sie warfen sich einen Blick zu, der bestätigte, dass sie mich für verrückt hielten.

»Sie sind beide im Zeichen der Zwillinge geboren«, stellte ich fest. »Sie sind hitzköpfig. Daher habe ich Sie mit einem Manipulationszauber belegt, damit alles reibungslos abläuft. Zumal wir ohnehin schon spät dran sind«, murmelte ich und hob mein Handgelenk, um auf meine Uhr zu schauen. Ich trieb es jetzt wirklich auf die Spitze. Ihr Erwachen würde jeden Moment beginnen.

»Du … ähm … Sie meinen unser Sternzeichen?«, fragte Tory.

»Korrekt«, sagte ich. *Ah gut, sie sind keine absoluten Vollidiotinnen.* »Zwillinge gehören zu den Sternzeichen des Elements Luft. Sobald Ihre Kräfte erwacht sind, werden Sie …«

»Moment mal«, unterbrach mich Darcy und meine Finger juckten mit dem Drang, sie dafür zu bestrafen. Wenn sie das in meinem Klassenzimmer getan hätte, wäre sie dafür definitiv gezüchtigt worden. Aber ich konnte wohl dieses eine Mal nachsichtig sein. Sie würde schon noch lernen, sich nicht mit mir anzulegen. Natürlich schoss mir dann wieder der verräterische Gedanke durch den Kopf, dass meine Bestrafung darin bestehen würde, sie auf meinen Schreibtisch zu drücken und ihr den Hintern zu versohlen. Ich verfluchte mich innerlich.

Was zum Teufel ist nur los mit mir?

»Sollen wir wirklich glauben, dass wir Kräfte haben? *Magische* Kräfte?« Darcy schnaubte.

»Ganz ehrlich? Es geht mir am Arsch vorbei, was Sie glauben. Aber ich habe einen Job zu erledigen, und dazu gehört auch, Ihnen das Ganze zu erklären. Und ich möchte meinen Atem nicht verschwenden, denn Sie werden es ohnehin bald selbst herausfinden.« Mein Ton war so scharf, dass er durch Glas hätte schneiden können, und ihre Augen verengten sich, als wollte sie sich der Herausforderung in meiner Stimme stellen. *Komm schon, kleine Fae, ich zeige dir, wie echte Macht aussieht.*

»Was soll das jetzt schon wieder heißen?«, fragte Tory mit gerunzelter Stirn.

»Das heißt, dass ich den ganzen Tag versucht habe, mit Ihnen zu reden, aber offensichtlich standen Einbruch und Motorraddiebstahl wesentlich weiter oben auf Ihrer Tagesordnung. Also bin ich Ihnen hinterhergerannt wie ein Hund. Und ich mag es wirklich nicht, Leuten hinterherzujagen. Also sagen wir der Einfachheit halber, dass ich im Moment nicht in bester Stimmung bin.«

Darcy schürzte die Lippen und dieser freche Gesichtsausdruck ließ meine Reißzähne aufs Neue kribbeln.

Ich presste irritiert die Lippen aufeinander und schaute erneut auf die Uhr, um festzustellen, dass unsere Zeit abgelaufen war. »Gut, gehen wir.« Ich stand auf und holte etwas Sternenstaub aus meiner Tasche, woraufhin beide mich völlig verwirrt anstarrten. *Oh, es wird noch viel verwirrender, Vega-Mädels.*

»Moment!« Auch Darcy stand auf und ich schaute mit einem ausdruckslosen Gesichtsausdruck auf sie hinab, der nichts von dem unersättlichen Hunger verriet, den ich nach ihr verspürte. »Sie haben gesagt, dass wir Fae sind, richtig? Was soll das überhaupt bedeuten?«

»Bei den Fae handelt es sich um eine andere Rasse. Um eine bessere, um genau zu sein.« Ich zuckte mit den Schultern und sie blickte so finster drein, dass es mir einen heißen Schauer über den Rücken jagte. Bei den Sternen, dieses *Mädchen*. »Vorsicht, Miss Vega, solche Gesichtsausdrücke sind in meinem Klassenzimmer strafbar.«

»Vega?« Ihre Nase kräuselte sich und ich erinnerte mich daran, dass sie buchstäblich von nichts eine Ahnung hatten. »Das ist nicht mein Name. Oh, bitte sagen Sie mir, dass Sie die falschen Zwillinge erwischt haben!«

Ich schüttelte frustriert den Kopf. »Das ist Ihr wahrer Nachname in Solaria. Niemand wird Sie anders nennen, wenn Sie erst einmal dort sind. Vergessen Sie das nicht.«

»Äh … was?«, mischte sich Tory ein. Ihr Unterkiefer zuckte, als wünschte sie sich, sie hätte diese Worte schreien können, aber dank meiner Manipulation war sie nur ein wütender Hund an der Leine. »Wir begleiten doch keinen Creep, der uns in der Lobby aufgelauert hat. Welche Drogen nehmen Sie eigentlich? Nach den schicken Klamotten zu urteilen, tippe ich auf … Koks.«

Auf diese Worte hin schenkte ich ihr ein Raubtierlächeln, und das Feuer in ihren Augen ließ das Monster in mir zum Vorschein kommen. »Hören Sie, ich habe weitaus Besseres mit meiner Zeit anzufangen, als hier in einer schäbigen Wohnung mit ein paar Mädchen zu stehen, die mich für einen Süchtigen halten, der eine Schraube locker hat. Aber ich hatte keine Wahl in dieser Angelegenheit. Also tun Sie mir den Gefallen, ja?«

»Sie haben noch rein gar nichts erklärt.« Darcy schüttelte verneinend den Kopf. »Und warum sollten wir den Unsinn, den Sie hier labern, überhaupt glauben?«

Ich schnappte mir meine Tasche, drehte sie um und kippte den Inhalt auf ihren Couchtisch. Ein Schwall von Papieren landete überall – Seiten über Seiten mit sämtlichen Informationen, die ich während meiner Zeit im Reich der Sterblichen über sie gesammelt hatte.

Ich durchsuchte alles und holte ein Foto ihrer menschlichen Adoptiveltern an ihrem Hochzeitstag heraus. Darcy riss es mir aus der Hand und drückte es an ihre Brust, während Tränen in ihren Augen schimmerten, als hätte ich es verbrennen wollen.

»Warum haben Sie ein Foto unserer Eltern?«, zischte Tory.

»Das sind nicht Ihre Eltern«, sagte ich kühl. »Sie beide sind Wechselbälger. Von Geburt an Fae. Elementare mit natürlicher Magie in den Adern. Ihre leiblichen Eltern haben Sie gegen die Zwillinge dieses Paares ausgetauscht.« Ich zeigte auf das Foto in Darcys Hand und ihre Augenbrauen zogen sich zusammen.

Diese Menschen waren nur Sterbliche gewesen, und diese Mädchen begriffen nicht, wer sie wirklich waren.

»Das ist nicht wahr. Sie sind doch irre. Warum sollten sie das tun?«, fragte Darcy.

»Meine Vermutung? Sie waren in Gefahr«, sagte ich mit einem Achselzucken. Die Königin musste ihren Tod vorhergesehen haben. Aber wenn sie das getan hatte, wie kam es dann, dass sie ihr Schicksal und das ihres Mannes nicht verändert hatte? »Oder vielleicht haben Sie so genervt, wie Sie mich gerade nerven, und Ihre Eltern haben beschlossen, Sie gegen weniger nervige Zwillinge auszutauschen.«

Tory sah aus, als würde sie mich gleich schlagen, und ich hätte mich totgelacht, wenn sie es versucht hätte.

»Raus hier«, sagte Tory in einem gemessenen Ton, als würde ich tatsächlich darauf hören.

»Gut, ich habe es versucht.« Ich holte den kleinen schwarzen Seidenbeutel aus meiner Hosentasche und löste die Schnüre. »Schade, dass Sie Ihr Erbe nicht antreten wollen. Ihre leiblichen Eltern gehörten zur vermögendsten Familie in Solaria.«

»Klar«, murmelte Darcy, aber ich hatte ihr die Karotte vor die Nase gehalten und es sah so aus, als würde Tory anbeißen.

»Moment … vermögend?«, fragte Tory und trat näher, ihre Wut war jetzt definitiv verflogen. Die Art und Weise, wie sie mir das Geld entrissen hatte, war ein eindeutiger Beweis dafür gewesen, wie dringend sie Geld brauchten. Wenn das also der Köder war, den es brauchte, um sie anzulocken, dann war reichlich davon vorhanden. Aber es sah so aus, als würde sich Tory einfacher ködern lassen als Darcy.

»Das kann nicht stimmen, Tor«, sagte Darcy leise.

Tory zuckte mit den Schultern. »Lassen wir ihn ausreden.« Sie warf ihrer Schwester einen Blick zu, den ich nicht sehen konnte, und ich kämpfte gegen ein Grinsen an.

»Ja, *lassen Sie mich ausreden*«, beharrte ich und plötzlich nickte Darcy, wieder von meiner Manipulation beeinflusst, und bescherte mir einen weiteren kleinen Machtrausch. Ich riss Darcy das Foto aus der Hand und musterte es einen Moment lang stirnrunzelnd. »Ich will Ihre kleinen Tagträume hinsichtlich dieses Paares nicht zerstören, aber es handelt sich um nicht mehr als um zwei x-beliebige Menschen, die in etwas viel Größeres hineingeraten sind. Sie kennen die beiden nicht. Genauso wenig wie ich. Die Tatsache, dass sie tot sind, ist eine Tragödie, aber sie waren nicht Ihre Blutsverwandten. Und Blut ist meiner Meinung nach das Einzige, was zählt.« *Vor allem, wenn man mit dem Grausamen König verwandt ist.* Ich zuckte mit den Schultern und warf einen Blick auf die beiden. »Sie würden alles füreinander tun, oder? Denn dieses beschissene Leben könnte *einfach so* vorbei sein.«

Ich schnippte mit den Fingern. »Sie müssen lediglich zustimmen, sich an der Zodiac Academy einzuschreiben. Dort erhalten Sie volle Verpflegung und haben Ihre eigenen Betten.« Ich warf der Couch einen spitzen Blick zu. »Ihr Erbe deckt die Kosten für den Unterricht und Sie erhalten ein monatliches Stipendium. Sobald Sie Ihren Abschluss in der Tasche haben, gehört es ganz Ihnen. Aber nur, *wenn* Sie Ihren Abschluss machen. Das ist das Gesetz.«

»Wir sollen also auf eine Schule gehen?«, fragte Tory.

»Ja. Aber nicht auf irgendeine Schule. Auf die beste Schule.« Es war wirklich die verdammt beste. »Also, was sagen Sie?«

»Ich sage, Sie sind verrückt«, sagte Darcy und ich hatte Lust, ihr zu zeigen, wie verrückt ich wirklich sein konnte. Allerdings nicht auf angemessene Art und Weise. Sondern mit ihr unter mir und meinen Namen stöhnend.

Konzentriere dich!

»Ja … aber ich will das Geld.« Tory stieß Darcy mit dem Ellbogen in die Rippen, woraufhin diese die Stirn runzelte.

»Volle Verpflegung?« Darcy sah wieder zu mir und zupfte an einer Strähne ihrer blauen Haare. Sehr ablenkend.

»Jede Mahlzeit«, schwor ich. »Also? Was ist?« Ich wippte ungeduldig mit dem Fuß.

Keine der beiden antwortete.

»Sagen Sie einfach Ja und kommen mit!«, knurrte ich, weil ich endgültig die Schnauze voll hatte.

»Ja«, sagten beide ohne zu zögern.

Ich grinste von einem Ohr zum anderen, mein Job war endlich erledigt. »Ach, das hätte ich sofort tun sollen.« Ich deutete mit dem Kinn auf Darcy. *»Ziehen Sie sich um!* Wenn Sie so die Academy betreten, werden die anderen Studenten Sie bei lebendigem Leibe fressen.« *Und ich auch.*

Sie verließ den Raum und ich blieb mit Tory allein, die weiterhin in meiner Gewalt war.

»Also gibt es … viel Geld?«, fragte sie.

»Haufenweise«, bestätigte ich und ihre Augen glitzerten.

Einen Herzschlag später kehrte Darcy aus dem Badezimmer zurück, in engen Jeans, die sich an ihren runden Hintern schmiegten, und einem schwarzen Tanktop, das die sanduhrförmigen Kurven ihres Körpers umschmeichelte. Na toll. Warum war sie nicht mit der Haut einer Heptianischen Kröte gepanzert?

Aus irgendeinem Grund hatte ihre Zwillingsschwester mit genau der gleichen Figur nichts in mir ausgelöst, aber bei dieser hier pochte mein Schwanz und mein Kopf war voller schmutziger Fantasien, die ich niemals in die Tat umsetzen könnte. *Du verdammter Idiot.*

»Sie haben Magie erwähnt …«, begann Darcy mit bohrender Stimme.

»Ja«, sagte ich und versuchte, wegzuschauen. Aber ich stellte fest, dass ich sie schon wieder anstarrte. »Wasser, Luft, Feuer, Erde. Sie besitzen je ein Element, vielleicht auch zwei. Ihre Eltern waren sehr mächtig, deshalb können wir vermutlich davon ausgehen, dass Sie unermesslich begabt sind.« *Und wenn ihr das seid, werden die Erben durchdrehen. Aber natürlich seid ihr das, natürlich werdet ihr es uns schwierig machen.*

Ich öffnete den Seidenbeutel, nahm etwas Sternenstaub zwischen meine Finger und streute ihn in meine Handfläche.

»Was ist das?«, flüsterte Tory, als Darcy näher kam, um einen Blick darauf zu werfen.

»Die seltenste Substanz in Solaria und das schnellste Fortbewegungsmittel. Sternenstaub.« *Das wird ein Spaß.* Ich hob den Kopf mit einem dämonischen Lächeln. »Willkommen zu Ihrem Erwachen!«

Ich blies ihnen das Zeug direkt ins Gesicht und sie schnappten gleichzeitig nach Luft. Der Sternenstaub umhüllte uns und ihre beschissene Wohnung verschwand, als wir in den Raum zwischen den Welten gerissen wurden, der uns nach Solaria transportierte – und mich endlich nach Hause brachte.

Meine Füße berührten den Boden und Darcy stolperte gegen mich, ihre Stirn stieß gegen meine Brust. Ihre Hand landete auf meinem Bauch und der Kontakt löste in mir ein brennendes, fast unerträgliches Verlangen aus, nach ihr zu greifen. Sie zu beißen, sie zu beanspruchen – *verdammt noch mal, reiß dich zusammen!*

Ich packte sie an den Schultern und riss sie herum, sodass sie dem Kreis neuer Studenten auf der Heulenden Wiese zugewandt war, die auf ihr Erwachen warteten. Gleichzeitig pochte und rebellierte mein Herz in meiner Brust.

Darcy trat von mir weg und meine Finger ballten und entspannten sich wieder, während ich ihr nachstarrte. Ein Knurren rollte tief durch meine Kehle, während ich versuchte, gegen den Durst und den anderen, hungrigen Teil meines Wesens anzukämpfen, der erwacht war.

Darcy warf mir einen alarmierten Blick zu. »Was ist das hier?«, fragte sie, und ihre grünen Augen tanzten vor Panik. Ich vermutete, dass das wirklich der reine Wahnsinn für sie sein musste.

»Haben Sie uns gerade unter Drogen gesetzt?« Tory stürzte sich auf mich.

»Was haben Sie nur ständig mit diesen Drogen?«, murmelte ich. *»Denken Sie daran, ruhig zu bleiben!«*, befahl ich, denn ich musste dafür sorgen, dass sie das hier durchstehen konnten, ohne eine komplette Szene zu veranstalten.

Ich musste wissen, welche Elemente sie besaßen. Lionel erwartete meinen Anruf, um alles, was heute Abend passiert war, und alles, was ich über die Vegas erfahren hatte, zu hören. Aber eines würde ich selbst Darius nicht erzählen. Dass ich mich zu einer von ihnen hingezogen fühlte, was jeder Logik widersprach und meinen Hass auf sie vertiefte. Bei all meinen Bedenken, was die Rückkehr der Vega-Zwillinge nach Solaria anbelangte, hatte ich nicht im Geringsten damit gerechnet.

Vielleicht war es die Macht ihres Blutes, die mich zu sich rief. Aber da nur Darcy mich dazu gebracht hatte, vor unerwünschter Begierde zu brennen, bezweifelte ich, dass ich es darauf schieben konnte. Eines war sicher: Ich würde diese abgefuckten Triebe so schnell wie möglich aus mir verbannen. Und sie würden keinen Einfluss auf das haben, was als Nächstes kam. Denn die Vega-Zwillinge würden den Thron nicht besteigen. Es war meine Pflicht, dafür zu sorgen. Und kein Mädchen mit blau gefärbten Haarspitzen und Häschen-Pyjama würde meine Pläne durchkreuzen.

Scorpio
Virgo
Gemini
Aries
Cancer
Leo
Sagittarius
Taurus
Capricorn
Aquarius
Libra
Pisces

DARIUS

KAPITEL 2

Gelächter hallte durch den Raum. Wir saßen an unserem gewohnten Platz auf der roten Couch in der Mitte des Orbs und sorgten dafür, dass jeder um uns herum sehen konnte, wie entspannt und unbekümmert wir alle waren.

Die anderen Celestia-Erben legten eine echte Show hin, lachten und scherzten, beschwerten sich lautstark darüber, wie lange das Erwachen dieses Jahr dauerte, und meinten, dass die Vegas vielleicht während ihrer Zeit außerhalb Solarias sterblich geworden waren und keine Magie mehr in sich trugen.

Ich musste mich nicht so aufspielen wie die anderen. Nicht, dass an Seths vorlautem Mundwerk etwas Ungewöhnliches gewesen wäre. Oder daran, dass Caleb sich halb totlachte und Max die Emotionen, die überall um uns herum hochkochten, noch verstärkte. Aber ich wusste, dass ihr Verhalten heute Abend eine gewisse Schärfe besaß. Denn heute Abend könnte sich alles verändern, worauf wir unser ganzes Leben lang hingearbeitet hatten. Nicht, dass ich die Absicht hätte, das zuzulassen.

Seth begann, laut und ausführlich von einem Rudel-Gelage zu erzählen, an dem er in der vergangenen Nacht teilgenommen hatte. Ich hörte ihm nicht mehr zu, während jeder Wolf im Raum nach den Details lechzte. Viele von ihnen klimperten mit den Wimpern, spielten mit ihren Muskeln oder bissen sich auf die Lippen, in der Hoffnung, eine Einladung zur nächsten Sex-Session zu bekommen. Aber zu teilen … na ja, das war nichts für mich. Wenn ich ein Mädchen mit ins Bett nahm, dann war ich ihr einziger Fokus und sie hatte verdammt noch mal keine Zeit, auch nur an einen anderen zu denken.

Ich lehnte mich auf der Couch zurück und ließ meinen Gedanken freien Lauf, während ich das Gespräch mit meinem Vater am Morgen über die heutige Rückkehr der Vega-Zwillinge Revue passieren ließ. Er hatte schon vor Monaten gehofft, dass Lance sie ausfindig machen und zu uns zurückbringen würde. Dann hätten sie die letzten Monate in Solaria bei den Celestia-Familien verbracht, um früh selbst herauszufinden, welchen Platz sie künftig innehatten – und dass sie in der Hierarchie definitiv unter uns standen. Und um sicherzustellen, dass sie nicht auf die verrückte Idee kamen, den Thron ihres Vaters zurückzufordern.

Ich wusste, was sich mein Vater für diese Zeit ausgedacht hatte. Sein Plan war es gewesen, die Köpfe der Zwillinge mit den schlimmsten Taten zu füllen, die der Grausame König je begangen hatte, und absolut sicherzugehen, dass sie an seine Visionen für die Zukunft Solarias glaubten.

Er hatte mir gegenüber sogar die Manipulation durch Zyklopen erwähnt, falls es erforderlich gewesen wäre, und ich wusste, dass er noch extremere Pläne im Sinn hatte. Nicht, dass er sich herabgelassen hätte, mir viel von seinen Machenschaften mitzuteilen. Aber er hatte gehofft, diese Mädchen kleinzukriegen, bevor sie auch nur den Campus betraten. Natürlich hatten die Sterne einen anderen Weg gewählt.

Ich hasste die Zwillingsmädchen, die gerade unter den Sternen standen, um ihre Macht zu erwecken, jetzt schon. Sie hatten meinem Bruder und mir den letzten Sommer ordentlich vermiest. Allein ihre Existenz und die Tatsache, dass Lance so lange gebraucht hatte, um sie aufzuspüren, bedeutete, dass Vater ständig schlecht gelaunt gewesen war.

Die Celestia-Ratsmitglieder hatten eine Besprechung nach der anderen über die Rückkehr der Vega-Zwillinge – und deren Bedeutung für das gesamte Königreich – abgehalten. Die Royalisten waren eine echte Plage. In den Jahren nach dem Tod des Grausamen Königs waren sie ziemlich harmlos gewesen, denn ohne einen Erben der Vega-Blutlinie hatte es niemanden gegeben, hinter dem sie sich hätten versammeln können. Das Schlimmste, womit wir zu kämpfen gehabt hatten, war ihr Beharren darauf gewesen. dass mein Vater und die anderen Ratsmitglieder um die Vorherrschaft kämpften, um zu sehen, ob ein neuer König oder eine neue Königin unter ihnen hervorgehen würde.

Aber die vier Familien waren immer gleich stark gewesen. Und als das Turnier stattgefunden hatte, war dies für ganz Solaria nur noch deutlicher geworden. Und es hatte das Band zwischen mir und den drei Männern, die heute mit mir auf dieser Couch saßen, nur noch gefestigt.

Das gesamte Königreich war mit den Plänen, dass wir nach unseren Eltern regieren sollten, zufrieden gewesen. Sie hatten es gewollt. Es hatte keine Alternative gegeben. Bis jetzt.

All diese langen und eindeutig nervenaufreibenden Treffen mit dem Celestia-Rat hatten damit geendet, dass mein Vater außer sich vor Wut nach Hause gekommen war und seine Rückkehr unweigerlich in irgendeiner Form eines gewalttätigen Ausbruchs geendet hatte.

Ich hatte im Sommer die Hauptlast getragen und Xavier und unsere Mutter vor seinem Zorn abgeschirmt, wann immer es mir möglich gewesen war. Aber jetzt, da ich wieder an der Zodiac Academy war, verspürte ich große Sorge um meine Familienmitglieder, die mit ihm in diesem Haus zurückgelassen worden waren.

Es gab jedoch einen Grund zur Hoffnung, was ihre Sicherheit betraf. Ein einziges Vorhaben, das mir mein Vater an diesem Morgen ins Gesicht geschrien hatte, während er mich an die Wand seines Büros gepresst hatte. Ich musste das Vega-Problem für ihn lösen. Er wollte, dass sie gebrochen wurden, dass sie nicht einmal den Blick heben konnten, um uns anzusehen, geschweige denn daran dachten, sich uns entgegenzustellen. Und ich war mehr als glücklich, diese Aufgabe zu übernehmen, wenn es bedeutete, ihn bei Laune zu halten und meine Familie vor seinem Zorn zu schützen.

Ich rieb mir das Kinn und glaubte, noch immer den Schmerz in dem Knochen zu spüren, den er mir gebrochen hatte, bevor ich zur Academy zurückgekehrt war. Ich wusste, dass ich die Verletzung perfekt geheilt hatte, aber manchmal hallten das Echo des Schmerzes, den er mir zugefügt hatte, trotzdem nach.

»Es geht los«, zischte Seth aufgeregt, ließ sich neben mich fallen und hüpfte praktisch auf und ab, als die ersten der neu erwachten Studenten in den Raum strömten.

Ein aufgeregtes Kreischen lenkte meine Aufmerksamkeit nach rechts und ich sah, wie Geraldine Grus etwas in der Hand hielt, das aussah wie eine handgemachte Willkommen-zu-Hause-Karte. Ihr ganzer Körper schien vor Aufregung förmlich zu vibrieren, sodass ich mich fragte, ob sie gleich die Kontrolle über ihre Formgebung verlieren würde.

»Hey, Grus!«, rief Max und lenkte ihre Aufmerksamkeit für einen Moment auf sich, obwohl sie darüber alles andere als erfreut zu sein schien. »Hast du die ganze Woche auf diesen Moment hingefiebert? Denn du siehst aus, als würdest du vor lauter Aufregung gleich kommen.«

»Ich bezweifle sehr, dass du die Fähigkeiten hast, zu erkennen, wann eine Lady kurz vor dem Orgasmus steht, du vulgärer Rüpel. Also nimm bitte deine Augen von meinem Antlitz und kehre zu deinem Müßiggang mit den anderen Kötern des Ablagestapels zurück«, antwortete sie mit einer abweisenden Handbewegung.

Max' Miene verfinsterte sich und er schnippte mit der Hand, um Geraldine die Karte mittels seiner Luftmagie aus der Hand zu schlagen und in unsere Richtung zu schleudern. Mit einem boshaften Grinsen schnappte er sie sich aus der Luft und ich warf einen Blick auf das Aquarell, auf dem zwei Mädchen auf einem Thron saßen, während sich eine sehr Geraldine-ähnliche Gestalt zu ihren Füßen zu Boden warf.

»Gib das zurück, du langfingriger Lurch!«, schrie Geraldine, trat einen Schritt auf uns zu, hielt dann aber inne und blickte zur Tür zurück, wo die neuen Studenten weiterhin eintrudelten.

Von Lance oder irgendwelchen Zwillingen war weit und breit nichts zu sehen, aber mein Puls beschleunigte sich und ich tauschte einen finsteren Blick mit Caleb aus. Der Tag war also gekommen. Jeden Moment würden wir die Gesichter der Mädchen sehen, die unsere Welt ins Chaos zu stürzen drohten.

»Schaut euch diesen Scheiß an!«, knurrte Max und hielt die nun offene Karte vor uns alle. Ich senkte den Blick, um die handgeschriebene Notiz darin zu lesen.

O edle Königinnen, einst fort und versteckt,
wo habt ihr euch all die Zeit nur bedeckt?
Ich hoffte und träumte, bat Nacht für Nacht,
nun seid ihr zurück – mein Wunsch ist vollbracht.
Ich sehnte mich mehr, als Worte vermögen,
und schwöre euch heut, meine Treue zu pflegen.

Ich warf Geraldine einen bösen Blick zu, aber sie hatte jegliches

Interesse an uns verloren. Ihre großen Augen waren nun fest auf die Tür gerichtet, durch die die neuen Studenten den Orb betraten, und sie sah aus, als würde sie vor Aufregung gleich platzen.

»Scheiß drauf!«, murmelte Caleb und zündete die Karte an, sodass sie in weniger als einem Herzschlag zu Asche zerfiel. Max lachte laut auf.

Ich öffnete den Mund, um etwas zu sagen, aber ich vergaß, was es gewesen war, als mein Blick auf das Mädchen fiel, das gerade den Raum betreten hatte.

Mein pochender Puls beschleunigte sich aus einem ganz anderen Grund, als ich sie in mich aufnahm. Lange schwarze Haare fielen ihr über den Rücken, ihre grünen Augen blickten nach oben zum gewölbten Dach, während sie den Anblick des Gebäudes, in dem sie sich befand, auf sich wirken ließ. Ihre Lippen waren voll und einladend, aber ihre Mundwinkel verrieten, dass sie nicht zum Küssen aufgelegt war.

Sie war ohne Zweifel das atemberaubendste Geschöpf, das ich je zu Gesicht bekommen hatte, und ich konnte nicht anders, als sie anzustarren, als sie sich mit den anderen Studenten tiefer in den Raum begab.

Ich spürte, wie sich eine Stillekuppel um mich herum schloss, die einer der anderen beschworen hatte, damit wir frei sprechen konnten. Aber ich wandte meine Aufmerksamkeit nicht von ihr ab. Mein Blick war auf sie fixiert, während ich jede kleine Bewegung ihres Körpers und jeden Ausdruck auf ihrem Gesicht einfing. Es war mir jetzt scheißegal, dass die Vegas heute Abend auftauchen würden. Ich wollte nichts weiter, als dieses Mädchen noch ein ganzes Stück besser kennenzulernen.

»Heilige Scheiße«, murmelte Caleb neben mir und ein tiefes Knurren hallte durch meine Brust, als ich den Eindruck bekam, dass sein Blick dasselbe Ziel gefunden hatte.

»Mein«, knurrte ich, das Biest in mir erwachte und meine Augen verengten sich zu Schlitzen, als würde mein Drache sich auch nach einem Blick auf sie sehnen.

Jeder Muskel in meinem Körper spannte sich an und ich verspürte den wahnsinnigen Drang, von meinem Platz aufzustehen und direkt auf diese Frau zuzugehen und sie vor allen anderen hier zu beanspruchen. Ich wusste nicht einmal ihren Namen. Ich wusste nicht, welcher Formgebung sie angehörte oder wie mächtig sie war oder irgendetwas von dem anderen Mist, der mir eigentlich wichtig sein sollte. Aber das war mir egal. Denn das Einzige, was in diesem Moment für mich zählte, war, dass ich meinen Anspruch geltend machte.

Der Drache in mir verlangte es.

»Verdammt, ich habe nicht in Betracht gezogen, dass sie heiß sein könnten«, fluchte Seth und ich runzelte die Stirn bei seinen Worten und versuchte, sie in einen Zusammenhang zu bringen.

»Das macht die Sache interessanter«, stimmte Max zu.

»Ich will wissen, wie gut sie schmecken«, sagte Caleb mit einem kaum unterdrückten Stöhnen.

Ich wollte keinem von ihnen zuhören, aber ihre Worte drangen immer wieder zu mir durch, während ich weiterhin mein geheimnisvolles Mädchen anstarrte.

»Na toll, Nova fängt schon mit ihrem Arschgekrieche an«, stöhnte Seth, gerade als unsere Rektorin bei meinem Mädchen ankam und seinen Arm ergriff.

Ich zog die Augenbrauen zusammen, als mein Gehirn endlich die Worte meiner Brüder verstand, und ich ließ den Blick von der Versuchung dieser schönen Kreatur zu den Studenten wandern, die ihr am nächsten standen.

Mein Herz setzte einen Schlag aus, als ich das Mädchen direkt neben ihr entdeckte, und ich fragte mich, wie zum Teufel ich die Tatsache übersehen hatte, dass es zwei von der Sorte gab, während ich so damit beschäftigt war, mein Mädchen anzustarren.

Das zweite Mädchen sah seiner Schwester auffallend ähnlich, aber aus irgendeinem Grund hatte ich das Gefühl, dass ich im Dunkeln erkennen würde, wer wer war. Ich war mir nicht sicher, woran das lag. Aber trotz ihres gleichermaßen attraktiven Aussehens kehrte meine Aufmerksamkeit wieder zu dem ersten Mädchen zurück. Als würden die Sterne selbst es so wollen.

Nova quasselte weiter auf die Zwillinge ein, während meine Brüder einander Pläne zuflüsterten. Unsere Eltern hatten sich mehr als deutlich ausgedrückt. Die Vega-Zwillinge mussten gehen. Wir sollten dafür sorgen, dass das tatsächlich geschah. Das war alles, was zählte. Mein Interesse, eine der Schwestern viel näher kennenzulernen, hatte keinerlei Einfluss auf irgendetwas.

Eine Bewegung in der Menge erregte meine Aufmerksamkeit und ich schaute mich instinktiv um, wobei ich meinen Blick von dem Mädchen abwandte, das ich nicht begehren konnte, und Lance entdeckte, wie er sich zwischen die Studenten schob.

Das Mal auf meinem Arm juckte, als wollte es, dass ich zu ihm rannte, ihn umarmte und ein wenig an seinen Haaren schnupperte. Verdammt, ich hatte ihn vermisst. Aber wenigstens hatte mich die Verbindung nicht zu ihm getrieben, während er im Reich der Sterblichen gewesen war. Tatsächlich war das Band durch die Trennung der Reiche so geschwächt gewesen, dass ich während seiner Abwesenheit ein völlig normales Leben hatte führen können.

Natürlich hatte ich ihn trotzdem vermisst. Er war der Einzige auf dieser Welt, dem gegenüber ich vollkommen ehrlich sein konnte. Ich mochte die anderen Erben, aber es gab Dinge, die ich auf Anweisung meines Vaters nicht mit ihnen teilen konnte. Und andere, die ich nicht teilte, weil ich nicht wollte, dass sie versuchten, sich einzumischen. Ganz zu schweigen von den Hobbys, denen Lance und ich gelegentlich nachgingen.

Wenn sie nur eine Ahnung davon hätten, wie schlimm mein Vater war, wären sie sicher bemüht gewesen, etwas dagegen zu unternehmen oder ihre Eltern dazu zu bringen. Aber ich wusste, dass das alles nur noch schlimmer machen würde. Lionel Acrux war meine Bürde, und ich hatte nicht vor, sie ebenfalls mit ihm zu belasten.

Lance runzelte die Stirn und versuchte, mir irgendeine Botschaft zu übermitteln, während er aussah, als hätte ihm gerade jemand in seinen Bourbon geschissen. Er holte seinen Atlas aus der Tasche und schickte mir eine Nachricht, während er auf die anderen Professoren am Rande des Raumes zuging.

Ich zog meinen Atlas aus der Tasche, warf einen Blick auf die Nachricht und spürte, wie sich etwas in meiner Brust zusammenzog und zu Staub zerfiel, während ich die Informationen, die er mir gerade übermittelt hatte, in mich aufnahm und auch die anderen sie lesen ließ.

Lance:
Die Vega-Zwillinge verfügen über ALLE VIER Elemente. Jetzt wird es interessant.

»Das kann nicht wahr sein«, spöttelte Seth und blickte zwischen meinem Atlas und den Zwillingen hin und her, die immer noch mit Nova sprachen und wie zwei verlorene Lämmer aussahen.

Keiner von uns machte sich die Mühe, ihm zu antworten, weil wir hören konnten, wie sich das Gerücht durch den Orb verbreitete, während die Studenten, die es mit eigenen Augen gesehen hatten, aufgeregt darüber tuschelten, dass die Vega-Zwillinge alle Elemente erhalten hatten.

Mein Puls raste jetzt und mein Verstand arbeitete auf Hochtouren, um die Reaktion meines Vaters auf diese Nachricht vorherzusehen. Ich musste zu ihm gehen, ihm als Erster davon erzählen und die Hauptlast seines Zorns dafür auf mich nehmen, sonst würden Xavier und meine Mutter darunter leiden. Aber als ich mich umschaute und die klatschenden Studenten sah, die mich umringten, wusste ich, dass das nicht passieren würde. Das Gerücht machte bereits die Runde, es würde in den Händen der Presse sein, bevor ich überhaupt diesen verdammten Raum verlassen hatte, und sein Zorn würde nur noch schlimmer werden, wenn ich mich hier meiner Verantwortung entzöge.

Ich schickte meinem Bruder schnell eine Nachricht, um ihn zu warnen, in der Hoffnung, dass er genug Zeit haben würde, um sich und Mutter für den Abend aus dem Haus zu schaffen. Oder sich einfach nur zu verstecken, bis Vater gezwungen war, sie für ein weiteres Treffen mit dem Celestia-Rat zu verlassen. Was definitiv passieren würde, sobald sie diese Information erhielten. Denn das war nicht gut. Die Leute wussten bereits, dass die Vegas stärker sein würden als wir, und jetzt waren sie seit einer verdammt langen Zeit die ersten Fae, die alle vier Elemente beansprucht hatten. Die Royalisten würden vor Freude in die Luft gehen.

Darius:

Die Vega-Mädchen haben alle vier Elemente.

Mehr musste ich meinem jüngeren Bruder nicht sagen. Er wusste genau, warum ich ihm das erzählte.

Xavier:

Ich bin dir zwei Schritte voraus, Alter. Ich habe bereits dafür gesorgt, dass Mom mich heute Abend zu einem Besuch bei einer ihrer langweiligen Freundinnen mitnimmt. Ich wusste, dass die Rückkehr der Schwestern nicht gut verlaufen würde, egal, wie sich die Dinge entwickelt hätten.

Ich atmete erleichtert auf, weil ich wusste, dass er vorerst in Sicherheit war, und schob meinen Atlas wieder beiseite.

Geraldine Grus weinte vor Glück und murmelte: »Lobet den Himmel und seine göttliche Intervention! Heute sind zwei Sterne zu uns zurückgekehrt, um unter uns zu wandeln und uns alle in den Wohlstand zu führen!«

»Fuck. Das ist übel«, sagte Max mit leiser Stimme, während er sich bemühte, so zu tun, als wäre ihm alles scheißegal.

»Übel?« Cal schnaubte. »Das ist eine verdammte Katastrophe. Jeder Wichser im Königreich wird denken, dass dies eine Art Zeichen des Schicksals ist …«

»Nein, das werden sie nicht«, sagte ich bestimmt und weigerte mich, diese Mädchen auch nur als Bedrohung zu betrachten. Denn wenn sie stärker waren, als wir uns selbst glauben machen wollten, wenn sie fähiger und kämpferischer waren, dann mussten wir einfach unser eigenes Niveau erhöhen. Am Ende spielte es keine Rolle. »Wir haben ein Ziel und daran halten wir uns. Wir kämpfen so hart, wie wir es müssen.«

Meine Muskeln spannten sich an, als ich versuchte, mir vorzustellen, wie hart das sein könnte. Ich hatte schon vor langer Zeit viele meiner Hemmungen verloren. Dafür hatte mein Vater gesorgt. Ich wusste, wie ich alle Arten von Schmerzen ertragen konnte, und ich hatte außerdem aus erster Hand gelernt, wie ich sie am besten verursachte. Der Punkt war: Wenn ich mich zwischen zwei Mädchen, die ich nicht kannte, und der Sicherheit meiner eigenen Familie entscheiden müsste, stünde außer Frage, wie weit ich zu gehen bereit wäre.

Außerdem glaubte ich selbst an diese Entscheidung. Die anderen Erben und ich hatten unser ganzes Leben lang für unsere Positionen trainiert. Selbst wenn man unsere Stärke und Macht außer Acht ließe, wären wir immer noch die besten Kandidaten für die Herrschaft über dieses Königreich. Wir kannten die Bevölkerung, die Gesetze, die Bedürfnisse und Anforderungen, die es zu erfüllen galt, damit Solaria gedeihen konnte. Die Vegas waren als Sterbliche aufgewachsen. Sie wussten nichts über unser Volk, geschweige denn, wie man ein Königreich regierte. Und ich weigerte mich, ihnen zu erlauben, stark genug zu werden, um die Sicherheit von Solaria als Ganzes zu bedrohen, indem sie uns die Herrschaft über das Land streitig machten.

»Darf ich um Aufmerksamkeit bitten?«, rief Nova und alle im Raum verstummten, um zu hören, was sie über die Vega-Zwillinge zu sagen hatte.

Seth rutschte dichter an mich, sein Arm streifte meinen auf seine wölfische Art und ich ließ es zu, weil ich wusste, dass er die Solidarität brauchte. Er beugte sich eifrig vor und neigte den Kopf zur Seite, während er die Zwillinge betrachtete, sein Kinn auf seiner Faust balancierend. Ein warnendes Knurren entrang sich ihm, leise genug, dass nur wir es gehört hätten, auch wenn uns keine Stillekuppel umgeben hätte.

»Zu den diesjährigen Studenten haben sich zwei besonders wichtige Mädchen gesellt«, sagte Rektorin Nova mit einem breiten Lächeln, während alle Anwesenden gespannt auf sie starrten. »Ich freue mich, verkünden zu können, dass wir die verschwundenen Vega-Erben aufgespürt und in den Schutz unserer großen Nation zurückgebracht haben. Siebzehn Jahre lang waren die Vega-Zwillinge für uns verloren. Tot geglaubt. Doch zu unserer großen Überraschung haben wir sie mit dem Auftauchen ihrer Kräfte an ihrem achtzehnten Geburtstag in der Welt der Sterblichen finden und an ihren rechtmäßigen Platz bringen können. In unsere Mitte.«

Es herrschte angespanntes Schweigen, während die Anwesenden

ihre Blicke auf uns richteten und unsere Reaktion abschätzten. Aber wir hielten uns zurück. Dann verlor Geraldine die Nerven, sprang auf, schrie und klatschte und sah im Allgemeinen wie eine verdammte Idiotin aus.

Andere schlossen sich ihr an und irgendein Arsch stellte sich vor mich und versperrte mir die Sicht auf die schwarzhaarige Zwillingsschwester.

Ich bewegte mich, bevor ich mich zurückhalten konnte, beugte mich vor und stützte meine Unterarme auf meine Knie, während ich ihren Anblick in mich aufsog. Ich wusste, dass ich aufhören musste. Dass ich meinen Blick von der nackten gebräunten Haut ihrer Taille abwenden musste, die sich nach der Berührung meiner Zunge sehnte. Ich sollte nicht auf die Kurven ihres Körpers starren oder an all die Dinge denken, die mir gerade durch den Kopf gingen, aber verdammt – sie sah aus wie die vollkommenste Art der Verführung.

Ich musterte jeden Zentimeter ihres Körpers und verharrte einen Augenblick zu lange auf ihrem Mund, bevor ich ihren Blick fand. Meine Hand ballte sich zu einer Faust, als ich ihren grünen Augen begegnete, und es fühlte sich an, als würde ein Kraftimpuls aus ihrer Seele direkt in meine schießen. Ich war wie gefangen, wollte sie – und hasste sie gleichzeitig dafür. Ich hasste sie aus all den Gründen, aus denen ich sie hassen musste, aber verdammt noch mal, ich wollte sie trotzdem. *Fuck!*

In ihrem Blick lag eine Herausforderung, die es zu überwinden galt, und als sie ihr Kinn einen Hauch anhob und dabei weiterhin Blickkontakt mit mir hielt, konnte ich nicht anders, als mir die besten Möglichkeiten auszudenken, wie ich sie unter meine Kontrolle bringen könnte. Der Drache in mir regte sich unter meiner Haut angesichts der Herausforderung, die sie darstellte, und lechzte nach der Chance, sie unter mir in ihre Schranken zu weisen. Und wenn ich sie freiwillig dorthin bringen könnte, würde ich ihr im Idealfall sogar zeigen, wie gut es sich anfühlen könnte, unter mir zu sein.

Die Leute klatschten und jubelten immer noch, und sie löste ihren Blick von meinem. Nicht so, als wäre sie gezwungen worden, nachzugeben, sondern eher so, als hätte sie es einfach satt, mich anzusehen. Und bei dem Gedanken daran rumorte es erneut in meiner Brust. Nicht mit mir, verdammt noch mal.

»Sie kommen rüber«, zischte Seth aufgeregt. »Bleibt cool, bleibt cool.«

»Wir sind alle cool, Alter. Du bist derjenige, der hier auf und ab hüpft«, neckte Cal, während die uns umgebende Stillekuppel deaktiviert wurde.

Ich konnte die Frechheit unserer verdammten Rektorin kaum fassen, aber ich war bereit, darüber hinwegzusehen, vor allem, weil ich diese Konfrontation wollte. Ich wollte die Chance haben, mir diese Mädchen aus der Nähe und von Angesicht zu Angesicht anzusehen und selbst zu beurteilen, woraus sie gemacht waren.

»Meine Herren«, säuselte Rektorin Nova, als sie die Zwillinge zu uns schubste und diese uns vorsichtig ansahen. Die mit den blauen Haarspitzen sah aus, als wäre sie lieber überall anders als hier, während die mit den dunkleren Haaren den Anschein erweckte, sie würde uns am liebsten eine reinhauen, wenn wir sie in die falsche Richtung drängten. *Oh, nur zu, Baby.* »Dies sind die Celestia-Erben«, fuhr Nova fort und nannte uns von links nach rechts. »Max Rigel, Caleb Altair, Darius Acrux und Seth Capella.« Wenn unsere Namen für sie irgendeine Bedeutung hatten, dann ließen sie es sich zumindest nicht anmerken. Ihre Blicke huschten über uns hinweg, als wären wir für sie von sehr geringem Interesse und in ihrem Leben überhaupt nicht relevant. Aber das sollte sich bald ändern. »Das sind Gwendalina und Roxanya Vega …«

»Das sind nicht unsere Namen«, unterbrach das Objekt meiner Aufmerksamkeit mit harter Stimme. Was mich dazu brachte, ihr noch mehr Aufmerksamkeit zu schenken. Mein Bedürfnis, sie mir unterwerfen zu wollen, war jetzt noch größer als zuvor, bevor sie ihren hübschen Mund geöffnet hatte. »Ich bin Tory und das ist Darcy.«

»Ich weiß, dass Ihre Wechselbalg-Familie Ihnen die Namen ihrer leiblichen Kinder gegeben hat«, sagte Nova amüsiert und Caleb grinste breit, während er die Zwillinge interessiert beobachtete. »Aber jetzt, da Sie zu Hause sind, müssen Sie nicht mehr …«

»Ich mag meinen Namen«, warf die mit den blauen Haarspitzen ein.

»Ich werde ganz sicher nicht anfangen, mich Roxanya zu nennen«, stimmte mein Mädchen in einem Tonfall zu, der den Raum für weitere Diskussionen schloss.

Ich ließ mir die von ihr bevorzugte Namensgebung durch den Kopf gehen und fand, dass mir die Idee sowohl gefiel als auch nicht. Wenn ich sie Tory nannte, konnte ich vergessen, wer sie war. *Was* sie war. Ich könnte mit meinen Fantasien spielen und mich vielleicht auch ein wenig von ihnen mitreißen lassen. Aber das wäre ein Problem. Wenn ich die Vorstellung, dass sie eine Tory war, in meinen Kopf eindringen ließe, könnte ich vergessen, dass sie so viel mehr als das war. Also nein, ich würde diesen Namen nicht verwenden, ich würde bei Roxanya bleiben. Oder vielleicht Roxy, weil der Name ein bisschen nach dem Knurren eines Drachen klingen würde, wenn ich ihn aussprach. Und die Tatsache, dass sie nicht so genannt werden wollte, ermutigte mich nur noch mehr. Ich kam zu dem Schluss, dass es Schlimmeres gab, als dieses Mädchen verrückt nach mir zu machen.

Rektorin Nova schürzte die Lippen, als ob sie gegen die Verwendung ihrer sterblichen Namen argumentieren wollte, aber die Zwillinge funkelten sie auf eine Weise an, die deutlich machte, dass ihre Entscheidung bereits getroffen war. Sie seufzte, als würde sie das stören, und wandte sich dann wieder uns vier zu. »Egal, welche Vornamen Sie tragen, Sie sind trotzdem die Vegas. Die Letzten der Linie und die rechtmäßigen

Inhaberinnen des Throns von Solaria. Sobald Sie das entsprechende Alter erreicht haben. Vorausgesetzt, Sie bestehen Ihre Prüfungen hier und machen Ihren Abschluss an der Zodiac Academy, werden Sie den Thron von den Celestia-Erben zurückfordern.« Sie deutete mit einer Hand auf uns und meine Oberlippe zog sich ein wenig zurück, während ich gegen den Drang ankämpfte, sie für diesen kleinen Vorschlag anzufauchen. Als unsere Rektorin hatte sie eine Position inne, die Respekt verlangte, aber ich würde den Celestia-Rat nur zu gern darüber informieren, wo die Loyalität unserer Rektorin in Bezug auf den Thron lag. Als Nova uns wieder ansah, funkelten ihre Augen vor Heiterkeit. »Ich hoffe, Sie haben sich nicht zu sehr mit dem Gedanken angefreundet, den Thron zu besteigen. Ich bin sicher, Sie sind die Ersten, die den Mädchen die Hand der Freundschaft reichen werden, wenn sie sich auf ihre Reise der Ausbildung begeben.«

Wir vier zuckten bei diesem Vorschlag sichtlich zusammen, meine Brüder nahmen eine ähnliche Haltung ein wie ich und unsere Belustigung wich. Gleichzeitig bildeten wir eine geschlossene Front, ohne auch nur einen Blick aufeinander werfen zu müssen. Die Vega-Zwillinge waren für uns nichts weiter als eine Unannehmlichkeit. Eine, mit der wir uns umgehend befassen sollten. Und wenn alles nach Plan lief, würden wir diese Aufgabe noch vor Ende der Woche erledigen.

Ich hob mein Kinn und ließ meinen Blick erneut über Roxys Figur schweifen, während ich den beiden mein charmantestes Bullshit-Lächeln schenkte, das die Kameras liebten und das mich damit davonkommen ließ, zu sagen, was auch immer ich verdammt noch mal sagen wollte.

»Habe ich das richtig verstanden? Sie haben sich im Reich der Sterblichen versteckt?«, fragte ich Nova neugierig, als wüsste ich das nicht schon längst. Als hätte ich nicht von Lance während seiner Suche nach ihnen alle nur erdenklichen Informationen erhalten. »Ohne auch nur einen Hauch von Training?«

Roxy sah mich an und ich hob meinen Blick, um dem ihren zu begegnen. Oh, wie ich den Argwohn in ihren großen grünen Augen genoss. Ich lächelte amüsiert. Sie durchschaute mich. Ich konnte es sehen. Ich konnte *sie* sehen. Und das Monster in ihr brannte vor Hunger und Entschlossenheit.

»Nun, ich bin sicher, dass Sie mehr als bereit sein werden, sie einzuarbeiten.« Nova tätschelte den Zwillingen liebevoll die Schultern, schritt dann davon und überließ sie uns.

Wir vier wurden sofort munter. Jeder von uns lehnte sich ein wenig näher an die beiden Mädchen heran, die immer noch unbeholfen vor uns standen und aussahen, als wollten sie nichts lieber, als irgendwo anders zu sein.

Seth stupste mich leicht an und ich konnte seine Aufregung spüren. Für ihn war das ein Spiel. Er war ein Hund, der einen leckeren Snack im Visier hatte, und ich wusste, dass er sich darauf freute, ihn zu zerkauen und wieder auszuspucken. Mir entging auch nicht, wie er die Schwester mit den blauen Haarspitzen musterte, was mir recht war, da mein Interesse der anderen galt.

»Spürt ihr diese Kraft?«, fragte Caleb und beugte sich mit einem Lächeln auf den Lippen zu den Mädchen vor. In diesem Moment wusste ich, was er vorhatte. Ich konnte den Hunger in ihm förmlich spüren und musste ein Knurren unterdrücken, das mir bei dem Gedanken, dass er die Schwestern beißen könnte, in der Kehle aufstieg. Dass er *sie* beißen könnte. Ich war mir nicht sicher, was Roxy an sich hatte, das mich immer wieder dazu brachte, mich auf sie zu konzentrieren. Vielleicht war es das Feuer in ihren Augen oder die Art und Weise, wie es ihr völlig egal zu sein schien, dass sie uns ausgeliefert war. Oder vielleicht wollte ich ihr auch einfach nur unbedingt an die Wäsche. Wie dem auch sei – ich war von dem Wunsch erfüllt, Caleb und den anderen zu sagen, dass sie sich verdammt noch mal zurückhalten und sie mir überlassen sollten.

Aber das tat ich nicht. So funktionierten wir vier nicht. Also hielt ich trotz meines Verlangens den Mund und biss die Zähne zusammen, um keine Befehle an meine Freunde zu richten, während ich abwartete, wie sich die Situation entwickeln würde.

Gwendalina trat einen Schritt zurück und schien mit uns fertig zu sein, während Roxy Cal finster ansah. Der Rest von uns schaute nur zu und wartete. Wir wussten, dass er kurz davorstand, die Leine der Kontrolle, die er über seine Urinstinkte hatte, zu zerreißen. Er hatte heute von niemandem getrunken und jetzt wurde mir langsam klar, warum. Er hatte beschlossen, sich an einer Vega zu laben.

»Man sieht sich, schätze ich«, sagte Roxy abweisend, drehte uns den Rücken zu und sorgte dafür, dass wir vier uns sofort vor Wut aufrichteten.

Wir sprangen auf und der Raum wurde still, als wir auf die Zwillinge zuspazierten. Testosteron und Wut waberten durch die Luft, als wir uns ihnen näherten. Nein. Verdammt noch mal, nein. Sie würden uns nicht den Rücken zukehren.

»Das war etwas unhöflich«, knurrte Seth mit leiser Stimme, als er auf Roxy hinabblickte. Seine Haare fielen nach vorn, während er weiter in ihren persönlichen Bereich vordrang.

»Sei nicht so streng mit ihnen, Seth«, sagte ich, während ich ebenfalls näher trat, um sicherzustellen, dass sie nirgendwo hinlaufen konnten. Roxy spannte sich an und ich könnte schwören, dass der Blitz der Wut in ihren Augen einen Schauer der Erregung direkt in meinen Schwanz schickte. *Verdammt, Unterwürfigkeit würde ihr stehen.* »Sie wissen noch nicht, wie der Hase läuft. Ich nehme an, ihr habt keine Ahnung, dass es als Beleidigung gilt, euren Oberen den Rücken zuzukehren?«, fragte ich sie freundlich, obwohl mir klar war, dass sie wusste, dass meine Frage nichts Freundliches an sich hatte. Es war eine Warnung.

Schlicht und einfach. Sie mussten schnell herausfinden, wie das hier ablief, sonst würden sie es bereuen.

Nicht ein Anflug von Angst oder Besorgnis in ihrem Gesicht, nur Verachtung und Irritation, als sie mich offen angrinste. Ich war mir nicht sicher, ob es jemals jemand gewagt hatte, mich so anzusehen, und diese Tatsache jagte mir einen kleinen Adrenalinstoß durch die Glieder. Dieses Mädchen würde eine Herausforderung darstellen. Das konnte ich bereits sehen. Und ich konnte nicht einmal so tun, als würde mich die Vorstellung nicht ein wenig erregen.

»Unseren Oberen?« Sie zog eine Augenbraue hoch und tat so, als wäre sie völlig unbeeindruckt. »Ich sehe hier niemanden, der mir übergeordnet ist.«

»Vielleicht solltest du etwas genauer hinsehen, *Roxy*«, stichelte ich, um sie zu ködern, und wartete darauf, wie ihr das gefiel. Wie lange würde es wohl dauern, bis sie mich anflehte, sie so zu nennen, während ich sie unter mir festhielt?

Sie sah uns vier an, als wäre sie alles andere als beeindruckt, und ihre Schwester an ihrer Seite tat es ihr gleich, bevor sie mit den Achseln zuckte. »Ich sehe hier niemanden, der besser ist als wir. Was ist mit dir, Darcy?«

»Nö«, antwortete Gwen herablassend.

Ich öffnete den Mund, um die Diskussion fortzusetzen, aber bevor ich auch nur ein Wort herausbekam, drehte Roxy mir wieder ganz bewusst den Rücken zu. Die beiden schoben Max und Cal beiseite und gingen weg. Als glaubten sie ernsthaft, dass wir sie mit dieser Scheiße davonkommen lassen würden.

Ein Knurren entrang sich meiner Kehle und meine Haut brannte heiß, als meine Feuermagie vor Empörung aufflammte und mich bat, sie in ihre Schranken zu weisen.

»Ich glaube, sie könnten eine Lektion darin gebrauchen, wie es hier zugeht«, knurrte Max, während sie einfach weitergingen, als ob sie sich um nichts auf der Welt Sorgen machen müssten.

»Schon dabei«, sagte Cal mit einem breiten Grinsen und schoss vor, bevor ich ein Wort dagegen sagen konnte. Mein Blut brodelte noch heißer, als er mein Mädchen rammte und sie gegen die nächste Wand schleuderte.

»Cal«, knurrte ich warnend. Ich wusste, dass er mich hören konnte, obwohl ich mit gedämpfter Stimme sprach, aber das Arschloch grinste nur noch breiter, als wüsste er, dass ich vorhatte, sie für mich zu beanspruchen. Und es war ihm scheißegal.

»Willst du um Vergebung betteln?«, säuselte Caleb und warf einen hungrigen Blick auf ihre Kehle.

»Was zum Teufel machst du da?«, schrie Gwen und versuchte, zu ihnen zu gelangen, um Caleb von ihrer Schwester wegzuziehen. Aber Max war schneller und lachte düster, als er sie in seine Arme riss und sie festhielt.

Roxy gab immer noch nicht auf und versuchte, ihre Handgelenke aus Calebs Griff zu befreien, während ich mich zwang, regungslos zu bleiben und sie zu beobachten – die Arme vor der Brust verschränkt, um die Anspannung in meinem Körper zu verbergen.

Der Drache in mir war ein besitzergreifender Wichser. Und alles, woran ich denken konnte, während ich sie in seinen Armen beobachtete, war, dass ich es wirklich genießen würde, ihn von ihr zu reißen und die Scheiße aus seinem Schönlingsgesicht zu prügeln. Verdammtes Arschloch! Ich mochte ihn vielleicht, aber in diesem Moment hätte ich ihm gern den Kopf abgerissen, weil er das berührte, was mir gehörte.

Nur die Tatsache, dass ich wusste, dass das keinen verdammten Sinn ergab und dass wir ein Publikum von Fae hatten, das uns liebend gern an die Presse verkaufen würde, hielt mich davon ab. Es war ja nicht so, dass ich etwas dagegen gehabt hätte, ihr ein paar Grenzen aufzuzeigen. Ich wollte nur derjenige sein, der es tat.

Ein leises Lachen entwischte mir, als Roxy versuchte, ihm in die Eier zu treten, und Seth grinste mich aufgeregt an, als er sich für einen Moment an meine Seite kuschelte. Leider wich Cal dem Tritt aus und schaffte es, sie fester zu halten.

»Letzte Chance«, bot er an, während er offensichtlich mit seinem Essen spielte. Wir alle wussten, dass er sie jetzt nicht mehr gehen lassen würde, ohne einen Bissen zu nehmen, egal, was sie sagte.

»Fick dich!«, keifte Roxy, und das machte sie mir nur noch sympathischer. Ja, ich konnte zugeben, dass ich sie mochte. Sie hatte Biss, einen Geist, der nicht so leicht gebrochen werden konnte. Und ich ahnte, dass es schwieriger werden würde als erwartet, das Versprechen zu erfüllen, das ich meinem Vater gegeben hatte: sie und ihre Schwester loszuwerden. Aber ich genoss die Herausforderung in ihren Augen, die Bestie in mir war mehr als bereit, gegen sie anzutreten und zu gewinnen.

»Oh, ich hatte gehofft, dass du das sagen würdest«, antwortete Caleb, ließ seinen Mund auf ihren Hals sinken und biss sie, bevor sie weitere Beschwerden äußern konnte.

Roxy schrie vor Schreck, bäumte sich gegen ihn auf und versuchte, ihn abzuwehren, obwohl sie keine Chance hatte, jetzt, da sein Gift in ihrem Blut war.

Eine Menge hatte sich zwischenzeitlich versammelt, um zuzusehen, und viele von ihnen waren begierig darauf, den ersten Showdown zwischen den Erben und den verlorenen Prinzessinnen zu beobachten. Ich war froh, dass wir eindeutig die Oberhand behielten, auch wenn ich Caleb bei der ersten Gelegenheit in den Arsch treten würde.

Max hielt Gwen fest, ungeachtet ihrer Schläge und Beschimpfungen, und ich konnte erkennen, dass er sich an ihrer Wut weidete, während sie die Fassung verlor.

Roxys Blick fiel auf mich, während Caleb weiter von ihr trank, und für einen Moment durchzuckten mich Schuldgefühle, als ich in ihre Augen sah. Sie hatte keine verdammte Ahnung, worauf sie sich eingelassen hatte, als sie hierher zurückgekommen war. Und wenn sie dies für schlimm hielt, dann erwartete sie ein höllischer Ritt.

Ich verhärtete meinen Blick und grinste sie an, um sicherzustellen, dass sie auch die schlimmsten Seiten von mir zu sehen bekam. Ich konnte praktisch sehen, wie sich der Hass in ihren großen grünen Augen formte. Und obwohl das genau das war, was ich wollte, konnte ich nicht anders, als das Gefühl zu haben, dass ich gerade irgendwie Scheiße gebaut hatte. Als hätte ich etwas falsch gemacht, ohne überhaupt zu wissen, was es war. Aber wenn ich mir den Trotz in ihren Augen so anschaute, wusste ich, dass dies nicht unser einziges Kräftemessen sein würde. Also musste ich meine Gefühle für diesen Mist besser im Griff haben, denn es musste getan werden. Diese Mädchen könnten ganz Solaria in Gefahr bringen und es war meine Aufgabe, dafür zu sorgen, dass das nicht passierte.

Also, ihr Vegas, auf ins Gefecht. Das war erst der Anfang.

Mein Blick fiel auf den Punkt, an dem Calebs Hand auf ihre Taille gepresst war, und ein Knurren grollte in meiner Brust, während ich mich zwang, ruhig zu bleiben. Sie hatte die verdammte Botschaft längst verstanden, also warum zum Teufel hielt er sie immer noch so fest?

Meine Muskeln verkrampften sich, als sich der Wunsch, ihn von ihr zu reißen, mit dem Bedürfnis vermischte, sie in ihre Schranken zu weisen. Und ich biss die Zähne zusammen, um mich nicht auf sie zuzubewegen. Ich wusste nicht, warum, aber ich wollte, dass dieses Mädchen mein Problem war. Nicht seins. Und der Wunsch, diesen Anspruch geltend zu machen, ließ den Drachen unter meiner Haut vor Verlangen aufstöhnen.

Aber bevor ich irgendeine dumme Entscheidung treffen konnte – wie zum Beispiel, auf sie zuzumarschieren und meinen besten Freund von ihr loszureißen, kam ein wütendes Knurren aus dem Mund der anderen Vega, die immer noch in Max' Griff war.

»Lass mich los!«, befahl Gwendalina und ich hätte sie fast ausgelacht, bevor eine Energiewelle aus ihrem Körper schoss und mich fast umwarf.

Max wurde mit einem überraschten Schrei quer durch den Orb geschleudert, bevor er auf der anderen Seite des Raumes gegen die Wand prallte und zwischen den Studenten dort außer Sichtweite taumelte. Ich war mir ziemlich sicher, dass ich Geraldine Grus jubeln und ihn als lästiges Gewürm bezeichnen hörte.

Vor Überraschung öffnete ich den Mund, als Caleb sich von Roxy losriss, um zu sehen, was zum Teufel passiert war. Seth vibrierte förmlich vor Kampfeslust.

Ich packte sein Handgelenk, drückte einmal zu, um ihn zu warnen, sich zu beruhigen, und brachte meine eigenen Gesichtszüge unter Kontrolle. Jeder Wichser in diesem Raum starrte uns an und zweifellos gab es mehr als nur ein paar Atlasse, die das Ganze aufzeichneten. Auf keinen Fall würden wir zulassen, dass jemand sah, dass uns das halb verängstigt aussehende Mädchen, das vor uns stand, gerade überrumpelt hatte.

Ich musterte die Zwillingsschwester mit den blauen Haarspitzen, die in die Richtung starrte, in die sie Max geschleudert hatte, die Hände immer noch vor sich erhoben. Der Ausdruck des Schocks auf ihrem Gesicht machte deutlich, dass sie das genauso wenig erwartet hatte wie der Rest von uns.

Ich behielt meine ausdruckslose Miene bei, während mir die Tragweite dieser Ereignisse bewusst wurde. Sie war vielleicht noch neu in Bezug auf ihre Kräfte, aber die rohe Brutalität der Energie, die sie gerade eingesetzt hatte, war nicht zu leugnen. Ich würde sie jedoch nicht wissen lassen, dass dies etwas Ungewöhnliches oder Bemerkenswertes gewesen war.

»Das wirst du bereuen«, sagte ich einfach, während sich meine Muskeln anspannten, weil ich mich nach wie vor zwang, die Ruhe zu bewahren.

Seth grinste schelmisch an meiner Seite. Er hatte die Drohung in meiner Stimme deutlich gehört und schien mehr als bereit, mit unseren Plänen gegen diese Mädchen zu beginnen.

Roxy stieß Caleb von sich weg und umklammerte ihren Hals, während er sich die Lippen leckte, um die letzten Tropfen ihres Blutes zu schmecken. Meine Aufmerksamkeit galt sofort wieder ihr.

»Was zur Hölle stimmt mit dir nicht, du Psycho?«, knurrte sie ihn an.

Caleb fing an zu lachen, und einige seiner kleinen Fans stimmten ein, während ich angesichts ihrer Empörung ebenfalls grinsen musste. Es sah so aus, als hätte die arme kleine Vega wirklich keine Ahnung, worauf sie sich bei ihrer Reise hierher eingelassen hatte.

Gwen ging auf ihre Schwester zu und schloss die Distanz zwischen ihnen, wobei ihre Augen von Sorge erfüllt waren.

»Ist alles in Ordnung mit dir?«, fragte sie, während Roxy auf ihre blutbefleckten Finger hinunterblickte. Sie nickte nur, wobei sie eher verärgert als besorgt über den kleinen Biss aussah.

Mich überkam das Verlangen, einen Schritt auf sie zuzugehen und die Wunde zu heilen, um den Beweis für Calebs Berührung von ihrer Haut zu entfernen. Der Drache in mir schnaubte vor Ärger, als ich diesem Drang widerstand. Egal, wie sehr mich der Anblick dieser Bisswunde an ihrem Hals auch ärgerte, ich wusste, dass es besser war, sie damit zurückzulassen. Eine Heilung könnte den Anschein erwecken, dass mir ihr Wohlergehen am Herzen lag, aber das könnte nicht weiter von der Wahrheit entfernt sein.

Max schob sich durch die Menge, um sich wieder in den Kampf zu stürzen, und schob seine Ärmel hoch, während sich die Menge der Zuschauer schnell für ihn teilte, um nicht seiner Wut zum Opfer zu fallen.

»Bleib zurück!«, fauchte Roxy ihn an und trat näher zu ihrer Schwester, als wollte sie sie vor dem Zorn des herannahenden Fae retten. Ich ignorierte das Ziehen, das ich als Reaktion darauf verspürte – ich wusste genau, wie es war, mich zwischen meinen Bruder und die Gefahr zu stellen. Und es sah so aus, als hätten sie und ich diese Eigenschaft gemeinsam.

»Sonst?«, fragte ich, um ihre Aufmerksamkeit wieder auf mich zu lenken, während Seth wie eine Hyäne lachte. Er hatte zweifellos Schwierigkeiten, seine Begeisterung über das Drama, das sich um uns herum abspielte, zu zügeln.

Geraldine Grus schob sich wütend durch die Menge und ich bleckte die Zähne, als sie ihre Unterstützung für die verdammten Royals zeigte. Es war genau das, was wir befürchtet hatten – die Royalisten würden alle aus den Löchern gekrochen kommen, in denen sie sich seit dem Tod des Grausamen Königs versteckt hielten. Die politische Stabilität des Königreichs würde aus dem Gleichgewicht geraten. Und da sich die Nymphen Solaria von allen Seiten näherten, konnten wir uns eine solche Ablenkung nicht leisten. Mein Vater und die anderen Ratsmitglieder hatten gute Gründe, das Vega-Problem schnell zu lösen, und meine Brüder und ich waren der Aufgabe mehr als gewachsen.

»Sonst kämpfen wir für unsere Königinnen«, rief Geraldine und stellte sich zwischen die Zwillinge und Max, der trotzdem die Hand hob und mehr als bereit zu sein schien, zuerst gegen sie zu kämpfen, wenn es nötig war.

»Freshmen mehrerer Elemente – es ist Zeit, Ihre Häuser zu wählen!«, rief Rektorin Nova laut und ich nutzte die Gelegenheit, um einzugreifen.

Es wäre nicht sehr vorteilhaft für uns, jetzt gegen die Vegas vorzugehen. Sie hatten kein Training – verdammt, sie würden gerade jetzt wahrscheinlich Schwierigkeiten haben, überhaupt noch mehr Magie zu beschwören. Also wäre es nicht gerade ein heißer Look für uns, sie heute Abend mit roher Gewalt unter uns zu zwingen. Es würde nur die Flammen des Schwachsinns der Royalisten schüren. Ich konnte die Schlagzeilen schon sehen: *Erben greifen untrainierte Vega-Prinzessinnen in ihrer ersten Nacht in Solaria an.* Nein. Wir könnten das viel cleverer anstellen.

Seth und Cal schienen ähnlich zu denken wie ich, und wir schoben uns an Grus und ihrer kleinen Gefolgschaft vorbei, um Max abzufangen.

»Nicht jetzt«, knurrte ich ihm zu, legte ihm eine Hand auf die Schulter und drängte ihn, sich abzuwenden. Er gab frustriert nach und wir entfernten uns von den Vega-Zwillingen, um unseren nächsten Schritt zu besprechen.

Nova versammelte derweil alle Freshmen, um sie auf die Wahl ihrer Häuser vorzubereiten.

»Ich werde es genießen, die beiden zu vernichten«, knurrte Max, und man konnte ihm die Verlegenheit darüber, so überrumpelt worden zu sein, deutlich anmerken. Aber verdammt, keiner von uns hätte erwartet, dass eine untrainierte Fae so zuschlagen, geschweige denn ihre Magie einsetzen konnte, ohne auch nur das geringste Verständnis dafür zu haben.

»Wir haben jede Menge Zeit«, sagte Caleb. »Ich persönlich hoffe, dass wir ganze Fässer von ihrem Blut in Haus Terra lagern können. Sie hat verdammt ekstatisch geschmeckt.«

Ich knurrte ihn an und er zog eine Augenbraue hoch, ein Grinsen umspielte seine Lippen, als könnte er die Herausforderung in der Luft zwischen uns spüren, ohne dass ich auch nur ein verdammtes Wort zu diesem Thema sagen musste. Das Arschloch liebte es seit jeher, mich auf die Palme zu bringen.

»Ich sage, wir machen ihnen heute Abend bei den Aufnahmeritualen die Hölle heiß«, sagte Seth aufgeregt. »Geben wir ihnen einen echten Vorgeschmack darauf, was es heißt, Fae zu sein. Sie werden so schnell von hier abhauen, dass wir uns nächste Woche um diese Zeit nicht einmal mehr an den Namen Vega erinnern werden.«

»Ich hoffe, sie entscheiden sich für Aqua«, sagte Max mit einem leisen Knurren, während er die Zwillinge, die auf der anderen Seite des Raumes standen, mit zusammengekniffenen Augen ansah. »Denn ich will mich rächen, bevor sie diesen Ort verlassen.«

»Hausvorsteher!« Nova winkte uns zu sich, als der Rest der Studenten wieder Platz nahm. Wir schritten vor, um vor den versammelten Freshmen zu stehen, und ich musste gegen ein Grinsen ankämpfen, als ich den Ausdruck des entsetzten Verständnisses auf den Gesichtern der Zwillinge sah. Mein Blick fiel auf Roxy, die mich finster ansah, und ich musste mich wirklich beherrschen, um nicht zu grinsen. *Ja, Baby, wir haben hier das Sagen. Gewöhn dich besser daran!* »Nennen Sie den Namen Ihres Hauses und warum sich die Freshmen verpflichten sollten, diesem beizutreten. Und um die Spannung zu wahren, werden die neuen Erben das Schlusslicht bilden«, sagte sie aufgeregt.

Ich unterdrückte das Augenrollen, das ich für Novas Theatralik angesichts der Rückkehr der Vegas am liebsten an den Tag gelegt hätte. Ihr schien das verdammt gut zu gefallen. Genau wie den anderen Fae im Raum. Seit wir hier waren, hatte es niemand auch nur ansatzweise gewagt, uns und unsere Macht herauszufordern. Verdammt, an unserem ersten Tag an der Zodiac Academy hatten wir bereits jahrelange magische Ausbildung genossen, die vier Hausvorsteher um ihre Plätze herausgefordert und uns direkt in die besten Zimmer in jedem unserer jeweiligen Häuser einquartiert. Niemand hatte damals an unserer Macht gezweifelt, und ich wäre am Arsch, wenn sie jetzt – wegen ein paar Mädchen, die von Sterblichen aufgezogen worden waren – damit anfangen würden. Mein Vater nannte Nova eine Power-Schlampe. Sie folgte demjenigen, der im Raum den größten Einfluss hatte. Bisher waren das wir gewesen. Und ich hatte vor, dass das auch so blieb.

Max trat als Erster vor und strich mit einem herausfordernden Grinsen über seinen Irokesenschnitt. Er war auf Blut aus, das konnte ich sehen. »Wasserfokus, Haus Aqua. Mein Haus ist für diejenigen, die das Zeug dazu haben, sich dem tödlichen Meer des Lebens an der Zodiac Academy zu stellen, ohne mit der Wimper zu zucken.«

»Danke für diese poetische Schilderung«, sagte Nova und räusperte sich, bevor sie Cal aufforderte, als Nächstes zu sprechen.

Caleb trat pflichtbewusst vor und setzte sein hübschestes Lächeln auf, das bei den Mädchen in der Regel für feuchte Höschen sorgte – und mich noch mehr verärgerte, weil er seinen Blick über mein Mädchen schweifen ließ. »Erdfokus, Haus Terra. Und Terror ist genau das, was ihr bekommt, wenn ihr euch nicht einfügt.«

Roxy murmelte etwas in Richtung ihrer Schwester, während sie Caleb einen giftigen Blick zuwarf. Ich war froh, zu sehen, dass sie zumindest nicht geneigt zu sein schien, direkt zu seiner Blut-Hure zu werden. Wenn sie bei dem Gedanken, dass er sie wieder beißen könnte, in Verzückung geraten wäre, hätte ich mich hier und jetzt wahrscheinlich mit ihm angelegt. Ich wusste nicht, warum mich das so wütend machte, aber es war einfach so. Ich hatte sie in dem Moment für mich beansprucht, als ich sie erstmals gesehen hatte, und ich wusste, dass er sich dessen mit seinem Vampirgehör sehr wohl bewusst war. Das bedeutete, dass dies eine Herausforderung an meine Führungsqualitäten war. Und natürlich hätte ich damit rechnen müssen, denn keiner meiner Brüder würde sich den anderen unterordnen, aber ich war trotzdem stinksauer auf ihn.

Seth stolzierte nach vorn und sah dabei so süß und welpenhaft aus, obwohl ich wusste, dass das nur bedeutete, dass er sein Opfer anvisierte. Er hatte es sich in den Kopf gesetzt, heute Abend mit den Vegas zu spielen, und diese kleine Show war eine schmutzige Taktik. »Luftfokus, Haus Aer. Das Leben bei uns ist luftig und leicht.« Er lächelte den Zwillingen sogar zur Begrüßung zu, und so wie sie ihn im Gegenzug ansahen, waren sie wohl auch darauf reingefallen. Oh, wie dumm sie doch waren.

Als Nächstes war ich an der Reihe, und es war mir egal, wie Roxy mich ansah, sobald ich vortrat. Sie musterte mich eingehend, um mich zu beurteilen – so wie ich es bei ihr getan hatte –, und wenn ich mich nicht täuschte, stand uns beiden ziemlich bald ein höllischer Showdown bevor. Ich hoffte nur, dass sie Gefallen am Geschmack der Niederlage fand.

»Feuerfokus, Haus Ignis. Wir sind nichts für schwache Nerven. Und offen gesagt, sehe ich in dieser Reihe niemanden, der gut genug ist, sich uns anzuschließen«, stichelte ich, um sie herauszufordern, wobei ich mir sicher war, dass sie zu ängstlich sein würden, um die Herausforderung anzunehmen. Gleichzeitig hoffte ich, dass sie es trotzdem versuchen würden.

Nova ging durch die Reihen der Freshmen, die sich auf dem Weg zu uns vier befanden, um ihre Häuser auszuwählen. Sie schienen darauf zu warten, zu sehen, was wir für sie auf Lager hatten, aber ich schenkte ihnen keine Beachtung. Keiner von ihnen war wichtig. Nicht einer. Für mich gab es in diesem Raum nur eine einzige Priorität und ich wartete darauf, dass die beiden schließlich an der Reihe waren, sich ein Haus auszusuchen.

Als nur noch die Zwillinge dastanden, schlug mein Herz schneller. Sie würden Ignis nicht wählen. Das wusste ich. Ich hatte ihnen klargemacht, dass sie es bei mir nicht leicht haben würden. Und an der Art, wie Gwen ihrer Schwester etwas ins Ohr flüsterte und Seth einen hoffnungsvollen Blick zuwarf, konnte ich erkennen, dass sie in seine Falle getappt waren. Aber bevor sie auch nur einen Ton herausbrachten, unterbrach sie Rektorin Nova und machte das Spiel um einiges interessanter.

»Ich fürchte, Sie werden sich zwei verschiedene Häuser aussuchen müssen. Jedes Haus ist sehr wettbewerbsorientiert, und wir ermutigen alle, sich an der gesunden Rivalität zu beteiligen. Da Sie so viel Macht besitzen, wäre es nicht fair, einem einzigen Haus einen solchen Vorteil einzuräumen.«

Ich sah, wie Gwens Gesichtsausdruck sich verfinsterte, ihre Lippen sich teilten und Panik in ihren Augen aufflackerte. Roxy sah einfach nur sauer aus. So verdammt sauer. Und ich konnte nicht anders, als mich an ihrem Zähneknirschen zu erfreuen – und daran, wie sie uns und der ganzen Welt absolut unbekümmert zu verstehen gab, dass sie uns hasste. Ich war mir nicht sicher, warum ich das so heiß fand, aber ihr unter die Haut zu gehen, entwickelte sich schnell zu meinem neuen Lieblingshobby.

»Perfekt. Einfach nur perfekt«, murmelte sie und betrachtete uns mürrisch, als wären wir ein Dorn in ihrem Auge, der geschickt worden war, um ihr den Tag zu verderben.

»Wir werden getrennt untergebracht?«, vergewisserte sich Gwen bei Nova.

»Ohh, wirst du jetzt weinen?«, stichelte Max, und seine Schadenfreude lastete so schwer in der Luft, dass ich mich beherrschen musste, nicht mit ihm zu lachen.

»Ich entscheide mich für Feuer«, verkündete Roxy laut, was mich überraschte und mein Herz in meiner Brust höherschlagen ließ. Hatte ich das richtig gehört? Zog sie mich ernsthaft den anderen vor? Warum? War sie lebensmüde oder wollte sie nur beweisen, wie verdammt dumm sie gerade war?

Oder war es etwas, das unendlich interessanter war? Nahm sie die Herausforderung an, die ich ihr gestellt hatte? Denn das wollte ich nicht – ich wollte nur, dass sie den Schwanz einzog und von hier verschwand, wie sie es eigentlich sollte. Und doch … die Vorstellung, gegen dieses Mädchen anzutreten, ließ meinen Puls in die Höhe schnellen und das Biest in mir vor Aufregung aufbegehren. War es möglich, dass sie tatsächlich vorhatte, sich hier zu behaupten?

Roxy stapfte mit trotzigem Blick auf mich zu und fixierte mich, als würde sie sich nicht im Geringsten von mir einschüchtern lassen. Sie stellte sich nicht einmal hinter mich wie der Rest der Freshmen, sondern nahm direkt neben mir Platz und neigte den Kopf nur ein ganz klein wenig, als würde sie mich herausfordern, meine schlimmste Seite zu zeigen.

Ich schaute sie direkt an, sog sie förmlich in mich auf und genoss das Feuer, das in ihrer Seele brannte, und die Hitze, die zwischen uns zu brodeln schien. Dieses Mädchen würde Ärger machen. Das konnte ich bereits erkennen. Die beste Art von Ärger, die es gab.

»Luft«, verkündete Gwen, aber ich bemerkte es kaum, da meine ganze Aufmerksamkeit dem Mädchen an meiner Seite galt.

Roxy rollte mit den Augen, wandte den Blick ab, verschränkte die Arme vor der Brust und drehte sich von mir weg, sodass ich nur noch ihr Profil sah, während sie sich im Raum orientierte. Sie tat so, als wäre ich Luft. Aber damit konnte sie bei mir nicht landen.

»Also, was ist es? Todessehnsucht oder Dummheit?«, fragte ich, als die anderen Erben begannen, ihre Häuser wegzuführen, um mit ihren Initiationen zu beginnen. Dazu würde ich später kommen, aber im Moment hatte Roxy Vega meine ganze Aufmerksamkeit.

Sie drehte sich um und sah mich gelangweilt an, ihr Blick fiel auf meine Stiefel, bevor er sich träge meinen Körper hocharbeitete, eine träge Inspektion, die meinen verdammten Schwanz in meiner Hose zucken ließ.

»Ich habe in meinem Leben schon viele Männer kennengelernt, die große Töne spucken, aber die meisten von ihnen sind nur angeberische Arschlöcher, die nicht den Mumm haben, ihren Worten Taten folgen zu lassen. Und ich habe das Gefühl, dass du genau so einer bist«, sagte sie mit dieser satten, verführerischen Stimme, die mich dazu brachte, an jedem ihrer Worte zu hängen.

Ich trat einen Schritt näher an sie heran, atmete ihre Luft und zwang sie, den Kopf in den Nacken zu legen, während sie zu mir aufblickte.

»Nein«, antwortete ich mit leiser Stimme, die nur für sie bestimmt war. »Das kaufe ich dir keine Sekunde lang ab, Roxy. Du hast mich nicht ausgewählt, weil du mich für einen Vollidioten hältst.«

»Nein?«, entgegnete sie, hielt meinem Blick stand und schien nicht im Geringsten bereit zu sein, das zu widerlegen, was viel über ihr Rückgrat aussagte. Oder ihre Idiotie. Das hatte ich immer noch nicht herausgefunden. »Warum klärst du mich dann nicht auf?«

Ich leckte mir die Lippen, während ich sie genauso taxierte, wie sie mich gerade taxiert hatte, und verbrachte mehr Zeit als nötig damit, ihre Kurven zu bewundern, bevor ich wieder auf das trotzige Funkeln in ihren großen grünen Augen landete.

»Ich glaube, du suchst nach etwas, das dich aufweckt«, sagte ich langsam. »Etwas, das dich aufrüttelt und dein Herz zum Rasen bringt. Du hoffst nicht, dass ich weniger bin, als ich vorgebe – du hoffst, dass ich all das und noch mehr bin. Denn das Feuer in dir ist auf der Suche nach etwas, das es noch heißer brennen lässt.«

»Ich kann dir versprechen, dass du mich nicht heißmachst«, sagte sie mit ausdrucksloser Miene und vor der Brust verschränkten Armen.

»Gut«, knurrte ich und rückte näher, in der Hoffnung, dass sie nachgeben, einen Schritt zurückweichen oder auch nur zusammenzucken würde. Aber das tat sie nicht. Und irgendwie zog mich das nur noch mehr an. »Du hast einen Fehler gemacht, als du mein Haus ausgewählt hast. Jetzt wirst du mir nicht mehr entkommen können.«

Roxy schnaubte und schüttelte den Kopf, als wäre ich so verdammt dumm. »Ich muss dir nicht entkommen, Arschloch. Ich muss überhaupt nichts tun, was dich betrifft. Denn nach diesem Moment wirst du nicht einmal mehr in meinen Gedanken vorkommen, geschweige denn in meinen Ängsten. Wie wäre es also, wenn du mir einfach aus dem Weg gehst, während ich das Gleiche mit dir mache? Denn ich habe wirklich keinen Platz in meinem Kalender für irgendeines deiner Dramen.«

Sie entfernte sich von mir, bevor ich auch nur die Gelegenheit hatte, noch ein Wort zu sagen, und ihr Arm berührte meinen gerade so stark, dass mir klar wurde, mit wie viel Respektlosigkeit ich es bei ihr zu tun hatte.

Ein Knurren stieg in meiner Kehle auf, als ich sie von mir weggehen sah. Und meine Gedanken überschlugen sich mit all den Ideen, wie ich sie dazu bringen könnte, sich meinem Willen zu beugen.

Mein Vater hatte mir befohlen, die Vegas zu brechen, sobald sie hier angekommen waren. Aber ich musste zugeben, dass ich nie erwartet hätte, mich so sehr nach der Herausforderung zu sehnen, wie ich es jetzt tat. Roxy Vega hatte gerade den Kampf eröffnet – und ich würde sie jetzt, da das Spiel begonnen hatte, ganz sicher nicht enttäuschen.

Gemini
Scorpio
Virgo
Cancer
Aries
Leo
Taurus
Sagittarius
Capricorn
Aquarius
Libra
Pisces

SETH

KAPITEL 3

Ich hatte eine kleine Blaumeise unter meiner Kontrolle und war gespannt, wie gut sie fliegen konnte, wenn ich ihre Flügel stutzte. *Verdammt noch mal, diese Blaumeise ist echt hübsch.*

Ich führte die Aer-Freshmen über den Campus zu meinem Haus, und mein Rudel scharte sich um mich, strich mit den Fingern über meinen Körper, während ich das Tempo beschleunigte, und lächelte mir zu. Darcy war unter den neuen Anwärtern, meine Beute. Alle hier heute Abend waren mir ausgeliefert und mein Machtrausch war so stark, dass mir ganz schwindlig wurde.

Wir liefen durch den Wimmernden Wald und das Adrenalin schoss mir durch die Glieder, als das Mondlicht durch die Zweige fiel und meine Haut küsste. Der Mond zwinkerte mir durch die Baumkronen zu und ich zwinkerte zurück, um unser kleines Geheimnis zu feiern. Er kannte die Abmachung, ich würde heute Abend die Rolle des Alphas spielen und er würde mich wie immer unterstützen.

Wir traten aus dem Wald heraus und machten uns auf den Weg

zu der weitläufigen Klippe, auf der der riesige Turm stand, der hoch über uns aufragte, die dunkelgrauen Ziegel uralt und verwittert. In die Wände waren vertikale Fenster eingelassen, und ganz oben befand sich eine riesige rotierende Holzturbine, die sich in einer magischen Brise bewegte – erzeugt von den Fae, die sie vor Hunderten von Jahren gebaut hatten. Angeblich hatte mein Ur-Ur-Ur-Onkel Felps beim Bau dieser Turbine geholfen, und seine Kraft wohnte noch immer in dem ewigen magischen Wind, der sie antrieb.

Als wir den Eingang erreichten, drehte ich mich um und betrachtete meine Opfer unter dem Türbogen. Sie starrten mich aufgeregt an und ihre Augen verrieten, dass sie nervös waren. Ich hob eine Handfläche und wirkte Luft auf das dreieckige Symbol über der Tür, wodurch es zu leuchten begann, bevor sich die eiserne Tür öffnete.

»Freshmen, bewegt eure Ärsche hierher, denn ich werde mich nicht wiederholen!«, rief ich, und meine Rudelmitglieder sahen mich mit leuchtenden Augen an.

Ich ließ die neue Macht an meiner Academy auf mich wirken, während mein Rudel mich umringte und streichelte. Die Köpfe waren respektvoll vor ihrem König gesenkt. Ich konnte spüren, wie die Sterne diese Interaktion beobachteten, und ich wusste, dass sie wichtig war, besonders als mein Blick auf das Mädchen fiel, das gerade einen meiner besten Freunde durch den Orb geschleudert hatte. Ein Knurren stieg in meiner Kehle auf, aber ich ließ mir nichts anmerken. Niemand verletzte meine Freunde und kam damit davon. Vor allem kein Mädchen, das frisch aus dem Reich der Sterblichen kam und große unschuldige Bambi-Augen hatte. Darcy sah in jeder Hinsicht wie Beute aus, und ich würde sie mir ganz sicher langsam und qualvoll zu Gemüte führen.

»Ihr könnt das Haus nur betreten, wenn ihr eure Kräfte auf dieses Symbol anwendet.« Ich zeigte auf das Dreieck über der Tür, das das

Zeichen meines dominierenden Elements war. »Da es euer erster Tag ist, habe ich die Tür bereits geöffnet, aber wenn ihr morgen keine Luft beschwören könnt, gehört euch kein Bett in meinem Haus.«

Ein Anflug von Entschlossenheit huschte über Darcys Züge, als sie ihre Finger aneinander rieb, um die Magie in ihnen zu spüren, dann lächelte sie einen Jungen mit Mütze neben sich an.

»So.« Ich lächelte breit und zeigte Reihen glänzender Zähne, mit denen ich sie alle auffressen könnte, wenn sie mir jemals in die Quere kommen sollten. »Fangen wir an!« Ich warf Darcy einen Blick zu, krümmte meinen Finger, um sie näher zu mir zu locken, und musterte meinen Feind. Vielleicht könnte ich sie dazu bringen, sich mir zu unterwerfen, sie in die untersten Ränge meines Hauses zwingen und sie dazu bringen, mir wie ein Omega zu dienen. Ja, das klang gut. Eine Haustier-Vega.

Sie runzelte die Stirn und zögerte eine Sekunde, bevor sie auf mich zukam. Ich legte einen Arm um ihre Schultern und zog sie fest an mich. Beim Einatmen ihres Geruchs stellte ich fest, dass ich die Süße dieses Mädchens mochte, während ich mit meinen Fingern über ihre nackte Haut strich. Sie versuchte, sich zu befreien, aber sie saß jetzt in meiner Falle, und ich hielt sie fester und griff stattdessen mit meinen Fingern in ihre Haare. So viel Anmut hatte ich von einer Vega nicht erwartet. Ich hatte mir scharfe Zähne, Krallen und das wütende Gesicht ihres Vaters vorgestellt. Aber Darcy Vega war ein roter, saftiger Apfel an einem Baum, an dem alle anderen schwarz geworden waren. Vielleicht lebte ihre Dunkelheit im Inneren …

»Initiation!«, rief ich, und die älteren Studenten hinter den Freshmen stürzten sich auf sie und stülpten ihnen schwarze Leinensäcke über den Kopf.

Ich fuhr fort, mein neues Haustier zu betatschen, beugte mich dann vor und sog den zuckersüßen Duft ihrer Haare ein. *Ergeb dich, kleines Hündchen. Ich bin dein Alpha. Und du gehörst nur mir.*

Sie erschauderte und versuchte, mich wieder wegzustoßen, aber ihr Versuch hatte keinerlei magische Kraft und ich musste fast lachen, während ich sie festhielt. Ich fuhr mit meiner Zunge über ihre Wange, schmeckte meine Feindin – und fand sie weitaus appetitlicher, als ich es mir gewünscht hätte. *Ich könnte dieses Exemplar wirklich vernaschen. Bissen für Bissen.*

»Igitt!« Sie holte mit der Hand aus, um mich zu schlagen, aber ich fing sie mit Leichtigkeit auf und grinste angesichts des Trotzes in ihren Augen. Ja, dieses Mädchen war innerlich genauso schwarz, wie ihr Daddy es gewesen war. Und diese Dunkelheit würde sich Bahn brechen, sobald sie lernte, ihre Kräfte zu kontrollieren. Aber wenn sie zu diesem Zeitpunkt meine kleine Schlampe war, würde das keine Rolle mehr spielen.

Ich lachte über ihren wütenden Gesichtsausdruck. »Entspann dich, Babe! Das ist meine Art, Hallo zu sagen.«

Ich legte den Kopf schief und zeigte ihr, dass ich ihr nichts Böses wollte, obwohl ich genau das Gegenteil meinte. Sie runzelte die Stirn. Dann schien sie sich dafür zu entscheiden, mir meinen Hundeblick abzukaufen, und mein Herz schlug vor Aufregung schneller.

»Richtig«, sagte sie unbehaglich. »Ich versuche immer noch, das alles zu begreifen.«

Ich lachte und wandte mich dann wieder der Menge zu, meinen Arm immer noch fest um sie geschlungen. *Du wirst es früh genug begriffen haben.*

»Welche Formgebung hast du, Babe?« Ich schmiegte mich an ihr Ohr und sie versteifte sich bei der Berührung. Diese Vega brauchte ein langes heißes Bad und eine Beruhigungspille. Aber ich nahm an, sie würde sich mit einem Bad in völliger Demütigung zufriedengeben müssen.

Die anderen Freshmen wurden nervös, während sie darauf warteten, dass etwas passierte, die Säcke über ihren Köpfen verschluckten das gesamte Licht. Aber ich hatte kein Problem damit, sie warten zu lassen. Warten würde ihre Angst nur noch verstärken.

»Ähm … was?«, fragte Darcy. *Heilige Scheiße, sie weiß nicht einmal etwas über Formgebungen?*

»Du weißt schon … Sirene, Vampir … Werwolf?«, fragte ich neugierig, während Ashanti sich hinter sie stellte und ihre Haare zu flechten begann. Das stand ihr tatsächlich ganz gut. Aber dies war keine Styling-Party unter besten Freundinnen, dies war ein Machtspiel, und Ashanti frisierte sie so, wie es ihr gefiel, nicht wie die hübsche kleine Vega es wollte.

»Ich weiß nicht, wovon du sprichst«, sagte Darcy, während ich meine Nase an ihren Hals drückte und tief einatmete. Sie war zum Anbeißen, schmeckte nach Erdbeeren und dem vergoldeten Blut einer Prinzessin. Vielleicht würde ich sie unterwerfen und mit meinem eigenen Geruch markieren.

Leise lachend zog ich mich zurück. »Du stammst wirklich aus der Welt der Sterblichen. Keine Sorge, Babe, deine Kräfte werden bald zum Vorschein kommen.« Ich nickte Ashanti zu, und sie stülpte Darcy einen Leinensack über den Kopf, was mir ein wölfisches Grinsen entlockte. Sie stützte sich an mir ab, und ich fand es toll, dass sie dachte, ich sei die Person, der sie im Moment ihr Vertrauen schenken konnte. Meine freundliche Geste hatte sich ausgezahlt. Aber sie war im Begriff, das Monster in meinem Inneren kennenzulernen.

Ich ließ sie los, sodass sie nichts mehr hatte, woran sie sich festhalten konnte, und mein Rudel versammelte sich mit aufgeregtem Schmunzeln um mich herum und wartete auf meinen nächsten Schritt. Kylie war unter ihnen und unterdrückte ein Kichern, als sie das Spiel beobachtete, und ich klopfte ihr grinsend mit den Fingerknöcheln gegen die Wange.

»Wenn ihr meine Initiation nicht besteht, bleibt ihr nicht in Aer, kapiert?«, bellte ich und die Hälfte der Freshmen zuckte zusammen. Nicht meine Vega.

Ein Raunen des Empörens ging durch die Menge, was mich finster dreinblicken ließ. Ich war ein Alpha. Ihr Hausvorsteher. Und sie würden mir mehr verdammten Respekt entgegenbringen.

»Ihr werdet mit *Ja, Alpha* antworten. Lasst es uns noch einmal versuchen!«, befahl ich. »Kapiert?«

»Ja, Alpha!«, riefen die Freshmen, aber meine Augen waren auf Darcy gerichtet, die entschlossen schwieg. Ich knirschte mit den Zähnen, meine Instinkte flammten auf und forderten mich auf, sie in ihre Schranken zu weisen.

Ich zog sie erneut an mich und spürte, wie ihre Muskeln starr wurden. »Antworte mir, Anwärter!«

»Ja, Alpha«, sagte sie, aber es klang gezwungen. Es war bei Weitem nicht so befriedigend, wie ich es mir gewünscht hätte – aber es war ein Anfang.

Ich ließ sie los und sie stolperte rückwärts und wäre beinahe mit Frank zusammengestoßen, der ihr mit einem spöttischen Grinsen lässig aus dem Weg ging.

»Bewegt euch!«, brüllte ich wie ein Feldwebel und mein Rudel und alle älteren Studenten hier umringten die Freshmen und zogen sie hinter mir her, während ich den Weg ins Gebäude anführte. Kylie versuchte, mit mir Schritt zu halten, und ich legte meinen Arm um ihre Schultern, während sie mir ein verschmitztes Lächeln schenkte und mit den Wimpern klimperte. Ich zog still eine Schere aus meiner Tasche und reichte sie ihr mit einem Augenzwinkern.

»Gib sie mir, wenn ich danach frage, okay, Baby?«, flüsterte ich und sie nickte eifrig und steckte sie für mich ein.

Einige meiner Rudelmitglieder blieben in meiner Nähe, streichelten meine Arme und steckten ihre Finger in meine Haare, was Kylie verärgerte. Ich musste mich jetzt, da sie an der Zodiac Academy war, unbedingt mit ihr unterhalten. Ich hatte eigentlich keine festen Freundinnen oder Freunde, denn Exklusivität war mir zu dumm, da ich an nächtliche Orgien mit meinem Rudel gewöhnt war. Warum sollte ich mit einer oder einem Fae monogam sein, wenn ich drei haben konnte, die abwechselnd meinen Schwanz lutschten? Kylie war im Sommer eine tolle Ablenkung gewesen, aber jetzt, da ich wieder hier war, war sie weniger interessant. Eigentlich war sie überhaupt nicht interessant. Ich hatte vergessen, dass sie heute Abend ihr Erwachen feiern würde. Wie auch immer, vielleicht war sie ja für das Rudelleben zu haben. Vielleicht würde sie es genießen, sich von hinten von Frank durchnehmen zu lassen, während ich sie vom anderen Ende des Raumes aus beobachtete und gleichzeitig Alice fickte. Das würden wir wohl noch herausfinden.

Ich beschleunigte meinen Schritt auf der gewundenen weißen Treppe, die immer höher in den Turm führte. Adrenalin rauschte durch meinen Körper und ich hatte das dringende Bedürfnis, wie ein Welpe zu winseln. Aber ich hielt mich zurück. Ich war jetzt cool. Und ich ließ diese Maske nur bei den Erben fallen.

Schließlich erreichten wir den oberen Bereich, in dem sich der Gemeinschaftsraum befand, und alle Freshmen keuchten vor Anstrengung, da sie den täglichen Aufstieg noch nicht gewohnt waren. In diesem Turm wohnten die knackigsten Ärsche des Campus, denn es gab nichts Besseres für die Gesäßmuskulatur als Treppensteigen. Fakt.

»Vorwärts!«, befahl ich, während ich sie in den Gemeinschaftsraum führte. Wir mussten uns einen Weg durch den grauen Aufenthaltsraum aus Stein bahnen, der mit Wollteppichen und cremefarbenen Sesseln ausgestattet war. Ich schnippte mit den Fingern und schickte einen kalten Wind durch den Raum, der um die Freshmen wehte, deren Köpfe nach wie vor in Leinensäcken steckten. Damit wollte ich sie glauben lassen, wir wären draußen. Ängstliches Gemurmel erreichte mich von den Anwärtern und Kylie unterdrückte ein Lachen, während sich ein bösartiges Grinsen auf meinen Lippen abzeichnete. Ich zwang sie nicht, an der Initiation teilzunehmen, weil ich in dieser Hinsicht nett war. Ihre Brüste sahen heute Abend auch erstklassig aus, was hilfreich war. Und ich betrachtete dies als meine Entschuldigung für die zügellose Sexparty, die ich gleich nach meiner Rückkehr an die Academy veranstaltet hatte.

»Ihr befindet euch jetzt auf der Spitze des Aer-Turms«, verkündete ich, und einige der Freshmen wimmerten. »Stellt sie an der Kante auf!« *Mal sehen, ob ich die Vega zum Quietschen bringen kann.*

Ich stellte mich vor die Stufe, auf der die Freshmen sich aufstellen mussten, und ein paar der älteren Studenten mussten sich mit Stillekuppeln umhüllen, um ihr Lachen zu unterdrücken. Ich verschränkte die Arme vor der Brust und richtete meinen Blick auf das Mädchen, aus dessen Leinensack blaue Haarspitzen hingen, bereit, ihren Mut zu testen. Einige der Freshmen flehten mich an, und ich warf ihnen einen trockenen Blick zu. Darcys Füße waren die ersten, die die Stufenkante erreichten, während andere neben sie gezerrt wurden.

Ich fuhr mir mit der Zunge über die Zähne, ohne meinen Blick von ihr abzuwenden, als sie vor Schreck nach hinten taumelte und Alice sie wieder an ihren Platz schob.

Als das Gerangel aufhörte, umrundete ich sie alle und stellte mich an das Ende der Reihe, während ich ihre zitternden kleinen Knie betrachtete.

»Ihr seid aus der Luft geboren, Anwärter«, rief ich. »Der Wind ist euer Verbündeter. Wenn ihr ihn euch nicht zunutze machen könnt, habt ihr es nicht verdient, hier zu leben. Oder *überhaupt* zu leben.«

Darcy schüttelte den Kopf und ein ängstliches Murmeln entfuhr ihr, das mich mit Zufriedenheit erfüllte. Ich hatte eine Vega-Prinzessin verängstigt und in meiner Gewalt. Und alles, was ich getan hatte, war, ihr eine Tüte über den Kopf zu ziehen und sie auf eine Stufe zu stellen. Sie dazu zu bringen, sich vor mir zu verbeugen, würde so einfach sein, wie den Mond am Himmel zu finden. Ich wippte auf meinen Fußballen vor und zurück, als dieser Gedanke in mir aufkam. Ich konnte es kaum erwarten, den anderen Erben zu erzählen, wie leicht Darcy Vega zu knacken gewesen war. Sie würde mein neues Kauspielzeug sein. Meine kleine Haus-Aer-Dienerin. Ja! Das würde so viel Spaß machen.

Ich nickte meinen Rudelkameraden zu, die meinen Plan kannten, und sie warfen hastig Stillekuppel um alle Freshmen außer Darcy, zogen sie auf eine Seite des Raumes und ließen unsere Prinzessin allein auf der Stufe zurück.

Kylie kicherte, als sie neben mir auftauchte und mir folgte, als hätte ich sie an der Leine. Aber ich ignorierte sie, während ich meine Hände auf Darcys Rücken richtete, wo die Luftmagie immer noch um sie herumwirbelte. Sie fröstelte und streckte die Hand aus, um jemanden neben sich zu finden, aber da war niemand. Sie war völlig allein und ich würde sie dazu bringen, um Hilfe zu rufen.

Ich ließ die Stille eine Sekunde lang wirken, während die Leute sich bemühten, ihr Lachen zu unterdrücken. Sie war schon ein ziemlicher Anblick, zitternd auf dieser Stufe.

»Wartet!«, würgte Darcy hervor. »Ich weiß nicht, was ich hier tue.«

»Du schaffst das schon, Girl«, rief Kylie ihr ermutigend zu.

Darcy begann zu zittern und ein bösartiges Lächeln huschte über mein Gesicht, als ich in der Dunkelheit in mir versank und jede Sekunde dieses Spiels genoss. Vega-Prinzessin? Eher Vega-Maus. Es würde viel zu einfach sein, sie zu brechen, und ich war irgendwie enttäuscht, dass sie keine größere Herausforderung darstellten.

»Ich zähle bis drei, dann springt ihr. Und wenn ihr euch nicht davor abhalten könnt, auf den Boden zu prallen, dann seid ihr platt wie Pfannkuchen. Wer nicht springt, wird gestoßen«, erklärte ich fröhlich.

»Was soll der Scheiß?«, zischte sie und verlor schließlich jede Höflichkeit.

»Eins!«, rief ich und ignorierte sie, während ich darauf wartete, dass sie den Sprung abbrach und anfing zu betteln. »Zwei!«,

Sie hörte auf zu zittern und ich runzelte die Stirn. »Drei!«, rief ich.

Sie sprang, woraufhin meine Augenbrauen überrascht nach oben schossen.

Ihre Füße trafen den Boden und Ashanti riss ihr den Sack vom Kopf, woraufhin alle ihre Stillekuppeln fallen ließen und lautes Gelächter die Luft erfüllte. Ich lachte nicht, da ich von ihrem Sprung von dieser Kante überrascht war. Sie hatte tatsächlich geglaubt, ganz oben auf dem Turm zu stehen …

»Sooo witzig, Sethy«, sagte Kylie, stieß mich an und ich lachte schließlich leise auf und genoss Darcys Verlegenheit, als sogar die Freshmen anfingen, über sie zu lachen. Aber sie lachten zu Unrecht, denn sie hatte hier nicht versagt, sie hatte gewonnen. Und das kam für mich nicht infrage.

Ich trat um sie herum und taxierte sie, während ich ein Grinsen aufsetzte. Denn ich mochte das Gefühl in meiner Brust nicht, das mir sagte, dass sie doch keine komplette Maus war.

»Das ist nicht witzig«, keuchte Darcy, deren Haare durch den Leinensack völlig durcheinander waren. Damit sah sie verdammt sexy aus. Sie lächelte, verdammt noch mal, sie lächelte, als fände sie den Witz amüsant, und das ging gar nicht. Sie sollte der Witz sein, nicht Teil davon.

Ich packte sie am Handgelenk und zog sie nach vorn, während

ich sie begutachtete. Meine Hände glitten über ihr Kinn und dann in ihre Haare, während ich in ihren Augen nach dem suchte, von dem ich wusste, dass es in ihr lauerte. Und da war es, tief verborgen, aber ich konnte es sehen – die Fae, die in den Tiefen dieser dunkelgrünen Augen brannte. Und sie war nicht einmal annähernd unschuldig. *Hallo, Grausame Prinzessin.*

»Nicht witzig ist die Tatsache, dass du und deine Schwester hier auftaucht, um *unseren* Thron zu stehlen. Wir haben uns den Arsch aufgerissen, um uns dieses Recht zu verdienen. Unsere vier Familien regieren seit dem Sturz von König Vega vor fast zwanzig Jahren, und Solaria ist seitdem wesentlich besser dran. Unsere Eltern haben die Macht unter sich aufgeteilt, und als Söhne des Celestia-Rates werden wir ihnen diese Verantwortung bald abnehmen. Wir haben also nicht vor, uns zurückzulehnen und zuzulassen, dass ihr unseren Thron klaut und Solaria wieder zu dem Scheißhaufen macht, den euer Vater hinterlassen hat«, knurrte ich und hielt sie noch fester, während mein Alpha mir befahl, dieses Mädchen unter mich zu zwingen, bevor sie auf die Idee käme, sich zu wehren.

Ihre Züge verhärteten sich vor Wut. »Ich will euren Thron nicht.« Sie versuchte, ihr Handgelenk aus meinem Griff zu befreien, aber ich ließ nicht los. *So ein Schwachsinn.*

Ich musste sie weiter treiben. Musste sie brechen, bevor das Tier in ihren Augen Flügel bekam und begriff, wie hoch es fliegen konnte.

Ich drehte sie so, dass sie die Menge vor mir sehen konnte. »Wer ist dafür, dass wir sie dieses Mal wirklich vom Turm werfen?« Mein Herz schlug laut und ungeduldig. Ich fand es toll, den Einsatz bei diesem Machtspiel zu erhöhen, und sie war schließlich diejenige, die gesprungen war, also würde es doch nicht so schwer sein, es jetzt noch einmal zu tun, oder?

»Was?«, keuchte sie, als das gesamte Haus Aer seine Zustimmung zeigte. »Verpiss dich!« Sie rempelte mich an, aber ich ließ nicht los und zerrte sie zu den riesigen Glastüren, die auf den Balkon führten. Ich zögerte eine Sekunde und fragte mich, ob ich zu weit ging. Aber dann erinnerte ich mich an die Worte meiner Mutter: *Lass deine Feinde niemals sehen, dass du ein Herz hast.*

Ich war immer der Grausamste in meinem Rudel gewesen, das hatte mich zu einem so mächtigen Alpha gemacht. Meine Mutter hatte meine Rücksichtslosigkeit gefördert und mich jedes Mal mit Geschenken überhäuft, wenn ich den Fae gegenüber ungnädig gewesen war, die mich herauszufordern versucht hatten. Darin war ich am besten, darin war ich geübt. Und doch erhob sich gelegentlich ein kleiner Teil von mir und riet mir, aufzuhören. Aber ich konnte nicht auf ihn hören. Als ich meiner Mutter davon erzählt hatte, war sie der Meinung gewesen, dass diese Stimme Schwäche sei und dass ich mich niemals von ihr in meinen Entscheidungen beeinflussen lassen sollte. Wenn ich eines Tages das Königreich regieren wollte, musste ich kalt und distanziert sein und Entscheidungen zum Wohle der Allgemeinheit treffen, ohne dabei Emotionen einzubeziehen. Aber als ich spürte, wie Darcy zitterte, wurde diese kleine Stimme lauter. Also tat ich, was ich immer tat, wenn diese Stimme zu laut wurde: Ich schaltete sie aus, ließ mich in die ruhigen, dunklen Gewässer meines inneren Fae treiben und überließ ihm die Kontrolle über jeden Teil von mir. Ich war hier gefühllos, eingehüllt in Grausamkeit, und das war es, was ich sein musste.

Ich zog Darcy zur Steinmauer am Dachrand und viele Studenten jubelten aufgeregt hinter mir, während andere besorgt murmelten.

»Bist du verrückt?«, schrie sie verzweifelt, während sie darum kämpfte, mich loszuwerden. Aber das Rad war in Bewegung und es gab kein Zurück mehr. Ich musste es tun. Um ihr zu zeigen, wer der Boss war, um die Fae, die in ihr lauerte, in Schach zu halten.

Mein Rudel begann zu heulen, als das Licht des Mondes über uns hereinbrach, und ich hob mein Kinn, um mich in dem silbernen Licht zu baden. Dann schob ich Darcy unsanft auf die niedere Mauer, und sie schaute über ihre Schulter zurück und sah, dass das ganze Haus sie durch die Glasfenster beobachtete.

Ich starrte meine Feindin kühl an, bereit, sie vor allen zu zerschmettern. Sie würden sehen, wie sie zusammenbrach, bettelte und flehte. Und erst, wenn sie für mich auf den Knien war, würde ich sie von dieser Mauer herunterlassen.

»Bitte, lass mich runter«, flüsterte sie, und ihre Stimme überschlug sich regelrecht vor Angst.

Ich grinste. Diese sogenannte mächtige Prinzessin bettelte bereits um Gnade, und ich genoss es. Kylie drängte sich durch die Menge, tauchte wieder neben mir auf und nahm meine Hand in ihre. Ihre Anhänglichkeit begann mich zu nerven, was seltsam war, wenn man überlegte, wie anhänglich ich manchmal mit meinem Rudel und den Erben sein konnte.

»Spring«, sagte Kylie und ein Knurren stieg in meiner Kehle auf. *Das ist meine Show, Baby, fang nicht an, für den Showmaster zu sprechen, sonst zerquetsche ich dich auch.*

Darcy suchte in der Menge nach einem freundlichen Gesicht, fand aber keines und sah stattdessen wieder mich an.

»Lass mich runter!«, forderte sie, fast so energisch, dass es nach Manipulation klang.

Ich ließ Kylie los, ging zur Mauer, packte Darcys Knöchel und zeigte ihr, dass ich sie jeden Moment von diesem Turm werfen könnte.

»Also gut«, sagte ich nach einer langen Pause, bereit, diese Nacht als diejenige zu verewigen, in der Seth Capella eine Vega gebrochen hatte. »Aber du kannst erst runter, wenn du dir alle Haare abgeschnitten hast.«

Kylie reichte mir die Schere, die ich ihr gegeben hatte, und ich nahm sie und schwang sie, damit die Menge sie sehen konnte.

»Was?« Darcy keuchte entsetzt. *Ja.* Sie würden sie danach Glatzega nennen. Oder vielleicht Darth Vega … oder … etwas Besseres, ich hatte jetzt gerade keine Zeit, das zu entscheiden.

»Entweder das oder du springst.« Ich zuckte mit den Schultern und Gelächter ertönte aus allen Richtungen.

Ich streckte Darcy die Schere entgegen und sie biss die Zähne zusammen, Entschlossenheit blitzte in ihren Augen auf. *Nein, nein, gib auf, Baby. Zeige der Welt, dass du nicht für den Thron geeignet bist.*

Gib mir deine Würde, überlass sie mir und beweise, wer hier der wahre Erbe ist. Beweise, dass du nur eine Maus bist, die nicht einmal ein Königreich von Flöhen regieren könnte.

Sie krümmte ihre Finger und der Wind nahm unter ihrer Kraft zu. Wollte sie gegen mich kämpfen?

Die Vorstellung gefiel mir. Ich könnte sie mit Leichtigkeit in die Knie zwingen und schlagen. Sie war nicht einmal trainiert. Es wäre idiotisch, aber ich würde mich liebend gern jeder Herausforderung stellen, die sie auf Lager hatte.

Sie warf einen Blick über die Schulter in Richtung Boden, und ich legte die Stirn in Falten, als mir klar wurde, dass sie nicht vorhatte, gegen mich zu kämpfen, sondern etwas viel Gefährlicheres im Sinn hatte.

Sie drehte sich um und ich trat einen Schritt vor. Meine Lippen teilten sich, als wollte ich sie anschreien und sie aufhalten, aber sie sprang bereits. Sie stürzte sich in einer Bewegung von dem verdammten Turm, die ich ihr nicht zugetraut hätte.

Ich sprang auf die Steinmauer, während Schreie und erstickte Laute des Schocks die Flüche verschluckten, die meine Lippen verließen. Sie fiel mit hoher Geschwindigkeit und durch die Luft, wobei ihre Haare nach oben flogen.

Sie würde auf dem Boden aufschlagen, sie konnte nicht einfach so auf Kommando Luftmagie wirken, sie war gerade erst erwacht. *Verdammt – heilige Mondscheiße – verdammt!*

Meine Finger zuckten, als ich mich darauf vorbereitete, sie mit meiner eigenen Luftmagie aufzufangen. Mein Herz trommelte wild gegen meinen Brustkorb.

»Sie wird sterben!«, keuchte Ashanti.

»Bei den Sternen«, sagte Kylie, während sie das Ganze mit leuchtenden Augen auf ihrem Atlas aufzeichnete.

Ich war bereits im Begriff, Darcy vor dem Aufprall auf dem Boden zu bewahren, als sie sich plötzlich mittels Luftmagie stoppte.

Meine Schultern erschlafften und ich rieb mir mit der Hand das Gesicht, meine Erleichterung erstarb jedoch schnell, als eine Gruppe von Studenten um mich herum anfing, zu jubeln und sie anzufeuern. Mit knirschenden Zähnen musste ich feststellen, dass sie die Gunst so vieler Fae auf einmal gewonnen hatte, und ich drehte mich um und bahnte mir wütend meinen Weg zurück durch die Menge. Ich musste mit den anderen Erben sprechen, aber zuerst brauchte ich einen netten Blowjob und eine Kopfmassage. Nachdem ich also heulend meinem Rudel befohlen hatte, mir zu folgen – und Kylie fast von ihnen umgerannt worden wäre –, ging ich in mein Schlafzimmer und ließ mich wütend auf mein Bett fallen.

»Ist schon okay, Alpha«, schnurrte Ashanti, setzte sich auf meinen Schoß und ich packte ihre Hände und legte sie in meine Haare.

»Streichle mich!« Ich schmollte und sie nickte und machte sich daran, meine Kopfhaut zu massieren.

Frank begann, meinen Nacken zu küssen, und ich stieß einen Seufzer aus, während sie gemeinsam daran arbeiteten, die Spannung aus meinem Körper zu vertreiben. Aber die blauhaarige Vega war nicht aus meinem Kopf zu kriegen – auch nicht, als Ashanti anfing, meinen Schwanz zu reiten. Und als ich die Augen schloss, sah ich nur noch Darcy an ihrer Stelle, wie diese daran arbeitete, ihrem Alpha zu gefallen. Ich hatte das Gefühl, dass das eine Fantasie war, die sich nicht so einfach in die Realität umsetzen lassen würde, wie ich es zuerst gedacht hatte. Aber vielleicht war es gar nicht so schlecht. Auf jeden Fall machte es die Sache interessanter. Und wenn ich sie Stück für Stück zerstören müsste, hatte ich wenigstens Zeit, das Mahl zu genießen, das ich aus ihr zubereitet hatte.

Gemini
Scorpio
Virgo
Cancer
Aries
Leo
Sagittarius
Taurus
Capricorn
Aquarius
Libra
Pisces

DARIUS

KAPITEL 4

Ich nahm meinen Platz vor dem Eingang zu Haus Ignis ein, während sich der Rest meines inneren Kreises um mich versammelte. Die verängstigt aussehenden Freshmen schienen derweil alle darauf zu warten, herauszufinden, was als Nächstes passieren würde.

Die Herausforderungen waren ziemlich einfach gestaltet, aber ich hatte dafür gesorgt, dass es ein paar zusätzliche Extras und schwierigere Hindernisse gab, wenn die neue Vega ihr Glück versuchte. Tatsächlich hatte ich nicht vor, sie den Parcours bestehen zu lassen. Die Aufgaben, die ich für sie entworfen hatte, wären selbst für eine Fae mit mehrmonatigem Training schwierig, ganz zu schweigen von einem praktisch sterblichen Mädchen, das nicht einmal die Kontrolle über eines ihrer Elemente hatte – oder über die unberechenbare Kraft des Feuers. Wenn sie heute Nacht ein Bett wollte, würde sie mich trotz ihres Versagens anflehen müssen, sie hereinzulassen.

Aber als ich in Betracht zog, ihr ein Bett anzubieten, konnte ich nicht anders, als darüber nachzudenken, ihr einen Platz in meinem eigenen zur Verfügung zu stellen. Vater hatte mir aufgetragen, dafür zu sorgen, dass sie und ihre Schwester die Ausbildung abbrachen, damit sie ihr Recht auf die Thronfolge verwirkten – er hatte nie etwas davon gesagt, dass ich ihre Gesellschaft nicht genießen dürfe, bevor sie ging.

Die Studenten verstummten, alle Augen waren auf mich gerichtet, ohne dass ich auch nur einen Finger rühren musste. Ich unterdrückte das selbstgefällige Grinsen, das mir übers Gesicht huschen wollte, weil sie alle so einfach meiner Macht verfielen. Ich trat vor, sodass ich den gewaltigen Eingang zu dem gläsernen Ungetüm versperrte, und wand unmerklich die Finger, um die Kontrolle über die Flammen zu übernehmen, die das Feuer über meinem Kopf bildeten. Ich formte sie so, dass sie meinem Befehl folgten.

Ein Drache stieg aus dem Bauch der Flammen auf; sein Körper war tiefrot und jede seiner Schuppen mit einem schimmernden Goldrand versehen. Ich füllte sein Maul mit Flammenzähnen und breitete dann seine riesigen Flügel aus, bis sie sich weit zu beiden Seiten von ihm erstreckten.

Die Freshmen schnappten ehrfürchtig nach Luft, als sie sahen, wie sich der Drache zum Flug bereit machte, und sein Maul öffnete sich weit, während ich aus dem knisternden Grollen der brennenden Glut ein Brüllen ertönen ließ.

Mein Blick ruhte auf Roxy Vega wie ein Pfeil auf einem Ziel. Sie stand einfach nur da, mit weit aufgerissenen Augen, voller Ehrfurcht vor der Bestie, die ich erschaffen hatte. Das Gefühl der Zufriedenheit wuchs in mir, als ich ihre Reaktion auf meine Macht einatmete. Mit einer schnellen Handbewegung meinerseits spie der Drache Feuer über die Köpfe der Freshmen, tief genug, um sie aufschreien und zur Seite springen zu lassen. Alle außer ihr.

Roxanya legte den Kopf in den Nacken, um das Feuer zu beobachten, das an ihr vorbeiraste. Das Licht wärmte ihre Wangen, während sie die Darbietung in sich aufnahm, ohne auch nur ein Fünkchen Angst zu zeigen. Und mein Interesse an ihr wuchs nur noch mehr. Wer zum Teufel war dieses Mädchen, das gerade direkt aus dem Reich der Sterblichen gerissen worden war und dennoch im Angesicht mächtiger Magie nicht mal mit der Wimper zuckte? Sie war ein Rätsel, das ich lösen musste, eine Frage, die ich unbedingt beantworten wollte, und ein Problem, von dem ich allmählich dachte, dass es vielleicht viel schwieriger zu bewältigen sein könnte, als wir zunächst erwartet hatten.

»Feuer ist das mächtigste Element von allen«, rief ich und lenkte die Aufmerksamkeit der Freshmen wieder auf mich, während der Feuerdrache ausbrannte und ich meinen Griff um die Magie, die ihn erschaffen hatte, lockerte. »Es bringt Licht in die Dunkelheit, Wärme in die Kälte. Es kann alles zerstören, was sich ihm in den Weg stellt. Nur diejenigen, deren Adern von der Hitze der Sonne erfüllt sind und deren Herzen mit der wahren Kraft der Flammen lodern, können unser Haus betreten und ihren Platz unter uns einnehmen.«

Mein Blick galt nach wie vor Roxy Vega, aber sie schien mehr daran interessiert zu sein, mit einem kleinen blonden Mädchen zu tuscheln, das neben ihr stand. Mein Unterkiefer zuckte, als mir klar wurde, dass ich ihre Aufmerksamkeit nicht so fesseln konnte, wie sie meine gefesselt hatte, und ich fuhr mit meiner Rede fort.

»Also, wer will der Erste sein, der versucht, Zugang zum großartigsten Haus der Zodiac Academy zu erhalten?«, erkundigte ich mich und breitete die Arme aus, während ich darauf wartete, ob einer von ihnen mutig genug wäre, sich freiwillig als Erster zu melden.

Sie warfen einander misstrauische Blicke zu und ich war nicht allzu überrascht, dass sie zögerten, sich zu melden. Es gab nicht viele Fae wie mich und die anderen Erben, die sich immer einer Herausforderung stellten, egal, wie schwierig sie auch erscheinen mochte. Obwohl alle Fae mit dem Wunsch geboren und aufgewachsen waren, ihre eigene Macht zu beanspruchen, war die traurige Tatsache, dass es an der Spitze der Rangordnung einfach nicht genug Platz gab. Die meisten von ihnen waren nicht mit dem geboren worden, was es brauchte, um zu herrschen.

Selbst die verschollene Vega-Prinzessin war nicht aus der Menge herausgetreten, aber als mein Blick wieder auf sie fiel, schaute sie in meine Richtung und schien ein wenig verwirrt darüber zu sein, was hier von ihr erwartet wurde. Ihre Augen trafen die meinen, und es war, als wären alle anderen Fae um uns herum gar nicht mehr anwesend. Es gab nur noch mich und sie und ich forderte sie heraus. *Komm schon, kleines Mädchen, warum zeigst du mir nicht, was in dir steckt?*

Als hätte sie mich gehört, trat sie plötzlich vor. Ein unbeeindruckter Ausdruck fiel über ihre Züge, als die Menge für sie zur Seite trat, ohne dass sie ihnen sagen musste, dass sie ihr aus dem Weg gehen sollten. Sie konnten sie spüren – diese Kraftquelle in ihr, die ihren Respekt forderte und sie warnte, sich zurückzuziehen. Sie strahlte die gleiche Art von Kraft aus wie ich, und sie versuchte es nicht einmal.

Mein Rückgrat straffte sich, als sie weiter auf mich zuging, unbeeindruckt und ohne die geringste Spur von Angst. Fuck, ich wollte wissen, wie sie tickte. Ich wollte sie auseinandernehmen und herausfinden, was unter ihrer Haut vor sich ging. Denn wenn ihr Blut so kalt war wie die Aura, die sie ausstrahlte, dann würde ich mit dieser kleinen Eiskönigin Schwierigkeiten bekommen. Aber diese Beschreibung schien mir einfach nicht richtig zu sein, denn mehr als einmal hatte ich in ihr ein Aufflackern von Hitze gesehen, die Art von Feuer, dem ich einfach nicht widerstehen konnte. Ich musste herausfinden, wie es sich anfühlte, darin zu brennen.

»Wer zuerst geht, hat es immer am schwersten«, warnte ich sie und suchte nach einem Flackern in dieser eiskalten Fassade, nach einem Beweis dafür, dass sie verunsichert war, nach einem Riss in ihrer Rüstung. Aber da war nichts. »Du kannst gern einen Rückzieher machen, wenn dich deine sterbliche Erziehung nicht auf diesen Kampf vorbereitet hat.«

»Wir werden alle auf die eine oder andere Weise reingehen müssen. Ich bringe das lieber schnell hinter mich«, antwortete sie abweisend und schien auch nach Rissen in meiner Maske zu suchen. Das Problem war, dass ich keine Maske trug. Ich war wirklich ein gefühlloses Arschloch und sie täte gut daran, das schnell zu begreifen.

Ich war irritiert, weil sie nicht die geringsten Anzeichen von Angst zeigte, und konnte nicht anders, als einen Schritt näher an sie heranzutreten, während der Drache in mir aufbegehrte. Ich wollte nur ihre Luft einatmen, ihre Absichten herausfinden, verstehen, wer sie wirklich war und warum sie so entschlossen schien, sich mir entgegenzustellen.

»Vielleicht hättest du dir ein einfacheres Haus aussuchen sollen«, warnte ich mit leiser Stimme und provozierte sie damit noch ein wenig mehr. »Ich habe nicht das Gefühl, dass du für die Feuerprüfungen geeignet bist.«

»Nun, du hast es reingeschafft«, sagte sie mit einem Achselzucken, ihr Blick huschte abschätzend über mich und ließ mein Blut in Wallung geraten. »So schwer kann es also nicht sein.«

Ein Knurren grollte in meiner Kehle, aber sie wartete nicht einmal lange genug, um mir zu erlauben, unser Gespräch zu beenden. In einer Mischung aus Schock und Wut sah ich zu, wie sie mir wieder den Rücken zuwandte und in den Kampf zog, ohne auch nur einen Blick in meine Richtung zu werfen. Was zum Teufel sollte das?

Ich beobachtete, wie sie von mir wegging, meinen Blick fest auf ihren Arsch geheftet, der von diesen hautengen Jeans, die sie trug, so perfekt umschlossen wurde, und ich schob mir die Zunge in die Wange, während ich ihr einfach nachstarrte. War es das? Kein Blick zurück, kein Zögern, kein Anzeichen dafür, dass sie auch nur ein bisschen Angst hatte?

Einer der älteren Studenten nutzte seine Erdmagie, um den Weg hinter ihr zu versiegeln, und ich musste meine Zähne zusammenbeißen, um ihn nicht davon abzuhalten, damit ich ihr weiter beim Weggehen zusehen konnte. Verdammtes Mädchen. Verdammtes, verdammtes Mädchen. Sie ging mir unter die Haut und ich war mir fast sicher, dass sie nicht einmal versuchte, das zu tun.

»Ich sehe euch drinnen wieder – wenn ihr es durch den Parcours schafft«, sagte ich laut und schnippte mit den Fingern, sodass eine Explosion aus Feuerzauber über die Köpfe der Freshmen hinwegfegte und sie alle vor Angst und Aufregung aufschreien ließ, bevor ich mich umdrehte und hineinging.

Die Erdmagie veränderte sich, bevor ich darum bitten musste, und ich erhielt Zugang zu den Treppen, die zum Gemeinschaftsraum führten.

»Seid nicht zimperlich mit ihr«, sagte ich, während sich einige meiner engsten Freunde aus dem Haus um mich scharten. »Ich denke, es wäre sogar eine gute Idee, wenn wir ihre Herausforderungen so schwierig gestalten, dass selbst ein Senior sie nicht bestehen könnte. Eine Grausame Prinzessin sollte schließlich mit mehr zurechtkommen als der Rest der Masse, meint ihr nicht auch?«

Die Gruppe umgab mich mit aufgeregtem Gelächter, als einige von ihnen losstürmten, um genau das zu tun. Eine Studentin rief aufgeregt, dass sie sich in ihren Nemëischen Löwen verwandeln und Vega zu Tode erschrecken würde, während sie versuchte, herauszufinden, wie sie die brennenden Kohlen überqueren konnte.

Ich ließ sie allein, damit sie sich überlegen konnten, wie sie den Parcours noch schwieriger gestalten könnten. Grinsend dachte ich darüber nach, was ich die hübsche kleine Roxy Vega tun lassen würde, um sich ihren Weg in mein Haus zu verdienen, falls sie versagen sollte.

Vielleicht würde ich es einfach halten und sie einfach vor allen Leuten betteln lassen. Das wäre schließlich ein ziemlich eindrucksvolles Bild – die Vega-Prinzessin auf den Knien zu meinen Füßen, wie sie mich anflehte, ihr einen Gefallen zu tun.

Ich leckte meine Unterlippe, als mir die Vorstellung, sie auf den Knien vor mir zu haben, noch viele interessantere Ideen dafür lieferte, was sie dort unten wohl gern tun würde. Ich war so in diese Fantasie versunken, dass ich fast zusammenzuckte, als Marguerite plötzlich vor mir auftauchte.

»Hey, Sweetie«, schnurrte sie und lutschte an ihrer knallroten Unterlippe, während sie mich von oben bis unten musterte, als wäre ich ein Festmahl, das sie zu verschlingen hoffte. Ich blieb auf der Schwelle zum Gemeinschaftsraum stehen und versuchte, ihr die Aufmerksamkeit zu schenken, die sie suchte.

»Hey«, murmelte ich.

»Du sahst so heiß aus da draußen, als du all die Freshmen erschreckt und sie in ihren Stiefeln hast zittern lassen«, fuhr sie fort und nahm meinen Arm, als ich in den riesigen Gemeinschaftsraum ging. In jedem Kamin loderten Feuer und die meisten der bisherigen Studenten hatten sich bereits versammelt, um die Freshmen in unseren Reihen willkommen zu heißen.

Der Raum war mit dunklem Holz und tiefroten Wänden versehen, das bunte Glas der orangefarbenen und gelben Fenster lockerte das Zimmer auf und ließ etwas Mondlicht durchscheinen.

Meine Crew hatte sich bereits um meinen Lieblingsplatz im Raum versammelt, alle voller aufgeregter Energie wegen der Spiele, die heute Abend stattfanden. Sie jubelten, als sie mich auf sich zukommen sahen.

Die Schlüssel zu den Zimmern für die Freshmen lagen auf dem Tisch zwischen ihnen, und ich nahm einen davon an mich. Das Metall wurde warm in meiner Handfläche, als ich ihn zwischen den Fingern drehte und mich fragte, ob sie sich diesen Schlüssel auf die harte Tour verdienen oder einfach aufgeben würde, sobald sie merkte, wie schwer ich ihr das Leben hier machen konnte.

Ich ließ mich in meinen Lieblingssessel fallen und drehte ihn so, dass ich einen besseren Blick auf die Treppe hatte, wo die Freshmen, die den Parcours absolviert hatten, erscheinen würden. Wo *sie* erscheinen würde.

Als ich mich in meinem Ohrensessel zurücklehnte und meine Beine spreizte, konnte ich nicht leugnen, dass mich dieses Spiel irgendwie erregte. Ich hatte auf die Vegas gewartet. Verdammt, es war Monate her, seit wir überhaupt erst von ihrer Existenz erfahren und damit gerechnet hatten, dass Lance sie hierherbrachte. Aber bis jetzt war es nie wirklich meine Aufgabe gewesen, mich mit ihnen zu befassen. Zumindest nicht anfänglich. Ich wusste, dass mein Vater gehofft hatte, ein paar Monate oder sogar Wochen Zeit zu haben, um sie »zu Hause willkommen zu heißen« und ihnen gehörig zuzusetzen, bevor sie überhaupt einen Fuß auf den Campus setzen würden. Aber das Schicksal hatte sie nicht zu ihm geführt. Es hatte sie bei mir abgeliefert. Insbesondere eine der beiden. Und ich konnte nicht anders, als das Gefühl zu haben, dass das kein Zufall seitens der Sterne war. Roxy Vega war hierhergebracht und mir geschenkt worden, damit ich sie gefügig machte. Und der Gedanke, genau das zu tun, war zu verlockend, um ihm zu widerstehen.

Marguerite setzte sich auf die Armlehne meines Sessels, schlug die Beine in meine Richtung übereinander und präsentierte mir ihre langen Beine – eindeutig, um mich in Versuchung zu führen. Sie machte es mir so verdammt einfach. Und genau da lag das Problem. Erstens, weil es nicht gerade aufregend war, sie zu ficken; schließlich musste ich mich bei ihr kein bisschen anstrengen. Aber zweitens, weil ich sie immer noch nicht losgeworden war. Ja, sie war heiß und willig genug, aber sie war nicht gerade ein Knaller im Bett. Aber wie Seth gesagt hatte, war ein williger Körper besser als sich einen runterzuholen, und zumindest war sie kein stotterndes Fangirl wie die Hälfte der Fae, die ich getroffen hatte. Sie konnte ganze Sätze sprechen, auch wenn mich deren Inhalt meistens zu Tode langweilte. Das machte mich wahrscheinlich zu einem Arschloch, aber ich hatte ihr nichts versprochen und sie wusste, dass ich verlobt war, also machte sie sich keine falschen Vorstellungen über den Sinn unserer gemeinsamen Zeit.

»Diese Vega-Mädels sind aber echt heiß, das muss man ihnen lassen«, krähte Milton und einige der anderen Jungs stimmten ihm vehement zu. Sie kommentierten eifrig das Aussehen der Zwillinge und machten Witze darüber, die beiden gleichzeitig zu ficken. Milton war einer dieser Großmaultypen, die es genossen, jeden Gedanken, der ihnen in den Sinn kam, herauszuschreien. Aber da vieles davon ziemlich amüsant war, störte es mich nicht so sehr. Seine dunklen Haare fielen ihm in die Augen und ruhten auf seiner Monobraue, und ich konnte nicht anders, als sie anzustarren, während er ein paar der anderen Jungs abklatschte.

»Auf mich haben sie keinen besonderen Eindruck gemacht«, spöttelte Marguerite, und die Mädchen in ihrer Nähe stimmten ihr zu, wie es eifersüchtige Schlampen immer taten.

Ich schnaubte amüsiert über die offene Drohung, die sie alle in den Zwillingen sahen, und Marguerite richtete ihren Blick auf mich.

»Sie sehen so absolut gewöhnlich und langweilig aus«, sagte sie mit einem breiten Grinsen, ihre Hand bewegte sich zu meiner Brust und glitt hinunter. »Meinst du nicht auch, Sweetie?«

»Ich würde sagen, du solltest noch einmal genauer hinschauen«, sagte ich, schob ihre Hand beiseite und deutete mit dem Kinn auf einen Stuhl mir gegenüber. »Mach mal Platz, ich muss mich auf die Initiation konzentrieren.«

Marguerite schien hin- und hergerissen zwischen Widerrede und Missachtung meines Befehls, aber als ich eine Augenbraue hob und für einen Moment den Drachen in meinen Augen aufblitzen ließ, sprang sie schnell auf und krabbelte von mir weg.

Ein Kribbeln lief mir den Rücken hinunter und ich blickte zum Türbogen, dem Eingang zum Gemeinschaftsraum. Mein ganzer Körper erstarrte, als ich eine barfüßige, rußverschmierte Vega-Prinzessin erblickte, die mit siegessicherer Miene zum Eingang schritt.

Mein Herz machte einen überraschten Sprung und ich warf einen Blick auf die Zeit und runzelte die Stirn. Das war schnell. Schneller als es ein Freshman durch den Parcours hätte schaffen können sollen – selbst wenn meine Anhänger nicht noch zusätzlich für Komplikationen gesorgt hätten. *Fuck.*

Wer zum Teufel war dieses Mädchen?

Einige der anderen schauten ebenfalls auf, und als sie sie entdeckten, schnappten sie nach Luft, tuschelten über ihre Zeit und staunten darüber, wie schnell sie meine verdammten Herausforderungen gemeistert hatte.

Das war nicht akzeptabel. Absolut nicht.

Ich konnte die spöttische Stimme meines Vaters regelrecht hören und die Hiebe seiner Faust spüren, wenn er seine Wut über mein Versagen bei dieser einen einfachen Aufgabe an meinem Körper ausließ.

Ich sprang in einer fließenden Bewegung auf, beschwor Feuer, das den Eingang füllte, bevor sie hindurchtreten konnte, und versetzte den gesamten Raum in absolute Stille, während alle mich überrascht anstarrten. Aber ich konnte sie nicht einfach so eintreten lassen. Ich würde eine unmögliche Herausforderung stellen, und selbst wenn sie es wagte, sie zu meistern, würde ich dafür sorgen, dass sie es nicht schaffte, sich hier durchzusetzen.

»Letzte Herausforderung«, rief ich, laut genug, dass sie und alle anderen in der Nähe mich deutlich hören konnten. »Wenn du wirklich zu uns gehören willst, musst du alles aus deiner Zeit bei den Sterblichen hinter dir lassen.«

Ich bewegte meine Finger an meiner Seite, brachte die Flammen unter meine Kontrolle und forderte sie auf, meinen Anweisungen zu folgen und nur für mich zu brennen. Das würde viel Konzentration erfordern, aber wenn sie mutig genug war, die Aufgabe zu erfüllen, die ich ihr stellte, würde ich dafür sorgen, dass ihr Sieg von so viel Schamgefühl begleitet wurde, dass jede Bewunderung, die sie dadurch erntete, im Nu verblasste. Als ich sicher war, dass ich die Flammen so unter meiner Kontrolle hatte, dass sie höchstens ihre Haut versengen würden, wenn sie sie berührte, fuhr ich fort.

»Du kannst durch die Flammen gehen, wenn du bereit bist, deine sterblichen Fesseln abzulegen. Das Feuer wird sie alle wegbrennen, aber dein Fleisch wird unversehrt bleiben«, sagte ich grinsend und fragte mich, ob sie mitmachen würde oder nicht. Es gehörte schon Mut dazu, direkt durch eine Feuerwand zu gehen, selbst, wenn es sich um das eigene Element handelte. Aber sie hatte bereits mehr als bewiesen, dass sie mehr Mumm hatte als die meisten Fae, die ich kannte. Wenn sie diese Herausforderung meisterte, würde ihr die Konsequenz nicht gefallen, denn ich würde zwar nicht zulassen, dass die Flammen sie verbrannten, aber ihr restlicher Besitz wäre leichte Beute. Und sie war schließlich gewarnt worden.

Ich erwartete, dass die Sekunden sich in die Länge ziehen würden, während sie über die Herausforderung nachdachte und meine Worte in ihrem Kopf verarbeitete. Aber das passierte nicht. Wieder einmal überraschte mich das Mädchen mit den brennenden Augen mit ihrer Frechheit – mit erhobenem Kinn und sicheren Schritten stapfte sie direkt durchs Feuer.

Ich biss die Zähne zusammen, während ich mich darauf konzentrierte, die Flammen von ihr fernzuhalten, aber ich konnte jede Flamme und jeden Funken spüren, wie sie sich ihren Weg durch ihre Kleidung bahnten – wie Wasser, das eine Sandlinie wegspülte.

Der Geruch von brennendem Stoff erfüllte die Luft und Roxys Augen weiteten sich vor Schreck, während sie ihre langen ebenholzschwarzen Haare umklammerte, aber das war nicht der Preis, den ich von ihr gefordert hatte.

Mein Herz raste und meine Kehle wurde eng, als die letzten ihrer Kleider von ihrem Körper gebrannt wurden und ich das Ergebnis meines hastigen Plans direkt vor mir stehen sah, als die Vega-Prinzessin, die ich zu demütigen versucht hatte, völlig nackt vor mir innehielt.

Die großspurige Bemerkung, die ich ihr an den Kopf werfen wollte, blieb mir im Halse stecken und die Flammen auf ihrem Rücken erloschen, als ich sie einfach nur ansah und verstohlen einen Blick auf ihren Körper warf, obwohl ich wusste, dass ich ihn nicht verdient hatte.

Ich war ein Arschloch. Ein verdammtes Arschloch. Und doch konnte ich nicht anders, als sie anzusehen. Sie war durchtrainiert und hatte perfekte Kurven, ihre Brüste waren voll und schwer, mit spitzen Brustwarzen, die den Drachen in mir vor Verlangen, näher an sie heranzutreten, knurren ließ. Ihre Haut war gebräunt und glatt wie Seide, was meine Finger mit dem Drang zucken ließ, sie zu berühren und zu sehen, ob sie sich so weich anfühlte, wie ich es vermutete. Und verdammt, meinem Schwanz gefiel die Vorstellung enorm.

Um mich herum brach Gelächter aus und ich grinste mit, während ich sie weiterhin anstarrte, unfähig, mich auch nur einen Zentimeter zu bewegen. Ich war wie gefangen von ihrer Schönheit, selbst als ich sah, wie es ihr dämmerte und grenzenlose Wut ihre grünen Augen füllte.

Verdammt, sie war noch heißer, wenn sie wütend war. Ich hätte wirklich nichts dagegen gehabt, wenn sie ihre Wut die ganze Nacht lang an meinem Körper ausgelassen hätte. Ich wäre mehr als bereit zu einem Wut-Fick gewesen, um zumindest ihren Körper dazu zu bringen, sich vor mir zu winden und dem Machtspiel zwischen uns nachzugeben. Ich hätte sie sowohl physisch als auch mit meiner Magie unter mich gezwungen. Und vielleicht hätte sie gemerkt, dass es ihr dort ganz gut gefallen könnte.

Oder vielleicht würde sie mich erstechen und mir als Zugabe noch den Schwanz abschneiden. Denn der Blick, den sie mir zuwarf, verriet mir, dass das viel wahrscheinlicher war, als dass ich die Nacht damit verbringen würde, sie zu ficken. Aber es war eine verdammt schöne Fantasie, der ich für ein paar Momente freien Lauf lassen konnte.

Ich wartete darauf, dass sie in sich zusammensackte, die Hände schützend um sich schlang und vielleicht sogar anfing zu weinen. Bei dem Gedanken daran rebellierte mein Magen, aber ich stählte mich gegen diesen Moment der Schwäche und blieb standhaft. Denn das hier war besser. Es war besser, wenn sie jetzt einknickte und erkannte, wo ihr Platz hier an dieser Academy und in Solaria im Gesamten war. Sie musste mir zu Füßen fallen und mich anflehen, aufzuhören. Um allen hier und im gesamten Königreich klarzumachen, dass sie sich mir nicht widersetzen konnte. Und wenn sie das getan hätte, müsste ich nicht mehr ihr Bösewicht sein. Ich würde das jetzt hinter mich bringen und damit wäre es erledigt. Mein Vater wäre zufrieden und ich könnte mich auf meine Pläne konzentrieren, ihn zu stürzen.

Aber sie tat nichts davon.

»Scheißkerl!«, knurrte Roxy und kam mit zur Faust geballter Hand auf mich zu, als wollte sie mich schlagen. Sie blieb jedoch genauso schnell wieder stehen, allerdings nicht, weil sie Angst hatte. Sie blickte auf ihren nackten Körper hinunter und schien dies als Grund zu nehmen, sich zu beherrschen. »Ich hatte fast drei Riesen in meiner Tasche. Weißt du, wie hart meine Schwester und ich für dieses Geld gearbeitet haben?«

Ich hätte sie für ihren Ausbruch fast ausgelacht. Sie stand nackt vor dem gesamten Haus und ihre Wut auf mich beruhte auf ein paar Scheinchen? War sie etwa eine verdammte Bettlerin?

Mein Grinsen wurde breiter, als ich ihre Worte zur Kenntnis nahm. Meinte sie das ernst? Waren ihr ein paar Tausend wichtiger als die Verlegenheit über ihre Nacktheit? Es war zwar nichts Ungewöhnliches, dass Fae sich nicht sonderlich darum scherten, ihre Körper zu entblößen, da sich die meisten von uns ausziehen mussten, um sich zu verwandeln. Es sei denn, wir hatten Spaß daran, unsere Kleidung ständig zu zerstören. Aber ich hatte gedacht, dass sie angesichts des Publikums und ihrer fehlenden Wahlmöglichkeit in dieser Angelegenheit etwas verärgerter darüber sein würde.

Aber als das Gelächter im Raum anhielt, wurde mir klar, dass ich mein Ziel erreicht hatte. Und ich konnte nicht einmal sagen, dass ich von ihrem anhaltenden Feuer völlig enttäuscht war. Es weckte etwas in mir. Etwas, von dem ich nicht einmal bemerkt hatte, dass es mir fehlte. Aber verdammt, sie brachte mich jetzt dazu, darüber nachzudenken, weil mir gerade bewusst wurde, wie verdammt gelangweilt ich in letzter Zeit gewesen war.

Ich war so gefangen in diesem endlosen Kreislauf aus Unterricht und Training, um eines Tages ein Ratsmitglied zu werden – gemischt mit der ständigen Bedrohung durch den Schatten meines Vaters, der über mir und meinem Bruder schwebte –, dass ich mich in diesen Tagen nur dann wirklich wach fühlte, wenn Lance und ich auf Nymphenjagd gingen. Und das hatten wir seit Monaten nicht mehr tun können, weil er stattdessen im Reich der Sterblichen nach den Zwillingen gesucht hatte.

Ich mochte die anderen Erben und fand Erleichterung in ihrer Gesellschaft und eine Herausforderung im Training mit ihnen, da wir auf Augenhöhe waren, aber so etwas hatte ich schon lange nicht mehr gespürt. Kein Fae hatte mir je so in die Augen geschaut und mir direkt zu verstehen gegeben, dass es ihm scheißegal war, wer oder was ich war … niemals. Scheiße. Wenn ich nicht aufpasste, könnte ich süchtig nach dem Feuer in den Augen dieses Mädchens werden. Nach der Ehrlichkeit ihrer Abneigung gegen mich und dem erfrischenden Geschmack ihrer offenen Feindseligkeit in der Luft.

»Dein Zimmer ist im dritten Stock, am Ende des Ganges«, sagte ich, unfähig, mir eine andere Herausforderung für sie auszudenken, die nicht den Anschein erwecken würde, als hätte ich sie mir eben erst ausgedacht. Ich wollte sie in die Knie zwingen, aber für heute Abend würde ich es dabei belassen, den Schmerz dieser Verlegenheit ein wenig zu verstärken und abzuwarten, ob sie nachgeben würde. »Für den Fall, dass du dir etwas zum Anziehen besorgen willst?«

Sie warf mir einen Blick vollkommener Verachtung zu, woraufhin mein Schwanz zu pochen begann. Ihre Nähe steigerte mein Verlangen nach ihr und brachte mich auf alle möglichen verrückten Ideen, was ich mit dieser kleinen Prinzessin anstellen würde, wenn ich sie nur lange genug für mich allein hätte.

Sie machte keine Anstalten, sich zu bedecken, und zeigte keine Spur von Scham in ihrem eisigen Gesichtsausdruck, als sie auf mich zukam, um ihren Schlüssel zu holen. Ein spöttisches Lächeln umspielte ihre sinnlichen Lippen.

Ihr Unterkiefer zuckte vor Wut, was sie nicht zu verbergen versuchte, und als sie nach dem Schlüssel griff, um ihn mir aus der Hand zu reißen, konnte ich nicht anders, als sie näher zu mir heranzuziehen. Nur, um zu sehen, wie weit sie bei dieser Verweigerung meiner Macht über sie gehen würde.

Ihre Finger schlossen sich um den Messingschlüssel, aber ich ließ ihn nicht los, sondern nutzte meinen Griff, um sie einen Schritt näher zu ziehen, bis unsere Körper kaum mehr voneinander getrennt waren. Ich schaute aus meiner imposanten Höhe auf sie hinab, dominierte ihren Raum mit der Masse meines Körpers und stellte sicher, dass sie jeden Zentimeter meiner Körpergröße über ihr wahrnahm.

»Aber wenn du lieber mit auf mein Zimmer kommst, kann ich dich *so richtig* im Haus des Feuers willkommen heißen«, schlug ich vor, während mein Blick auf ihren Körper fiel und die deutliche Beule in meiner Hose offensichtlich machte, wie ernst ich dieses Angebot meinte. Ich hätte es wahrscheinlich gar nicht machen sollen, aber die Bestie in mir konnte nicht anders. Wenn Drachen etwas sahen, das sie wollten, nahmen sie es sich. Und ich hatte schon so lange nicht mehr etwas gesehen, das ich so sehr wollte wie dieses Mädchen.

Unsere Blicke trafen aufeinander und die Hitze war fast stark genug, um Feuer zu fangen. Die Spannung zwischen uns knisterte so laut, dass ich überrascht war, dass der ganze Raum sie nicht hören konnte. Aber dann wurden ihre Augen hart und sie schürzte die Lippen, wobei sie mich musterte. Meine Haut kribbelte überall dort, wo sie mich ansah. Ich konnte das Verlangen in ihr spüren, während sie mich begutachtete.

Aber als diese tiefgrünen Augen wieder auf meine trafen und ich ihr ein wissendes Grinsen schenkte, konnte ich nicht erkennen, was sie dachte. Ich wusste nicht, ob sie sich dieser Hitze zwischen uns beugen oder sie nur anfachen wollte, und die Tatsache, dass ich es nicht wusste, ließ mein Herz vor Erwartung tief in meiner Brust pochen.

Sie rückte einen Zentimeter näher an mich heran, neigte ihren Mund zu meinem Ohr und ließ meinen Körper vor Verlangen beben – oh, ich sehnte mich danach, sie zu nehmen, sie zu besitzen, sie auf die beste Art und Weise zu vernichten. Aber gerade als sich mein Schwanz bei dem Gedanken an all die Möglichkeiten, sie mit der Zeit zum Schreien zu bringen, in Aufruhr zu versetzen begann, ergriff sie das Wort. Und es war nicht das sinnliche Schnurren, das ich erwartet hatte. Stattdessen war ihre Stimme laut genug, dass sie jeder hören konnte.

»Ich würde mich dir nicht nähern, wenn mir jemand ein Messer ans Herz hielte und mit dem Weltuntergang drohte«, knurrte sie und riss mir den Schlüssel aus der Hand, weil ich vor Überraschung über ihre Worte vergessen hatte, ihn fest genug zu halten. »Schau gründlich hin, solange du noch kannst. Denn ich kann dir versprechen, dass du das nicht noch mal zu sehen bekommen wirst.«

Das Gelächter im Raum erstarb, als alle Anwesenden kollektiv Luft zu holen schienen. Sie alle warteten auf meine Vergeltung.

Aber ich war mir nicht ganz sicher, wie diese aussehen sollte. Ich war verblüfft über ihr Verhalten, ihre dreiste Missachtung und ihre ungezügelte Abneigung gegen mich, die so deutlich war, dass sich meine Lippen zu einer Antwort öffneten, die letztlich aber ausblieb. Sie stand direkt vor mir, nackt inmitten einer Gruppe ihrer Kommilitonen und vor allen bloßgestellt, und doch hatte sie den Spieß einfach umgedreht. Sie hatte mich abgewiesen, laut und deutlich vor dem gesamten Raum. Ich war mir nicht sicher, ob mich jemals eine Frau abgewiesen hatte, geschweige denn so unverhohlen.

Bevor ich mir die beste Antwort auf ihre Stichelei überlegen konnte, rammte sie mir ihre Schulter in den Arm und stapfte von mir weg, als wäre ich ein absoluter Niemand.

Ich drehte mich um und sah ihr nach, mein verräterischer Blick fiel auf die perfekte Rundung ihres gebräunten Hinterns, als sie verdammt noch mal aus dem Raum in Richtung der Treppe stolzierte, die zu den Schlafsälen führte. Als hätte sie keine Sorge auf dieser verdammten Welt.

Im Gemeinschaftsraum wurde getuschelt, aber sie ging einfach weiter, als könnte sie sie nicht hören. Meine Haut kribbelte, als ich ein paar spöttische Bemerkungen in meine Richtung hörte, und meine

Muskeln spannten sich vor Frustration an, als mir klar wurde, dass sie mit dem letzten Wort das Zimmer verlassen würde.

»Du solltest vorsichtiger damit sein, welche Feinde du dir hier machst, *Roxy*«, rief ich ihr nach, denn ich musste diese Interaktion zu meinen Bedingungen beenden, auch wenn sie mich wieder einmal überrumpelt hatte.

Sie warf mir nicht einmal einen Blick zu, sondern ging in ihrem gemächlichen Tempo weiter die Treppe hinauf und verschwand schließlich außer Sichtweite.

Ich rang mir ein Lachen ab, das schnell von den Arschkriechern um mich herum erwidert wurde, ließ mich in meinen Sessel fallen und schwieg, während sie alle über die Vega-Prinzessin witzelten und lachten. Aber es waren nicht nur spöttische Rufe, die den Raum erfüllten. Es gab genug Jungs, die darüber diskutierten, wie heiß sie war, was mein Blut aufs Neue in Wallung brachte. Und ich hörte mehr als ein paar ehrfürchtige Worte darüber, wie sie mit mir umgegangen war.

Mit zusammengekniffenen Augen starrte ich ins Feuer, als der Rest der Freshmen nach ihrer Prüfung auftauchte, aber ich hatte kein Interesse an irgendjemandem von ihnen.

Ich war mit der Prinzessin beschäftigt, die gerade mit mir in den Ring gestiegen war und beinahe als Siegerin hervorgegangen wäre. Vielleicht war ich voreilig gewesen, als ich angenommen hatte, ich könnte sie leicht plattmachen. Sie war schließlich die Tochter des Grausamen Königs.

Ich würde meine Taktik überdenken müssen, denn mir war jetzt klar, dass sich dieses Mädchen nicht so leicht beugen würde, wie wir es alle gehofft hatten. Und ich vermutete, dass das auch für ihre Schwester galt.

Aber während ich da saß und Interesse an den Freshmen vortäuschte, die in Haus Ignis aufgenommen wurden, dachte ich nicht daran, wie ich die Vegas loswerden könnte. Meine Gedanken galten nur einer der Schwestern. Und ich fantasierte nicht einmal darüber, wie es mir gefallen würde, mit meinem Körper die Kontrolle über ihren zu übernehmen. Nein. Ich war fasziniert von dem Blick in ihren Augen. Dem Feuer, der Herausforderung, dem Hass. Und egal, wie sehr ich auch versuchte, mich selbst davon zu überzeugen, dass ich diesen Look hasste, wusste ich tief in meinem Inneren, dass das eine Lüge war.

Ich hielt noch eine weitere Stunde durch und tat so, als würde es mich interessieren, wie es den Freshmen ergangen war, die nach dem Bestehen ihrer Prüfungen eintraten, während Milton und einige der anderen eine Rangliste für die Fae erstellten, die den Parcours in der kürzesten Zeit abgeschlossen hatten.

Roxy Vegas Name stand unerschütterlich ganz oben – egal, wie viele der Anwärter es bis hierher schafften. Und das, obwohl ihre Aufgaben einfacher gewesen waren als Roxys. Ich fuhr mit der Zunge über meine Zähne, während ich darauf wartete, dass einer von ihnen sie herausforderte, aber keiner kam auch nur in die Nähe.

Nach einer Weile ließ sich Marguerite auf meinen Schoß fallen, ihr Mund wanderte meinen Hals hinauf, während sie ihre Finger unter meinen Gürtel schob und ein wenig daran zupfte, als wollte sie meinen Schwanz mitten im Raum streicheln.

»Sollen wir uns ein bisschen davonschleichen, Sweetie?«, hauchte sie und ihre Lippen streiften mein Ohr. Aber das erregte mich kein bisschen. »Du kannst mich auf jede Art und Weise haben, nach der dir der Sinn steht.«

Ich seufzte, weil ich sie heute Nacht auf keinerlei Art und Weise haben wollte. Denn mir stand keineswegs der Sinn danach, sie keuchend und stöhnend unter mir liegen zu haben, während ich sie fickte. Weil sie überhaupt nichts dazu beitrug, es interessanter zu machen.

Sie brannte nicht für mich wie Roxy Vega. Sie bot keine Herausforderung. Und plötzlich war das noch viel langweiliger als zuvor.

»Ich muss heute Abend noch etwas erledigen«, sagte ich abrupt, stand auf und ließ sie dabei fast auf den Hintern plumpsen.

Sie rappelte sich auf und rief mir noch nach, ihr zu schreiben, wenn ich wollte, dass sie später auf mein Zimmer kam. Ich machte mir nicht die Mühe, zu antworten, während ich in Richtung meines Zimmers davonstolzierte. Ich hatte sie nie in mein Zimmer eingeladen, und das wusste sie genau. Wenn ich sie wollte, ging ich zu ihr und nahm sie dort. Es war Sex, keine Beziehung, und ich wollte sie genauso wenig in meinem privaten Bereich haben wie danach bei ihr übernachten. Das wusste sie, aber sie drängte in letzter Zeit immer mehr darauf, was wahrscheinlich bedeutete, dass es Zeit war, weiterzuziehen, weil ich nicht die Art Mann war, der ihr mehr bieten könnte. Ich würde für niemanden jemals diese Art Mann sein. Mein Vater hatte mit meiner arrangierten Ehe dafür gesorgt, auch wenn meine eigene Persönlichkeit dies nicht deutlich genug gemacht hatte.

Ich ging die Treppe hinauf und ignorierte die Aufforderungen verschiedener Leute, zu bleiben und mit ihnen zu feiern, weil ich einfach nicht mehr in der Stimmung war.

Stattdessen zog ich meinen Atlas aus der Tasche und schickte eine kurze Nachricht an die anderen Erben, in der ich sie bat, mich im Hollow zu treffen. Ihre zustimmenden Antworten kamen augenblicklich.

Die Mischung aus schwarzer und roter Dekoration verlieh Haus Ignis eine warme Atmosphäre, auch ohne die überall angebrachten brennenden Wandleuchter, die den offenen Raum beleuchteten. Als ich den dritten Stock erreichte, hielt ich inne und mein Blick wanderte zu dem Zimmer, in dem Roxy Vega jetzt wohnte. Ich fragte mich, was sie dort tat, und verspürte den seltsamen Drang, einfach rüberzugehen und an ihre Tür zu klopfen.

Aber ich hatte keine Pläne dafür gemacht, ihr heute Abend erneut zu begegnen, und es war offensichtlich, dass ich an ihrer Tür kein willkommener Besucher sein würde, also beschloss ich, sie einfach in Ruhe zu lassen. Fürs Erste.

Ich ging in mein Zimmer, rollte meine Schultern zurück, warf die Tür hinter mir zu und zog mein Hemd aus, während ich mich auf meine Verwandlung vorbereitete. Der Drache in mir war heute Abend unruhig, als hätte er den Geruch einer Beute gewittert, die er jagen wollte. Aber stattdessen lag er selbst in Fesseln.

Ein Knurren entrang sich mir, als ich an Roxys trotzigen Blick dachte, als sie mich zurückgewiesen hatte. Der Drang, wieder nach unten zu gehen und dieses Katz-und-Maus-Spiel mit ihr fortzusetzen, zerrte an mir.

Ich ignorierte den Impuls, zog meine Schuhe aus und schnallte meinen Gürtel ab, bevor ich mich auch dem Rest meiner Sachen entledigte.

Ich rollte erneut die Schultern zurück – mein Rücken juckte an der Stelle, an der meine Flügel hervorbrechen würden, sobald ich dem Ruf meines Drachen nachgab. Die neue Tätowierung, die ich mir diesen Sommer hatte stechen lassen, zeichnete sich auf meinen Schulterblättern ab, und ich betrachtete sie im Ganzkörperspiegel neben meinem Kleiderschrank.

Ich war am elften Juni aufgewacht – mit dem Bild in meinem Kopf. Der Drang, meine Haut damit zu versehen, war so stark gewesen, dass ich mich noch am selben Tag auf den Weg gemacht hatte. Drache und Phönix wanden sich umeinander, als spielten sie eine Szene aus längst vergangenen Legenden nach. Aber etwas an der Art, wie sich die beiden fast tatsächlich über meine Haut zu bewegen schienen, beruhigte mich immer, wenn ich die Tätowierung betrachtete.

Ich ging zum Fenster an der Längsseite meines Zimmers, schob es auf und spürte die frische Nachtluft auf meinem Gesicht, während ich auf den schwindelerregenden Abgrund unter mir blickte.

Ich öffnete die Arme weit, während ich nach unten schaute, und begann dann langsam, mich nach vorn zu beugen, bis der Wind mich vollständig umschlossen hatte. Und dann fiel ich.

Ich zählte die Sekunden, das Adrenalin strömte durch meine Adern, während ich wartete. Der Boden kam mit jeder Sekunde näher, mein Tod raste unweigerlich auf mich zu, bis zu dem allerletzten Moment, in dem ich die Bestie befreite, die in meiner Seele lebte.

Der riesige goldene Drache befreite sich aus dem Gefängnis meines Körpers, breitete seine Flügel aus und fing den Wind ein, einen Moment, bevor ich auf dem Boden aufschlagen konnte.

Meine Krallen gruben sich in das weiche Gras, als ich heftig mit den Flügeln schlug, dann raste ich auf die Sterne zu. Ein Gebrüll hallte von meinen Lippen wider und ließ die Glaskonstruktion von Haus Ignis erzittern.

Ich flog schnell, strebte den Himmel an und stieg immer höher, bis die Luft um mich herum abkühlte und nichts als Stille mich umgab.

Ich schloss die Augen, als das Sternenlicht meine Schuppen vergoldete, und tauchte für einen langen Moment in das Gefühl ein, von den himmlischen Wesen beschützt zu werden, bevor ich meine Flügel anlegte und wieder in Richtung Boden stürzte.

Wie eine Kugel schoss ich nach unten, mein Blick auf eine dichte Baumgruppe in der Mitte des Wimmernden Waldes gerichtet, wo das King's Hollow auf meine Ankunft wartete.

Ich öffnete meine Flügel wieder, nahm eine scharfe Kurve und ging in einen sanften Gleitflug über, als ich mich meinem Ziel näherte. Meine Landung war beinahe sanft, und meine Masse ließ das Baumhaus nur ein paar Sekunden lang ächzen, bevor das heftige Schwanken aufhörte.

Ich nahm wieder meine Fae-Gestalt an und öffnete die Luke im Dach, bevor ich mich in den gemütlichen Raum darunter fallen ließ.

Caleb war bereits da, lümmelte in einem Sessel neben dem Feuer und scrollte durch seinen Atlas. Er hob die Hand zum Gruß, während sein Blick auf den Bildschirm gerichtet blieb.

Ich stapfte durch den Raum, zog mir eine Jogginghose an und ging dann zu ihm, um mich zu ihm zu gesellen. Auf dem Weg holte ich uns zwei Bierflaschen.

»Und?«, fragte Caleb, warf seinen Atlas auf den Boden und grinste mich an, während er sein Bier öffnete.

Ich überlegte, ob ich mich dumm stellen sollte, aber ich hatte keine Ahnung, wozu das gut sein sollte. Also zuckte ich nur mit den Schultern, nahm einen Schluck von meinem Drink und hielt beim Sprechen seinen Blick gefangen.

»Sie ist beeindruckend«, sagte ich ehrlich. »Für jemanden, der im Reich der Sterblichen aufgewachsen ist und vor diesem Abend keine Ahnung von Magie, Fae oder irgendetwas Wichtigem hatte, bin ich überrascht, wie schnell sie sich angepasst hat.«

»Ganz zu schweigen davon, wie verdammt heiß sie ist«, erwiderte Caleb, und seine dunkelblauen Augen funkelten herausfordernd, woraufhin das Biest in mir sofort erwachte.

»Offensichtlich«, murmelte ich zustimmend.

»Ich nehme also an, dass du es noch nicht geschafft hast, sie zu brechen?«, fuhr er fort.

Ich zuckte mit den Schultern. »Ich habe sie ziemlich verärgert, aber nein, ich würde nicht sagen, dass es so einfach vorbei ist.«

»Macht es mich zu einem Arsch, wenn ich zugebe, dass ich irgendwie froh darüber bin?«, fragte er grinsend. »Versteh mich nicht falsch, ich will genauso wie alle anderen, dass die beiden sich verbeugen. Aber wir haben den ganzen Sommer auf ihre Ankunft gewartet. Es wäre ziemlich langweilig, wenn sie nach so viel Spannung einfach kampflos aufgeben würden.«

Ich dachte an den wütenden Schimmer in Roxys Augen, als sie sich geweigert hatte, nachzugeben, und ich konnte nicht anders, als in gewisser Weise zuzustimmen.

»Sie müssen sich trotzdem verbeugen«, betonte ich. »Und es wäre besser, wenn sie es eher früher als später tun würden.«

»Wo bleibt denn da der Spaß?«, fragte Cal mit einem Achselzucken. »Ich persönlich bin mehr als glücklich, sie so oft wie möglich zu beißen und zu provozieren. Mit Wut gespicktes Blut ist immer so viel geiler.«

»Ach ja?«, fragte ich ihn mit einem Blick, der meine Verärgerung zeigte, und das Grinsen, das er mir schenkte, verriet, dass er es verdammt noch mal wusste.

»Versuchst du immer noch, Anspruch auf sie zu erheben?«, stichelte er, und ich verfluchte mich dafür, dass ich überhaupt einen solchen Versuch unternommen hatte. Aber die Herausforderung in seinen Augen sagte mir, dass es dafür jetzt viel zu spät war.

»Es ist bereits geschehen, Bruder. Sie gehört zu Ignis. Das bedeutet, dass sie mir gehört«, sagte ich deutlich, obwohl ich mir sicher war, dass er den Unterton eines Befehls in meinem Tonfall erkennen konnte.

»Wir werden sehen.«

Das Geräusch einer sich öffnenden Tür unterbrach unser Gespräch und wir sahen, wie Max und Seth den Raum betraten. Max stapfte davon, um weitere Bierflaschen zu holen, und Seth kam wie ein aufgeregter Welpe direkt auf uns zugesprungen.

»Sie ist verdammt noch mal gesprungen, Leute! Einen Moment lang dachte ich, ich hätte gerade eine Vega getötet. Aber dann ist sie verdammt noch mal geflogen! Ich meine, sie ist nicht geflogen, sie hing nur ein bisschen in der Luft über dem Boden, anstatt plumps zu machen, und ist dann auf ihr Gesicht gefallen. Aber die anderen sind alle völlig ausgeflippt. Es war echt cool ... abgesehen von der Tatsache, dass sie bei dieser ganzen Sache eigentlich schlecht dastehen sollte und stattdessen irgendwie gut aussah ... Ich war zuerst sauer, aber dann hat mein Rudel mir mehrere Orgasmen beschert und jetzt denke ich, dass diese Herausforderung genau das ist, was mir gefehlt hat. Wir können so viel Spaß dabei haben, sie zu zerschmettern!«

Ich stöhnte angesichts seiner Zusammenfassung, wie es der anderen Zwillingsschwester bei ihrer Initiation ergangen war, und strich mir mit einer Hand über das Gesicht. Seth schmiegte sich an meine Seite, ließ sich dann auf Calebs Schoß fallen und fuhr ihm zur Begrüßung mit der Zunge über die Wange.

»Runter da, Köter!«, brummte Cal und schubste Seth weg, sodass er auf den Hintern fiel.

Er richtete sich genauso schnell wieder auf, sprang zurück auf die Couch neben mich, ließ sich dann auf den Rücken fallen und legte seinen Kopf in meinen Schoß.

»Streichle meine Haare!«, bettelte er und sah mich mit großen Augen an. »Ich habe Spannungskopfschmerzen.«

»Ja? Tja, ich habe dicke Eier. Wenn du mir nicht auch damit helfen willst, werde ich dir nicht die Haare streicheln«, scherzte ich und schob sein Gesicht beiseite, wenn auch nicht hart genug, um ihn tatsächlich von mir zu stoßen.

»Ich meine ... ist das ein ernsthafter Vorschlag oder ...«

»Nein«, antwortete Max für mich, seine Sirenengaben streiften mich, als er sich Cal gegenübersetzte. »Aber du warst doch kurz in Versuchung, Seth, oder?«

»Oh, tut mir leid, darf ich die Geilheit meiner Freunde nicht mehr zu schätzen wissen? Du weißt, dass ich immer ein paar freundschaftliche Blowjobs in Betracht ziehen würde, um Stress abzubauen, obwohl ich das Gefühl habe, dass Darius mich mit seinem Drachenschwanz würgen könnte. Also sollte ich es vielleicht langsam angehen lassen, wenn ich …«

Caleb schlug Seth mit einer Ranke, die er für diesen Zweck heraufbeschworen hatte, auf die Stirn, und Seth fluchte, während er zu vergessen schien, dass ich wahrscheinlich nie einem Blowjob von einem meiner besten Freunde zustimmen würde. Stattdessen jammerte er über seine kleine Kopfwunde.

»Was bedeutet das für die beiden?«, fragte Max, lenkte das Thema wieder auf die Schwestern und sorgte mit seinen Gaben für ernsthaftere Stimmung im Raum, um auch Seth dazu zu bringen, sich zu konzentrieren.

»Die Ratsmitglieder haben klargestellt, was wir tun müssen«, antwortete Caleb mit einem Achselzucken. »Und du weißt, wie unsere Eltern auf alles reagieren, was unseren Ruf schädigen könnte. Wenn sich herumspricht, dass sie ihre Initiationen mit beeindruckenden Ergebnissen bestanden haben, werden sie nur verlangen, dass wir schneller arbeiten, um die Zwillinge unter uns zu bringen.«

»Mir ist es egal, wie beeindruckend sie bei irgendeiner sinnlosen Initiation waren«, sagte Max. »Sie sind nach wie vor nichts weiter als untrainierte Mädchen. Wir sollten sie problemlos ausschalten können.«

Ich nickte zustimmend, als Seth anfing, Ideen zu äußern, wie man den Willen der Mädchen brechen könnte – als wäre er mehr als begeistert, loszulegen. Einige seiner Pläne waren dumm, andere lustig und einige könnten einfach brillant sein.

Ich fragte mich jedoch, wie weit wir bei all dem wirklich gehen müssten. Mir schien, als könnten uns zwei untrainierte Mädchen ohnehin nicht gefährlich werden. Wir hatten jahrelanges Training hinter uns und waren ein Leben lang darauf vorbereitet worden, die Macht zu übernehmen, für die wir geboren worden waren. Es war mir egal, welche Kraft in ihren Adern floss, denn wenn es darauf ankam, konnte ich einfach nicht glauben, dass sie uns gewachsen sein würden.

Also trank ich noch ein paar Bier und als Seth mich schließlich überredete, mit seinen verdammten Haaren zu spielen, indem er mir zehn Minuten lang treuherzig in die Augen schaute, begann ich mich zu entspannen.

Roxanya Vega war vielleicht mehr, als ich es erwartet hatte, aber das spielte auf lange Sicht keine Rolle. Denn sie mochte zwar die Tochter des Grausamen Königs sein, aber ich war nach dem Bild eines ebenso brutalen Monsters erzogen worden und kannte die Bedeutung von *verlieren* nicht. Wenn wir also unsere Pläne gegen die beiden verschärfen mussten, dann sollte es so sein. Ich würde nicht zulassen, dass ein hübsches Gesicht und eine feurige Seele meinem Aufstieg zur Macht und der Vernichtung meines eigenen persönlichen Dämons im Wege standen. Das Beste, was sie also tun konnte, war, sich zurückzuhalten.

Gemini
Scorpio
Virgo
Cancer
Aries
Leo
Sagittarius
Taurus
Capricorn
Aquarius
Libra
Pisces

ORION

KAPITEL 5

Ich wachte mit Darius in meinen Armen auf – und mit Kopfschmerzen, die tief in meinem Schädel zu pochen schienen. Für eine Sekunde war ich desorientiert, bevor ich mich an die vorangegangene Nacht erinnerte. Ich hatte Francesca abgewimmelt – die bei mir hatte übernachten wollen –, um mit Darius zu kuscheln, beziehungsweise mit ihm über die Vegas zu reden. Es gab Bourbon. So viel Bourbon.

Darius' Stirn lag an meiner und seine Muskeln spannten sich im Schlaf an, während er etwas darüber murmelte, dass jemand sein Gold gestohlen habe. Ich atmete langsam aus, während ich eine Hand hob, um meine Kopfschmerzen zu heilen und meinen Kater zu lindern. Die ganze Zeit über blieb ich an ihn gepresst – das Wächterband forderte seinen Tribut. Ich war definitiv nicht der Goldschatz dieses Drachen, aber verdammt, das würde ich ihm nicht sagen, während die Magie, die uns verband, mich dazu drängte, jede Sekunde in seinen Armen zu genießen.

Als ich langsam die Augen öffnete, fiel mein intensiver Blick auf ihn, und eine neue Welle der Wut auf seinen Vater krachte über mich herein.

Dieser verfluchte Onkel Lionel mit seinen großartigen Ideen und seiner Missachtung für alle anderen und ihre Bedürfnisse. Ich war seinetwegen hier und umarmte seinen Sohn so fest, als würde ich sterben, wenn ich ihm nicht so nahe sein könnte. Und manchmal fühlte es sich auch wirklich so an, wenn wir zu lange voneinander getrennt waren.

Ich hegte Darius gegenüber keinen Groll deswegen. Er war auch auf jener Klippe gewesen und hatte meine Schwester sterben sehen – wie ich gefesselt und gezwungen, auf dem Boden zu knien. Er war nur ein weiteres Opfer seines Vaters, obwohl ich manchmal befürchtete, dass sein Herz dadurch hart werden würde. Ich war mir ziemlich sicher, dass ich einer der wenigen Fae war, denen er seine sanftere Seite zeigte. Und der Einzige, mit dem er über Lionel sprach. Ich konnte das Gleiche von ihm behaupten. Ich war schon immer ein Einzelgänger gewesen, meine Natur neigte aufgrund meiner Formgebung dazu. Aber ich hatte das als Ausrede benutzt, um andere zu meiden, um Francesca auf Distanz zu halten, um Zeit für mich allein zu haben, um zu sitzen und zu trinken und zu trinken und zu trinken …

Ich hatte keine Ahnung, wo das alles für mich enden würde. Aber dieser Weg führte wahrscheinlich zu nichts Gutem. Je länger ich ihn beschritt, desto zurückgezogener und verbitterter wurde ich. Mein Lächeln wurde immer seltener und mein Licht war schon vor langer Zeit erloschen. Dieses hohle Leben würde mich wahrscheinlich eines Tages umbringen, und vielleicht wäre das das Beste.

»Ist das dein Schwanz, der sich in meine Hüfte bohrt?«, murmelte Darius, der sich nun ebenfalls rührte.

Ich griff zwischen uns und zog grunzend die leere Bourbonflasche hervor. »Das hättest du wohl gern, Baby.«

Er lachte leise, öffnete die Augen, hielt mich noch ein paar Momente fest, rollte sich dann auf den Rücken und wischte sich mit der Hand übers

Gesicht. Ich vermisste den Kontakt sofort und ballte die Hände zu Fäusten, während ich mich zwang, mich wegzudrehen. Als Lionel uns damals verbunden hatte, war es mir schwergefallen, überhaupt Abstand zu halten, und es war für uns beide eine verdammt beschissene Umstellung gewesen, einander so sehr zu brauchen. Dass er hier schlief, war verdammt riskant, und ich erlaubte es nicht sehr oft. Aber letzte Nacht war der Sog des Bandes so stark gewesen, dass es für meine geistige Gesundheit notwendig gewesen war, ihn in mein Bett zu holen. Und nach der Art zu urteilen, wie er mich gehalten hatte, schien es ihm ähnlich gegangen zu sein.

Darius nahm seinen Atlas von meinem Nachttisch, gähnte, blies einen Schwall Rauch aus und fächelte ihn mit der Hand weg, während er auf den Bildschirm schaute.

»Scheiße.« Er setzte sich aufrecht hin. »Es ist neun Uhr. Ich komme zu spät zum Unterricht.«

Er schob sich aus dem Bett, und ich fluchte, als ich ebenfalls aufstand, mit der Geschwindigkeit meiner Formgebung davoneilte und in einer Minute duschte, bevor ich in mein Zimmer zurückkehrte und mich unterwegs mit meiner Luftmagie abtrocknete. Darius war bereits halb aus dem Fenster und hielt inne, als ich mich anzog.

»Du unterrichtest die erste Stunde der Vegas, oder?«, fragte er und mein Magen zog sich zusammen, als ich den Namen hörte. Es war der Name, der das Schicksal von Solaria verändern könnte. Der Name, über den wir gestern Abend stundenlang diskutiert hatten, bevor wir schließlich eingeschlafen waren.

Ich hatte einige Informationen aus der Akte entfernt, die ich über sie angelegt hatte, damit Lionel sie nicht in die Hände bekam. Die echte Akte hatte ich in meinem Schreibtisch versteckt, während ich ihm lediglich eine Kopie hatte zukommen lassen. Es war nicht viel, aber das Zurückhalten einiger Details bedeutete, dass Lionel keine vollständigen numerologischen

Diagramme über sie erstellen konnte, die ihm bei der Vorhersage ihrer Fähigkeiten helfen könnten. Wenn jemand sie schlagen würde, dann Darius, nicht sein Vater. Also war er derjenige, dem ich einen Vorteil verschaffen wollte. Aber wenn Lionel das herausfände, wäre er außer sich.

Ich knirschte mit den Zähnen. »Ja.«

»Analysiere alles an ihnen. Stärken und Schwächen. Ich will eine Liste.«

»Ja, ja.« Ich fuhr mir mit den Fingern durch die zerzausten Haare. »Triff mich heute Abend in der Jupiter Hall. Zwanzig Uhr. Ich will dir unten am Strand einen neuen Zauber beibringen.«

Er grinste und nickte, während Feuer in seinen Augen aufflammte. Dann verschwand er aus meinem Blickfeld und ich schnippte mit den Fingern, um einige Verhüllungszauber um ihn herum zu wirken, um ihn vor Lehrern zu verbergen, die in diese Richtung schauten.

»Guck-guck! Bist du da, Lance?«, rief Brian Washer von draußen vor meiner Haustür und ich zog mir stöhnend die Hose hoch. Mein Hemd war immer noch offen, als ich zur Tür stürmte, weil ich dachte, es wäre am besten, ihn abzulenken, solange Darius versuchte, unbemerkt den Asteroidenplatz zu verlassen.

Ich entriegelte die Tür, riss sie auf und blinzelte zu ihm hinaus, während mir das morgendliche Sonnenlicht ins Gesicht schien. Er trug einen leuchtend blauen Ganzkörperanzug aus Spandex, der seinen Schwanz und seine Eier so deutlich umriss, dass ich mich beherrschen musste, mir nicht die Augen aus dem Gesicht zu kratzen.

Ich bedachte ihn mit einem Blick, der besagte, dass ich nicht in der Stimmung für Gespräche war – wann war ich das schon einmal? –, aber wie üblich schien er die Anspielung nicht zu verstehen.

»Ich wollte nur mal nachsehen, ob du schon wach bist. Du weißt schon, dass es nach neun ist, oder, Lance?«

»Ist mir bewusst«, sagte ich trocken.

»Du hast heute deinen ersten Freshman-Kurs, oder?«, fragte er, während er seinen Blick über meine nackte Brust streifen ließ.

»Oh, habe ich das?«, entgegnete ich sarkastisch. »Verdammt, dann muss ich meine morgendliche Synchronschwimmstunde absagen.«

Er gluckste, tätschelte meinen rechten Brustmuskel und ich stieß ein leises warnendes Knurren aus.

Alter, ich brauche Kaffee. Es ist viel zu früh für diesen Mist.

»Fang bloß nicht an, Morgenkurse zu besuchen, ohne mich mitzunehmen, Dummerchen. Ich muss dich schließlich auch noch dazu bringen, mich bei meinen Yoga-Übungen zu begleiten.« Er ging in die Hocke, seine muskulösen gebräunten Oberschenkel wölbten sich rechts und links von ihm, als er ein paar Mal auf und ab wippte, bevor er unten blieb und zu pulsieren begann.

Sein Gesicht war auf Höhe meines Schritts und ich schloss schnell meinen Reißverschluss, als ich merkte, dass dieser nicht ganz geschlossen war, und trat einen Schritt zurück. Wenn dieses Arschloch nicht mit meiner Chefin schlafen würde, hätte ich ihn schon vor langer Zeit in seine Schranken gewiesen. So aber hatte ich von Onkel Lionel die strikte Anweisung erhalten, mich in meiner Rolle als Professor zu benehmen, und Elaine Nova zu verärgern, war ein absolutes Tabu.

Ich hatte nach meinen ersten paar Wochen als Dozent hier ein Sternengelübde ablegen müssen, nachdem ich beschlossen hatte, mich einfach feuern zu lassen, um Lionels Anweisungen zu hintergehen. Ich war selten zum Unterricht erschienen und war allen gegenüber unausstehlich gewesen, die mich darauf angesprochen hatten, einschließlich Elaine. Ich hatte mich sogar einmal an Professor Astrum herangeschlichen und ihn gebissen, was irgendwie gegen den Verhaltenskodex für Dozenten verstieß. Der Typ war Royalist und hasste mich ohnehin schon wie die Pest, aber jetzt war er der Anführer des *Ich-hasse-Lance-Orion*-Clubs.

Lionel hatte sich blicken lassen müssen, um die Wogen zu glätten. Er hatte mich in Elaines Büro gezerrt und mich wie ein ungezogenes Kind ausgeschimpft, während er der Rektorin Honig ums Maul geschmiert hatte. Sie hatte eine Schwäche für starke Fae und kuschte immer bei demjenigen, der im Raum die meiste Macht hatte, weshalb sie derzeit den Vegas in den Arsch kroch. Ich vermutete, dass sie neue Wetten darauf abgeschlossen hatte, wer den Thron gewinnen würde. Wie auch immer, sie hatte mich bleiben lassen und Lionel mich gezwungen, nach besten Kräften den Professor zu spielen. Das bedeutete, dass meine größte Wut dieser Tage mehr in mir lebte als nach außen drang. Aber niemand hatte je gesagt, dass ich mit einem Lächeln im Gesicht unterrichten musste, also wurde jedes kleine Arschloch in diesem Laden zum Ziel meiner Wut, wann immer ich ein Ventil brauchte. Es war tatsächlich irgendwie therapeutisch, vorlaute Studenten in die Schranken zu weisen. Ich hatte mir hier meinen Ruf als knallharter Lehrer redlich verdient und da ich nun keine anderen Ziele im Leben hatte, konzentrierte ich mich darauf, die Messlatte dafür, wie sehr mich die Studenten verachten konnten, höher zu legen. Man könnte sagen, dass mir das eine Art berufliche Befriedigung verschaffte.

»Du könntest genauso flexibel sein wie ich, wenn du daran arbeiten würdest, Lancey.« Washer beugte sich so weit vor, dass sein Hintern in der Luft hing, und begann, ihn von links nach rechts zu schwingen.

»So verlockend das auch ist, ich glaube, ich passe, Brian«, sagte ich trocken. »Spandex steht mir nicht.«

Er stand wieder auf, die Hände in die Hüften gestemmt, und begann stattdessen, Ausfallschritte zu machen. Beim Mond, sein Gehänge lugte durch den Stoff in meine Richtung. Und es zuckte. »Du könntest auch nackt teilnehmen. Ich bade meinen Hintern oft in den Sonnenstrahlen. Du könntest mich bei ein paar langen, harten Ausfallschritten wie diesen begleiten und deine tief hängenden Früchte im Auge unserer Mutter

Sonne erwärmen spüren.«

»Nein, danke«, sagte ich und verzog das Gesicht. »Ich gehe besser zum Unterricht.« *Alles ist besser als das hier.*

»Natürlich! Viel Spaß im Unterricht. Ich hoffe, diese Vegas bringen dich nicht wegen ihrer nassen Löcher aus der Fassung.«

»Was?«, keifte ich.

»Oh, tut mir leid, da kommt der alte Wasserelementar-Jargon in mir durch«, winkte er ab. »Ich bezeichne die Stärken meiner Studenten als ihre feuchten Löcher. Wenn sie schlecht abschneiden, bewerte ich sie als trocken, dann feucht, nass, bis hin zu sprudelnd wie ein Wasserfall. Es ist eine nette kleine Skala, die ausschließlich für meine Notizen gedacht ist. Ich bin gespannt, wie feucht die Vega-Mädchen sind.«

»Ich finde wirklich, dass du eine andere Terminologie verwenden solltest«, sagte ich und rümpfte die Nase.

Wollte er mich mit diesem Scheiß verarschen? Ich hatte hier schon erlebt, wie ein Professor gefeuert worden war, weil er einem ertrinkenden Mädchen im See Luft zugeführt hatte, indem er ihr seine Luftmagie direkt in den Mund geatmet hatte. Ja, klar, er hätte seine Hand benutzen können … Aber es schien immer noch extrem. Die Regeln, dass es keine Studenten-Dozenten-Beziehungen geben durfte, waren absolut eindeutig, und selbst anzügliche Bemerkungen konnten einem ernsthafte Probleme einbringen. Ich war mir sicher, dass Washer damit davonkam, weil er dafür sorgte, dass Nova nachts kam. Er mochte zwar ekelhaft sein, aber er war ein ziemlich mächtiger Typ, und seine Sirenenkräfte hatten ihr vermutlich geholfen, sich nicht von ihm abgestoßen zu fühlen.

»Warum sollte ich das tun?«, fragte er lachend. »Meine Nässe-Skala ist wunderbar. Ich habe sogar Symbole dafür, möchtest du sie sehen?«

Ich würde mir lieber selbst den Schädel einschlagen und eine Krähe an meinem Gehirn schlemmen lassen.

»Ich muss zum Unterricht.« Ich war zu diesem Zeitpunkt verdammt spät dran. Nicht, dass ich jemals wirklich pünktlich gewesen wäre, da ich gern Lionels kleine Grenzen auslotete, die er mir an dieser Academy gesetzt hatte. Ich erfüllte das absolute Minimum eines anständigen Professors und saß immer genau an der Grenze dessen, was ich mir erlauben konnte, um trotzig zu bleiben, ohne gegen Regeln zu verstoßen. Ich vermutete allerdings, dass ihm das alles am Arsch vorbeiging, was bedeutete, dass mein Trotz keinem wirklichen Zweck diente – außer dem, mich davon abzuhalten, völlig verrückt zu werden, weil ich unter seiner Fuchtel stand. Das, zusammen mit der Tatsache, dass ich seinem Sohn direkt vor seiner Nase schwarze Magie beibrachte, und ich konnte meine Stimmung knapp über der Selbstmordgrenze halten. Und wenn das kein Grund zum Feiern war, dann wusste ich auch nicht.

»Na gut, dann einen schönen Tag noch. Ach ja, ich schicke dir ein paar Fotos von meiner Yoga-Routine, damit du ein paar Übungen ausprobieren kannst«, sagte er, aber ich war schon wieder ins Haus zurückgeeilt, während mir ein Schauer über den Rücken lief. Und ich betete, dass er mir so etwas nicht schicken würde.

Ich knöpfte mein Hemd zu, warf mir achtlos eine Krawatte um den Hals und zog ein Jackett über, bevor ich aus dem Haus stürmte und mithilfe der Luftmagie über Washer sprang, der wieder angefangen hatte, sich zu beugen und zu strecken.

Ich rannte bis zur Jupiter Hall, dachte mir dann aber: *Scheiß drauf,* und kehrte zum Orb zurück. Drinnen blieb ich beim morgendlichen Buffet stehen, um mir einen Kaffee zu machen.

Ich ließ mir Zeit, schob einen nervös wirkenden Jungen beiseite und gab Zucker und Milch in reichlichen Mengen in die Tasse, bevor ich einen Schluck nahm, um sicherzustellen, dass alles stimmte.

»Kann ich mir die …«

Ich bleckte die Zähne vor dem Jungen, den ich zur Seite gestoßen hatte und der nun versuchte, an die Zuckerdose zu kommen, woraufhin er schreiend davonrannte. Ich schüttelte den Kopf über die schwache Vorstellung und eilte weiter, wobei ich darauf achtete, nichts von meinem Kaffee zu verschütten, indem ich die Tasse mit der Hand abdichtete und in Richtung Jupiter Hall rannte. Als ich den Korridor erreichte, der zu meinem Klassenzimmer führte, verlangsamte ich meinen Schritt, strich meine Haare zurück und nahm noch einen großen Schluck von meinem Kaffee.

Ah, Koffein. Einer meiner wenigen Freunde.

Ich stieß die Tür zu meinem Klassenzimmer auf, bereitete mich innerlich auf den ersten Freshman-Kurs des neuen Semesters vor und machte mich bereit, die Stärken der Vegas zu bewerten. Ich trat die Tür hinter mir zu und nippte an meinem Kaffee, während ich versuchte, die Schwere der letzten Nacht zu vertreiben. Darius und ich hatten bis spät in die Nacht über die Schwestern gesprochen, aber unsere Aufmerksamkeit hatte sich schließlich wieder unserem noch größeren Problem zugewandt. Die Nymphen wurden immer launischer und tauchten viel häufiger auf als früher, und ich mochte das Gefühl der Angst in der Luft nicht. Eine einfache Tarot-Lesung reichte aus, um mir zu sagen, dass etwas Großes bevorstand, ich konnte nur nicht *sehen*, was. Selbst Gabriel konnte mir keine klaren Antworten geben, und seine Fähigkeiten als Seher waren unübertroffen. Ich hatte jedoch den Verdacht, dass er mehr wusste, als er sagen konnte. Und ich nahm an, dass dies der Fall sein musste, falls er andernfalls das bevorstehende Schicksal verändern würde. Aber mich versetzte sein Rat nur in einen Zustand der Verwirrung.

Folge deinem Herzen, es wird dich nicht in die Irre führen, sagte er immer wieder. Wie eine Art Glückskeks auf Speed. Was zum Teufel sollte das überhaupt bedeuten? Mein Herz führte mich dazu, Bourbon zu trinken und mir alte Aufnahmen der Pitballspiele anzusehen, die ich in meinen glorreichen Tagen gewonnen hatte. Argh, ich war zu früh gealtert. Ein verwelkter Mann mit verwelkten Träumen. Ich hätte jetzt in der Solarischen Pitball-Liga auftrumpfen sollen. Das hier hätten meine glorreichen Tage sein können.

Ich seufzte, den Blick fest nach vorn gerichtet, als ich auf meinen Schreibtisch zuschritt und versuchte, das Flüstern meiner neuen Studenten zu übertönen, das den Raum erfüllte. Der Fluch der Vampirohren. Klatsch und Tratsch.

»Bei den Sternen, aus der Nähe ist er noch heißer.«

»Wie alt ist er? Wie kann er hier Professor sein?«

»Meine Mutter hat gesagt, er hätte es fast als Pitball-Spieler in die Liga geschafft, hat dann aber alles hingeworfen.«

Bei dieser letzten Aussage knirschte ich mit den Zähnen und verfluchte Lionel Acrux erneut dafür, dass er mir mein Leben gestohlen hatte. Aber das war jetzt alles hinfällig, eine längst vergangene Erinnerung, die ich loslassen musste.

Na gut, okay, vielleicht kaute ich manchmal auf dieser Erinnerung herum wie ein Hund auf einem alten Knochen, aber das meiste davon lag jetzt in der Vergangenheit. Ich war nicht mehr der hoffnungsvolle, dumme Junge, der ich gewesen war, als ich hier studiert hatte. Die letzten fünf Jahre hatten mich zu einem Mann gemacht, der eine kurze Zündschnur und null Toleranz für Bullshit hatte. Und ich könnte schwören, dass alle Studenten dieser Academy nur Bullshit von sich gaben.

Ich konzentrierte mich auf die Vegas, ohne sie anzusehen, obwohl es mich in den Fingern juckte. Vor allem, was *sie* betraf. Die mit den blauen Haarspitzen, die einen Häschen-Pyjama getragen und ihre Schwester angelächelt hatte, als gäbe es in ihrer Seele nichts Dunkles. Nicht, dass ich darauf geachtet hätte.

Ich stellte meine Kaffeetasse auf den Schreibtisch, nahm meinen digitalen Marker, drehte mich zur Tafel und schrieb in großen Buchstaben quer darüber.

Zeit, den kleinen Scheißern zu zeigen, dass sie nicht mehr auf der Highschool sind.

Zodiac war eine Elite-Academy für Elite-Fae. Nur die Besten der Besten durften Schulen wie diese besuchen, um ihre magische Ausbildung zu erhalten, während die große Mehrheit nach ihrem achtzehnten Geburtstag noch vier weitere Jahre auf der Highschool blieb, um zu lernen, wie sie ihre Kräfte einsetzen konnten. Und die Zodiac Academy war die beste Academy von allen, also mussten sie beweisen, dass sie ihren Platz hier verdient hatten. Da es für mich selbstverständlich war, ein Arschloch zu sein, war ich mehr als glücklich, ihnen klarzumachen, dass ich sie liebend gern rausschmeißen würde, wenn sie mich nicht beeindrucken konnten. Und ich war ein Arschloch, das unmöglich zu beeindrucken war.

SIE HABEN KEINEN PLATZ AN DER ZODIAC ACADEMY.

Ich wandte mich zur Klasse, um ihre Reaktion darauf zu beurteilen, und stellte fest, dass ich meine Krawatte noch nicht einmal richtig gebunden hatte. Ich nahm mir einen Moment Zeit, um das zu korrigieren. Ich war schließlich ein Profi, dank des alten Lionel.

»Ziehen Sie sich immer auf dem Weg zur Arbeit an, Sir?«, fragte ein Junge in der ersten Reihe mit spöttischer Stimme. Er hatte blonde Haare und eine Art von Macho-Attitüde, die mich sofort störte. In Kombination mit dem, was er gesagt hatte, ließ das den Jäger in mir den Kopf heben und ich zog den Knoten an meinem Hals fester, während ich meinen Blick auf mein erstes Opfer richtete.

»Name?«, verlangte ich von ihm.

»Tyler Corbin.«

»Nun, Corbin, Sie sind nicht hier, um meine Handlungen zu beurteilen. Tatsächlich ist es genau andersherum. Wenn ich also fünf Minuten vor Ende der Stunde nackt auftauchen will, dann tue ich das.«

Einige der Mädchen kicherten, und mein Blick schoss sofort zu Darcy Vega, um herauszufinden, ob sie zu ihnen gehörte. Ihr Blick bohrte sich in meinen, und mein Herz schlug mir bis zum Hals. Aber auf ihren Lippen war nicht die Spur eines Lächelns zu erkennen. Gut, scheiß auf die Kichernden. Sie machten mich wahnsinnig.

Ich zeigte auf ein blondes Mädchen, das von ihrem Platz aufgestanden war, mit klimpernden Wimpern und einem viel zu selbstbewussten Gesichtsausdruck für meinen Geschmack. »Setzen Sie sich auf Ihren Platz oder Sie stehen für den Rest der Stunde auf Ihrem Tisch, Miss …?«

»Kylie Major«, sagte sie seufzend, ließ sich dann in ihren Stuhl fallen und warf ihre Haare über eine Schulter.

»Lesen Sie das vor, Major!«, wies ich sie an und zeigte auf die Tafel.

Sie räusperte sich ein paar Mal und das dunkelhaarige Mädchen neben ihr unterdrückte ein weiteres Kichern, das mich vor Ärger fast platzen ließ. »Sie haben keinen Platz an der Zodiac Academy.«

Wieder brach Getuschel aus und ich verschränkte die Arme vor der Brust, da ich diesen Lärm satthatte. Der Blick, den ich in den Raum warf, verriet hoffentlich, dass sie verdammt noch mal ruhig sein sollten. Sie gehorchten, was schon mal etwas war, aber ich hatte nicht das Gefühl, dass sie die Botschaft ganz verstanden hatten.

Ich ließ die Stille einen Moment lang wirken, bis alle ihre Aufmerksamkeit fest auf mich gerichtet hatten. »Sie alle werden eine Zwischenprüfung ablegen, die darüber entscheiden wird, ob Sie hierbleiben oder nicht. Wir nennen sie *Abrechnung*, weil sie über das Schicksal Ihres ganzen Lebens entscheiden wird. Die Zodiac Academy ist die renommierteste Schule

Solarias. Wir verschwenden keine Zeit mit jemandem, der seinen Wert nicht unter Beweis stellen kann. Wer durchfällt, ist raus. Dann geht es zurück in jenes Loch, aus dem Sie gekommen sind. Ob das in dieser Welt war oder in einer anderen. Ist das klar?«

»Ja«, sagten sie alle unisono, aber das reichte nicht.

»Ja, was?«, hakte ich nach, denn sie mussten verstehen, dass ich respektiert werden wollte. Offen gesagt hielt ich ihr Schicksal in meinen Händen und ich konnte Unverschämtheit nicht gut leiden.

»Ja, Sir«, korrigierten alle, aber ich beobachtete nur, wie Darcy Vega diese Worte aussprach, ihre vollen Lippen bewegten sich perfekt. Das gefiel mir besser, als ich zugeben wollte, und ich wandte meine Aufmerksamkeit wieder von ihr ab.

Sie ist eine Studentin und deine Todfeindin. Keine gute Kombination, um sich ablenken zu lassen, Idiot.

Ich drückte einen Knopf am unteren Ende der Tafel und die Worte wurden gelöscht. »Dieser Kurs heißt *Grundlagen der Magie*. Ich werde versuchen, Ihnen ein Basisverständnis der praktischen Magie, einfacher Wahrsagerei und Astrologie zu vermitteln. Heute werde ich Sie in die Formgebungen der Fae einweisen. Niemand wird in meinem Hörsaal auch nur einen einzigen Zauber sprechen, bevor er nicht über grundlegende Kenntnisse verfügt. Also passen Sie gut auf.«

Einige der Studenten stöhnten als Antwort, und ich tadelte sie leise. Sie würden hier nicht bestehen, wenn sie nicht bereit wären, hart zu arbeiten. Es war eine Welt, in der galt: Fressen und gefressen werden. Und so langweilig die Grundlagen für sie auch sein mochten, sie waren entscheidend, um ihre Magie zu nutzen. Aber wenn ich ein paar Nörgler beim Nachsitzen ertragen und ihnen dabei zusehen musste, wie sie Greifenscheiße schaufelten, dann sollte es so sein.

»Bis zum Ende des Studienjahres müssen alle auf dem gleichen

Wissensstand sein. Egal, was Sie zu wissen glauben, Sie werden bald feststellen, dass es noch viel mehr gibt, was Sie nicht wissen.« Ich zog mein Jackett aus, weil mir viel zu heiß war. Meine Gedanken schweiften immer wieder zu dem Mädchen mit den blauen Haarspitzen und der Vorstellung ihres Blutes in meinem Mund.

Ich hätte von Darius trinken sollen, bevor er heute Morgen gegangen war. Verdammt dumm.

Offensichtlich dachte ich jetzt daran, von einer Vega zu trinken, ihre Macht war wie ein Magnet für meine Formgebung. Das war es, was ich wollte. Meine Faust in ihren Haaren, ihren Kopf nach hinten gerissen, ihr Hals entblößt, während ich meine Reißzähne in sie trieb und Magie von einer der mächtigsten Kreaturen stahl, die je geboren worden waren.

Mein Schwanz zuckte bei dem Gedanken daran und ich beschloss, dass ich heiß auf ihre Macht war. Wäre nicht das erste Mal gewesen. Und definitiv auch nicht das letzte Mal. Und warum sollte ich nicht von ihr trinken? Kein Vampir hatte sie bisher als seine Quelle beansprucht, und der Einzige, der es mit mir aufnehmen könnte, war Caleb Altair.

Wenn du auf Macht aus bist, warum schaust du dir dann nicht auch Tory Vega an?

Halt die Klappe.

Ich tippte auf die Tafel und ein Diagramm mit einer kleinen Auswahl an Formgebungen erschien darauf.

FORMGEBUNGEN DER FAE

TAENIA
(Parasitäre Formgebungen)
Vampir
Sirene

MUTATIO

(Mutierende Formgebungen)

Drache

Mantikor

Greif

Zerberus

Pegasus

Werwolf

Nemëischer Löwe

Hydra

Kaukasischer Adler

Chimäre

DIVISUS

(Gespaltene Formgebungen)

Minotaurus

Medusa

Zentaur

Zyklop

Sphinx

Harpyie

Ich ließ meinen Blick wieder durch den Raum schweifen und stellte fest, dass Darcys Augen wie Jade oder Smaragd glitzerten … *Wen interessiert schon, welchem Edelstein sie ähneln?* »Jeder von Ihnen besitzt eine Formgebung, die meisten werden schon seit Ihrer Kindheit damit vertraut sein. Ich bitte um Handzeichen – wer kennt seine Formgebung noch nicht?«

Tory und Darcy hoben langsam ihre Hände und ein Junge mit Mütze, der neben ihnen saß, tat es ihnen gleich, zusammen mit einigen weiteren

Studenten im Raum.

Ich nickte steif. Nur die Formgebungen zweier Fae in diesem Raum interessierten mich. Denn was auch immer sie waren – das würde einen massiven Faktor für ihre Machtstufe bedeuten.

»Schicken Sie mir nach dem Unterricht eine E-Mail.« Ich wandte mich wieder der Tafel zu und setzte den Unterricht fort. »Die Taenia haben nur wenige Unterarten, während wir bis nächste Woche hier wären, wenn ich jeden Mutatio an diese Tafel schreiben würde.«

Ich zeigte auf die mittlere Spalte. »Einen Mutatio erkennt man vor allem daran, dass er sich vollständig in eine Kreatur ohne humanoide Merkmale verwandeln kann. Ein Divisus kann mit einem Mutatio verwechselt werden, aber sie unterscheiden sich vor allem darin, dass ein Divisus menschenähnliche Eigenschaften behält, wenn er sich in seine magische Form transformiert. Die meisten Taenia differenzieren sich von den anderen beiden Formgebungen dadurch, dass sie ihre Fae-Form immer beibehalten, mit Ausnahme eines Merkmals. Kann jemand das Merkmal einer Sirene nennen, das sich ändert, wenn diese ihre Form annimmt?« Ich schaute in die Runde und sah, dass mehrere Studenten die Hand gehoben hatten.

Ich wählte ein Mädchen ganz hinten aus, das lange geflochtene Haare hatte. »Sirenen bekommen Schuppen.« Sie drehte ihre Hand und ein blau-goldener Schimmer kräuselte sich über ihre Haut. »Sie sind verdammt widerstandsfähig und perfekt zum Schwimmen.«

»Richtig«, sagte ich. Dieser Unterricht mochte für einige einfach sein, aber es war wichtig, dass ich alle Studenten auf den gleichen Wissensstand brachte. Und für die Vegas und jene Fae, die aus abgelegenen Gebieten kamen oder beschissene Eltern hatten, die ihnen nie etwas über ihre eigene Welt beigebracht hatten, war dies eine wichtige Lektion. »Und welches Merkmal ändert sich bei Vampiren?«

»Die Zähne«, antwortete Tory in scharfem Tonfall, mit einer Falte auf der Stirn, die mir genau verriet, was sie von meiner Art hielt. Jeder, der nicht miterlebt hatte, wie Caleb Altair ihr letzte Nacht seine Reißzähne in den Hals gerammt hatte, war wahrscheinlich heute Morgen auf FaeBook darüber informiert worden. Er hatte Anspruch auf sie erhoben, aber nichts war offiziell. Obwohl ich, als mein Blick zu ihrer Schwester huschte, ziemlich sicher war, dass ich einen Plan hatte, wie wir unseren Wettbewerb um sie regeln könnten.

Einige der Studentinnen kicherten, und ich ließ sie das Mädchen aus der Vega-Familie verspotten, denn das gehörte alles zu dieser Welt. Wenn sie ihren Respekt wollte, musste sie ihn sich verdienen, und ich würde mit Sicherheit keiner von ihnen dabei helfen, das zu erreichen.

»Korrekt, Miss Vega.« Ich legte meine Hände flach auf den Tisch und schob meine Oberlippe zurück, woraufhin sich meine Reißzähnen verlängerten und für die ganze Klasse sichtbar wurden. Verdammt, war ich hungrig. Mein Hals brannte mit einem Verlangen, das mein Kaffee nicht stillen konnte.

Darcys Gesicht wurde blass, und ich grinste düster, als ich das Funkeln der Angst in ihren Augen sah. Ich fuhr mit meiner Zunge über meine Reißzähne, bevor ich sie wieder einziehen ließ. *Hast du Angst vor mir, Prinzessin? Wie viel Angst hättest du dann erst, wenn meine Reißzähne in dir stecken würden? Vielleicht finde ich es ja bald heraus.* Obwohl dieser Gedanke mit einem weiteren Zucken meines Schwanzes einherging und ich diese Idee unterdrückte. Wenn sie zu gut schmecken würde, könnte ich vor der ganzen Klasse einen Ständer bekommen und dann wäre ich wirklich in Schwierigkeiten.

Darcy rümpfte die Nase und ich erkannte, dass sie von mir angewidert zu sein schien. Ich versuchte, das Hitzegefühl zu ignorieren, das deswegen in meiner Brust brannte, und machte weiter.

»Und was ist der Zweck von Vampirzähnen?«, fragte ich.

»Die Magie aus anderen Formgebungen zu saugen«, rief Miss Major aufgeregt. Warum zum Teufel auch immer.

»Richtig«, sagte ich und beschloss, meinem Drang nachzugeben. Wenn ich von jemandem trank, könnte ich vielleicht aufhören, an die zu denken, von der ich wirklich trinken wollte. »Gibt es Freiwillige?«

Nervöses Lachen ertönte und mein dunkles Grinsen wurde breiter. Freshmen waren so köstlich verletzlich, ich war wie ein Wolf, der in einem Raum voller Kaninchen stand.

»Nein?«, drängte ich und schlenderte lässig durch die Gänge zwischen den Tischen, um meine Jagd zu beginnen. »Denn in Solaria neigen Fae nicht dazu, um das zu bitten, was sie wollen, oder?«

Ich blieb neben dem Tisch des Jungen mit der Mütze stehen, der direkt neben Darcy saß, und die Augen des Jungen weiteten sich. *Ich werde ihr eine Show aus nächster Nähe bieten und ihr einen Höllenschrecken einjagen. Dann wird sie vielleicht endlich verstehen, dass sie in die Welt der Sterblichen zurückkehren und sich vom Thron von Solaria fernhalten sollte.*

»Name?«, verlangte ich von dem Jungen.

»Diego Polaris«, sagte er. »Und müssen Sie als unser Dozent nicht um Blut bitten, Sir?«

Ich hatte nicht realisiert, dass der Junge ein Komiker war. Ich packte seinen Arm und bohrte meine Reißzähne hinein, um tief aus der Vene zu trinken. Der Junge stieß einen Schmerzensschrei aus und … *Heilige Scheiße, was zum Teufel ist das? Er schmeckt nach Fuß.*

»Stopp!«, forderte Darcy und ich zog meine Reißzähne aus dem Arm des Jungen, wischte mir das Blut aus dem Mundwinkel und kämpfte gegen einen Brechreiz an. Als ich den Blick hob, sah ich, dass sie aufgestanden war und mich wütend anfunkelte. Mein Ekel wich der Überraschung über ihre kleine Darbietung und meine Brauen hoben sich.

Der Fae in mir bäumte sich auf und ein Knurren grollte in meiner Kehle, als ich die Herausforderung in ihren Augen sah. Okay. *Das Vega-Rückgrat zeigt sich. Jetzt muss das Zerstören beginnen.*

»Gibt es ein Problem, Miss Vega?«, fragte ich. *Wie weit willst du diese kleine Herausforderung treiben?*

Sie warf ihrer Schwester einen Blick über die Schulter zu, die warnend den Kopf schüttelte. *Kluges Mädchen.*

Darcy sank auf ihren Stuhl zurück und ich spürte, wie mich Zufriedenheit durchströmte, als ich ihren wilden, unregelmäßigen Herzschlag hörte. Sie schürzte leicht die Lippen, als sie ihren Kopf abwandte, um mich nicht mehr ansehen zu müssen. Ich verharrte noch ein paar Sekunden in dieser Position und kämpfte gegen den Drang an, sie von ihrem Stuhl zu reißen und den widerlichen Geschmack von Polaris' Blut mit ihrem süßen Nektar aus meinem Mund zu bekommen. Ich wusste einfach, dass sie traumhaft schmecken würde. Aber ich musste mir sicher sein. Ich musste es verdammt noch mal wissen.

Nein. Ich habe schon mal einen Ständer bekommen, als ich von Darius getrunken habe. Was könnte passieren, wenn dieses Mädchen noch besser schmeckt?

Ich marschierte zurück zu meinem Schreibtisch und ließ mich auf den breiten Ledersessel dahinter fallen. »Sie haben zehn Minuten Zeit, um die veränderten Formen der einzelnen Mutatio in der Tabelle zu beschreiben. Los!« Ich nahm meinen Kaffee, trank den Rest lehnte mich dann in meinem Sessel zurück und nahm meinen Atlas zur Hand.

Ich stellte fest, dass Gabriel mir ein Video geschickt hatte, und klickte darauf, wobei ich mir ein Schnauben verkneifen musste, als ich die winzige Schlange sah, die einen ebenso winzigen Cowboyhut trug.

»Großartig, dann sitzen wir jetzt zehn Minuten hier rum«, sagte Tory leise, verschränkte die Arme und ich ignorierte ihre Beschwerden, behielt sie aber im Auge, für den Fall, dass sie etwas sagten, das es wert war, gehört zu werden. Bisher hatte ich Darius nicht viel zu berichten, außer dass sie ahnungslos waren, und vielleicht war das auch gut so. Denn ihre Naivität gegenüber der Welt der Fae bedeutete, dass sie für den Thron ungefähr so bedrohlich waren wie dieses faulig schmeckende Mützenkind. *Er muss eine Heptianische Kröte sein.*

»Bist du okay?«, flüsterte Darcy Polaris zu, und ich kämpfte gegen den Drang an, den Blick zu heben, während ich auf seine Antwort lauschte, aber es kam keine. *Natürlich ist er nicht okay. Er wird hier keine Woche überleben. Sie können sich schon mal verabschieden, Miss Vega.*

Als Antwort auf das Video schickte ich Gabriel eine Nachricht.

Lance:
Diese Kuhschlange sieht nicht so aus, als würde sie sich gut für einen Kampf eignen.

Ein Foto von einer Plastikkuh, die jetzt neben der Schlange saß, erschien auf meinem Bildschirm und ich musste mir ein Lachen verkneifen.

Lance:
Offensichtlich habe ich mich geirrt.

Noxy:
Offensichtlich.
Hast du nicht gerade Unterricht?

Lance:
Ja. Erste Stunde des Grundlagen-der-Magie-Kurses für die Freshmen. Du kannst gern kommen und mich von meinem Elend erlösen.

Noxy:

Haha, so schlimm kann es nicht sein.

Wie läuft es mit der Vega-Beobachtung?

Ich warf einen Blick auf Darcy und zwang meine Augen dann wieder auf meinen Atlas. Das Rosa ihrer Lippen war zu herausfordernd.

Lance:

Ich glaube nicht, dass sie Ärger machen werden.

Noxy:

Bist du dir da sicher?

Lance:

Die haben keine Ahnung. Wie viel Mist können die schon aufwirbeln?

Noxy:

Unterschätze sie nur nicht zu sehr, Orio ...

Lance:

Was hast du gesehen?

Noxy:

Nichts.

Lance:

Lügner.

Noxy:

Folge einfach deinem Herzen.

Lance:

Leck mich am Arsch.

Noxy:

Ist das ein Angebot?

Lance:

Das hättest du wohl gern.

Noxy:

Und wie. Ich wünsche es mir jede Nacht, bei jedem Stern am Himmel.

Ich unterdrückte ein weiteres Lachen und mein Hörvermögen nahm ein Flüstern aus dem hinteren Teil des Raumes auf, das meine Belustigung schnell wieder abebben ließ.

»Orion ist so heiß«, flüsterte Kylie.

»Ja, und das weiß er genau.« Das Mädchen neben ihr unterdrückte ein Lachen.

»Er weiß es vor allem deshalb, weil er über hervorragendes Gehör verfügt. Wie alle Vampire.« Ich schaute von meinem Schreibtisch auf und fixierte sie mit meinem Blick. »Wenn Sie die nächste Woche also nicht mit Nachsitzen verbringen wollen, schlage ich vor, dass Sie Ihre unbedeutenden Gedanken über mich und jedes andere Mitglied des Lehrkörpers für sich behalten.«

Beide Mädchen saßen mit offen stehenden Mündern da und Darcy unterdrückte ein Lachen. Anscheinend mochte sie das blonde Mädchen nicht. Das war auch das Einzige, was wir gemeinsam hatten. Obwohl ich eigentlich keinen Schüler mochte, außer Darius, aber das nur am Rande.

»Ach, kommen Sie schon, Professor. Als hätten Sie etwas dagegen, dass eine Horde Mädchen nach Ihnen lechzt«, rief Tyler aus der ersten

Reihe und schob eine Hand in seine blonden Haare, um sie zu verwuscheln.

Das hat mir den Tag gerettet, du blonder Mistkerl.

Ich erhob mich von meinem Platz und ging gemächlich auf den Jungen zu, mit einem Lächeln, das ihm hoffentlich zu verstehen gab, dass ich mich köstlich amüsierte. Natürlich war das nur eine Falle, und der Typ fiel darauf herein, als er mich von einem Ohr zum anderen angrinste. *Dummer kleiner Freshman.*

Mit einer heftigen Bewegung rammte ich Tylers Kopf gegen seinen Tisch, und die gesamte Klasse hielt den Atem an, während mein Lächeln schnell erstarb.

Ich zeigte mit warnendem Finger auf alle Anwesenden. »Für mich sind Sie alle nichts weiter als Ohren. Ohren, die mir zuhören, wenn ich spreche. Mir und niemandem sonst in diesem Raum. Wenn Sie mit Ihrer besten Freundin auf dem Platz neben Ihnen plaudern wollen, nur zu. Aber Sie werden den heutigen Abend mit Blondie beim Nachsitzen verbringen. Und glauben Sie mir, wenn ich sage, dass Nachsitzen mit mir kein Zuckerschlecken ist.«

»Nachsitzen?«, keuchte Tyler, während er seine Stirn rieb.

Ich funkelte ihn mit zusammengekniffenen Augen an und forderte ihn heraus, noch ein Wort zu sagen. Er zog sich aber brav zurück und nickte schnell.

»Dieser Laden ist verrückt«, flüsterte Darcy zu Tory.

»Völlig bekloppt«, stimmte sie zu, und ich fragte mich, ob ich sie darauf ansprechen könnte, um ihnen auch eine Lektion zu erteilen.

Darcys Atlas piepste laut und wie durch ein Wunder erhörten die Sterne meine Bitte. Ich warf ihr einen strengen Blick zu und sie winkte entschuldigend mit der Hand, während sie nach der Stummschalttaste suchte. Aber anstatt sie zu finden, fixierte sie den Bildschirm und las die Benachrichtigung.

Ich beobachtete in tödlichem Schweigen, wie sie darauf tippte und wie selbstverständlich die Nachricht las. Dann musste ich annehmen, dass Dreistigkeit ihr zweiter Vorname war, als sie ihrer Schwester ihren Atlas anbot, damit sie ebenfalls einen Blick darauf werfen konnte, während sie beide die Augenbrauen hochzogen und Darcy sogar ein Lachen unterdrückte. Darcy nahm sich dann Zeit, auf dem Bildschirm herumzuklicken, und zu diesem Zeitpunkt starrten alle in der Klasse in ihre Richtung, während ich mich langsam näherte, so leise wie der Tod auf Flügeln.

Darcys Atlas piepste erneut und sie zuckte zusammen, ihr Blick schoss in die Höhe und traf auf den meinen.

»Miss Vega, sind Sie eigentlich völlig bescheuert?«, knurrte ich, mein Puls pochte in meinen Ohren zu einer berauschenden Melodie, die mir befahl, sie zu beißen, die mich anbettelte, es zu tun.

»Nein«, sagte sie entschlossen und ich begann zu glauben, dass Gabriel recht hatte. Diese beiden waren ein Problem. Ein Problem der nervtötenden Art.

»Warum sind dann Ihre Atlas-Benachrichtigungen in meinem Unterricht aktiviert, obwohl ich Sie ausdrücklich gebeten habe, sie auszuschalten?«, fuhr ich sie an.

»Ich wusste nicht, dass …«, begann sie, aber ich unterbrach sie mit einem dämonischen Lächeln, während ich mich darauf vorbereitete, sie in die Schranken zu weisen.

»Lügen Sie mich niemals an!«, knurrte ich und ein wenig Farbe wich aus ihren Wangen. »Dann lassen Sie mal hören! Was steht in dieser Nachricht, die offensichtlich wichtig genug ist, um meinen Unterricht zu unterbrechen?«

Panik. Wunderschöne Panik kroch über ihr Gesicht, als sie auf die Nachricht auf dem Bildschirm blickte. Sie war in meiner Falle, geködert und gefangen, und jetzt würde ich sie zum Abendessen verspeisen.

»Laut! Jetzt!«, forderte ich sie auf, und Tory begann, den Kopf zu schütteln. Ihre eigene Besorgnis über das, was ihre Schwester der Klasse gleich offenbaren würde, war deutlich zu erkennen. Für eine Sekunde schoss mir der Gedanke durch den Kopf, ob sie wohl eine schmutzige Nachricht von einem Typen vorlesen würde. Aber sie war erst seit einem Tag in Solaria, sie konnte sich noch kaum mit jemandem eingelassen haben. Nicht, dass es eine Rolle spielte.

Natürlich war es nicht undenkbar. Ich hatte an Seth Capellas erstem verdammten Tag an der Academy eine Orgie im Orb beenden müssen. Er war gerade mal eine Stunde an dieser Schule gewesen. Eine *Stunde*.

Aber Darcy schien nicht der Typ Mädchen zu sein, das sich am ersten Tag an einer neuen Schule in einer völlig anderen Welt als der, in der sie ihr ganzes Leben lang gelebt hatte, die Kleider vom Leib riss und sich in eine Rudelorgie stürzte. Aber man konnte es nie wirklich sagen.

Darcy räusperte sich, als leises Lachen von ihren Klassenkameraden zu hören war. Diego warf ihr einen mitfühlenden Blick zu, als sie begann, den Text zu lesen, jede Silbe klar und deutlich ausgesprochen.

»Der Muskelklumpen, der euren *Grundlagen-der-Magie*-Kurs unterrichtet. Nur um eins klarzustellen – ihr erkennt Orion an dem Geruch von Bourbon in seinem Atem«, ein Aufschrei ertönte, »an seinem ständig finsteren Gesichtsausdruck und an der Aura gescheiterter Träume, die ihn umgibt, seit er seine Chance, in der Solarischen Pitball-Liga zu spielen, verloren hat.«

Meine Kiefer wurden zu einem Schraubstock und das Blut pochte wild durch meinen Körper. Wer zum Teufel schickte ihr solche Nachrichten über mich?

Darcys Augen trafen die meinen und ich starrte sie mit der Intensität der Sonne an, während sich im Klassenzimmer Gelächter ausbreitete.

Ich brauchte einen Schuldigen, und dann würde ich diesen Schuldigen finden und seinen Kopf durch eine Wand schlagen.

»Und wer von Ihren vielen, *vielen* Freunden hat Ihnen diese farbenfrohe Nachricht geschickt?«, fragte ich mit tödlicher Ruhe, ein Löwe im Gras. *Ich werde dich finden und verdammt noch mal umbringen.*

»Ich weiß es nicht. Die Nachricht ist irgendwie … anonym«, sagte Darcy schwach und hielt mir ihren Atlas hin.

Anonym? Das war nicht gut. Und ich konnte die Wahrheit in ihren Augen sehen, also log sie wahrscheinlich nicht. Aber warum sollte jemand schlecht über mich reden? Welchen Zweck hatte er?

»Gehen Sie wieder an Ihre Arbeit!«, blaffte ich, ging zu meinem Sessel zurück und setzte mich, während ich meinen Atlas wieder in die Hand nahm.

Als ich gerade eine Nachricht an Gabriel senden wollte, flüsterte Tory etwas, das meine Aufmerksamkeit erregte.

»Meinst du, wir können Fallender Stern trauen?«

»Ich weiß es nicht«, antwortete Darcy nachdenklich. »Wem können wir hier überhaupt trauen?«

Wirst du wirklich einer Nachricht von einem anonymen Loser mit einem Rachefeldzug gegen mich vertrauen?

Sie hatten die Botschaft über Geschwätz in meinem Klassenzimmer offensichtlich nicht verstanden, also hob ich die Hand und beschloss, dass ich wollte, dass Darcy sich wieder für mich wand. Es war eigentlich ziemlich aufregend gewesen. Ich fragte mich, wie blass sie dieses Mal werden würde.

Sie runzelte die Stirn und sah sich um, als wäre sie sich nicht sicher, was ich wollte, und das machte es umso lustiger.

»Miss Vega, wenn Sie nicht in den nächsten drei Sekunden aufstehen, werden Sie es bereuen«, bellte ich.

»Welche Miss Vega?«, fragte Tory und konnte ihren spöttischen Ton kaum verbergen.

Ich warf ihr einen bösen Blick zu. »Diejenige, die versucht hat, sich zu individualisieren, indem sie ihre Haarspitzen blau gefärbt hat. Der Versuch ist übrigens fehlgeschlagen.« *Das Einzige, was sie damit erreicht hat, ist, dass ich nicht aufhören kann, daran zu denken, wie ihre Haare auf meinem Kissen aussähen. Während meine Hand an der Wand über ihr abgestützt ist.*

Hör auf!

Die Temperatur in meinem Körper stieg an und ich brauchte sofort ein Ventil. Also würde sie die Hauptlast tragen, weil es ihre Schuld war, dass diese Gedanken überhaupt in meinem Kopf waren.

Moment mal, vielleicht ist sie eine Sirene. Vielleicht entfalten sich ihre Gaben gerade und sie ist so stark, dass sie mich mit ihrem Charme in die Falle lockt. Das würde sehr viel Sinn ergeben.

Darcy presste ihre Lippen aufeinander, weil ich sie beleidigt hatte, und beschloss, nicht zu tun, worum ich sie gebeten hatte. Das war eine sehr schlechte Entscheidung, denn ich mochte es nicht, wenn man mir nicht gehorchte. Überhaupt nicht. Vor allem nicht in meinem Klassenzimmer und vor allem nicht, wenn ich ohnehin bereits aufgebracht war.

»Aufstehen!«, befahl ich.

»Wenn ich Nein sage, schmettern Sie dann meinen Kopf gegen die Tischplatte?«, fragte sie mit zusammengebissenen Zähnen. *Lieber gegen das Kopfteil meines Bettes.*

Scheiße.

»Ich mach es.« Tory erhob sich von ihrem Platz, aber ich hob die Hand und richtete meinen Blick auf ihre Schwester.

»Ich habe nicht Sie gemeint«, knurrte ich.

Tory schmollte, ließ sich dann mit einem Augenrollen wieder auf ihren Stuhl fallen.

Schließlich gehorchte Darcy, stand auf und zog mit gespielter Langeweile die Augenbrauen hoch, während sie darauf wartete, was ich sagen würde. Ich konnte jedoch ihren Herzschlag hören, meine Sinne waren ganz darauf konzentriert, sodass ich genau sagen konnte, wie nervös sie war. Und dem Monster in mir gefiel das sehr.

Ich lächelte verschlagen, als ich sie endlich da hatte, wo ich sie haben wollte. Mir ausgeliefert.

»Nennen Sie mir die Eigenschaften und Fähigkeiten eines Nemëischen Löwen!« Ich grinste wie ein Psychopath, wollte ihr unter die Haut gehen und sie dazu bringen, mich zu fürchten. Ich war der Jäger im Raum und sie war die Beute. Und so sollte es auch bleiben. Aber ich musste diese Mädchen aus der Reserve locken, um zu sehen, wozu sie fähig waren. Und es gab keinen besseren Zeitpunkt als den jetzigen.

Sie zuckte mit den Schultern. »Ich weiß es nicht.«

»Das dachte ich mir«, sagte ich leise. »Aber während alle anderen gearbeitet haben, hielten Sie es für angebracht, mit Ihrer ebenso nutzlosen Schwester zu sprechen?«

Tory sprang abrupt von ihrem Stuhl auf. »Wen nennen Sie hier nutzlos?«

»Habe ich mich nicht klar genug ausgedrückt?«, fragte ich kühl.

Sie schürzte die Lippen, aber antwortete nicht.

Ich musterte sie einen Moment lang, dann kam mir eine köstliche Idee für eine Bestrafung, die sich wie eine Viper durch mich schlängelte. *»Auf Ihre Tische – beide!«*

Die Zwillinge gehorchten meiner Manipulation und kletterten auf ihre Schreibtische, während alle im Raum aufgeregt zu tuscheln begannen. Ich war zu Fae, um es nicht zu genießen, diese Macht über die Töchter des Grausamen Königs zu haben. Es war ein Hochgefühl, wie ich es noch nie zuvor erlebt hatte.

Ich lehnte mich an meinem Schreibtisch zurück, steckte die Hände in die Taschen und nickte Diego zu. »Polaris, bitte erklären Sie den unwissenden Zwillingen zu Ihrer Linken laut und deutlich, was Manipulation ist.«

Diego stand auf, wobei seine Stuhlbeine mit einem Quietschen über den Boden schabten. Er rückte seine Mütze zurecht und warf ihnen einen entschuldigenden Blick zu, bevor er antwortete. »Manipulation ist eine der grundlegenden magischen Kräfte, die ausnahmslos allen Fae zuteilwird. Es handelt sich um die Fähigkeit, diejenigen zu kontrollieren, die einen schwachen Geist haben, und ist besonders effektiv bei Sterblichen.«

»Sagen Sie ihnen, warum!«, drängte ich, und meine Belustigung nahm zu, während ich die Mädchen weiter beobachtete.

Diego räusperte sich. »Weil die meisten Fae von klein auf lernen, wie man einen einfachen Schutzschild um seinen Geist legt, um einfache Manipulation zu blockieren.«

»Danke, setzen«, sagte ich zu Diego und beide Mädchen sahen mittlerweile richtig wütend aus.

»Uns wurde nie etwas beigebracht ...«, begann Tory, aber ich unterbrach sie.

»*Ruhe!*«, befahl ich und schaute dann zum Rest der Klasse. »Die Vega-Zwillinge müssen lernen, wie man einen einfachen Schutzschild aufbaut. Um sie dazu zu ermutigen, haben Sie alle die Aufgabe, sie fortan bei jeder sich bietenden Gelegenheit zu manipulieren.«

Kylie quietschte vor Freude und mehrere andere aus der Klasse lachten. Wenn die Zwillinge es durch die nächsten paar Wochen schaffen würden, während die ganze Schule sie im Visier hätte, wäre ich sehr überrascht. Dies war der perfekte Zeitpunkt, um sie zu schlagen, und ich hatte Darius versprochen, ihm bei der Beseitigung des Problems zu helfen, das sie ihm bereiteten. Also ließ ich mich gern auf dieses Niveau herab, um die Aufgabe zu erledigen.

»Was?«, keuchte Darcy. »Wie sollen wir denn etwas lernen, von dem wir zuvor noch nicht einmal gehört haben?«

Dein Problem, nicht meins.

Tory hatte immer noch Mühe, ihre Lippen zu öffnen, nachdem ich ihr befohlen hatte, still zu bleiben, aber sie arbeitete wirklich verdammt hart daran.

Ich ignorierte ihre Frage und zeigte auf Tyler in der ersten Reihe, der bereit zu sein schien, das Spektakel zu beginnen. »Aufstehen, umdrehen, ein Kommando!«

»Soll das ein Witz sein?«, platzte es aus Darcy heraus, die versuchte, vom Tisch zu klettern, es aber nicht schaffte. *Jetzt sitzt du in meiner Falle, Sirenenmädchen. Und du wirst mir nicht mehr den Kopf verdrehen.*

Tyler grinste vor Aufregung und ich war irgendwie genervt, dem Kerl einen Grund zu geben, glücklich zu sein. *»Springt auf und ab und wedelt mit den Armen wie ein Huhn.«*

Die Zwillinge taten genau das und ich beobachtete sie mit einem selbstgefälligen Grinsen, wie sie sich zu kompletten Idiotinnen machten und die ganze Klasse vor Lachen brüllte.

»Wer ist als Nächstes dran?«, fragte ich und Kylies Arm flog sogar noch schneller in die Luft.

»Dann mal los.« Ich nickte ihr zu.

Sie stand mit einem bösartigen Ausdruck im Gesicht auf und ich fragte mich, wie weit sie gehen würde.

»Verdammte Scheiße!«, schrie Tory, trat ihren Atlas vom Schreibtisch und mein Arm schoss vor. Mittels Luftmagie fing ich ihn auf und schickte ihn direkt dorthin zurück, wo er hergekommen war.

Ich öffnete den Mund, um sie zu beschimpfen, aber die Tür zum

Klassenzimmer ging auf und Elaine Nova kam herein. Sie betrachtete die Szene mit interessiertem Blick und lächelte mich dann an. »Wie läuft die erste Stunde?«

»Schrecklich«, murmelte Darcy und mein Blick schoss in ihre Richtung. Mein Bauch zog sich leicht zusammen, als ich ihren elenden Gesichtsausdruck sah, aber ich unterdrückte diese Reaktion sofort. *Sie ist eine Sirene, fall nicht darauf herein.*

Ich befreite sie von meiner Manipulation und Darcy sprang von ihrem Tisch, verschränkte die Arme und funkelte mich an. *Hass nicht den Spieler, hasse das Spiel, Prinzessin.*

»Die Zwillinge sind im Rückstand«, sagte ich unverblümt zu Elaine. »Sie wissen nichts über Formgebungen. Außerdem besitzen sie nicht einmal einen einfachen Schutzschild gegen Manipulation. Ich bezweifle, dass sie sich gegen andere Zauber wehren können. Sie werden also höchstwahrscheinlich noch vor Ende des Jahres tot sein.«

»Hmm.« Nova warf ihnen einen Blick zu. »Nun, das können wir uns nicht leisten.« Sie tippte sich auf die Unterlippe, und ich fragte mich, ob sie sie jetzt vielleicht einfach von der Schule werfen würde, um die Beerdigungskosten zu sparen. Aber das war wohl zu viel erhofft. »Sie brauchen einmal in der Woche Nachhilfeunterricht von einem entsprechenden Betreuer.«

Ich nickte. »Mindestens.«

»Diesen Job kann nur der Beste erledigen«, sagte sie nachdenklich.

»Richtig.« Ich kratzte mich am kurzen Bart und verlor das Interesse an diesem Gespräch. Wenn sie wollte, dass sie betreut wurden, dann war das ihr Problem.

»Sie werden also eine der beiden unterrichten. Ich werde einen zweiten Professor für die andere aussuchen.«

Meine Wut stieg von zehn auf hundert und ein Knurren baute sich in meiner Kehle auf. »Ich unterrichte an den meisten Abenden

Pitball. Dafür habe ich keine Zeit.« *Auf gar keinen Fall werde ich Nachhilfelehrer für eine meiner Feindinnen.*

»Ja, aber das Training dauert nur eine Stunde. Der Rest des Abends steht Ihnen zur Verfügung«, sagte Nova fröhlich.

»Sie haben recht, ich opfere *gern* meine Freizeit dafür«, sagte ich trocken und Nova strahlte, als hätte sie meinen Sarkasmus nicht bemerkt.

Die Rektorin zeigte auf Darcy. »Tory, Sie werden von Professor Orion unterrichtet und …«

Nein. Verdammt noch mal, nein.

»Ich bin Darcy«, korrigierte sie.

»Ich … äh … natürlich sind Sie das«, ruderte Nova zurück. »Also, Sie werden von Orion unterrichtet und Darcy, ich sage Ihnen dann Bescheid …«

»Ich bin Tory«, schnaubte ihre Schwester, und ich sah mein Schicksal bereits auf mich zukommen, die Türen vor meiner Nase zuschlagen und mir keinen Ausweg bieten. Ich ging meine Optionen schnell im Kopf durch und kam zu dem Schluss, dass es so oder so kommen würde, also musste ich daraus einen Vorteil ziehen. Zumindest wäre ich in der Lage, mehr über sie zu erfahren und ihre Schwächen zu finden, wie Darius es von mir erbeten hatte. Das war eine gute Sache. Auch wenn mir bei dem Gedanken daran die Hitze den Nacken hinaufkroch.

»Richtig, äh …«, begann Nova, aber ich schritt ein.

»Blue, Sie arbeiten mit mir.« Ich zeigte auf Darcy und sie verzog das Gesicht bei dem Spitznamen. *Tja, sieht so aus, als hättest du dir gerade eine Ewigkeit damit eingehandelt, so genannt zu werden, nicht wahr, Blue?*

Wenn ich das schon machen muss, dann wenigstens so, dass es mir Spaß machte. Ich würde ihr so sehr unter die Haut gehen, dass sie den Verstand verlieren würde, wenn sie versuchte, mich loszuwerden. Aber ich war immer noch sauer, dass ich dafür meine Freizeit opfern musste. Mein Leben gehörte bereits in vielerlei Hinsicht anderen Fae, und jetzt nahm sich auch noch eine Vega ein Stück davon.

»Richtig«, sagte Nova. »Sie sollten direkt heute Abend anfangen. Die beiden müssen so schnell wie möglich Fortschritte machen.«

»Großartig«, knurrte ich. Das war's dann wohl mit meiner Freizeit, in der ich auf der Couch lag und mich betrank.

»Dann lasse ich Sie mal weitermachen.« Nova drehte sich auf ihren Absätzen um, verließ den Raum und schlug die Tür hinter sich zu.

Ich seufzte schwer und ging zurück zur Tafel, während ich daran dachte, Darcy ganz für mich allein in meinem Büro zu haben. Das schien kein sehr sicherer Ort zu sein. Für sie oder mich. Wie sollte ich mich davon abhalten, sie zu beißen? *Hm, vielleicht muss ich das nicht ... Ich werde einfach meinen Ständer wegdrehen, wenn mich ihre Macht erregt, und mich hinter meinem Schreibtisch verstecken, bevor sie es sieht. Ganz einfach.*

Bei den Sternen, schmiede ich wirklich einen Fluchtplan für meinen Ständer?

»Sir?« Kylie stöhnte, und ich beschloss, sie allein wegen ihrer weinerlichen Stimme auf der Stelle zu hassen. »Also keine Manipulationszauber mehr?«

»Nein«, knurrte ich. »Setzen Sie sich hin und halten Sie den Mund! Das gilt im Übrigen für alle.«

Ich wandte mich abermals der Tafel zu und verdrängte alle Gedanken daran, dass Darcy mit ihrem Blut allein in meinem Büro sein würde. Stattdessen konzentrierte ich mich auf die Lektion, die ich erteilen musste. Aber als meine Reißzähne meine Zunge durchbohrten, spürte ich, wie mein inneres Monster eine Entscheidung traf, von der es unmöglich sein würde, zurückzukehren. Denn heute Abend, wenn sie mit ihren blauen Haarspitzen und den trotzigen Augen in mein Büro kam, würde ich eine Kostprobe von diesem Mädchen nehmen und ihr zeigen, wie wahre Macht aussah.

Scorpio
Gemini
Virgo
Taurus
Cancer
Leo
Sagittarius
Taurus
Capricorn
Aquarius
Libra
Pisces

CALEB

KAPITEL 6

Ich rannte durch den Umkleideraum unseres Feuerelementar-Kurses und schob eine Hand in meine blonden Locken, sobald ich vor dem Spiegel stand, um die Knoten zu lösen, die sich darin gebildet hatten. So schnell war ich über den Campus geschossen, um hierherzukommen.

»Wen versuchst du zu beeindrucken?«, fragte Darius trocken von hinten. Er saß auf einer der Bänke und schnürte seine weißen Turnschuhe für den Kurs.

Mein Blick wanderte im Spiegel zu ihm und ich grinste ihn spöttisch an. »Was glaubst du denn?«

Darius atmete geräuschvoll aus, wobei auch etwas Rauch aus seinen Lippen quoll, lehnte sich auf der Bank zurück und zog eine Augenbraue hoch. Er hielt sein Shirt immer noch in der Hand, seine tätowierte Brust war entblößt. Bevor er erneut das Wort ergriff, schuf er eine Stillekuppel um uns beide.

»Ernsthaft? Du hast vor, mit den Mädchen zu flirten, die unsere Eltern ausdrücklich loswerden wollen?«, fragte er.

»Ja, Alter«, bestätigte ich und wandte meinen Blick von ihm ab, um mich wieder meinem eigenen Aussehen zu widmen. Ich spielte weiter mit meinen Locken, bis sie ein perfektes Durcheinander bildeten, das die Höschen im Umkreis von Kilometern durchnässen würde. »Die Vegas sind verdammt heiß und verdammt mächtig. Tory war wie eine verdammte Droge und ich habe vor, mich immer und immer wieder an ihr zu berauschen. Ich weiß, dass wir sie loswerden müssen und so, aber ich sehe keinen Grund, die Freuden des Lebens zu verpassen, solange wir sie noch genießen können.«

»Dann schnapp dir die andere«, murmelte Darius. »Roxy gehört mir und ich will sie unter *meinen* Füßen haben.«

Sein Tonfall hatte etwas Befehlendes an sich, das mir verdammt noch mal überhaupt nicht gefiel, und ich straffte mein Rückgrat und drehte mich zu ihm um, wobei ich nun ebenfalls eine Augenbraue hochzog.

»Unter deinem Hacken, ja?«, neckte ich ihn. »Denn ich habe das Gefühl, dass du sie auf eine viel interessantere Art und Weise unter dir haben willst.«

»Du weißt, was unsere Eltern von uns erwarten«, erwiderte Darius, ohne auf meine Stichelei einzugehen. Er stand auf und zog sich das Shirt an, das für diesen Kurs zur Verfügung gestellt worden war. Das dunkelrote Material schmiegte sich an seinen Körper wie eine zweite Haut und betonte all seine Muskeln, genau wie meins es bei mir tat.

»Ja, ja«, stimmte ich leichtfertig zu, denn ich kannte die offizielle Meinung des Rates in dieser Angelegenheit. Die Vegas waren eine Bedrohung, die wir nicht tolerieren konnten, und sie mussten verschwinden. Das hatte ich laut und deutlich vernommen. Aber meine Mutter war nicht immer so eindeutig wie der Rest von ihnen, und sie hatte mir andere Anweisungen gegeben, als nur blind zu versuchen, die Vegas zu vertreiben. Sie wollte, dass ich sie analysierte, herausfand, wie sie tickten, und erst dann entschied, ob sie wirklich eine Bedrohung für uns darstellen könnten oder nicht. Schließlich hätten wir alle eines Tages den Töchtern des Grausamen Königs dienen sollen, wenn das Schicksal anders gespielt und sie hier mit ihren Eltern aufwachsen lassen hätte. Sie war also nicht bereit, die Bedrohung, die ihre Macht für uns darstellen könnte, einfach blind zu ignorieren. Also hatte sie auch nichts dagegen, wenn ich mich mit den Mädchen anfreundete, wenn ich das wollte. Natürlich hatte sie mir nie gesagt, ich sollte mein Glück bei einem von ihnen versuchen, aber sie hatte es mir auch nicht verboten. Und seit ich meine Reißzähne in Tory Vegas Hals versenkt hatte, war ich genauso süchtig nach ihr wie ein Betrunkener nach Alkohol. Ich würde nicht aufgeben, nur weil Darius etwas dagegen hatte. »Aber niemand hat gesagt, dass ich dabei keinen Spaß haben darf, oder?«

Darius' Augen flammten vor Wut auf, aber wenn er wollte, dass ich mich zurückhielt, dann musste er es schon direkt sagen. Außerdem hatte ich nicht die Absicht, dem zuzustimmen, selbst wenn er es täte.

»Diese Mädchen werden Ärger machen«, sagte er, warf einen Blick in den Spiegel und strich sich mit viel weniger Sorgfalt seine eigenen dunklen Haare aus dem Gesicht.

»Oh, darauf zähle ich«, antwortete ich mit einem finsteren Lachen.

Wir verließen die Umkleideräume und Darius ließ die Stillekuppel fallen, als wir die kolossale Struktur betraten, in der unser Unterricht stattfinden sollte. Ich rief meine Feuermagie herbei und ließ die Hitze durch meine Adern strömen, während ich mich auf unseren Unterricht vorbereitete. Ein Blick auf Darius verriet mir, dass es unschön werden würde.

Ja, er war wegen der Vegas stinksauer auf mich, aber ich könnte wetten, dass es mehr damit zu tun hatte, dass er selbst eine haben wollte, als dass er unsere Befehle wie brave kleine Erben befolgen wollte.

Professor Pyro unterhielt sich mit ein paar Freshmen, die bereits zum Unterricht erschienen waren, und ich stellte mich mit nur einem

Ziel vor Augen an die Wand neben dem Umkleideraum der Mädchen.

Darius stellte sich neben mich und stieß ein genervtes Geräusch aus, das er offensichtlich nicht weiter ausführen wollte. Also grinste ich ihn nur an und entblößte meine scharfen Reißzähne.

»Lass mich raten, du hast Geschmack an der Vega gefunden?«, fragte er mit ausdruckloser Miene.

»Ja. Und da unser neuestes kleines Problem es hasst, wenn ich sie beiße, solltest du mich lieber anfeuern. Denn alles, worum du dich kümmerst, ist, sie von hier zu verjagen, oder?«

»Richtig«, stimmte er zu, aber der dämonische Ausdruck in seinen Augen verriet, dass er sich zurückhielt, um nicht mehr zu sagen, als er es wollte.

»Sie ist dir letzte Nacht unter die Haut gegangen, was?«, drängte ich und er zuckte mit den Schultern.

»Vielleicht. Sie hat es irgendwie geschafft, mich zu überraschen, aber ich werde sie schon noch in den Griff bekommen.«

»Darauf wette ich.«

In diesem Moment kam Tory Vega mit einem kleinen Freshman-Mädchen an ihrer Seite aus dem Umkleideraum, und mein Blick fiel auf die Kurven ihres Körpers in dem hautengen Outfit, das für diesen Kurs vorgeschrieben war. Das blutrote Material umschmeichelte ihren runden Hintern so perfekt, dass ich meine Zähne geradezu darin versenken wollte, als wäre er ein verdammter Apfel.

Ich warf Darius einen Blick zu und die Hitze in seinen Augen war praktisch vulkanisch, als er sie beobachtete. Die dunkle Wut in ihm regte sich mit einer Art Ur-Verlangen, das mir die Nackenhaare zu Berge stehen ließ. Ich hatte ihn gehört, als er versucht hatte, sie in dem Moment zu beanspruchen, als sie hier angekommen war. Und ein Blick auf die harten Muskeln und den wilden Hunger in seinen Augen machte mehr als deutlich, dass er das immer noch wollte. Aber genau da lag das Problem, denn ich wollte sie auch für mich beanspruchen und ich war niemand, der so einfach klein beigab.

Ich trat aus dem Schatten und folgte ihr, als sie davonging. Mein Blick blieb fest auf ihren Hintern geheftet, während ich meine Erdmagie wirken ließ. Ein Grinsen umspielte meine Lippen.

Durch eine leichte Drehung meiner Finger begann der Boden unter ihren Füßen zu beben und sie wäre fast gestürzt. Sie versuchte, sich mit kreisenden Armen zu stabilisieren, während ihre Freundin zur Seite sprang. Ich ließ sie einen Moment in dem Glauben, dass sie die Situation überlebt hatte, und brachte dann den Boden so stark zum Beben, dass sie das Gleichgewicht verlor.

Sie fiel nach hinten und ich schoss nach vorn, fing sie auf, bevor sie auf dem Boden aufschlagen konnte, und nahm sie in meine Arme – wie ein Liebhaber, der ein Mädchen für einen Kuss nach hinten drückte.

»Danke, ich ...«, begann sie, aber als ihr dunkler Blick auf mich und mein übermütiges Lächeln fiel, verstummte sie abrupt. Und Wut machte ihre Dankbarkeit schnell zunichte.

»Sei vorsichtig. Der Boden hier kann unberechenbar sein«, säuselte ich und zog sie aufrecht, hielt aber ihre Arme fest, als würde ich sie immer noch stützen – aber ich würde sie so schnell nicht loslassen.

Das kleine blonde Freshman-Mädchen wich zurück, die Augen wild und auf der Suche nach Anzeichen dafür, dass ein Professor einschreiten würde, aber das tat niemand. Fressen oder gefressen werden war unser Motto – und ich war ganz heiß darauf, einen weiteren Bissen von dieser speziellen Fae zu nehmen.

»Richtig. Ich werde mir Mühe geben.« Tory riss ihre Arme aus meinem Griff und trat einen Schritt zurück, als sei es ein Kinderspiel, mir zu entkommen. Mit kaum mehr als einem Zucken meiner Finger bockte die Erde unter ihren Füßen erneut und mein Herz machte einen Sprung, als sie auf ihren Hintern zu meinen Füßen fiel – eine Opfergabe auf dem Altar einer Gottheit.

Kaum unterdrücktes Gelächter ertönte um uns herum, als die anderen Studenten näher kamen, um die Show zu beobachten. Tory wollte sich aufraffen, aber das würde ich nicht zulassen.

Ich stürzte mich auf sie, bevor sie mehr tun konnte, als ein paar Zentimeter rückwärts zu krabbeln. Meine Knie landeten auf beiden Seiten ihrer Hüften und ein Grinsen huschte über mein Gesicht, das meine scharfen Reißzähne offenbarte, die sich nach dem Geschmack ihres Blutes sehnten. Ich konnte es aus dieser Entfernung praktisch riechen, die Kraft in ihren Adern summte mit dem berauschenden Duft der Sucht, der ich nur allzu gern erlag.

»Um Himmels willen!«, knurrte sie und schlug mir mit den Handflächen auf die Brust, und ich konnte nicht sagen, dass ich es hasste, wie sich ihre Hände auf meinem Körper anfühlten. »Ich hoffe, du hast nicht vor ...«

Ich packte ihre Handgelenke, als sie versuchte, mich erneut von sich zu stoßen, und ein leises Knurren entrang sich mir, als ich sie unter mich zwang. Mein Körper drückte sich an ihre Kurven und meinem Schwanz gefiel es verdammt gut, diese mächtige Kreatur unter meine Kontrolle zu bringen und sie unter mir in den Boden zu pressen.

Meine Reißzähne fanden ihren Hals, ohne dass ich mich bewusst dafür entschied, sie zu beißen, und das Keuchen, das ihren Lippen entwich, als sie ihre Haut durchbohrten, reichte aus, um ein Stöhnen der Lust in meiner Brust aufsteigen zu lassen.

Ich trank gierig, ihr himmlischer Geschmack umspielte meine Zunge und rann meine Kehle hinunter, während ihre üppige Kraft in mich strömte und mich bis zum Rand füllte.

Anstatt sich mir einfach hinzugeben, wie ich es erwartet hatte, begann Tory, mich so laut und farbenfroh zu verfluchen, wie man es sich nur vorstellen konnte. Ihre Hüften bockten zwischen meinen Schenkeln, um mich von ihr zu stoßen, obwohl mein Gift sie geschwächt hatte.

Ich knurrte als Antwort auf ihre Versuche, mich abzuwerfen, drückte sie erneut unter mich und verlor mich in der Blutlust, als der Geschmack ihrer Kraft mich völlig überwältigte. Sie war wie die beste Art von Sünde, mein Körper und das Tier in mir fielen ihrem Reiz zum Opfer und mein Schwanz war definitiv auch mehr als nur ein bisschen an ihr interessiert. Zu ihrem Glück bedeutete die Art und Weise, wie ich sie festhielt, dass ich sie nicht wirklich trocken fickte, während ich ihr Blut nahm, sodass sie sich dieser kleinen Tatsache wahrscheinlich nicht bewusst war. Aber je mehr ich von ihr nahm, desto mehr wollte ich, und ich wusste, dass ich sie danach nicht wieder hergeben würde. Darius hatte vielleicht auch Anspruch erheben wollen, aber ich war bereit, seine Herausforderung anzunehmen. Denn dieses Mädchen war genau die Art von Besessenheit, in die ich mich unbedingt stürzen wollte.

»Das ist mehr als genug, Altair«, seufzte Professor Pyro aus der Nähe, und ich musste an die Klasse denken, die uns umgab. »Sie braucht noch *etwas* Energie, wenn sie heute in meinem Kurs mitmachen will.«

Ich zwang mich mit einiger Mühe zurück, fuhr meine Reißzähne wieder ein und leckte den letzten Tropfen Blut von Torys weicher Haut, bevor ich mich wieder aufrichtete und auf sie hinunterblickte.

Sie sah wirklich gut aus, so unter mir liegend. Ihre schwarzen Haare verteilten sich auf dem Boden und ihre dunklen Augen flammten mit einer Art wütendem Hass auf, der mich irgendwie noch heißer auf sie machte.

»Du weißt nicht, wie gut du schmeckst«, kommentierte ich und leckte mir die Lippen, um den letzten Geschmack von ihr zu erwischen, während sie die Nase rümpfte.

»Du hast bekommen, was du von mir wolltest, also warum lässt du mich nicht einfach in Ruhe?«, fragte sie und zerrte wieder an ihren Handgelenken, während ich sie über ihrem Kopf im Sand festhielt. Ich hätte sie wahrscheinlich loslassen sollen, aber sie war so anders als alle anderen Fae, die ich je getroffen hatte, dass ich sie einfach weiter betrachtete, sie auf mich wirken ließ und versuchte, sie zu verstehen.

Ich neigte den Kopf, während ich sie betrachtete, und ein langsames Lächeln breitete sich auf meinem Gesicht aus. Ein Lächeln, von dem ich wusste, dass es sie nur noch mehr anstacheln würde. »Weißt du, ich bin mir nicht sicher, ob ich jemals von jemandem getrunken habe, der es so sehr gehasst hat wie du«, bemerkte ich. »Die anderen Fae sind mit dem Wissen um meine Art aufgewachsen. Sie akzeptieren den Prozess einfach als Teil der Machtkette, aber du …«

»Ja, ich hasse es«, keifte sie. »Also warum holst du dir deinen Kick nicht bei jemandem, der deine verdrehte Version von Widerlichkeit genießt, und lässt mich in Ruhe?«

Hatte sie gerade versucht, mir Befehle zu erteilen? O nein, das würde bei mir nicht funktionieren. Wenn sie mich schon vorher gehasst hatte, dann würde es jetzt erst richtig interessant werden. Ich ließ sie abrupt los und sprang auf die Beine, wobei mein Ständer glücklicherweise so weit schrumpfte, dass das enge Outfit, das ich trug, ihn hoffentlich nicht für alle Anwesenden sichtbar machte.

»Dieses Mädchen ist meine persönliche Quelle«, erklärte ich laut und ließ meinen Blick über alle Fae in unserem Kurs schweifen, um sicherzustellen, dass es nicht den geringsten Anflug von Widerspruch gegen diese Behauptung gab. »Wenn ein anderer Vampir von ihr trinken möchte, kann er sich an mich wenden. Sagt es weiter!«

Tory stemmte sich auf die Beine und sah aus, als würde sie mir liebend gern eine verpassen, denn ihre Hände ballten sich an ihren

Seiten zu Fäusten und ihre Augen flammten vor Wut auf. »Ich bin dein persönliches Garnichts«, sagte sie.

»Du kannst gern versuchen, mich aufzuhalten, Sweetheart«, spöttelte ich, wohl wissend, dass sie keine Chance hatte. »Aber bis du das schaffst, kannst du dich als mein persönliches Trinkpäckchen betrachten.«

Tory schien kurz davor zu sein, mich anzuspucken, aber ihre Aufmerksamkeit wurde von Darius abgelenkt, der laut in der Menge zu unserer Linken lachte. Sie sah noch wütender aus, als sie bemerkte, dass er unsere kleine Interaktion beobachtet hatte, und ich konnte erkennen, dass sie die Spannung in seiner Haltung nicht bemerkt hatte – er stand mit vor der Brust verschränkten Armen da. Sein Pokerface war verdammt gut und ich war mir sicher, dass alle um uns herum glaubten, dass er sich köstlich dabei amüsierte, zuzusehen, wie die Vega-Prinzessin in den Dreck gezerrt und gegen ihren Willen gebissen wurde. Aber ich konnte den Dämon in seinen Augen sehen, als sein Blick von ihr zu mir wanderte, und ich wusste, dass er sauer war.

Ich zog eine Augenbraue hoch, um ihn herauszufordern, und er hob als Antwort das Kinn. Ja, wir würden uns verdammt bald mit unserem Alpha-Scheiß auseinandersetzen müssen, denn die Spannung zwischen uns war so groß, dass sie jeden Moment zu einem Knall führen konnte. Wir liebten einander immer noch, aber manchmal mussten die anderen Erben und ich Kopf an Kopf gehen, um die Anspannung des ganzen Testosterons, das in der Luft um uns herum hing, abzubauen. Und es war nicht so, dass einer von uns Angst vor einem guten Kampf hatte – ich wusste sogar mit Sicherheit, dass wir alle Gefallen daran fanden. Und mit Tory Vegas Kraft in meinen Adern summte mein eigenes Blut vor Verlangen, ihm zu geben, was er wollte.

»Wenn jetzt alle Vampire aufgetankt sind, würde ich gern mit meiner Lektion beginnen«, kündigte Professor Pyro laut an und Tory drehte uns beiden abrupt den Rücken zu. Eine eindeutige Abfuhr.

Darius brummte vor Wut über diese Beleidigung bedrohlich und ich unterdrückte nur mit Mühe ein Fauchen, während sich meine Muskeln vor Verlangen anspannten, sie erneut in ihre Schranken zu weisen. Niemand drehte uns den Rücken zu und kam damit davon. Und dieses kleine Ding hatte es nun schon zweimal getan.

Ich machte einen Schritt auf sie zu, aber Darius hielt meinen Arm fest, und die kaum unterdrückte Wut in ihm war so deutlich, dass sie in einem einzigen Wort zum Ausdruck kam, das so leise war, dass ich es nur mit meinem Vampirgehör hören konnte.

»Später.«

Ich verkrampfte mich, weil ich es nicht mochte, wenn er mir sagte, was ich tun sollte, aber ich konnte den Sinn darin erkennen. Es würde eindeutig eine Weile dauern, unser Vega-Problem zu lösen, und sie war buchstäblich gerade vor der ganzen Klasse meiner Gnade ausgeliefert gewesen. Wir mussten unsere Dominanz über sie noch nicht wieder unter Beweis stellen.

»Da dies der erste Kurs für die Freshmen ist, möchte ich, dass sich die anderen paarweise zusammenfinden und die Techniken wiederholen, die sie am Ende des vergangenen Jahres gelernt haben. Sie sollten den Sommer über geübt haben, und ich werde vorbeikommen und auf Verbesserungen achten, sobald ich die Neuen eingewiesen habe.« Professor Pyro scheuchte die älteren Studenten weg, aber Darius und ich blieben, wo wir waren, unsere Blicke waren fest auf die trotzige kleine Vega gerichtet.

»Was machen Sie noch hier? Soweit ich weiß, sind Sie Studenten im zweiten Jahr«, sagte Pyro und fixierte uns mit durchdringendem Blick.

»Wir wollten nur sehen, wie mächtig die neue Erbin wirklich ist«, sagte Darius, während seine Lippen amüsiert zuckten, als Tory unbehaglich vor uns von einem Fuß auf den anderen wechselte, sich aber nach wie vor weigerte, sich umzudrehen und uns wieder anzusehen. Als wäre es ihr völlig egal, zwei Monster im Rücken zu haben.

»Zu Ihrem Pech gehört das Anstarren des neuen Mädchens nicht zum Lehrplan«, antwortete Pyro hochmütig und scheuchte uns erneut davon, sodass wir gezwungen waren, zu gehen, insofern wir nicht versuchen wollten, bei einer Lehrerin unseren Status auszuspielen.

Tory drehte sich um und sah uns nach, und meine Nackenhaare stellten sich auf, als ich sah, wie ihr Blick über Darius' Körper glitt – sie aß ihn förmlich auf. Nee, das würde für mich nicht funktionieren. Ich stieß meinen Drachenfreund, der ihren Blick sofort erwiderte, mit dem Ellbogen an, und er wandte sich ab, um mit einem frustrierten Grunzen mit mir durch die Arena zu stolzieren.

»Also, werde ich dir jetzt in den Arsch treten oder heben wir uns die ganze aufgestaute Aggression für später auf?«, stichelte ich.

Darius warf mir einen prüfenden Blick zu, seine Augen wurden für einen Moment zu den goldenen Schlitzen seines Drachen, während Rauch aus seinen Nasenlöchern aufstieg, und ich grinste in Erwartung unseres Kampfes.

»Okay, dann jetzt«, stimmte ich zu und ließ meine Muskeln spielen, während wir weitergingen, auf eine weite offene Fläche auf der anderen Seite der Arena zu, wo wir unsere Kraft wirklich zeigen konnten, ohne uns Sorgen machen zu müssen, dass uns irgendwelche machtlosen Idioten in die Quere kamen.

»Vielleicht solltest du in Betracht ziehen, dir eine andere Quelle zu suchen«, knurrte Darius, während er mit den Fingern schnippte und Flammen sich wie wuselnde Ameisen über seine Hände wanden.

»Nenn mir einen guten Grund, warum ich das tun sollte, und vielleicht überlege ich es mir«, gab ich zurück, obwohl ich es absolut nicht in Betracht ziehen würde. Tory Vegas Macht war ein Genuss, den ich nie aufgeben wollte, es sei denn, sie wäre mächtig genug, um mich davon abzuhalten, sie zu beanspruchen. Und da das in nächster Zeit verdammt unwahrscheinlich war, hatte ich die feste Absicht, meinen Mund so oft wie möglich auf ihr zu haben. Und als ich wieder einen Blick auf sie warf, war ich froh, mir selbst eingestehen zu können, dass ich hoffte, das mit oder ohne meine Reißzähne tun zu können. Tory war heiß und ließ sich nicht alles gefallen. Ich mochte ihre Bissigkeit fast genauso sehr wie sie zu beißen und ich wollte ihr aus mehr Gründen näher kommen als nur, um ihr Blut zu beanspruchen.

Bevor ich mich zu sehr in diesem Tagtraum verlieren konnte, krachte ein Feuerball gegen meine Brust und schleuderte mich durch die Arena. Einen Augenblick später krachte ich so hart gegen die Wand, dass mir die Luft aus der Lunge gepresst wurde.

Darius lachte laut, seine dunklen Augen flammten vor Begeisterung auf, als ich mich auf die Knie stieß und ihn wegen des billigen Angriffs anknurrte. Dann nahm ich mir einen Moment, um den Schmerz meiner Verletzungen zu heilen.

Aber jetzt gab es kein Halten mehr.

Ich sprang auf die Beine und schleuderte einen Feuerball direkt auf ihn, um ihn zu blenden, während ich mit Vampirgeschwindigkeit links an ihm vorbeirannte und stattdessen meinen echten Schuss auf seine Seite abfeuerte. Natürlich hatte das Arschloch damit gerechnet und ging auf ein Knie. Seine Faust krachte in den Sand und sandte einen Ring aus mächtigen Flammen in alle Richtungen, bevor er meinen neuen Standort auch nur ausgemacht hatte.

Ich schleuderte meine eigene Kraft auf ihn zurück, zwang die Flammen, sich um mich herum zu teilen, und feuerte eine Reihe von Geschossen auf ihn ab.

Darius stand auf und fing den Schlag ab, sein Unterkiefer zuckte, als er seine Fersen in den Boden grub und die Magie wie ein Psychopath in seine Brust krachen ließ. Dabei ignorierte er den Schmerz des Feuers und verließ sich darauf, dass sein Anzug ihn vor Verbrennungen schützen würde.

Er nahm sich die Zeit, seine Magie in eine raffiniertere Form zu bringen, und ich rollte mit den Augen, als ein riesiger Drache, der vollständig aus Flammen bestand, in seinem Rücken zum Leben erwachte.

»So vorhersehbar, Mann!«, stichelte ich und schoss zur Seite, als der Feuerdrache brüllte und weitere Flammen aus seinem Maul in meine Richtung schossen.

Die anderen Studenten schenkten uns nun ebenfalls ihre Aufmerksamkeit, einige rannten auf die andere Seite der Arena, um sich in Sicherheit zu bringen, andere kamen näher, um sich die Show anzusehen. Aber ich konnte ihnen keine Beachtung widmen, meine Augen blieben auf meinen Gegner gerichtet, während ich um ihn herumrannte und meine eigenen Feuerkreationen zum Leben erweckte.

Schlangen aus Flammen schossen aus dem Boden, während ich auf ihn zustürmte, um seinen einen Drachen mit der Macht vieler Kreaturen zu besiegen, anstatt ihn direkt mit einer weiteren riesigen Bestie anzugreifen.

Darius lachte, als sein Drache in die Luft stieg und in meine Schlangen krachte, die ihrerseits Flammen spien und sich auf ihn stürzten.

Ich versuchte, sie festzuhalten, aber als der Drache in sie einschlug, begannen ihre Flammen mit dem Ungeheuer zu verschmelzen, während Darius die Kontrolle über die Magie übernahm und sie mit seiner eigenen verband.

Ich erschuf immer mehr Schlangen und schickte sie dem Drachen hinterher, woraufhin er abhob und von oben auf sie feuerte. Ein angestrengtes Lächeln breitete sich auf meinen Wangen aus, als ich spürte, wie viel Kraft ich auf einmal bündelte.

Mein ganzer Körper brannte und sang vor Freude über das Summen meiner magischen Muskeln, und ein Blick zu Darius verriet, wie sehr auch er diesen Kampf genoss. Aber dies war mehr als nur ein Kriegsspiel, wir kämpften um den Sieg, und keiner von uns würde so leicht aufgeben.

Meine Schlangen begannen, seinen Drachen zu überwältigen, und ein Siegeslachen kam mir über die Lippen, als ich den Sieg kommen sah, aber natürlich war der Mistkerl noch nicht fertig. Mit einem Grollen der Anstrengung hob Darius die Hände und beschwor einen zweiten Drachen aus dem Wasserbrunnen zu unserer Linken, der es an Größe mit dem ersten aufnehmen konnte. Seine Stirn war schweißnass von der Anstrengung, so viel Macht auf einmal zu beherrschen. Aber es war es wert. Und obwohl ich mich bemühte, die Feuerkraft meiner Schlangen zu verstärken, hatten sie keine Chance gegen so viel Wasser, und als der schimmernde Drache in den Schwarm meiner Kreaturen eintauchte, löschte er sie aus und meine Magie zerbrach.

Darius stieß einen übermütigen Siegesruf aus, und ich funkelte ihn finster an, während ich vor Anstrengung keuchte und die beiden Drachen eine Ehrenrunde durch die Arena drehten.

»Der ewige Schummler«, rief ich, verschränkte die Arme vor der Brust und starrte ihn finster an. Das Arschloch wusste genau, dass wir mit dem Feuer gespielt hatten. Und Wasser ins Feuer zu gießen war eine bescheuerte Aktion.

Darius fing an zu lachen und ich stürmte knurrend auf ihn zu, bereit, diesen Kampf zu beenden und doch noch als Sieger hervorzugehen.

Ich rammte ihn, bevor er überhaupt realisierte, dass ich auf dem Weg zu ihm war. Meine Faust krachte gegen seinen harten Unterkiefer und ich riss ihn zu Boden.

Darius knurrte mich an, bevor er sich ebenfalls in den Kampf stürzte. Die Feindseligkeit und Wut, die sich zwischen uns angestaut hatten, fanden endlich ein Ventil, als wir uns der Brutalität unserer Schläge hingaben und die Befriedigung verspürten, einander die Scheiße aus dem Leib prügeln zu können.

Seine Faust krachte gegen meine Schädelseite wie ein verdammter Amboss, der mit der Kraft seiner verdammten Drachenmuskeln einen Schlag auf mein Gehirn ausführte. Er war ein riesiger Typ und seine körperliche Stärke war fast unmöglich zu übertreffen, egal, wie groß ich selbst war.

»Verdammtes Drachenarschloch«, zischte ich zwischen den Schlägen und er lachte, als es ihm gelang, uns so zu drehen, dass er auf mir war. Seine Fäuste krachten mit solcher Wucht gegen meine Brust, dass sie mir die verdammten Rippen brechen könnten.

Ich knurrte wild, als ich nach ihm schnappte, meine Stirn traf seine Nase und ein lautes Knacken ertönte, dem schnell ein Schmerzensschrei und Blut folgten.

Für einen Moment gelang es mir, die Oberhand zu gewinnen. Ich landete auf ihm und nutzte meine Schnelligkeit, um immer wieder auf seine Rippen, seine Brust und seinen Bauch einzuschlagen, bevor Darius aufbrüllte und sein Gewicht einsetzte, um uns erneut umzudrehen.

Seine Hände schlossen sich fest um meinen Hals und ich zischte mit zusammengebissenen Zähnen, als er mich zu ersticken begann, mit einem wilden Grinsen unter dem Blut, das nun seine Zähne befleckte.

»Dreckskerl«, keuchte ich, und sein Griff verstärkte sich. Sein Knie drückte auf meine Brust, während sein Gewicht mich in den Boden presste.

Ich versuchte, ihn abzuschütteln, aber der Schmerz, den sein Gewicht auf meine gebrochenen Rippen ausübte, war fast schon blendend. Und trotz meiner Zuckungen wurde mir bald klar, dass ich diesen verdammten Kampf verloren hatte.

Darius' Augen blitzten vor tödlicher Entschlossenheit, während er mich weiter würgte, und ich war mir ziemlich sicher, dass das Arschloch tatsächlich darauf warten würde, dass ich ohnmächtig wurde. Es sei denn, ich gab auf.

Aber das wollte ich nicht. Selbst als vor meinen Augen Punkte tanzten und meine Lunge vor verzweifelter, hungriger Energie zu brennen begann, wollte ich immer noch nicht aufgeben. Aber meine Ohren klingelten und meine Glieder wurden schwach und mit einem wütenden Gefühl der Frustration zwang ich meine Hand nach draußen und schlug dreimal neben uns auf den Boden, um ihn wissen zu lassen, dass ich aufgab.

Darius grinste breit, ließ mich sofort los, richtete sich auf und heilte sein eigenes Gesicht, bevor er das Blut mit seiner Wassermagie wegwischte.

Ich holte ein paar Mal tief Luft und brach dann in Gelächter aus, als die Spannung zwischen uns endlich nachließ und ich zu dem großen Mistkerl von einem Drachen aufsah, den ich mit der ganzen Wildheit der Sonne liebte.

Darius reichte mir seine Hand, und ich ergriff sie, ließ mich von ihm auf die Füße ziehen, während ich meine andere Hand auf meine Rippen presste und den Schaden heilte, damit ich tiefer durchatmen konnte.

»Nächstes Mal kriege ich dich«, warnte ich ihn und klopfte ihm auf den Rücken.

»Das hast du letztes Mal auch gesagt«, höhnte Darius, stieß mich mit dem Ellbogen an, und ich musste ein Stöhnen unterdrücken. Was unsere Kraft anging, waren wir definitiv alle auf Augenhöhe, aber da Darius' Formgebung seinen Körperbau beeinflusste, war er jetzt fast zwei Meter groß und seine Muskeln waren mit Muskeln bedeckt, sodass selbst meine knapp eins neunzig nicht mithalten konnten. *Arschloch.*

Ich öffnete den Mund, um zu antworten, aber ein Kribbeln auf meiner Haut veranlasste mich dazu, mich stattdessen umzusehen. Und ich stellte fest, dass wir ein Publikum hatten, mit dem ich nicht gerechnet hatte.

Tory Vega stand mit verschränkten Armen und einem Ausdruck der Resignation im Gesicht da, der die deutliche Abneigung, die sie ausstrahlte, fast noch übertraf. Professor Pyro war an ihrer Seite und sie warteten offensichtlich schon eine ganze Weile darauf, dass wir fertig wurden.

Ich fuhr mir mit der Hand durch die Haare, während ich Tory meine Aufmerksamkeit schenkte, und betrachtete ihren Hals, wobei ich mit der Zunge über meine Reißzähne fuhr. Ich hatte gerade einen guten Teil der Magie, die ich ihr gestohlen hatte, verwendet und konnte nicht anders, als mich zu fragen, ob sie vielleicht noch etwas übrig hatte …

»Ich habe eine neue Aufgabe für Sie, Mr. Acrux«, sagte Professor Pyro, ihren Blick auf Darius gerichtet und meine Aufmerksamkeit auf dem Höhepunkt.

»Ja, Professor?«, fragte Darius und benutzte dabei seine höfliche Lehrer-Stimme, die meiner bescheidenen Meinung nach kaum etwas daran änderte, dass er ein Grobian war.

»Ich möchte, dass Sie Tory Einzelunterricht geben, damit sie lernt, den Sturm der Macht in sich zu bändigen. Ich habe versucht, sie selbst anzuleiten, aber sie braucht jemanden, der mächtiger ist als ich. Und da Sie der beste Feuerwirker der Academy sind, ist die Entscheidung naheliegend.«

Darius' Blick fiel auf Tory und sein Rückgrat straffte sich, als er sie ansah, wie ein Wolf ein Lamm ansehen würde. Ich musste ein Lachen unterdrücken, weil ich genau wusste, dass er absolut nicht die Absicht hatte, einer Vega bei irgendetwas zu helfen.

»Natürlich, Professor Pyro«, stimmte Darius zu, obwohl ich wusste, dass das Schwachsinn war. »Allerdings habe ich im Moment einen vollen Terminkalender, also ist es vielleicht besser, wenn sie sich jemand anderen aussucht.«

»Okay«, stimmte Tory mit einem strahlenden Lächeln zu und machte damit deutlich, dass sie seine Hilfe sowieso absolut nicht wollte, und ich musste mich beherrschen, um nicht zu lachen, als Darius sich über die Beleidigung empörte. »Schon gut.« Sie wandte sich gerade von uns ab, aber Professor Pyro hielt sie auf.

»Das ist kein Problem«, sagte Pyro bestimmt und warf Darius einen spitzen Blick zu. »Sie können sie donnerstagabends nach dem Essen trainieren. Wenn nötig, können wir auch montags mit dazu nehmen.«

Darius' Blick verdunkelte sich und ich konnte praktisch den Rauch des Feuers auf meiner Zunge schmecken, das in ihm loderte. Auf gar keinen Fall würde er so etwas tun, und Torys Gesichtsausdruck zeigte deutlich, dass sie das auch nicht wollte.

»Ja, Professor«, stimmte Darius zu und Pyro nickte, bevor sie Tory wieder wegführte.

Wir sahen ihr nach und ich lehnte mich ein wenig näher an meinen Freund heran, während meine Augen auf ihrem perfekt runden Hintern klebten.

»Wie willst du da wieder rauskommen, Bruder?«, neckte ich ihn.

»Ganz einfach«, antwortete Darius, der ebenfalls immer noch seinen Blick auf die Vega-Prinzessin geheftet hatte. »Das werde ich nicht. Aber wenn sie tatsächlich erwartet, dass ich auftauche, dann muss sie mich dazu zwingen. Das würde eine echte Fae schließlich tun.«

Ich lachte leise, da ich genau wusste, dass Tory nicht in der Lage wäre, so etwas zu tun. Und als sie einen Blick über ihre Schulter warf, wurde ziemlich deutlich, dass sie darüber auch nicht gerade glücklich war.

Scorpio
Virgo
Gemini
Aries
Cancer
Leo
Sagittarius
Taurus
Capricorn
Aquarius
Libra
Pisces

DARIUS

KAPITEL 7

Ich rannte über das Pitball-Feld, mit Orions Stimme in meinen Ohren, die mich von hinten anfeuerte, während ich den schweren Erdball fest unter meinen Arm geklemmt hielt.

»Zeig es ihnen!«, brüllte er, alle Anzeichen des elenden *Grundlagen-der-Magie*-Professors waren verschwunden, während er sich seiner Liebe zum Spiel hingab. Ich wünschte nur, er hätte seinen Traum, in der Liga zu spielen, leben können, anstatt seine Leidenschaft dafür in unser Training stecken zu müssen. Es war ja nicht so, dass er einen von uns selbst bis in die Liga würde coachen können – zumindest keinen der Erben, denn unsere Schicksale waren noch klarer vorgezeichnet als seins.

Der Rest des Teams rannte vom anderen Ende des Spielfelds auf mich zu, alle gegen mich gerichtet, als ich losstürmte und versuchte, mich gegen die Widrigkeiten durchzusetzen. Ich genoss die Herausforderung. Das Anschwellen meiner Muskeln, das rasende Klopfen meines Herzens, das Stampfen meiner Füße über den Schlamm und das Pochen meiner Magie auf der Oberfläche meiner Haut.

Seth heulte auf, während er losrannte, um mich abzufangen. Der Boden bebte unter der Macht seiner Erdmagie, als er sie dazu brachte, mir meinen Halt zu nehmen.

Ich streckte meine freie Hand aus und wirkte eine Brücke aus Eis, auf der meine Stiefel gerade genug hafteten, um mich vor dem Ausrutschen zu bewahren, während ich mit voller Geschwindigkeit darüber rannte.

Seth versuchte, auf die Brücke zu springen, um mich aufzuhalten, aber ich ließ sie überall dort schmelzen, wo er landen wollte, lachte, während er mich verfluchte, und wich von der Hauptstreitmacht des Teams vor mir zurück, bevor ich versuchte, mich wieder auf den wartenden Pit in der Mitte des Spielfelds zuzubewegen.

Als Nächstes kam Caleb auf mich zu. Er schleuderte Flammen, um meine Brücke zum Schmelzen zu bringen, aber anstatt sie zu bekämpfen, ermutigte ich sie und ließ meine Brücke auseinanderfallen, sodass die Flammen mich umhüllten und versteckten.

Ich änderte abrupt die Richtung und wirkte schnell eine Illusion, die so aussah wie ich, und schickte sie aus den Flammen hinaus in die entgegengesetzte Richtung, die ich eigentlich einschlagen wollte.

»Komm nur her, du hinterlistiges Reptil!«, donnerte Geraldine hinter dem Feuer hervor und der Boden bebte, als sie einen Erdzauber aussandte, der meiner Fälschung nachjagte.

Ich schickte die Flammen in einer Explosion nach oben, als ich aus ihnen auftauchte, und schloss die Augen, kurz bevor ein blendender Blitz aufflammte. Der Rest des Teams schrie vor Schreck auf und verfluchte mich.

»Ich bin blind!«, heulte Seth. »Ich werde nie wieder einen heißen Körper oder einen steifen Schwanz sehen!«

Ich lachte, während ich meine Augen wieder öffnete, sprintete weiter, rannte den Weg zurück, den ich gekommen war, und stellte fest, dass meine Tricks bei fast jedem Mitglied des Teams funktioniert hatten. Aber als ich den Kopf drehte, um nach Max Ausschau zu halten, verkrampfte sich mein Magen. Natürlich hatte die Sirene die fehlenden Emotionen in meinem Köder gespürt. Aber wo zum Teufel war er?

Ein Körper krachte von oben auf mich herab, und ich fluchte, als ich unter Max begraben wurde, der mit einem dröhnenden Lachen vom Himmel gestürzt war. Er hatte seine verdammte Luftmagie eingesetzt, um mich zu überlisten.

Der Pitball fiel mir aus den Händen und rollte zur Seite, als ich gezwungen war, ihn abzuwehren. Ich überzog meine Fäuste mit Eis und Feuer, während ich anfing, auf ihn einzuschlagen.

Max lachte, als ich ihn gleichzeitig beschimpfte, und versuchte sein Möglichstes, mich unter sich gefangen zu halten, während die anderen näher kamen.

Aber mit erheblicher Anstrengung gelang es mir, meine Knie zwischen uns zu bringen und ihn von mir zu werfen.

Mit dem Brüllen eines Drachen hob ich meine Hände in Richtung des restlichen Teams, das in diesem Moment auf mich zuraste. Feuer loderte aus meinen Handflächen – und das in einer Welle der Kraft, die mich völlig erschöpfte, als ich sie aussandte, um sie aufzuhalten.

Ich schnappte mir den Ball und sprintete los, quasi noch bevor ich wieder festen Boden unter den Füßen hatte.

Hinter mir ertönte der ohrenbetäubende Lärm der anderen, die versuchten, durch die Feuerwand zu kommen, und ich grinste triumphierend, als der Pit vor mir auftauchte.

Ich spürte, wie meine Magie versagte, wie meine Kraft nachließ und mich erschöpfte. Das Dröhnen der Herausforderung, das in meinem Rücken ertönte, trieb mich nur noch mehr an, als das Team die Verfolgung aufnahm.

Die Erde unter mir bebte, Luftmagie verfolgte mich, Feuer loderte um mich herum und ein Wasserschwall prallte von hinten gegen mich. Aber gerade als ich spürte, wie jemand seine Hände auf meinen Rücken legte, schleuderte ich den Pitball mit aller Kraft nach vorn.

Ich knallte auf den Boden und mein Shirt riss hinten auf, als jemand versuchte, mich daran festzuhalten. Eine Sekunde später landete ein Berg von Körpern auf mir und ich wurde unter ihnen zermalmt.

Aber obwohl mein Gesicht in den Schlamm gepresst war und das Gewicht mich niederdrückte, hörte ich Orions Jubelschrei, als mein Ball im Pit landete.

»So spielt man verdammt noch mal Pitball!«, brüllte er und eine Mischung aus Flüchen und Jubelschreien ertönte von meinen Teamkollegen, als sie alle von mir runterkletterten.

Ich richtete mich auf, ein Lachen auf den Lippen, während ich mir den Dreck aus dem Gesicht kratzte. Die anderen Erben sprangen alle auf mich, klopften mir auf den Rücken und gratulierten mir zu einem brillanten Spiel, während sie versprachen, es beim nächsten Training selbst noch besser zu machen.

Der Blitz einer Kamera erregte meine Aufmerksamkeit und ich blickte zu den leeren Tribünen auf, gerade noch rechtzeitig, um zu sehen, wie die Kamera erneut auslöste – ein Fae mittleren Alters fotografierte wie wild.

»Auf dem Campusgelände sind keine Paparazzi erlaubt!«, rief Orion und schoss in seiner eigenen schlammverschmierten Pitball-Uniform an uns vorbei, während der unbefugte Fae vor Schreck quietschte und so schnell er konnte davonrannte.

Er verschwand aus unserem Blickfeld, kurz bevor Lance ihn einholte, aber der darauffolgende Schrei verriet, dass er nicht entkommen war.

»Nur die Sterne wissen, warum sie Fotos von euch vier Knalltüten machen«, sagte Geraldine, und ich richtete meinen Blick auf sie. Sie hatte sich vornübergebeugt, um sich zu strecken, berührte dabei ihre Zehen und streckte uns ihren Arsch entgegen. »Zweifellos mit der Hoffnung, einen Blick auf die Schönheit der wahren Königinnen zu erhaschen. Die Kamera wird versehentlich ausgelöst haben.«

»Nee, Grus«, antwortete Max, dessen Blick ungeniert über ihren Hintern wanderte, während er seine Finger durch seinen Irokesenschnitt schob. »Der Schnappschuss von uns vieren war schon gewollt – und der Plan somit erfolgreich. Schließlich sind wir der feuchte Traum einer jeden Hausfrau.«

»Papperlapapp«, erwiderte Geraldine und richtete sich auf. »Ich gebe zu, dass der Drachenjunge ein teuflisches Exemplar von einem Mann ist, wenn man seine gesamte Persönlichkeit außer Acht lässt. Aber der Köter braucht einen Haarschnitt dringender, als ich meinen Rasen zweimal am Tag gewässert zu bekommen, und der Beißer bekommt nur das polierte Schönling-Ensemble hin – Schlamm und Dreck stehen dir nicht gut.«

»Hey«, fuhr Caleb sie an. »Ich kann auch der raue Typ sein.«

»Ich habe noch nie einen rauen Mann mit Maniküre gesehen, du aufgeblasener Pompon«, erklärte sie lachend. »Und lass mich bloß nicht mit dem steifen Salamander anfangen.« Sie winkte abweisend in Max' Richtung, dann ging sie mit ihrer kleinen royalistischen Kumpeline davon und beendete das Gespräch ohne eine Vorwarnung.

»Was ist mit mir?«, rief Max ihr hinterher und eilte ihr nach.

»Du bist der Fisch, du lästiger Lachs, der salzige Seebarsch, der dümpelnde Dornhai, der aufgeblasene Aal. Soll ich weitermachen?«

»Hast du ein Problem damit, dass ich eine Sirene bin?«, fragte Max und stapfte hinter ihr her, während wir anderen ihm folgten. Er ließ sich immer von ihr in ihren Unsinn hineinziehen, aber mir schien das viel zu viel Arbeit zu sein.

»Den meisten gefallen meine Haare«, murmelte Seth und fuhr

sich mit den Fingern durch seine langen dunklen Locken, während er Geraldine finster ansah.

»Die sind auch total heiß, Alter, ignorier sie einfach«, antwortete Cal und Seth wurde sofort munter und rutschte näher an ihn heran.

»Meinst du? Ich finde nämlich, dass du jetzt total fickbar aussiehst, so wie du da mit Schlamm bedeckt dastehst. Ich würde dir sogar definitiv einen blasen, wenn du dich wieder in den Schwelenden Quellen betrinken willst, wie beim letzten Mal, als wir …«

»Apropos fickbar, du hättest sehen sollen, wie heiß Tory Vega aussah, als sie unter mir lag. Vorhin, als ich sie im Feuerelementar-Kurs gebissen habe«, unterbrach ihn Caleb und schenkte mir ein Grinsen. »Meinst du nicht auch, Darius?«

»Das Mädchen sieht jedes Mal fickbar aus, wenn ich sie sehe«, antwortete ich bissig und ließ mich nicht auf seinen Köder ein.

»Verdammt, ja, das tut sie«, stimmte Seth zu. »Ich meine, wer hätte erwartet, dass die Vega-Zwillinge so verdammt heiß sind?« Er biss mit einem Stöhnen auf seine Faust. »Was denkt ihr, wie hoch die Chancen stehen, dass wir die beiden davon überzeugen können, sich uns bei einer Erben-Prinzessinnen-Orgie anzuschließen, bevor wir sie hier rausschmeißen müssen?«

»Da es in dieser Fantasie vier Schwänze und nur zwei Schwestern geben würde, lehne ich dankend ab«, unterbrach ich ihn. Außerdem war eine Vega mehr als genug für mich und ich hatte meinen Fokus fest auf sie gerichtet. Ich wusste nicht, warum, denn die beiden sahen identisch aus und doch … waren sie es nicht. Nicht für mich. Roxy Vega hatte meine Aufmerksamkeit erregt und ließ sie so schnell nicht wieder los.

»Buuuh!«, beschwerte sich Seth. »Du bist so verdammt langweilig, Darius. Ich schwöre, wenn ich nicht davon überzeugt wäre, dass du fickst wie ein Teufel, der die Wut des Satans im Rücken hat, müsste ich denken, dass du ein langweiliger Sexpartner bist. Ich wette, du hast noch nie einen Schwanz gelutscht, oder?«

»Alter, du bist der Einzige von uns, der neben Pussys auch Schwänze mag, das macht ihn nicht zu einem Langweiler«, sagte Caleb mit einem Kopfschütteln und ich prustete vor Vergnügen.

»Mach es nicht schlecht, bevor du es nicht ausprobiert hast«, antwortete Seth sofort und stieß Caleb an. »Ich wäre sanft zu dir … oder hart? Wenn du davon träumst … wie träumst du dann von mir? Willst du oben sein oder wäre es dir lieber, wenn ich oben bin, denn ich verspreche, wenn du …«

Caleb bedeckte Seths Mund mit einem Bündel Blätter und ich lachte, als er ihn deswegen finster ansah.

Gerade als wir die Tür zu den Umkleideräumen erreichten, rief Orion mir zu, stehen zu bleiben, und ich drehte mich um, um ihn anzusehen, als er über das Spielfeld zu uns rannte.

»Onkel Lionel hat versucht, dich zu erreichen«, sagte Lance mit einem bitteren Ton in der Stimme, der von unserem gemeinsamen Hass auf meinen Vater zeugte. »Er hat immer wieder angerufen, während ich versucht habe, dem Fotografen die Kamera in den Arsch zu schieben. Also habe ich sie stattdessen zerquetscht und ihn zum Teufel geschickt.«

Ich lächelte ihn schief an, weil der Witz wahrscheinlich ziemlich nah an der Wahrheit war, und nickte dann.

»Schon gut, ich rufe ihn an«, stimmte ich zu und freute mich auf das Telefonat ungefähr so sehr wie auf einen Einlauf.

»Ich werde noch ein paar Runden auf dem Spielfeld drehen, bevor ich Feierabend mache, dann habe ich meine Liaison mit dem blauen Zwilling.«

»Stell sicher, dass du so viel wie möglich für uns herausfindest«, drängte ich und er nickte.

»Ich bin am Ball, du weißt, dass du auf mich zählen kannst.«

Ich entfernte mich von ihm, während er seine Runden zu laufen begann, und schaffte es gerade in die Umkleideräume, als der Rest des Teams sich bereits auf den Weg nach Hause machte.

»Kommst du, Alter?«, fragte Seth und hüpfte aufgeregt auf den Zehen. »Der Mond steht heute hoch und ich bin in Stimmung.«

»Ich muss noch mit meinem Vater telefonieren«, sagte ich, und die drei stöhnten mitfühlend auf. »Geht schon mal vor, ich komme nach, wenn ich fertig bin.«

Ich winkte sie aus dem Raum, und sie ließen mich allein, ohne sich die Mühe zu machen, ihre Pitball-Uniformen auszuziehen. Schlammüberströmt machten sie sich auf den Weg. Es war unsere Tradition, nach dem Training in unserer schmutzigen, schlammigen Pitball-Trainingskleidung zu Abend zu essen, sodass sich keiner von ihnen die Mühe machte, unter die Dusche zu gehen.

Ich seufzte, als die Tür hinter ihnen ins Schloss fiel, zog meinen Atlas aus der Tasche, wählte die Nummer meines Vaters und setzte mich auf eine der Bänke. Ich griff in die Seitentasche meiner Tasche und holte eine Handvoll goldener Ringe und ein paar dicke Goldketten heraus, die ich mir um den Hals warf und unter mein Shirt fallen ließ. Die Ringe schob ich mir auf die Finger und atmete langsam aus, als die Wärme des Goldes auf meiner Haut ein wenig von der Anspannung in meiner Brust linderte. Langsam zog ich genug Kraft aus dem Edelmetall, um mich etwas zu erholen. Um mich vollständig aufzuladen, müsste ich mich in das Zeug einhüllen und schlafen, aber es reichte, um zumindest die Spannung zu lindern und mir etwas zu geben, mit dem ich vorerst arbeiten konnte.

Ich schirmte mich mit einer Stillekuppel ab, als die Klingelzeichen ertönten, lehnte meinen Kopf gegen die Wand und wartete mit geschlossenen Augen auf seine Antwort. Das Arschloch wusste, dass ich anrufen würde, also war das alles nur ein Machtspielchen. Zweifellos saß er in seinem verdammten Büro und schaute zu, wie das Telefon klingelte.

»Darius«, antwortete er schließlich, kurz bevor die Verbindung getrennt wurde.

»Vater«, antwortete ich in dem gleichen trockenen, monotonen Ton, den er mir gegenüber an den Tag legte.

»Ich nehme an, dein Training ist gut gelaufen.«

»Sehr gut«, stimmte ich zu. »Wir sollten die Gegner in unserem ersten Saisonspiel vernichten.«

»Tja, wenn ihr das nicht tun würdet, wäre das auch äußerst peinlich«, stimmte Vater in einem schroffen Ton zu. »Aber genug der Höflichkeiten, Junge, du weißt, warum ich anrufe.«

Höflichkeiten? Die einzige angenehme Interaktion, an die ich mich mit ihm erinnern konnte, war, als ich mich vor meinem Umzug auf den Campus von ihm verabschiedet hatte. Scheiß auf den Typen.

»Die Mädchen sind zäher als erwartet«, sagte ich, da ich wusste, dass er sauer darüber war, dass sie immer noch hier waren. Und das, obwohl wir nur ein paar Tage Zeit gehabt hatten, um sie von hier zu verjagen.

»Oder vielleicht seid ihr vier nicht für diese Aufgabe geschaffen?«, entgegnete er. »Denn mir scheint, dass die Aufmerksamkeit der vier Jungen, die dazu bestimmt sind, über dieses Königreich zu herrschen, mehr als genug sein sollte, um ein paar praktisch sterbliche Mädchen einzuschüchtern.«

Ich schluckte den Kloß in meinem Hals hinunter, der sich bei der Kälte seines Tons in meinem Hals bildete, und mein ganzer Körper verkrampfte sich angesichts der unterschwelligen Drohung in seiner Stimme.

»Du würdest mich doch nicht bei einer so einfachen Aufgabe im Stich lassen, oder, Junge?«

»Nein, Vater«, antwortete ich, meine Stimme genauso kühl und unerschütterlich wie zuvor. Ich wusste genau, dass ich ihn niemals merken lassen durfte, dass er mich aus der Fassung gebracht hatte.

»Gut. Ich erwarte dich dieses Wochenende mit deinem Bruder und mir zum Abendessen zu Hause. Hoffentlich kannst du ihm ein Vorbild dafür sein, wie gut du mit dieser Bedrohung deiner Herrschaft umgegangen bist. Denn wenn du die beiden nicht loswirst, wird ihre fortgesetzte Anwesenheit an deiner Academy unerwünschte Folgen haben. Und weder du noch Xavier sollten weitere Lektionen in unerwünschten Folgen benötigen, oder?«

»Nein, Vater«, presste ich hervor, und mein Hass auf dieses Ungeheuer von einem Mann fraß mich von innen heraus fast genauso sehr auf wie der Knoten der Anspannung, der sich bei seinen Worten in meinem Bauch zusammenzog.

Es war nicht einmal die Bedrohung für mich, die diese Angst in mir aufkommen ließ, obwohl ich zugeben konnte, dass ich kein Fan davon war, seine Fäuste auf meinem Körper zu spüren. Nein, es war die Andeutung, dass er Xavier einbeziehen würde. Dass er meinen Bruder bestrafen würde, wenn ich es nicht schaffte, die Vegas loszuwerden. Als ob er in irgendeiner Weise dafür verantwortlich gemacht werden könnte. Aber darum ging es nicht. Vater wusste, dass ich meine eigenen Strafen mittlerweile ertragen konnte, egal, wie sehr ich sie hasste. Ich hatte gelernt, meine Schläge einzustecken und meine Zunge im Zaum zu halten. Ich hatte mich daran gewöhnt, die Farbe meines eigenen Blutes zu sehen. Ich konnte mir die Knochen brechen lassen, ohne zu schreien. Oh, ich kannte den Rhythmus inzwischen gut. Aber Xavier war nicht wie ich. Er konnte nicht anders, als zusammenzuzucken, wenn mein Vater die Faust erhob. Und ich konnte es nicht ertragen, dass er wegen meiner Fehler die Faust zu spüren bekam.

Vater sagte mir oft genug, dass Liebe Schwäche sei. Und ich wusste, dass er mir das jedes Mal beweisen wollte, wenn er mich verletzte, indem er meinen Bruder verletzte. Aber ich würde alles tun, was ich konnte und musste, um mich zwischen ihn und das Monster zu stellen, das uns großgezogen hatte.

»Bis dahin sind sie längst weg«, versprach ich, schob die Hand in meine Haare und packte sie an den Wurzeln.

»Das will ich hoffen.« Vater beendete das Gespräch, und ich musste gegen den Drang ankämpfen, meinen verdammten Atlas von mir zu schleudern und zuzulassen, dass er in einer Million Stücke gegen die gegenüberliegende Wand krachte.

Ich atmete tief durch die Nase ein und aus, während ich versuchte, meine Wut zu zügeln. Und dann ließ ich sie in die Richtung fließen, in die sie fließen sollte. In Richtung der Vegas. In Richtung der beiden verlorenen Mädchen, die das Pech hatten, wiedergefunden worden zu sein. Es war im Grunde egal, was ich von den Anweisungen meines Vaters hielt – das war es immer. Alles, was zählte, war, sie so schnell wie möglich von dieser Academy und aus dem Rennen um den Thron zu bekommen. Also beschloss ich, den Einsatz zu erhöhen.

Ich stand auf, nahm ein Ersatz-Pitball-Shirt aus meiner Tasche und zog es an, um das zu ersetzen, das mir zuvor vom Leib gerissen worden war. Dann kehrte ich zum Spielfeld zurück. Orion lief immer noch seine Runden und ich rief ihm zum Abschied etwas zu, bevor ich ihn allein ließ und mich wieder auf den Weg aus dem Pitball-Stadion in Richtung Orb machte.

Ich wählte einen Weg, der durch den Wimmernden Wald führte, und versuchte, meine Füße nicht schleifen zu lassen, während ich über die Drohungen meines Vaters und die missliche Lage meines Bruders nachdachte, der mit ihm in diesem verdammten Haus festsaß. Ich konnte es kaum erwarten, dass er nächstes Jahr um diese Zeit auch an der Academy sein würde, wo er zumindest in Sicherheit wäre – weit weg von dem Mann, der uns gezeugt hatte. Und das so oft wie möglich.

Ich schritt die vertrauten Pfade entlang, den Kopf gefüllt mit den Worten meines Vaters und in Gedanken bei dem Wiedersehen mit den anderen Erben, damit wir uns neue Strategien ausdenken konnten, um uns von dieser Vega-Plage zu befreien.

Aber selbst als ich überlegte, wie ich ihnen am besten das Leben zur Hölle machen könnte, musste ich an das trotzige Glitzern in Roxys Augen denken, mit dem sie mich nach ihrer Initiation niedergestarrt hatte. Ich wollte diesen Blick einfangen und in einer Flasche aufbewahren, um ihn immer bei mir zu haben. Dieser Blick hatte mich lebendiger fühlen lassen als alles andere seit langer Zeit, und der Gedanke, sie hier rauswerfen zu müssen, bevor ich überhaupt die Chance bekam, ihn noch einmal zu erleben, brachte mich dazu, vor Wut mit den Zähnen zu knirschen. Aber hier ging es nicht um mich oder meine unbedeutenden Wünsche. Wann hatte irgendetwas, das ich mir gewünscht hatte, jemals eine Rolle gespielt? Ich war nur eine Schachfigur in den Plänen meines Vaters und er hatte seine Anweisungen klar genug formuliert.

Ein blaues Licht, das ein Student draußen im Wald aufblitzen lassen hatte, erregte meine Aufmerksamkeit, und das animalische Knurren eines Studenten in seiner Formgebung wurde vom Wind zu mir getragen. Ich ignorierte beides, weil ich mich nicht dafür interessierte, was die anderen Studenten heute Abend so trieben. Ich wusste, dass sie es sowieso nicht wagen würden, mich zu stören. Ich war vielleicht nicht bei voller Stärke, aber das Gold, das ich trug, hatte mir genug Magie verliehen, um damit zu spielen, wenn ich es brauchte. Und ich schöpfte weiterhin Energie daraus, solange es mit meiner Haut in Kontakt blieb.

Aber als ich den Weg entlangschritt, entdeckte ich vor mir jemanden, der beim Anblick des Lichts erstarrt war. Und ich legte die Stirn in Falten, als ich es schaffte, den Umriss ihres Profils im Mondlicht, das durch die Bäume fiel, zu erkennen. Die Sterne schienen es heute Nacht gut mit mir zu meinen.

Ich befeuchtete meine Lippen, als ich den Anblick von Roxy Vega auf mich wirken ließ. Das Raubtier in mir spürte ihre Angst, als könnte ich sie im Wind riechen, und die Drohungen meines Vaters hallten in meinen Ohren wider.

Ich hasste die Person, die er mich manchmal zu sein zwang. Aber nichts war wichtiger, als Xavier vor ihm zu beschützen. Mit diesem Gedanken im Hinterkopf schob ich das rasende Pochen meines Pulses beiseite, während ich das Mädchen ansah, das seit seiner Ankunft meine ganze Aufmerksamkeit beanspruchte. Und ich schnippte mit den Fingern, woraufhin eine Welle heißer Energie in sie hineinfuhr und sie von den Füßen riss.

Der Knoten in meinem Magen verhärtete sich, als sie vor Schreck aufschrie, aber ich ignorierte ihn und fand den Ort in meiner Seele, an den ich mich zurückzog, wenn mein Vater die Faust erhob. Ich blendete alles aus, was ich vielleicht fühlte, abgesehen von dem Bedürfnis, das hier zu erledigen.

Ich trottete auf sie zu, als sie sich umdrehte, eine Hand abwehrend in die Luft hob und »Geh weg!« schrie, während sie mich im Dunkeln anblinzelte, als ich mich über sie beugte.

Feuer flammte in meiner Handfläche auf, als ich sie betrachtete, und Enttäuschung überkam mich, als mir klar wurde, dass dies überhaupt nicht meine Vega war. Es war die Schwester. Gwendalina. Die mit den blauen Haarspitzen. Ich hatte bisher nicht wirklich viel mit ihr zu tun gehabt, daher war ich mir nicht ganz sicher, wie sie reagieren würde.

Ich setzte ein breites Grinsen auf, als ich sie von oben herab musterte, und beschloss, ihren Mut selbst auf die Probe zu stellen.

»Hoppla, ich habe dich gar nicht gesehen, Vega.« Ich streckte ihr mit einem dunklen Lachen die Hand entgegen, wohl wissend, dass sie diesen Schwachsinn durchschauen würde. O ja, ich erwartete, dass sie mich dafür genauso zusammenstauchen würde wie ihre Schwester, aber diese Schwester hier biss nicht an, wie ich es erwartet hatte.

Gwendalina nahm meine Hand, ihr Blick misstrauisch und abweisend, als sie sich von mir auf die Beine ziehen ließ. Ich spürte, dass sie wegen des Schreckens, den ich ihr eingejagt hatte, ein wenig zitterte.

»Warst du das eben? Da draußen? Wolltest du mich erschrecken?«, fragte sie und hob ihr Kinn, um es in Richtung der Dunkelheit der Bäume zu meiner Rechten zu recken.

»Wo draußen?«, fragte ich gelangweilt und unterdrückte meine Enttäuschung darüber, dass ich ihre Schwester hier nicht gefunden hatte. Warum interessierte es mich überhaupt, welche von ihnen es war? Ich ließ ihre Hand los und fuhr mir mit den Fingern durch die dunklen Haare, die vom Schlamm des Trainings verkrustet waren, und zerzauste sie ein wenig, um diesen loszuwerden.

»Da drüben.« Sie zeigte in die Bäume, rückte näher an mich heran, und ich fragte mich, ob ich es überhaupt gewesen war, der sie erschreckt hatte. Schaute sie mich ernsthaft so an, als wäre ich sicherer als das, was sie da draußen vermutete?

»Keine Ahnung, wovon du sprichst«, sagte ich und warf einen Blick in die Bäume, ohne etwas zu sehen. Es wäre ohnehin nur ein anderer Student in seiner Formgebung gewesen, sie hatte nur Angst, weil sie praktisch ein Mensch war und nicht daran gewöhnt war, dass nachts Dinge auftauchten.

Ich unterdrückte ein Seufzen. Meine Enttäuschung darüber, den falschen Zwilling gefunden zu haben, vermischte sich mit einem dunklen Gefühl in meiner Brust. Sie bat mich um Trost, obwohl ich wusste, dass ich das Ding war, vor dem sie sich hätte fürchten sollen. Ich wollte, dass sie verschwand, aber sie im Wald zu erschrecken, schien mir keine vielversprechende Möglichkeit, das zu erreichen. Und plötzlich wollte ich einfach nur noch von hier weg. Die anderen Erben finden und einen soliden Plan schmieden, um die Vegas zu vertreiben, ohne ihr in die Augen sehen zu müssen, während sie in mir etwas suchte, das nicht da war. Ich war nicht gut. Ich war nicht ihr Retter. Ich war nur das Ebenbild meines Vaters, genau das, was er von mir wollte. Egal, welche Gedanken ich zu diesem Thema hatte. Zumindest nicht, solange er noch über mich herrschte. Ich traf eine spontane Entscheidung und machte Anstalten, zu gehen, weil ich nichts mehr mit diesem ängstlichen Blick in ihren Augen zu tun haben wollte.

»Man sieht sich.« Ich wollte mich von ihr entfernen, aber sie packte mich am Arm und grub ihre Finger in meinen Bizeps. Ich schaute überrascht auf sie hinab, unsicher, ob ich mich auf einen Angriff gefasst machen sollte oder nicht.

»Würde es dir etwas ausmachen, mich vielleicht … aus dem Wald zu begleiten?« Gwen warf mir einen flehenden Blick zu, und für einen Moment war ich in ihren Augen kein Monster. Ich hielt inne, als ich das realisierte, und fragte mich, warum zum Teufel sie ausgerechnet mich um Hilfe bat.

Ich verbarg meine Überraschung schnell, indem ich amüsiert schnaubte. »Hast du etwa Angst, Vega?«

»Nein«, beharrte sie, aber das war absoluter Schwachsinn, und das wussten wir beide. Sie räusperte sich, bevor sie fortfuhr. »Ich will mich nur nicht verirren. Ich habe in fünf Minuten einen Termin bei Professor Orion.«

Als ich Orion zuletzt gesehen hatte, war er noch auf dem Pitball-Feld gewesen, um seine Runden zu laufen. Und ich würde darauf wetten, dass er erst duschen würde, bevor er zu ihrer kleinen Liaison ging, sodass er auf keinen Fall pünktlich erscheinen würde. »Pfft, der kommt ohnehin zu spät. Keine Eile.« Ich versuchte, sie abzuschütteln, aber zu meiner Verwirrung hielt sie mich fest.

Ich öffnete den Mund, um ihr zu befehlen, mich loszulassen, aber sie kam mir mit einem einzigen Wort zuvor, das irgendwie durch das Arschloch in mir drang und mich verstummen ließ. »Bitte.«

Wie oft hatte ich dieses Wort zu meinem Vater gesagt, in der Hoffnung, seine Bestrafungen würden aufhören? Wie oft hatte ich es auch von Xaviers Lippen kommen hören?

Eine verängstigte kleine Vega-Prinzessin, die allein und verschreckt im Wald stand, war mir scheißegal … aber dieses verdammte Wort. Dieser eine Appell, der in meinen Ohren nachklang, während der Geschmack meines eigenen Bluts meine Zunge bedeckte.

Fuck.

Ich seufzte schwer, drehte mich dann um und zerrte sie mit mir mit. Ich ging schnell und zwang sie, mitzuhalten, ob sie wollte oder nicht. Ich würde nicht zu viel darüber nachdenken, was ich tat oder warum ich derjenigen half, die ich gerade loszuwerden versprochen hatte. Es hatte sowieso nichts mit ihr zu tun. Ich wollte mir nur selbst etwas beweisen. Ich wollte nur wissen, dass ich – egal, wie monströs ich auch werden würde, während ich gezwungen war, im Schatten meines Vaters zu wandeln – immer noch ein eigenes kleines Licht in mir trug, das er nicht auslöschen konnte. Ich konnte immer noch mein eigener Meister sein, wenn ich es wollte. Und ich würde nicht zu einem gefühllosen Wesen werden, das eine Bitte um Hilfe ignorierte, wenn es sie hörte.

Gwen stolperte an meiner Seite, und wir schwiegen, während ich sie durch den Wald führte, direkt auf den nächsten Ausgang zu. Ich wünschte, diese seltsame Interaktion würde so schnell enden, wie sie begonnen hatte.

Aber die Sterne hatten beschlossen, mich dafür zu bestrafen, dass ich die mir gegebene Chance nicht genutzt hatte. Jemand rief nach mir, noch bevor ich diese einfache Aufgabe erfüllen konnte.

»Bro!«, johlte Seth einen Moment, bevor er aus der Dunkelheit stürmte. Er trug immer noch seine schlammverschmierte Pitball-Uniform, obwohl der Stoff halb zerrissen war. »Wer ist dein Date?«, fragte er aufgeregt, als er uns erreichte, und runzelte dann die Stirn, als er sie erkannte. »Sag bloß, du hängst mit einer Vega ab?«, höhnte er, und ich stieß innerlich einen Seufzer aus. So viel zu meinem Versuch, einmal kein Arschloch zu sein.

Seth wirkte ein Fae-Licht über seinen Kopf, damit wir einander alle besser sehen konnten, und das raubtierhafte Glitzern in seinen Augen verriet mir genau, wie es von hier aus weitergehen würde, als er das Mädchen ansah, das sich an meinen Arm klammerte.

»Sie hat Angst«, erklärte ich mit trockenem Ton, ohne mir die Mühe zu machen, zu erklären, was das aus meiner Sicht bedeutete.

»Ich habe keine Angst«, beharrte Gwen, aber sie klang definitiv verängstigt, also überzeugte sie niemanden.

Seths Augen leuchteten vor Aufregung und ich hätte fast etwas gesagt, hätte ihn fast gebeten, aufzuhören und sie zu ihrem Betreuungslehrer gehen zu lassen … aber ich tat es nicht. Denn in dem Moment, als sich meine Lippen teilten, erinnerte ich mich an die Drohung meines Vaters. Und mir wurde klar, dass ich niemals eine Entscheidung treffen würde, bei der ich die Sicherheit meines Bruders für ein verängstigtes Mädchen opfern würde, das ich nicht einmal kannte. Also biss ich mir auf die Zunge, fasste einen Entschluss und ignorierte den Teil von mir, der mir Worte in den Kopf flüsterte, die mich beschuldigten, genau wie er zu sein. Wie der Mann, den ich mehr als alle anderen hasste. Aber vielleicht musste ich so sein wie er, um ihn zu besiegen. Und wenn das der Fall war, dann sollte es so sein.

Seth kam näher, fuhr mit der Hand über meinen Arm und strich dann durch Gwens Haare, als würde er ein Mitglied seines Rudels begrüßen. Nur war die Geste ganz und gar Alpha und von Dominanz geprägt, dazu gedacht, ihr ihren Platz zu zeigen, aber sie wich zurück und funkelte ihn an, anstatt es zu akzeptieren.

»Ich bringe dich hier raus, Babe.« Er nahm ihren freien Arm und versuchte, sie von mir wegzuzerren, und ich war fast erleichtert darüber. Ihn einfach machen zu lassen, was er vorhatte, und nichts mehr damit zu tun zu haben. Andererseits machte mich das wahrscheinlich noch verdorbener, als ich es ohnehin schon war, denn ich kannte diesen Blick in seinen Augen. Seth war heute Abend auf Blut aus.

Gwen sah mich hilfesuchend an und mir drehte sich der Magen um. Warum zum Teufel musste sie mich so ansehen, als wäre ich etwas, das ich nicht war? Warum versuchte sie, Vertrauen in mich zu haben, wenn ich selbst keines in mich hatte? Ich war nicht ihr Retter. Ich war noch nicht einmal mein eigener Retter. Und je früher sie das begriff, desto besser. Also starrte ich sie nur kalt an. Aber als Seth sie wegziehen wollte, um der Teufel weiß was zu tun, kam mir ein Wort über die Lippen, das ihn innehalten ließ.

»Warte!«, sagte ich, und meine Lippen verzogen sich zu einem grausamen Lächeln, als ich ihr das Einzige anbot, was ich konnte – zwei Monster statt einem. Es wäre besser für sie, ob sie sich dessen bewusst war oder nicht. »Sie muss sich erst angemessen von mir verabschieden.«

Seth stieß sie mit einem aufgeregten Lachen zurück zu mir, weil ich mich ihm bei dieser Art von Spiel nur selten anschloss. Aber ich kannte ihn, wusste, wie er sein konnte. Er wäre zufrieden damit, wenn ich mitspielte, was seine dunkleren Absichten eindämmen würde.

»Knie dich hin!«, befahl ich und ließ meine Stimme von Manipulation durchdringen. Gwen fiel auf die Knie und starrte mich anschuldigend

an. Ja, ich hatte sie verraten. Aber dieser Blick machte mich nur noch wütender. Denn warum zum Teufel hatte sie überhaupt irgendeine Art von Vertrauen in mich gesetzt? Ich wollte nicht so von ihr angesehen werden. Ich wollte, dass sie sah, was ich war. Und wenn ich das hier tun musste, um sicherzustellen, dass sie nie wieder den Fehler machte, etwas Besseres von mir zu erwarten, dann sollte es so sein.

»Küss meinen Fuß!«

Ich lachte, als sie sofort tat, was ich ihr befohlen hatte. Das Gefühl, diese Macht über sie zu haben, verdrängte alle anderen Gefühle, während ich mich diesem Spiel hingab und mich weigerte, nachzugeben.

Seth lachte heiser. »Bringen wir sie dazu, für uns zu tanzen«, schlug er vor. »Max und Caleb müssten jeden Moment hier sein. Sie werden ausrasten, wenn sie sie den Cha-Cha-Cha tanzen sehen.«

»Wagt es ja nicht!«, fuhr Gwen mich an und warf mir einen hasserfüllten Blick zu, als sie endlich alle albernen Gedanken daran, dass ich ein strahlender Ritter sein könnte, verbannte und mich als das sah, was ich wirklich war. Und das war gut so. Denn das war alles, was ich für sie jemals sein würde.

Ich nahm ihren Arm, zog sie mit einem bösartigen Lächeln auf die Beine, gab dem Dunklen in mir nach und ließ mich von ihm verschlingen.

»Ich habe eine bessere Idee«, säuselte ich, während ich die Panik in ihren Augen beobachtete und wusste, dass ich das genießen sollte. Das war es, was ich tun musste, was nötig war, um meinen Bruder zu schützen.

»Lass mich los!«, schnauzte sie und versuchte, sich loszureißen, während ich mich der Bestie in mir hingab und zuließ, dass die Herausforderung in ihren Augen die Flammen in mir schürte.

Ich ließ sie los, und sie wich ein paar Schritte zurück, wobei sie zwischen mir und Seth hin und her blickte, der mittlerweile näher gekommen war und seinen Arm gegen meinen drückte. Sein Lächeln wurde dunkler, als er mich drängte, seinen Rudelinstinkten nachzugeben, und ich gab ihm nach.

Ja, das würde ein Spaß werden.

»Lauf!«, befahl ich und sie drehte sich um und floh ohne zu zögern. Sie fiel dem Befehl meiner Manipulation zum Opfer und ich drückte eine Hand auf Seths Brust, um ihn zurückzuhalten.

»Warte noch«, sagte ich mit leiser Stimme, während er vor Aufregung praktisch auf und ab hüpfte und auch mir ein dunkles Lachen entfuhr. Es war nur ein Spiel. Die Art von Spiel, die alle Fae auf die eine oder andere Weise zu spielen lernten. Wir erteilten ihr nur eine Lektion darüber, was es bedeutete, einer von uns zu sein.

Seth hielt sich die Hände vor den Mund und heulte vor Vorfreude auf die Jagd, und als sie vor uns um die Ecke bog, nahmen wir die Verfolgung auf.

Unsere Füße trommelten über den unbefestigten Weg unter uns, wir lachten und spornten einander an, so schnell zu laufen, wie wir konnten. Ich genoss das Gefühl, mit meinem Bruder vereint zu sein und an seiner Seite zu rennen.

Wir schlossen zu ihr auf, bogen um eine Ecke und kamen ihr mit jedem Schritt näher, während sie um ihr Leben rannte. Die Lichter des Orbs und der anderen Campusgebäude schimmerten vor uns durch die Bäume.

Mit jedem Schritt kamen wir ihr näher und Seth streckte die Hand aus, bereit, sich auf sie zu stürzen, einen Moment, bevor sie ihre Hände ausstreckte und einen Windstoß erzeugte, der sie nach vorn schleuderte und außer Reichweite brachte.

Ich stieß ein überraschtes Lachen aus und Seth heulte erneut – der Ruf eines Alpha-Wolfes an sein Rudel. Sie rannte weg und war so kurz davor, uns zu entkommen, dass sie mir fast leidtat, als Max und Caleb ihr in den Weg traten, einen Moment, bevor sie den Wald hinter sich lassen konnte.

Sie prallte frontal mit ihnen zusammen, sodass Max fast auf den Hintern fiel, während Caleb seine Arme um sie schlang und seine Kraft einsetzte, um die beiden auf den Beinen zu halten.

»Ganz ruhig, Brauner«, sagte er und schob ihre Haare zurück, während er sie hungrig ansah.

Sie versuchte, sich zurückzuziehen, stieß aber mit Max zusammen, der sich ihr von hinten näherte, und er lachte belustigt, als sie ängstlich zu ihm aufblickte.

»Kleiner Spaziergang im Mondschein?«, fragte er, während seine Kraft in der Luft summte, als er versuchte, ihre Gefühle zu lesen.

Seth und ich erreichten sie und blieben stehen, noch immer keuchend vor Anstrengung unseres Runs. Und wir schlossen das Netz um sie herum.

»Lasst mich vorbei!«, forderte Gwen, die jetzt nicht mehr so verängstigt klang, sondern ihr Kinn hob und zielstrebig auf Cal zuging.

Er stieß sie grinsend zurück und Seth fing sie auf und schlang seine Arme um ihre Schultern. Wieder schmiegte er sich an sie und versuchte, das feurige Temperament zu bändigen, das wir in ihr geweckt hatten.

»Ich muss los«, knurrte sie. »Ich habe ein Treffen mit Professor Orion.«

»Orion?«, knurrte Caleb und zog sie aus Seths Armen in seine. »Holt er sich schon Blut von dir? Ein privates Treffen zwischen dir und seinen Zähnen, was?« Er fletschte seine Reißzähne und sie keuchte, stieß ihn zurück und verstärkte den Stoß mit einem Schuss Luftmagie, der ihn zwang, sie loszulassen.

»Du hast Glück, dass ich mich vorhin an deiner Schwester satt getrunken habe«, stichelte Cal, aber sie hörte nicht zu, sondern konzentrierte sich darauf, die Lücke zu nutzen, die sich zwischen Caleb und Max aufgetan hatte.

Wir alle näherten uns ihr, bewegten uns mit Leichtigkeit wie eine Einheit und stoppten ihren Fluchtversuch.

»Macht der Vier?«, schlug Max grinsend vor und beugte sich näher zu unserer Beute, während er das Spiel erwähnte, das wir uns ausgedacht hatten, als unsere Magie zum ersten Mal erweckt worden war. Damals hatten wir ahnungslosen Fae Streiche gespielt, indem wir uns ihnen angeschlichen hatten.

»Gute Idee. Das wird Orion davon abhalten, heute Nacht von ihr zu trinken«, sagte Caleb lachend.

»Was zum Teufel habt ihr …«, begann Gwen, aber bevor sie ihren Satz beenden konnte, hob Max die Hände und ein Wasserschwall ergoss sich über sie und durchnässte sie von Kopf bis Fuß.

Gwen schlang die Arme um ihre Brust, um zu versuchen, die Transparenz ihres weißen Shirts zu verdecken, das nun ihren schwarzen BH darunter enthüllte. Aber das interessierte niemanden von uns. Wir spielten eines unserer Lieblingsspiele und sie war dabei, das Levelziel zu werden.

Als Nächstes setzte Caleb seine Erdmagie ein und Schlamm sammelte sich um sie herum, bis sie in dem braunen Schlick versank. Ich musste lachen, als sie sich mit dem Handrücken über die Augen wischte und uns anblinzelte.

Seth und ich stellten uns vor sie, sein Arm berührte meinen, als wir beide unsere Kräfte zusammen einsetzten, um den Look zu vervollständigen.

Ich nutzte die wenige Macht, die ich noch in meinen Gliedern hatte, um ein Feuer in meinen Handflächen zu entfachen, und Seth setzte Luftmagie ein, um den Schlamm auf ihrem Körper zu trocknen und sie wie eine Art Troll aussehen zu lassen, der die letzten zehn Jahre unter einer Brücke gelebt hatte.

»Argh!«, schrie sie wütend. »Macht das weg!«
Seth machte ein Foto und wir brachen alle erneut in Gelächter aus.

Ihre völlige Empörung machte die ganze Sache nur noch lustiger, als sie uns unter dem festgetrockneten Schlamm anfunkelte. Etwas Leichtigkeit kehrte in meine Seele zurück, als sich meine Brüder alle um mich scharten, lachten und ihre Arme um meinen Rücken schlangen. Der Scherz durchbrach die Dunkelheit, die in diesen Tagen immer in mir lebte.

Ich deutete mit dem Kinn auf den Wald und wir rannten los, ließen sie dort stehen und lachten uns schlapp. Wir gingen zum Abendessen, sonnten uns im Erfolg unseres Spaßes und vertagten die Diskussion darüber, was wir noch alles anstellen könnten, um die Vegas von der Academy zu vertreiben, auf später. Denn im Moment war ich einfach nur froh, die Gesellschaft meiner Freunde zu genießen.

Außerdem hatte sie mich gebeten, sie aus dem Wald zu bringen, und das hatte ich getan. Sie hatte nie gesagt, dass ich unterwegs nicht ein bisschen Spaß mit ihr haben könnte.

Scorpio
Virgo
Gemini
Aries
Cancer
Leo
Sagittarius
Taurus
Capricorn
Aquarius
Libra
Pisces

ORION

KAPITEL 8

Ich stand unter der Dusche in der Umkleidekabine des Pitball-Stadions und schrubbte mir nach dem Training den Schlamm aus den Haaren. Das Team war bereits gegangen und ich hätte auch gehen sollen, um mich in mein Büro zu begeben und mich mit Darcy Vega zu treffen. Aber ich hatte noch nicht getrunken, und mein Plan, heute Abend von ihr zu trinken, hatte dazu geführt, dass ich während des gesamten Trainings abgelenkt gewesen war.

Max Rigel hatte mich angesehen, als könnte er nicht herausfinden, wie es um meine Gefühle stand, und ich hatte mich so sehr darauf konzentrieren müssen, mich mental vor seinen sondierenden Gaben abzuschirmen, dass ich mich jetzt absolut ausgelaugt fühlte und kurz davorstand, die Kontrolle zu verlieren. Die Vegas waren erst seit einem Tag an dieser Academy und ich war bereits in diesem Aufruhr. Was war nur mit mir los?

Ich musste trinken, das war alles. Meine Zähne in Darcys Kehle versenken und so viel von dieser Kraft in mich aufnehmen, wie ich nur konnte.

Bei diesem Gedanken entrang sich mir ein hungriges, kehliges Knurren. Mein Schwanz verhärtete sich und verriet mich. *Es geht nur um ihre Macht. Es geht nicht um sie.*

Ich massierte meinen harten Schwanz, weil ich es für das Beste hielt, mich zu entspannen, anstatt so in mein Büro zu gehen. Vielleicht hätte ich Francesca gestern Abend sehen sollen, dann wäre ich jetzt nicht so unter Druck. Oder vielleicht hatte es etwas damit zu tun, dass ich aus dem Reich der Sterblichen zurückgekehrt war, meine Formgebung unbedingt gesättigt werden wollte und ich mehr Hunger hatte, als ich es gewohnt war. Ja, das war es. Das Reich der Sterblichen hatte mich in die Mangel genommen, und sobald ich mich heute Abend ernährt hatte, würde alles wieder normal werden.

Scheiß auf die Vegas. Das war ihre Schuld. Sie ruinierten alles und hatten noch nicht einmal etwas getan.

Ich stöhnte, als ich meinen Unterarm gegen die Wand lehnte. Das heiße Wasser lief meinen Rücken hinunter, während ich meinen Schwanz hektisch streichelte. Ich würde mich verspäten. Nicht, dass das für mich ungewöhnlich wäre. Sie hatte es verdient, schmollend dazustehen und zu warten – *verdammt, diese Lippen.* Meine Hand bewegte sich schneller und ich kniff die Augen zusammen, während ich versuchte, sie aus meinem Kopf zu verbannen. Sie war nicht das, was mich heißmachte. Es war ihr Blut. Ich stellte mir vor, wie ich es schluckte, in dem berauschenden Gefühl der königlichen Macht ertrank. Und ich dachte daran, wie sie in meinen Armen erschlaffen würde, unfähig, ihre Magie einzusetzen, während ich sie ihr raubte. Es wäre eine gerechte Strafe für dieses Kopfkino, das sie mir lieferte. Sie würde nach Luft schnappen und ihre Augen würden sich vor Angst weiten, wenn ich die Kontrolle übernahm und sie an die Wand meines Büros drückte. Ich würde sie betteln lassen, aber ich würde nicht aufhören, bis ich den Brunnen ihrer Macht geleert und für mich beansprucht hätte.

Ihr Körper würde sich an meinen schmiegen, während sie sich mir hingab, und ich würde für einen kurzen Moment im Zentrum ihrer Welt stehen. Ich wäre nah genug dran, um ihr Herz gegen meinen Körper klopfen zu spüren, ihren Atem auf meiner Haut. Und vielleicht würde es ihr gefallen, mir ausgeliefert zu sein. Vielleicht würde sie mich näher zu sich ziehen, vielleicht würde ihr trotziger Mund den meinen finden, sobald ich mit ihrem Blut fertig war. Und vielleicht würde ich herausfinden, wie hoch diese gebräunten Beine unter ihrem kurzen Rock reichten – *nein. Beim verdammten Mond, nein!*

Ich kam, ein Gefühl der Erleichterung durchströmte mich, gefolgt von einer gehörigen Portion Schuldgefühle für das, woran ich gerade gedacht hatte. Das heiße Wasser der Dusche umspülte mich und wusch alle Beweise für die Sünde fort, die ich an einem Mädchen begangen hatte, das so tabu war, dass es genauso gut eine riesige rote Flagge mit einer Alarmsirene darauf hätte sein können.

Ich beendete meine Dusche, verließ den Waschraum, trocknete meinen Körper mit Luftmagie und zog mir Jeans und ein weißes Hemd an, die in meinem Spind verstaut gewesen waren. Dann strich ich mir mit der Hand über das Gesicht und holte tief Luft, um meine Gedanken zu schärfen. Trotz der beschämenden Fantasie, der ich gerade nachgegeben hatte, fühlte ich mich besser und mehr unter Kontrolle. Und ich war mir sicher, dass dieser Wahnsinn ein Ende haben würde, sobald ich getrunken hatte.

Ich schnappte mir meinen Atlas und sprintete mit einem Schub meiner Vampirgeschwindigkeit aus der Umkleidekabine, rannte aus dem Pitball-Stadion und über den Campus in Richtung Jupiter Hall.

Ich verlangsamte meinen Schritt, als ich das Gebäude betrat, holte meinen Atlas heraus und strich mir mit der Hand durch meine noch feuchten Haare. Eine Nachricht von Gabriel wartete auf mich, und ich runzelte die Stirn über die Seltsamkeit der Sache. Ich war an solche Dinge gewöhnt, da er ein Seher war, aber normalerweise hatte er nicht viel Einsicht in mein Leben. In letzter Zeit musste er seine Aufmerksamkeit aus irgendeinem Grund auf mich gerichtet haben, aber das gab mir wieder das unangenehme Gefühl, dass etwas Lebensveränderndes bevorstand. Und da die Vega-Schwestern jetzt hier waren, musste ich davon ausgehen, dass es mit ihnen zu tun hatte.

Ihr bekommt Darius' Thron aber nicht, Mädels, merkt euch das, verdammt noch mal. Ich habe zu lange und zu hart gearbeitet, damit ich mich mit ihm an seinem Vater rächen kann. Er hat sich den Thron nach all dem Scheiß, den er durchgemacht hat, wirklich verdient.

Noxy:
Dein neuer Weg wird von Sonnenlicht erhellt und von Schatten umgeben. Weiche nicht davon ab.

Lance:
Einfacher ausgedrückt?

Noxy:
Die Dunkelheit ist dein engster Freund, aber es ist Zeit, sie loszulassen.

Lance:
Warte ... hat der Löwe wieder deinen Atlas geklaut? Das ist nicht witzig, Arschloch. Fang nicht wieder an, mir betrunken falsche Vorhersagen zu schicken, wie beim letzten Mal. Ich saß sechzehn Stunden lang auf diesem Berg fest.

Noxy:
Ich bin es, Orio. Und du musst auf das hören, was ich dir sage. Und

auf das, was ich dir nicht sage. Die Antworten liegen zwischen meinen Worten.

Lance:

Kannst du dich nicht einfach mal klarer ausdrücken?

Ich wusste, dass er das nicht konnte. Der Fluch eines Sehers bestand darin, die Zukunft zu sehen, aber nicht immer darüber sprechen zu können, weil sich die Zukunft dann ändern würde. Also war ich dazu verdammt, dieses Rätsel allein zu lösen.

Also gut ... Dunkelheit ... Pfad ... Sonnenlicht. Ich bin zu müde für diesen Scheiß. Ich brauche einen Drink.

Noxy:

Ruf mich später an.

Lance:

Mach ich.

Ich steckte meinen Atlas weg und mein Herz machte etwas Seltsames, als ich in den Korridor abbog, der zu meinem Büro führte. Dann fiel mein Blick auf ein Mädchen, das von Kopf bis Fuß mit getrocknetem Schlamm bedeckt war und aus dessen verhüllter Gestalt ein Hauch von blauen Haaren hervorlugte, der mir genau verriet, wer sie war. Was zum Teufel war mit ihr passiert?

»Ich hoffe, das ist keine modische Entscheidung, Miss Vega«, sagte ich kühl, mein Blick wanderte von ihrem Kopf bis hinunter zu ihren mit Schlamm verkrusteten Schuhen. Belustigung machte sich in mir breit und mein Mund verzog sich zu einem spöttischen Grinsen.

»O ja, ich *liebe* es, mich abends im Schlamm zu wälzen«, erwiderte sie mit ausdrucksloser Miene, sichtlich verärgert und höchstwahrscheinlich zu Tode beschämt. Ich hatte das Gefühl, genau zu wissen, wer das getan hatte, und hoffte, dass sie die Botschaft verstanden hatte. Sie schien jedoch nicht besonders mitgenommen zu sein, nur wütend. Allerdings war das bei all dem Schlamm in ihrem Gesicht schwer zu sagen. *Vielleicht sollte ich sie so stehen lassen, damit sie weniger schön anzusehen ist.*

Ich trat näher an sie heran, steckte meinen Schlüssel ins Schloss und ging hinein. Dabei ließ ich die Tür offen, damit sie mir folgen konnte, und spürte, wie sie mir nachlief. Die Luft schien sich mit einer so heftigen Energie aufzuladen, dass ich sie bis in meine Seele fühlte, und ich kämpfte gegen den Drang an, mich nach ihr umzudrehen, um herauszufinden, ob es ihr auch so ging. Obwohl es unmöglich wäre, das durch die Schlammschicht auf ihrer Haut zu erkennen.

Ich setzte mich in meinen Sessel hinter dem halbmondförmigen Schreibtisch aus Kirschholz. Er hatte meinem Vater gehört und ich hatte ihn aus seinem alten Büro in unserem Familiendomizil hierherbringen lassen. Meine Mutter Stella hatte danach tagelang geheult und gesagt, ich würde ihn nicht respektieren, wenn ich ihn umstellte. Aber da mir ihre Meinung völlig egal war, hatte ich nicht viel Schlaf deswegen verloren.

Das Lachen einiger Studenten drang durch das offene Fenster herein und alle redeten darüber, dass Darcy Vega mit Scheiße bedeckt war, also nahm ich an, dass ihr neuer Look jetzt auf FaeBook die Runde machte. Ich musste grinsen. *Wie bedauerlich.*

Mein Blick fiel auf sie und ihre Hände ballten sich zu Fäusten, als sie offensichtlich auch etwas von dem Spott hörte. Ihr Herz pochte in einem unruhigen Takt, der mich kurzzeitig dazu brachte, es beruhigen zu wollen. Aber anstatt diesem verrückten Gedanken nachzugeben, holte ich die Flasche Bourbon aus dem Schrank in meinem Schreibtisch, zusammen mit einem Kristallglas, und schenkte mir einen Schluck ein. Der Geruch erinnerte mich auch an ihn. Die Lieblings-Bourbonmarke meines Vaters: *The Silver Circle.*

Er hatte immer nur zu besonderen Anlässen getrunken, wenn er neue Entdeckungen gemacht hatte. Ständig hatte er dunkle Zauber erschaffen oder Wege gefunden, dunkle Objekte zu nutzen, die in unserer Welt längst in Vergessenheit geraten waren. Natürlich alles illegal, aber das schmälerte nicht seine Fähigkeiten. Ich war zu jung gewesen, um das alles zu verstehen, und das war manchmal schwer zu ertragen, weil ich ihn nicht genug geschätzt und nicht begriffen hatte, wie kostbar und flüchtig unsere gemeinsame Zeit gewesen war.

Wenn ich diese Zeit zurückhaben könnte, würde ich jede freie Minute mit ihm verbringen, alles lernen, was er wusste, und jede Frage stellen, die ich nie hatte stellen können. Aber so war der Tod nun einmal. Manchmal kroch er aus den Schatten und stahl geliebte Fae ohne Vorwarnung. Ein anderes Mal kam er wie eine dunkle Wolke, ein Sturm, der von einem fernen Horizont auf die Küste zurollte, die Warnung war da, aber das Eintreffen ebenso unvermeidlich. Ich hoffte, dass ich, wenn ich starb, Zeit haben würde, mich von denen zu verabschieden, die mir wichtig waren. Glücklicherweise gab es nicht viele von der Sorte.

Ich trank das Glas Bourbon aus und ließ die Flüssigkeit heiß in meiner Brust brennen, während ich mich an Gabriels Worte erinnerte. Ich bewegte mich definitiv auf die Dunkelheit zu, also sollte ich wohl versuchen, mich ins Licht zu lenken. *Aber erst noch einen Drink.*

Ich schmatzte mit den Lippen, stellte das Glas ab und füllte es erneut.

»Entschuldigung?«, sagte Darcy scharf und mein Blick schoss zu ihr hoch. Sie stand immer noch wie angewurzelt da. Wie eine Schlammstatue.

»Ja?«, fragte ich, meine Gedanken wanderten von diesem morbiden Ort zu ihr. Dieses gefährliche kleine Wesen, das noch keine Ahnung von der Bedrohung hatte, die es darstellte.

»Nun, es ist nur so, dass ich in Ihrem Büro stehe, wie ein Sumpfmonster aussehe und Ihnen dabei zuschaue, wie Sie sich betrinken«, sagte sie energisch.

»Das scheint tatsächlich der Fall zu sein, ja. Sehr aufmerksam, Blue. Oder sollte ich Sie jetzt vielleicht *Brown* nennen?« Ich musste lachen, der Bourbon begann zu wirken, oder vielleicht lag es auch an der Lächerlichkeit, die sie gerade ausstrahlte. Sie war so verdammt vorlaut für jemanden, der aussah wie ein Sumpfmonster und derzeit das Ziel jedes Witzes in der Schule war.

Sie stemmte die Hände in die Hüften und ich unternahm einen vagen Versuch, mein Lachen zu unterdrücken, aber es wollte nicht aufhören. Sie sah einfach so lächerlich süß aus. *Nein*, streichen wir das letzte Wort.

»Okay, vergessen Sie's!« Sie marschierte zur Tür und mein Lächeln verschwand augenblicklich.

O nein, das wirst du nicht tun. Ich hatte noch keinen Snack.

Ich wedelte mit der Hand, um sie mit heißer Luft zu umhüllen und den Schlamm abzuschaben, bevor ich meine Wassermagie einsetzte, um ihn wegzuspülen. Dann schickte ich alles direkt aus dem Fenster – hoffentlich vor die Füße eines kleinen Scheißkerl-Studenten. Ihre Haare flatterten um ihre Schultern, die blauen Spitzen leuchteten hell und fielen ihr glatt über den Rücken. *Was hat es überhaupt mit dem Blau auf sich? Und warum ist es so unerträglich verlockend für mich?*

Sie drehte sich zu mir um und ich schickte einen harten Windstoß in ihre Richtung, drückte sie gegen die Tür und beschloss, dass ich nicht mehr länger warten wollte. Als Vampir hatte ich das Recht, nach der stärksten Blutquelle zu suchen, die ich ergattern konnte, und ihr

Blut war mir den ganzen Tag durch den Kopf gegangen. Ich hatte mir schon einen runtergeholt, um mir einen Ständer vor ihr zu ersparen, verdammt. Das würde also passieren und wenn es mir gefiel, würde es so lange passieren, bis sie mich aufhalten konnte.

Ich schoss auf sie zu, ihre Augen waren angesichts des Sturms, den ich heraufbeschworen hatte, geschlossen und ihre Lippen verzogen sich zu einem Knurren. Ich ließ die Luftmagie fallen und blieb in ihrer Nähe stehen, um sie an der Flucht zu hindern, während mein Herz vor Freude darüber pochte, dass ich kurz davorstand, meinen Preis einzufordern.

»Danke«, presste sie hervor, und ich ließ meinen Blick über ihr Gesicht schweifen, unfähig, die Schönheit ihrer zierlichen Gesichtszüge zu ignorieren oder die Art, wie diese Augen meine gesamte Seele zu verschlingen schienen. *Sirene. Definitiv eine Sirene.*

»Dankbarkeit ist nicht das, was ich möchte.« Ich packte ihren Arm, bereit, endlich diese Fantasie in meinem Kopf auszuleben und herauszufinden, wie sie schmeckte. Aber bevor meine Reißzähne ihr Fleisch erreichten, landete ihre Handfläche mit einem lauten Knall auf meine Wange, der im Raum widerhallte und mich völlig sprachlos machte. Hatte sie mich gerade wirklich geohrfeigt?

Ich starrte sie überrascht an und sie starrte zurück. Meine Wange brannte, als ich die Hand ausstreckte, um die Stelle zu berühren, die sie erwischt hatte. Mein Puls raste und ich konnte nicht aufhören, die Rebellion in diesen endlos grünen Augen zu betrachten. Und das Schlimmste war, dass es mir gefiel. Mir gefiel, wie meine Haut brannte. Das Gefühl war so intensiv, als würde man beim Schlafwandeln aufwachen. Ich hatte schon so lange nichts mehr so stark gefühlt. Ich war wie ein Zombie durch die Welt gewandert, seit Lionel mir alles genommen hatte. Aber irgendwie hatte sie den dunklen Nebel durchbrochen, der seit Jahren in meinem Kopf lauerte.

»Nicht beißen«, flüsterte sie und ihre Pupillen weiteten sich. Ihr Kehlkopf bewegte sich auf eine Weise, die mir sagte, dass sie nervös war, gereizt, verzweifelt vor Angst, meine Reißzähne in ihrem Hals zu spüren. Aber dafür war es zu spät, ich war zu weit von der Realität entfernt, und dieser Schlag hatte dieses Bedürfnis verfestigt. Ich musste von ihr trinken, es war Instinkt. Und ein verdorbener Teil von mir wollte sie jetzt mehr denn je bestraft sehen. Denn keine Vega konnte einfach so in mein Leben treten und Forderungen an mich stellen. Sie war die Tochter des Grausamen Königs, und egal, wie klein und unschuldig sie mit diesen seelenverschlingenden Augen auch aussehen mochte, ich wusste es besser. Denn ich war mir des Blutes bewusst, das in ihren Adern floss, ich kannte die Grausamkeit, die der König über unser Königreich gebracht hatte. Und ich wusste, dass dieses Böse erneut erwachen könnte, sobald diese Kreatur in dieser Welt Fuß gefasst hatte.

Ich beugte mich vor, bis ich Nase an Nase mit ihr war und nur noch diese zwei tiefgründigen Augen und das Spiegelbild eines Jägers darin sehen konnte.

»Wie beabsichtigen Sie, mich aufzuhalten?«, fragte ich und überlegte, ob sie es versuchen würde, ihre innere Fae gegen mich einzusetzen, und ich sehen würde, wie mächtig sie wirklich war. Wie grausam sie sein konnte. Aus dieser Nähe konnte ich sie riechen, und der Duft war eine berauschende Kombination aus Erdbeeren und reinstem Sonnenschein.

Sie holte langsam Luft, und Verachtung verzerrte ihre Züge. »Ich beherrsche die Luft. Ich kann Sie zurückstoßen.«

»Sind Sie sich da sicher?« Ich rückte noch näher an sie heran und öffnete meinen Mund, um die scharfen Spitzen meiner Reißzähne zu zeigen.

Sie schüttelte den Kopf, und zwischen ihren Augen bildete sich ein V. »Ganz ehrlich? Nein. Aber ich habe Sie gebeten, mich nicht zu beißen, und ich kann Ihnen versprechen, dass ich versuchen werde, Sie zu bekämpfen, wenn Sie es doch tun.«

Sie bittet mich darum, es nicht zu tun?

Ich war mir nicht sicher, ob ich jemals gebeten worden war, jemanden nicht zu beißen. Die Leute hatten geschrien und gebettelt, aber die meisten hielten den Mund, sobald sie merkten, dass ich sie in der Hand hatte. So funktionierte das. Vampire mussten beißen, um ihre Magie zu erlangen. Aber der flehende Ausdruck in ihrem Gesicht sagte, dass sie das nicht verstand, dass sie meine Reißzähne einfach nicht in sich haben wollte, ganz einfach.

Ich trat einen Schritt zurück, aber dann erhob sich die Bestie in mir und verlangte, dass ich mir nahm, was ich wollte. Seit ich sie zum ersten Mal gesehen hatte, fantasierte ich über ihren Geschmack. Und dies war nicht mehr die Welt der Menschen. Dies war das Königreich Solaria, und wenn sie dachte, sie könne nett fragen und bekommen, was sie wollte, dann musste sie schnell lernen, dass das nicht der Fall war.

Sie versuchte, an mir vorbeizugehen, aber ich packte ihren Arm und bohrte meine Reißzähne in ihre Haut. Ich unterdrückte meinen dringenderen Wunsch, ihr in den Hals zu beißen, wohl wissend, dass ich ihr auf diese Weise den Einstieg erleichtern würde. Denn wenn mir ihr Blut schmeckte, würde ich mir verdammt noch mal mehr davon nehmen.

Ihr Blut traf meine Zunge und ich verlor jegliches Zeitgefühl, als makelloses Licht über meine Geschmacksknospen zu rollen schien. In ihr brodelte so viel Feuer und Kraft, dass ich ein Stöhnen kaum unterdrücken konnte, als ich meinen ersten Schluck nahm. Sie keuchte entsetzt über das, was ich getan hatte, und hob ihre Hand, als würde sie mich noch einmal schlagen wollen. Ich packte sie, schlug sie gegen die Tür hinter ihr und mein Herz raste vor Adrenalin. Im nächsten Moment bewegte ich mich nach vorn, drückte sie mit meinem Oberkörper gegen das Holz und hielt sie dort fest, während ich meinen Biss vertiefte. Ich konnte nicht anders, als zu bemerken, wie gut sich ihr Körper an meinem anfühlte, wie ihr heißer Atem meinen Nacken umwehte und wie ihre zuckenden Brüste an mir rieben. Das war tausendmal besser als jede Fantasie, die ich mir ausgemalt hatte. Es war, als würde man sich auf einen Thron inmitten der Sterne selbst setzen.

Ihr Herzschlag hallte in meinem Kopf wider und ich nahm einen weiteren Schluck des süßesten, appetitlichsten Bluts, das ich je getrunken hatte. Ihre Kraft floss in heftigen Wellen in mich, die von den Tiefen sprachen, die ihre Magie umfasste. Ich wollte mehr und mehr, alles, nehmen und nehmen, während ich in einen wahren Rausch verfiel und mein Geist von der Unermesslichkeit ihrer Stärke erhellt wurde.

Der Vampir in mir hatte die volle Kontrolle übernommen, aber er war ein hungriges Monster und ich spürte, dass er zu weit ging und zu viel nahm. Aber ich konnte nicht aufhören. Ich trank weiter und über den Punkt hinaus, an dem ich hätte aufhören sollen, während ich ihre Magie in mich aufsog und in ihrem provokanten Geschmack versank.

Lass sie gehen.

Hör auf.

Du musst aufhören.

Mit einem Ruck meiner Willenskraft riss ich meine Reißzähne heraus. Mein Kopf drehte sich vom Geschmack auf meiner Zunge und der Kraft, die in meiner Brust überschwappte. Sie lehnte sich gegen die Tür und umklammerte die beiden blutigen Einstiche an ihrem Handgelenk, während sie mich mit giftigem Blick anstarrte. Aber sie könnte mich bis ans Ende der Welt hassen, wenn sie wollte, ich würde trotzdem immer wieder zu ihr zurückkommen. Ich war süchtig. Und Darius würde ihren entsetzten Look definitiv gutheißen.

Vielleicht würde sie zurück in die Welt der Sterblichen fliehen, um meinen Bissen zu entkommen. Und vielleicht würde ich ihr dorthin folgen, sie entführen und sie irgendwo einsperren, wo nur ich Zugang zu ihr hatte.

Oder vielleicht bist du auf einem Blut-High und tust tatsächlich etwas Vernünftiges – wie sie zu vergessen –, sobald sie weg ist.

Ich starrte sie unbewegt an, weil ich der Meinung war, dass sie diese Lektion fürs Leben brauchte, um diesen geisterhaften Ausdruck aus ihren Augen zu verbannen. »In Solaria dreht sich alles um Macht, Miss Vega. Vergessen Sie das nicht! Jeder nimmt sich, was er will. Das ist unsere Art. Und wenn Sie nicht anfangen, sich ebenso zu verhalten, werden Sie an dieser Academy scheitern, bevor Sie überhaupt versucht haben, die *Abrechnung* zu bestehen.«

Ihr Kehlkopf wippte, und sie starrte mich weiterhin an, als wäre ich der Teufel, und das war in Ordnung für mich.

Ich ging zurück zu meinem Schreibtisch, ließ mich in meinen Sessel fallen und stieß einen zufriedenen Seufzer aus. *Ich glaube nicht, dass mein Durst jemals so gestillt war.*

Ich merkte, dass mein Schwanz pochte und ich hundertprozentig geil auf sie war – *nicht auf sie, auf ihr Blut*. Mein Unterkiefer zuckte, als mein Nacken zu brennen begann. *Fuck.*

»Setzen Sie sich!« Ich deutete auf den Platz mir gegenüber und verzog frustriert das Gesicht, bevor sie gehorchte. Ich zwang mich, meine Aufmerksamkeit von meinem steifen Schwanz abzuwenden, und schenkte mir ein weiteres Glas Bourbon ein, dankbar, dass ich meine Erektion hinter dem Schreibtisch verstecken konnte.

»Ist das hier keine Unterrichtsstunde?«, fuhr sie mich an.

»Nö. Ich soll Sie anleiten. Aber das tue ich in meiner Freizeit. Und in meiner Freizeit trinke ich gern. Und sehen Sie nur, so schließt sich der Kreis.«

»Richtig«, sagte sie mit zusammengebissenen Zähnen. *Du verachtest mich wirklich, nicht wahr, Blue? Tja, du solltest dich damit abfinden, denn ich werde nirgendwohin gehen.*

»Also – was genau werde ich hier lernen, während Sie sich amüsieren?«, fragte sie in einem schneidenden Ton.

»Glauben Sie mir, ich amüsiere mich nicht.« Ich stellte mein Glas ab und warf ihr einen harten Blick zu. *Du bist Solaria ein Dorn im Auge und ich werde einen Weg finden, dich zu beseitigen.* »Hand!«, befahl ich und sie ballte verweigernd ihre Hände zu Fäusten zusammen.

Muss sie alles so verdammt schwierig machen?

»Zwingen Sie mich nicht, Sie zu manipulieren. Das ist ziemlich kräftezehrend, und ich habe gerade einen schönen Batzen Energie dazugewonnen, den ich ungern wieder hergeben möchte«, sagte ich.

»Sie meinen, Sie haben meine Magie aufgesaugt wie eine Stechmücke.«

»Sicher.« Ich zuckte mit den Schultern. »Welche farbenfrohe Analogie auch immer Sie beruhigt.« Ich grinste, nippte an meinem Drink, bereute es aber sofort, als ich den Geschmack von ihr auf meiner Zunge verlor. »Hand. Kommen Sie, wir haben nur noch vierzig Minuten meines Lebens zu verschwenden.«

Sie presste die Lippen aufeinander und streckte mir ihre rechte Hand entgegen. Es war an der Zeit, ihre Stärken und Schwächen zu ermitteln, dann könnten Darius und ich herausfinden, wie wir am besten mit ihr und ihrer Schwester umgehen sollten. Und ich musste daran denken, sie nicht zu beißen, sie nicht an meine Tür zu drücken, als wäre sie mein Eigentum.

»Flach auf den Tisch, Handfläche nach oben!«, wies ich sie an und sie tat es. »Ist das Ihre dominante Hand?«

Sie nickte.

»Gut, ich werde eine Beurteilung vornehmen.«

»Eine Beurteilung wessen?«, fragte sie misstrauisch.

»Ihrer Kraft.«

»Okay …«

»Nicht bewegen. Und kichern Sie nicht – um der Sonne willen, ich hasse Gekicher.« Ich nahm ihre Hand und strich mit meinen Fingerspitzen über ihre Handfläche, wobei die Energie von ihrer Haut in meine zu knistern schien.

Ich schaute zu ihr auf und überlegte, ob sie gleich kichern würde, aber sie unterdrückte schnell das Lachen, das ich in ihren Augen aufsteigen sah, und starrte mich wieder an.

Ich fuhr mit meinem Daumen über die Linie in der Mitte ihrer Handfläche und mir kam der schmutzige Gedanke, sie an dieser Hand über den Schreibtisch zu zerren und … *Sie ist eine Studentin. Und eine Vega. Und wenn diese beiden Dinge nicht Grund genug sind, so wird sie auch nicht mehr lange hierbleiben, denn wir werden herausfinden, wie wir sie und ihre Schwester loswerden können. Also verhalte dich jetzt wie der verdammte Lehrer, der du sein solltest, und finde ihre Schwachstellen heraus.*

»In der Handlesekunst haben Sterbliche normalerweise vier Linien auf ihren Handflächen.« Ich zeigte sie ihr von oben nach unten. »Herz, Kopf, Leben und Schicksal. Fae jedoch haben eine fünfte Linie. Eine Linie der Kraft.« Ich drückte meinen Daumen wieder in die Mitte ihrer Handfläche und sie rutschte auf ihrem Stuhl hin und her, während sie sich vorbeugte, um genauer hinzusehen. Ihr Duft erreichte mich und ich hielt mich davon ab, einzuatmen, und knirschte eine Sekunde lang mit den Zähnen, bevor ich fortfuhr.

»Die meisten Fae verfügen über kürzere Linien.« Ich drehte meine eigene Hand um und zeigte ihr meine Handfläche, und ihr Blick huschte zu dem dreieckigen Symbol der Luft, das auf mein Handgelenk tätowiert war. »Meine Linie zum Beispiel erstreckt sich über zwei Drittel der Strecke. Bei Ihnen hingegen handelt es sich um eine vollständige Linie.« Ich warf ihr einen prüfenden Blick zu. Ihre Kraftlinie war die stärkste, die ich je gesehen hatte. Selbst die Erben hatten keine vollständige Linie. Und das bereitete mir Bauchschmerzen, denn wenn sie und Tory lernten, diese Kraft in ihren Adern zu nutzen, wären sie nicht mehr aufzuhalten.

»Die Stärke eines jeden Elements wird durch diese sich kreuzenden Linien bestimmt.« Ich nahm ein kleines Handlinienlineal von meinem Schreibtisch und legte es auf ihre Handfläche.

Ich arbeitete mich durch jede Linie, wohl wissend, dass sie keine Ahnung hatte, was ich aus diesen Markierungen herauslas, und beschloss, ihr das meiste davon nicht zu erzählen. Es ging nicht nur um Macht. Hier waren Hinweise auf ihr Schicksal in ihre Haut geschrieben, und ich nahm alles zur Kenntnis und versuchte, die darin verborgenen Geheimnisse zu entschlüsseln. Ich untersuchte eine Linie entlang ihres Daumens, strich mit meiner Fingerspitze darüber und stellte fest, dass sie völlig intakt war. Sie war ein Indikator für Willenskraft, von der sie leider viel hatte.

Anschließend untersuchte ich die Linie, die als Gürtel der Venus bezeichnet wurde und sich unter ihrem Mittel- und Ringfinger befand. Sie gab mir einen Einblick in ihr Temperament. Nicht jeder hatte eine, aber diejenigen, die eine hatten, waren mitfühlender, und ich nahm an, dass das zumindest erwähnenswert war. Obwohl ich bezweifelte, dass sie mitfühlend genug sein würde, um ihr Geburtsrecht an die Erben aufzugeben, sobald sie ihre innere Fae angenommen hatte. Ich hoffte, dass sie schon lange weg war, bevor sie überhaupt die Chance erhielt, den Thron zu besteigen.

Ich fand heraus, dass sie auch mit einer Linie namens Ring des Salomon gesegnet war, die sich unter ihrem Zeigefinger krümmte. Ich runzelte die Stirn, als ich die seltene Linie untersuchte, die auf eine Fae hindeutete, die selbstaufopfernd und herzensgut war.

Das passte nicht zusammen. Sie war die Tochter des Grausamen Königs. Ich hatte erwartet, hier etwas von seiner Brutalität und Selbstsucht zu finden, aber wenn diese Linien ein Urteil über ihren Charakter darstellten – und sie waren normalerweise verdammt genau –, dann übersah ich etwas. Denn sie konnte nicht mitfühlend und gütig sein. Das waren keine Eigenschaften, auf die ich mich vorbereitet hatte. Aber die Wahrheit war, dass ich dieses Mädchen und ihre Schwester vernichten musste, unabhängig davon, ob ihre Herzen am rechten Fleck saßen oder nicht.

Mein Daumen glitt zu der Linie, die ihr Liebesleben bezeichnete, und ein Schauer lief mir über den Rücken. Ich könnte schwören, dass sie etwas Ähnliches spürte, denn sie rutschte auf ihrem Stuhl hin und her. Ich behielt ihre Handfläche im Blick, die Luft im Raum wurde dünner und ein leises Flüstern schien zu mir zu dringen, das keine Worte enthielt, die ich verstand.

Ich schaute wieder zu Darcy auf und sah, dass sie in die Ferne starrte, obwohl sie auf ihrer Unterlippe kaute, als würde sie mit einem inneren Konflikt zu kämpfen haben. Schwer atmend zwang ich meinen Blick zurück auf ihre Handfläche. Vielleicht spielten mir die Sterne einen Streich. Vielleicht rückten sie jetzt näher, weil dieses Mädchen gefährlicher war, als ihre Handfläche vermuten ließ, und ich wachsam sein musste.

Die Markierungen sprachen von einer bedeutenden Liebe in ihrem Leben, die von Entbehrungen und emotionalem Aufruhr geprägt sein würde. Sie war an einigen Stellen gespalten, was auf die schlimmsten dieser Entbehrungen hindeutete, und das Ende war mit so vielen sich überschneidenden Linien durchzogen, dass es schwer zu sagen war, ob die Liebe über diese Prüfungen hinausging oder ob die Beziehung abrupt endete. Ich fühlte mich seltsam besitzergreifend ihr gegenüber, als ich über diese kommende Beziehung nachdachte. Sie gehörte mir. Nein, ihr Blut war mein Blut. Und ich würde nicht zulassen, dass irgendein Arschloch auftauchte und sie für sich beanspruchte.

Ich wusste, dass es irrational war, aber ich konnte das Gefühl nicht abschütteln. Dieses Mädchen durfte mir nicht genommen werden.

Schließlich beschäftigte ich mich mit der Verteilung ihrer Kräfte und suchte nach den Elementen auf ihrer Handfläche. Jeder Fae hatte Markierungen für alle Elemente, aber sie wurden erst relevant, wenn ihre Magie erweckt und ihre wahre Macht bekannt war.

Ich schrieb jede winzige Linie auf, die entlang ihrer Kraftlinie verlief, und führte ein paar Berechnungen durch, um ihre Kräfte-Rangfolge für jedes Element zu ermitteln. Die Zahlen, die mich daraufhin anstarrten, schnürten mir die Kehle zu. *Heilige Scheiße. Sie werden nicht aufzuhalten sein.*

Wir müssen uns schnell darum kümmern.

Ich ließ ihre Hand los, wobei meine Finger nur widerwillig von ihr abließen, und spreizte sie, während ich ihr die Zahlen hinhielt.

»Das sind Ihre Machtwerte«, erklärte ich. »Zehn ist die stärkste Kraft, die man in einem Element haben kann. Um es ins rechte Licht zu rücken, Miss Vega, selbst eine Sieben gilt als hoch.«

Sie starrte mit weit aufgerissenen Augen auf die Zahlen und für einen Moment sah ich nur zu, wie sie sich mit dem, was sie sah, auseinandersetzte. Ich dachte an dieses Mädchen in seiner beschissenen Wohnung, das dringend Geld und ein paar anständige Mahlzeiten brauchte, und für einen Herzschlag wünschte ich mir, die Dinge müssten nicht so sein, wie sie waren. Aber dann verdrängte ich diesen verräterischen Gedanken und besann mich auf die Wut, die ich ihrem Vater gegenüber empfand. Sie war der Feind. *Und eine Sirene. Definitiv eine verdammte Sirene.*

»Ihr schwächstes Element ist das Feuer, wobei ich das Wort *schwach* sehr locker verwende. Sie sind eine Acht im Element Erde, eine Neun im Element Wasser und eine Zehn im Element Luft.«

Sie blickte mit tausend Fragen in den Augen zu mir auf und ich verspürte den unbändigen Drang, sie alle zu beantworten. »Und wir sind so mächtig, weil … unsere Eltern königlich waren? Der König und die Königin?« Sie klang, als könnte sie nicht glauben, was sie da sagte, und ich nahm an, dass es ein ziemlicher Schock gewesen sein musste, herauszufinden, dass man eine lange verschollene Prinzessin war.

»Ja. Ihr Vater war der mächtigste Fae in Solaria. Er besaß drei Elemente: Feuer, Wasser und Luft. Ihre Mutter hatte nur ein Element: die Luft. Sie war ein Zwilling wie Sie und wurde die schönste Frau in Solaria genannt.« *Ich würde jedoch behaupten, dass ihre Töchter sie darin noch übertreffen. Dieses Mädchen hier ist für mich wie ein verdammter Magnet.* »Das war, nachdem er mit ihr aus einem fernen Land zurückgekehrt war. Ein Land, das er mit seiner Armee erobert hatte. König Vega hat sie entgegen der Tradition geheiratet. Die mächtigen Familien neigen dazu, sich mit ihresgleichen fortzupflanzen, um die Blutlinien rein zu halten und in der Regel Nachkommen der entsprechenden Formgebung hervorzubringen. Je reiner die Linie ist, desto mächtiger ist ihre Magie.«

»Und das nicht zu tun ist … schlecht?«, fragte sie und beugte sich neugierig näher zu mir.

»Nein, nur töricht. Ihre Kinder sind tendenziell eher schwächer, aber … das ist bei Ihnen und Ihrer Schwester eindeutig nicht der Fall. Ihre Mutter und Ihr Vater haben zwei der mächtigsten Fae hervorgebracht, die je in unserer Welt gelebt haben.« Ich lehnte mich in meinem Sessel zurück, um etwas Abstand zwischen uns zu bringen, während ich den Whiskey in meinem Glas schwenkte.

»Was waren sie?«, flüsterte sie und mein Blick wanderte für eine Sekunde über ihren Mund. »Was waren ihre Formgebungen?«

Verdammt, sie sah so verdammt süß aus. Sie war hungrig nach Antworten und ich mochte es, sie zu haben. Ich war insgeheim froh, dass ich derjenige war, der ihr das alles erzählen durfte, und solange sie mich ansah, als wäre ich der Schlüssel zu allem, wonach sie ihr ganzes Leben lang gesucht hatte, wollte ich weiterreden.

»Ihre Mutter war eine Harpyie und Ihr Vater eine Hydra«, offenbarte ich.

»Eine Hydra?«, flüsterte sie und verzog das Gesicht. »Das Ungeheuer mit den vielen Köpfen?«

»Ja«, sagte ich leise. »Die Hydra ist eine der seltensten Formgebungen der Welt.«

Sie holte langsam Luft, während sie versuchte, das alles zu verarbeiten. »Was glauben Sie, was Tory und ich sind, Sir?«

Ich war noch nie von einer Studentin in Versuchung geführt worden oder auch nur im Entferntesten an der Fantasie des Verbotenen interessiert gewesen. Aber sie war so verdammt anziehend und so verflucht mächtig, dass es an sich schon eine Sünde war, dass sie mit mir so redete, als würde ich ihren Respekt verlangen, was meinem Schwanz viel zu gut gefiel.

Ich trommelte mit den Fingern auf dem Schreibtisch und leerte dann mein Glas, um zu versuchen, einige der verirrten Gedanken in meinem Kopf zu übertönen.

»Ärger«, murmelte ich.

»Das ist nicht fair. Wir haben uns nichts davon ausgesucht.«

Meine Wut wuchs. Zur Hölle mit ihr, dass sie mich so fühlen ließ. Zur Hölle mit ihr, dass sie das alles noch schwieriger machte, als es sein musste. Ich würde mich nicht von ihren Rehaugen oder ihrem naiven kleinen sterblichen Aussehen ablenken lassen. Sie war Gwendalina Vega. Und wenn sie in dieser Welt aufgewachsen wäre, würde sie sich zweifellos darauf vorbereiten, in die Fußstapfen ihres Vaters zu treten. Sie mochte unschuldig wirken, aber in ein oder zwei Monaten würde sie auf eigenen Beinen stehen. Sie würde anfangen, ihre Magie zu ihrem eigenen Vorteil einzusetzen, und wenn sie merkte, dass der Thron ihr gehören könnte, würde sie darum kämpfen. Sie würde rücksichtslos vorgehen und vielleicht sogar gewinnen. Und wer wusste schon, was sie in der Zwischenzeit werden würde? Monster schossen nicht einfach so aus dem Boden, sie nährten sich von Macht und wurden süchtig nach ihrer Gesellschaft. Unsere Art strebte danach, und sie würde es auch tun. Sie würde in kürzester Zeit wie jeder andere machthungrige Fae an dieser Schule sein. Oder sogar noch schlimmer.

»Was nicht fair ist, Miss Vega, ist, dass Sie und Ihre Schwester jetzt einen stärkeren Anspruch auf den Thron von Solaria haben als die vier Celestia-Erben, die ihr ganzes Leben lang dafür trainiert haben, zu regieren.« Ich knallte mein leeres Glas auf den Tisch und hörte, wie ihr Herzschlag plötzlich in die Höhe schoss. »Als Ihre Eltern gestorben sind, hat der Celestia-Rat das Recht beansprucht, gemeinsam zu regieren. Aber jetzt sind Sie zurückgekehrt, und es ist unser Gesetz, dass Sie auf den Thron gesetzt werden, wenn Sie sich als stark genug erweisen, ihn zu beanspruchen. Ein verfluchter Glücksfall.« Ich starrte sie finster an, froh, dass ihr Herz raste und dass ich sie verunsichert hatte. Ich war nicht ihr Freund. Ich war derjenige, der darum kämpfte, Darius auf Kurs zu halten, damit er den Platz seines Vaters im Celestia-Rat einnehmen konnte.

Und ich hatte jahrelang unermüdlich dafür gearbeitet. Ich würde also verdammt vorsichtig sein, wie ich damit umging. Die Welt war in Gefahr. Die Nymphen waren auf dem Vormarsch und dieses Mädchen und ihre Zwillingsschwester waren nicht in der Lage, unser Königreich vor ihnen zu schützen. »Haben Sie eine Ahnung, in welch gefährlichen Zeiten wir leben, Blue?«, fuhr ich sie an, und meine Oberlippe kräuselte sich, während ich auf ihre Haare starrte. Die königliche Farbe, die ihr bereits wie eine Flagge eingebrannt war, wurde mir zum Hohn.

»Nein, aber wenn Sie es mir vielleicht sagen würden …«

»Ihnen sagen? Selbst wenn ich Ihnen die gesamte Geschichte von Solaria erzählen würde, wäre das nicht genug, oder?« Ich stieß ein trockenes Lachen aus. »Die Welt ist bereits aus dem Gleichgewicht geraten, und nun sind Sie und Ihre Schwester aufgetaucht, um die Waagschale noch weiter aus der Balance zu bringen. Ganze Familien werden tot aufgefunden. Auch mächtige. Ihre Eltern waren die Ersten, aber sie werden nicht die Letzten sein. Und es ist nur eine Frage der Zeit, bis …« Ich unterbrach mich und verfluchte mich innerlich. Sie hatte kein Recht, irgendetwas davon zu erfahren. Meine Theorien, meine Vermutungen. Sie waren für Darius und mich bestimmt, nicht für dieses Mädchen. Ich konnte es nicht gebrauchen, dass sie loslief, um mit ihren kleinen Freundinnen zu tratschen und die ganze Schule über die gefährlichen Anschuldigungen zu informieren, die ich in mir trug.

»Wollen Sie damit sagen, dass meine leiblichen Eltern ermordet wurden?«, fragte sie entsetzt. *Verdammt. Mach, dass du Land gewinnst.*

»Ich sage gar nichts.« Ich räusperte mich, schenkte mir ein weiteres Glas Bourbon ein und wusste, dass ich heute Abend die ganze Flasche leeren würde.

»Wie auch immer«, grunzte ich und wollte das Gespräch auf ein anderes Thema lenken. »Ihre Formgebung wird sich früher oder später zeigen. Ihre Kraftquelle wird Ihnen einen Hinweis darauf geben, was Sie sind, also halten Sie die Augen offen. Die Magie der verschiedenen Formgebungen wird auf spezifische Weise erneuert. Ein Werwolf bezieht seine Kraft vom Mond, eine Medusa von Spiegeln, und ein Vampir braucht – falls Sie es noch nicht erraten haben – das Blut anderer.« Ich bleckte die Zähne und sie erschauderte. *Du kannst mich so sehr hassen, wie du willst, ich werde nicht aufhören, dich zu beißen.*

»Nun, ich bin definitiv nicht wie Sie«, sagte sie kalt und die Verachtung in ihrer Stimme traf mich mitten ins Herz. Aber genau das war es, was ich wollte. Wir waren Feinde. Die Fronten waren geklärt und sie begann das jetzt offensichtlich zu verstehen.

Ich warf einen Blick auf meinen Atlas und begann, sie und Tory für alle Formgebungskurse anzumelden. »Wenn Ihre Magie anschwillt, sollten Sie versuchen, sich auf das zu konzentrieren, was sich in Ihrer unmittelbaren Nähe befindet und aus dem Sie Kraft schöpfen könnten. Das kann die Sonne, ein Schatten oder ein verdammter Regenbogen sein – Hauptsache, Sie behalten den Durchblick. In der Zwischenzeit melde ich Sie zu allen Formgebungskursen an. Spätentwickler neigen dazu, sich unter dem Einfluss ihrer Art zu entfalten.«

Eine Benachrichtigung erschien auf ihrem Atlas und sie nahm ihn heraus und scrollte durch alle zusätzlichen Lektionen. Sie blickte auf und war offensichtlich kurz davor, weitere Fragen zu stellen, aber ich war nicht mehr bereit, weitere Fragen zu beantworten.

»Sie und Ihre Schwester werden die *Abrechnung* nicht bestehen«, sagte ich, da ich mir sicher war, dass ich es so wollte. »Die Welt braucht im Moment keine zwei unwissenden Mädchen an der Macht. Und sosehr mich die meisten Celestia-Erben auch nerven, so wissen sie doch wenigstens, wie man mit der Nymphenpopulation umzugehen hat.«

»Nymphen?«, fragte sie und klammerte sich an das eine, was ich gesagt hatte, das ich nicht hätte sagen sollen. *Hör auf zu trinken, du Idiot!*

Ich fluchte und schob das Glas Bourbon von mir weg. »Sie sind eine andere Rasse, keine Sorge. Sie werden längst weg sein, bevor sie für Ihr Leben relevant werden.«

Sie verschränkte die Arme vor der Brust und setzte wieder diesen unverschämten Gesichtsausdruck auf, der meine Finger vor lauter Zwang, sie zu bestrafen, zum Zucken brachte. »Professor, ich weiß, Sie halten mich für nutzlos, weil ich nichts über Magie oder Fae weiß, aber ich bin nicht dumm. Ich kann lernen. Soll dieser Unterricht nicht genau das tun? Mich anleiten? Mich über alles aufklären, was ich verpasst habe? Also geben Sie mir wenigstens die Chance, mich zu beweisen.«

Oh, du wirst dich schon noch beweisen, Blue. Du wirst beweisen, dass du nicht in der Lage bist, an dieser Academy auch nur einen einzigen Fae unter Kontrolle zu bringen, geschweige denn das ganze Königreich.

Ich runzelte die Stirn und ein Lächeln huschte über mein Gesicht. »Ich nehme an, das ist nur fair, Miss Vega. Und als Waage habe ich eine Schwäche für Fairness«, sagte ich und ihre Lippen teilten sich überrascht.

Ich warf einen Blick auf die große Messinguhr an der Wand. »Unsere Zeit ist um und ich muss noch etwas erledigen.« Ich stand von meinem Platz auf. »Ich schicke Ihnen Lesematerial zum Thema *Manipulation* an Ihren Atlas. Sie werden jeden Montagabend eine Unterrichtsstunde mit mir haben. Ich erwarte, dass Sie bis zur nächsten Stunde ein Grundverständnis für Schilde besitzen. Es *wird* einen Test geben.« Ich grinste. Verdammt, ich liebte Tests. Meine Stärke war es, Studenten in Panik zu versetzen.

Darcy stand auf und hob ihr Kinn, während sie mich kühl ansah. »Ich habe vor, mit Eins zu bestehen.«

Sie ging zur Tür, aber bevor sie den Raum verlassen und das letzte Wort haben konnte, flitzte ich mit doppelter Geschwindigkeit zur Tür.

Ich riss die Tür auf und sah auf sie hinab. »Ich gebe keine Noten.

Bei mir heißt es immer bestehen oder durchfallen.« Ich riss ihr den Atlas aus der Hand und beendete diese Unterrichtsstunde mit meinem digitalen Stift. Dann gab ich ihr das Gerät zurück und hielt die Tür weiter auf, um sie zu verhöhnen, als sie hindurchgehen wollte.

Ich bin kein Gentleman, Blue.

Mit einem Satz meiner Vampirgeschwindigkeit schoss ich an ihr vorbei und ließ die Tür vor ihrer Nase zuschwingen. Es war kindisch, ja, aber es gab mir das Gefühl, etwas gewonnen zu haben. Und es machte definitiv die mentalen Aussetzer wett, die ich während dieser verdammten Liaison erlebt hatte. Zumindest redete ich mir das ein.

Ich musste mich zusammenreißen, wenn ich sie weiterhin unterrichten wollte. Da ich in dieser Angelegenheit keine Wahl hatte, musste ich das wirklich in den Griff bekommen. Schnell.

Vor der Jupiter Hall wartete Darius an der Seite des Gebäudes auf mich. Er lehnte an der Wand und drehte eine goldene Münze zwischen seinen Fingern. Mit hochgezogenen Augenbrauen trat er von der Wand weg, und ich wusste, dass er gleich fragen würde. Ich wirkte eine Stillekuppel, um uns beide zu schützen, und sprach, bevor er es konnte.

»Sie ist eine Sieben in Feuer, eine Acht in Erde, eine Neun in Wasser und eine Zehn in Luft«, ließ ich die Bombe platzen, und sein Mund blieb offen stehen.

»Fuck«, keifte er.

»Ja«, murmelte ich. »Ich werde Torys Bewertungen von Prestos besorgen, aber es wird nicht viel anders sein. Wenn sie vollständig ausgebildet sind, bist du am Arsch, Darius, verstehst du das?«

»Ja, ich verstehe das verdammt noch mal«, knurrte er und sah aus, als wollte er mich, die Wand oder jeden, der ihm in dieser Sekunde zu nahe kam, schlagen.

»Professor Orion?« Eine männliche Stimme unterbrach mich, und ich ließ meine Stillekuppel sofort fallen, warf einen Blick über meine Schulter und sah, wie Professor Astrum auf mich zukam, seine Augen auf uns gerichtet wie zwei Gewehrläufe.

»Guten Abend, Ling«, sagte ich knapp, da ich wusste, dass der alte Mann mich hasste und das Gefühl auf Gegenseitigkeit beruhte.

Er warf Darius einen finsteren Blick zu, bevor er die Arme verschränkte. »Kann ich mit dir sprechen? Unter vier Augen.«

»Klar«, murmelte ich, warf Darius einen Blick zu und nickte ihm abweisend zu, als wäre dies eine ganz normale Lehrer-Schüler-Interaktion gewesen.

Er starrte Astrum eine Sekunde lang grimmig an, bevor er den Weg hinunterging, und ich war mir sicher, dass er am Strand auf mich warten würde, damit wir unsere Lektion in dunkler Magie absolvieren konnten, sobald ich hier fertig war.

Astrum blickte sich um und trat dann näher an mich heran. »Hör zu, Lance«, sagte er, wobei sich seine Oberlippe nach oben schob, als würde ich für ihn weniger wert sein als Dreck. »Als Professor an dieser Academy hast du die Pflicht, alle Schüler nach besten Kräften zu unterrichten.«

»Danke für die Erinnerung«, sagte ich trocken.

»Ich meine es ernst«, zischte er und zeigte mit einem knorrigen Finger auf mich. »Die Vegas verdienen eine Chance in dieser Welt, genau wie jeder andere Fae auch eine Chance verdient. Ich lege meine politischen Ansichten beiseite, wenn ich die Erben unterrichte, und ich erwarte das Gleiche von dir, wenn du die Vegas unterrichtest. Wir sind Vermittler von Wissen und wir müssen ...«

»Das klingt doch sehr nach einer Drohung, Ling«, unterbrach ich ihn in schleppendem Tonfall.

»Vielleicht ist es das.« Er hob das Kinn und seine Finger bewegten sich, als würde er gleich einen Zauber wirken.

Ich schnaubte und fuhr mir mit der Zunge über die Zähne, während sich meine Reißzähne ausdehnten. »Ich hätte nichts gegen einen Kampf einzuwenden, wirklich nicht. Aber ich bin mir nicht sicher, ob es deinen Standpunkt untermauert, wenn ich einem alten Mann die Knochen breche und ihn zum Schreien bringe. Also lassen wir das Drama vielleicht lieber außen vor, ja?«, schlug ich vor und fragte mich, ob er mich wirklich zu einem Kampf drängen würde. Ich wollte es nicht tun, aber ich würde ihn zurechtstutzen, wenn ich es müsste. Der Kerl mochte stark sein, aber er war nicht so stark wie ich und schon gar nicht so schnell.

Er schnaubte nun ebenfalls, und in seinem Blick lag Hass. »Dein Vater würde sich für das, was aus dir geworden ist, schämen«, zischte er.

»Was hast du gesagt?«, knurrte ich und er schüttelte den Kopf, als bereute er, dass diese Worte seine Lippen verlassen hatten.

»Nichts«, murmelte er, aber ich trat vor, um ihn zu packen, in der Absicht, ihn für diese Worte zu bestrafen. Aber Nova erschien mit Washer am Arm und lächelte uns strahlend an, als sie näher kam. Ich war gezwungen, einen Schritt zurückzuweichen.

»Guten Abend«, sagte Nova fröhlich und Astrum nickte ihr zu, bevor er sich umdrehte und den Weg hinunterhuschte, um der Tracht Prügel zu entgehen, die er in meinen Augen gesehen haben musste. Oder vielleicht hatte er sie bereits in seinen kostbaren Tarotkarten kommen sehen.

Verdammter Royalist. Ich wusste nicht einmal, was er mit meinem Vater meinte. Wäre er hier, hätte er wohl kaum ein verdammter Vega-Anhänger sein können. Er hatte für die verdammten Acruxes gearbeitet. Also musste ich annehmen, dass Astrum den Verstand verlor.

Ich war gezwungen, eine Minute lang mit Nova und Washer zu plaudern, bevor ich mich auf den Weg machte und den Pfad in Richtung Luft-Bucht hinunterging. Als ich sicher war, dass mich niemand beobachtete, schoss ich mit einer Geschwindigkeit davon, die meinen Kopf zum Schwirren brachte. Aufregung brodelte in meinen Adern. Denn ich hatte einen Tag voller Kopfschmerzen hinter mir und es gab nichts Besseres, als mich darauf zu konzentrieren, Lionel Acrux' Sohn heimlich im Umgang mit dunkler Magie zu unterweisen und ihn so auf Augenhöhe mit seinem tyrannischen Vater zu bringen. Nichts konnte mich von diesem Weg abbringen. Es war meine Berufung, die letzte Chance, die ich hatte, um in meinem Leben einen Anschein von Zufriedenheit zu erreichen. Und vielleicht würde ich an dem Tag, an dem Lionel durch die Hand seines Sohnes fiel, endlich etwas Frieden finden.

Scorpio
Virgo
Gemini
Aries
Cancer
Leo
Sagittarius
Taurus
Capricorn
Aquarius
Libra
Pisces

DARIUS

KAPITEL 9

Ich saß in meinem Lieblingssessel im Gemeinschaftsraum und täuschte Interesse an der Unterhaltung der Leute um mich herum vor, während ich die Wärme des Feuers neben mir genoss. Dabei dachte ich über meine Pläne nach, wie ich die Vegas ein für alle Mal von dieser Academy vertreiben könnte. Mein Magen verlangte nach Frühstück, aber ich schob es auf und wartete auf etwas, mit dem ich meine Zeit wahrscheinlich nicht verschwenden sollte.

Mein Blick schweifte zu den Treppen, die zu den Schlafsälen führten, und mein Unterkiefer zuckte, als ich ein willkürliches Mädchen die Treppen heruntereilen sah, statt des einen, auf das ich seit meiner Ankunft vor einer halben Stunde wartete.

Der FaeBook-Post, den Milton in Umlauf gebracht hatte, war das Gesprächsthema des Raumes, und jedes Mal, wenn irgendein Arschloch erwähnte, wie gern er doch eine Prinzessin ficken würde, wurde meine Geduld weniger. Nicht, dass ich etwas gesagt hätte. Das war es, was ich gewollt hatte, als ich ihre Kleider verbrannt hatte. Es war meine Absicht gewesen, sie zu demütigen, obwohl es den zusätzlichen Nebeneffekt zu haben schien, dass sie viel mehr männliche Anerkennung in Bezug auf ihre geile Figur bekam, als mir lieb war. Aber ich sagte kein Wort darüber. Das musste ich auch nicht. Der Tratsch war nun in aller Munde und im Gegensatz zu mir und dem Rest der Erben waren die Vegas nicht daran gewöhnt, dass alles, was sie taten, in der Öffentlichkeit genau unter die Lupe genommen wurde. Dies war ein regelmäßiges Ereignis im Leben der mächtigsten Fae in unserem Königreich, und sie mussten das lernen, bevor sie sich von der Vorstellung hinreißen ließen, wie viel Spaß es machen könnte, ihre Krone zu beanspruchen.

Die Herrschaft über dieses Königreich war kein Spaß. Sie bedeutete zermürbende, nie endende Arbeit und politische Minenfelder, die ständig im Auge behalten und umschifft werden mussten. Dies war eine Kunst, die ich und die anderen Erben seit dem Tag unserer Geburt erlernt hatten, und es war eine Kunst, die zwei Mädchen, die mit Sterblichen aufgewachsen waren, niemals angemessen erlernen könnten. Sie kannten nicht einmal die Namen der verschiedenen Teile des Königreichs, geschweige denn, wie man sie verwaltete und ihnen zum Gedeihen verhalf. Der Gedanke, dass sie an die Macht kommen könnten, war ebenso lächerlich wie gefährlich. Vor allem, da sich die Situation der Nymphen von Tag zu Tag verschlimmerte.

Vater hatte mir zwar befohlen, sie loszuwerden, aber ich wusste selbst gut genug, dass man ihnen ohnehin niemals erlauben durfte, sich über uns zu erheben. Es ging nicht nur um Stolz oder Anspruch. Sie waren vielleicht mächtiger als wir vier, aber sie hatten nicht das Wissen, das nötig war, um dieses Königreich zu regieren. Und das würden sie sich auch niemals aneignen. Man konnte die Jahre, die sie verpasst hatten, nicht nachholen. Im Gegensatz zu ihnen hatten wir hier gelebt und Tag für Tag gelernt, was mit der Herrschaft einherging. Meiner Meinung nach wären sie also nie dazu in der Lage, egal, wie stark sie waren.

Ich musste sie mir gefügig machen. Und als ich über den Trotz nachdachte, den ich in Roxys Augen gesehen hatte, fand ich Gefallen an der Idee – und zwar viel mehr, als mir lieb war. Genau wie ich Gefallen daran gefunden hatte, mir die Bilder anzusehen, die Milton mir geschickt hatte – sie nackt vor mir in diesem Raum. Es waren nicht einmal die Bilder ihres nackten Körpers, die meine Aufmerksamkeit erregt hatten. Es war das Feuer, das zwischen uns gebrannt hatte, als ich über ihr gestanden und sie mich angefunkelt hatte. Sie hatte mich herausgefordert, sie in die Knie zu zwingen, und ich sehnte mich danach, das zu tun, und zwar in mehrfacher Hinsicht.

Ich knöpfte mein Hemd auf, als die Hitze meiner Magie meine Haut zum Prickeln brachte, und ich ließ mich ein wenig von der Vorstellung hinreißen, Roxy Vega dazu zu bringen, sich vor mir zu verbeugen. Ich wollte meine Hand in ihren schwarzen Haaren haben, ihren Mund auf meinem und ihren nackten Körper an mich gepresst, während sie meinen Namen wie ein Gebet zu einem Gott hauchte und ich sie wie ein Dämon, der zur Sünde geboren worden war, in meine Tiefen mitnahm. Aber ich musste diese Gedanken sofort stoppen. Nicht zuletzt, weil ich sie mir niemals würde erfüllen können. Wenn ich mit ihr fertig war, würde sie mich viel zu sehr hassen, als dass sie jemals in Betracht ziehen würde, ihre Beine für mich breitzumachen. *Schade drum.*

Marguerite tauchte aus dem Nichts auf, riss mich aus meinen Fantasien über Roxanya Vega und ließ sich in meinen Schoß fallen, wo sie nach Luft schnappte, als sie die Härte meines Schwanzes spürte, der in ihren Arsch eindrang.

Sie beugte sich vor, um mich zu küssen, und ich zog sie näher heran, küsste sie hart und rieb mich an ihr, um zu versuchen, den Schmerz in meinem Schwanz zu lindern.

Ich schloss die Augen, während ich sie innig küsste, meine Zunge in ihrem Mund versenkte und an ein Mädchen mit dunklen Haaren und Feuer in der Seele dachte. Aber als Marguerite wie ein Kätzchen miaute und für mich dahinschmolz, war meine Fantasie irgendwie ruiniert. Ich kannte Roxy vielleicht nicht gut, aber sie schien nicht die Art von Mädchen zu sein, die zu einer Pfütze zerfloss, wenn ich sie küsste. Nein, sie würde voller Feuer und Bosheit sein und von einer Art von Lust, die das Dach von Häusern brannte, während ihre Fingernägel Linien in meine Haut ritzten.

Ich versuchte, diesen Gedanken zu verdrängen, packte Marguerites Arsch und schaukelte sie auf meinem Schwanz hin und her, aber ich kämpfte auf verlorenem Posten, weil sie wieder miaute und ihre Glieder so schlaff wurden wie mein Schwanz, als sie mich sofort die Kontrolle übernehmen ließ.

Ich löste meinen Griff um ihre Taille und seufzte, als ich mich zurückzog und sie an meinem Hals saugen ließ, während ich einfach an die Decke schaute und darauf wartete, dass es wieder interessanter wurde. Oder vielleicht, dass es einfach aufhörte.

Aber bevor ich mich diesbezüglich entscheiden konnte, lenkte Miltons Stimme meine Aufmerksamkeit auf die andere Hälfte unserer Gruppe und ich wurde bei seinen Worten sofort hellhörig.

»Oh, hey! Tory, richtig?«, fragte er und ich schob Marguerite beiseite, um zu dem fraglichen Mädchen zu schauen. Roxy stand vor ihm, hob die Hand und ließ einen Wasser-Tsunami auf Milton niedergehen.

Der Angriff schleuderte ihn von seinem Stuhl und auf den Boden, aber mein Blick war auf ihre wütenden Gesichtszüge und die geschwungenen vollen Lippen gerichtet, als sie ihn anfunkelte. Mein Puls beschleunigte sich, als sie ihn mit noch mehr Wasser übergoss, das ihn über den Holzboden kullern ließ, bevor es ihn an die Wand drückte.

Die Gruppe um mich herum sprang vor Schreck auf und ich hätte Marguerite fast auf den Hintern fallen lassen, als ich ebenfalls aufstand.

Roxy musterte uns einen Moment lang, als erwartete sie, dass jemand sie angreifen würde, aber so lief das hier nicht. Es war Fae gegen Fae. Sie hatte diesen Kampf begonnen und es lag an ihr oder Milton, ihn zu beenden. Niemand würde sich einmischen. Aber ich würde mir die Show verdammt noch mal ansehen.

Die Kraft, die von ihr ausging, war so gewaltig, dass sich mir die Nackenhaare aufstellten und mir ein Schauer über den Rücken lief. Ich wollte näher treten, mehr davon spüren, in die Tiefen ihrer Kraft eintauchen und sehen, was sie aus mir machte, wenn ich auf der anderen Seite auftauchte.

Milton schrie etwas Unverständliches durch das Wasser, das ihn fast ertränkte, und sie ließ die Flut zurückgehen, sodass sie stattdessen gegen seine Brust klatschte und seine Arme festhielt. Er konnte sich immer noch nicht wehren, aber sie erlaubte ihm zumindest, zu sprechen.

Sie mochte zwar keine Finesse an den Tag legen, aber rohe Gewalt reichte hier eindeutig aus, um die Aufgabe zu erledigen. Als der Boden zu fluten begann und ein Stuhl von uns weg in Richtung Treppe trieb, fragte ich mich, wie lange sie das noch durchhalten könnte, bevor ihre Kraft zur Neige ging.

»Lösch das Foto!«, knurrte Roxy, griff nach Miltons Atlas und hielt ihn ihm mit der Hand hin, die nicht den Fluss ihrer Wassermagie kontrollierte.

»Verpiss dich!«, fauchte Milton und ich hätte ihn fast ausgelacht, weil er tatsächlich versuchte, einschüchternd zu klingen, während ein ungeübter Freshman ihm vor dem gesamten Haus die Hölle heißmachte.

Roxy schnippte mit den Fingern und wechselte so nahtlos zur Luftmagie, dass ich mich beherrschen musste, um mir meine

Überraschung nicht anmerken zu lassen. Milton wurde von einer Windkraft, die genauso stark zu sein schien wie das Wasser, das sie kurz zuvor eingesetzt hatte, in die Höhe gehoben und gegen die Wand gedrückt.

Ich schob ein paar der anderen Mitglieder unserer Gruppe beiseite, während ich mich einen Schritt näher zu ihr begab, um sie zu beobachten, fasziniert von der Wut in ihrem Blick und davon, wie selbstsicher sie wirkte, obwohl er sich weigerte, das zu tun, was sie sagte.

Sie schritt vor, ergriff Miltons Hand und drückte seinen Daumen auf den Atlas, um ihn zu entsperren, bevor sie seine Galerie öffnete und die Bilder fand, die er von ihr gemacht hatte. Es waren viel mehr als nur das eine, das er auf FaeBook geteilt hatte, und sie löschte beiläufig alle, bevor sie sie auch aus seinem Papierkorb entfernte, als wäre es für sie völlig normal, einen ausgebildeten Fae mit Luftmagie zu bändigen. Als bedeutete ihr das nichts.

Aber es war nicht nichts. Es war etwas, diese Zurschaustellung unbestreitbarer Macht, die immer noch anhielt. Sie war ein Hurrikan, der in einem Glas gefangen war, und das war erst der Anfang des Sturms. Je länger ich sie beobachtete, desto klarer wurde mir das. Ich hatte gewusst, dass diese Mädchen gefährlich waren, aber die strafende Kraft ihrer Macht war immens und sie hatte kaum begonnen, zu lernen, wie man sie einsetzte. Es war meine Pflicht, dafür zu sorgen, dass sie es nie taten.

Roxy ließ Milton los, der nach vorn stolperte und eine Hand hob, um sich zu wehren. Ein Lächeln huschte über mein Gesicht, als ich darauf wartete, dass er sie in ihre Schranken wies. Denn das würde er tun. Sie war mächtig, aber er hatte zwei Jahre Training hinter sich und jetzt, da sie den Fehler gemacht hatte, seine Hände zu befreien …

Bevor Milton auch nur einen Funken heraufbeschwören konnte, um sie zu attackieren, ballte Roxy die Hand zu einer Faust und ihre Augen flammten erneut vor Kraft auf. Überall um Milton herum erwachten Ranken zum Leben, die ihn umschlangen, während sie so schnell wuchsen, dass es für ihn unmöglich war, auch nur zu versuchen, sie zu verbrennen. Sie drückten seine Arme an seine Seiten und knebelten ihn sogar, bevor er das Gleichgewicht verlor und mit einem lauten Knall auf den nassen Teppich fiel.

Roxys Magie erstarrte und es war, als hätte sich statische Elektrizität im Raum festgesetzt. Die Spannung ließ nach, und meine Haut kribbelte vor Verlangen, sie wieder zu spüren. Es herrschte Stille, alle Augen waren auf sie gerichtet, und mir wurde klar, dass das definitiv keine gute Sache war. Jeder hier hatte gesehen, wie sie sich erhoben und einen Kommilitonen überwältigt hatte, mit dem sie es bei so wenig Training niemals hätte aufnehmen können dürfen. Und vor allem hätte sie nie in der Lage sein dürfen, ihn zu besiegen. Die Gerüchteküche würde brodeln, es würden Geschichten über ihre Kraft und ihr Potenzial in Umlauf kommen. Und das konnte nichts Gutes bedeuten.

»Du musst lernen, Frauen zu respektieren«, knurrte Roxy und sah aus, als wollte sie ihm einen Tritt verpassen oder ihn anspucken, bevor sie sich einfach umdrehte und zum Ausgang stürmte, ohne mich auch nur eines Blickes zu würdigen.

Aber das würde bei mir nicht funktionieren.

»Er hat mir Kopien dieser Fotos geschickt«, sagte ich ruhig, meine Stimme hallte durch den ruhigen Raum und lenkte die Aufmerksamkeit auf mich.

Roxy blieb abrupt stehen und drehte sich zu mir um. Ein vertrautes Gefühl brannte sich durch meine Brust, als ihre trotzigen grünen Augen die meinen trafen.

»Erteile ihr eine Lektion, Baby«, gurrte Marguerite und ich sträubte mich gegen ihre Unterbrechung, aber ich hielt den Mund, als Roxy ihre Aufmerksamkeit mir zuwandte.

»Du bist Marguerite, richtig?«, fragte sie, sah dabei ausgesprochen unbeeindruckt aus und warf mir einen Blick zu, der meine Wahl der Eroberung zu beurteilen schien. »Oder nennst du dich jetzt Pussyfell?«

Ich hätte fast laut gelacht, so sehr überraschte mich ihr Kommentar. Aber ich biss mir auf die Zunge, um das Geräusch zu unterdrücken, und schaffte es gerade noch so, ein Lächeln zu verbergen.

Roxy sah mich wieder an, und ich musste mich zwingen, meinen Gesichtsausdruck zu verhärten, ihr die Maske anzubieten, die ich für meinen Vater trug, und sie nichts von dem sehen zu lassen, was ich wirklich über sie dachte. Denn das, was ich dachte, entsprach wahrscheinlich nicht ihren Erwartungen. Und als mein Blick über ihren bronzefarbenen Oberschenkel unter dem Saum ihres Rocks fiel – und über ihre Bluse, die herrlich an ihrer Brust klebte –, fiel es mir schwer, mich nicht in die Fantasie zu verstricken, in der ich mich immer wieder verlor.

Marguerite machte einen Schritt nach vorn, als dachte sie, sie könnte dazwischengehen, aber das war eine Sache zwischen mir und Roxy. Dem Feuererben und der verlorenen Prinzessin. Ich wollte nicht, dass Marguerite sich einmischte, und sie sollte es besser wissen, als anzunehmen, dass es ihr zustünde, ihre Hilfe überhaupt anzubieten. Ich schnippte mit den Fingern, um meine Verärgerung zu zeigen, und sie blieb abrupt stehen, knickte ein und wich zurück, um mich und Roxanya allein zu lassen.

»Also, wirst du versuchen, mich dazu zu bringen, meine Kopien zu löschen?«, drängte ich und holte meinen Atlas aus der Tasche. Eine Herausforderung, sie zu dem Versuch zu verleiten, ihn zu beanspruchen. Und ich hoffte wirklich, dass sie es versuchen würde. Nur, um mir eine Ausrede zu geben, sie hier vor allen Leuten zurechtzuweisen.

Roxy blickte von meinem Gesicht zu meinem Atlas, und der Wunsch, ihn mir einfach zu entreißen, stand ihr ins Gesicht geschrieben. Aber sie hielt sich zurück, bevor sie mit den Schultern zuckte, als wäre es ihr völlig egal.

»Behalte sie«, sagte sie abweisend und ließ ihren Blick über mich schweifen, als wäre ich für sie nichts weiter als ein Ärgernis. »Wenn du so verzweifelt nach Material zum Wichsen suchst, dann nur zu.«

»Als würden ihn Bilder von dir antörnen«, spie Marguerite wütend aus, während Roxys Worte mich erneut überraschten.

Ich war mir so sicher gewesen, sie in der Hand zu haben. So sicher, dass sie nicht widerstehen könnte, die Fotos von mir zurückzufordern, wenn sie sie so offensichtlich verärgert hatten. Aber sie hatte den Spieß sofort wieder umgedreht und irgendwie war ich erneut im Nachteil, ohne zu wissen, wie ich sie am besten angreifen sollte.

»Keine Sorge, Marguerite«, sagte Roxy mit einem spöttischen Ton in ihrer verführerischen Stimme. »Es ist nicht deine Schuld, dass er sie braucht, um seinen Motor in Gang zu bringen. Ich bin sicher, dein Urwald wirkt Wunder, sobald du auf seinem Schoß herumhüpfst.«

»Du aufgeblasene, zweitklassige Gassenhure!«, kreischte Marguerite, aber ich unterbrach sie, bevor sie mit ihrer Theatralik fortfahren konnte, und brachte sie zum Schweigen.

»Ich kann jedes Mädchen haben, das ich will«, sagte ich. Mir gefiel die Andeutung in ihrer Stimme nicht. Genauso wenig wie die Art und Weise, wie einige der Leute im Raum über unseren Austausch zu lachen schienen. »Warum sollte ich Interesse daran haben, mir Bilder von *dir* anzusehen?«

Roxy hob unschuldig die Hände und sah mich mit großen, spöttischen Augen an, die ein Feuer in meinen Adern entfachten, das mich dazu brachte, sie in ihre verdammten Schranken weisen zu wollen. »Hey, Alter, du bist derjenige, der Nacktfotos von *mir* hat, nicht andersherum.

Und du kannst nicht *jedes* Mädchen haben, das dir gefällt. Denn das ist ein klares Nein von mir. Aber du kannst die Fantasie genießen, die du mit diesen Bildern erzeugst, denn ich kann dir versichern, dass du keine Chance auf das echte Exemplar hast.«

Leises Gelächter drang durch den Raum, als ich mit zusammengebissenen Zähnen dastand, verwirrt von ihrer Reaktion und der Tatsache, dass sie mich so offensichtlich durchschaut hatte. Ich schaffte es nicht einmal, einen Gegenangriff zu starten, bevor sie den Raum verließ – mit einem höhnischen Grinsen auf meine Kosten.

Meine Faust ballte sich an meiner Seite, nicht zuletzt, weil diese spöttische Zurückweisung tatsächlich ins Schwarze getroffen hatte. Ein Knurren grollte durch meine Brust, als ich mich wieder umdrehte, um den Rest der Idioten im Raum anzusehen.

»Macht diesen Scheiß sauber!«, blaffte ich sie an und zeigte auf Milton, der immer noch in Ranken gewickelt auf dem Boden lag, inmitten von Wasserpfützen, die den Teppich bedeckten.

Das Gelächter im Raum erstarb schnell und alle zerstreuten sich, um meinem Kommando zu folgen, während ich davonstolzierte, um meine Tasche aus meinem Zimmer zu holen.

Unterwegs öffnete ich meinen Atlas, klickte mich durch die Nacktfotos von Roxy bei ihrer Initiation und löschte sie alle mit einem Zischen der Verärgerung. Ich würde mir nicht zu den beschissenen Fotos irgendeines Mädchens einen runterholen, das mich in den Wahnsinn trieb. Und ich würde ihr auch nicht die Genugtuung geben, etwas anderes zu glauben.

Gemini
Scorpio
Virgo
Cancer
Aries
Leo
Sagittarius
Taurus
Capricorn
Aquarius
Libra
Pisces

ORION

KAPITEL 10

Ich stand unter einem Baum in der Nähe des Orbs, die Dämmerung färbte den Himmel tiefblau und die ersten Sterne funkelten im trüben Meer des Himmels. Ich hatte einen Verhüllungszauber um mich herum gewirkt, damit die passierenden Studenten mich nicht bemerkten, und amüsierte mich ein wenig darüber, jedes Arschloch, das seine Uniform falsch trug, stolpern zu lassen. Dein Hemd steht hinten raus? *Du bist am Arsch.* Du hast die Ärmel deines Jacketts hochgekrempelt? *Direkt in den Graben.* Die Uniform fehlt ganz? *Der Schultag ist vorbei, aber scheiß drauf, du wirst auf die Schnauze fallen.*

»Wiesooooo?«, heulte Tyler Corbin, als ich ihn mit einer heftigen Windböe den Weg entlang wirbeln und in einen Busch krachen ließ. *Weil du ein nerviges kleines Arschloch bist, darum. Wenn du damit nicht klarkommst, warte, bis du die Höllische Woche erreichst.*

»Dieser Washer-Typ ist ekelhaft.« Tory Vegas Stimme erregte meine Aufmerksamkeit und ich riss den Kopf zur Seite, als ich sie und Darcy mit Geraldine Grus im Schlepptau den Weg entlanggehen sah.

»Er ist der penetranteste Babilumbaduke, den ich je gesehen habe«, stimmte Geraldine zu.

Tory rollte mit den Augen und wandte den Blick von ihr ab. Offensichtlich genoss sie die Gesellschaft dieses Mädchens nicht und schien auch nicht in der Stimmung zu sein, ihr entgegenzukommen. Ich verstand sie. Darcy hingegen lächelte Geraldine höflich an und antwortete ihr. Immer so liebenswürdig. *Du wirst nicht mehr so nett sein, wenn du deine innere Fae annimmst, Blue.*

»Was ist ein Babilum-Ding?« Darcy runzelte die Stirn und Geraldine ruderte mit den Armen und schnappte nach Luft, als wäre gerade jemand vor ihr tot umgefallen.

»Du hast noch nie von einem Babilumbaduke gehört!? Meine Königin …«

»Darcy«, unterbrach sie sie, und ich runzelte die Stirn, weil sie den Schwachsinn der Royalistin einfach so beiseiteschob.

»Papperlapapp!« Geraldine winkte ab. »Ein Babilumbaduke ist das gruseligste Wesen, das man sich vorstellen kann. Es kriecht aus der Kanalisation und zieht ahnungslose Jungfrauen in seinen Bann, ohne sie jemals wieder loszulassen. Der Legende nach labt es sich an ihrem unschuldigen Fleisch mit nichts als seinem zweizackigen Waffenwuchs.«

»Um fair zu sein, das klingt wirklich nach Washer«, sagte Tory mit einem Grinsen.

»Ja, aber was ist sein Waffenwuchs?« Darcy rümpfte die Nase und ein Lächeln huschte über mein Gesicht, weil sie so verdammt süß aussah. Aber ich unterdrückte das Lächeln sofort und biss die Zähne zusammen, um die Neugier auf sie durch eine gesunde Portion Hass zu ersetzen. Sie war eine Vega. Allein ihr Name war ein Fluch für dieses Land.

»Mylady!«, klagte Geraldine. Sie waren jetzt ganz nah. Vermutlich waren sie auf dem Weg zum Abendessen im Orb, dabei würden sie wahrscheinlich an mir vorbeikommen. »Ein Waffenwuchs ist ein Dingle-Dongle. Ein Kriegswilly. Der Kobold des Auerhahns. Ein schrecklicher Leroy.«

»Ein Schwanz?«, vermutete Tory und ein Schnauben entwich mir, woraufhin Darcys Kopf herumschnellte und sie sofort einen Blick in den Wald warf. Mein Herz schlug mir bis zum Hals, obwohl ich wusste, dass sie mich nicht sehen konnte. Aber ich könnte schwören, dass ihre Augen trotzdem meine verdammte Seele fanden.

»Warte, dieses Monsterding frisst Leute mit seinem Schwanz?« Darcy schnaubte.

»Ja! Das versuche ich ja die ganze Zeit zu sagen«, krähte Geraldine.

Darcy stolperte plötzlich über ihre eigenen Füße und wäre fast zu Boden gefallen, aber ich schnippte mit den Fingern, wirkte Luftmagie, bevor ich überhaupt wusste, was ich da tat, und fing sie auf, sodass sie nicht auf dem Boden aufschlug. Sie sah verdammt verwirrt aus und Tory kicherte, hakte sich bei ihr ein und zog sie mit sich.

Was zum Teufel habe ich gerade getan?

Ich hatte gerade die letzten zehn Minuten damit verbracht, Studenten zu Fall zu bringen, und Darcys Bluse steckte nicht einmal in ihrer Hose. Warum hatte ich also nicht die Gelegenheit genutzt, sie in den Schlamm zu schleudern?

»Komm schon, Tollpatsch«, sagte Tory und Darcy lachte.

»Alles in Ordnung, Mylady?«, keuchte Geraldine, die sich sofort an sie drückte, und Darcys Wangen waren gerötet, als sie sie wegwinkte.

»Ja, ich habe nur Hunger«, erklärte sie fröhlich, und Geraldines nächste Bewegung konnte ich nur als Galopp mit hocherhobenen Knien beschreiben, als sie die Mädchen hinter sich den Weg entlang lockte.

»Aus dem Weg, aus dem Weg!«, rief sie den anderen Studenten zu und spritzte einige von ihnen mit ihrer Wassermagie vom Weg. »Die wahren Königinnen kommen!«

Tory flüsterte Darcy etwas ins Ohr und ich konzentrierte meine Sinne auf sie, um es zu hören. »Meinst du, wir könnten sie abhängen, wenn wir umkehren und das Abendessen auslassen?«

»Keine Chance. Schau dir diese Beine an«, sagte Darcy und beide brachen in lautloses Gelächter aus und lehnten sich aneinander. Ihre Verbundenheit war deutlich zu spüren.

Mein Herz zog sich heftig zusammen, als ich ihnen nachstarrte und mich daran erinnerte, dass ich diese Verbundenheit einst mit meiner Schwester Clara geteilt hatte, bevor sie gestorben war. Bevor Lionel sie getötet hatte. Meine Kehle zog sich zusammen und ich schloss die Augen. Mein Atem ging nur noch stoßweise und ich spürte, wie die Dunkelheit an den Rändern meines Verstandes leckte.

Meine Ohren summten förmlich vor Energie und es fühlte sich an, als würden die Sterne eine Schicht der Welt für mich zurückziehen. Ich lebte einen Moment lang in diesem Gefühl und verspürte eine Nähe zu Clara, als befände sie sich am Rande meines Bewusstseins.

Die Welt gerät aus dem Gleichgewicht, Waage. Du musst dich bald entscheiden.

Ein Heulen durchbrach das Flüstern in meinem Kopf und ich riss die Augen auf, unsicher, ob ich diese Worte wirklich gehört hatte. Die Sterne sprachen so selten zu Fae, dass ich es in meinem Leben nur ein paar Mal erlebt hatte. Das erste Mal, als mein Vater gestorben war und die Worte *Nimm seinen Platz ein* in meinem Kopf erklungen waren. Seitdem schienen die Sterne immer präsent zu sein, als würden sie mich beobachten. Und das ließ jede meiner Entscheidungen weitaus wichtiger erscheinen, als mir lieb war.

Aber ich bezweifelte, dass ich hier eine wichtige Rolle zu spielen hatte. Und ich war mir nicht sicher, was ihre Botschaften überhaupt bedeuteten. Du musst dich bald entscheiden? Welche Entscheidung hatte ich denn zu treffen? Ich verstand es nicht, genauso wenig wie ich die Botschaft verstanden hatte, die sie mir geschickt hatten, als mein Vater gestorben war. Aber ich hatte mein Bestes gegeben, um alles zu verkörpern, was er gewesen war.

Ich unterrichtete einen Acrux in dunkler Magie – einer Magie, die einen großen Teil des Lebenswerks meines Vaters ausgemacht hatte –, obwohl ich nicht so versiert darin war, dunkle Zauber zu wirken, wie er es gewesen war. Mit dunkler Magie zu experimentieren, schien mir immer eine gefährliche Idee zu sein. Und Darius' Leben mit etwas Unerprobtem zu riskieren, war undenkbar. Also hielt ich mich an das, was mein Vater mich gelehrt hatte, und hoffte, dass es ausreichte, um Darius den Vorteil zu verschaffen, den er in Zukunft gegen seinen Vater brauchen würde. Ich würde alles tun, um sie auf eine gleichberechtigtere Ebene zu bringen. Denn Lionel Acrux würde nicht davor zurückschrecken, schmutzige Taktiken anzuwenden, um seinen Sohn zu schlagen, wenn es darauf ankäme. Und dunkle Magie konnte sehr subtil, geradezu unauffindbar, sein.

Mein Vater hatte mich vor der Anwendung einiger Formen dieser Magie gewarnt und mir nicht einmal etwas beigebracht, das mir dauerhaften Schaden zufügen könnte. Wie zum Beispiel Dunkle Manipulation. Anders als bei normaler Manipulation konnte man sie nicht mit mentalen Schutzschilden oder irgendeinem mir bekannten Zauber abwehren. Sie war so bindend wie ein Todesschwur, und das machte sie so furchterregend. Um solch hohe Stufen dunkler Magie zu erreichen, musste man eine Seele opfern. Wenn die eigene Seele beim Tod nicht intakt war, konnte dies den Platz unter den Sternen verwirken, sie konnten dich in ewige Verdammnis und Leid stürzen.

Und nichts von dem, was in diesem Leben geschah, war es wert, von unseren himmlischen Herrschern auf ewig verflucht zu werden.

Ich konzentrierte mich wieder auf den Grund für mein Hiersein, und die Schwere wich ein wenig von mir, als ich auf die geschwungene goldene Wand des Orbs vor mir starrte. Am Ende des letzten Semesters hatte Darius alle Diamanten gestohlen, die in den Sternbildern an den Außenwänden des Orbs eingebettet gewesen waren. Lionel – das Arschloch – hatte sie finanziert, und ja, ich hatte Darius geholfen, sie mitten in der Nacht einzusammeln und in seinem kleinen Schatz zu verstecken, um Lionel zu ärgern.

Ich musste bei dieser Erinnerung grinsen, aber leider nahmen jetzt neue Edelsteine ihren Platz ein, die der Erdelementarprofessor Rockford heute Nachmittag dort platziert hatte. Und da Darius sich von diesen funkelnden Steinen definitiv ablenken lassen würde, plante ich einen Überraschungsangriff. Auf diese Weise wollte ich ihm beibringen, immer wachsam zu sein. Außerdem nährte es meinen inneren Vampir, einen der mächtigsten Fae des Königreichs zu jagen. Obwohl die echte Jagd strengstens verboten war, erlaubte ich mir dieses kleine Spiel und bewegte mich dabei an der Grenze dessen, was wirklich akzeptabel war. Aber ich würde ihn nicht beißen. Wenn ich das täte, könnte ich auf den Geschmack der Jagd kommen und dann wäre ich wirklich in Schwierigkeiten.

Das Heulen, das meine Aufmerksamkeit erregt hatte, kam von Seth Capella, der mit den anderen Erben den Weg entlangging. Die Leute sprangen ihnen aus dem Weg oder versammelten sich hinter ihnen, während sie die vier anhimmelten, und ich widerstand dem Drang, angesichts ihres Arschkriecher-Bullshits die Augen zu verdrehen.

Seth erzählte jedem, der es hören wollte, dass er gerade zum Wolf des Jahres im *Make-You-Howl*-Magazin gekürt worden war, und wedelte mit dem Ding vor allen Leuten herum, um auf sein Foto hinzuweisen.

»Du hältst das für spektakulär? Ich wurde zweimal hintereinander zum heißesten Wasserelementar des Jahres gekürt. Du magst der heißeste Typ deiner Formgebung sein, aber ich bin der heißeste Typ eines ganzen Elements«, sagte Max selbstgefällig und ein paar Mädchen in seiner Nähe kicherten und versuchten, seinen Blick zu erhaschen.

»Ist doch auch Schwachsinn, dass ich nicht zum heißesten Luftelementar gekürt wurde«, sagte Seth mit einem Knurren. »Warum sollte jemand einen gescheiterten Professor, der seine Pitball-Karriere weggeworfen hat, zum Gewinner küren, selbst wenn er heiß ist?«

»Sprich nicht so über ihn!«, knurrte Darius.

»Ach kommt schon, geben wir doch einfach alle zu, dass Orion nicht *so heiß* ist wie ich. Seht euch meine Haare an!« Seth schüttelte den Kopf, sodass seine Haare im Sonnenlicht glitzerten. »Und den Glanz. So einen Glanz hat er nicht.«

»Ich weiß nicht, er glänzt schon ziemlich«, stichelte Caleb und Seth stürzte sich auf ihn, und die beiden fingen sofort an zu ringen.

Ich biss die Zähne zusammen. Ich las keine solchen Schwachsinnszeitschriften. Allerdings war mein gesamtes Kurszimmer mit Fotos von mir tapeziert worden, als ich im letzten Semester den ersten Platz in der *Elemental Weekly* belegt hatte, nachdem ich diesen dummen Titel gewonnen hatte. Und angesichts der Fähigkeiten, mit denen die Dinger an meine Wand geklebt worden waren, musste ich einen Erben vermuten. Oder alle von ihnen. Als sie sich zusammengetan hatten, waren etliche Pranks die Folge gewesen. Wir mussten praktisch ein ganzes Team der Zodiac Academy damit beschäftigen, das von ihnen verursachte Chaos zu beseitigen. Und aufgrund ihres Status durfte ihnen niemand auch nur eine angemessene Zeit lang Nachsitzen aufbrummen. Nicht einmal ich. Elaine Nova war da sehr deutlich gewesen. *Schleimerin.*

Darius schien abgelenkt zu sein, und ich grinste, als mir klar wurde, warum. Seine Augen waren auf die Edelsteine im Sternbild Steinbock gerichtet, das sich ganz in meiner Nähe befand, und er blieb stehen, während die anderen weitergingen.

»Wir sehen uns später«, murmelte er ihnen zu, und sie winkten zum Abschied, gingen den Weg hinunter und nahmen den Großteil ihres Fanclubs mit.

Darius jagte die wenigen, die noch übrig waren, davon, indem er die Zähne bleckte, und sie machten sich aus dem Staub. Er aber blieb stehen, sah sich kurz nach etwaigen Professoren um und trat dann näher an die Wand heran. Ich unterdrückte ein Lachen, als er seine Finger über den untersten Edelstein gleiten ließ und seinen Kopf nach links und rechts neigte, während er ihn untersuchte.

»Mein«, sagte er leise. Ich verstand ihn nur aufgrund der Fähigkeiten meiner Formgebung.

Ich holte den Beutel mit Sternenstaub aus meiner Tasche und schoss mit der Geschwindigkeit meines Vampirs nach vorn. Ein Grinsen breitete sich auf meinem Gesicht aus, als er keinen einzigen Muskel bewegte. Dann stieß ich mit ihm zusammen und warf gleichzeitig Sternenstaub über uns. Wir wurden in die Sterne gerissen und ein überraschter Schrei entrang sich ihm, während mein Gelächter um uns herum hallte.

Wir landeten in einem Waldstück und kullerten durchs Laub und eine steile Böschung hinunter, während Darius begann, auf mich einzuschlagen. Das Brüllen eines Drachen verließ seine Lunge. Ich schirmte meinen Körper mit einem soliden Luftschild ab, um zu verhindern, dass seine Schläge mich erreichten, und landete auf dem Rücken unter seinem massigen Körper. Seine Haare fielen ihm in die Augen und sein Gesicht verzerrte sich zu einem bösartigen Knurren, das mich für eine Sekunde zu sehr an seinen Vater erinnerte.

»Ich bin's«, sagte ich schnell und mit hämmerndem Herzen – das Spiel war plötzlich nicht mehr so lustig.

Er legte die Stirn in Falten, als er den Übeltäter erblickte, und sein ganzer Körper erschlaffte vor Erleichterung.

»Was zum Teufel, Lance?« Er stieß sich von mir ab und stand auf.

»Du musst deine Deckung auf dem Campus verbessern«, warnte ich ihn, als er mir eine Hand anbot und mich auf die Beine zog.

»Niemand auf dem Campus kann mich herausfordern. Außer den anderen Erben, und das werden sie wohl kaum tun«, sagte er und strich sich ein paar Blätter aus den Haaren.

»Werde nicht übermütig«, sagte ich und verpasste ihm einen Stoß gegen die Schulter. »Geschick kann Stärke übertreffen.«

Er stieß einen Atemzug aus, der mit Rauch vermischt war, dann taumelte er nach vorn und schlang seine Arme um mich. Ich umarmte ihn ebenfalls, spürte, dass ihn etwas bedrückte, aber in letzter Zeit bedrückte ihn immer etwas. Und ich kannte das Gefühl.

Das Band zwischen uns blühte auf und die Erleichterung, ihm so nahe zu sein, half mir, meine schlimmste Angst zu lindern. Ich vermutete, dass es ihm genauso ging.

Er begann, zu lachen, und ich schloss mich ihm an, während wir uns voneinander lösten.

»Du verdammtes Arschloch«, sagte er und ein Grinsen umspielte seine Lippen.

Ich zuckte spöttisch mit den Schultern. »Du bist nur sauer, weil du weißt, dass du jetzt tot wärst, wenn ich dein Feind wäre.«

»Da habe ich ja Glück, dass du auf meiner Seite stehst«, meinte er grinsend. »Und wo wir gerade von Seiten sprechen, wie läuft es mit der Vega-Auslotung?«

Ich runzelte die Stirn. »Da gibt es nicht wirklich etwas zu berichten.

Sie sind immer noch verwundbar. Aber das wird nicht ewig so bleiben.«

Er nickte ernst. »Glaubst du, sie knicken ein? Sollen wir mehr Druck machen?«

Ich musterte ihn genau. »Was genau habt ihr vor?«

»Was auch immer nötig ist«, knurrte er. »Vater hat Xavier schon wieder bedroht und ich …«

Ich legte ihm eine Hand auf die Schulter und spürte, wie sich sein Schmerz darüber mit meinem vermischte. »Wir werden eine Lösung finden. Ich schwöre es.«

»Irgendwelche Ideen zu ihren Formgebungen?«, fragte er.

»Ich glaube, Darcy könnte eine Sirene sein«, sagte ich, und seine Augenbrauen hoben sich.

»Ach ja? Warum denkst du das?«, fragte er.

»Es ist nur so ein Gefühl. Als würde sie versuchen, meine Emotionen zu manipulieren oder so etwas«, murmelte ich, und er nickte langsam.

»Ja, jetzt, wo du es sagst – Roxy könnte auch eine sein«, sagte er nachdenklich.

»Wirklich? Hast du bei ihr etwas Ähnliches gespürt?«, fragte ich hoffnungsvoll und klammerte mich mit beiden Händen an diese Erklärung.

»Ja, wie eine Art Sog …«

»Genau«, stimmte ich zu und Erleichterung machte sich zwischen uns breit.

Die Schwere wich aus seinem Gesichtsausdruck. »Also, wo ist mein Beil?«, fragte er wie ein Kind, das nach Süßigkeiten fragte, und ich grinste.

Ich holte das Sonnenstahlschwert heraus, das ich als Klappmesser in meiner Tasche versteckt hatte, zusammen mit Darius' Beil, das derzeit wie ein winziger grüner Drachen-Schlüsselanhänger mit einem Pimmel als Kopf getarnt war. Ich hatte mich mit dem Verhüllungszauber für dieses Exemplar möglicherweise etwas übernommen, aber meine letzte Stunde war mit einem Kurs Seniors gewesen, die eine Stunde lang Levitation geübt hatten, sodass ich Zeit gehabt hatte, daran zu arbeiten.

Ich warf ihn Darius zu und er schnaubte, als er den Schlüsselanhänger betrachtete. »Hübsch.«

»Glaubst du, dein Vater würde das gutheißen?«, fragte ich schmunzelnd.

»Er würde dich wahrscheinlich im Ofen rösten und als Snack verspeisen«, sagte er lachend.

»Das ist es wert«, murmelte ich und er lachte leise.

»Also, wie sieht der Plan aus?«

»Ich glaube, wir haben eine Spur«, erklärte ich guter Stimmung. Es gab nichts Besseres als den Nervenkitzel der Jagd, um den Rest meines beschissenen Lebens zu vergessen. Dafür lebte ich – Lionel zu trotzen und gegen Monster anzukämpfen. Es war so ziemlich das Einzige, was mich daran erinnerte, dass ich in diesen Tagen noch ein schlagendes Herz in meiner Brust hatte. »In der Nähe wurde eine Nymphe gesichtet, die dem FIB gemeldet wurde, und ich glaube, sie könnte zu der Gruppe gehören, die wir verfolgen.«

Darius' Gesicht hellte sich bei diesen Worten auf und mir wurde warm ums Herz, weil ich ihm endlich einmal gute Nachrichten überbringen konnte. Ich holte meinen Atlas heraus und überprüfte die Koordinaten, die Francesca mir geschickt hatte. Sie durfte mir unter keinen Umständen die Orte nennen, an denen Nymphen gesichtet worden waren, aber sie tat es trotzdem und riskierte damit ihren Job. Denn sie wusste, dass wir uns um zumindest ein paar der Nymphen kümmerten. Das FIB war zu sehr ausgelastet, um sich mit dem zunehmenden Problem der Nymphenangriffe zu befassen, aber niemand wollte zugeben, dass es ein Problem gab, und eine größere Taskforce zur Bekämpfung der Angriffe aufstellen.

Das FIB hatte Angst, die Öffentlichkeit zu verschrecken, indem es bekannt gab, dass es im Königreich eine Krise gab, also schickte Francesca mir die Berichte, die eingingen, wann immer sie ignoriert wurden. Es war harte, schmutzige Arbeit, aber ich genoss jede Sekunde davon. Den ganzen Tag zu unterrichten war für mich nicht selbstverständlich. Ich brauchte eine Aufgabe, und das hier gab mir eine. Und ich wusste, dass Darius es auch brauchte. Es war ein Ventil, das uns das Gefühl gab, in dieser Welt nützlich zu sein, als würden wir tatsächlich etwas bewirken. Würde ich ernsthafte Probleme mit Lionel bekommen, wenn er wüsste, dass ich seinen Sohn auf gefährliche, illegale Nymphenjagden mitnahm? Auf jeden Fall. Gab ich den Kot einer Tiberianischen Ratte darauf? Nein.

Vor allem, weil diese Nymphen-Sichtung hier in Tucana stattgefunden hatte, nur einen Steinwurf von der Zodiac Academy entfernt. Und das war nicht auf die leichte Schulter zu nehmen.

»Komm schon, hier entlang.« Ich schob den Verhüllungszauber mit meinem Daumen vom Klappmesser und es verwandelte sich in ein Schwert in voller Größe.

Wir drangen tiefer in den Wald ein. Während wir gingen, zogen Wolken auf und schon bald darauf rieselte Regen von den Baumkronen herab. Ich errichtete einen Luftschild um uns herum, um uns trocken zu halten. Aber während ich einer Million Regentropfen lauschte, die auf Blätter und Äste prasselten, wurde es schwieriger, auf andere Geräusche zu achten. Es war, als würden meine Sinne in den Wahnsinn getrieben.

Wir erreichten den Rand eines großen Grundstücks, auf dem die Nymphe von einem alten Mann gesichtet worden war, der in einem alten Bauernhaus lebte, das von Grasfeldern umgeben war. Ferris

Pike hatte den Bericht verfasst, aber laut Francesca war er aufgrund seiner Trinkgewohnheiten ein unzuverlässiger Zeuge. Er hatte in einer örtlichen Bar grundlos Alarm geschlagen und war ausgelacht worden. Der einzige Grund, warum Francesca den Bericht ernst genommen hatte, war das Foto, das er hatte machen können.

Ich hatte genau dieses Bild jetzt in meinem Atlas gefunden und es Darius gezeigt. Es stammte von genau dieser Stelle, obwohl der Winkel zu niedrig war, um etwas vom Oberkörper der Nymphe zu sehen. Es war schwer zu erkennen, aber zwischen den beiden Bäumen, vor denen wir jetzt standen, waren lange rindenbedeckte Beine zu sehen, die mit dem Wald verschmolzen. Man hätte sie leicht als Teil der Bäume abtun können, aber hier zu stehen, bestätigte, was es war. Denn jetzt fehlte jede Spur von ihnen.

»Siehst du die Narbe an seinem rechten Bein?«, fragte ich und zeigte darauf, woraufhin ein Grinsen über Darius' Gesicht huschte.

»Das könnte der mit dem Hinkefuß sein. Die Wahrscheinlichkeit, dass ein Fae eine nicht verheilte Verletzung mit sich rumträgt, ist verdammt unwahrscheinlich«, sagte er aufgeregt. Wir hatten die Gruppe, die wir verfolgt hatten, nur außerhalb ihrer Nymphenform gesehen, sodass wir nicht hundertprozentig sicher sein konnten, dass es sich nicht um Fae handelte. Aber einer von ihnen hatte ein verletztes Bein gehabt, und diese Nymphe schien eine alte Verletzung an derselben Stelle zu haben. Es war also durchaus möglich, dass diese Leute, die wir verfolgt hatten, Nymphen waren, die zu einem Nest gehörten. Und wenn wir das heute Abend ein für alle Mal klären könnten, wären wir auch in der Lage, sie zu verfolgen.

»Genau mein Gedanke«, sagte ich düster, aber dann verfinsterte sich Darius' Miene, als ihm klar wurde, was das bedeutete.

»Du glaubst, dass das Nest so nah an Tucana ist?«

»Könnte sein«, murmelte ich. Die Vorstellung gefiel mir ganz und gar nicht. Aufgrund der Sichtungen der Gruppe hatten wir vermutet, dass das Nest weiter draußen lag, aber vielleicht lagen wir falsch.

Ich ließ mich auf den Boden fallen und als ich einige der heruntergefallenen Blätter beiseiteschob, fand ich große Fußabdrücke im Schlamm.

»In welche Richtung sind sie wohl gegangen?«, fragte Darius, der sich ebenfalls in die Hocke begab und mehr Blätter um uns herum wegschob, um nach weiteren Fußabdrücken zu suchen.

»Da entlang.« Ich hob die Hand, als meine schärferen Augen weitere Abdrücke direkt hinter dem Punkt entdeckten, den er gerade betrachtete.

Er stand auf und folgte den Spuren entlang des Holzzauns, der Ferris' Grundstück umgab, und ich lief ihm hinterher, während ich meine Ohren auf das Waldgebiet gerichtet hielt, für den Fall, dass sich uns etwas aus der Dunkelheit näherte.

Der Regen nahm an Heftigkeit zu, und ich fluchte, da es nun immer schwieriger wurde, Geräusche von den prasselnden Regentropfen zu unterscheiden, die die Welt einnahmen. Aber schließlich durchbrach etwas das Getöse, das mir einen Schauer des Grauens über den Rücken jagte. Ein Schrei, ein markerschütternder, angsterfüllter Schrei.

Ich drehte mich blitzschnell um und schaute zum Bauernhaus, von dem der Schrei gekommen war. Sofort packte ich Darius, warf ihn mir über die Schulter und sprang über den Zaun. Mit voller Geschwindigkeit rannte ich auf das Haus zu und erreichte die Eingangstür, kurz bevor sie aus den Angeln flog und Feuerzauber in meinem Blickfeld erblühten.

Ich warf einen Luftschild, als wir zu Boden geworfen wurden, und Darius kam noch vor mir wieder auf die Beine. Er stieß einen Kampfschrei aus, während sich der Schlüsselanhänger in seiner Hand in ein Beil verwandelte und er auf die riesige Nymphe zusprang, die aus dem Haus trat. Mein Blick fiel auf einen Anhänger an einer Kette um ihren Hals, der schwarze Edelstein war von Schatten erfüllt und strahlte eine so dunkle Macht aus, dass mir ein Stich der Angst in die Brust fuhr.

Darius' Beil versank im Arm der Nymphe, als diese versuchte, sich zu schützen, und ich sprang auf, um zu helfen, schoss vor und schlug auf eines der Beine der Kreatur ein.

Sie schrie vor Wut, dann explodierte gestohlene Erdmagie in einer wütenden Welle aus ihrem Körper, die den Boden unter uns auseinanderriss.

Ich fiel mit einem panischen Aufschrei und Darius stürzte mit mir, aber meine Luftmagie fing uns auf, bevor wir auf dem felsigen Boden auf dem Grund der Grube aufschlugen.

Die Nymphe sprang über das Loch, in dem wir uns befanden, und ich beförderte uns mit einem Luftzug so schnell ich konnte wieder nach oben.

»Ich werde mich verwandeln«, schrie Darius, als wir auf dem schlammigen Boden außerhalb des Hauses landeten. Mein Blick fiel auf die Nymphe, die in Richtung der Bäume floh und dabei leicht hinkte. Ich war mir fast schon sicher, dass es sich um eine der Personen handelte, die wir verfolgt hatten. Aber solange wir das Ding nicht zu fassen bekamen und es zwingen konnten, sich zu verwandeln, gab es keine Möglichkeit, dies zu beweisen.

»Nein, wir sind zu nah an der Stadt. Man wird dich sehen«, entgegnete ich und packte Darius am Arm, um ihn aufzuhalten, als er sein Hemd ausziehen wollte. Die Nymphe sprang über den Zaun und verschmolz sofort mit dem Wald, als sie zwischen den dunklen Ästen verschwand.

»Dann bring uns dort rüber!«, forderte er mich auf, aber eine Hitzewelle hinter mir ließ mich zum Haus zurückblicken. In ihm loderte ein Feuer, das es schnell verzehrte.

Irgendwo in der Stadt ertönte eine Sirene und mein Herz setzte einen

Schlag aus, als mir klar wurde, dass wir in Schwierigkeiten steckten.

»Wir müssen gehen«, knurrte ich und griff nach dem Sternenstaub, aber Darius schüttelte den Kopf.

»Bist du verrückt? Wir müssen die Nymphe jagen. Sie zerstören.« Sein Gesicht verzerrte sich vor Wut, sein Verlangen nach diesem Kill war deutlich zu erkennen.

»Es ist zu spät«, fuhr ich ihn an. »Wir müssen gehen.«

»Dann geh du doch.« Er rannte über das Gras davon und ich fluchte und rannte ihm hinterher, weil ich mich weigerte, ihn zurückzulassen.

Die Nymphe schaffte es in den Wald und mein Atlas begann in meiner Tasche zu summen.

Darius war fast am Zaun, als zehn FIB-Agenten wie aus dem Nichts auftauchten und ihn direkt ansahen. Mir rutschte das Herz in die Hose.

Ich handelte sofort, schoss mit der Geschwindigkeit meiner Formgebung davon und sprang über den Zaun weiter oben am Feld. Aus der Deckung der Bäume sah ich, wie Darius die Hände hob und sich ergab, das Beil war nicht mehr zu sehen.

»Bleib, wo du bist!«, donnerte ein großer männlicher Agent.

Fuck, fuck, fuck.

Ich zog meinen Atlas heraus und entdeckte dort eine Nachricht von Francesca, in der nur stand: *LAUFT.*

Ich bemerkte sie unter den Agenten, die jetzt den Zaun erklommen und Darius umzingelten, alle in ihren schwarzen Overalls.

Ich spitzte die Ohren, während mein Puls heftig in meiner Brust donnerte.

»Ein Mann wurde von einer Nymphe angegriffen«, sagte Darius laut und zeigte auf das Haus. »Er braucht Hilfe.«

Einige der Agenten rannten in die entsprechende Richtung, löschten schnell die Flammen und gingen ins Haus. Es dauerte nicht lange, bis sie wieder auftauchten, eine Leiche hinter sich herzogen und sie auf dem Gras ablegten.

»Er ist tot. Könnte das Feuer gewesen sein, ohne eine gründliche Untersuchung ist das schwer zu sagen«, rief einer der Agenten.

»Drachenfeuer?«, fragte ein anderer scharf. *Verdammt.*

»Es war eine Nymphe«, sagte Darius bestimmt, aber niemand schien ihm zuzuhören.

Francesca warf ihm einen schnellen Blick zu, um ihm zu bedeuten, die Klappe zu halten, und er biss die Zähne zusammen.

Ein Agent zog Darius schnell die Hände hinter den Rücken und legte ihm Handschellen an, die seine Magie blockierten. Meine Panik wuchs von hundert auf tausend.

Ich tat das Einzige, was ich tun konnte, denn das war nicht gut. Darius könnte dafür in den Knast wandern.

Also rief ich die einzige Person auf der Welt an, die diese Scheiße in Ordnung bringen konnte, und schmeckte dabei Galle in meinem Mund. Das Rufzeichen ertönte mehrere Male und ich verfluchte ihn mit allen Namen unter der Sonne, während ich darauf wartete, dass er abnahm.

»Ja?«, antwortete Lionel knapp.

»Darius wird wegen eines Verbrechens verhaftet, das er nicht begangen hat«, platzte es aus mir heraus, und es folgte eine Phase wütender Stille.

»Schick mir deinen Standort.« Er legte auf und ich schickte ihm die Koordinaten und betete, dass Darius mich dafür nicht hassen würde.

Aber ich musste ihn schützen, und dies war der einzige Weg, dies zu tun. Denn wenn die FIB-Agenten ihn festnähmen, würden sie das Beil finden und einen Zyklopen einsetzen, um seine Erinnerungen zu durchsuchen. Sie würden alles sehen, was wir getan hatten – und nicht nur die Nymphenjagden. Sie könnten auch sehen, dass ich ihm dunkle Magie beigebracht hatte und dass er plante, es mit seinem Vater aufzunehmen. Und das konnte ich nicht zulassen.

Ich nahm mir einen Moment, um mein Schwert wieder zu verhüllen, und schob es in Form des Taschenmessers in meine Tasche.

Lionel tauchte direkt hinter den Agenten auf und einer von ihnen erschrak so sehr, dass er direkt auf seinen Hintern fiel.

»Was in den Sternen haben Sie mit meinem Sohn gemacht?«, donnerte er und Francesca eilte vor, um zu antworten.

»Lord Acrux, Sir, er wurde am Tatort eines Verbrechens gefunden«, sagte sie hastig. »Wir müssen ihn zum Verhör mitnehmen. Aber keine Sorge, ich werde ihn selbst verhören und bin sicher, dass sich dann alles aufklärt.«

Ich konnte erkennen, was sie vorhatte. Sie war eine Zyklopin, und wenn sie das Verhör selbst führte, könnte sie ihn vielleicht wirklich beschützen. Aber wenn sie verhört würde oder wenn ihr Vorgesetzter das Verhör einem anderen übertragen würde …

»Unter keinen Umständen«, fuhr Lionel sie an, seine Augen zwei pechschwarze Höllenschlünde. »Mein Sohn ist kein Krimineller. Oder, Junge? Also erkläre den FIB-Agenten, was genau du hier machst.« Er starrte Darius an, sichtlich neugierig, warum er hier war, und verdammt, das durfte er auf keinen Fall herausfinden.

»Ich bin eine Runde geflogen und habe das Feuer gesehen«, sagte Darius selbstbewusst. »Ich bin hier gelandet, um zu sehen, was los ist.«

»Warum tragen Sie dann Kleidung?«, fragte ein hilfsbereiter kleiner Bastard von einem Agenten.

»Schon mal was von einem Pegobag gehört, Idiot?«, knurrte Darius. »Ich habe ihn dort drüben liegen lassen.« Er zeigte vage über das Feld. »Soll ich ihn holen gehen?«

»Ja …«, begann der Mann, aber Lionel fiel ihm ins Wort.

»Natürlich werden Sie ihn nicht darum bitten, so etwas zu tun. Sie wollen doch nicht wirklich behaupten, dass mein Sohn für diesen Hausbrand verantwortlich sein könnte?«, entgegnete er, und der Agent wirkte unsicher und warf seinen Kollegen einen hilfesuchenden Blick zu, aber sie sahen jetzt alle ziemlich kleinlaut aus.

»Das ist unser Job«, meldete sich der Mann zu Wort.

»Er soll ein High Lord des Celestia-Rates werden«, spottete Lionel. »Glauben Sie wirklich, dass er dafür verantwortlich ist?«

»Natürlich nicht«, ruderte der Agent zurück. »Aber so lautet das Protokoll. Wir müssen ihn zum Verhör mitnehmen. Sobald wir seine Geschichte bestätigt haben, werden wir …«

»Agent Blakely«, sagte Lionel kalt und sein Blick fiel auf die FIB-Marke auf der Brust des Mannes. Ich könnte schwören, diesen zittern zu sehen. »Ich schlage vor, Sie denken sehr sorgfältig über Ihren nächsten Schritt nach. Wenn Sie meinen Jungen verhaften, sorgen Sie dafür, dass das ganze Königreich in den Zeitungen davon erfährt. Sie werden den großartigen Acrux-Namen beschmutzen, einem jener Herrscher, die dafür sorgen, dass es dem FIB so gut geht.«

Blakely nickte langsam und fuhr sich nervös mit den Fingern durch die Haare. »Nun, ich … Vielleicht könnten wir dieses eine Mal … das Protokoll ändern, wenn man die Umstände bedenkt.«

»Ja, ja«, sagte Lionel fröhlich und klopfte Blakely so fest auf die Schulter, dass er ein paar Zentimeter tief im Schlamm versank. »Das ist schon besser. Ein bisschen Respekt. Das weiß ich zu schätzen, wirklich. Ihre Abteilung wird für die harte Arbeit heute Abend großzügig belohnt. Ich werde mich persönlich darum kümmern.«

Bei den Sternen, ich hasste dieses Arschloch. Aber verdammt, er hatte die Macht eines Gottes, wenn ich seine Hilfe brauchte.

»Wir lassen Sie jetzt in Ruhe und überlassen Sie Ihren Ermittlungen.

Und ich erwarte, dass der Name meines Sohnes in dieser Angelegenheit anonym bleibt, verstanden?«

»Natürlich, Eure Hoheit, ich meine, mein Herr, ich meine …«, stammelte Blakely und Lionel stieß ihn aus dem Weg, während er sich seinem Sohn näherte.

Francesca nahm Darius die Handschellen ab und Lionel packte ihn am Arm, während die Agenten alle auf die Leiche und den Tatort zugingen, die sie erwarteten. Lionel sprach mit leiser Stimme, die für meine Ohren bestimmt war.

»Ich werde euch beide zur Academy begleiten.« Dann verschwand er mit Darius im Sternenstaub und ich rieb mir die Augen, bevor ich das Gleiche tat.

Ich wurde durch die endlose Spirale der Sterne gezogen und landete auf dem Asphalt vor den riesigen Toren der Zodiac Academy.

Lionel strahlte eine tödliche Wut aus, die mir eine Gänsehaut bescherte, und ich warf Darius einen kurzen Blick zu, eine Entschuldigung auf den Lippen. Aber er schüttelte den Kopf, und seine Augen sagten mir, dass er mir nicht die Schuld für das gab, was ich getan hatte.

Lionel zog eine Stillekuppel um uns herum, ein Grinsen umspielte seinen Mund.

»Erklärt euch. Jetzt. Und wagt es nicht, mich anzulügen.«

»Es war so, wie ich gesagt habe«, sagte Darius bestimmt. »Ich war draußen beim Fliegen und habe das Feuer gesehen.«

»Dann erkläre mir die Sache mit deinen Klamotten, denn mein Sohn trägt keinen *Pegobag*. Drachen fliegen nicht mit ihrer Kleidung in einem ekelhaften Rucksack, der für niedere Fae geschaffen wurde«, zischte Lionel.

»Ich bin unter ihm hergelaufen«, sagte ich. »Ich hatte seine Kleidung. Ich habe sie ihm gegeben, als er gelandet ist. Als dann das FIB aufgetaucht ist, bin ich weggerannt, damit ich Zeit hatte, dich anzurufen.«

Lionel verstummte, blickte zwischen uns hin und her und suchte nach der Lüge. Angst kroch mir den Rücken hinauf und hinunter, aber ich ließ mir nichts anmerken.

»Sag mir die Wahrheit, Junge«, sagte er und richtete seinen Blick auf Darius. »Hast du das Haus in Brand gesetzt? Hast du dein Drachenfeuer benutzt? Denn es gibt verräterische Anzeichen für Drachenfeuer, die sich schwerer verbergen lassen, wenn du es getan hast.« In seinen Augen lag ein Funkeln, das mir das schreckliche, beklemmende Gefühl gab, dass Lionel hoffte, sein Sohn würde Ja sagen. Dass er zugeben würden, diesen Mann kaltblütig getötet zu haben.

»Nein, habe ich nicht«, schwor Darius mit gerunzelter Stirn.

»Ich werde nicht wütend sein«, sagte Lionel, seine Stimme wurde weicher. Er sprach jetzt in einem Ton, den ich noch nie von ihm gehört hatte. »Ferris Pike war ein mächtiger Fae, aber er war auch eine abscheuliche Sphinx. Ein Sammler von Wissen. Hat er dich irgendwie beleidigt? Denn es ist ehrenvoll, so jemanden zu töten.«

»Nein«, erwiderte Darius schnippisch. »Ich habe ihn nicht getötet.«

Lionel seufzte und wirkte regelrecht enttäuscht. »Na schön«, fuhr er fort. »Nun, du wirst den Preis für das bezahlen, was ich gerade für dich getan habe. Es wird mich einen beträchtlichen Beitrag an das FIB kosten, deinen Namen aus der Presse herauszuhalten.«

»Okay«, stimmte Darius zu und reckte das Kinn, während er auf die Bestrafung wartete. Aber Lionel würde seinen Sohn nicht hier vor den Toren der Zodiac Academy bestrafen. »Bring es hinter dich.«

»Nein, Junge.« Lionel trat näher an ihn heran. »Ich werde dich bestrafen, wenn ich es für richtig halte.«

Er schnippte mit den Fingern in meine Richtung, als wäre ich ein gehorsamer Wachhund. »Bring meinen Sohn zurück auf sein Zimmer, Lance!«

»Ja, Onkel«, sagte ich mit gewohnt trockenem Ton, aber er schien es nicht zu bemerken.

Er warf Sternenstaub über sich selbst, verschwand aus meinem Blickfeld und ein Hauch von Erleichterung durchströmte meine Lunge. Darius stapfte durch die Tore und ich folgte ihm, wobei ich ihn aus den Augenwinkeln beobachtete, während ich eine Stillekuppel um uns herum erzeugte.

»Wir müssen uns eine Weile bedeckt halten. Mit der Nymphenjagd aufhören«, murmelte ich.

»Was?«, knurrte er und drehte sich zu mir um. »Ich wollte genau das Gegenteil vorschlagen.«

»Es ist zu riskant«, zischte ich. »Verstehst du nicht, was passiert wäre, wenn das FIB dich zum Verhör mitgenommen hätte? Sie hätten alles herausfinden können, was wir planen, ganz zu schweigen von all dem illegalen Scheiß, den wir so treiben.«

»Aber das haben sie nicht«, blaffte Darius. »Und wir können die Jagd auf die Nymphen nicht wegen der Risiken einstellen. Wir waren uns der Risiken bewusst, bevor wir angefangen haben. Sie sind es wert, wenn wir die Nymphen aufhalten können, bevor sie eine echte Bedrohung für das Königreich darstellen.«

»Ich sage nicht, dass wir für immer aufhören. Aber vorerst …«

»Nein«, knirschte er stur. »Du hast mir nichts zu sagen. Du bist nicht mein Vater, Lance.«

»Nein, aber ich bin dein Freund«, beharrte ich.

»Weil er dich dazu gemacht hat«, erwiderte er. »Hier spricht das Wächterband, nicht du.«

»Fick dich«, grunzte ich, seine Worte schmerzten mehr, als mir lieb war. »Es ist nicht das Band.«

»Doch. Du kannst es nicht von deinen echten Gefühlen unterscheiden, so funktioniert das Ganze. Denn der echte Lance Orion würde an meiner Seite stehen und bis ans Ende der Zeit gegen Nymphen kämpfen. Aber dieser Typ, der von mir verlangt, mich aus Schwierigkeiten herauszuhalten, wurde von meinem Vater in dich eingepflanzt«, sagte er und bevor ich ihm widersprechen konnte, bog er rechts auf den Weg ein und murmelte mir eine gute Nacht zu, während er in Richtung seines Hauses ging.

Ich stand einen langen Moment da und war versucht, ihm nachzugehen, denn das Band drängte mich dazu. Aber seine Worte spukten mir im Kopf herum und ich unterdrückte den Schmerz, der in meiner Brust brannte, wenn ich daran dachte, dass ich ihn verlassen hatte, obwohl er mich offensichtlich brauchte. Und ich zwang meine Füße, in die entgegengesetzte Richtung zu gehen. Denn vielleicht hatte er ja recht. Vielleicht war ich nur ein Hund an der Leine, wenn es darauf ankam. Und ich wollte nicht das tun, worum mich das Band bat, obwohl es sich anfühlte, als würde mein Brustkorb auseinandergerissen.

Ich schaute zu den Sternen auf, weil ich ihre Hilfe brauchte, aber sie funkelten nur schweigend, ohne etwas zu sagen. Also würde ich mich heute Nacht einer dunkleren Quelle widmen, um mein Wissen zu erweitern, und in den uralten Knochen lesen, die ich in meinem Schrank versteckt hielt. Sie würden mir etwas geben, womit ich weitermachen konnte, einen Weg, den es einzuschlagen galt, und eine Bestätigung dafür, ob es eine gute Idee wäre die Jagd für eine Weile einzustellen oder nicht.

Aber je weiter ich mich von Darius Acrux entfernte und je heißer das Wächterband aufflammte, desto mehr hatte ich das Gefühl, dass ich mich dafür entscheiden würde, ihn zu beschützen – egal, was die Prophezeiung mir auch raten mochte. Denn Darius hatte recht: Meine Entscheidungen wurden für mich getroffen, wenn es um seine Sicherheit ging. Und ich konnte nichts dagegen tun, selbst wenn dadurch das gesamte Königreich in Gefahr geriet.

Scorpio
Gemini
Virgo
Aries
Cancer
Leo
Sagittarius
Taurus
Capricorn
Aquarius
Libra
Pisces

DARIUS

KAPITEL 11.

Ich stapfte in den Wimmernden Wald hinaus, mit dem Nymphenangriff im Kopf und meinem Atlas im Blick.

Lance ignorierte meine Nachrichten und ich war wegen der ganzen Sache ziemlich sauer auf ihn. Wir waren so nah dran gewesen, etwas Wichtiges über die Nymphen herauszufinden, und jetzt blockierte er mich aktiv dabei, diese Untersuchung voranzutreiben.

Die Wahrscheinlichkeit war groß, dass sich mehr als nur diese eine Nymphe direkt am Rande der nächstgelegenen Stadt versteckte und vorgab, Fae zu sein. Und mir war ziemlich klar, warum. An dieser Academy gab es viele junge Fae mit gerade erwachter Magie – ein einfaches Ziel für einen Nymphenangriff, um ihnen ihre Kräfte zu rauben. Vor allem die beiden äußerst begehrenswerten Kandidatinnen Roxy und Gwendalina Vega.

Wenn ich eine Nymphe wäre, läge es nahe, dass ich mein Glück versuchen würde, ihre Kräfte zu stehlen, solange sie noch ungeschulte, leichte Ziele waren. Und jetzt wussten wir mit Sicherheit, dass diese Kreaturen in der Nähe der Academy ihr Unwesen getrieben hatte.

Aber da das Interesse meines Vaters an unseren außerschulischen Exkursionen nun offiziell geweckt war und das FIB meinen Namen nun zumindest mit einem Mann in Verbindung brachte, der von den Kreaturen getötet worden war, die wir gejagt hatten, bestand Lance darauf, dass wir uns bedeckt hielten.

Ich verstand es auf einer Ebene. Er war mein Wächter, durch Blut verpflichtet, mich zu beschützen und für meine Sicherheit zu sorgen. Außerdem war er mein bester Freund, der sich um meine Sicherheit sorgte. Und angesichts der Bedrohung, die mein Vater für uns darstellte, und der Bedrohung, die das FIB bedeuten könnte, wenn es sich dazu entschließen sollte, uns genauer unter die Lupe zu nehmen, hatte er Grund genug, besorgt zu sein. Wir wandten dunkle Magie an und führten in unserer Freizeit illegale Nymphenjagden durch, aber ich konnte es einfach nicht ertragen, jetzt von unseren Zielen abzurücken. Wir waren so nah dran.

Ganz zu schweigen davon, dass die Jagd auf die Nymphen eine der wenigen Aktivitäten war, die mir halfen, den Druck abzubauen, der ständig auf mir lastete. Ich brauchte den Kick, der sich einstellte, wenn ich mich in den Kampf stürzte – ob es nun ein Blut- oder Adrenalinrausch war oder einfach nur die Flucht vor der beschissenen Realität, in der ich die meiste Zeit lebte. Ich brauchte das und ich war nicht bereit, klein beizugeben. Vor allem nicht, solange wir einige von ihnen in Reichweite hatten und die Bedrohung, die sie darstellten, so konkret war.

»Darius!« Max' Stimme erregte meine Aufmerksamkeit, und als ich den Blick hob, sah ich, wie er auf mich zukam, ein breites Grinsen auf dem Gesicht, als er mich erreichte. »Ich dachte mir schon, dass du das bist, der hier missmutig rumspaziert.«

»Ich bin nicht missmutig«, murmelte ich und schärfte meine mentalen Schutzschilde, damit er mich nicht auf meinen Mist ansprechen konnte, aber er hatte offensichtlich schon ein Gespür für meine Stimmung bekommen.

»Klar. Und du bist auch nicht höllisch sauer auf Orion. Warum auch immer. Denn heute mit dir in *Grundlagen der Magie* zu sitzen, war irgendwie so, als wäre ich nur dort gewesen, um dir beim Zähneknirschen zuzuhören. Ich habe geradezu in deiner Wut gebadet.«

Ich rollte mit den Augen, leugnete seine Einschätzung aber nicht. Ich ging auch nicht näher darauf ein, und das gab mir ein beschissenes Gefühl. Die anderen Erben waren immer so offen und ehrlich, was alles anging, was sie beschäftigte, und ich … war es nicht.

Das Schlimmste daran war, dass sie es verstanden. Sie kannten zwar nicht die Details darüber, was im Haus meines Vaters vor sich ging, aber sie erahnten das Wesentliche, auch wenn ich ihnen nichts dazu sagen konnte. Manchmal wünschte ich mir, ich könnte es, aber andererseits war es wohl auch besser für sie, es nicht zu wissen. Es würde sie nur mit Sorgen über etwas belasten, das sie nicht ändern konnten. Der einzige Ausweg aus dem Käfig, den mein Vater für mich geschaffen hatte, war, ihn zu besiegen. Und ich war der Einzige, der das konnte. Sobald ich stark genug war, um ihn zu bezwingen, würde ich ihn stürzen, seinen Platz im Celestia-Rat einnehmen und ihn für immer aus meinem Leben verbannen.

Zumindest war das die schöne Fantasie, für die Lance und ich lebten. Denn ohne sie hatte ich im Grunde überhaupt keine Hoffnung, jemals aus diesem Loch herauszukommen und tatsächlich mit der Vorfreude auf mein Leben aufzuwachen.

Max warf mir einen besorgten Blick zu und schickte mir ein paar positive Schwingungen, woraufhin ich mir mit der Hand übers Gesicht fuhr, bevor ich für ihn ein Lächeln aufsetzte.

»Scheiße, Alter, ich glaube, ich bin heute einfach auf Selbstmitleidstour. Ignorier mich einfach«, sagte ich, schüttelte mich innerlich und zwang meine Gedanken, sich von meinem Vater und seinem Einfluss auf mein Leben zu lösen.

Meine Gedanken neigten dazu, ziemlich schnell düster zu werden, wenn ich mich auf diesen Mist einließ – was irgendwie leicht war, da er fast die volle Kontrolle über alles Wichtige in meinem Leben hatte und jede meiner Bewegungen ständig überwachte. Trotzdem hatte ich hier an der Academy viel mehr Freiheit als im Herrenhaus, und ich hatte Freunde, für die ich sterben würde. Es war also nicht alles düster und trostlos. Ich musste mich nur verdammt noch mal zusammenreißen und aufhören, wie eine kleine Heulsuse herumzujammern.

Ich ließ meine mentalen Barrieren etwas sinken und erlaubte Max, meine Stimmung mit seinen Gaben aufzuheitern. Er lächelte erleichtert, als etwas von der Anspannung von mir abfiel.

Ein leises Heulen lenkte meine Aufmerksamkeit auf den Weg, und ich schaute auf, gerade als Seth in seiner Wolfsform aus dem Wald sprang und sich auf Caleb stürzte, als dieser vor mir um eine Ecke bog. Die beiden fielen zu Boden und rangen miteinander, wobei Seth sich wieder in seine Fae-Gestalt verwandelte, um seine Fäuste einsetzen zu können.

Max und ich stürmten wortlos los und stürzten uns in den Kampf, mein Herz pochte, als wir uns alle wie ein Rudel Köter im Schlamm balgten.

Einer von ihnen versetzte mir einen Schlag in die Niere, kurz bevor ich einen Ellbogenstoß ans Kinn abbekam, und Max schrie entsetzt auf, dass Seths Schwanz ihn im Gesicht getroffen hätte. Es dauerte nicht lange, bis wir alle fluchten, bluteten und lachten und uns schließlich nebeneinander fallen ließen und durch die Bäume zum Mond aufblickten.

»Ich liebe euch, Leute«, sagte Seth, und wir anderen versetzten ihm noch ein paar Schläge, bevor er noch anfing, einen von uns abzuschlecken.

»Steck deinen Schwanz weg, Alter, du verdirbst die Stimmung«, sagte ich und kniff ihn in die Brustwarze, sodass er vor Schmerz aufjaulte.

»Wisst ihr, ab und zu könntet ihr ruhig alle eure Schwänze rausholen, anstatt mich dazu zu zwingen, meinen wegzustecken«, scherzte er, rollte sich auf den Bauch, stand auf und ging in den Wald, um seine Klamotten zu suchen.

Caleb sprang auf, bot mir seine Hand an und ich ließ mich von ihm aufrichten, bevor ich die Prellungen und Schürfwunden heilte, die ich mir bei unserer Schlägerei zugezogen hatte. Dieses Mal blieb das Lächeln auf meinem Gesicht, als ich mich dem Moment hingab und einfach nur Spaß mit meinen Freunden hatte.

Als Seth zurückkam – angezogen mit zusammengebundenen Haaren – machten wir uns zu viert auf den Weg zu einem unserer Lieblingsplätze in den Bäumen, wo wir uns abseits von allen anderen Studenten aufhalten konnten. Wir waren es gewohnt, ständig von bewundernden Fans verfolgt zu werden, aber das wurde ziemlich schnell anstrengend und wir zogen es vor, uns so oft wie möglich in Gesellschaft der anderen zu flüchten, damit wir uns nicht die ganze verdammte Zeit wie auf dem Präsentierteller fühlten.

»Ich muss pinkeln«, murmelte Cal und verschwand im Wald, als wir uns unserem Ziel näherten. Wir anderen gingen ohne ihn weiter.

»Ich habe heute etwas ziemlich Interessantes gehört, Darius«, köderte mich Seth, der den Weg zur Lichtung anführte und sich schließlich auf einen Baumstumpf fallen ließ, der Teil eines Kreises war.

»Warte mal kurz«, sagte Max, als wir Seth auf die Lichtung folgten, und ich hatte das Gefühl, dass er bereits wusste, was gesagt werden würde. »Wenn du deshalb emotional wirst, möchte ich an deinem Schmerz teilhaben.«

»Wenn es sein muss«, sagte ich und versuchte, mich darüber zu ärgern, aber es machte mir nicht wirklich etwas aus, wenn er seine Kraft durch mich regenerierte.

Wir setzten uns auf zwei dicht beieinanderstehende Baumstümpfe, während Seth in Erwartung dessen, was er zu sagen hatte, praktisch auf und ab hüpfte. Max legte seinen Arm um meine Schultern, damit er meine Kraft leichter absorbieren konnte.

»Okay«, erklärte Seth und machte eine dramatische Pause. »Ich habe gehört, dass du Marguerite ein Treffen mit deinen Eltern versprochen hast, wenn sie das nächste Mal zu Besuch kommen.«

Angesicht dieser Idee lachte ich laut auf, beugte mich vor und stützte meine Ellbogen auf meine Knie. Max musste sich mit mir bewegen, um den Kontakt zwischen uns aufrechtzuerhalten. »Im Ausdenken kreativer Geschichten ist sie wirklich gut, auch wenn sie im Schlafzimmer weniger einfallsreich ist als eine Kartoffel.«

Der Gedanke, dass ich sie meinem Vater vorstellen könnte, als wäre sie meine Freundin oder so, war mehr als nur ein bisschen lächerlich. Erstens wäre es diesem hinterhältigen Mistkerl scheißegal, nicht zuletzt, weil er bereits entschieden hatte, wie mein Liebesleben für mich zu verlaufen hatte. Und zweitens: Wenn ich wirklich versuchen würde, ihm jemanden vorzustellen, dann nur, weil ich von den Sternen gesegnet worden war und irgendwie ein lediges, reinblütiges, heißes Drachenmädchen gefunden hatte, das ich als echte Option anbieten konnte. Also nie.

Seth lachte auf Marguerites Kosten und Max grinste, als er sich an meiner Belustigung weiden konnte, auch wenn sie von Bitterkeit getrübt war.

»Du wirst also deine Cousine heiraten?«, scherzte Caleb, als er aus dem Wald auftauchte und seinen Hosenschlitz schloss.

Ich knurrte über diesen Witz, denn verdammt, mein Leben war einfach so amüsant. Ich wusste, dass sie es nicht böse meinten, wenn sie mich auf den Arm nahmen, aber bei der Liebe zu den Sternen, manchmal hatte ich das Gefühl, bei meiner Geburt verflucht worden zu sein.

»Ich heirate meine verdammte Cousine nicht. Außerdem ist sie meine Cousine zweiten Grades«, murmelte ich. Nicht, dass diese Tatsache sie davon abhalten würde, sie die ganze verdammte Zeit über meine Cousine zu nennen.

»Okay – du willst also deine Cousine *zweiten Grades* heiraten? Und hat sie es jemals geschafft, diese Wucherung in ihrem Gesicht loszuwerden?«, stichelte Caleb.

»Welche Wucherung?«, fragte ich, und ein Anflug von Belustigung überkam mich, denn wenn es eine Sache gab, die ich gern tat, dann war es, mich über meine zukünftige Braut lustig zu machen. Zumindest bis ich diese Bestie tatsächlich heiratete … und die verdammte Ehe vollziehen musste. *Scheiß auf mein Leben.*

»Nein, Caleb. Diese Wucherung *ist* ihr Gesicht. Schon vergessen?«, witzelte Max und die drei fingen an zu lachen, während ich versuchte, mich zurückzuhalten, weil wir buchstäblich über meine beschissene Realität lachten. Aber ganz ehrlich, diese ganze Sache war so beschissen, dass ich wahrscheinlich den Verstand verlieren würde, wenn ich nicht darüber lachen könnte. Es blieb mir also nichts anderes übrig, als mitzulachen.

»Ah, deine Freude schmeckt so viel besser als deine Wut«, kommentierte Max mit einem zufriedenen Seufzen, während er mich näher zu sich zog und in den Schwitzkasten nahm.

»Ich schwöre bei den Sternen, dass ich noch nie ein hässlicheres Mädchen gesehen habe«, erklärte ich lachend, während ich Max von mir wegstieß. Er befreite mich aus dem Schwitzkasten, ließ aber seinen Arm um mich gelegt, damit er weiterhin seine Magie auffüllen konnte. »Und ich werde sie *nicht* heiraten. Lieber verzichte ich auf meinen Anspruch.«

Die Drohung mochte zwar eine leere gewesen sein, aber ich hoffte verdammt noch mal, dass sie es nicht war. Denn wenn ich mir mein Leben vorstellte – an dieses Monster von einem Mädchen gefesselt und dazu gezwungen, verdammte Babys mit ihr zu machen –, erschien mir der Tod um einiges vorzuziehen. Natürlich würde Vater mir wahrscheinlich keine Wahl lassen, und ich wusste genau, dass er die Sache erzwingen konnte, wenn er wollte. Ich hätte keine Chance, es zu verhindern. Obwohl der Himmel allein wusste, wie ich jemals meinen Schwanz für sie hart bekommen sollte.

»Da würde ich dir widersprechen, aber ich habe sie gesehen und ich glaube, *ich* würde *meinen* Anspruch sogar aufgeben, um dich vor dieser Ehe zu retten«, meinte Seth scherzhaft. »Also wirst du Marguerite vielleicht doch noch als Alternative präsentieren?«

Ich rollte mit den Augen. »Keine Chance. Kannst du dir wirklich vorstellen, dass mein Vater eine Sphinx in Betracht zieht? Die gibt es wie Sand am Meer und sie sind im Kampf völlig nutzlos. Außerdem ist sie lediglich eine Sechs in Feuer, eine sekundäre Kraft hat sie gar nicht. Zudem bevorzuge ich es, wenn meine Frauen eine größere Herausforderung darstellen, und sie ist viel zu … gewöhnlich, um auf Dauer zu bestehen.«

Meine Beziehung zu Marguerite war noch nicht allzu lange im Gange und sie begann mich bereits zu langweilen. Vor allem, seit Roxanya Vega mit all ihrer Leidenschaft und Verführungskunst in mein Leben getreten war. Ich war mir ziemlich sicher, dass ich die Sache mit Marguerite bald offiziell beenden würde, vor allem, wenn sie die bescheuerten Gerüchte verbreitete, ich würde sie meiner Familie vorstellen.

»Ich spüre meine linke Arschbacke nicht mehr«, verkündete Max und beendete damit ihre Sticheleien über mein Leben. »Kann einer von euch diese Stümpfe etwas bequemer machen, wenn wir schon hier sitzen müssen?«

»Schau mich nicht so an«, sagte Seth. »Ich habe keine Power, bis der Mond aufgeht.« Er blickte hoffnungsvoll auf, aber am Himmel war kein Anzeichen dafür zu sehen.

Max blickte erwartungsvoll zu Caleb, aber auch der schüttelte verneinend den Kopf. »Vergiss es, ich habe meine Kraft heute Abend im Training verbraucht. Es sei denn, einer von euch will spenden?«

»Ich nicht«, sagte Max, sein Griff um mich wurde fester und ich knurrte, um ihn zu warnen. Ich war kein Kauspielzeug, das er wie ein überfürsorglicher Hund bewachen musste. »Ich lade mich gerade selbst noch auf.«

Seth zuckte mit den Schultern, als wünschte er, Cal einen Nachschlag anbieten zu können, und Caleb richtete seinen Blick mit einem hungrigen Ausdruck in den Augen auf mich.

»Ich füttere heute Abend bereits einen Parasiten, du wirst mich doch nicht ernsthaft bitten, zwei zu versorgen, oder?«, fragte ich widerwillig.

Ich war selbst nicht gerade im Vollbesitz meiner Kräfte, aber wenn er die Dosis wirklich brauchte, würde ich sie ihm geben. Ich würde heute Nacht ohnehin in einem Berg aus Gold schlafen, um meine Magie aufzufüllen.

Cal seufzte dramatisch, als er sich auf einen Baumstumpf fallen ließ. »Ich *hatte* vor, beim Abendessen meine Quelle anzuzapfen, aber die Vegas sind nicht aufgetaucht.«

»Du könntest jeden Idioten in der Schule beißen«, sagte ich, rollte mit den Augen und versuchte, den Stich der Verärgerung in meinem Bauch zu ignorieren, wenn ich daran dachte, dass er seinen Mund auf mein verdammtes Mädchen legte. Ich war mir nicht einmal sicher, warum es mich so verdammt wütend machte, dass er das tat. Aber jedes Mal, wenn ich sah, wie er sie biss, oder hörte, wie er darüber redete, wie gut sie schmeckte, überkam mich der dringende Wunsch, ihm dafür ins Gesicht zu schlagen. »Warum hast du dich nicht einfach anderswo bedient?«

Max zog eine Augenbraue hoch, als hätte er gerade einen Hauch meiner Wut und meines Besitzdenkens zu spüren bekommen, und ich bemühte mich, meine Gefühle wieder unter Kontrolle zu bringen, bevor er zu viel hineininterpretierte. Ich verstand es selbst nicht einmal, also wäre ich sowieso nicht in der Lage, es ihm zu erklären.

»Du weißt doch, dass ich meine Kraft so mag wie meinen Schnaps«, erwiderte Caleb abweisend. »Erstklassig oder gar nicht. Torys Geschmack sagt mir zu; sie hat mehr Kraft im Blut als ihr Arschlöcher.«

Bei diesem Kommentar rutschten wir alle unbehaglich auf unseren Baumstümpfen hin und her, denn obwohl wir alle wussten, dass es die Wahrheit war, gefiel sie uns kein bisschen. Caleb zuckte mit den Schultern und fuhr sich mit der Hand durch seine blonden Locken.

»Es hat keinen Sinn, es zu leugnen«, sagte er. »Wir alle wissen, welches Potenzial sie haben.«

»Deshalb müssen wir dafür sorgen, dass sie die *Abrechnung* nicht bestehen«, knurrte Max.

»Es ist alles unter Kontrolle.« Seth zuckte mit den Schultern und schien die Sache nicht ernst zu nehmen, weil er nie etwas ernst nahm. Er ging einfach davon aus, dass alles klappen würde, und wir mussten hoffen, dass er damit recht hatte. »Wir können uns im King's Hollow noch ein paar Ideen einfallen lassen. Ich denke, morgen wird ein großer Tag für die Zwillinge. Und wenn du um Mitternacht mit mir joggen gehst, darfst du dich auch an mir laben«, fügte er an Caleb gewandt hinzu.

Dieser Vorschlag erfüllte mich für einen Moment mit Erleichterung und Max warf mir einen weiteren verwirrten Blick zu, als er dies registrierte. Ich verfluchte mich innerlich und zwang einen Satz über meine Lippen, dessen Geschmack meiner Zunge zuwider war.

»Oder du triffst mich morgen früh in Haus Ignis. Wir können vor Torys Zimmer warten und sie überraschen«, schlug ich mit einem aufgesetzten Grinsen vor. Sie so zu nennen, klang falsch aus meinem Mund. Tory war ein Mädchen, das ich auf jede erdenkliche Weise begehren konnte, und mein Körper flehte mich an, genau das zu tun. Roxanya war eine

Prinzessin, die bereit war, alles zu zerstören, was wir waren. Deshalb nannte ich sie so. Denn egal, wie sehr mein Schwanz sie auch wollte, ich durfte das nicht einen Moment lang vergessen. »Wenn wir wirklich Glück haben, finden wir vielleicht sogar heraus, dass sie nackt schläft.« Da war es passiert, mein verdammter Mund war mit den Gedanken davongelaufen, die mein Schwanz angestoßen hatte. Und ich verfluchte mich erneut dafür, dass ich diesen abwegigen Gedanken ausgesprochen hatte. Ich musste aufhören, Max Zugang zu meinen Emotionen zu gewähren, es machte mich lockerer, als ich es hätte sein sollen.

»Es überrascht mich, dass du das noch nicht weißt«, sagte Max anzüglich und ein halbes Lächeln huschte über mein Gesicht, bevor ich mich zurückhalten konnte. Er hatte meine Lust sowieso schon gespürt und es war nicht so, dass einer von uns versuchte, zu leugnen, wie verdammt heiß die Vegas waren. Also konnte ich es genauso gut zugeben. Denn ja, ich würde sie mehr als gern mit meinem Schwanz bekannt machen, wenn ich die Chance dazu hätte. Aber nein, ich dachte nicht wirklich, dass das jemals passieren würde. Nicht angesichts dessen, was wir alle für die beiden geplant hatten.

»Ja … vielleicht komme ich darauf zurück«, sagte Caleb, und sein eigenes Lächeln wurde breiter, als auch er über die Idee nachdachte, dass Roxy nackt schlafen könnte. Der Drang, ihn zu schlagen, stieg in mir wieder auf wie ein entfesseltes Tier. Zum Teufel mit seinem hübschen Gesicht! Wenn er ihr an die Wäsche gehen sollte, würde ich ihm wirklich den Arsch aufreißen.

»Warum gehen wir nicht alle hin?«, fügte Seth aufgeregt hinzu. »Wir können sie auf eine Art und Weise wecken, die sie nie vergessen wird.«

»Klingt gut«, sagte ich, stand auf und schüttelte Max' Arm ab, weil ich plötzlich den Drang verspürte, ihnen zu sagen, dass ich meine Meinung geändert hatte und mich selbst um sie kümmern wollte. Ich hatte es satt, ihn einen Abend lang an meinem inneren Aufruhr teilhaben zu lassen. Und um es noch schlimmer zu machen, folgte auf den ersten Impuls der zweite – sofort zu ihrem Zimmer zu gehen und zu sehen, ob ich sie davon überzeugen könnte, die Nacht damit zu verbringen, meinen Schwanz zu verwöhnen, bevor wir einander wieder hassen mussten. *Schlechte Idee.* »Ich gehe jetzt ins Bett.«

Ich biss mir auf die Zunge, um das verlockende Bild in meinem Kopf auszublenden und mich daran zu erinnern, wie sie mich beim letzten Mal, als wir uns von Angesicht zu Angesicht gegenübergestanden hatten, öffentlich hatte abblitzen lassen.

»Du kommst nicht mit ins *Hollow*?«, fragte Max enttäuscht.

»Nein, ich bin platt. Wir sehen uns morgen früh? Sagen wir um sechs? Sie steht nie früh auf.« Ich kannte ihre Gewohnheiten inzwischen ziemlich gut und redete mir ein, dass das daran lag, dass mein Vater mir befohlen hatte, sie zu beobachten. Aber ich kannte Gwens Gewohnheiten nicht. Und ich musste mir zumindest eingestehen, dass ich Roxy einfach gern beobachtete. Sie durchschaute. Sie war ein Mysterium, das mich vielleicht an den Rand einer Obsession brachte oder zumindest an eine gefährliche Art von Fantasie, aber ich stellte fest, dass ich nicht die Kraft hatte, aufzuhören. Außerdem schaute ich ja nur zu. Bisher.

»In Ordnung. Wir werden uns etwas Besonderes für unseren Vega-Spaß einfallen lassen«, erklärte Seth. Und er hatte diesen Blick in den Augen, der immer bedeutete, dass ihn am Ende jemand hassen würde.

Er stand auf, umarmte mich, fuhr mir mit den Fingern durch meine verdammten Haare und brachte sie durcheinander, bis ich leise knurrte, damit er aufhörte. Er grinste mich an und verließ dann die Lichtung, gefolgt von Max und Caleb, die mir zum Abschied beide auf den Arm klopften.

Ich folgte ihnen nicht sofort, sondern zog meinen Atlas aus der Tasche, während ich darauf wartete, dass sie verschwanden, und wandte meine Aufmerksamkeit wieder dem Problem zu, das mich schon den ganzen Tag beschäftigte.

Ich wartete ein paar Minuten, um sicherzugehen, dass die anderen weg waren, weil ich nicht wollte, dass Max meine Gefühle wegen dieses Anrufs spürte. Meine Wut wuchs von Sekunde zu Sekunde, jetzt, da ich mich wieder auf das Problem konzentrierte.

Dieser verdammte Lance. Ich hatte genug von seinem Mist, und wir würden dieses Gespräch jetzt führen, ob er wollte oder nicht.

Ich steckte mir einen Ohrhörer ins Ohr, bevor ich seine Nummer wählte und meinen Atlas wieder in meine Jeanstasche schob.

Mit den Fingern am Kinn wartete ich darauf, dass die Verbindung hergestellt wurde, und runzelte die Stirn, als er es klingeln ließ. Das Arschloch war ein verdammter Vampir, er könnte sich seinen verdammten Atlas im Handumdrehen holen, wenn er wollte. Er ließ mich warten – zweifellos, während er mich beschimpfte und Bourbon trank.

»Ja?«, antwortete Lance endlich und der genervte Ton in seiner Stimme ließ mich sofort wieder aufbrausen.

»Das hat ja lange genug gedauert«, knurrte ich gereizt. »Ich muss persönlich mit dir reden.«

»Darius, das hatten wir doch schon. Ich bin müde davon, den ganzen verdammten Tag Rotznasen zu unterrichten, und ich will mich jetzt nicht wirklich mit dir anlegen. Können wir das nicht morgen klären, wenn ich etwas nüchterner bin?«, fragte er, aber meine Geduld mit ihm neigte sich dem Ende zu und ich war schon sauer, dass ich den Morgen damit würde verbringen müssen, Caleb dabei zuzusehen, wie er an Roxy Vegas Hals knabberte, also wollte ich, dass das geklärt wurde.

»Nein, nicht morgen – *jetzt*. Diese Situation zieht sich schon zu lange hin, wir hätten uns schon längst um sie kümmern müssen. Ich denke, wir müssen den Plan vorantreiben«, sagte ich bestimmt.

Ich wusste, dass er nur versuchte, auf mich aufzupassen. Aber das Nymphenproblem war das Einzige in meinem Leben, von dem ich das Gefühl hatte, es unter Kontrolle bringen zu können. Sie waren eine Bedrohung, sie waren in der Nähe und ich war mir einfach sicher, dass sie irgendetwas vorhatten. Die Nymphe, die wir zu Beginn des Sommers aufgespürt hatten, war im Besitz eines dunklen Artefakts gewesen. Lance selbst hatte gesagt, dass er Störungen in den Schatten gespürt hatte, was darauf hindeutete, dass sie mehr davon sammelten. Und nichts, was die Nymphen mit schattenumwobenen Objekten planen könnten, konnte gut sein. Aber wir konnten sie aufhalten, und es war meine Pflicht gegenüber Solaria, dies zu tun, ob die Leute von meiner Aktion wussten oder nicht.

»Darius«, knurrte Lance. »Das hatten wir doch schon. Die Leute, die wir verfolgt haben, sind vielleicht gar keine Nymphen. Unsere Beweise sind bestenfalls dürftig und mehr eine Vermutung als eine eindeutige Tatsache. Wenn wir einfach da reinstürmen … In Ordnung, lass uns darüber sprechen. Wo bist du? Ich komme zu dir.«

»Nein, bleib wo du bist«, unterbrach ich ihn. Er hatte recht. Wir mussten uns treffen, damit ich ihn zur Vernunft bringen konnte. »Ich komme zu dir.«

Ich beendete das Gespräch, bevor er etwas entgegnen konnte, stand auf und blickte finster zum aufgehenden Mond. Es war verdammt verlockend, mich einfach zu verwandeln und zu ihm zu fliegen, aber ich musste zugeben, dass das in etwa so subtil wäre wie eine Tonne Ziegelsteine, die auf seinem Dach landete. Also entschied ich mich stattdessen für einen Wut-Spaziergang.

Ich verließ die Lichtung, bog nach rechts ab und machte mich in schnellem Tempo auf den Weg zu meinem Ziel. Ich musste das hier durchziehen. Lance würde einfach akzeptieren müssen, dass ich meine

Entscheidung getroffen hatte. Und wenn er das nicht tat, dann würde ich die Aktion vielleicht einfach ohne ihn durchziehen müssen.

Ich ging zügig durchs Erd-Territorium und folgte dem Weg zum Asteroidenplatz, wo die Lehrer wohnten. Lance hatte mir bei mehreren Gelegenheiten mehr als deutlich zu verstehen gegeben, dass ich nur hierherkommen sollte, wenn er sicherstellen konnte, dass der Weg frei war und keiner der anderen Professoren in der Nähe. Es war den Studenten strengstens verboten, die Unterkünfte der Lehrer zu betreten. Wir versuchten, unser Band so gut wie möglich geheim zu halten, da wir nicht zu viele Fragen darüber beantworten wollten, warum wir einer so dauerhaften, veralteten Tradition zugestimmt hatten, die unser Leben so unwiderruflich miteinander verband. Denn die Antwort war, dass wir es nicht getan hatten. Und je weniger Leute davon wussten, desto besser war es für uns. Aber das war mir heute Abend egal, denn im Moment war ich mehr daran interessiert, wieder da rauszugehen und mich mit den verdammten Nymphen zu befassen.

Ich erreichte den Rand des Wimmernden Waldes und zögerte vor einer weiten Lichtung, während ich meine Sehkraft mit den Gaben meiner Formgebung schärfte, um nach Lehrern Ausschau zu halten, die sich in der Nähe aufhalten könnten.

Ein Kribbeln in meinem Rücken weckte meine Aufmerksamkeit und ich hatte plötzlich das Gefühl, dass mich jemand beobachtete. Blitzschnell richtete ich mich auf und drehte mich zurück in Richtung Wald – fast sicher, dass ich Augen auf mir spüren konnte.

Ich spähte an den Bäumen vorbei und suchte nach Anzeichen für etwas Ungewöhnliches. Der Mond spendete genug Licht, um etwas sehen zu können, und obwohl ich die Bäume um mich herum sorgfältig absuchte, konnte ich nichts Ungewöhnliches entdecken. Schließlich verwarf ich den Gedanken.

Ich war wegen dieser ganzen Meinungsverschiedenheit einfach nervös. Ich musste Lance sehen und ihn dazu bringen, seine Entscheidung zu ändern, dann würde alles wieder gut werden. Abgesehen von der beschissenen Realität meines Lebens unter der Kontrolle meines Vaters natürlich – aber daran war ich inzwischen gewöhnt.

Ich warf einen letzten Blick in den Wald, bevor ich das Gefühl abschüttelte und mich von den Bäumen abwandte. Niemand würde es wagen, mir zu folgen. Mein Zorn reichte aus, um alle Fae zu erschrecken, die auch nur daran dachten, sich in meine Angelegenheiten einzumischen.

Ich machte mich auf den Weg zur Lichtung hinter dem Wimmernden Wald und näherte mich dem mit einem Tor versehenen Komplex von Chalets, in dem alle Professoren wohnten. Es war eine der strengsten Regeln, dass Studenten hier nie herkommen durften, aber ich war niemand, der sich an die Regeln anderer hielt. Und heute Abend war es mir sogar egal, ob Rektorin Nova persönlich mich entdeckte.

Dumm war ich trotzdem nicht. Anstatt also einfach durch das Tor zu marschieren und zuzulassen, dass jeder, der zufällig in der Nähe war, mich beim Betreten des Komplexes sehen konnte, bog ich rechts ab und begann, dem schmiedeeisernen Zaun zu folgen, der ihn umgab.

Während ich ging, erreichte mich eine Nachricht, und ich zog meinen Atlas heraus, um sie zu lesen.

Lance:
Sei kein Idiot. Halte dich heute Abend von hier fern. Ich würde mir wirklich gern die Kopfschmerzen ersparen, mit einem Studenten erwischt zu werden. Washer schmeißt gerade eine verdammte Poolparty.

Die Wut in mir wuchs, als er mir zu sagen versuchte, was ich zu tun hatte.

Er kommandierte mich herum, als wäre ich nur irgendein verdammter Schüler für ihn. Nein, Lance, ich hatte nicht vor, mich fernzuhalten. Und wenn er Kopfschmerzen wollte, konnte er die auch haben.

Ich blieb abrupt stehen und steckte meinen Atlas wieder in die Tasche, bevor ich mich am Zaun neben mir zu schaffen machte. Ein Feuerzauber loderte in meinen Handflächen auf und ein Grinsen breitete sich auf meinen Lippen aus, als ich ein riesiges Loch in den Zaun brannte, damit ich hineinklettern konnte.

Ich machte ein Foto davon und schickte es Lance.

Darius:

Na, was sagst du jetzt, Arschloch? Ich bin in dreißig Sekunden bei dir.

Ich ging weiter und bog um die Rückseite der Chalets herum, aber bevor ich es so weit schaffen konnte, schoss Lance aus dem Schatten auf mich zu und kam abrupt vor mir zum Stehen. Er streckte eine Hand hinter sich aus und wirkte eine Stillekuppel in Richtung der restlichen Häuser der Professoren, bevor er mich wütend anfunkelte und mir fest in die Brust stieß.

»Was zum Teufel, Darius?«, keifte er.

»Du hast den ganzen Tag nicht mit mir geredet. Was hast du erwartet?«, entgegnete ich und stieß ihn ebenfalls an, woraufhin er mir warnend seine Zähne zeigte.

»Ich bin derjenige, der in ernsthafte Schwierigkeiten geraten könnte, wenn ich dich hier reinlasse. Du wirst nur ein bisschen zurechtgewiesen – aber ich könnte in Darkmore landen, wenn sie auf die Idee kommen, dass du aus schmutzigen Gründen hier warst.«

»Pah, ich bin eine Nummer zu groß für dich. Niemand würde

glauben, dass ich hier bin, um dir einen zu blasen«, stichelte ich und er lachte fast, bevor er erneut die Stirn runzelte.

»Wie zum Teufel soll ich erklären, was du mit dem Zaun angestellt hast?«, verlangte er.

Ja, das war ein mieser Schachzug gewesen, aber ich war immer noch sauer auf ihn, weil er mich den ganzen Tag blockiert hatte. Also zuckte ich nur mit den Schultern, was ihn nur noch wütender machte.

»Keine Ahnung. Du kriegst das schon hin.«

»Ich habe dir doch gesagt, dass du nicht herkommen sollst«, knurrte Lance, machte einen weiteren Schritt auf mich zu und packte mein graues T-Shirt, wobei er den Stoff in seiner Faust zusammenknüllte. Ich konnte den Bourbon in seinem Atem riechen, als er mich anknurrte, und es überraschte mich nicht, dass er wieder getrunken hatte. Sein Leben war wahrscheinlich noch verkorkster als meins, und wenn ich nicht so wütend gewesen wäre, hätte ich vielleicht nachgegeben. Aber so war ich fast hungrig auf einen Kampf mit ihm. »Wenn dich jemand sieht …«

»Ich glaube, du vergisst, mit wem du sprichst«, fuhr ich ihn an und stieß ihn so fest gegen die Brust, dass er einen Schritt zurückstolperte und mich loslassen musste.

Wir waren uns in solchen Dingen nicht oft uneinig, aber wenn wir beide die Beherrschung verloren, war es schwer, uns zu zügeln.

Wir starrten uns einen langen Moment an, während wir überlegten, ob wir uns darauf herablassen sollten oder nicht, aber am Ende siegte unser Band und etwas von dem Feuer zwischen uns erlosch. Die Spannung löste sich gerade so weit, dass wir uns darüber unterhalten konnten.

»Du weißt, wie wichtig mir die Sache ist«, fauchte Lance und erinnerte mich daran, dass ich nicht der Einzige war, der für unsere gemeinsamen Jagden lebte. Ich wusste, dass das die Wahrheit war. »Ich will nur nicht, dass wir es versauen, wo wir doch so nah dran sind.«

»Worauf warten wir dann noch? Wir wissen, wo sie sind. Wir könnten jetzt aufbrechen und sie aufsuchen, während sie schlafen – und die Sache ein für alle Mal beenden«, drängte ich und versuchte, mich zu beherrschen, damit wir das tatsächlich besprechen konnten. Das fiel mir verdammt schwer, denn der Drache in mir wurde immer ungeduldiger.

»Noch nicht. Wenn wir uns irren, riskieren wir das Leben Unschuldiger«, beharrte Orion, und ich sträubte mich gegen diese Vorstellung. Ich war mir sicher, dass wir mit den Nymphen, die wir entdeckt hatten, richtig lagen, vor allem, nachdem wir die eine mit dem kaputten Bein erneut gesehen hatten. Sie mochten sich in ihrer Fae-ähnlichen Form versteckt haben, aber ich weigerte mich, zu glauben, dass die Hinweise, die wir gefunden hatten, etwas anderes bedeuten könnten. »Mit den Informationen, die wir haben, sind wir noch nicht auf der sicheren Seite. Lass uns noch ein paar Tage warten. Ich werde unseren Verdacht bei unserem nächsten Treffen bestätigen.«

Ich wusste, dass er sich mit seiner FIB-Informantin treffen wollte, bevor wir handelten. Aber ich hatte Angst, dass jeder Tag, den wir verstreichen ließen, den Nymphen nur mehr Gelegenheit gab, unschuldige Fae anzugreifen, ihnen mehr Magie zu stehlen und zu einer noch größeren Bedrohung zu werden.

»In ein paar Tagen könnten sie noch mächtiger sein. Du hast gesehen, was seit Beginn des Studienjahrs passiert ist. Je mehr Zeit wir ihnen geben, sich an ihre Macht zu gewöhnen, desto größer ist die Chance, dass sie herausfinden, wie sie sich diese Macht zunutze machen und sie gegen uns richten können. Wenn du befürchtest, dass du dieser Aufgabe nicht gewachsen bist, dann lass mich die anderen um Hilfe bitten. Du weißt, dass sie sie fast genauso sehr vernichten wollen wie wir.«

Der einzige Vorteil, den wir gegenüber den Nymphen hatten, die den getöteten Fae ihre Magie gestohlen hatten, war, dass sie nicht darin geschult waren, sie zu nutzen. Deshalb wurden Schulen wie die Zodiac Academy streng bewacht: damit das Wissen, wie man unsere Macht einsetzte, vor den Augen unserer Feinde verborgen blieb. Es war schlimm genug, dass die Nymphen die Macht der Fae stehlen konnten, die sie töteten; wir konnten nicht riskieren, dass sie lernten, wie man sie einsetzte und auch gegen uns verwendete.

Ich drängte ihn, indem ich drohte, die anderen Erben einzubeziehen. Wir hatten diese Diskussion schon oft geführt und waren immer zu dem Schluss gekommen, dass es am besten sei, sie von unseren geheimen Nymphenjagden fernzuhalten. Aber manchmal stellte ich diese Entscheidung infrage.

Lance fuhr sich mit der Hand übers Gesicht und schüttelte den Kopf. Ich wusste, dass er Angst hatte, dass die Nymphen, die wir zu entdecken hofften, genau das sein könnten, was sie vorgaben zu sein – eine Familie von Fae, die ihre Privatsphäre schätzte. Aber es gab zu viele Anzeichen dafür, dass das nicht stimmte. Ich war mir sicher, dass es sich um versteckte Nymphen handelte, und ich wollte die Bedrohung beseitigen.

»Das ist zu riskant«, sagte Lance und sprach damit das Problem der anderen Erben an. »Seth kann den Mund nicht halten, er würde es jedem Mitglied seines Rudels noch vor Sonnenaufgang auf die Nase binden. Und Max' Kräfte machen ihn für andere empfänglich, egal, wie sehr er das auch abstreiten würde.«

Damit hatte er nicht ganz unrecht, aber sie waren nicht die einzigen Erben und das wusste er. Er hasste Caleb einfach aus Prinzip, weil er es nicht mochte, dass ein Vampir, der mächtiger war als er, auf dem Campus herumlief und ihn um die besten Blutquellen herausforderte.

»Was ist mit Caleb? Oder ist eure kleinliche Rivalität zu groß, als dass du darüber hinwegsehen könntest? Selbst angesichts der Bedrohung, der wir hier ausgesetzt sind?«, fuhr ich ihn an und begann auf und ab zu gehen, während ich versuchte, die Wut meines Drachen zu zügeln und einen klaren Kopf zu bewahren.

»Es geht nicht um Rivalität«, zischte Lance, obwohl wir beide wussten, dass es sehr wohl darum ging, ob er es zugeben wollte oder nicht. Ich hatte schon lange die Hoffnung aufgegeben, dass er und Caleb ihre Formgebungen zurückstellen und einen Weg finden könnten, Freunde zu sein. Dafür waren sie einfach zu wetteifernd. »Es geht um Stärke. Du kennst ihn besser als ich, aber ich würde ihn als zu impulsiv einschätzen. Wenn er zu früh zuschlägt, war die ganze Arbeit, die wir geleistet haben, um an diesen Punkt zu gelangen, umsonst. Das Gleiche gilt, wenn wir versuchen, sie jetzt zu töten. Solange wir uns noch nicht sicher sind. Was, wenn wir scheitern und sie uns entwischen? Oder wenn wir Erfolg haben, aber etwas Entscheidendes übersehen und dadurch etwas Größeres in Gang setzen?«

»Du hast wieder mit diesen verdammten Knochen gequatscht«, murmelte ich, weil die Autorität in seiner Stimme mir verriet, dass er glaubte, bereits etwas zu wissen. Und das bedeutete, dass ihn irgendeine Form der Weissagung davor gewarnt hatte.

»Das habe ich«, stimmte Lance düster zu. »Und obwohl sie mir nicht viele Antworten geliefert haben, ist eine Sache klar: Dies ist nicht unser Moment.«

Ich verstummte und stieß einen langen Atemzug durch meine Nase aus, der mit Rauch versetzt war, während ich versuchte, meinen Drachen zu zügeln und rational darüber nachzudenken. »Manchmal wünschte ich, wir würden nicht in einer Welt leben, in der alles für uns vorbestimmt ist. In einer Welt, in der unsere Leben nicht mehr als Teile in einem größeren, verdammten Puzzle sind, bei dem wir kein Mitspracherecht haben.«

Lance seufzte und trat näher, sodass er mir eine Hand auf die Schulter legen konnte, und die Feindseligkeit zwischen uns schwand, als das Wächterband uns wieder zusammenführte. Außerdem hasste ich es, wütend auf ihn zu sein. Er war der einzige Mann auf dieser Welt, der mich wirklich kannte. »Geht es um deinen Vater? Übt er immer noch Druck auf dich aus, damit du …«

Ich wollte nicht über die verdammten Vegas oder die anhaltenden Forderungen meines Vaters sprechen, dass ich mich jetzt darum kümmern sollte, also unterbrach ich ihn.

»Natürlich tut er das. Er denkt an nichts anderes mehr. Es ist, als hätte er nicht einmal bemerkt, dass die Welt, in der wir leben, am Rand des Chaos stehen könnte.« Ich schüttelte den Kopf, bevor ich Lance' Hand abwehrte. Ich wollte nicht, dass er sich noch mehr Sorgen um mich machte, als er es ohnehin schon tat. »Mach dir keine Sorgen um meinen Vater, ich werde wie immer die Hauptlast seines Zorns tragen. Sobald die anderen Erben und ich die Situation geklärt haben, wird er sich ohnehin zurückziehen. Du konzentrierst dich darauf, unsere Vermutungen zu bestätigen, damit wir handeln können.«

»Ich treffe mich in ein paar Tagen wieder mit ihr. Ich werde die Situation deuten und mich vergewissern, dass wir die ganze Wahrheit kennen«, antwortete Orion mit einem festen Nicken und ich wusste, dass er nach seinem Treffen mit Francesca eher bereit sein würde, wieder auf die Jagd zu gehen. Und das war alles, was ich wissen musste.

»Und dann?«, hakte ich nach, weil ich wollte, dass er die Worte aussprach.

»Und dann … Nun, dann werden wir tun, was wir tun müssen, bevor jemand herausfindet, dass wir dahinterstecken«, stimmte Lance zu, und ich konnte erkennen, dass er sich immer noch Sorgen machte, ob es sich wirklich um Nymphen handelte. Aber ich wusste aus tiefstem Inneren, dass sie keine Fae waren, also war ich mehr als bereit, zu handeln.

»Gut«, antwortete ich und grinste ihn auf eine wilde Art an, die baldiges Blutvergießen versprach.

Lance lächelte fast, und ich wandte mich ab, ging den Weg zurück, den ich gekommen war, und fühlte mich ein bisschen beschissen, weil ich den Zaun beschädigt hatte. Er würde ihn wahrscheinlich einfach so stehen lassen und so tun, als wüsste er nichts davon, wenn einer der anderen Professoren das Loch entdeckte. Keine große Sache.

Heute Nacht würde ich gut schlafen, dessen war ich mir sicher. Und in ein paar Tagen würden wir wieder auf die Jagd gehen.

Gemini
Scorpio
Virgo
Aries
Cancer
Leo
Sagittarius
Taurus
Capricorn
Aquarius
Libra
Pisces

ORION

KAPITEL 12

Ich stieß die Tür auf und schritt in das Klassenzimmer, meine Stimmung auf dem absoluten Tiefpunkt. Ich war erschöpft und stinksauer. Die halbe Nacht hatte ich mit Francesca telefoniert und versucht, sie davon zu überzeugen, das FIB zu beauftragen, die Außenbezirke von Tucana nach dem Nest zu durchsuchen, von dem Darius und ich ziemlich sicher waren, dass es existierte. Ich musste eindeutig klären, dass es sich nicht um Fae handelte. Denn wenn wir wirklich einen Angriff auf sie starten wollten, konnte ich das Risiko nicht eingehen, dass sie unschuldig waren. Und wenn Darius seine Hände mit dem Blut unserer Art befleckte, würde er dafür bezahlen.

Ich war heute nicht in der Verfassung, mich mit unverschämten Studenten herumzuschlagen, also würde es jeder bereuen, der mir auf die Nerven ging. Ich suchte den Raum nach dem Unvermeidlichen ab. Irgendjemand würde etwas aushecken und ich würde ein wenig von meiner Wut an ihm auslassen, um das wütende Biest in mir heute Morgen zu sättigen. Mein Blick fiel auf Kylie Major, die einen Stapel

Flyer für die Freshman-Party in der Hand hielt, und Zufriedenheit erfüllte mich. *Perfekt.*

»Nein«, knurrte ich und wedelte mit der Hand, sodass jedes einzelne Flugblatt im Raum von einer heftigen Brise zu mir gebracht wurde und dann im Mülleimer neben meinem Schreibtisch landete.

Kylie erstarrte, sah mich alarmiert an und ihre Gesichtsfarbe schwand schnell. »Sir, ich …«

»Miss Major, wenn Sie noch einmal Müll in meinem Unterricht verteilen, werden Sie an keiner einzigen der diesjährigen Abschlussfeiern teilnehmen«, fuhr ich sie an. Oh, ich genoss es, wie sie vor mir kleiner zu werden schien.

Ihr Mund stand immer noch offen und ich konnte sehen, dass sie nicht der Typ war, der den Mund hielt, selbst wenn sie wusste, dass sie geschlagen war.

»Aber Sir!«, keuchte sie.

Ich machte eine Handbewegung und die restlichen Flugblätter in ihren Händen wurden in Fetzen gerissen, die schließlich in einem Schauer aus rosafarbenem Konfetti über sie herabrieselten. *Kein Aber, du unerträglicher Floh.*

Gelächter hallte durch den Raum und meine Ohren nahmen das leise belustigte Schnauben von Blue auf. Fast hätte ich gegrinst. Nun, zumindest hatte sie halbwegs guten Geschmack, was die Gesellschaft anging, in der sie sich aufhielt. Obwohl ich nie verstehen würde, warum sie Polaris um sich scharte. *Wie er sie ansah …*

Mein Blick war fest auf den mützentragenden Mistkerl gerichtet und ich beobachtete, wie er immer wieder zu Darcy und dann zu Tory neben ihr schielte. Er sah verschwitzt aus. Und verschwitzte Leute waren nicht meine Kragenweite. Vor allem nicht verschwitzte Leute, die Mädchen zu genau ansahen, die sie nicht ansehen durften.

Was wollte er überhaupt? Einen Vorteil in dieser Welt? Ja, das war es. Er war offensichtlich ein Schmarotzer. Und ich hatte in meiner Zeit genug Schmarotzer durch dieses Klassenzimmer kommen sehen, um zu wissen, dass sie die gefährlichsten Freunde waren, die man haben konnte. Schwächere Fae, die es nicht allein schafften, aber wussten, wie man sich mit den richtigen Leuten anfreundete und ihnen die richtigen Gefallen anbot. Und dann – bumm – beugten sie dich über den Tisch, fickten dich in den Arsch und nahmen dir deinen Ruhm.

Ich knallte meine Kaffeetasse auf den Tisch und der Raum wurde still, während ich in das Meer besorgter Gesichter vor mir starrte. Mein Blick wanderte automatisch zu Darcy, die ihr Kinn hob und nicht wegsah, als ich versuchte, sie mit meinem Blick dazu zu zwingen. Die Herausforderung in ihren Augen ließ meinen inneren Fae brüllen und ich knirschte einen Moment lang mit den Zähnen, während der Rest des Raumes zu verblassen schien. Warum brachte sie mich so aus der Fassung? Sie war doch nur ein Mädchen. Auch wenn sie eine Vega war. Und ihre vorlaute Schwester brachte mich nicht so auf die Palme wie sie. Nein … da war etwas in der Art, wie sie mich ansah. Als könnte sie unter meine verhärtete, stählerne Fassade blicken, die die meisten anderen Fae fernhielt. Darius und Gabriel gehörten zu den wenigen Fae, die mit Leichtigkeit darunter schauen konnten. Aber bei ihr fühlte es sich nicht so an. Es war, als würde sie meinen Brustkorb aufhebeln und ihre Hand um mein Herz legen, nur ein festes Drücken davon entfernt, mich zu zerstören.

Ich drehte mich zur Tafel um, schnappte mir meinen digitalen Stift und schrieb das heutige Motto darauf.

<u>SIE SIND NICHTS BESONDERES.</u>

Ich drehte mich wieder zur Klasse um und sah, dass sie alle bedrückt dreinschauten. Gut. Sie sollten sich bedrückt fühlen. Denn sie waren alle verdammt nutzlos und mussten sich mehr anstrengen. »Jedes Sternzeichen im Tierkreis verfügt über bestimmte Eigenschaften. Gute und schlechte. Sie können Ihr Wesen beeinflussen. Aber sie machen Sie nicht anders oder besonders. Sie machen Sie zu Fae.« Ich tippte auf die Tafel, um die Folien auf ihren Atlassen zu aktivieren und die Blicke der Studenten auf ihre Bildschirme zu lenken. Auch ein Weg, um mich vor Blues intensivem Blick zu schützen.

»Alle Fae sind Teil dieses Kreises«, fuhr ich fort und versuchte, meine heftigste Wut zu zügeln. Ich konnte es mir nicht leisten, heute völlig durchzudrehen, denn dann würde mir Onkel Lionel einen Besuch abstatten.

Scheiß auf diesen Wichser. »Und wir alle haben zwei entscheidende Himmelskörper gemeinsam.« Ich zeigte auf das Zentrum des Zodiac-Rads. »Die Sonne und den Mond. Sie verbinden uns. Und keine Formgebung, kein Eyeliner und keine blauen Haare machen Sie zu etwas Besonderem.« Ich warf Darcy einen spitzen Blick zu, als ich in den nächsten Gang trat, und sie schürzte die Lippen und musterte mich auf eine Art und Weise, die mich regelrecht anspornte, sie weiter zu provozieren. »Auch keine Mütze.« Ich machte eine Handbewegung in Richtung von Diegos Mütze, aber er packte sie, als wäre sie der verdammte Heilige Gral, und starrte mich herausfordernd an. *Na, hallo, kleiner Fae. Bist du endlich aus deinem Schlupfloch gekrochen?*

Ich grinste ihn an und war froh, dass er doch noch so etwas wie Rückgrat hatte. Es war ja nicht so, dass ich wollte, dass diese Freshmen hier nutzlos waren. Tatsächlich machte es mir am meisten Spaß, zu unterrichten, wenn sie anfingen, sich zu wehren. Dann machte mir der Job fast schon Spaß. Nicht viel, aber zumindest ein bisschen. Zu sehen, wie die neue Generation erkannte, dass sie zu den mächtigsten Wesen im Königreich gehörte, und wie sie begriff, dass sie nicht die ganze Zeit über sich herumschubsen lassen musste, war irgendwie befriedigend – wenn man sich für solche Dinge interessierte.

Ich lief weiter durchs Zimmer und vergewisserte mich, dass alle aufmerksam waren. »Es gibt zwölf Sternzeichen, die vermutlich sogar unsere königlichen Vega-Erben kennen. Also – lassen Sie mal hören!« Ich schoss hinter die beiden Zwillinge und legte jeweils eine Hand auf ihre Schultern. Mein Griff um Darcy war fester, meine Finger schlangen sich besitzergreifend um sie und meine Reißzähne prickelten bei der Erinnerung an ihr Blut in meinem Mund.

Blue drehte den Kopf, um zu mir aufzuschauen, und ich sah eine wilde Kreatur in ihren Augen lauern. Eine, auf die ich neugierig war. Vor allem außerhalb ihres Körpers. Wo meine Hand auf ihr lag, pulsierte Energie. Es fühlte sich an, als würde die Schwerkraft selbst mich anziehen und stärker an sie fesseln, als die Anziehungskraft der Erde mich am Boden festhielt.

»Nur zu, Miss Vega«, meinte ich.

»Welche?«, fragten sie und Tory gleichzeitig.

»Blue.« Ich tippte ihr auf die Schulter. »Vega Nummer zwei kann mich begleiten.« Ich stupste Tory an, und sie stand stirnrunzelnd auf und warf ihrer Schwester einen Blick zu. Aber niemand würde sie retten. Ich führte sie zu meinem Schreibtisch, setzte mich auf meinen Sessel und streckte meine Hand aus. Prestos war bisher eine nutzlose Betreuerin gewesen – zumindest, soweit ich das beurteilen konnte. Und obwohl ich darauf bestanden hatte, dass sie mir Torys Machtwerte schickte, hatte sie es immer noch nicht getan. Und ehrlich gesagt hatte ich es satt, zu warten.

»Handfläche!«, befahl ich, und sie legte zögernd ihre Hand in meine. Ich begann, die Markierungen auf ihrer Hand zu lesen, und fragte mich, warum ihre Haut mich nicht so beeinflusste wie die ihrer Schwester. Es war nicht unmöglich, dass Zwillinge als unterschiedliche Formgebungen auftauchten, wenn auch recht selten. Wenn Darcy eine Sirene war, dann würde ich aufgrund des Temperaments dieses Mädchens vermuten, dass Tory ein Drache war. Obwohl ihre zierliche Statur das eher unwahrscheinlich machte. Natürlich war ihr Vater eine Hydra gewesen, also war es nicht auszuschließen, dass sie oder ihre Schwester auch eine war. Ich konnte nichts ausschließen.

»Ich höre keine Sternzeichen«, mahnte ich.

Ich spürte Darcys Irritation mit mir, als ich das Kichern von Kylie und ihren Freundinnen vernahm, aber das war nicht wirklich mein Problem. Entweder nahm sie an meinem Unterricht teil oder sie konnte ihn verdammt noch mal verlassen.

Darcy nannte mir die Namen in flachem Tonfall. »Wassermann, Fische, Widder, Stier, Zwillinge, Krebs, Löwe, Jungfrau, Waage, Skorpion, Schütze, Steinbock.« Die Astrologie war in die Welt der Sterblichen eingedrungen, nachdem die Fae vor langer Zeit dort Experimente durchgeführt hatten, um herauszufinden, ob auch Menschen von den Sternen beeinflusst wurden. Es schien, als gäbe es einen gewissen Einfluss, obwohl sie aufgrund des Fehlens von Elementarmagie und Formgebungen in weitaus geringerem Maße betroffen waren als wir. Allerdings schienen einige Menschen begabter zu sein als andere, wenn es darum ging, ihr Schicksal vorherzusagen oder die Zeichen der Sterne zu deuten, was darauf hindeutete, dass eine Art alte Magie im Spiel war. Allerdings war daraus nie wirklich etwas Konkretes geworden. Interessant war es aber allemal.

»Gut, fünf Punkte für Haus Aer«, sagte ich und konnte fast spüren, wie schockiert Darcy darüber war. *Ja, Miss Vega, in diesem Fach wird man tatsächlich für seine Mühe belohnt. Wo läge sonst der Sinn?*

Ich untersuchte die Linie des Jupiterbergs an Torys Zeigefinger und war überrascht, wie unterschiedlich ihre Markierungen in gewisser Weise von denen ihrer Schwester waren. Diese Linie deutete auf Selbstvertrauen, Führungsqualitäten und Ehrgeiz hin, aber es gab eine kleinere Linie, die sie kreuzte und von einer tief sitzenden Angst sprach, die sie in all diesen Bereichen zurückhielt. Ein Blick zu ihr ließ mich die Stirn runzeln. Ich konnte die Härte in ihr sehen, aber da war etwas darunter, und ich musste wieder an die beschissene Bude denken, in der sie im Reich der Sterblichen gelebt hatten. Natürlich hatten beide Mädchen im Leben gelitten. Sie trugen ihre Rüstungen, aber auf unterschiedliche Weise. Und die Hinweise in ihren Handflächen machten mir nur allzu deutlich, dass ihr Leiden tief genug saß, um ihr Schicksal zu beeinflussen. Verdammt, ich wollte mich nicht darum scheren. Es war nicht meine Aufgabe, mich darum zu scheren. Ich hatte Leid aus erster Hand erlebt. Ich *litt* selbst die halbe Zeit über. Aber ich war nie arm gewesen oder hatte gehungert. Das war eine Art von Realität, von der ich mir vorstellte, dass sie Wunden hinterließ, die nie heilen würden.

Ich konzentrierte mich auf ihre Machtwerte und notierte die Werte auf einem Notizblock, während ich spürte, wie Tory sich darüber aufregte, wie lange ich sie festhielt. Sie traute mir nicht, das war offensichtlich. Ich konnte praktisch spüren, wie ihre Magie versuchte, mich zu vertreiben. Aber ich war überrascht von dem Vergleich, den ich mit der Art und Weise zog, wie sich Blues Haut angefühlt hatte, als sie mit meiner in Kontakt gekommen war. Ich hatte vorher nicht bemerkt, wie sehr mich die Magie in Blues Adern angerufen hatte, aber jetzt konnte ich das genaue Gegenteil davon in ihrem Zwilling spüren. Dessen war ich mir sicher. Aber was zum Teufel sollte das überhaupt bedeuten?

Schließlich ließ ich ihre Hand los und reichte Tory einen Zettel. »Das sind Ihre Elementwerte. Je höher die Zahl, desto stärker ist Ihre Kraft. Ihre Hauptmagie ist Feuer.«

»Oh … richtig.« Sie nickte und wollte schon weggehen, aber ich traf eine plötzliche Entscheidung. Ich musste das Blut ihrer Schwester mit dem ihren vergleichen, um sicherzugehen, dass ich nicht verrückt wurde und mir einbildete, dass mich alles an Darcy anzog. Wenn Tory genauso schmeckte und die gleiche Wirkung auf mich hätte, dann wäre die Sache erledigt. Dann gäbe es keinen Grund zur Sorge und keine geheime Verbindung zwischen Darcy und mir. Es wäre nur eine Sache der Machtgier, die ich unterdrücken konnte, wenn ich das nächste Mal von ihr trank.

Ich packte Torys Handgelenk, zog sie nach vorn und bohrte meine Reißzähne in ihre Haut, sodass sie vor Entsetzen aufstöhnte. Ihr Blut floss über meine Zunge, eine Welle der Magie, die sich wie die dunkle und bezaubernde Kraft des Mondes anfühlte.

Sie schmeckte gut, verdammt gut, und ihre Kraft war genauso immens wie die ihrer Schwester. Aber damit hörten die Gemeinsamkeiten auch schon auf, denn von Darcy zu trinken, hatte sich angefühlt, als würde ich in allem, was sie war, ertrinken und nach mehr verlangen müssen. Ihr Blut hatte nach ihrer Süße geschmeckt, ihr verdammtes Licht war direkt in mich geflossen und hatte mich angefleht, mich vor ihm zu verneigen. Tory schmeckte zwar traumhaft, aber es war nicht mein Traum. Und das war etwas, von dem ich nicht sicher war, ob ich es überhaupt verstand.

»Bei den Sternen, Sir!«, keuchte Kylie, aber ich ignorierte sie und trank weiter, um in Tory zu finden, was ich in Darcy gefunden hatte. Um zu beweisen, dass ich falschlag. Dass es nur Darcys Blut war, das mich nach ihr verlangen ließ und sonst nichts. Aber je mehr ich trank, desto klarer wurde mir, dass ich nicht das gleiche unendliche Verlangen nach Torys Essenz finden würde. Es war nur Blut. Wirklich gutes Blut. Blut, das man abfüllen und für immer aufbewahren könnte. Aber nicht *ihr* Blut.

»Aufhören!«, fuhr Blue mich an, aber Tory warnte sie mit einem Blick und ich zog schließlich meine Reißzähne in aller Ruhe aus ihrer Haut.

Sie trat von mir weg und starrte mich finster an, und ich schaltete jeden verrückten Gedanken in meinem Kopf aus, stand auf und setzte den Unterricht fort.

Hinter mir wurde über einen FaeBook-Post geflüstert, der gerade online gegangen war, und ich knurrte, drehte mich im Raum um und sah, dass alle auf ihre Atlasse schauten.

Ich wollte gerade Massennachsitzen ankündigen, als die Tür weit aufflog, Caleb Altair in den Raum stürmte und über meinen verdammten Schreibtisch sprang. Er stieß mich gegen die Tafel und ein kollektives Einatmen ertönte um uns herum, während ich die Wut in seinen Augen betrachtete.

Ich stieß ihn mit einem Knurren von mir, und er taumelte nach hinten, wobei sein Kopf gegen den Schreibtisch krachte und einen Riss in der Mitte verursachte. Meine Instinkte flammten angesichts der Herausforderung in seinen Augen auf, als Caleb mit einem Feuerball auf mich zustürmte. Er war der einzige Fae, den ich je getroffen hatte, der die Bestie in mir so leicht in Wallung brachte. Caleb war der einzige Vampir, den ich kannte, der mächtiger war als ich, was bedeutete, dass der Wettbewerb zwischen uns nie auf eine Weise entschieden werden konnte, die meine Impulse, ihn herauszufordern, in jeder Hinsicht befriedigen würde. Und in diesem Moment verlor ich den Kopf – alles in mir schrie einfach nur noch nach seiner Vernichtung.

Ich war kurz davor, ihn abzufangen und zu versuchen, ihn verdammt noch mal zu vernichten, als mir einfiel, dass ich ein Lehrer war und er ein Erbe. Und dass hier mehr auf dem Spiel stand, als dieser Kampf wert war.

»Genug!«, brüllte ich, bevor Caleb versuchen konnte, zuzuschlagen.

Der Erd-Erbe hielt inne und rang sichtlich damit, unsere Situation über seine eigenen Instinkte zu stellen. Die anderen Studenten verstummten, als sie unsere Interaktion beobachteten.

Caleb löschte die Flammen in seinen Handflächen, ein leises Knurren drang aus seiner Kehle. »Sie ist meine Quelle. Wenn du sie noch einmal berührst, bist du tot. Professor oder nicht.«

Ein Anflug von Überraschung durchfuhr mich, als mir klar wurde, warum er hier hereingestürmt kam, als hätte ihm jemand einen brennenden Schürhaken in den Arsch gesteckt. Ich schenkte dem Gerede der Studenten nicht viel Aufmerksamkeit und da Darius und ich in letzter Zeit unsere eigenen Probleme zu bewältigen hatten, war es wohl niemandem gelungen, das Memo weiterzugeben, dass Caleb diese Vega als seine Quelle beansprucht hatte. Dass ich von ihr getrunken hatte, rechtfertigte seinen psychotischen Angriff auf mich also absolut … und ich könnte ihm wahrscheinlich nicht einmal Nachsitzen dafür aufbrummen. *Verdammt.*

Ich wollte mich aber nicht wie ein schwacher Fae entschuldigen, also beschloss ich, zu meinen Handlungen zu stehen und meine Autorität als sein Lehrer durchzusetzen.

Ich packte ihn am Hemd und zog ihn bis auf einen Zentimeter an mein Gesicht heran. »Raus aus meinem Klassenzimmer!«

»Erst, wenn du schwörst«, zischte Caleb, drehte sich um und zeigte auf Tory, »dass sie mir gehört. Lass deine Zähne von ihr!«

»Ich gehöre niemandem!«, schnauzte Tory und Darcy nickte zustimmend. *Doch. Zumindest, bis ihr uns abwehren könnt.*

Ich überlegte, wie ich damit umgehen sollte, ohne mich auf einen Kampf mit einem Altair einzulassen. Es würde zu Medienberichten kommen, und die verdammten Journalisten würden vor der Tür stehen. Und sosehr diese Rivalität, die zwischen uns herrschte, auch danach schrie – es würde für keinen von uns gut aussehen. Es würde wahrscheinlich die Anti-Vampir-Lobbyisten aufbringen, die immer behaupteten, dass Fae unserer Formgebung keine Machtpositionen innehaben sollten, weil wir uns zu leicht von unseren Instinkten leiten ließen. Und diese Typen konnten mich mal.

Caleb stieß mich so heftig von sich, dass ich mit dem Rücken gegen die Tafel knallte. Ich bleckte meine Reißzähne, während ich gegen den Impuls ankämpfte, ihn dafür zu töten.

In der Klasse brach angespanntes Gemurmel aus und ich spürte, wie Darcys Augen Löcher in meinen Kopf bohrten. In meinen Gedanken reifte eine verrückte Entscheidung, die mein Problem mit Caleb lösen und gleichzeitig alle meine Pläne, Abstand zu Blue zu halten, zunichtemachen würde. Aber ich sprach die Worte bereits aus, jedes einzelne fiel mir von den Lippen und ließ sich nicht zurücknehmen. Denn das wollte ich nicht, nicht einmal ein bisschen. Außerdem war ich ein Vampir und hatte das Recht dazu. Die Vegas waren die mächtigsten magischen Quellen im Königreich. Und ich hatte die Chance, eine der Schwestern für mich zu beanspruchen. Diejenige, die meine verdammte Seele quälte.

»Gut«, sagte ich in einem tödlichen Ton. »Aber der andere Vega-Zwilling gehört mir.«

»Wie bitte?«, keuchte Darcy, aber weder Caleb noch ich reagierten auf sie, während wir einander anstarrten.

Caleb brummte und begann, vor mir auf und ab zu schreiten wie ein Löwe im Käfig. Er versuchte eindeutig, zu entscheiden, ob er mich einfach um die Rechte an beiden herausfordern sollte. Aber er wusste genauso gut wie ich, dass es nicht gut für ihn aussah, mit einem seiner Professoren zu kämpfen, weshalb wir einander und den Konflikt, der sich aus der Natur unserer Formgebung ergab, wann immer wir konnten, mieden.

»Deal«, stieß er schließlich hervor, marschierte aus dem Raum und schlug die Tür hinter sich zu. Die Beleidigung war mir nicht entgangen. Andererseits hätte ich an seiner Stelle wahrscheinlich das Gleiche getan. Ich würde mich aber besonders anstrengen, um etwas zu finden, wofür er diese Woche nachsitzen müsste.

Ein Atemzug, der von Erleichterung begleitet war, entwich mir. Denn jetzt hatte ich sie. Und es war das beste Gefühl, das ich seit Langem erlebt hatte. Aber ich wollte nicht, dass die Klasse sah, wie sehr sich meine Stimmung gerade aufgehellt hatte, also richtete ich mein Hemd und wandte mich der Tafel zu. Ein Lächeln huschte über mein Gesicht, wo sie es nicht sehen konnten, während ich mit ruhiger Stimme mit dem Unterricht fortfuhr.

»Widder werden vom Mars beherrscht, deshalb sind sie besonders impulsiv und oft aggressiv, wenn …« Ich schaltete auf Autopilot, während mein Herz wie wild pochte und mein innerer Vampir seinen Sieg herausschrie.

Aber ich war am Arsch, so was von am Arsch, weil ich wusste, dass es um mehr ging als nur um ihr Blut. Es ging um eine tiefere Verbindung, die durch etwas Ungreifbares geschmiedet wurde. Aber scheiß drauf! Denn zum ersten Mal seit viel zu vielen Jahren wollte ich tatsächlich etwas. Und jetzt, da ich es hatte, würde ich es nicht mehr loslassen. Darcy Vega war meine Quelle. Meine. Und niemand sonst im ganzen verdammten Königreich würde sie zu schmecken bekommen.

»Haben wir denn gar kein Mitspracherecht?«, zischte Darcy ihrer Schwester zu und mein Lächeln wurde noch breiter. *Nein, Blue, das habt ihr nicht.*

»Nicht, solange wir sie nicht abwehren können«, sagte Tory wütend.

»Und das werden Sie nicht können, wenn Sie im Unterricht nicht zuhören.« Ich nahm ein Buch von meinem Schreibtisch, schleuderte es auf sie zu und zwang sie, auseinanderzuspringen, um nicht getroffen zu werden. »Noch ein Wort und Sie werden für den Rest des Jahres nachsitzen.«

Ihre Blicke waren giftig und ich starrte sie kühl an und wartete darauf, dass eine von ihnen gegen mein Wort verstieß. Aber sie hielten endlich den Mund und ich kehrte zum Unterricht zurück.

»Mit Ihrem Erwachen erhalten Sie eine Elementarkraft, die mit Ihrem Sternzeichen verbunden ist. Zum Beispiel sind alle Fische mit der Elementarmagie des Wassers gesegnet. Diejenigen, die mehr als ein Element besitzen, werden normalerweise auf diese Weise ausgestattet, weil sie mit mehr als einer Konstellation verbunden sind.« Ich tippte auf die Tafel und eine Tabelle erschien, die alle Sternbilder am Himmel zeigte. »Wie Sie sehen können, gibt es Hunderte von Kombinationen. Die Kräfte, die die Sterne Ihnen verleihen, sind sehr schwer zu fassen. Es ist wenig darüber bekannt, wie oder warum einige Fae mit mehr als einem Element geboren werden. Aber wir wissen, dass die Genetik eine Rolle spielt – und das gilt auch für Ihre Formgebungen.«

Ich warf einen Blick auf die Vegas und versuchte, einzuschätzen, ob meine Einschätzungen ihrer Formgebungen korrekt waren. Darcy sah mir mit so viel Hass direkt in die Augen, dass ich eine Gänsehaut bekam. Ich näherte mich ihr mit einem grausamen Lächeln auf den Lippen und freute mich, meine Feindin zum Zittern zu bringen.

»Können Sie mir ein paar der Sternbilder nennen, die nicht mit einem Sternzeichen verbunden sind, Miss Vega?«, fragte ich.

»Ähm …« Sie räusperte sich. »Der kleine Bär?«

»Richtig.« *Verdammt.* Ich zeigte auf Diego Polaris neben ihr. »Der auch bekannt ist als?«

»Der kleine Wagen, Sir«, ergänzte er.

»Ich wette, mit *kleinen* Dingen kennt Diego sich prächtig aus«, spöttelte Tyler Corbin aus der ersten Reihe.

»Fünf Punkte Abzug, Terra«, schnauzte ich ihn an und Tyler schnaubte verärgert.

»Und der lateinische Name lautet wie?« Ich zeigte auf Sofia Cygnus, die rot anlief, als sie antwortete.

»Ursa Minor?«, quietschte sie.

»Zehn Punkte für Haus Ignis.« Ich stapfte davon und begann wieder, an die Tafel zu schreiben. »Ein Wassermann, der außerdem mit Ursa Minor verbunden ist, welche die Kraft der Erde in sich trägt, ist also möglicherweise mit zwei Elementen gesegnet.«

»Möglicherweise, Sir?«, fragte ein Mädchen mit einem langen Zopf aus rabenschwarzen Haaren aus der zweiten Reihe.

»Die Sterne können unberechenbar sein«, erklärte ich. »Ihre Natur muss die unsere ergänzen, damit alles zusammenpasst.« Ich verschränkte die Arme vor der Brust. »Also, was bedeutet Ihr Sternzeichen für Sie persönlich? Weiß das jemand?«

Ein paar Hände gingen nach oben und ich suchte mir einen Jungen in der Reihe hinter den Vegas heraus. »Es verrät unseren Charakter.«

»Unpräzise«, sagte ich entnervt. »Versuchen Sie es noch einmal.«

»Es äh …« Der Junge blickte sich hilfesuchend um, aber niemand hatte etwas zu bieten. Er räusperte sich und zuckte dann mit den Schultern. *Mögen die Sterne mir gnädig sein.*

»Irgendjemand?«, knurrte ich verärgert.

»Es beeinflusst unsere Natur, Sir«, meinte Sofia. *Dem Mond sei Dank, es gibt hier jemanden mit mehr als zwei Gehirnzellen.*

»Richtig«, sagte ich fröhlich und lehnte mich gegen meinen Schreibtisch. Ich zeigte auf Jillian Minor, die heute Morgen so aussah, als hätte man ihr den Hintern versohlt. »Miss Minor, welche drei anderen Dinge beeinflussen das Wesen der Fae?«

Sie lief rot an und sah zu ihrer nutzlosen Freundin Kylie, die dramatisch seufzte.

»Formgebung«, antwortete Kylie für sie.

»Und?«, hakte ich nach.

»Äh … Genetik?«, vermutete sie.

»Korrekt. Und?«

Sie verstummte und ich konnte hören, wie ihr Gehirn in ihrem hohlen Kopf herumwirbelte.

»Irgendjemand?«, fragte ich und blickte enttäuscht in die Runde. Ich war mir nicht sicher, ob ich jemals einen Freshman-Kurs unterrichtet hatte, der so schlecht auf das Leben an der Zodiac Academy vorbereitet war wie dieser hier.

»Lebenserfahrung, Sir?« Blues Stimme erregte meine Aufmerksamkeit und mein Blick fiel auf sie, als hätte ich bis jetzt versucht, mich dagegen zu wehren. Da meine Augen nun einmal dort waren, ließ ich sie schweifen und musterte ihre großen Augen und ihre perfekt gebräunte Haut, die von ihrer Abstammung zeugten. Ihre Mutter hatte so ausgesehen, geboren im Königreich Voldrakia, wo die Sonne immer schien und die Fae ganz anders waren als die, die in Solaria lebten. Einige nannten sie Wilde, wegen ihrer eher unzivilisierten Praktiken. Mord war dort völlig legal, ebenso wie die meisten anderen Verbrechen. Sie kämpften auf eine Art und Weise um die Macht, die in unserem Königreich zivilisierter war, und die königlichen Herrscher, die dort regierten, förderten diese Grausamkeit, indem sie einen Sport daraus machten. Sie veranstalteten brutale Spiele, bei denen Reichtum, Status und sogar Heirat als Preise winkten. Der Vater der Vegas hatte vielleicht den Ruf besessen, brutal zu sein, aber ihre Mutter war darin geübt. Obwohl der Grausame König, nachdem er sie geheiratet hatte, angeblich etwas weniger skrupellos geworden war und es schien, als hätte sie die Zahl der Todesopfer in unserem Königreich ein wenig eingedämmt.

Moment mal, was hat Blue gesagt? Hatte sie tatsächlich die richtige Antwort?

»Richtig«, sagte ich überrascht, schritt den Gang entlang und blieb vor ihrem Tisch stehen. Sie saß vollständig in meinem Schatten und ich mochte es, wie ihr Unterkiefer zuckte und sie mich unerschütterlich anstarrte. »Auch bekannt als?«

»Erziehung und Entwicklung«, sagte sie, wobei ihr Kehlkopf auf die verlockendste Art und Weise, die ich je erlebt hatte, wippte.

»Gut. Suchen Sie mich nach dem Unterricht auf.« Ich marschierte davon, mein Puls raste und meine Reißzähne schärften sich zu Spitzen.

Ich schalt mich innerlich dafür, aber nichts konnte das Adrenalin in mir aufhalten, das mich durchströmte, weil ich sie bald für mich allein haben würde. Es war falsch. All diese Gedanken waren falsch, dieses Verlangen. Aber ich konnte sie nicht aufhalten. Und jetzt, da sie als meine Quelle gebrandmarkt war, hatte ich die Dinge versehentlich noch schwieriger gemacht. Denn jetzt lag es in meiner Natur, sie zu beschützen, sie als mein zu bewahren und sicherzustellen, dass kein anderer Vampir mir ihr Blut stahl. Und so gut es sich auch anfühlte, zu wissen, dass ich diesen Anspruch hatte, so würde es die Dinge auch viel komplizierter machen, wenn es darum ging, sie loszuwerden.

Was zum Teufel treibst du da?

Ich weiß es nicht, aber ich kann verdammt noch mal nicht damit aufhören.

***

Am Ende des Unterrichts saß ich hinter meinem Schreibtisch, den Blick auf meinen Atlas gerichtet, und wartete darauf, dass alle gingen. Alle außer ihr.

Ich hatte eine Nachricht von Francesca und überlegte noch immer, wie ich antworten sollte.

Francesca:

Also, wann hast du Zeit für ein paar Drinks? Du hast gesagt, du würdest dich diese Woche bei mir melden ...?

Wann war ich nicht für Drinks zu haben? Technisch gesehen hatte ich immer eine Flasche Bourbon griffbereit. Meine Beziehung zum Alkohol war die intensivste meines Lebens. Obwohl, wie Darius manchmal anmerkte, der Alkohol eher wie ein toxischer Partner war, den ich nicht loswerden konnte. Aber immer, wenn er versuchte, mich vom Trinken abzuhalten, verfiel ich in eine Depression und es war fast unmöglich, zu funktionieren. Wenn das also kein triftiger Grund war, meine Leber weiterhin mit dem guten Zeug zu füttern, dann wusste ich auch nicht weiter. Es hielt mich munter. Okay, nicht munter. Aber irgendwo an der Grenze zum Nicht-Selbstmord, wo ich mich gerade genug für die Dinge interessierte, um für Darius nützlich zu sein. Und da das in diesen Tagen mein einziges Lebensziel war, schien es mir der perfekte Ort zu sein.

Ich musste mich unbedingt mit Francesca treffen und das Nymphenproblem besprechen. Es stand zu viel auf dem Spiel, wenn es um dieses Nest ging.

Lance:

Freitagabend?

Es wäre gut, sie zu sehen. Sie war eine Freundin, auch wenn diese Freundschaft manchmal mit Vorteilen verbunden war. Francesca arbeitete sich in den Rängen des FIB nach oben und hatte keine Zeit für eine feste Beziehung, und da ich der nutzloseste Freund war, den man sich vorstellen konnte, und die Gesellschaft der meisten Fae kaum ertragen konnte, passte das auch perfekt zu mir. Nur hatte ich seit meiner Rückkehr aus dem Reich der Sterblichen keine Lust auf eine Beziehung. Die meisten Nächte verbrachte ich entweder allein mit Whiskey oder mit Darius. Ich vermisste Gabriel, aber er hatte sein eigenes Leben, seine eigene Familie. Und ich mochte es nicht, dass er mich in einer Krise sah, weil ich wusste, dass ich vor seinem Blick nichts verbergen konnte. Wenn er mich aus der Nähe sah, würde er versuchen, mich in Rätseln, die ich nicht lösen konnte, zu einem besseren Schicksal zu führen. Aber wir hatten dieses Spiel schon zu oft gespielt, und ich wusste, dass kein besseres Schicksal auf mich wartete. Das Beste, worauf ich hoffen konnte, war, dass Darius Lionel besiegte. Dann würde ich vielleicht etwas Seelenfrieden finden.

Francesca:

Perfekt! Ich buche einen Tisch im Andromeda für zwanzig Uhr.

Das Zimmer hatte sich geleert und ich musste nicht einmal aufschauen, um zu wissen, dass ich jetzt allein mit Darcy Vega in einem Raum war. Die Energie in der Luft hatte sich gerade verzehnfacht. Ich konnte ihre Anwesenheit wie ein Lebewesen im Raum spüren. Und irgendwie mochte ich dieses Gefühl.

Ich ließ meinen Blick auf meinem Atlas ruhen und überlegte, was genau ich zu ihr sagen sollte. Ich musste professionell bleiben. Das war der Schlüssel. Und wenn ich vielleicht ein paar Grenzen setzte, könnte ich vielleicht verhindern, dass diese Shitshow zu einem absoluten Reinfall wurde.

»Wie läuft es mit dem Schild gegen die Manipulation?«, fragte ich, ohne aufzublicken. Wenn ich es täte, würde ich nicht aufhören können, sie anzusehen. Und wenn ich sie ansah, würde ich näher kommen. Und wenn ich näher käme, könnte ich sie wieder beißen. Und wenn ich sie wieder biss, nun … dann müsste ich mir in Zukunft vielleicht vor dem Biss in den Schwanz schlagen. Aber ich konnte nicht ewig auf meinen Atlas starren.

»Besser. Ich habe mit Freunden geübt«, sagte sie.

Ich nickte und war froh, dass sie es versuchte. Nicht, dass ich wollte, dass sie gut darin wurde, aber Freshmen, die sich nicht bemühten, Fae zu werden, machten mich krank. »Sie sollten jede freie Minute damit verbringen.« Ich biss in den sauren Apfel, als ich meinen Blick zu ihrem wandern ließ. Verdammt, sie sah zum Anbeißen aus. »Es ist zwingend notwendig, dass Sie die grundlegende Form der Manipulation abwehren können. Ist Ihnen klar, wie verletzlich Sie sind, wenn Sie das nicht können?«

Ich sagte das zum Teil, weil ich sie zu meiner Quelle gemacht hatte. Es war essenziell für mich, dass sie sich vor abtrünnigen Vampiren schützen konnte, die versuchten, sie zu zwingen, sie von ihr trinken zu lassen. Das konnte ich nicht dulden. Ich würde ihnen das verdammte Genick brechen, wenn sie es versuchen würden. Zudem wäre sie leichte Beute, wenn Nymphen, die die Kontrolle über gestohlene Magie hatten, die Fähigkeit der Manipulation erlernt hätten. Und wenn ihre Magie in die Hände einer dieser Kreaturen gelangte, wären die Konsequenzen unvorstellbar.

Sie nickte, stand aber immer noch in der Nähe der Tür, als wollte sie mir nicht zu nahe kommen. Hoffnungslos und naiv, jetzt, da sie meine Quelle war. Wir würden uns in Zukunft viel näher kommen. Und mein Schwanz war ausgesprochen glücklich darüber, obwohl er sich der Party absolut nicht anschließen würde.

»Ja, Sir.« Sie musterte mich und ich war furchtbar neugierig, was sie dachte. Ihre Abneigung mir gegenüber war nicht überraschend, aber da steckte mehr dahinter. In ihren fesselnden Augen lag Misstrauen, und das gefiel mir nicht besonders.

»Gut.« Ich lächelte, was sich natürlicher anfühlte, als ich es beabsichtigt hatte. »Also, ich wollte klarstellen, was es bedeutet, meine Quelle zu sein.«

»Ich will nicht Ihre Quelle sein«, sagte sie sofort und ihre Stimme klang so angewidert, dass sich meine Nackenhaare aufstellten. Aber sie hatte einen wütenden Gesichtsausdruck aufgesetzt, der so verdammt süß war, und es gefiel mir, ihr so unter die Haut zu gehen.

»Solange Sie es nicht schaffen, mich aufzuhalten, ist das leider nicht Ihre Entscheidung.« Ich warf ihr einen amüsierten Blick zu und sie erwiderte ihn mit finsterer Miene. Aber all diese Wut würde ihr nicht viel nützen, wenn sie sie nicht in ihr Studium stecken würde.

Ich stand auf, trat um meinen Schreibtisch herum, schloss die Lücke zwischen uns und konnte es kaum erwarten, noch näher zu kommen.

»Sie werden mir berichten, wenn ein anderer Vampir Sie beißt. Das ist nicht verhandelbar, Miss Vega. Ich werde der Academy mitteilen, dass Sie mir gehören, und das sollte uns weitere Vorfälle wie den heutigen ersparen. Es ist unwahrscheinlich, dass mich jemand außer Caleb herausfordert, aber jetzt, da das geklärt ist, sollten wir keine Probleme mehr haben. Sollte jedoch ein anderer Vampir Gefallen an Ihnen finden, *werden* Sie mich sofort unterrichten.«

»Wie oft wollen Sie denn von mir trinken?« Sie verschränkte die Arme und ich war überrascht, wie sehr sie sich gegen diese ganze Idee sträubte. Es gab Freshmen, die dafür getötet hätten, einem so mächtigen Vampir wie mir als Quelle zu dienen. Es schützte sie vor allen anderen Vampiren. Sie würde nicht auf den Gängen festgehalten und gebissen werden. Es sei denn – natürlich –, *ich* war es, der ihr über den Weg lief und Durst hatte. Bei dem Gedanken daran lief mir praktisch schon das Wasser im Mund zusammen.

»Ein- oder zweimal pro Woche.« Ich zuckte mit den Schultern. »Wenn ich ausgelaugt bin, vielleicht auch öfter.«

Sie nickte steif, sichtlich genervt von der ganzen Sache. Dann verhärteten sich ihre Gesichtszüge und ich spürte die Herausforderung in ihrer Haltung, was mir sagte, dass dieses Mädchen tief im Inneren vielleicht doch ein Alpha war. Obwohl es nicht so aussah, als wüsste sie es. Und ich würde sicher nicht darauf hinweisen und ihr Selbstvertrauen aus dem Dreck ziehen.

»Eines Tages, Professor, werde ich stark genug sein, um Sie abzuwehren«, sagte sie, und ihre Stimme klang für einen Moment so voller Kraft, sodass ich innehalten musste. *O verdammt, warum ist das so heiß?*

Ich holte tief Luft und kämpfte gegen den Drang an, mich dieser Herausforderung zu widmen. Denn die würde mit Blue unter mir enden – und ich sollte jetzt professionell sein. Aber es schadete nicht, sie darauf aufmerksam zu machen.

»Ich weiß«, sagte ich und genoss dieses Spiel. »Aber bis zu diesem Tag gehören Sie mir, Blue.«

Ich könnte schwören, dass sie bei diesen Worten ein wenig zitterte, aber ihre Augen waren eine bedrohliche Mauer, die mich zum Rückzug zwang.

»Ich gehöre niemandem«, sagte sie mit leiser, geradezu tödlicher Stimme.

Ich trat näher, wollte meine Finger um ihren Hals legen, sie an meinen Schreibtisch drücken und meine Reißzähne in sie schlagen. Dann würde sie lernen, dass sie mit diesen Worten völlig falschlag.

Sei professionell, um der Sterne willen!

»Mir zu gehören ist ein weitaus besseres Schicksal, als es sich die meisten in ihrer ersten Woche an der Zodiac Academy wünschen könnten«, sagte ich kühl und sie zuckte zusammen.

»Ich würde mich lieber von jedem Vampir an dieser Academy beißen lassen, als mich von einem Monster wie Ihnen beherrschen zu lassen.«

»Vorsicht, Blue«, warnte ich sie. »Vergessen Sie nicht, mit wem Sie hier sprechen!«

»Wie könnte ich das vergessen, *Sir*?«, sagte sie leichthin und klimperte mit den Wimpern, als wäre sie ach so unschuldig. Aber ich konnte sehen, dass ihre Unschuld nicht so tief saß, wie es zunächst den Anschein hatte. Und der Gedanke, dass in ihr eine wilde, ungezähmte Bestie lebte, reizte mich nur noch mehr, sie herauszulocken und die Schärfe ihrer Krallen zu spüren.

Ich schloss die Distanz zwischen uns, schaute auf sie hinab und nahm ihr den Atem. Das nervöse Zittern ihrer Unterlippe war ein wahrer Rausch für mich. Sie wusste genau, wer in diesem Moment die Macht hatte. »Sie mögen mich hassen, Miss Vega, aber Sie werden lernen, mich zu respektieren.«

Ihre Augen waren ein einziges Schimpfwortgewitter, aber sie ließ keines über ihre Lippen kommen. Ich hatte sie verunsichert, und das war es, was ich gewollt hatte. Ich brauchte ihre Angst. Und ihren Hass. Denn wir standen auf gegnerischen Seiten eines Krieges, den sie noch nicht einmal verstehen konnte. Und wenn Darius sie dazu zwang, sich vor ihm zu verbeugen, und sie und ihre Schwester von dieser Academy vertrieb, würde ich da sein, um sie mit einem Lächeln im Gesicht gehen zu sehen. Und sicherlich konnte der Geschmack ihres Blutes nicht an den Geschmack dieses Sieges heranreichen.

Sie nickte, trat einen Schritt zurück und steckte sich eine Haarsträhne hinters Ohr. Dann drehte sie mir den Rücken zu und war verschwunden, bevor ich sie zurechtweisen konnte. Ich bemerkte, dass meine Hände zu Fäusten geballt waren, und langsam lösten sie sich wieder, während das rasende Pochen meines Herzschlags in jedem Teil meines Körpers widerzuhallen schien.

Du spielst mit dem Feuer, Blue. Und es wird dir nicht gefallen, wenn es brennt.

Scorpio
Virgo
Gemini
Aries
Cancer
Leo
Sagittarius
Taurus
Capricorn
Aquarius
Libra
Pisces

DARIUS

KAPITEL 13.

Der Sternenstaub spuckte mich aus wie einen schlecht schmeckenden Snack und ich landete unsanft vor den Toren des Anwesens meiner Familie.

Einen Atemzug später erschien Lance an meiner Seite und wir tauschten einen vielsagenden Blick aus, bevor wir uns auf den Weg zum Tor machten.

Ich machte mir nicht die Mühe, etwas zu den Männern zu sagen, die den Eingang bewachten, als wir die gewundene Kiesauffahrt hinaufgingen. Meine Gedanken waren zu sehr mit der Schwere dieses Ortes beschäftigt, als dass ich einen Moment für Höflichkeiten erübrigen könnte.

Wir schwiegen, während wir uns dem riesigen Anwesen näherten, und mein Blick streifte es, ohne dass ich es wirklich sah. Es war kein Haus. Eher ein Museum, in dem die Ausstellungsstücke Momentaufnahmen von Angst und Elend waren, die die Wände schmückten, als wäre das Blut, das darin vergossen worden war, nie weggewischt worden.

Manchmal versuchte ich, mich an eine Zeit ohne den Geruch von

Angst in den Gängen zu erinnern. Und manchmal gelang es mir, daran zu denken, wie ich hier mit meiner Mutter und Xavier gelacht hatte, in dem riesigen Haus Verstecken gespielt und die liebevolle Berührung gespürt hatte, nach der ich mich bei meinen Eltern immer gesehnt hatte. Aber ich war mir fast sicher, dass das nur eine hübsche Lüge war, die ich mir vor langer Zeit selbst ausgedacht hatte. Wahrscheinlich redete ich mir nur ein, mich daran zu erinnern.

Catalina Acrux war genauso kalt und gefühllos wie ihr Ehemann. Die Erziehungsfehler meiner Mutter waren jedoch größtenteils auf Vernachlässigung oder ein allgemeines Desinteresse an ihren Söhnen zurückzuführen. Das Einzige, worum sie sich wirklich zu kümmern schien, war ihr eigenes Aussehen, das der Inbegriff von makelloser Perfektion war. Vater prahlte gern damit, dass sie die schönste Frau im ganzen Königreich sei, als wollte er in ihrer Abwesenheit den Ruf der Frau des Grausamen Königs an sich reißen.

Ich wollte damit nicht sagen, dass es nicht stimmte, aber ich hasste es, wie Vater die Schönheit meiner Mutter als eine Art Auszeichnung für sich selbst beanspruchte. Nicht zuletzt, weil er mich mit einem Mädchen verheiraten wollte, das einen Schnurrbart und eine Faeroid-Abhängigkeit hatte, was bedeutete, dass ihre Muskelmasse mit meiner eigenen konkurrierte.

Wir erreichten das riesige Tor, das stolz in der Mitte des extravaganten Anwesens prangte, und die kleinere Tür, die darin eingelassen war, schwang weit auf, bevor wir auch nur in unseren Schritten innehalten konnten.

Jenkins beäugte uns, als wären wir eine absolute Unannehmlichkeit, obwohl die Begrüßung von Gästen im Acrux-Anwesen praktisch seine gesamte Stellenbeschreibung war. Der alte Butler war ein Arschkriecher für die Grausamkeit meines Vaters und sicherlich nicht mein Freund, also schenkte ich ihm keine Beachtung, als ich über die Schwelle des Hauses trat, in dem ich aufgewachsen war.

Gold schmückte einen Großteil des Interieurs, das Geländer der geschwungenen Treppe vor uns schimmerte im Licht, und ich spürte, wie die Anwesenheit so vieler Schätze meine magischen Reserven füllte. Und das nur, weil ich in diesem vergoldeten Käfig stand.

»Lord Acrux beendet gerade seine Mahlzeit mit Lord Rigel«, verkündete Jenkins. »Er bittet darum, ihn im Rauchersalon zu erwarten.«

Ich schielte zu Orion, der mir einen ausdruckslosen Blick schenkte, der von unserem gemeinsamen Hass auf diese Machtspiele zeugte, und seufzte.

»Ist Mutter zu Hause?«, fragte ich und warf dem alten Mistkerl von Butler einen Blick zu, der mehr als deutlich machte, wie sehr ich ihn verabscheute.

»Sie ist ebenfalls beim Abendessen.«

Das bedeutete, dass Max' Mutter auch hier war, aber ich machte mir nicht viel Hoffnung, dass ihre Anwesenheit mir zugutekommen würde. Vater würde mich einfach warten lassen, bis sie weg waren, bevor er sich mit mir befasste. Und ich wusste, dass ich nicht zum Spaß hier war. Er hatte mich beauftragt, die Vegas zu entfernen, und sie befanden sich immer noch auf dem Campusgelände. Aber ich war mir nicht sicher, was er von mir erwartete. Ich konnte nicht wirklich verlangen, dass sie mich Fae gegen Fae bekämpften – niemand würde es als echten Sieg anerkennen, wenn ich sie besiegte und verbannte, solange sie ihre Magie noch nicht beherrschten.

Die Schikanen und die Ausgrenzung hätten schwächere Fae vielleicht zum Aufgeben und Verlassen der Schule gebracht, aber nicht diese beiden Mädchen. Sie hatten Rückgrat und einen starken Willen. Sie würden sich nicht von etwas Mobbing vertreiben lassen und es war schwer, mehr zu tun, ohne unseren eigenen Ruf zu gefährden. Dass sie auf die Probe gestellt werden würden, war zu erwarten, aber ein offener Krieg mit untrainierten Fae würde uns in der Presse nur schlecht aussehen lassen, und das konnte Vater auch nicht wollen. Es war eine unmögliche Aufgabe, aber das würde für meinen Vater natürlich nicht den geringsten Unterschied machen.

»Und Xavier?« Die Antwort auf diese Frage lag mir auf dem Herzen wie keine andere.

»In seinem Zimmer. Aber wie gesagt, Ihr sollt im …«

»Ja, ja, ich bin gleich da.« Ich ging schnurstracks die Treppe hinauf, ohne mich darum zu kümmern, wie sauer Jenkins über meine Zurückweisung war. Ich war ihm keine Rechenschaft schuldig und er konnte meinem Vater erzählen, was er wollte. Ich hatte sowieso schon Ärger mit ihm, also machte es für mich keinen großen Unterschied.

Wir gingen durch vertraute Korridore, vorbei an Ölgemälden und Wandteppichen, die alle die Großartigkeit der Drachen darstellten, und stiegen bald die Wendeltreppe hinauf, die in den Turm führte, in dem sich Xaviers Räumlichkeiten befanden.

Ich stieß die Tür auf, ohne anzuklopfen, und mein kleiner Bruder hob den Kopf, als er mich hörte. Er schien gerade mit seiner Xbox zu spielen.

»Hey!«, rief er begeistert, sprang auf und warf den Controller auf die Couch, bevor er sich beeilte, mich zu begrüßen. »Ich wusste nicht, dass du heute Abend nach Hause kommst.«

Ich umarmte ihn und zerwühlte dabei seine widerspenstigen dunklen Haare, sodass er mich verfluchte, als er mich wieder von sich stieß. Ich war sichtlich erleichtert darüber, dass er unverletzt und gut gelaunt war, und obwohl ich wusste, dass ich nur einen Moment Zeit hatte, musste ich sichergehen, dass er nicht für mein Versagen im Bezug auf die Vega-Schwestern bestraft worden war.

»Spontanbesuch«, erklärte ich, und sein Blick verdunkelte sich, als er erkannte, dass ich vorgeladen worden war. Aber er kommentierte es nicht und wandte sich Lance zu, um ihn als Nächstes zu begrüßen.

»Hey Alter, wie geht's dir?«

»Stagnierend«, antwortete Lance trocken. »Und dir? Gibt es schon Anzeichen dafür, dass dein Drache erwacht?«

»Noch nicht«, seufzte Xavier. »Ich wünschte, er würde sich etwas beeilen. Ich will einfach nur durch die Wolken fliegen und lernen, eine Menge Tricks und Saltos zu machen.«

»Und Feuer zu spucken«, neckte ich ihn und er nickte.

»Ja, klar, das auch. Aber am liebsten wäre ich einfach nur da draußen, mit ausgebreiteten Flügeln – und frei.«

Ich nickte zustimmend, obwohl ich mich beherrschen musste, nicht darauf hinzuweisen, dass es keine wahre Freiheit war, sondern nur eine Illusion davon. Denn hier war ich nun, wieder unter diesem Dach, und wartete erneut auf die Maßregelungen meines Vaters.

»Wie ist die Highschool? Genießt du dein letztes Jahr?«, fragte ich, bevor er meinen Gedankengang aufgreifen konnte.

»Wie immer eigentlich. Ich wünschte, Vater würde meine Kräfte einfach früher erwecken lassen, wie er es bei dir getan hat. Ich kann es kaum erwarten, meine Feuermagie zu erhalten und herauszufinden, ob ich noch weitere Elemente besitze.« Die Aufregung in seinen Augen zauberte ein Lächeln auf meine Lippen.

»Es hat nicht nur Vorteile, der Erbe zu sein«, erinnerte ich ihn, und er verzog das Gesicht.

»Ich weiß, aber Vater zwingt mich, alle möglichen politischen Kurse und diesen ganzen langweiligen Kram zu belegen, nur für den Fall, dass ich jemals in die Rolle schlüpfen muss. Aber ich habe nicht den zusätzlichen Vorteil, meine Magie frühzeitig erweckt zu bekommen.« Xavier schmollte und ließ sich wieder vor seiner Xbox nieder, und ich musste lachen.

»Tut mir leid, dass ich das Gespräch hier so abrupt beenden muss, aber …« Lance sah mich an und ich seufzte, weil ich wusste, dass er recht hatte. Wenn ich Vater auf mich warten ließe, würde es nur noch schlimmer werden.

»Ich versuche, dich danach zu besuchen«, versprach ich und Xaviers Augen verdunkelten sich für einen Moment.

»Möchtest du, dass ich mitkomme?«

»Nein«, fuhr ich ihn streng an. »Halte dich heute Abend von ihm fern! Versprich es mir!«

Sein Blick wurde schärfer und ich bemerkte das Zittern in seiner Hand, bevor er sie zur Faust ballte. »Ich hasse es, hier oben zu sitzen und mich zu verstecken, während er …«

»Für mich ist es tausendmal schlimmer, wenn du darin verwickelt bist«, presste ich hervor. »Ehrlich gesagt ist es mir egal, was er mir antut. Aber wenn er dir auch nur ein Haar krümmt, dann werde ich …« Ich holte tief Luft, trat einen Schritt vor und legte eine Hand auf die Schulter meines Bruders. »Bitte versprich mir, dass du heute Abend nicht runterkommst«, flehte ich ihn an. Nach einem weiteren Moment mit diesem trotzigen Blick in seinen Augen senkte er schließlich den Kopf und nickte.

Ich drückte kurz seine Schulter, drehte mich dann um und ließ ihn dort zurück, während ich Lance aus dem Zimmer folgte. Aber als ich die Tür schloss, hörte ich seine gemurmelten Abschiedsworte, und sie gaben mir die Kraft, die ich brauchte, um erhobenen Hauptes und mit fester Entschlossenheit wegzugehen.

»Danke, Darius.«

Lance' Unterkiefer zuckte und er presste seine Zähne so hart aufeinander, als wir die Treppe hinuntergingen, dass ich überrascht war, dass er sich keinen Zahn ausbrach. Ich wusste, dass ihn das Wächterband quälte; das Bedürfnis, mich jederzeit zu beschützen, machte es ihm fast unmöglich, mich in die Nähe der Gefahr zu bringen, die mein Vater darstellte. Aber wir wussten beide, dass die wahre Gefahr darin bestand, mich ihm zu widersetzen, also sagte er kein Wort dagegen.

Ich wünschte, ich hätte ihn da raushalten können, aber das war nur eines der vielen Gebote meines Vaters – Lance sollte immer in meiner Nähe sein. Das war der Sinn des Bandes, das er uns beiden aufgezwungen hatte: sicherzustellen, dass er in meiner Nähe war, falls ich seinen Schutz brauchte. Was bedeutete, dass er auch gezwungen war, die Gesellschaft meines Vaters fast genauso oft zu ertragen wie ich.

Wir schafften es nur wenige Minuten vor dem Hausherrn in den Rauchersalon.

Vater begrüßte mich nicht einmal, schlug die Tür hinter sich zu, schritt durch den Raum zu einem Schrank und nahm sich Zeit, eine Zigarre aus seiner Sammlung auszuwählen, bevor er sich aus einer Karaffe mit Goldrand Whiskey einschenkte.

Ich betrachtete die Muskelmasse seines Rückens, die er uns zuwandte – eine klare Beleidigung, da er sich weigerte, uns auch nur anzusehen. Sein Anzug war maßgeschneidert und teuer, der Geruch von Rasierwasser und Rauch hing in der Luft und seine blonden Haare waren sorgfältig nach hinten gekämmt.

»Ich kann Misserfolge nicht ausstehen, Junge«, sagte er mit leiser Stimme, während ich einfach nur dastand und wartete. »Und ich habe mich in Bezug auf die potenziellen Thronräuber absolut klar ausgedrückt.«

Ich warf Lance einen verstohlenen Blick zu, hielt aber den Mund, da ich wusste, dass er noch nicht fertig war.

»Ich war schon fast der Meinung, dass du das Potenzial hast, das ich mir von dir erhoffe«, fuhr er fort, schnitt seine Zigarre sorgfältig zurecht, bevor er sie an die Lippen führte und sie mit einem Funken an seiner Fingerspitze anzündete. »Doch du hast es geschafft, mich in dieser Hinsicht schwer zu enttäuschen.«

Vater inhalierte und wenige Augenblicke später stieg gelber Zigarrenrauch aus seiner Lunge auf und schwebte als Wolke zur Decke.

»Sie sind zäher, als wir es erwartet haben«, begann ich, und er drehte sich abrupt zu mir um, seine Augen blitzten grün wie die eines Reptils, was seine Wut verriet.

»Die Zeit für Ausreden ist vorbei«, sagte er, nahm langsam die Zigarre von seinen Lippen und legte sie auf einen Kristallaschenbecher neben sich. »Auf Fehlschläge folgen Konsequenzen.«

»Ich verstehe«, sagte ich, meine Stimme unerschütterlich, obwohl sich meine Muskeln anspannten.

Vater beobachtete mich mehrere Sekunden lang, und ich konnte Lance' Wut praktisch spüren, während er regungslos an meiner rechten Seite verharrte.

Schließlich schien der Mann, der mir das Leben geschenkt hatte, in meinem Blick zu finden, wonach er gesucht hatte. Er nickte einmal, bevor er mit den Fingern schnippte und auf eine Stelle auf dem Boden vor ihm zeigte.

»Knie nieder!«, befahl er in einem gelangweilten Ton, der vorgab, dass ihm das keine Freude bereitete. Aber ich konnte die Wahrheit in den Tiefen seiner dunklen Augen sehen und wusste, dass er die Situation definitiv genoss.

Ich schluckte den Kloß in meinem Hals hinunter und trat vor, aber bevor ich tun konnte, worum er mich gebeten hatte, legte Lance seine Hand um meinen Arm und riss mich ruckartig zurück.

»Onkel Lionel«, begann er in einem versöhnlichen Tonfall. »Die Vega-Mädchen sind unwissend, ungeschult und …«

»Genug!«, blaffte Vater, schnippte mit den Fingern und schickte eine gewaltige Welle Luftmagie gegen Lance' Brust, sodass dieser durch den Raum zurückgeworfen und gegen die Tür geschleudert wurde, unfähig, auch nur einen Muskel zu bewegen.

Ich sah meinen Freund entschuldigend an. Mir war klar, dass er durch unser Band jeglichen Schmerz spüren würde, den ich erlitt, und ich hasste es, dass er jedes Mal, wenn ich etwas vermasselte oder bei einer unmöglichen Aufgabe versagte, mit mir bestraft wurde.

Wortlos ging ich auf die Knie, wie mein Vater es mir befohlen hatte, und starrte auf eine Uhr an der gegenüberliegenden Seite des Raumes. Es war genau einundzwanzig Uhr und ich verfolgte gebannt die Bewegung des Sekundenzeigers, der unaufhörlich tickte.

Lance fluchte, während er versuchte, sich gegen die Luftmagie zu wehren, die ihn an die Tür fesselte, aber mein Vater warf einfach eine Stillekuppel über ihn, damit er ihn nicht hören musste.

Ich blieb, wo ich war, und reagierte nicht, während mein Vater sich langsam durch den Raum bewegte und sein Jackett auszog.

»Du wirst in Zukunft härter arbeiten, um dieses Ziel zu erreichen«, sagte er. Das war keine Frage, also schwieg ich. »Du wirst dich nach Kräften bemühen, mich nicht noch einmal zu enttäuschen.«

Er nahm sein Glas und trank einen Schluck, während die Spannung im Raum zunahm. Er spielte mit mir, während ich auf das Unvermeidliche wartete.

Früher hatte ich ihn unglaublich gefürchtet, wenn er so aufgelegt gewesen war, und unermüdlich daran gearbeitet, alles zu tun, um ihm zu gefallen. Aber das war, bevor mir klar geworden war, dass es ein Ding der Unmöglichkeit war, ihm zu gefallen. Ich konnte alles erreichen, was er von mir wollte, und er bestrafte mich dafür, dass ich wegen meiner Leistungen überheblich war.

Dabei ging es nicht im Geringsten um meine Unzulänglichkeiten. Es ging um Macht – wie bei allem in meinem Leben. Ich war sein Erbe, dazu bestimmt, eines Tages seinen Platz als einer der mächtigsten Fae im Königreich einzunehmen. Und obwohl er wollte, dass ich stark war, wurde er nie müde, mir zu beweisen, dass er stärker war. Damit behauptete er seine Dominanz über mich. Da ich nun wusste, dass meine Angst sinnlos war, ließ ich sie los. Ich hatte keine Angst davor, ihm auf diese Weise ausgeliefert zu sein. Ich war wie abgestumpft. Nicht was den Schmerz der Schläge anging, die ich erwartete, sondern in Bezug auf den Schmerz oder das Gefühl des Verrats, das mein jüngeres Ich empfunden hatte. Und in Bezug auf das Gefühl der Ungerechtigkeit oder der Eifersucht, die ich empfunden hatte, wenn ich mitbekommen hatte, wie sehr sich andere Familien liebten.

Aber das war nicht mein Leben. Es spielte keine Rolle. Das hier war meine Realität, und die Angst davor änderte nichts daran. Aber ich hatte sie auch nicht akzeptiert. Ich würde in keiner Sekunde, die auf dieser Uhr verstrich, zusammenzucken oder mich ducken, sondern ich würde wüten, Pläne schmieden und warten. Denn sein Tag würde kommen. Im Moment mochte er seine Position über mir noch durchsetzen, aber eines Tages würde ich mich aus seinem Schatten erheben und ihm das Monster zeigen, das er aus mir gemacht hatte.

Eines Tages würde er derjenige sein, der vor mir niederkniete.

Vater stellte das Glas ab und zog seinen Gürtel aus. Die Gürtelschnalle war ein protziger goldener Drache mit stacheligen Flügeln und einem spitzen Schwanz. Ich hatte seinen Biss schon zuvor gespürt und presste jetzt die Lippen aufeinander, als er sich hinter mich stellte.

»Es ist neun Tage her, seitdem ich dir meine Erwartungen in dieser Angelegenheit mitgeteilt habe«, sagte er, aber ich reagierte nicht. »Also wirst du für jeden Tag, an dem du mich enttäuscht hast, einen Schlag ertragen.«

Ich schwieg immer noch. Ich hatte vor langer Zeit gelernt, dass es sich nicht lohnte, das Unvermeidliche hinauszuzögern.

Mein Vater war ein großer Mann. Der Drache in ihm war für alle deutlich zu sehen und seine Muskeln zeichneten sich deutlich an seinem massigen Körper ab. Er machte keinen Versuch, seine Kraft im Zaum zu halten, und als der Gürtel erstmals auf meine Wirbelsäule traf, brach ich fast zusammen unter den Schmerzen, die durch meinen Körper schossen.

Ein Schmerzensschrei stieg in meiner Kehle auf und ich zwang mich, mich wieder aufzurichten, die Fäuste an den Seiten geballt, während ich meine Muskeln anspannte und versuchte, nicht zusammenzubrechen.

Die Schnalle riss meine Haut auf, als der zweite Hieb kam, und mein Blut spritzte gegen die Wand, als mein Vater erneut seinen Arm hob.

Beim fünften Hieb war der Schmerz so stark, dass mir ein Fluch über die Lippen kam, was meinen Vater zu einem wütenden Knurren veranlasste.

Der sechste Schlag warf mich auf meine Hände und Knie, und meine Arme zitterten vor Anstrengung, mich aufrecht zu halten, während der blendende Schmerz, der meinen Körper verzehrte, mich bis in die Zehenspitzen erzittern ließ.

Ich war mir nicht sicher, wie ich es schaffte, mich in dieser Position zu halten, während die letzten Hiebe kamen und mein Blut dick und nass meinen Rücken hinunterlief. Es tropfte an meinen Seiten zu Boden und spritzte auf den Teppich unter mir. Mir stieg die Galle in die Kehle und Schweiß schimmerte auf meiner Haut, während der Drache in mir wütend auf und ab schritt, bereit, zu zerreißen, zu beißen und zu zerstören.

Aber ich hielt ihn mit purer Willenskraft in Schach, hob meinen Kopf zu der verdammten Uhr an der Wand, als ihr goldener Minutenzeiger an der Zahl eins vorbeiglitt und die Bestrafung endlich ein Ende nahm.

Sechs Minuten. Das hatte ausgereicht, um mir die Haut von den Knochen zu reißen und mich zitternd zu seinen Füßen zurückzulassen.

Ich versuchte, mich wieder aufzurichten, aber mein Körper war in seiner Position auf Händen und Knien gefangen. Die zerfetzten Überreste meines blutbefleckten Hemdes hingen um mich herum, während ich dort feststeckte, zu Füßen des Mannes, den ich mehr als alles andere auf der Welt hasste.

»Steh auf!«, höhnte mein Vater, während ich gegen das Zittern in meinen Armen ankämpfte, das mich zu Boden werfen und mit dem Gesicht voran auf den Boden fallen lassen würde. »Auf die Beine, Junge, oder ich hole deinen Bruder, damit er an der Lektion teilnimmt.«

Diese Worte trafen mich wie keine anderen. Er hatte meine einzige Schwäche in meiner Liebe zu Xavier gefunden, und das wusste er genau. Seit er begriffen hatte, dass ich mich immer zwischen seinen Zorn und meinen jüngeren Bruder stellen würde, nutzte er das gegen mich aus, verspottete mich damit und fügte seinem Repertoire eine weitere Waffe hinzu.

Meine Sicht verschwamm und ein Schmerzenslaut entrang sich meinen Lippen, als ich es schaffte, den Tisch neben mir zu ergreifen und mich aufzurichten.

Jede Bewegung schickte weitere Schmerzstöße durch meine Wirbelsäule und als ich den Kopf drehte, konnte ich im Spiegel, der die Wand zu meiner Linken säumte, etwas von der zerfetzten Haut und den Muskeln sehen, die einmal mein Rücken gewesen waren.

Ich schluckte meinen Schmerz hinunter und hob mein Kinn, bis ich meinem Vater in die Augen sehen konnte.

Ich machte keinen Versuch, meinen Hass auf ihn zu verbergen, während ich ihn anstarrte, meine Augen zu Schlitzen verengte und ihn unmissverständlich wissen ließ, wie sehr ich mich nach seinem Tod sehnte.

»Ich sehe, du hast die Botschaft weiterhin nicht verstanden«, tadelte Vater und trank von seinem Whiskey, während er mich musterte. Sein blasses Hemd war mit meinem Blut besprenkelt und die Adern in seinem rechten Arm traten hervor – ein Zeichen der Anstrengung, die es ihn gekostet hatte, seinen Gürtel so heftig auf mich herabsausen zu lassen. »Ich werde dich heute Nacht darüber nachdenken lassen.«

Ich runzelte die Stirn, da ich nicht wusste, was er damit meinte, als er näher auf mich zukam und meine Hand in seine nahm.

»Du wirst schwören, dich bis zum Morgengrauen weder selbst zu heilen noch dich heilen zu lassen«, knurrte er und zeigte mir auch den Drachen in seinen Augen, um mir zu verdeutlichen, dass er mir diese Lektion auch als Bestie nur allzu gern beibringen würde, wenn ich ihn dazu herausforderte.

Die Worte blieben mir im Hals stecken, während mich die Qual meiner Verletzungen verzehrte, aber ich hörte die verschleierte Drohung in seinen Worten. Wenn ich nicht gehorchte, würde er einen anderen Weg finden, mich zu bestrafen. Und da Xaviers Sicherheit auf dem Spiel stand, hatte ich keine andere Wahl, als zuzustimmen.

»Ich werde mich bis zum Morgengrauen weder selbst heilen noch mir erlauben, geheilt zu werden«, presste ich hervor, und Magie blitzte zwischen unseren Handflächen auf, als der Sternenschwur zwischen uns hergestellt wurde.

Aus den Augenwinkeln konnte ich sehen, wie Lance sich gegen die Magie wehrte, die ihn immer noch bewegungsunfähig machte, während seine gebrüllten Proteste ebenfalls durch Vaters Macht zum Schweigen gebracht wurden.

Wenn ich mein Wort bräche und mich selbst heilte, würde er es zu spüren bekommen. Und ich würde außerdem von den Sternen mit sieben Jahren Pech verflucht werden.

»Ich werde morgen früh mit dir sprechen, sobald du Zeit hattest, über deine Fehler nachzudenken«, sagte Vater und musterte mich noch einmal mit einem Blick, der von wilder Befriedigung zeugte. Oh, wie viel Spaß ihm das alles machte. Die Macht, der Schmerz, den er verursacht hatte, alles. »Bring ihn zurück zur Academy, Lance, und sorge dafür, dass das unter uns bleibt.«

Vater drehte sich um und verließ den Raum durch eine Tür auf der anderen Seite, sodass wir noch einige Sekunden warten mussten, bis die Magie, die er eingesetzt hatte, um Lance zu bändigen, verflogen war.

Meine Kraft verließ mich, als Lance auf mich zusprang, und ich stöhnte, als er mich auffing, meinen Arm um seine Schultern legte und mich hochhielt.

»Darius …« Lance' wilder Blick traf den meinen und ich biss die Zähne zusammen, so sehr schmerzte es mich, ihm in die Augen zu sehen. Das Band zwischen uns bedeutete, dass er jeden Hieb des Gürtels ebenfalls gespürt hatte. Und ich wusste, dass seine Instinkte ihn gerade zerrissen – so stark musste sein Bedürfnis sein, mich zu heilen.

»Es tut mir leid«, murmelte ich und senkte den Blick. Ich hasste es, dass er immer wieder in diese Sache hineingezogen wurde. Dass er gezwungen war, ein Teil davon zu sein, und dass ihm dafür sein ganzes Leben gestohlen worden war.

»Ich hasse es, wenn du das sagst«, knurrte er und ich nickte, aber ich sagte es trotzdem immer, weil es der Wahrheit entsprach. Es tat mir leid, mehr als ich jemals in Worte fassen könnte, dass er aufgrund unseres Bandes nie das Leben würde leben dürfen, das ihm zustand. »Ich bringe dich hier raus. Ich mache so schnell ich kann.«

Ich konnte nicht die Energie aufbringen, etwas zu sagen, aber er wartete auch nicht darauf, dass ich es tat. Er zog mich fester an sich, bis er mich an sich drücken konnte, dann sprintete er los und schoss aus dem Raum.

Die Welt verschwamm um uns herum und ich war mir ziemlich sicher, dass ich ohnmächtig wurde, denn das Nächste, woran ich mich erinnerte, war, dass wir in den Griff der Sterne gerieten, über Solaria reisten und mit einem dumpfen Schlag in meinem Schlafzimmer an der Academy landeten.

Lance legte mich in mein Bett, seine Augen dunkel und seine Züge hart, während er mir half, mich auf dem goldenen Laken auf den Bauch zu legen.

Er verschwand wieder und der brennende Schmerz in meinem Körper verzehrte mich für mehrere lange Minuten, während ich einfach im Dunkeln dalag und meinen Blick auf das Glühen des sterbenden Feuers im Kamin neben meinem Bett heftete. Es würde eine lange Nacht werden.

Als er zurückkam, drückte er mir eine Flasche an die Lippen und ich verschluckte mich fast an dem Bourbon, als dieser in meinen Mund lief.

»Trink!«, befahl Lance. »Wenn ich dich schon nicht heilen kann, werde ich dich wenigstens so besoffen machen, dass du ohnmächtig wirst.«

Ich konnte seine Logik nicht leugnen, also schluckte ich den brennenden Alkohol in meinem Mund, gefolgt von einem weiteren Schluck und noch einem, bis die Flasche leer war und mir schwindelig wurde.

Ich konnte nach wie vor den Schmerz meiner Wunden spüren, aber als der Alkohol in meinen Gliedern zu wirken begann, fühlte sich mein Körper irgendwie von mir getrennt an. Fast so, als wäre es jemand anderem passiert und nicht mir.

Lance kletterte neben mir ins Bett, ein zitternder Atemzug kam über seine Lippen, bevor er in die Dunkelheit sprach.

»Wir werden ihn vernichten, Darius«, schwor er. »Egal, was es uns kostet, wir werden ihn fallen sehen.«

Ich grunzte eine Art Zustimmung, aber meine Worte waren so unzusammenhängend wie meine Gedanken. Stattdessen schloss ich die Augen und drängte die Vergessenheit, mich zu holen, während ich auf den

Sonnenaufgang und das Ende meiner verdammten Bestrafung wartete.

***

Ich erwachte, als Lance' heilende Magie in meinen Körper floss, und öffnete meine Augen einen Spalt, um die Sonne über den Hügeln in der Ferne durch mein Fenster aufgehen zu sehen.

»Danke«, murmelte ich und wischte mir mit der Hand übers Gesicht, während ich versuchte, das Gefühl seiner Finger zu ignorieren, die sich über meinen Rücken bewegten, während er die zerfetzten Hautstreifen wieder zusammendrückte, bevor er die an mir verursachten Schäden heilte.

Lance grunzte und setzte seine Arbeit fort, während ich nur zusah, wie die goldenen Strahlen über den Erdboden draußen strömten und den Campus Stück für Stück erhellten.

Ich konnte das Gold auf meiner Haut spüren und das Bett klimperte leise, als ich mich umdrehte. Lance hatte offenbar meinen Schatz um mich herum platziert, während ich geschlafen hatte, um mir zu helfen, meine Magie wieder aufzufüllen.

Er seufzte, als er fertig war, lehnte sich zurück und machte mir Platz, damit ich mich neben ihn setzen konnte.

Ich warf einen Blick auf die blutigen Stofffetzen, die einmal mein Hemd gewesen waren, bevor ich sie über meinen Kopf und von dem Arm zog, um den sie noch immer geschlungen waren. Einen Augenblicklich später landeten sie im Feuer.

Ich strich mir mit der Hand über den Nacken und über den Kopf, wirkte einen Wasserzauber in meine Handfläche und reinigte das gesamte Blut von meinem Körper, bevor ich das Wasser in einem Ball in Richtung Badezimmer schleuderte, wo es im Waschbecken verschwand.

»So gut wie neu«, brummte Lance, während er mich mit

zusammengekniffenen Augen ansah. Und ich bemerkte, dass sein Blick einen Moment lang auf meinem Hals verweilte.

»Ein neuer Tag, aber immer der gleiche Scheiß«, entgegnete ich, und es folgte ein Moment der bedrückenden Stille, da keiner von uns den letzten beschissenen Vorfall erwähnen wollte, den wir durch die Hand meines Vaters erlitten hatten.

Lance' Blick fiel wieder auf meinen Hals und ich neigte meinen Kopf zur Seite.

»Du weißt, dass du es willst«, sagte ich, als er sich zurückhielt und seinen Blick aus dem Fenster schweifen ließ.

»Ich sollte meinen Vorrat bei meiner Quelle auffüllen«, sagte er ausweichend.

»Ich bin der Grund, warum deine Kraft nachlässt«, gab ich zu bedenken. »Außerdem ist es noch nicht einmal sechs Uhr morgens. Es sei denn, du hast vor, in Gwens Schlafzimmer einzubrechen und dich auf sie in ihrem Bett zu stürzen …«

»Natürlich nicht«, fuhr er mich an, sein Blick traf meinen, als er mich anknurrte und ich einen Blick auf seine Reißzähne erhaschte.

»Wenn du dich heute Nacht nicht in die Betten anderer Studenten schleichen willst, solltest du wahrscheinlich einfach …«

Lance stürzte sich mit einem Knurren auf mich. Sein Gewicht schleuderte mich gegen das Kopfteil und seine Hände landeten auf meinen Schultern, als er sich auf mich setzte, bevor er seine Zähne tief in meinen Hals versenkte.

Ich verfluchte ihn und mahnte ihn, sich daran zu erinnern, an wem zum Teufel er da gerade knabberte, aber er knurrte nur noch einmal, saugte mein Blut aus mir heraus und zwang mich, meinen Rücken zu krümmen, während mich das Band näher zu ihm zog.

Es gab einen verdammt guten Grund, warum wir versuchten, diese

Situation zu vermeiden. Und als ich meine Hand in seine Haare schob, um ihn näher zu mir zu ziehen, und dabei leise seufzte, wurde ich gewaltsam daran erinnert.

Es fühlte sich zu gut an, ihn auf diese Weise zu befriedigen. Viel besser als es sich anfühlte, wenn ich mich von Cal beißen ließ. Das Band wollte, dass wir uns nahe waren, so nah wie möglich. Und während es ihn dazu trieb, mich zu beschützen, brachte es mich dazu, ihn bei Kräften halten zu wollen und auch seine Magie wieder aufzufüllen. Von mir zu trinken fühlte sich für ihn viel besser an, als es das hätte tun sollen, und ich hatte Mühe, mich daran zu erinnern, dass die Gedanken und Gefühle, die sich dadurch in mir aufstauten, nicht meine eigenen waren.

Lance zog sich stöhnend zurück. Ich warf einen Blick auf seine geweiteten Pupillen, als er sich von mir wegdrückte und auf seine Fersen setzte, während er auf mich herabblickte, wobei mein Blut noch immer seine Lippen befleckte.

»Ich glaube, ich sollte gehen, bevor ich versuche, dich trocken zu vögeln«, scherzte er und ich lachte kläglich, weil ich diesen verdammten Fluch hasste, den mein Vater über uns gebracht hatte. Er verfälschte die Essenz unserer Freundschaft und trübte unsere eigenen Gefühle so sehr, dass wir Abstand zwischen uns erzwingen mussten, obwohl wir gleichzeitig wussten, dass wir uns nacheinander verzehren würden.

»Warum kannst du nicht einfach ein Mädchen sein?«, antwortete ich, schob ihn von meinem Schoß und hob meine Finger, um die Bisswunde an meinem Hals zu heilen.

»Pah! Selbst wenn ich ein Mädchen wäre, würde ich mich trotzdem nicht von dir ficken lassen.« Lance sprang auf, griff nach seinem Hemd, das er auf einen Stuhl neben meinem Bett geworfen hatte, und zog es sich über, bevor er auf mein Fenster zuging. »Alles in Ordnung?«, fragte er noch und warf mir einen Blick zu. Meine Muskeln verspannten sich bei der Andeutung, dass dem vielleicht nicht so sein könnte.

Ich rappelte mich auf und stieg aus dem Bett. Vor dem raumhohen Spiegel neben meiner Kommode betrachtete ich meinen makellosen Rücken. Sogar mein Tattoo sah unversehrt aus und ich lächelte Lance kurz zu, als ich ihn darauf aufmerksam machte.

»Sieht gut aus, finde ich.«

Er zögerte noch einen Moment und ich wusste, dass er darauf hinweisen wollte, dass er die Frage nicht im körperlichen Sinne gemeint hatte. Aber ich sah ihn so lange streng an, bis er das Thema fallen ließ.

»Gut. Dann hast du keine Entschuldigung, zu spät zu meinem Unterricht zu kommen. Mach dich darauf gefasst, dass ich dir Hauspunkte abziehe, wenn du es doch tust.«

Ich lachte leise und er lächelte mich traurig an, bevor er mein Fenster weit aufriss und nach draußen sprang.

Ich trat näher heran, um zu beobachten, wie er seine Luftmagie einsetzte, um sich zum Boden zu bewegen, bevor er mit seiner Vampirgeschwindigkeit davonschoss und in Richtung Asteroidenplatz verschwand.

Ich stand noch eine Weile da, beobachtete den Sonnenaufgang und fragte mich, ob es sich lohnte, wieder einzuschlafen, bevor ich diese Idee aufgab und mich stattdessen umzog, um meine Laufklamotten anzuziehen.

Ich würde nicht schlafen können, solange ich das Echo des Geräusches, das der Gürtel meines Vaters beim Aufprall auf meine Haut gemacht hatte, in den Ohren hatte. Also würde ich den Gedanken daran einfach mit Sport verdrängen, bevor ich mir etwas zum Frühstück holte und mich auf den Weg zum Unterricht machte.

Bis es wieder Abend wurde, würde ich alle noch verbliebenen Erinnerungen an die letzte Nacht erfolgreich tief genug in meinem

Unterbewusstsein vergraben haben, um wieder wie ein Baby schlafen zu können. Dann würde alles einfach wie gewohnt weitergehen.

Ich lief eine lange Runde, meine Füße donnerten über die Wege, die das gesamte Campusgelände überspannten, bis ich keuchte und schwitzte und keinen Platz mehr in mir hatte, um überhaupt etwas zu fühlen – geschweige denn die Fähigkeit, mich auf meinen Vater und seine ständigen Versuche, mein Leben zu kontrollieren, zu fixieren.

Ich schlüpfte in den Orb, schnappte mir ein paar Scheiben Toast und etwas Kaffee und ging wieder hinaus, bevor mich jemand entdecken oder in ein Gespräch verwickeln konnte.

Ich aß, während ich zurück zu Haus Ignis ging, und ließ meinen Blick über die Studenten schweifen, die in die entgegengesetzte Richtung unterwegs waren. Einige Sekunden lang suchte ich ihre Gesichter ab, bevor mir klar wurde, nach wem ich suchte.

Roxy Vega war seit Dienstag seltsam abwesend gewesen, und obwohl ich mit den anderen Erben geplant hatte, sie früh am Morgen zu überraschen, hatten wir es nicht geschafft, sie zu erwischen. Seitdem hatte ich nach ihr Ausschau gehalten und allmählich das Gefühl bekommen, dass sie mir aus dem Weg ging. Der Gedanke daran machte mich wütend, denn wenn ich sie nicht fand, konnte ich auch nicht an meinen Plänen arbeiten, sie loszuwerden. Aber mehr als das, ich wollte sie einfach nur sehen, vielleicht sogar hören, wie sie mich als Arschloch bezeichnete. Es war verdammt seltsam, aber ich hatte das Gefühl, dass es mir helfen würde, diese Stimmung, in die ich fiel, zu vertreiben und mir etwas Interessanteres zu geben, auf das ich mich konzentrieren konnte.

Als ich es zurück zu Haus Ignis geschafft und den Gemeinschaftsraum durchsucht hatte, bevor ich zurück auf mein Zimmer gegangen war, gehörten meine Gedanken ganz dem Vega-Zwilling, der sich mir verweigerte. Von den wohl dringlicheren Problemen in meinem Leben hatte ich mich erfolgreich abgewandt.

Ich zog mich aus und duschte schnell, wobei ich mehr als einmal an sie dachte, während ich versuchte, herauszufinden, wo sie sich verstecken könnte.

Als ich meine Uniform übergeworfen und erneut das Gebäude verlassen hatte, beschloss ich, Seth eine Nachricht zu schicken, um mich nach der anderen Schwester zu erkundigen.

Darius:

Irgendein Zeichen dafür, dass meine Vega in deinem Haus nächtigt?

Seth:

Ich stecke seit ein paar Stunden tief in meiner Beta, kann es also nicht mit Sicherheit sagen. Soll ich nachsehen oder kann ich zuerst kommen?

Ich machte ein Selfie von meinem ernsthaft unbeeindruckten Gesicht und schickte es ihm. Er antwortete mit einem Selfie, das er über seinem Kopf aufgenommen hatte – breit grinsend, während er ein Mädchen von hinten fickte und ein anderes nacktes Mädchen an seinem Hals saugte.

Darius:

Danke, dass du mich dazu gebracht hast, meinen Kaffee wieder auszuspucken.

Seth:

Danke, dass du mir geholfen hast, zu kommen – zu wissen, dass ich Publikum habe, hat mir den Rest gegeben. Frühstück in zehn

Minuten? Ich kann auf dem Weg mein Haus nach den Vegas überprüfen.

Darius:

Ich habe schon gefrühstückt. Halt mich auf dem Laufenden, was die Zwillinge angeht. Wir sehen uns im Unterricht, Arschloch!

Ich hatte noch fast eine halbe Stunde bis zu meiner ersten Unterrichtsstunde des Tages, also beschloss ich, in die Pluto-Büros zu gehen, um die Post abzuholen, die ich schon lange nicht mehr durchgesehen hatte. Es würde nichts Interessantes dabei sein, wahrscheinlich nur Fanpost und Interviewanfragen, aber ich bemühte mich, immer dann nachzusehen, wenn ich Zeit hatte, für den Fall, dass es etwas gab, das meine Aufmerksamkeit erforderte.

Ein paar Leute riefen mir etwas zu, als ich über den Campus ging, aber ich war nicht in der Stimmung, mich mit ihnen zu unterhalten, also lief ich einfach weiter. Mein finsterer Gesichtsausdruck sollte genügen, um allen zu signalisieren, dass ich in Ruhe gelassen werden wollte.

Gerade als ich die Tür zu den Pluto-Büros erreichte, klingelte mein Atlas und ich zog ihn heraus, um den Anruf anzunehmen. Mein Magen zog sich zusammen, als ich den Namen meines Vaters auf dem Display sah.

Für einen Moment spürte ich wieder den Schmerz, den sein Gürtel auf meinem Rücken hinterlassen hatte, und ich schloss die Augen, um mich zu sammeln, bevor ich den Anruf annahm und meinen Weg zu den Pluto-Büros fortsetzte.

»Vater.«

»Ich gehe davon aus, dass du die Nacht damit verbracht hast, über deine Handlungen nachzudenken«, begrüßte er mich mit schroffer Stimme, und ich knirschte mit den Zähnen bei dem Versuch, höflich zu bleiben.

»Das habe ich«, stimmte ich zu. Aber ich erwähnte nicht, dass ich mich – betrunken und voller Schmerz – auf jene Handlungen konzentriert hatte, die ich gegen ihn plante. Dann, wenn ich ihn endlich niederringen und mein Schicksal aus seinen Händen stehlen würde.

»Gut. Dann kannst du dich darauf konzentrieren, uns von der Vega-Plage an deiner Academy zu befreien. Wenn du das nicht bald schaffst, muss ich mich vielleicht stärker einmischen. Vielleicht sollte ich selbst ein Treffen mit ihnen arrangieren?«

Bei dem Gedanken, dass er seine Macht gegenüber den Zwillingen ausspielen könnte, lief es mir kalt den Rücken hinunter, und ich war empört über die Andeutung, dass ich das nicht selbst regeln könnte. Wenn es nach mir ginge, würde er sich niemals auch nur in die Nähe der Vegas begeben, und wenn sie vernünftig wären, würden sie mir dafür danken, dass ich sie vor ihm abschirmte. Und verdammt noch mal abhauen, bevor ich dazu nicht mehr in der Lage war.

»Ich bin mir sicher, dass du dich nicht damit herumschlagen solltest, aber wenn du es wirklich für nötig hältst, dann ist das in Ordnung. Aber ich versichere dir, dass ich alles im Griff habe«, sagte ich und versuchte, meinen Tonfall zu mäßigen, was mir nicht ganz gelang. Scheiß drauf. Was zum Teufel erwartete er nach dem, was er letzte Nacht getan hatte?

Ich schob die Tür zum Postraum auf und betrat den hohen Raum, der mit Regalen gefüllt war, die bis zur Decke reichten und sich über mehrere Stockwerke erstreckten.

Mein Schritt schwankte, als mein Blick auf das Mädchen fiel, das ich den ganzen Morgen lang gejagt hatte. Ich konnte meine Überraschung kaum verbergen, sie an diesem unerwarteten Ort zu finden, als sie ihr Kinn hob, um mir in die Augen zu sehen.

Ich war wie gebannt von ihrem Anblick, meine ganze Aufmerksamkeit galt ihrem Körper und ich könnte schwören, dass sie in der Zeit, seit ich sie das letzte Mal gesehen hatte, irgendwie noch verlockender geworden war. Ihr Gesichtsausdruck strahlte eine Art entschlossener Rebellion aus und ihre vollen Lippen formten einen leichten Schmollmund, der seine eigene Herausforderung darzustellen schien und meinen Fokus viel länger auf sich zog, als es angemessen gewesen wäre.

Mein Vater sprach wieder und es kostete mich einige Überwindung, ihm zuzuhören.

»Ich werde entscheiden, ob ich mich persönlich um sie kümmere oder nicht«, sagte er mit einem Schuss Autorität in der Stimme. »Konzentriere dich einfach darauf, deinen Teil dazu beizutragen, und maße dir nicht an, meinen infrage zu stellen.«

»Von mir aus«, murmelte ich und hielt mich mit meinem Widerspruch zurück, während ich meinen Blick auf die berauschende Kreatur heftete, die mich mit völliger Abneigung in ihren grünen Augen ansah. »Ich kümmere mich darum. Ist Xavier da?«, fügte ich hinzu, um mich bei meinem kleinen Bruder zu erkundigen, ob Vaters Wut nach meiner Abreise gestern Abend auf ihn übergegangen war. Ich hasste es, dass ich mich nicht einmal von ihm verabschiedet hatte, aber ich war mir sicher, dass es besser war, wenn er nicht mitbekam, wie mein Gespräch mit unserem Vater verlaufen war. Doch anstatt mir zu antworten, beendete Lionel das Gespräch, und das Freizeichen ließ mich vor Wut erbeben. »Hallo?« Ich warf einen Blick auf meinen Atlas, atmete dann genervt aus und steckte meine Kopfhörer in die Gesäßtasche.

Mein finsterer Blick verdunkelte sich, als meine Wut wieder wuchs – vor allem in Anbetracht der Dinge, die ich letzte Nacht durchgemacht hatte. Aber auch wegen der ständigen Scheiße, mit der ich mich wegen meines Vaters herumschlagen musste. Erst dann erinnerte ich mich daran, dass ich Gesellschaft hatte.

Ich hob den Blick, um Roxy Vega anzusehen, und stellte fest, dass ihre misstrauische Aufmerksamkeit immer noch ganz auf mich gerichtet war. Und das gefiel mir ein wenig zu gut. Was ging hinter diesen großen grünen Augen vor sich? Welche Gedanken füllten ihren hübschen Kopf, wenn sie mich ansah?

»Bring es einfach hinter dich«, sagte sie mit einem Seufzen, wobei ihr Schmollmund erneut meinen Blick auf ihren Mund zog. Warum war sie jetzt hier? Und wo war sie gewesen, seit ich sie zuletzt gesehen hatte? Ich hatte das Gefühl, dass sie mich an der Nase herumführte, und ich war gleichermaßen sauer über diese Vorstellung und amüsiert darüber.

»Hier hast du dich also versteckt?«, fragte ich und ignorierte ihren kleinen Ausbruch, während ich meine Aufmerksamkeit von ihrem Mund und den schmutzigen Dingen, die ich damit gern anstellen würde, ablenkte, indem ich schnell auf meinem Atlas herumtippte und ihn benutzte, um den Raum anzuweisen, meine Post zu holen.

»Was meinst du damit?«, fragte Roxy unschuldig, aber dieser Tonfall passte einfach nicht zu ihrer spöttischen kleinen Zunge. Nein, Roxanya Vega mochte vieles sein, aber unschuldig gehörte definitiv nicht dazu. Sie hatte mich gemieden, das war klar, sie wollte es nur nicht zugeben.

»Ich habe dich seit Dienstag weder im Haus noch im Orb gesehen«, antwortete ich und tat so, als würde ich ihr unschuldiges Getue nicht durchschauen. Aber als sie mich mit zusammengekniffenen Augen ansah, wandte ich mich wieder meinem Atlas zu, als wäre es mir völlig egal, was sie im Schilde führte. Als hätte ich nicht viel öfter an sie gedacht, als ich es sollte. Als hätte ich nicht an viele Dinge gedacht, die ich nicht mit einem Mädchen tun wollte, das eigentlich meine Feindin sein sollte. Und als hätte ich mir nicht jedes Mal, wenn ich meinen Schwanz streichelte, vorgestellt, wie sie unter mir lag. Und das, seit ich sie zum ersten Mal gesehen hatte. Nein, ich hatte definitiv nicht darüber nachgedacht, wie weich und eng sich ihre Pussy um meine

Länge anfühlen oder wie sehr ich es genießen würde, ihren klugen Mund zum Schweigen zu bringen, indem ich ihn – mit meiner Faust in ihren ebenholzschwarzen Haaren – grob fickte.

»Ich wusste gar nicht, dass du so besessen von mir bist«, witzelte sie, und ich hätte fast meine Karten auf den Tisch gelegt, fast reagiert und sie sehen lassen, dass ihre Vermutung nicht so weit von der Wahrheit entfernt war, wie sie es hätte sein sollen. »Erwartet man von mir, dass ich alle meine Bewegungen mit dir abspreche? Oder bist du einfach nur enttäuscht, dass dein schlauer Plan, mich gemeinsam mit deinen kleinen Freunden zu wecken, nicht funktioniert hat?«

Ich hob überrascht den Blick und sie schenkte mir ein freches Lächeln. *Oh, du solltest das Biest in mir wirklich nicht herausfordern, Baby.*

»Wie hast du das herausgefunden?«, fragte ich und machte keinen Versuch, zu lügen, denn es war kein Geheimnis, dass wir hinter ihr und ihrer Schwester her waren.

»Ich bin es gewohnt, auf mich selbst aufzupassen«, antwortete sie selbstgefällig. »Nicht alle von uns sind mit Daddys Geld aufgewachsen, das uns nachts warm und sicher gehalten hat …«

»Du weißt einen Scheiß über meinen Vater oder darüber, wie ich aufgewachsen bin«, erwiderte ich scharf und trat automatisch einen Schritt auf sie zu. Sie hatte einen wunden Punkt bei mir getroffen.

Für einen Moment tanzte ein Anflug von Angst durch ihre Augen und ich verstummte, weil ich nicht wollte, dass sie mich aus irgendeinem Grund so ansah. Als wäre ich wirklich das Monster, zu dem mein Vater mich gemacht hatte.

Aber so schnell, wie diese Angst aufgetaucht war, verbannte sie sie auch wieder. Ihr Blick wurde hart, als sie mir in die Augen sah, ihr Kinn hob und mich herausforderte, mich von meiner schlimmsten Seite zu zeigen. Und ich hätte mich dieser Herausforderung direkt stellen können, aber als ich sie ansah, stellte ich fest, dass ich das nicht wollte. Nicht heute. Nicht auf sein Geheiß. Nein, ich wollte ihr nicht wehtun oder sie erschrecken, aber ich war mir auch nicht ganz sicher, was ich von ihr wollte.

»Korrekt – und *du* weißt nichts über *mich*«, erwiderte sie, und ich musste ihr zustimmen. Das hieß aber nicht, dass ich nicht mehr wissen wollte. Tatsächlich begann ich, zu glauben, dass ich viel mehr über sie wissen wollte und darüber, wo sie die letzten achtzehn Jahre verbracht hatte. Sie war ein Rätsel und ich wollte es lösen. »Ich habe schon viel üblere Mistkerle als euch vier getroffen und bin mit einem blauen Auge davongekommen. Und ich habe ein oder zwei Dinge darüber gelernt, wie gewöhnliche Schweine – wie ihr es auch seid – vorgehen; ihr seid nämlich nicht sehr originell. Und du machst mir keine Angst«, sagte sie bestimmt, aber ich war mir ziemlich sicher, dass sie das genauso wenig glaubte wie ich.

Sie sagte es jedoch mit einer solchen Überzeugung und einer solchen rohen Herausforderung, dass ich nicht anders konnte, als es amüsant zu finden. Ich kannte keine andere Frau, die es wagen würde, so mit mir zu sprechen. Und dennoch schien sie nicht im Geringsten bereit zu sein, einen Rückzieher zu machen, obwohl sie deutlich erkennen sollte, was für ein gefährliches Spiel sie spielte, indem sie mich köderte. Ein leises Lachen entfuhr mir, bevor ich es verhindern konnte, und ich spürte, wie sich meine Stimmung auf eine Weise hob, die nach der Nacht, die ich gerade hinter mir hatte, eigentlich nicht möglich sein sollte.

»Du hast Mumm, das muss ich dir lassen«, murmelte ich und ließ meinen Blick auf meinen Atlas sinken, bevor ich etwas wirklich Verrücktes tat, wie sie anzugrinsen. Stattdessen betätigte ich den Button, um meine Post zu holen.

Die Regale vor uns begannen sich zu bewegen, sie verschoben sich nach links und rechts, nach oben und unten und machten Platz für das Fach, in dem meine Post von seiner vorherigen Position in der Nähe des Daches nach unten rutschte. Es blieb stehen und ich trat vor, um nach dem Inhalt des Regals zu greifen, blätterte durch die Handvoll an mich adressierter Umschläge, bevor ich sie in meine Jackentasche stopfte, da ich nichts Interessantes entdeckte.

Ich hätte wahrscheinlich mein Versprechen einlösen sollen, das ich gerade meinem Vater gegeben hatte: etwas Neues zu tun, um Roxys Leben zu ruinieren und sie dazu zu bringen, von hier wegzulaufen. Aber als ich darüber nachdachte, drehte sich mein Magen um und ich presste meine Lippen aufeinander.

Warum zum Teufel sollte ich so verdammt hart arbeiten, um ein Arschloch zu besänftigen, das mich ohnehin mit Füßen trat? Warum sollte ich irgendetwas tun, was er wollte, nach dem, was er mir angetan hatte?

Ich traf eine spontane Entscheidung und drehte mich zur Tür um, weil ich auf seinen Befehl hin nicht das Geringste gegen Roxy Vega unternehmen wollte. Warum sollte ich auch? Sie war keine wirkliche Bedrohung für mich. Noch nicht. Und würde es wahrscheinlich auch nie sein. Selbst wenn sie mächtiger wäre, hatte ich fünf Jahre magisches Expertentraining hinter mir und ich würde nie aufhören, daran zu arbeiten, meine Kräfte zu meistern. Wie sollte sie das jemals aufholen? Außerdem wäre es doch die wahre Fae-Art, sie mich einfach herausfordern zu lassen, wenn sie wollte. Dann würde ich zweifelsfrei beweisen, dass ich der Stärkere war, und wir müssten keine Zeit damit verschwenden, sie zu vertreiben, weil wir Angst davor hatten, was aus ihnen werden könnte, wenn sie blieben.

Ich ging an Roxy vorbei, die mich nur allzu gern gehen ließ, aber als ich nach der Tür griff, konnte ich nicht anders, als mich über meine Schulter nach ihr umzudrehen.

Sie schaute nicht mehr in meine Richtung, sondern runzelte die Stirn und blickte verwirrt zwischen den mit Post gefüllten Regalen und ihrem Atlas hin und her.

Meine Finger umklammerten den Türgriff, als ich mich darauf vorbereitete, sie dort verloren zurückzulassen. Offensichtlich wusste sie nicht, wie sie das System bedienen sollte, um an ihre Sachen zu kommen. Aber dann änderte ich meine Meinung.

Ich seufzte schwer, als wäre dies eine enorme Last für mich, ging auf sie zu und nahm ihr den Atlas ab.

Sie sah mich wütend an und streckte die Hand aus, um ihn sich zurückzuholen, aber ich ignorierte sie, öffnete die App, die sie brauchte, und wählte Abholung der Post aus einer Liste von Optionen aus.

Ich nahm ihre Hand in meine, ohne wirklich darüber nachzudenken, und meine Finger bewegten sich auf ihrer weichen Haut, während das Gefühl, das sie auf meiner eigenen Haut hinterließ, all die Fantasien, die ich nicht haben sollte, in den Vordergrund meines Geistes rückte.

»Das erfordert deinen Daumenabdruck«, erklärte ich, als sie begann, ihre Hand aus meiner zu lösen. Sie entspannte sich gerade weit genug, dass ich ihren Daumen auf den Bildschirm drücken konnte, sodass sich die Regale neben uns in Bewegung setzten.

Ich ließ ihre Hand los, obwohl ich den Drang verspürte, sie näher zu mir zu ziehen, und warf ihr den Atlas zurück, sodass sie sich bemühen musste, ihn zu fangen. Gleichzeitig versuchte ich, meine Füße dazu zu überreden, einen Schritt zurückzutreten, während sie wie angewurzelt zu sein schien.

Ein großes Fach hielt vor uns an, vollgestopft mit Taschen und Paketen, auf denen Etiketten von allen möglichen Bekleidungsgeschäften aufgedruckt waren, und ich schaute sie mir interessiert an.

»Danke«, murmelte Roxy, und es klang, als wünschte sie, sie müsste es nicht sagen, während sie ihren Atlas wieder in ihre Tasche steckte und sich daranmachte, ihre Lieferungen einzusammeln. Aber ich war noch nicht fertig mit ihr und griff nach einem ihrer Päckchen, bevor sie es tun konnte. Ich grinste über den Slogan einer Dessous-Firma, der darauf aufgedruckt war.

»Willst du noch mehr von meinen Klamotten verbrennen?«, fragte sie mit ironischem Unterton.

»Ich könnte mich davon abbringen lassen«, antwortete ich, wobei ich amüsiert den Mund verzog, als ich daran dachte, wie gut sie nackt ausgesehen hatte. Nicht, dass ich etwas dagegen hätte, zu erleben, wie sie aussah, wenn sie den Inhalt dieses Pakets trüge.

»Tu einfach, was du tun musst, Kumpel. Ich kann dich nicht aufhalten.« Roxy verschränkte die Arme vor der Brust und warf mir einen Blick zu, der besagte, dass es ihr scheißegal wäre, wenn ich wirklich alles verbrennen würde.

»Du nimmst mir den Spaß an der Sache, das weißt du doch, oder?«, kommentierte ich, weil ich es vorzog, wenn sie mich anknurrte. Diese vage angefressene Akzeptanz ließ mich nicht das Feuer in ihr sehen, das ich so sehr mochte. »Wie wäre es mit einer Modenschau? Du präsentierst mir den Inhalt dieser Schachtel und ich erlaube dir, deine neue Garderobe zu behalten.«

Sie verdrehte die Augen und wandte sich ab, womit sie mich erneut abwies und die Hitze meiner Feuermagie in meiner Haut aufflammen ließ.

Ich packte ihr Handgelenk, bevor sie mich so hängen lassen konnte, zog sie zurück zu mir und spürte, wie ihr Puls unter meinen Fingern in die Höhe schoss. Sie starrte mich finster an und riss ihren Arm aus meinem Griff, aber ich konnte sie nur angrinsen. Denn sie mochte zwar so tun, als würde sie sich nicht um mich scheren, aber ich hatte gerade selbst den Beweis dafür gefunden. Ihr Puls war bei meiner Berührung in die Höhe geschossen, was bedeutete, dass ich ihr ebenso unter die Haut ging wie sie mir.

»Behalt deinen Scheiß, Roxy«, sagte ich mit einer Stimme, die ihrem gelangweilten Tonfall entsprach, nur um zu sehen, wie ihr das gefiel. »Das Ruinieren deiner Garderobe war vergangene Woche mein Zeitvertreib. Fürs nächste Mal lasse ich mir etwas Besseres einfallen.«

Ich warf ihr das Päckchen mit den Dessous zurück in die Hände und verließ dann mit einem selbstgefälligen Grinsen im Gesicht den Raum. Denn ich hatte nicht nur die Bitte meines Vaters ignoriert, sie bei jeder Gelegenheit anzugreifen, sondern auch gerade eine hübsche kleine Lösung für meine schlechte Laune gefunden. Roxy Vega könnte tatsächlich meine neue Obsession werden, denn ich hatte noch nie jemanden getroffen, der mich so zum Leuchten bringen konnte wie sie – und das mit einem Blick und einem feindseligen Kommentar. Und als mich ihre Abschiedsworte einholten, wurde mein Lächeln nur noch breiter.

»War wie immer ein Vergnügen, dich zu sehen, Arschloch!«, rief sie laut, um sicherzustellen, dass ich auch ja jedes Wort hörte.

Und aus irgendeinem seltsamen Grund war es der Höhepunkt meiner verdammten Woche, dass sie mich ein Arschloch genannt hatte.

Gemini
Scorpio
Virgo
Cancer
Aries
Leo
Sagittarius
Taurus
Capricorn
Aquarius
Libra
Pisces

CALEB

KAPITEL 14

Ich stand mit Seth am Rand der riesigen Höhle, in der unsere Erdelementar-Lektionen stattfanden, und beobachtete, wie die Vegas ihre ersten kleinen Bambi-Schritte in unsere unterirdische Welt machten. Geraldine und ihre Schar royalistischer Speichellecker versammelten sich um sie herum, sparten nicht mit Lob und kreischten jedes Mal, wenn eine von ihnen in ihre Richtung blickte. Die Zwillinge waren in ihrer Mitte verloren und meine Reißzähne begannen zu zucken, während ich zusah. Mir gefiel die Vorstellung nicht, dass meine Quelle herumgeschubst werden könnte, und ich hielt Ausschau nach anderen Vampiren, die dumm genug waren, um an ihr herumzuschnüffeln.

»Die haben schon etwas an sich, oder?«, meinte Seth und rutschte näher an mich heran, sodass sein Arm meinen streifte. Ich nickte.

»Es ist ihre Kraft. Sie ist geradezu magnetisch.«

»Wir sind auch ziemlich magnetisch«, murmelte Seth gereizt und ich schürzte amüsiert die Lippen.

»Eifersüchtig?«

»Auf die beiden glänzenden neuen Spielzeuge, um die sich alle reißen, während wir hier verlassen in einer Ecke stehen wie ein Haufen vergessener Steine? Nein.«

Ich lachte und er grinste.

»Wenn du willst, dass die Fangirls kommen und sich um dich kümmern, könnten wir einfach aus dem Schatten treten«, gab ich zu bedenken, denn wir hatten diesen Ort bewusst gewählt, um den anderen Studenten aus dem Weg zu gehen, was für mich in Ordnung war. Aber ihn schien es jetzt zu stören.

Seth schnaubte und legte dann seinen Kopf auf meine Schulter. »Du bist mir Fangirl genug, Cal«, erklärte er resigniert, und ich schüttelte den Kopf über ihn, während ich seinen dort liegen ließ. Seine Haut war warm, wo sie die meine berührte.

Geraldine quietschte etwas Dramatisches, und ich konzentrierte meine Gabe auf sie, um ihre Worte herauszufiltern.

»Es wäre mir eine grenzenlose Ehre, auch nur als Kandidatin für eine Freundschaft in Betracht gezogen zu werden«, schwärmte sie, warf ihre Arme um Darcy und sah aus, als würde sie gleich in Tränen ausbrechen.

»Perfekt«, sagte Tory und trat ein wenig zurück, um nicht auch Gefahr zu laufen, umarmt zu werden. »Jetzt, da wir alle Freunde sind, werde ich mich ein wenig umsehen.«

Sie entfernte sich von der Gruppe der Royalisten und ich stupste Seth an, um seine Aufmerksamkeit auf sie zu lenken.

»Sieht aus, als hätte sich da jemand von seiner Gruppe gelöst.«

»Können wir mit ihr spielen?«, flüsterte Seth aufgeregt, richtete sich wieder auf und wippte auf den Fußballen vor und zurück, während er sie anstarrte, als wäre sie ein Stock und er nur ein aufgeregter Welpe, der nur darauf wartete, dass jemand ihn warf.

»Es wäre unhöflich, es nicht zu tun«, stimmte ich zu, und wir beide traten aus dem Schatten, als Tory begann, die Höhle zu durchqueren und auf einen der Seitentunnel zuzugehen. Als wäre sie regelrecht darauf aus, allein erwischt zu werden oder so etwas.

Wir folgten ihr lautlos, während sie sich weiter durch den dunklen Tunnel bewegte, wo die schimmernden blauen Lichter, die das Dach der Höhle erhellten, immer seltener wurden.

Seth verbarg unsere Annäherung mit einer Stillekuppel und der Vampir in mir wurde von der Aufregung der Jagd angestachelt, als wir ihr weiter in die Dunkelheit folgten. Sie hingegen hatte keine Ahnung, dass sich hinter ihr Monster befanden.

Seth stürzte sich auf sie und packte sie an der Schulter, um sie zu erschrecken. Aber leider schrie sie nicht so, wie ich gehofft hatte.

Ich schoss um sie herum, bevor sie mich entdecken konnte, und blieb hinter ihr, während Seth ihre Aufmerksamkeit auf sich zog. Er drückte sein Gesicht in ihre Haare und atmete tief ein, während sie zurückwich, aber er legte seinen Arm um ihre Schultern, um sie festzuhalten.

»Wo hast du dich versteckt, kleine Vega?«, fragte Seth und ignorierte sie, als sie versuchte, ihn abzuschütteln.

Er hatte mir und Max beim Frühstück erzählt, dass Darius nach ihr gesucht hatte, und auch ich war neugierig auf die Antwort auf diese Frage. Es war wirklich ziemlich beeindruckend, dass sie es geschafft hatte, uns allen so erfolgreich aus dem Weg zu gehen.

»Ich glaube, wir haben bereits festgestellt, dass ich nicht zu deiner Formgebung gehöre«, knurrte Tory und stemmte sich fester gegen seinen Oberkörper, um ihn dazu zu bringen, sie loszulassen. »Wie wär's also, wenn du mit diesen Gefühlsduseleien aufhörst?«

»Weißt du, das könnte mich beleidigen«, sagte Seth dramatisch und fing die Hand auf, mit der sie ihn zurückzustoßen versucht hatte. Stattdessen verschränkte er seine Finger mit ihren. »Es ist nicht cool,

Formgebung-Shaming zu betreiben.«

Tory riss ihre Hand weg und stieß ihn kräftig genug an, um ihn von sich zu stoßen, bevor sie einen Schritt zurücktrat. Dadurch stieß sie fast mit mir zusammen – eine Tatsache, die sie noch nicht realisiert hatte, was mich ziemlich freute. »Das ist kein Formgebung-Shaming. Ich ziehe es lediglich vor, meinen Körper für mich zu behalten, es sei denn, *ich* bin diejenige, die ihn teilen möchte.«

»War das ein Angebot?«, säuselte ich hinter ihr, und sie zuckte erschrocken zusammen, als ich meine Finger über ihren nackten Arm gleiten ließ.

»Nein, das war es nicht«, blaffte sie und wich aus, sodass sie uns beide gleichzeitig anfunkeln konnte.

Seth schloss sofort die Lücke zwischen uns und berührte meinen Arm, während wir auf unser kleines Spielzeug hinunterschauten und überlegten, was wir mit ihm anstellen sollten.

»Was wollt ihr?«, fragte sie und trat einen Schritt zurück, als könnte sie uns so entkommen. Aber das würde nicht passieren. Ich hatte sie jetzt in meiner Gewalt und fand, dass mir gefiel, wie sie da stand.

»Wir haben dich gesucht«, erklärte Seth. »Der arme Caleb ist ohne seine kleine Lunchbox praktisch verhungert. Du hättest wirklich kommen sollen, um ihn um Vergebung zu bitten, nachdem du dich von Orion so hast abschlecken lassen.«

»Um Vergebung?« Sie schnaubte und sah mich an, als würde sie nicht verstehen, dass es ein Problem war, dass ein anderer Vampir sie gebissen hatte. Bei dem Gedanken daran wurde ich von Dunkelheit durchdrungen. »Ihr könnt sicher sein, dass ich kein Interesse daran habe, dass ein Vampir von mir trinkt, aber wenn ich mich doch dazu entschließe, einen Mann seinen Mund auf mich legen zu lassen, dann werde ich niemanden um Erlaubnis bitten. Ich gehöre niemanden.«

»Falsch«, sagte ich düster; die Warnung in meinem Tonfall war klar, während meine Wut weiter anstieg. »Ich habe dich beansprucht. Demnach gehörst du mir. Wir sind verbunden, du und ich. Es liegt in deiner Verantwortung, alle *weniger mächtigen* Vampire an diese Tatsache zu erinnern, wenn sie erneut versuchen, von dir zu trinken. Und wenn du damit nicht einverstanden bist, können wir auch auf die altmodische Art und Weise versuchen, dich als meine Quelle zu markieren.«

Seth lachte leise, während Tory verwirrt die Stirn runzelte. »Was soll das denn bitte heißen?«

»Vor Jahren haben Vampire ihre Quellen mit einer Tätowierung in der Mitte ihrer Stirn markiert.« Ich streckte die Hand aus, um die Stelle zwischen ihren Augen zu berühren, und sie zuckte zusammen, was in mir einen Adrenalinstoß auslöste. Aus irgendeinem Grund gefiel es mir wirklich, dieses Mädchen zum Zappeln zu bringen, und der Wunsch, sie zu beißen, erwachte in mir wie ein Dämon. Oder noch besser, vielleicht würde sie ja gern erst einmal versuchen, vor mir wegzulaufen? »Das hat ihnen geholfen, kleine Zwischenfälle wie deinen Kontakt mit Orion zu vermeiden. Wenn ich dir nicht vertrauen kann, dass du andere Vampire auf meinen Anspruch aufmerksam machst, sollte ich das vielleicht in Betracht ziehen«, sagte ich selbstsicher, und sie wurde blass vor Schreck, als dachte sie, ich könnte ihr hübsches Gesicht wirklich so markieren.

»Wenn du mit einer Nadel auch nur in meine Richtung kommst, ramme ich sie durch dein verdammtes Auge«, knurrte sie. Verdammt, dieses Mädchen hatte Mumm.

»Kann ich also davon ausgehen, dass ich dein Wort habe, meinen Anspruch jedem anderen Vampir mitzuteilen, der Interesse zeigt?«, hakte ich nach. Ich wollte, dass sie diese Worte mit so etwas wie Verzweiflung aussprach. Sie gehörte mir. Ganz allein mir. Und ich wollte, dass sie es laut verkündete.

»Von mir aus«, sagte sie, obwohl sie nicht ganz zufrieden damit zu sein schien. »Solange dich das von der Idee abhält, meinen Körper dauerhaft zu markieren, werde ich all deinen kleinen Freunden sagen, dass mein Blut schon versprochen ist.«

»Dir ist doch klar, dass es eine Menge Leute gibt, die für deine Position töten würden, oder?«, fragte Seth, der ihr ihre deutliche Abneigung gegen ihre Position als meine Quelle übel nahm. »Caleb Altairs Quelle zu sein, ist eine Ehre.«

»Ich tausche gern. Such dir ruhig ein anderes Mädchen oder einen anderen Kerl, an dem du nuckeln kannst, und ich verschwinde.« Tory versuchte, uns auszuweichen, aber wir bewegten uns gemeinsam, sodass wir ihr den Weg versperrten.

»Du gehörst mir. Ich will es aus deinem Mund hören, Tory«, drängte ich und musterte ihren Mund, hungrig darauf, dass diese Worte von ihren vollen Lippen fielen. »Wem gehörst du?«

»Fick dich, ich gehöre dir nicht.« Ein Knurren stieg in meiner Kehle auf, aber bevor ich dieser Wut freien Lauf lassen konnte, fuhr sie fort: »Aber die Tory-Blutbar ist für alle anderen Kunden geschlossen, und ich werde die Nachricht an alle Parasiten weitergeben, die mir über den Weg laufen.«

Ich grinste sie zufrieden an. Meine Reißzähne kribbelten, als ich einen Moment lang auf ihre Kehle starrte, und sie unterdrückte nur mit Mühe ein Seufzen, als sie meinen Gedankengang verstand.

»Na schön. Dann beiß mich eben, wenn es sein muss«, sagte sie und streckte mir ihr Handgelenk ohne den geringsten Widerstand entgegen. Sie schlug mich mit meinen eigenen Waffen, verweigerte mir den Kampf und die Angst, von der sie offensichtlich wusste, dass ich sie mochte, wenn ich sie biss. Und jetzt ruinierte sie auch noch meine verdammten Mahlzeiten.

»Es macht wesentlich weniger Spaß, wenn der Blutbeutel willig ist«, beschwerte ich mich und fragte mich, ob ich sie davon überzeugen könnte, mit mir so zu spielen, wie ich es wollte. Nur ein bisschen Rennerei und Geschrei, bevor das Blut floss. War das zu viel verlangt?

»Warum suchst du dir dann nicht jemand anderen, wenn du deine Befriedigung in der Angst findest? Ich kann dir versichern, dass ich *nicht* willig bin, lediglich pragmatisch. Ich kann dich nicht aufhalten, also werde ich es ertragen müssen.«

Äh, hatte sie gerade *ertragen* gesagt? Mir erlauben, sie zu beißen, sollte keine lästige Pflicht sein, sondern ein adrenalingeladenes Kampf-oder-Flucht-Erlebnis, das sie im Idealfall total antörnte, sobald ich sie unter mir festgenagelt hatte und mein Mund auf ihrer Haut lag.

»Aus deinem Mund klingt das so langweilig«, murmelte ich. »Aber in einem Punkt hast du recht. Du *kannst* mich nicht aufhalten.«

»Noch nicht«, erwiderte sie eisig. Da war er ja, der Kampfgeist, auf den ich gewartet hatte.

»Du bist ein selbstbewusstes kleines Ding, was?«, brummte Seth und machte einen Schritt auf sie zu.

Sie blieb, wo sie war, obwohl sie nicht versuchte, ihre Abneigung gegen meinen Bruder zu verbergen, als er sich ihr näherte.

»Ich glaube, die kleine Vega muss daran erinnert werden, mit wem sie es zu tun hat«, säuselte Seth und strich mir mit der Hand über den Rücken. Meine Haut kribbelte unter seiner Berührung.

Mir gefiel dieses Vorhaben.

Bevor Tory mehr tun konnte, als mich böse anzustarren, schoss ich vor, riss sie von den Füßen, warf sie über meine Schulter und rannte weiter in den Tunnel. Sie schlug fluchend auf mich ein, worauf ich lediglich zu lachen begann.

Wir schafften es in eine Höhle weiter hinten im Tunnel, in die sich der Rest der Klasse wahrscheinlich nicht wagen würde. Der weite Raum leuchtete in blauem und silbernem Licht und der Stein glänzte nass. Seth heulte hinter uns her, während er versuchte, uns einzuholen, und ich stellte sie mit einem Grinsen im Gesicht ab, während sie mich finster ansah.

»Du bist unverschämt stark«, brummte sie und stieß mich zurück, als meine Hände auf ihrer Taille verweilten.

Das gefällt dir doch, oder, Sweetheart?

Sie wandte den Blick von mir ab und musterte den Felsvorsprung zu unserer Rechten. Wir standen über einer Höhle, die etwa zehn Meter unter uns mit funkelnden Stalagmiten gefüllt war, deren scharfe Spitzen bedrohlich glitzerten, als wir nach unten schauten.

Tory entfernte sich unbehaglich von der Kante und mir wurde langsam klar, wie ich mir doch noch ihren Schrei verdienen könnte.

»Das bin ich«, stimmte ich ihrer Einschätzung meiner körperlichen Fähigkeiten zu und spannte meine Arme ein wenig an, um ihre Aufmerksamkeit wieder auf sie zu lenken. »Und das ist nur meine zweitbeste Eigenschaft.«

»Was ist deine beste?«, fragte sie, ihr prüfender Blick huschte über mich und brachte meinen Schwanz auf allerlei interessante Ideen, als sie ihre Lippen befeuchtete.

»Dazu müssten wir uns unserer Klamotten entledigen«, sagte ich mit gedämpfter Stimme und ließ meinen Blick über sie schweifen, während ich mich fragte, ob sie vielleicht anbeißen würde.

Für einen Moment ließ sie ihre Aufmerksamkeit tiefer sinken, um meinen Körper zu inspizieren, und ich war mir fast sicher, dass es zwischen uns funken würde. Aber als ihr abweisender Blick wieder zu mir hochschoss, wurde mir klar, dass sie es mir nicht so einfach machen würde.

»Nun, ich werde diese Behauptung nicht auf die Probe stellen«, versicherte sie mir und klang dabei fast gelangweilt. »Warum hast du mich hierhergebracht?«

»Ich dachte, du würdest vielleicht gern die Aussicht sehen«, sagte ich und schlich mich an sie heran, da ich beschloss, ihr einen Schrei zu entlocken, wenn sie mir keinen Kuss geben würde.

Sie warf einen Blick auf den Abgrund zu unserer Rechten und wich dann noch ein Stück weiter von ihm zurück. »Äh, ja. Ist super, danke. Aber ich sollte wirklich zurück zum Unterricht.«

»Möchtest du nicht genauer hinsehen?«, drängte ich und bewegte mich direkt in ihren persönlichen Bereich, um ihre Luft atmen zu können.

»Ich sehe von hier aus prima«, beharrte sie und blieb, wo sie war, anstatt noch weiter zurückzuweichen.

Dumpfe Schritte kamen in unsere Nähe, und Seth stürmte mit einem Heulen aus dem Tunnel hinter uns, das von den Höhlenwänden widerhallte.

»Gefällt dir die Aussicht, kleine Vega?«, fragte er und schüttelte seine langen Haare. Ich wusste, dass der Wolf in ihm nur darauf wartete, zum Spielen herauszukommen. Sein aufgeregter Blick traf den meinen und meine Lippen zuckten, als wir uns stillschweigend darauf einigten, dieses Spiel fortzusetzen. »Ich glaube, sie muss genauer hinschauen.«

»Ja, von ihrer Position aus kann man die Aussicht gar nicht richtig bewundern«, stimmte ich zu.

Tory trat einen Schritt zurück und meine Reißzähne kribbelten angesichts des Blickes in ihren Augen. Und mein Schwanz pochte bei dem Gedanken, dass sie gleich wegrennen könnte. Wenn sie das täte, sollte ich ihr auf keinen Fall hinterherjagen, denn Vampiren wurde ernsthaft davon abgeraten, sich der Jagd hinzugeben. Aber ich wusste, dass ich es dennoch tun würde. Ich sehnte mich danach mit einem Schmerz, wie ich ihn noch nie zuvor verspürt hatte. Ich wollte, dass sie weglief, schrie und versuchte, mir zu entkommen, während ich sie verfolgte, um ihr das Blut zu rauben, nach dem ich mich sehnte. Aber das würde wahrscheinlich in einer Katastrophe enden, also zwang ich mich, die Situation unter Kontrolle zu bringen, bevor sie überhaupt beginnen konnte.

Ich schoss auf sie zu und stieß sie gegen die Brust, sodass sie rückwärts in Richtung Abgrund geschleudert wurde. Ein wunderschöner Schrei entrang sich ihrer Kehle, als die rasiermesserscharfen Stalaktiten sie in den Tod lockten.

Ich fing ihre Hand mühelos auf. Meine Geschwindigkeit machte es so einfach wie das Atmen, und Seth schaffte es, ihre andere Hand zu fangen.

Ihre Turnschuhe schrammten über den Rand des Abgrunds, und Angst flammte in ihren dunklen Augen auf, was meinen Puls in die Höhe schnellen ließ. Ein Lachen entfuhr meinen Lippen, als wir sie so in der Schwebe hielten. Sie war uns ausgeliefert. Seth und ich waren seit jeher das perfekte tödliche Team.

»Zieht mich hoch«, verlangte sie, und der hauchzarte Unterton von Angst in ihrer Stimme gab mir den Kick, auf den ich seit Beginn dieses ganzen Spiels gewartet hatte.

»Solaria ist wesentlich besser dran, seit die Vegas den Celestia-Familien den Thron überlassen haben«, knurrte Seth, und ich warf ihm einen kurzen Blick zu, bevor ich mich daran erinnerte, dass dies dazu dienen sollte, sie zu vertreiben, wie es unsere Eltern wollten. Ich bezweifelte jedoch, dass ein paar dumme Tricks dafür ausreichen würden. »Dank der Herrschaft unserer Eltern ist unsere Welt ein besserer Ort. Eure Rückkehr ist unnötig, genau wie ein Versuch eurerseits, den Thron selbst zu beanspruchen. Wir wollen euch nicht hier haben.«

»Wir haben nichts davon gewollt«, flüsterte Tory, ihre Finger umklammerten meine wie ein Schraubstock. Aber sie musste sich keine Sorgen machen, ich würde sie nie loslassen. »Wir wollen den blöden Thron nicht. Ihr könnt ihn und eure Macht behalten!«

Ich war überrascht, wie ehrlich und leicht sie uns diese Worte entgegenschleuderte, aber es machte nur umso deutlicher, wie wenig sie unsere Welt verstand.

»Das ist ein wundervolles Angebot, Sweetheart, aber es ändert nichts an den Tatsachen«, erklärte ich und versuchte, ihr klarzumachen, warum diese Spiele notwendig waren. Gleichzeitig war ich mir sicher, dass sie genauso viel Spaß hatte wie ich, auch wenn sie die Regeln nicht ganz zu verstehen schien. »Euer Blutrecht bedeutet, dass der Thron euch gehört, sofern ihr euch als fähig erweist, ihn zu besteigen. Und es gibt genug Leute, die euren Anspruch unterstützen würden, um einen Bürgerkrieg auszulösen.«

»Aber wir wollen ihn nicht!«, beharrte sie, ihre Füße wanden sich wieder gegen den Felsvorsprung, während sie versuchte, sich hochzuziehen. Aber das lag in unseren Händen, nicht in ihren. Seths Finger hatte bereits gezuckt, als er eine Luftbarriere unter ihr gewirkt hatte, um sie aufzufangen, sollte sie fallen. Aber mein Griff war eisern, ich würde nicht loslassen. »Wie kann ernsthaft jemand von uns erwarten, dass wir über ein Land herrschen, von dem wir nichts wissen? Das ist Wahnsinn!«

Ihre Worte rührten mich tatsächlich ein wenig, und für einen Moment fragte ich mich, ob sie wirklich so naiv war. Ob sie wirklich dachte, dass sich das alles mit etwas so Einfachem wie einem Nein von ihr und Darcy lösen ließe. Und verdammt, vielleicht wäre es wirklich so einfach, wenn sie es wirklich ernst meinten und öffentlich auf ihren Anspruch verzichteten.

Mussten wir sie wirklich verjagen, wenn sie es nicht einmal wollten?

»Hör zu, wir wollen nur lernen, wie wir die Magie in uns kontrollieren können, und unser Vermögen erhalten. Das war's. Wir sind mit nichts und niemandem aufgewachsen. Bevor wir hierhergekommen sind, wussten wir nicht einmal, ob wir den Winter über ein Dach über dem Kopf haben würden. Ich schwöre, wir haben keinerlei Interesse daran, irgendeinen Thron zu beanspruchen oder eure Plätze einzunehmen.«

Ich musterte Seth. Es gefiel mir nicht, wie ihre Worte mit mir resonierten, und fragte mich, ob es ihm möglicherweise genauso ging. Aber ein Blick auf die wilde Begeisterung in seinen Augen verriet mir, dass dies nicht der Fall war. Er war immer noch voll und ganz dafür, die Prinzessinnen loszuwerden, und da die Wünsche unserer Eltern in dieser Angelegenheit klar waren, konnte ich sie nicht wirklich infrage stellen. Vor allem nicht, solange sie hier war.

»Ich sage, wir lassen sie fallen«, sagte Seth mit einem Achselzucken, das sie verunsicherte und ihren Griff um mich vor Panik noch fester werden ließ.

Ich konnte den verwegenen Blick in den Augen meines Bruders sehen und beschloss, alle kleinen Zweifel, die ich hegen mochte, beiseitezuschieben, damit wir unser Spiel einfach beenden und den Hunger in seinen Augen stillen konnten.

Wir sahen einander an und überlegten, was wir tun sollten, während wir die Prinzessin noch eine Weile unserer Gnade auslieferten. Doch bevor wir uns entscheiden konnten, was wir mit ihr machen sollten, sprach sie in einem Ton, der wie eine Peitsche durch meine mentalen Barrieren schnitt und mich augenblicklich auf ihren Befehl hören ließ.

»Zieht mich hoch!«, forderte Tory mit einem Tonfall, der wild und voller Manipulationsmagie war, was wir nicht erwartet hatten.

Wir zogen sie über den Rand in Sicherheit, bevor wir auch nur versuchen konnten, uns von dem Befehl zu befreien. Schockiert beobachtete ich, wie sie ihre Kraft unter Beweis stellte, sich von uns entfernte und rückwärts auf die Wand zubewegte.

»Scheiße«, murmelte Seth und musterte sie mit viel mehr Vorsicht als zuvor, aber ich wusste nicht, warum er davon überrascht war. Ich hatte sie alle vom ersten Tag an vor der Stärke dieser Mädchen gewarnt.

»Ich habe dir doch gesagt, dass sie stark sind«, sagte ich, während ich meine mentalen Schutzschilde verstärkte, sie ansah und versuchte, ihren nächsten Zug vorherzusagen. Dieses Spiel hatte gerade eine viel interessantere Wendung genommen, als ich es erwartet hatte, und die Art und Weise, wie mein Herz pochte, machte mehr als deutlich, dass es mir mindestens genauso gut gefiel, wie es mir Sorgen bereitete.

»Haltet euch fern von mir!«, befahl Tory und versuchte erneut, ihren kleinen Partytrick bei uns anzuwenden.

Ich warf einen Blick auf Seth, während ich den Befehl mühelos abwehrte, da ich ihn erwartet hatte, und er grinste, als er meinem Beispiel offensichtlich folgte. Meine Reißzähne schmerzten jetzt, ihr Kampfgeist machte mich durstig und meine Geduld für dieses Katz-und-Maus-Spiel ging offiziell zur Neige.

»Netter Versuch, Sweetheart, aber ein zweites Mal kommst du nicht so leicht an unserer Verteidigung vorbei«, sagte ich.

Ihre Lippen teilten sich zu einer wütenden Erwiderung, aber sie schaffte es nicht, sie auszusprechen, bevor ich auf sie zusprang, meine Hand auf ihren Rücken legte, ihren ganzen Körper an mich zog und meine Zähne in ihren Hals versenkte.

Ein Stöhnen entrang sich mir, als ich sie so festhielt. Ihr Körper spannte sich in meinen Armen an, während ihre Kraft meine Sinne überflutete und ich so viel wie möglich schluckte. Das elektrisierende Gefühl der Befriedigung erfüllte mich.

Sie schmeckte so verdammt gut, dass mein ganzer Körper vor Freude summte, als ich spürte, wie ihr Blut über meine Zunge und in meinen Rachen floss. Und es war schwer, sich etwas Besseres auf der ganzen Welt vorzustellen.

Seth rückte näher und strich mit seinen Fingern über Torys Arm, was meine Instinkte wie wild aufbrausen ließ. Er hatte sich meiner verdammten Mahlzeit genähert. Ein bedrohliches Knurren der Warnung verließ mich, als ich meinen Griff um sie verstärkte. Und ich schob meine Finger in ihre Haare, während meine andere Hand ihre Taille umfasste und sie ganz an meinen Körper drückte.

Mein Schwanz wurde immer dicker, als ich ihren Körper an meinem spürte – kombiniert mit dem berauschenden Geschmack ihres Blutes, das meine ausgetrocknete Kehle tränkte, und ihrer Kraft, die sich auf alle dunklen Stellen in mir verteilte.

Ihre Hände landeten auf meinen Armen, als wollte sie versuchen, mich zurückzudrängen. Aber das tat sie nicht. Ihr Griff wurde fester und intensivierte all die schmutzigen Gedanken, die in meinem Kopf über sie herumschwirrten. Wenn sie mir nur eine halbe Chance geben würde, könnte ich ihr genau zeigen, wie gut es sich für mich anfühlte, sie zu beißen, wenn sie ihre Hemmungen fallen ließe.

»Sorry«, sagte Seth unschuldig und trat einen Schritt zurück, als hätte er nicht gewusst, dass es mich anpissen würde, wenn er sie berührte.

Ich nahm noch ein paar kräftige Schlucke, bevor mein steifer Schwanz so groß wurde, dass ich mich wirklich zurückziehen musste, bevor sie ihn spüren konnte. Ich war durchaus bereit, sie wissen zu lassen, dass ich sie wollte. Aber vermutlich sollte ich etwas subtiler sein, als einfach aus heiterem Himmel meinen harten Schwanz in sie zu stoßen.

Ich ließ sie mit einem Ruck der Entschlossenheit los, trat einen gemessenen Schritt zurück und warf Seth einen vernichtenden Blick zu. »Fass meine Quelle nicht an, während ich trinke.«

Seth grinste und ließ mich wissen, dass er bereit war, sich deswegen zu prügeln, wenn ich das wollte. Mein Blick blieb auf seiner Kehle haften, während ich darüber nachdachte, ihm mit meinen verdammten Zähnen eine Lektion über die Vampirernährung zu erteilen.

»Ich bin immer noch hier, ihr Arschlöcher«, schnauzte Tory, aber unsere Aufmerksamkeit war aufeinander gerichtet, sodass wir sie weiterhin ignorierten.

»Du weißt, dass ich sie nicht beißen werde. Wo ist das Problem?«, fragte Seth unschuldig, um mich zu ködern. Und ich überlegte mir halb, mich einfach auf ihn zu stürzen, um ihn daran zu erinnern, wozu meine Zähne da waren, bevor mich das Kribbeln von Torys Kraft in mir von dieser Idee ablenkte.

Ich beschloss, ihm diese Lektion vorerst nicht zu erteilen, lächelte ihn stattdessen an und warnte ihn mit meinen Augen, es nicht noch einmal zu tun.

»Ich will nur nicht, dass deine Pfoten mein Essen verunreinigen«, sagte ich und stieß meine Schulter gerade so stark gegen Seths, dass ich meinen Standpunkt klarmachte, aber immer noch eher spielerisch als feindselig.

»Willst du diese Lektion mit einem Wettbewerb abschließen?«, fragte Seth aufgeregt, als er die Herausforderung in meinen Augen sah. Er wusste immer, wie er sie befriedigen konnte. Denn ja, ich wollte ihn wirklich herausfordern. Und ihm in einem Wettbewerb in den Hintern treten, das war genau das, was ich brauchte.

»Nur wenn du nichts dagegen hast, deinen Arsch versohlt zu bekommen«, antwortete ich.

Seth lachte schallend und rannte dann los, wobei er laut jaulte, während er den Weg zurück zur Klasse anführte. Ich ließ Tory zurück, als ich ihm folgte, bereit, ihn öffentlich zu verprügeln und auf seine Kosten im Glanz des Sieges zu baden.

Gemini
Scorpio
Virgo
Cancer
Aries
Leo
Sagittarius
Taurus
Capricorn
Aquarius
Libra
Pisces

ORION

KAPITEL 15

N ach meiner letzten Unterrichtsstunde am Freitagnachmittag schoss ich zum Asteroidenplatz zurück. Auf mir schien ein Gewicht zu lasten, als würden die Sterne aus dem Himmel nach mir greifen und mich zu Boden drücken. Ich hatte heute bei jeder Gelegenheit meine Tarotkarten befragt, aber ihre Antworten waren nicht eindeutig gewesen. Ich brauchte eine Zukunftsprognose, die nicht nur aus verdammten Rätseln bestand.

Als ich durch das Tor ging, rempelte mich jemand von hinten an. Astrum stapfte an mir vorbei, sein rotes Gewand flatterte hinter ihm her. Für ein altes Arschloch hatte er wirklich Rückgrat.

»Pass auf, wo du hingehst«, rief ich ihm nach, während sich meine Reißzähne in Vorbereitung auf einen Kampf verlängerten und meine Finger vor Magie kribbelten.

Er warf mir einen Blick zu, der irgendwie nervös und abgelenkt wirkte.

»Deine Aura ist heute dunkel, Lance«, sagte er mit einem Tonfall, der eine leise, mystische Qualität annahm – wie er es auch oft in seinen Kursen tat.

»Tut mir leid, dass ich nicht wie sonst voller Sonnenschein und Regenbögen bin«, sagte ich trocken und jagte ihm hinterher, während er sein Tempo beschleunigte und immer wieder zu mir zurückschaute, als fürchtete er, ich könnte mich auf ihn stürzen. Und vielleicht war das gar nicht so weit hergeholt.

Er erreichte den Pool und ging um eine Sonnenliege herum, um sie strategisch zwischen uns zu positionieren, bevor er sich wieder zu mir umdrehte. Pah. Als ob mich das aufhalten würde.

»Als ich dich an dieser Academy unterrichtet habe, hattest du so viel Potenzial«, sagte er und schüttelte den Kopf, als wäre er von mir enttäuscht. Ich runzelte die Stirn, überrumpelt von diesem Kommentar.

»Na und? Warst du ein Pitball-Fan oder so? Denn wenn du sauer bist, weil ich meine Chance, der Liga beizutreten, aufgegeben habe, dann …«

»Darum geht es nicht«, tadelte er. »Du weißt überhaupt nichts.«

»Dann erleuchte mich«, knurrte ich.

Er sah sich wie ein nervöses Kätzchen um und strich sich über seinen langen grauen Schnurrbart. »Ich habe Dinge *gesehen*«, flüsterte er, wobei sein Kehlkopf bebte und Schweißperlen auf seiner Stirn zu glitzern begannen. »Etwas kommt auf uns zu.«

Diese Worte lenkten mich für einen Moment von meiner Wut ab, denn ich hatte schon seit einiger Zeit dieses Gefühl und jede Lektüre, die ich las, bestätigte es. Außerdem mochte ich den alten Mann zwar hassen, aber er hatte vor Jahren als Berater für die Vega-Königin gearbeitet und ich wusste, dass seine Gabe als Seher sehr ausgeprägt war. Vielleicht hatte er mehr aus den Sternen herauslesen können, was auf uns zukam, als ich es geschafft hatte.

»Was hast du *gesehen*?«, erwiderte ich und trat einen Schritt näher.

Er schüttelte den Kopf und ließ seinen Blick wieder nach links und rechts huschen, als erwartete er, dass ein Feind aus dem Nichts auftauchte. Aber hier war niemand.

»Die Würfel wurden bereits geworfen«, zischte er. »Und ich fürchte, es ist zu spät.«

»Zu spät wofür?«, hakte ich nach und suchte in seinen Augen nach Antworten.

»Juu-huuuu!« Washers Stimme schallte durch die Luft und Astrum machte auf dem Absatz kehrt und verschwand wie eine Ratte im Abfluss.

Ich biss die Zähne zusammen und wandte meinen Blick Washer zu, der sich mit einem leuchtenden rosafarbenem Flamingo-Schwimmring um die Hüfte dem Pool näherte. Als ich den durchscheinenden Plastikring genauer betrachtete, sah ich seinen Schwanz, der zwischen ihm und dem Plastikring eingequetscht war. *Nein, bei den Sternen, nein!*

Ich wandte mich angewidert ab, als er mir begeistert zuwinkte. »Komm mit mir in den Pool, Lancey-Boy. Wir können uns mal richtig unterhalten, du und ich. Ein kleines Schwätzchen, bevor wir uns in die Stadt aufmachen. Wir können uns gemeinsam nass machen, und wenn du deine Deckung fallen lässt, lassen sich deine Sorgen einfach *wegwashern*. Wie klingt das?«

Wie meine persönliche Hölle.

Er lachte leise, seine Gaben wirbelten um mich herum und versuchten, sich von meiner Frustration zu ernähren. Aber das würde ich nicht zulassen.

»Kann nicht. Ich gehe aus«, sagte ich und seine Augenbrauen schossen in Richtung Haaransatz.

»Oh, mit Franny, richtig? Ihr zwei seit jeher ein heißes Paar. Sie war immer eine so übersprudelnde Studentin.«

Für diesen letzten Kommentar hätte ich ihn fast angefahren, bevor ich mich an seine seltsame Skala zur Einstufung von Studenten erinnerte. Argh.

»Wir sind kein Paar«, murmelte ich, obwohl ich nicht wusste, warum ich mir die Mühe machte, mich ihm zu erklären.

»Bringst du sie heute Abend mit nach Hause? Du, ich und Fran könnten uns einen Mitternachtstrunk gönnen. Nur wir drei, nass und wild im Whirlpool, was sagst du dazu?«

Ich sage, ich würde mir lieber die Hand abhacken und sie einer unwilligen Krähe zum Fraß vorwerfen.

»Ich übernachte heute Nacht bei ihr«, log ich und seine Augenbrauen schossen irgendwie noch höher. Ich war mir nicht sicher, warum das überhaupt eine Lüge war. Aber aus irgendeinem Grund wusste ich, dass ich die heutige Nacht allein in meinem eigenen Bett verbringen würde.

Er wiegte seine Hüften von links nach rechts und seine Haut scheuerte an dem Gummiring, was ein quietschendes Geräusch verursachte. »Oh, ich verstehe. Ihr zwei kleinen Turteltauben wollt ein bisschen rumtollen, was? Ein klitzekleines Techtelmechtelchen.« Er begann, seine Hüften zu schwingen, während er lachte, was den Kopf des Flamingos zum Wackeln brachte. Ich könnte schwören, dass sogar der Plastikvogel verzweifelt aussah.

Ich verzog das Gesicht und wollte gerade losschimpfen, als eine Harpyie direkt zwischen uns landete, ihre schwarzen Flügel hinter sich faltete und Washer einen Klaps verpasste.

»Noxy.« Ich strahlte überrascht und sah, wie mich mein Freund Gabriel mit einer Imbiss-Tüte in der Hand angrinste. Seine dunklen Haare waren vom Flug zerzaust und seine muskulöse Brust war entblößt, sodass die unzähligen tätowierten Symbole auf seinem Körper zu sehen waren.

»Hey, Orio«, sagte er und flatterte weiter mit den Flügeln, sodass Washer eine Ladung Federn ins Gesicht bekam und anfing zu prusten, als er versuchte, sich zurückzuziehen. »Ich habe Abendessen mitgebracht.«

»Danke«, sagte ich ernst, und er grinste auf eine Art und Weise, die mir sagte, dass er diese Situation bereits *gesehen* und sein Einschreiten geplant hatte.

Ich schritt an ihm vorbei und führte ihn zu meinem Chalet. Ein Platschen verriet mir, dass Washer in den Pool gesprungen war. Ich ging dort nie schwimmen. Es war nicht hygienisch, wenn man sich vorstellte, wie viel Zeit dieser überbräunte Widerling mit seinen Schwimmtieren im Wasser verbrachte. Im Ernst, ich sollte ihnen einfach die Luft rauslassen, um sie vor dieser Belästigung zu bewahren. Sie würden mir wahrscheinlich dafür danken. Das war kein Leben für ein fröhliches kleines Aufblastierchen.

Ich entriegelte die Tür mit meiner Magie und trat ein, Erleichterung machte sich in mir breit, als Gabriel mir folgte und ich die Tür hinter ihm schloss. Ich ließ die Maske des Professors vollständig von meinem Körper gleiten. Es war mein liebster Moment des Tages, einfach die Falschheit loszulassen, die ich außerhalb dieser Wände auf mich nehmen musste.

Ich rieb mir müde die Augen, drehte mich dann zu meinem Freund um, der schnell auf mich zukam und seine tätowierten Arme um mich schlang.

»Du siehst todmüde aus«, sagte er, während er seine Flügel verbannte.

»Bin ich auch«, bestätigte ich und brachte ein Lachen zustande, aber es fühlte sich nicht richtig an. »Was machst du hier?«

Er ließ mich los, setzte sich auf die Couch und stellte die Tüte mit dem Essen auf den Couchtisch.

Ich setzte mich zu ihm, legte mein Jackett ab und stützte die Füße auf den Tisch, während ich meine Krawatte lockerte. Das Ding fühlte sich die meiste Zeit an wie eine Schlinge, die Lionel Acrux mir um den Hals gelegt hatte.

»Ich wollte nur mal nach dir sehen«, sagte er und runzelte die Stirn, als ich mich vorbeugte, um meinen Bourbon vom Tisch zu nehmen. »Ich hatte eine Vision über deine Trinkgewohnheiten.«

Meine Finger streiften die Flasche und ich schnaubte innerlich, lehnte mich zurück und ließ den Bourbon dort stehen. »Ich würde es nicht als Gewohnheit bezeichnen, eher als Notwendigkeit.« Ich grinste, aber er lächelte nicht.

»Wie geht es den Vegas?«, fragte er und wechselte das Thema schneller als der Wind.

Ich zuckte mit den Schultern. »Sie sind mächtig.«

»Erzähl mir von ihnen!«, drängte er und sah wirklich neugierig aus. »Eine der Schwestern hat blaue Haare, oder?«

»Ja, und?«, entgegnete ich scharf. Meine Worte klangen defensiv, und ich verfluchte mich innerlich.

Ich wollte nicht, dass Gabriel mein Verhalten in Bezug auf Darcy auffiel. Er könnte seine Sehkraft nutzen, um zu versuchen, mehr zu *sehen*. Zu viel. Nicht, dass es etwas zu *sehen* gab. Ich hatte nichts getan. Und das würde ich auch nicht. Wie sollte er also überhaupt etwas *sehen*? Es gab definitiv keine Zukunft, in der ich diesen verrückten Gefühlen nachgab, also war ich hundertprozentig vor seinen Visionen sicher. Auch wenn ich ihm mit meinem Leben vertraute, durfte niemand davon erfahren. Es war nur ein Strohfeuer. Etwas, das mit ihrer Formgebung zu tun hatte. Sie war eine Sirene. Eine harmlose kleine Sirene.

Gabriel kratzte an einer Tätowierung von drei ineinander verschlungenen Flügeln auf seinem Schlüsselbein. »Erzähl mir einfach von ihnen«, meinte er lachend und ich entspannte mich ein wenig, während ich ihm alles erzählte, was ich bisher über die beiden verlorenen Prinzessinnen erfahren hatte. Dabei aßen wir die Tacos, die er mitgebracht hatte. Den Aspekt, dass Blue wie der beste Traum meines Lebens schmeckte und mich so hart gemacht hatte, dass ich in letzter Zeit an kein anderes Mädchen hatte denken können, ließ ich natürlich aus.

Seine grauen Augen wurden für eine Sekunde glasig, als er in eine Vision verfiel, und als er sich wieder konzentrierte, warf er einen Blick auf die Rückseite der Couch – als hätte er dort etwas *gesehen*. Ein überraschter Ausdruck machte sich auf seinem Gesicht breit. »Für mich steht Blau für dich … Heilige Scheiße«, murmelte er leise vor sich hin.

»Was?«, fragte ich, während mein Herz irrational pochte.

»Nichts.« Er räusperte sich. »Hör zu, ich bin gekommen, um mit dir über etwas Bestimmtes zu sprechen«, sagte er ernst, und Dunkelheit trat in seine Augen. »Ich hatte in letzter Zeit seltsame Visionen. Es ist, als wären da Wände, die mich davon abhalten, etwas zu *sehen*. Als würde mir eine dunkle Wolke den Weg versperren. Ich versuche, sie zu durchbrechen, aber es ist unmöglich. Ich bin mir nicht sicher, was es ist, aber ich … ich glaube, es ist schlimm, Orio. Und es macht mir verdammt noch mal Angst, denn wenn ich die Gefahr nicht *sehe*, kann ich meine Familie nicht davor schützen. Ich kann *dich* nicht davor schützen.«

»Scheiße«, flüsterte ich, während der Druck in meinem Kopf wieder zunahm. »Ich weiß nicht, was ich sagen soll, Mann. Vielleicht könntest du dich mit anderen Sehern beraten, um herauszufinden, ob sie auch Probleme haben?«

Er nickte vage und starrte mich immer noch mit besorgtem Blick an. »Hast du das beherzigt, was ich dir neulich gesagt habe? Du musst dem Licht folgen, Lance. Das ist wichtig. Wichtiger, als ich in Worte fassen kann.«

»Ich weiß nicht, was das bedeutet«, erwiderte ich beschwörend. »Welches Licht, Noxy? Es gibt kein Licht. Diese Welt ist manchmal so verdammt grau, dass ich einfach nur …« Mein Blick wanderte wieder zum Bourbon, und in meinem Kopf überschlugen sich die Gedanken über Darius, seinen Vater und die verdammte Tracht Prügel, die er neulich eingesteckt hatte. Ich musste nur die Augen schließen, um die Gürtelhiebe auf meinem Rücken zu spüren. Auf seinem Rücken. Es machte mich krank. Verdammt noch mal, im wahrsten Sinne des Wortes. Sobald er neulich nachts in seinem Bett eingeschlafen war, hatte ich mich in seine Toilette mit der goldenen Klobrille übergeben, während ich gegen den Drang angekämpft hatte, ihn zu heilen. Ich hatte nicht geschlafen, weil ich gewusst hatte, dass er litt und ich nichts dagegen tun konnte. Es war eine Form der Folter gewesen, die ich nicht einmal beschreiben konnte, und das Schlimmste war, dass ich wusste, dass Lionel es jederzeit wieder tun konnte. Und ich konnte nichts tun, um Darius vor ihm zu schützen. Genauso wenig, wie ich meine Schwester vor ihm hatte schützen können.

Wegen dieses verdammten Monsters war Clara tot, und jeder Tag, der ohne sie verging, erinnerte mich daran, wie hilflos ich im Angesicht seiner Macht war. Wenn ich nur früher gehandelt, mit ihr über Lionel gesprochen und erkannt hätte, wie stark er sie unter seiner Kontrolle hatte, hätte ich sie vielleicht von ihm wegbekommen können …

Gabriel streckte die Hand aus und legte sie auf meine Schulter. »Die Vergangenheit ist vergangen. Es gibt dort keine Pfade mehr für dich.«

»Ich weiß«, erwiderte ich, während meine Gedanken in eine dunkle, alles verschlingende Grube abglitten.

»Dann geh einen neuen Weg!«, drängte er. »Du kannst glücklich sein, ich weiß, dass du es kannst.«

»Du hast es *gesehen*?«, fragte ich, bettelte regelrecht, denn ich konnte keinen Weg in meiner Zukunft erkennen, der zum Glück führte.

Vielleicht würde mich die Zerstörung Lionels dorthin bringen. Vielleicht war es das, was Gabriel *sehen* konnte. Und das gab mir Hoffnung. Denn wenn er *sehen* konnte, wie Lionel fiel, dann bedeutete das, dass es wirklich möglich war.

Er nickte, ein Versprechen in seinen Augen. Aber ich hatte nicht seine Gaben, ich konnte nicht erkennen, was er *gesehen* hatte. Also war ich nicht mehr als ein Zocker, der blind Wetten platzierte und nicht wusste, wo er sein Geld investieren sollte.

»Die Antwort liegt im Weg des geringsten Widerstands«, sagte er und ich seufzte.

»Tja, dann muss sie wohl am Boden meiner Bourbonflasche sein«, sagte ich sarkastisch, nahm sie schließlich doch vom Tisch und gab meinem Verlangen nach Betäubung nach. Ich drehte den Verschluss ab, nahm einen Schluck und spürte Gabriels Blick auf mir. Er war nicht wertend, das war nicht sein Stil. Aber manchmal dachte ich an den Typen, der ich gewesen war, als ich ihn kennengelernt hatte. Und ich wünschte mir, ich könnte immer noch dieser Typ für ihn sein. Mit diesem alkoholkranken Arschloch, das ich jetzt war, hatte er sich als Freund wahrscheinlich weit mehr eingebrockt, als ihm lieb war. Aber wir waren keine normalen Freunde, wir waren Interstellare Verbündete, was bedeutete, dass ich von den Sternen für ihn auserwählt worden war und er für mich. Davor gab es kein Entkommen, zu seinem Leidwesen.

Wir unterhielten uns über Gabriels Familie und ich sonnte mich in seinem Glück und versuchte, etwas davon für mich zu stehlen, während ich meine Probleme vergaß.

Nach einer Weile summte mein Atlas – eine Nachricht von Francesca, in der sie mir mitteilte, dass sie gleich aufbrechen würde. Ich fluchte und sprang auf. Ich trug immer noch meinen Professorenaufzug und hatte das Treffen mit ihr völlig vergessen.

Ich fuhr mir mit der Hand durchs Gesicht, als Gabriel ebenfalls aufstand. Er hatte bereits *gesehen,* was ich sagen würde.

»Bis später. Einen interessanten Abend dir«, sagte er mit einem wissenden Grinsen, und ich runzelte die Stirn, bevor er zur Tür ging, sich hinausbegab und in Richtung Horizont davonflog.

Verdammt kryptischer Orakelmann!

Ich schoss unter die Dusche, zog mich aus, wusch mich schnell und rannte dann zurück in mein Zimmer, wo ich mir ein schönes Hemd und eine schicke Hose anzog. Ich trocknete schnell meine Haare, warf einen Blick in den Spiegel und entschied, dass das genügen würde, bevor ich meinen Sternenstaub, mein Sonnenstahlschwert, das ich als Taschenmesser verhüllt hatte, meinen Atlas und meine Brieftasche einsteckte. Dann schoss ich aus dem Haus, schloss in Rekordzeit ab und warf mir unterwegs Sternenstaub über den Kopf. Ein Vampir zu sein hatte wirklich seine Vorteile, wenn man so unfähig war, die Zeit im Auge zu behalten wie ich.

Ich wurde zwischen die Sterne geschleudert, meine Seele schien sich aufzulösen, bevor sie wieder zusammengefügt wurde, als ich auf eine Straße in Tucana vor einer Bar namens *Andromeda* transportiert wurde. Francesca war bereits dort. Sie trug ein figurbetontes Kleid und ihre Haare waren perfekt gestylt. Sie sah gut aus, aber irgendwie fühlte ich nicht wirklich viel, als ich ihre Kurven betrachtete, die mir normalerweise Lust auf mehr machten. Ich schob es auf den beschissenen Tag, den ich hinter mir hatte, und setzte einen Gesichtsausdruck auf, der etwas weniger nach Weltuntergang aussah. Sie schenkte mir ein Lächeln, als sie mich entdeckte.

Sie kam auf ihren High Heels auf mich zugerannt, schlang ihre Arme um mich, und ihr Lavendelduft umgab mich. Ich drückte sie einarmig an mich, und sie klammerte sich noch ein wenig fester an mich, lehnte sich zurück und presste ihren Mund auf meinen. Ich blinzelte überrascht. Es war nicht so, dass wir einander noch nie geküsst hätten, aber normalerweise taten wir das nur bei mir oder bei ihr. Das hier war sehr … öffentlich. Nicht, dass es mich interessierte, was andere dachten, aber wir hatten uns außerhalb des Schlafzimmers noch nie so verhalten, und das machte mich irgendwie stutzig.

Sie verschränkte ihre Finger mit meinen und strich mit dem Daumen über meine Lippen, um den Lippenstift wegzuwischen, den sie dort hinterlassen hatte.

»Warum schaust du so, als hätte ich dir gerade in den Schwanz geboxt, Lance?«, schnaubte sie, und ich unternahm einen vagen Versuch, meine Gesichtszüge wieder zurechtzurücken.

»Mir war nur nicht klar, dass wir uns jetzt in der Öffentlichkeit küssen«, sagte ich stirnrunzelnd.

»Ist das ein Problem?«, fragte sie.

War es das? Nein. Nicht wirklich. Außer, dass ich deutlich gemacht hatte, dass ich keine ernsthafte Beziehung mit Francesca wollte. Aber das hatte sie auch gesagt. Vielleicht machte ich mir also zu viele Gedanken. Die Sache war die, dass nicht ihr Kuss das eigentliche Problem war, sondern dass ich in dem Moment, in dem ihr Mund den meinen berührt hatte, an jemand anderen gedacht hatte. Und ich hatte das verdammt seltsame Gefühl, diese andere Person zu betrügen.

Ich räusperte mich – und klärte gleichzeitig meine Gedanken in dieser Angelegenheit –, drückte Francescas Hand fester und führte sie in die Bar. Ich spürte, wie die Sicherheitszauber über mich wogten, meine Identität überprüften und das kühle Gefühl einer Stillekuppel den Raum erfüllte. Die meisten Bars erlaubten keine Stillekuppeln, weil sie die Atmosphäre ruinierten, aber hier wurde genug geredet, dass es keine Rolle spielte – zumal ich keine Vampire sehen konnte, die sich möglicherweise in unser Gespräch einschalten könnten.

Wir gingen zum Ende der Bar, setzten uns nebeneinander und

Francesca presste ihre Knie an meine, als sie sich zu mir umdrehte.

»Wie war deine Woche?«, fragte sie.

»Schrecklich«, antwortete ich trocken. »Und deine?«

Sie lachte, schlug mir auf den Arm und ich runzelte die Stirn. So war sie normalerweise nicht. Normalerweise unterhielten wir uns über Pitball-Ergebnisse und Nymphenattacken, nicht über Belanglosigkeiten.

Wir bestellten Drinks und mein Versuch, das Gespräch irgendwie auf Pitball zu lenken, endete immer wieder bei seltsamen Themen.

»Du sprichst nie wirklich viel über deine Mutter«, sagte sie und drückte meinen Arm, während ich meinen zweiten Whiskey leerte.

»Das liegt daran, dass sie eine echte Schlampe ist«, erklärte ich ausdruckslos, und sie lachte erneut, ihre Hand glitt höher und drückte meinen Bizeps.

»Du musst sie trotzdem lieben. Sie ist deine Mutter«, drängte sie mit gerunzelter Stirn.

Ich zuckte mit den Schultern und klopfte auf die Bar, sodass der Barkeeper sofort mein Getränk ersetzte. »Liebe ist ein Wort, das ich heutzutage nur für wenige reserviere.«

»Für mich zum Beispiel?«, fragte sie spielerisch und warf ihre Haare zurück.

Ich schnaubte. »Ja«, sagte ich und sie klimperte mit den Wimpern. »Für dich, Darius, Gabriel. Meine Interstellaren Verbündeten.« Ich zuckte mit den Schultern. »Das war's dann auch schon.«

Ihre Lippen verzogen sich zu einem Strich, als sie an ihrem Wein nippte und nickte, als wäre sie aus irgendeinem Grund traurig. Aber wer zum Teufel wusste schon, warum?

»Hast du das letzte Skylarks-Spiel gesehen?«, fragte ich, während mein Blick auf einem Bildschirm neben der Bar hängen blieb, auf dem die Höhepunkte gezeigt wurden. Ich hatte das Spiel dank dieses verdammten Lionels nicht live gesehen, aber es heute in meiner Mittagspause nachholen können. »Ich schwöre, Altair ist wie geschaffen dafür, Punkte zu holen. Sie ist wie eine Rakete auf dem Spielfeld, besonders wenn der Löwe anfängt, alle umzuhauen.« Ich grinste. Mann, ich liebte Pitball. Wenn es heutzutage noch etwas gab, das mein Herz höherschlagen lassen konnte, dann das. Das und eine blauhaarige Vega offensichtlich. *Nein, ich denke heute Abend nicht an sie. Tatsächlich werde ich für den Rest des Wochenendes nicht mehr an Darcy denken. Und am Montag werde ich einen klaren Kopf und eine nüchterne Einstellung zu unserer Beziehung haben.*

Francescas Hand fiel auf meinen Oberschenkel und ich drehte mich überrascht zu ihr um.

»Ich möchte heute Abend nicht über Pitball sprechen«, sagte sie heiser und befeuchtete ihre Lippen.

»Oh.« Enttäuscht versuchte ich wieder, auf den Bildschirm zu schauen, aber sie packte mein Kinn und riss meinen Kopf herum.

»Bist du okay? Du benimmst dich seltsam.«

»Mir geht es gut«, sagte sie, lachte wieder mädchenhaft und lehnte sich auf ihrem Stuhl zurück.

Sie nippte an ihrem Wein und ihre Hand glitt von meinem Schenkel, was mich seltsam erleichtert stimmte. Es war ja nicht so, dass sie mich noch nie intim berührt hätte. Es war nur seltsam. Hier. In einer Bar. Und mein Schwanz hatte definitiv kein Interesse daran.

Mein Atlas summte und ich nahm ihn aus der Tasche. Gabriel hatte mir ein Foto geschickt, auf dem eine Schlange mit einem Zylinder auf dem Kopf und einer winzigen Rose zwischen den Zähnen zu sehen war. Ich fing an zu lachen und zeigte das Bild Francesca, aber sie verzog nicht einmal das Gesicht. Der Scheiß war lustig, Mann, was war ihr Problem?

»Lance, können wir über etwas reden?«, fragte sie ernst und ich nickte, legte meinen Atlas auf die Bar und beugte mich zu ihr vor.

»Geht es um die Nymphen?«, fragte ich in der Hoffnung, dass sie mir Informationen über dieses Nest geben könnte.

»Nein«, erklärte sie frustriert. »Es geht um uns.«

Ich runzelte die Stirn und wartete auf eine Erklärung, aber als sie fortfuhr, erregte in meiner Peripherie etwas Blaues meine Aufmerksamkeit. Sofort schoss mein Blick zur Tür, die sich gerade öffnete. Darcy Vega betrat die Bar mit ihrer Schwester und ein paar anderen Freshmen, darunter das kluge Cygnus-Mädchen und der Typ mit der Mütze, der nach Füßen schmeckte. Mein Atem stockte. Blue sah verdammt umwerfend aus in ihren engen Jeans und dem schwarzen Top, das tief genug saß, um ihr Dekolleté in einem Spitzen-BH zu zeigen, der die volle Aufmerksamkeit meines Schwanzes auf sich zog. *Verdammt, nein. Warum ist sie hier? Von allen verdammten Orten in Tucana hat sie sich ausgerechnet diesen ausgesucht?*

Die Sterne gönnten mir wirklich keine Pause. Und ich starrte immer noch. Selbst jetzt, wo ich wusste, dass ich wegsehen musste, starrte ich immer noch. Verdammt noch mal.

»Und ich habe das Gefühl, dass zwischen uns etwas Besonderes ist, du nicht auch?«, fragte Francesca und ich grunzte eine Art Zustimmung, ohne wirklich zu begreifen, was sie gesagt hatte, während ich das Mädchen anstarrte, das die Sonne mit sich zu tragen schien, wohin sie auch ging. Es fühlte sich jetzt so viel wärmer hier drinnen an, so viel heller. In diesem Licht würde ich zu Asche werden, wie die Vampire aus den Geschichten der Sterblichen.

»Tust du das?«, fragte Francesca aufgeregt.

»Mhm«, sagte ich vage, meine Augen immer noch auf Darcy gerichtet.

»Ist das nicht Professor Orion?«, fragte Sofia Cygnus, als ich mein Gehör auch auf sie richtete und mein Blick schnellte sofort zu Francesca zurück, einen Herzschlag, bevor Darcy in diese Richtung schaute. *Scheiße, sie hätte mich dabei erwischen können, wie ich sie wie ein verdammter Perverser anstarre.*

Mein Herz pochte wie wild und mein Atem kam unregelmäßig. Was zum Teufel war mit mir los?

Francesca lächelte mich mit einem Funkeln in den Augen an, während ich meine Ohren weiterhin auf die Vegas gerichtet hielt. Natürlich zu Forschungszwecken.

»Möglich«, sagte Darcy leichthin, als wäre es ihr egal, und mein Nacken kribbelte irritiert.

Bei dem vielen Geplauder im Restaurantteil der Bar konnte ich ihren Herzschlag nicht wahrnehmen, sodass ich nicht sicher sein konnte, ob sie überhaupt auf meine Anwesenheit reagierte. Aber das spielte auch keine Rolle.

»Hier entlang«, sagte die Kellnerin zu ihnen und sie setzten sich an einen Tisch uns gegenüber. *Perfekt.*

Als Darcy genau in meiner Blickrichtung saß, wurde mir heiß und ich unterdrückte ein zufriedenes Grinsen, als sie sich sofort hinter einer Speisekarte versteckte. Sie wusste definitiv, dass ich hier war, und sie reagierte definitiv darauf.

Als sie einen Whiskey Cola bestellte, könnte ich schwören, dass mein Schwanz salutierte. Ein Whiskey-Girl? *Verdammt, warum tut ihr mir das an, Sterne?*

»Also, meinst du, wir sollten?«, fragte Francesca und ich merkte, dass sie weitergeredet hatte, während ich auf die verbotene Frucht im Raum starrte.

»Hm?«, fragte ich und zwang meine Augen, wieder auf sie zu richten.

»Du weißt schon …«, sagte sie und biss sich auf die Lippe. »Sollen wir es versuchen?«

»Äh, ja«, sagte ich und ging davon aus, dass die Chancen fünfzig zu fünfzig standen, dass das, worauf ich mich einließ, die richtige Wahl war.

»Bist du sicher?«, fragte sie aufgeregt, während ich erneut versuchte, die Aufmerksamkeit des Barkeepers zu erregen.

»Mhm«, sagte ich, schnippte mit den Fingern und schickte die beste Flasche Whiskey in der Bar nach unten, um den Platz der Flasche einzunehmen, die der Barkeeper für Darcys Drink hatte verwenden wollen, während er ein Glas holte.

Er schenkte den von mir ausgewählten Whiskey ein, ohne den Austausch zu bemerken, wodurch Darcys Drink zehnmal besser wurde als mit dem Pisswasser, das er eigentlich ausgesucht hatte – und zehnmal teurer, als ihm klar war. Obwohl die Cola ihn wahrscheinlich sowieso ruinieren würde.

Ich sah zu, wie ihr der Drink gebracht wurde, wartete auf ihre Reaktion, als sie einen Schluck nahm, und tauschte die Flaschen wieder aus, damit es niemand bemerkte. Aber während sie trank, schaute sie mir direkt in die Augen, was mich völlig unvorbereitet traf. Mein Herz schlug mir bis zum Hals. Blue verschluckte sich an ihrem Drink und hustete wie verrückt. Ich stand auf, weil ich befürchtete, gerade eine verdammte Vega getötet zu haben, aber sie fing sich wieder und Tory lächelte sie amüsiert an.

»Was machst du da?«, fragte Francesca verwirrt. *Verdammt gute Frage.*

Ich ließ mich wieder auf meinen Stuhl fallen und konzentrierte mich auf meine Freundin. Ich war es leid, mich wie ein Verrückter aufzuführen, und hatte es absolut satt, dieses Mädchen anzusehen.

Die Bar war jetzt ziemlich voll und niemand schenkte uns Aufmerksamkeit, also beschloss ich, das Gesprächsthema endlich zu erzwingen. »Hast du neue Informationen über das Nest?«

Francesca runzelte die Stirn. »Ja … ich bin mir fast sicher, dass es Nymphen sind.«

Erleichterung durchströmte mich. »Das ist gut. Kannst du sie im Auge behalten? Darius muss sich eine Weile bedeckt halten, nachdem er fast erwischt wurde.«

»Wenn wir Glück haben, kümmert sich Agent Hoskins für uns um sie. Ich habe ihm die Informationen geschickt, um zu prüfen, ob er ein Einsatzkommando hinter ihnen her schickt. Wenn nicht, müssen wir sie gemeinsam bekämpfen, wir drei«, sagte sie. »Aber du musst dich heute Abend etwas entspannen. Hab etwas Spaß und wir können morgen früh darüber reden«, sagte sie und legte den Kopf zur Seite. »Wir haben immer so viel Spaß zusammen.«

»Ich bin mir nicht sicher, ob viele Leute das über mich sagen würden«, sagte ich mit einem Hauch von Belustigung.

»Tja, ich schon«, sagte sie grinsend. »Ich kenne dich, Lance. Ich kenne dich besser als jeder andere.«

Das stimmte zwar nicht, aber ich wollte nicht unhöflich sein, also nahm ich einfach einen Schluck von meinem Drink. Francesca war eine gute Freundin und ich vertraute ihr, aber es gab vieles, von dem sie nichts wusste. Zum Beispiel von der dunklen Magie, die ich wirkte.

»Erinnerst du dich an den Ausflug in die Sunshine Bay in unserem Abschlussjahr?«, fragte sie.

»Es hat die ganze Zeit geregnet«, sagte ich und nickte. »Das ist so ziemlich alles, woran ich mich erinnere. An diesen endlosen Regen.«

»Das ist das Einzige, woran du dich erinnerst?«, fragte sie ungläubig.

»Ähm … oh, da war dieser Schildkrötenwandler, von dem du dachtest, er sei nur eine normale Schildkröte. Er hat sich ins Mädchenzelt geschlichen und euch dabei zugesehen, wie ihr euch umgezogen habt.« Ich lachte und sie schlug mir auf den Oberschenkel.

»Was ist mit dem Kuss?«, sagte sie, wobei ihre Wangen leicht rot wurden.

»Wir haben uns geküsst?« Ich legte verwirrt die Stirn in Falten – denn daran konnte ich mich überhaupt nicht erinnern.

»*Ja.* Unter diesen riesigen Blättern, von denen du gesagt hast, sie sähen aus wie Drachenpenisse.«

»O ja.« Ich lachte, als mir das wieder einfiel. »Die sahen wirklich aus wie Drachenpenisse.«

»Und dann haben wir uns geküsst«, ergänzte sie, und meine Gesichtszüge verzerrten sich, als ich versuchte, mich an diesen Teil zu erinnern.

»Bist du sicher, dass ich das war? Hattest du in diesem Semester nicht was mit Jessie Starhole?«

»Es war nicht dieser verdammte Jessie Starhole, sondern du!«, fuhr sie mich an, und ich starrte sie geschockt an. »Erinnerst du dich nicht an die Fae-Fliegen? Und daran, wie das Meer zu unseren Füßen gerauscht hat? Und an die Quallenschwärme im Wasser, die alles in tausend Farben erleuchtet haben? Und unsere Lippen haben nach Regen geschmeckt …«

»Ähm …« Ich kratzte mich am Kinn.

»Lass mich die Erinnerung finden.« Sie streckte die Hand aus, um meine Schläfe zu berühren, aber ich hielt ihr Handgelenk fest, weil ich nicht wollte, dass sie sich heute Abend an meinen Erinnerungen labte.

So luden die Zyklopen ihre Kraft auf, und normalerweise gab ich ihr Zugang zu meinen alten Erinnerungen aus Academy-Tagen – besonders zu meinen Siegen bei Pitballspielen, weil ich es mochte, diese noch einmal zu erleben, während sie ihre Magie auflud. Aber diese Woche war ich total neben der Spur und ich konnte nicht sicher sein, dass ich die Gedanken an Darcy Vega fernhalten und ihr nicht meinen Albtraum von einem Geheimnis verraten würde.

»Ich erinnere mich«, log ich und legte ihre Hand wieder in ihren

Schoß. Ich hatte immer noch keine Erinnerung daran, was seltsam war, wenn man bedachte, dass ich damals noch nicht getrunken hatte.

Endlich lächelte sie und ich vermutete, dass ich gerade noch einmal davongekommen war. »Das war ein toller Ausflug.«

Ich nickte vage und mein Blick glitt über ihre Schulter zurück zu Blue, die sich mit ihren Freunden unterhielt. Sie lachte, amüsierte sich und schien pure Energie auszustrahlen.

Ich bin durstig. So verdammt durstig, dass ich einfach rübergehen und sie beißen sollte.

Viele Leute an der Bar schauten zu den Vegas, aber sie schienen die Aufmerksamkeit, die sie auf sich zogen, nicht zu bemerken. Ich erwischte sogar ein paar Leute dabei, wie sie heimlich Fotos von ihnen machten, und der beschützerische Teil von mir wollte durch den Raum schießen, all diese Arschlöcher in Stücke reißen und sie Darcy zu Füßen legen. *Denn das ergibt total Sinn.*

Francesca beugte sich zur Seite, um wieder in mein Blickfeld zu gelangen, und ich räusperte mich. »Wohin schaust du?« Sie warf einen Blick über die Schulter, dann schnellte ihr Kopf herum und ihre Augenbrauen schossen in die Höhe. »Heilige Scheiße, sind das die Vegas?«

»Ja«, sagte ich, und meine Kehle wurde eng, als hätte sich eine Pythonschlange darum gewickelt. »Seltsam, wie harmlos sie wirken, nicht wahr?«

»Ich würde mich davon nicht täuschen lassen«, meinte sie. »Ich habe schon Leute verhaftet, die so klein und unschuldig gewirkt haben, dass man nie vermuten würde, dass sie eine ganze Familie ermordet haben. Oder überall, wo sie aufgetaucht sind, Zerstörung angerichtet haben.«

Ich nickte. Ich wusste, dass sie recht hatte und ich deshalb wachsam bleiben musste. »Ich werde sie nie unterschätzen.«

»Gut«, sagte sie. »Wir können es uns wirklich nicht leisten, Mädchen auf dem Thron zu haben, die nichts über Fae wissen. Das Königreich hat schon genug Probleme«, murmelte sie, und ich stimmte ihr voll und ganz zu. »O nein«, stöhnte sie plötzlich und richtete ihren Blick auf den Eingang. Ich folgte ihrem Blick dorthin, wo Washer eine Reihe von Professoren in die Bar führte – darunter auch meinen größten Fan, Ling Astrum.

»Verdammt noch mal«, murmelte ich, als sie sich in der Bar ausbreiteten und Washer uns sofort entdeckte.

»Franny!«, rief er und eilte auf sie zu, um sie zu umarmen. Sie wurde praktisch von ihrem Hocker gerissen, als er sie an sein geblümtes Hemd drückte. »Oh, wie sehr ich es vermisst habe, dein keckes kleines … Gesicht auf dem Campus zu sehen.« Er grinste, schaute über ihre Schulter zu mir und zwinkerte mir zu.

Ich wurde wütend und riss sie aus seinen Armen. »Schönen Abend noch, Brian«, sagte ich knapp und er zwinkerte mir noch einmal zu.

»Beachtet mich nicht, ich werde euer kleines Tête-à-Tête nicht stören«, sagte er, obwohl es eher so klang, als hätte er Titt-à-Titt gesagt. »Ich bin sicher, dass ihr heute Abend ein hartes, festes Gespräch führen werdet«, sagte er, während er seine Lippen befeuchtete. Seine Augen wanderten für eine Sekunde meinen Körper entlang, und ich spürte, wie seine Sirenenkräfte versuchten, etwas Lust in mich zu treiben. Aber ich schottete mich mental ab, bevor er mich in seinen Bann ziehen konnte. Der Typ war ein echter Widerling. Ich würde ihn durch eine Wand schlagen, wenn es nicht so wichtig wäre, meinen verdammten Job zu behalten.

Er verschwand und Astrum warf mir einen finsteren Blick zu. Mein Unterkiefer zuckte, als ich ihm nachsah, bis ich ihn aus den Augen verlor, als er sich zu den anderen Professoren in eine Nische setzte.

Unwillkürlich lauschte ich wieder dem Gespräch am Tisch der Vegas. Ich hielt meinen Gesichtsausdruck neutral, während ich zuhörte.

»Washer ist total pervers«, flüsterte Sofia und kicherte dann, als hätte sie das nicht sagen sollen.

»Müssen wir deshalb in seinen Kursen Badeanzüge tragen, die kaum unseren Hintern bedecken?«, fragte Darcy, wobei sie die Nase rümpfte und mich dazu brachte, eine Wasserblase um Washers Kopf zu formen und zusehen zu wollen, wie er ertrank.

»Darauf würde ich wetten, *chica*«, antwortete Diego Polaris lachend und stieß sie in die Rippen. *Hat sie dich gebeten, sie zu berühren, Arschgesicht?*

Der Bourbon machte mich allmählich irrational, aber ich mochte diesen Ort in meinem Kopf – jenen, wo der Teil von mir, der versuchte, diese wilde Besitzgier zu bekämpfen, jetzt bewusstlos geschlagen wurde.

Die Vega-Zwillinge und ihre Freunde schienen auf einer Mission zu sein, sich zu betrinken, da sie immer mehr Drinks an den Tisch bestellten. Ich musste meine Aufmerksamkeit eine Weile auf Francesca richten, um sie davon abzuhalten, zu bemerken, wo meine Aufmerksamkeit wirklich sein wollte. Sie streckte die Hand aus, packte meine Finger und zog meine Hand auf ihr Knie, während sie sich näher zu mir beugte, um mir etwas zuzuflüstern.

»Du siehst durstig aus, Lance. Hast du in letzter Zeit nicht getrunken?«, fragte sie, ließ ihre Hand sinken und meine auf ihrer nackten Haut liegen. Es wäre unangenehm gewesen, sie sofort wegzunehmen, aber es fühlte sich seltsam an, meine Hände außerhalb eines Bettes auf sie zu legen. Und ich hatte heute Abend wirklich keine Lust darauf, jemanden abzuschleppen, obwohl ich nicht wusste, warum. Sie sah umwerfend aus, aber ich fühlte mich einfach so ... abgelenkt.

Verdammt, Blue und ihre verdammten Psychotricks. Warum sollte ich nicht mit Francesca schlafen?

»Oh, was das angeht«, sagte ich, als mir klar wurde, dass ich ihr etwas verschwiegen hatte. »Ich habe irgendwie eine neue Quelle beansprucht.«

»Hast du das?«, fragte sie empört, und Wut zeichnete sich in ihrem Gesicht ab. »Wen?«

»Es ist keine große Sache.«

»Aber *ich* bin deine Quelle«, knurrte sie. »Wie kann das keine große Sache sein?«

»Es ist nichts Persönliches, Francesca, ich habe nur jemand Mächtigeren beansprucht«, sagte ich mit einem Achselzucken und ihre Lippen teilten sich empört.

»Aber Vampire können mehrere Quellen haben. Du kannst mich einfach auch behalten«, sagte sie, aber irgendwie fand ich diese Idee nicht sehr ansprechend.

»Ich weiß … Es ist nur, dass die Kraft der Person so stark ist, dass ich glaube, dass ich mich nie wieder wirklich nach deiner sehnen werde. Nicht, dass mit deiner etwas nicht stimmen würde. Sie ist großartig. Aber sie ist einfach nicht … das Gleiche.« Verdammt, das war nicht taktvoll und ihr Gesicht verriet, dass sie alles andere als erfreut war.

»Wer ist es?«, fragte sie zischend. »Darius würde dich ihn nicht offiziell beanspruchen lassen, selbst wenn er dich gelegentlich von sich trinken lässt.«

»Es ist nicht Darius«, sagte ich, während mir die Hitze in die Adern schoss, als ich daran dachte, wer es war. Wie verdammt gut ihr Blut schmeckte. Wie sehr ich mich von meinem Stuhl erheben, zu ihr rübergehen und sofort vor allen Leuten von ihr trinken wollte, um jedem zu zeigen, wem sie gehörte.

»Wer dann?«, fuhr sie mich an.

»Darcy Vega«, sagte ich leichthin und versuchte, es mit einem Achselzucken abzutun. Aber Francesca sah aus, als würde sie mich am liebsten enthaupten. Okay, ja, sie mochte es, wenn ich sie biss, wenn wir fickten, aber das war kein Grund für mich, sie als Quelle zu behalten.

Und sie wusste auch, dass sie nicht die Einzige war, von der ich trank. So funktionierte das nicht. Ich konnte jeden haben, den ich erwischte – meine Quelle konnte nur nicht von einem anderen gebissen werden. Was sollte also der eifersüchtige Blick?

»Komm schon«, sagte sie und schüttelte ungläubig den Kopf. »Das ist ein Witz. Du verarschst mich.« Ihre Lippen verzogen sich zu einem Grinsen, als sie mir gegen die Brust stieß und darauf wartete, dass ich es zugab, aber sie lag nun mal falsch …

Ich zuckte erneut mit den Schultern.

»Ich dachte, du beißt mich gern«, sagte sie mit flehender Stimme, die ich nicht verstand.

»Das habe ich«, sagte ich. *Scheiße, Vergangenheitsform.*

»Das hast du?« Sie blieb an diesem kleinen Versprecher hängen. *Verdammt.* »Ist mein Blut nicht mehr gut genug für dich?«

»Das habe ich nicht gesagt«, seufzte ich. »Ich bin ein Vampir, ich muss die beste verfügbare Quelle beanspruchen, das liegt in meiner Natur. Und die Vegas sind die mächtigsten Fae in unserem Königreich. Wie hätte ich die Gelegenheit auslassen sollen, eine zu beanspruchen?« *Vor allem diese.*

Sie schmollte, wandte den Blick von mir ab und ich nutzte die Gelegenheit, um meine Hand von ihrem Knie zu nehmen.

»Wenn du es magst, gebissen zu werden, könntest du dir einen anderen Vampir suchen, der dich als Quelle beansprucht?«, schlug ich vor.

»Ich will keinen anderen Vampir, Lance. Ich dachte, du …« Sie verstummte und leerte ihr Glas.

»Ich musste sie haben«, gab ich zu, und die Worte rutschten mir wie eine Todsünde über die Lippen. »Du verstehst nicht, wie es ist, sich nach der Macht eines anderen Fae zu sehnen. So bin ich nun mal. Und sie ist verdammt noch mal dafür gemacht, mich in Versuchung zu führen. Ich meine, ihre *Macht* ist dafür gemacht, mich in Versuchung zu führen«, ruderte ich schnell zurück, und sie seufzte.

»Na gut, aber du schuldest mir was«, murmelte sie und wandte sich dem Barkeeper zu, um uns noch mehr Drinks zu bestellen.

»Shots!«, verkündete Diego, stand von seinem Sitz auf und zog meine Aufmerksamkeit auf sich.

»Ja!«, jubelte Sofia, die bereits ziemlich betrunken aussah und auf ihrem Stuhl schwankte.

Darcy und Tory lachten, als Diego zur Bar ging und selbst einen ziemlich zugedröhnten Eindruck machte. Sie sahen so glücklich aus, dass ich sie regelrecht beneidete. Um ihre Verbundenheit. Um ihre Freude. Um die Tatsache, dass sie nicht das Gefühl hatten, ständig von einer Last erdrückt zu werden, weil sie ihre andere Hälfte verloren hatten. Ich würde alles dafür geben, noch eine Nacht mit meiner Schwester zu lachen.

»O nein«, sagte Tory plötzlich und machte sich klein.

»Was ist los?«, flüsterte Darcy und ich folgte ihrem Blick zum Fenster.

Geraldine Grus überquerte die Straße mit einer Papiertüte in der Hand und einem fröhlichen Gesichtsausdruck.

»Versteckt euch!«, bat Tory ihre Freunde, griff nach einer Speisekarte und vergrub ihr Gesicht darin.

Ich beobachtete fasziniert, wie Darcy ihre Haare über die Schultern zog, als wollte sie das verräterische Blau in den Spitzen verbergen.

»Ignoriert sie einfach«, zischte Tory, und als Sofia die Hand hob, um zu winken, versetzte Tory ihr mit ihrer Speisekarte einen Klaps.

»Unmöglich«, sagte Darcy mit gequältem Gesichtsausdruck.

Du bist zu süß für diese Welt, Blue. Jemand wird dich auffressen. Und das werde höchstwahrscheinlich ich sein.

Es war nicht überraschend, dass ihre erbärmlichen Versuche Geraldine nicht abschreckten, die sie sofort entdeckte, ins Restaurant stolzierte und zu ihnen eilte. »Ach, du himmlische Himbeermarmelade! Ich dachte, ihr wolltet in den Orb?«

»Wir haben es uns anders überlegt«, sagte Darcy unschuldig und ich fuhr mit der Zunge über meine Eckzähne. *Wenn du Grus nicht magst, zwing sie doch einfach, zu gehen.*

Ihre Höflichkeit faszinierte mich auf krankhafte Weise. Alle Freshmen verwandelten sich früher oder später in Monster. Aber bei diesem Exemplar hier … Ihr Monster war so tief verborgen, sodass ich verdammt neugierig war, wie sie es zum Vorschein bringen würde.

»Oh.« Geraldines Verwirrung verwandelte sich in ein strahlendes Lächeln. »Und warum habt ihr mich nicht angerufen?« Sie ließ sich auf Diegos Stuhl fallen und stellte eine Papiertüte auf den Tisch. »Die werden euch gefallen, ich habe sie gerade machen lassen.«

Sie leerte die Tüte, und ein Haufen glitzernder silberner Anstecker mit den Buchstaben *A. N. U. S.* fiel auf den Tisch, und mein scharfes Sehvermögen erkannte das Wort sofort. Was bei aller Liebe …

»Lance.« Francesca schnippte mit den Fingern vor meinem Gesicht, und ich blinzelte und räusperte mich, um meine Aufmerksamkeit wieder auf sie zu lenken. Scheiße, heute Abend war ich nicht bei der Sache. »Hörst du überhaupt zu?«

»Nein«, gab ich zu. »Entschuldigung, was hast du gesagt?«

Sie begann wieder, zu reden, aber Blue auch, und meine Ohren wählten für mich aus, während ich mich auf meine Quelle konzentrierte.

»Ähm, Geraldine«, sagte Darcy sanft, während ich meinen Blick fest auf Francescas Lippen gerichtet hielt und kein Wort hörte, das sie verließ.

»Ja?«, fragte Geraldine fröhlich.

»Es ist nur … dieses Akronym, das bedeutet gewissermaßen Arschloch. Du weißt schon – Anus.«

Ein Lachen entrang sich mir, und Francesca starrte mich an.

»Was ist daran so lustig? Mein Kollege *ist gestorben*, Lance«, sagte sie entsetzt.

»Ja, genau, es war nur die Art und Weise, wie er gestorben ist, die amüsant war«, versuchte ich, mich zu rechtfertigen.

»Vor den Augen seiner Familie von einem Verrückten in Stücke gerissen zu werden?«

Na toll. Er musste einen grausamen Tod sterben, oder? Hätte er nicht in einem Whirlpool voller Greifenscheiße ertrinken können? Egoistischer Mistkerl.

»Ähm …« Ich trank meinen Whiskey aus. »Noch einen Drink?«

»Klar«, sagte sie und musterte mich verwirrt, als könnte sie nicht herausfinden, was heute Abend mit mir los war. Da waren wir schon zu zweit.

Ich bemerkte Diego an der Bar, wie er vier hellgrüne Shotgläser einsammelte und viel Zeit damit verbrachte, sie zwischen seinen Händen hin und her zu bewegen, während er sie in seinem Griff anordnete. Er war ein Luftelementar und hätte seine Magie leicht einsetzen können, um seine Arbeit zu erleichtern, daher war es schmerzhaft, ihm dabei zuzusehen. Schließlich ging er zum Tisch und ich bestellte weitere Drinks für Francesca und mich. Mein Kopf wurde langsam benebelt und ich wusste, dass ich wirklich etwas nüchterner werden sollte, aber ich genoss das Gefühl, dass all meine Sorgen aus meinem Kopf verschwanden. Vor allem, da die Schuldgefühle vorübergehend weg waren – geradezu abgeschaltet – und darauf warteten, mich morgen wieder heimzusuchen. Aber für den Moment war ich frei. Und das nutzte ich als Ausrede, um Darcy Vega so oft zu beobachten, wie ich es konnte. Es war, als würde ich eine heimliche Drogensucht stillen, von der niemand jemals etwas erfahren würde.

Geraldine huschte aus dem Restaurant und ich schenkte Francesca meine ungeteilte Aufmerksamkeit, um wiedergutzumachen, dass ich den ganzen Abend über völlig abwesend gewesen war. Es war weitaus schwieriger, als ich zugeben wollte, aber ich ließ weder meine Augen noch meine Ohren zurück zu Blue schweifen.

Nach einer Weile erhielt Francesca eine Nachricht und schaute auf ihren Atlas, wobei sich ihre Stirn runzelte, als sie die Worte las. »Fuck!«, zischte sie. »Agent Hoskins hat meinen Antrag abgelehnt, eine Einsatztruppe zur Untersuchung des mutmaßlichen Nymphen-Nests zu entsenden.«

»Was?« Ich knurrte frustriert. »Versteht dieses Arschloch nicht, wie ernst die Sache ist?«

»Er denkt, ich irre mich.« Sie schürzte wütend die Lippen, als sie zu mir aufsah. »Die Nymphen geraten außer Kontrolle. Jeden Tag gibt es mehr Berichte.«

»Ich weiß«, murmelte ich, während sich meine Muskeln vor Anspannung verkrampften.

»Hach, es geht alles so schnell. Wir sollten heute Abend unbedingt Nägel mit Köpfen machen.«

Sie drückte meinen Arm.

»Nein. Es ist zu früh. Wir müssen warten«, sinnierte ich. Darius musste sich eine Weile bedeckt halten, es war zu früh, um auf eine weitere Jagd zu gehen. Verdammt, war dieser Hoskins ein verdammter Idiot? Die Bedrohung, die sie darstellen könnten, war unvorstellbar.

»Es wird außer Kontrolle geraten, Orion. Es muss heute Abend passieren. Ich kann nicht länger warten«, drängte sie und benutzte meinen Nachnamen, als würde mich das eher zum Zuhören bewegen.

Aber ich hörte zu, und ich würde meine Meinung in dieser Sache nicht ändern.

»Das ist nicht der Plan«, zischte ich. »Wenn wir jetzt versuchen, sie zu töten, ziehen wir Aufmerksamkeit auf uns.«

Francescas Augen glitten plötzlich über meine Schulter und in ihnen spiegelte sich ein Mädchen mit blau gefärbten Haarspitzen direkt hinter mir wider.

Ich drehte mich mit der Geschwindigkeit meiner Formgebung um, packte Darcys Arm, bevor sie entkommen konnte, und zog sie näher zu mir heran, während Angst in ihren Augen aufblühte.

»Was haben Sie gehört?«, knurrte ich und sie keuchte und versuchte, meine Finger von sich zu lösen. Aber das war unmöglich. Der Kontakt zwischen uns war wie ein Blitz, der direkt unter meiner Haut knisterte, und ich atmete scharf ein. *Verdammte Scheiße!*

»*Orion*«, warnte Francesca. Aber ich konnte nicht riskieren, dass jemand Wind von meinen Angelegenheiten bekam. Schon gar keine Vega. Sie durfte nicht wissen, was für illegale Scheiße ich am Laufen hatte; das könnte alles gefährden, wofür Darius und ich gearbeitet hatten.

»Ich habe nichts gehört«, beteuerte Darcy, und ich ließ sie los, während Francescas Finger sich in mein Bein gruben.

Ich sah zu, wie Blue davonhuschte. Ihr Herzschlag war so laut, dass es in meinem Schädel zu pochen schien, selbst nachdem sie die Damentoilette betreten hatte.

»Ich kümmere mich darum«, sagte ich zu Francesca, stand auf und spürte, wie der Alkohol noch immer in meiner Brust brannte.

»Mach nur keine Dummheiten. Vergiss nicht, wer sie ist!«, sagte Francesca mit besorgter Stimme, und ich nickte, während ich zur Toilettentür ging und sie aufstieß.

Darcy klammerte sich an eines der Waschbecken und Angst breitete sich auf ihrem Gesicht aus, als sie mich entdeckte. Ich schloss die Tür hinter mir, verriegelte sie fest und spürte, wie Blue an einem wichtigen Teil von mir zerrte. Sie wich zurück und als sie den Mund öffnete, um um Hilfe zu schreien, schnitt ich ihr die Luft ab und brachte sie zum Schweigen. Ich hielt sie gefangen. *Das passiert, wenn du nach Ärger suchst, Blue. Er findet dich.*

Ihr Herzschlag donnerte in meinen Ohren, als ihr Rücken auf die gegenüberliegende Wand traf und sie ihre Hände mit einem entschlossenen Funkeln in den Augen hob. Ich ließ wieder etwas Luft in ihre Kehle, gerade genug, damit sie flüstern konnte.

»Bleiben Sie zurück!«, zischte sie.

»Was haben Sie gehört?«, verlangte ich, während Wut durch meine Adern schoss. *»Raus damit!«*

Meine Manipulation überrollte sie und die Wahrheit kam sofort über ihre Lippen. »Sie haben vor, jemanden zu töten. Und ich weiß, dass es um uns geht. Sie wollen uns loswerden. Sie wollen nicht, dass meine Schwester und ich Solaria regieren. Aber Sie glauben doch nicht wirklich, dass Sie damit durchkommen, uns in einem Restaurant umzubringen, oder?«

Verdammt noch mal. Das war eine ziemliche Anschuldigung.

Hass sprühte aus ihren Augen und ich knirschte mit den Zähnen, als ich dieses Mädchen anstarrte, das dachte, ich wäre hinter seinem Blut her. Und okay, das war ich auch. Aber nur, um es zu trinken. Ich war kein verdammter Mörder. Obwohl ich vermutete, dass es nichts ausmachte, dass sie anderer Meinung war. Tatsächlich gefiel es mir sogar, dass sie mich so ansah, als wäre ich zu ihrer vollständigen und totalen Vernichtung fähig. Es gab mir das Gefühl, ein verdammt mächtiges Arschloch zu sein.

Sie hob ihre Handflächen höher und fletschte die Zähne. In ihren

Augen brannte so viel Leidenschaft, dass ich an verbotene Dinge denken musste. Ich fragte mich, wie es wohl aussähe, wenn sie meinen Namen hauchte. Meinen richtigen Namen. Ohne Sir oder Professor nur noch sie und ich, die um die Vorherrschaft kämpften und herausfinden wollten, wer den anderen zuerst in meinem Bett brechen konnte. Der Alkohol in meinem Körper machte es mir schwer, mich wegen dieses Bildes in meinem Kopf schlecht zu fühlen.

Verdammt, wenn ihr Hass mich so wild macht, würde mich ein Tropfen ihrer Liebe bis ins Mark verderben.

Ich wedelte mit der Hand und zwang ihre Arme an ihre Seite, um sie daran zu hindern, Magie gegen mich einzusetzen.

»Das ist alles?«, fragte ich mit sanfterem Ton.

»Ja«, zischte sie. »Reicht das nicht?«

Ich lachte laut auf, starrte sie an und wünschte mir verzweifelt, in ihren Kopf kriechen zu können. Ich war halb versucht, ihr die Wahrheit zu sagen, aber ich war zufrieden damit, dass sie mich verachtete. Das machte unsere Beziehung viel einfacher. Und wenn die Erben nicht bald einen Weg finden würden, sie aus unserer Welt zu verbannen, dann würde ich dieses Mädchen die nächsten Jahre unterrichten müssen. Aber das schien eine lange Zeit zu sein, um dieses Verlangen zu unterdrücken.

Verdammt, warum musste ich so für ein Mädchen empfinden, das ich nicht haben konnte? Vielleicht hätte ich mich in einem anderen Leben auf diese unmöglichen Triebe eingelassen. Aber nicht in diesem.

»Gehen Sie nach Hause, Blue!« Ich entriegelte die Tür, zwang mich zur Bewegung, ließ sie dort zurück und löste die Magie, die sie an Ort und Stelle festhielt, als ich ging.

Die Luft außerhalb dieses Raums war dünner, und ich atmete tief ein. Aber in diesem Atemzug fehlte ihr Geruch, ihre Aura ... und ich vermisste sie sofort. Nein, es. Das Blut. Nicht sie. *Bei den Sternen ...*

Ich kehrte zu Francesca zurück und murmelte ihr zu, dass das Problem gelöst sei.

Darcy kam aus der Toilette, mit harten Zügen und erhobenem Kinn, als sie an mir vorbeiging, ohne mich eines Blickes zu würdigen. Sie schloss sich wieder ihren Freunden an und ich senkte den Blick auf den Whiskey, den man mir eingeschenkt hatte, nahm ihn und kippte ihn in einem Zug hinunter – in der Hoffnung, dass das Brennen, das tief in meiner Brust aufflammte, den Schmerz vertreiben würde, der wegen dieses verdammten Mädchens in mir lebte.

»Lass uns gehen«, knurrte ich und warf ein paar Geldscheine auf die Theke, um unsere Rechnung zu bezahlen, und Francesca warf mir einen neugierigen Blick zu, als ich das Restaurant verließ.

Ich sah Darcy nicht noch einmal an. Ich würde dieses Problem verdammt noch mal mit den drei weisen Affen lösen – keine Blue mehr sehen, keine Blue mehr hören, keine sternverdammte Blue mehr sprechen.

Scorpio
Gemini
Virgo
Cancer
Aries
Leo
Taurus
Sagittarius
Capricorn
Aquarius
Libra
Pisces

DARIUS

KAPITEL 16

Ich saß da und lauschte dem Gelächter und den Scherzen der anderen Erben, die sich am Tisch, den wir uns draußen vor einem unserer Lieblingslokale in Tucana beansprucht hatten, unterhielten. Aber ich war nicht mehr wirklich bei der Sache.

Nein. Meine Aufmerksamkeit kehrte immer wieder zu der Nachricht zurück, die mir Lance vor fünfzehn Minuten geschickt hatte. Und mein Blick wanderte die Straße entlang, während ich mit einer Mischung aus Hoffnung und Verwirrung nach dem Gegenstand seiner Nachricht Ausschau hielt.

Ich warf zum hundertsten Mal einen Blick in meinen Atlas und war mir nicht einmal sicher, was ich davon erwartete, als ich seine Nachricht noch einmal las.

Lance:

Die Vegas sind heute Abend in der Stadt.

Mehr nicht. Ein dummer Satz. Doch ich konnte an nichts anderes denken, während mein Blick an den Gruppen von Mädchen vorbeiglitt, die versuchten, unsere Aufmerksamkeit auf sich zu ziehen – auf der Suche nach der Einzigen, deren Interesse ich erregen wollte.

Aber sie war nicht hier. Ich war versucht, Lance zu fragen, wo genau er sie gesehen hatte, aber ich hatte keinen guten Grund, das zu tun. Vielleicht könnte ich die anderen Erben davon überzeugen, mit mir nach ihnen zu suchen, aber ich wollte sie nicht die ganze Nacht lang terrorisieren. Ich wollte nur *sie* sehen. Bei den Sternen, was sollte das überhaupt? Ich fantasierte ständig von ihr, träumte von ihr und holte mir zu eingebildeten Szenarien, in denen ich sie mit jedem Zentimeter meines Körpers dominierte, einen runter. Und jetzt hoffte ich, sie bei einem nächtlichen Ausflug zu sehen, wie ein verzweifelter kleiner Fan, der sein Glück zu versuchen hoffte. Wer war ich?

Seth machte einen Witz, der die anderen zum Lachen brachte, und ich zwang mich, meine Aufmerksamkeit wieder auf sie zu richten. Ich grinste, als wäre ich im Bilde, und nahm einen ordentlichen Schluck von meinem Bier.

Aber als hätten meine abschweifenden Gedanken sie auf den Plan gerufen, lenkte ein plötzlicher Tumult und eine hektische Bewegung meine Aufmerksamkeit auf die andere Straßenseite, wo die Vega-Zwillinge aus einer Gasse stürmten – und aus irgendeinem Grund völlig verängstigt aussahen.

Ein paar Leute stießen überraschte Rufe aus, als sie sie ebenfalls entdeckten, und die anderen Erben drehten sich auf ihren Stühlen um und warfen einen Blick auf die Schwestern, die gerade über die Straße rannten.

Ich betrachtete Roxy mit ihren langen Beinen, die in Jeans steckten, die wie eine zweite Haut aussahen. Sie trug außerdem ein tief ausgeschnittenes Top, das meine Aufmerksamkeit direkt auf ihre Brüste lenkte, die beim Laufen über die Straße hüpften. Ihre Hand war fest mit der ihrer Schwester verbunden.

Ich verlor sie aus den Augen, als sie sich der Menge vor der Bar anschlossen und Seth uns anderen ein bösartiges Grinsen zuwarf.

»Sieht so aus, als würde unser Abend gerade um einiges interessanter werden«, sagte er.

»Warum lade ich sie nicht ein, sich uns anzuschließen?«, meinte Max mit einem dunklen Grinsen, als er aufstand. Und ich spürte, wie mich der Zauber seiner Sirenengaben überwältigte. Er hatte sie voll aufgedreht, um die Vegas in unsere Richtung zu locken.

Meine Nacht hatte gerade eine entscheidende Wendung zum Besseren genommen, also lächelte ich in meinen Drink, nahm einen weiteren Schluck und wartete darauf, dass mein Mädchen zu mir kam.

»Na klar, das wird ein Riesenspaß«, sagte Caleb, lehnte sich auf seinem Stuhl zurück und versuchte, einen Blick durch die Menge zu erhaschen, um zu sehen, wohin Max gegangen war. »Ich bin schon gespannt, wie Tory drauf ist, wenn sie sich gehen lässt.«

Seine Worte dämpften meine Stimmung, als mir klar wurde, dass ich nicht der Einzige war, der sich darauf freute, mehr Zeit mit meiner Vega zu verbringen. Aber ich würde nicht tatenlos zusehen, wie er sie mir wegnahm.

Mein.

»Tja, ich bezweifle, dass sie genauso empfindet, da sie offensichtlich kein Fan von deiner Vorliebe für Beißspielchen ist«, sagte ich, stellte mein Getränk ab und legte meinen Arm auf die Rückenlehne meines Stuhls.

Ich sah völlig entspannt aus, aber der Blick, den ich Caleb zuwarf, machte deutlich, dass ich mich in dieser Angelegenheit nicht so einfach zurückziehen würde.

Das Arschloch hob das Kinn, als würde er die Herausforderung annehmen, und Seth lachte leise.

»Ich frage mich, ob Darcy im Bett so richtig laut schreit«, sinnierte er. »Sie hat diese unheimliche Ruhe an sich, die verspricht, richtig interessant zu werden, wenn sie nackt ist.«

»Ich habe nicht den Eindruck, dass sie ein Fan von Orgien ist«, gab ich zu bedenken, denn es gab kein einziges Gerücht, dass die beiden seit ihrer Ankunft an der Academy etwas mit jemandem gehabt hätten – ein ziemlich sicheres Zeichen dafür, dass sie wirklich unter sich geblieben waren. Solche Geheimnisse verbreiteten sich hier wie Lauffeuer, besonders, wenn sie mit interessanten Personen wie diesen Mädchen zu tun hatten.

»Ich kann auch monogam sein«, verteidigte sich Seth. »Jedenfalls für eine Nacht. Für die richtige Fae.« Sein Blick schweifte zu Cal, der sich mit der Hand, die nicht seinen Drink hielt, durch die Haare fuhr. Und ich musste mich beherrschen, seine Grübchen nicht wütend anzufunkeln.

»An dem Tag, an dem du monogam wirst, fange ich an, Schwänze zu lutschen«, scherzte Caleb, und ich lachte mit, während Seth empört schmollte.

Bevor wir dieses fesselnde Gespräch fortsetzen konnten, tauchte Max mit zwei atemberaubenden Prinzessinnen im Schlepptau wieder auf, und wir richteten unsere Aufmerksamkeit schnell darauf, sie zu mustern.

Roxy trug ein Paar Killer-Heels, die ihre Beine perfekt zur Geltung brachten, und ich konnte nicht anders, als mir vorzustellen, wie sie um meinen Kopf gewickelt waren, während ich ein Festmahl aus ihr machte. Oh, sie würde laut genug schreien, um ihre verdammte Stimme zu verlieren.

Seth tat so, als wäre er schockiert über die Ankunft der Zwillinge, und wir spielten mit und taten so, als hätten wir sie nicht erwartet, während Max seine Arme um die beiden legte und sie direkt zu unserem Tisch führte.

»Seht mal, wen ich gerade auf der Flucht vor den Schatten gefunden habe«, verkündete Max, wobei sein Arm auf Roxys Taille fiel. Sofort braute sich ein Knurren in meiner Brust zusammen, aber Roxy schüttelte ihn ab, bevor ich den Laut herauslassen konnte.

»Wir sind nicht vor den Schatten geflohen. Jemand hat uns verfolgt«, sagte Gwendalina und musterte Seth misstrauisch, als er sich ihr näherte, um an ihr zu schnuppern.

»Ihr müsst wirklich Angst haben, wenn ihr glaubt, dass wir die bessere Option sind«, neckte er sie.

»Das haben sie. Ich kann ihre Angst förmlich schmecken«, erklärte Max begeistert. »Und sie waren gerade dabei, mir alles zu erzählen.«

Caleb stieß ein Lachen aus, fuhr sich mit der Hand durch seine blonden Haare und versprühte seinen ganzen Charme, während er den beiden Mädchen kokette Blicke zuwarf. *Dämlicher Schönling.*

Max ließ sich auf den einzigen freien Stuhl am Tisch fallen, zog Gwen auf seinen Schoß und drückte sie an seine Brust, während er sich dicht an ihr Ohr beugte und sich vergewisserte, dass sie sich seinen Sirenengaben voll und ganz hingab.

»Was war das Schlimmste?«, fragte er, während seine Gaben uns alle überfluteten. Es zauberte mir ein Lächeln auf die Lippen, als ich sah, wie diese starken Mädchen so leicht in seinen Bann gerieten.

»Er hat ständig dieses schreckliche Geräusch von sich gegeben«, antwortete Gwen. »Eine Art Knurren oder ein Rasseln …«

Ich beugte mich vor, hob interessiert die Augenbrauen, während ich von Gwen zu Roxy schaute, die echte Angst in ihren Blicken bemerkte und mich daran erinnerte, wie plötzlich sie aus dieser Gasse herausgestürmt waren.

Ich warf einen vorsichtigen Blick über die Straße, wobei ich an die Nymphe dachte, die wir neulich in der Nähe der Stadt gesehen hatten.

Ein wachsendes Gefühl der Angst sammelte sich in meinem Bauch. Wir hatten immer noch einen verdammt guten Grund zu der Annahme, dass es in der Nähe ein Nest gab, und wenn ich herausfand, dass wirklich eine dieser Nymphen versucht hatte, Fae in der Stadt zu jagen, dann würde ich Lance ernsthaft dafür verfluchen, dass er unsere Jagd gestoppt hatte.

»Wir bleiben nicht«, sagte Roxy scharf und beugte sich vor, um Gwen aus Max' Griff zu befreien, aber das kam für mich nicht infrage.

»Moment!«, sagte ich, packte sie am Handgelenk und zwang sie, sich umzudrehen und mich anzusehen, anstatt zu versuchen, ihre Schwester aus Max' Griff zu befreien.

Sie drehte sich zu mir um und funkelte mich an, und mein Herz machte einen Sprung, als ich sie so nah vor mir sah. Das Feuer ihrer Aura umhüllte mich und zog mich näher zu sich, während ich sie einatmete. Sie schien bereit zu sein, davonzulaufen, mich zu verfluchen und den Rest der Nacht irgendwo anders zu verbringen, nur nicht hier. Aber das wollte ich nicht. Vor allem nicht, wenn wirklich die Möglichkeit bestand, dass sich in der Nähe eine Nymphe aufhielt. Aber selbst wenn dem nicht so war, wollte ich sie trotzdem hier haben, ihre Lippen dicht an meinen, ihre Haut heiß an den Stellen, die ich berührte.

»Wie wäre es, wenn wir einen Waffenstillstand für unsere Probleme aushandeln? Nur für eine Nacht?«, schlug ich vor, während meine Finger über ihr Handgelenk glitten, als könnte ich einfach nicht genug von dem Gefühl ihrer Haut unter meiner bekommen.

»Warum sollten wir das glauben?«, fragte sie abweisend, aber in ihren Augen lag etwas, das mich fast dazu herausforderte, sie zu überzeugen.

»Wir wollen einfach einen lustigen Abend verbringen«, fügte Caleb hinzu und sein Blick fiel auf die Stelle, an der ich immer noch Roxys Arm hielt. »Wir können unsere politische Situation außen vor lassen.«

»Unsere politische Situation?«, wiederholte Gwen stirnrunzelnd.

»Ja, du weißt schon. Das klitzekleine Problem, das wir damit haben, dass ihr aus dem Nichts aufgetaucht seid, um uns unser Geburtsrecht zu stehlen und das Gleichgewicht der Kräfte im ganzen Königreich zu stören«, stichelte Caleb.

»Wir wollen euer dummes Geburtsrecht nicht«, murmelte Roxy bitter, bevor sie versuchte, ihre Hand aus meinem Griff zu befreien. Aber sie würde sich mehr anstrengen müssen, wenn sie sich der Stärke eines Drachen entziehen wollte. Und ich grinste sie an, bevor ich sie wieder zu mir heranzog.

Sie keuchte, als ich sie in ihren High Heels aus dem Gleichgewicht brachte, und im nächsten Moment landete ihr Hintern auf meinem Schoß. Das Biest in mir hob zufrieden den Kopf, als ich den Schatz beanspruchte, nach dem ich mich so gesehnt hatte.

Mein.

Caleb begegnete meinem Blick mit einem genervten Stirnrunzeln, und ich grinste ihn spöttisch an, während ich einen Arm um ihre Taille legte und sie so positionierte, dass ihr Arsch fest auf meinem Schritt saß und ihre Seite an meine Brust gepresst war.

Ich lachte, als sie meinen Oberschenkel umklammerte, um sich besser ausbalancieren zu können. Daraufhin wölbte sie ihren Rücken, was mich auf noch mehr Ideen brachte, denen ich nicht nachgeben sollte. Aber das war verdammt schwer, da ihr runder Arsch gerade an meinem Schwanz rieb und ihn reichlich ermutigte.

»Trinkt mit uns!«, beharrte ich, bewegte meinen Mund zu ihrem Ohr und spürte, wie sie erschauerte, als meine Bartstoppeln ihren Hals streiften. Ich winkte der Barkeeperin durch das Glasfenster neben uns zu und das Mädchen, das sich für diesen Abend als unsere persönliche Barkeeperin zur Verfügung gestellt hatte, nickte, um zu zeigen, dass sie mich gesehen hatte. »Ich schwöre, dass wir euch nicht anrühren werden – es sei denn, ihr wollt es«, fügte ich mit leiser Stimme zu Roxy hinzu, ließ meinen Mund für den kürzesten Moment über ihr Ohr streifen und genoss es, wie ihr Körper darauf reagierte, obwohl sie versuchte, es zu verbergen.

»Ich wollte auch nicht, dass du mich in deinen Schoß zerrst, aber das hat dich offensichtlich nicht davon abgehalten«, murmelte sie, aber sie ging nirgendwo hin und ich hielt sie nicht fest genug, um sie zum Bleiben zu zwingen, sollte sie nicht bleiben wollen.

Ich lachte erneut und sie blickte unter ihren dunklen Wimpern zu mir auf, als wäre sie sich nicht sicher, was sie von mir halten sollte, wenn ich nicht finster dreinblickte und versuchte, sie einzuschüchtern.

Ich konnte spüren, dass Calebs Aufmerksamkeit immer noch auf uns gerichtet war, und ich unterdrückte ein Knurren, als er näher zu uns rutschte und seine Finger über ihren Arm gleiten ließ, obwohl ich ihn eindeutig ausgestochen hatte, als es darum ging, sie heute Abend zu erobern. *Arschloch.*

»Ich verspreche dir sogar, dich heute Abend nicht zu beißen, wenn du möchtest«, erklärte er, und ich funkelte ihn finster an, während er mir hinter ihrem Rücken, wo es niemand sonst sehen konnte, den Mittelfinger zeigte. Dafür würde ich ihm später eine reinhauen.

Roxy blickte über den Tisch zu ihrer Schwester. Die beiden begannen eine Art stumme Zwilling-Kommunikation, und ich nutzte die Gelegenheit, um meinen Atlas aus der Tasche zu ziehen und Lance eine kurze Nachricht zu schicken.

Darius:
Die Vegas sind gerade hier aufgetaucht und haben total verängstigt gesagt, dass sie von etwas verfolgt wurden. Sie haben auch ein Rasseln gehört.

Lance:

Bleib bei ihnen. Pass auf sie auf, während ich mit Francesca die Gegend auskundschafte.

Ich würde mich nicht darüber beschweren, so nah wie nötig bei dem Mädchen zu bleiben, das gerade auf meinem immer härter werdenden Schwanz saß, also steckte ich meinen Atlas wieder weg und wandte meine Aufmerksamkeit wieder den Zwillingen zu.

»Ich denke, wir könnten auf einen Drink bleiben«, sagte Gwen zögerlich, während Max ihren Arm streichelte und seine Gabe gegen uns alle drückte, während er versuchte, sie für die Idee empfänglich zu machen.

Ich schob Roxy auf meinem Schoß zur Seite, bevor sie eine wirklich klare Vorstellung davon bekam, wie sehr ich wollte, dass sie blieb. Mein Schwanz versuchte nämlich bereits vehement, ein Loch in den Stoff ihrer Jeans zu bohren, und sie atmete zitternd aus, als meine Haut ihre berührte.

»Ein Drink«, stimmte sie schließlich zu, und ich entspannte mich, als ich so einfach bekam, was ich wollte.

Die Barkeeperin erschien mit einem Lächeln und einem Notizblock, um unsere Bestellung aufzunehmen, und Seth wurde munter. Sein Blick versprach, dass er sich heute Abend total besaufen würde.

»Dann lieber einen großen, wenn ihr nur für einen bleibt«, sagte Seth, als er für uns alle bestellte.

Ich lehnte mich auf meinem Stuhl zurück, zog Roxy näher zu mir, damit ich einen Moment mit ihr allein sein konnte, und strich ihr die Haare vom Ohr, damit ich mit ihr allein sprechen konnte.

Sie beugte sich zurück, um mir zuzuhören, und ich umfasste ihre Taille fester, um sie noch näher an mich zu ziehen. Mit den Fingern meiner anderen Hand strich ich über ihre nackte Schulter, wo ich ihre schwarzen Haare beiseite gestrichen hatte.

»Willst du mir erzählen, was in dieser Gasse vorgefallen ist?«, fragte ich und überlegte, ob ich mir wirklich Sorgen um die Nymphen machen sollte oder nicht.

Sie fröstelte und ich wurde von einer Art beschützerischer Wut erfüllt, als ich dieses Echo ihrer Angst spürte.

»Ist das die Stelle, an der du uns auslachst, weil wir auf einen deiner Streiche hereingefallen sind?«, fragte sie. »War das einer deiner Freunde? Hast du auch jemanden beauftragt, diese Nachrichten zu schicken?«

Ich war versucht, sie nach weiteren Informationen zu fragen, aber Lance und Francesca waren bereits auf der Jagd nach Anzeichen einer Nymphe und ich wollte nicht in die Falle tappen, mich wieder mit ihr zu streiten, während ich sie so im Arm hielt. Ich wollte dem Universum einfach nur diesen Moment stehlen und all den Scheiß vergessen, der zwischen uns vorgefallen war.

»Ich rekrutiere niemanden für meine Arbeit«, antwortete ich abweisend und ließ das Thema fallen. »Vielleicht bin ich tatsächlich um dein Wohlbefinden besorgt?«

Sie schnaubte ungläubig und wich zurück, damit sie nicht mehr gegen meine Brust gedrückt wurde. Ich unterdrückte einen Seufzer darüber, wie schnell ich es geschafft hatte, die Situation zu vermasseln. Da sie sich jedoch derzeit noch in meinen Armen befand, konnte ich noch nicht ganz von einer verlorenen Angelegenheit sprechen, auch wenn ich keine wirkliche Ahnung hatte, was ich hier mit ihr erreichen wollte.

Die Barkeeperin kam zurück und ich zog ein Bündel mit Geldscheinen aus meiner Tasche – mehr als genug, um unsere Rechnung zu begleichen – und drückte sie ihr in die Hand, als sie damit fertig war, die Drinks für uns auf den Tisch zu stellen. Wir hatten ohnehin vorgehabt, nach diesem Drink weiterzuziehen, und ich hatte es eilig, Roxy und ihre Schwester von hier wegzubringen.

Roxy streckte die Hand aus, um ihr Getränk zu nehmen, und mein

Blick wanderte zu ihrem Mund, als sie das Glas an ihre Lippen führte. Sie leerte es und schluckte immer und immer wieder, bis auch der letzte Tropfen weg war.

»So, bitte sehr«, verkündete sie. »Ein Drink.«

Sie rutschte so plötzlich von meinem Schoß, dass ich für einen Moment nur verwirrt zu ihr hochblinzeln konnte, bevor mein Gehirn das Geschehen verstand und ich meine Hand ausstreckte, um sie wieder zurückzuziehen. Aber sie trat zur Seite und schenkte mir ein spöttisches Lächeln, das mehr als deutlich machte, wie sehr sie mich ablehnte.

Darcy grinste, als sie ebenfalls aufstand, und machte sich nicht einmal die Mühe, ihr Getränk anzufassen. »Wir sehen uns später, Leute«, stimmte sie zu, und die beiden drehten sich um und verschwanden.

Caleb schoss mit seiner Vampirgeschwindigkeit los und stellte sich vor Roxy, bevor sie tatsächlich entkommen konnte, und ich war froh, als sie ihn genauso giftig anfunkelte wie mich. Und das, obwohl er versuchte, seinen Schönling-Charme mit seinem strahlenden Lächeln spielen zu lassen.

»Dein Wort ist dann wohl nichts wert, was?«, fragte sie, als er ihr einen Blick zuwarf, der sagte, dass er darüber nachdachte, sie zu beißen.

»Nein. Ich habe gesagt, dass ich dich heute Abend nicht beißen werde, und das habe ich auch so gemeint«, versprach er und spielte den Verführer. Es machte mich wahnsinnig wütend, dass sie zögerte. »Ich frage mich nur, wohin du jetzt gehst?«

»Tanzen«, antwortete Roxy und ging an ihm vorbei, wobei ihre Hände für einen Moment auf seiner Taille landeten, als sie ihn beiseite schubste. Bei dieser Berührung wuchs meine Verärgerung sofort. »Du kannst dich uns jederzeit anschließen, wenn du glaubst, mithalten zu können.«

Meine Wut stieg geradezu ins Unermessliche, als sie ihm diese Einladung machte, und ich funkelte die beiden offen an und fragte mich, warum sie so viel eher bereit zu sein schien, auf seinen Schwachsinn hereinzufallen als auf meinen.

Roxy warf Cal einen koketten Blick zu und ich knirschte mit den Zähnen, bevor ich mich in dem Moment erhob, in dem sie außer Sichtweite war.

Ich schlug ihm mit der Faust auf den Arm, als er sich zu mir umdrehte, und er lachte laut auf, als er mich im Gegenzug anstieß.

»Kommt schon, ihr Arschlöcher, wenn ihr beide Zeit mit einem Schwanzvergleich verschwendet, verlieren wir sie, bevor ihr fertig seid«, sagte Max.

»Vor allem, wenn Cal anfängt, untröstlich zu schluchzen«, fügte ich hinzu und brachte Seth dazu, laut zu lachen, während Caleb mich beschimpfte.

Wir betraten den Club nach den Zwillingen, und ich sah mich in dem brechend vollen Raum um. Ich entdeckte sie drüben an der Bar, wo sich ein paar Idioten ihnen näherten.

»Darius und ich kümmern uns um den VIP-Tisch, ihr beide holt die Vegas«, sagte Seth, packte meinen Arm, als ich mich zur Bar bewegen wollte, und zog mich praktisch in die entgegengesetzte Richtung.

»Lass mich los!«, knurrte ich, aber er tat es nicht und überließ es Max und Caleb, die Arschlöcher loszuwerden, die sich meinem Mädchen näherten.

»Nein. Du siehst aus, als würdest du gleich eine Kneipenschlägerei anzetteln. Und so lustig das auch sein mag, wäre es ein Riesenskandal. Meine Mutter hat gesagt, dass ich nächste Woche nicht an unserem Familienausflug teilnehmen kann, wenn ich diesen Monat noch in weitere Skandale verwickelt werde.«

Widerwillig gab ich nach, sah aber den anderen nach, die die Männer abfingen, die sich den Mädchen vorgestellt hatten. Seth zog mich derweil in unsere VIP-Loge.

»Wegen der Geschichte, die sie letzte Woche über dich gebracht haben? Nachdem du auf das Auto des Parkwächters gepinkelt hast?«, fragte ich, als ich meinen Blick von Roxy löste, mich hinsetzte und versuchte, nicht zu viel darüber nachzudenken, worüber sie und Cal miteinander redeten. Er fragte sie wahrscheinlich, ob sie seine Grübchen mochte, und hoffentlich antwortete sie mit: *Nein, sie sehen aus wie zwei Arschlöcher auf beiden Seiten deines Gesichts.*

»Wie gesagt, ich dachte, es wäre ein Laternenpfahl«, schnaubte Seth.

»Es stand in seiner Auffahrt, Alter, und das mitten am Tag.«

»Na ja, wenn er keine Sachen auf seinem Wagen mag, wenn er es parkt, sollte er das auch nicht bei mir versuchen«, erwiderte Seth, dessen Empörung über die ganze Sache offensichtlich noch frisch war.

»Es waren etwa fünfzig Auren, warum interessiert dich das überhaupt?«

»Es geht nicht ums Geld, es geht ums Prinzip. Er hat mir die Strafe auferlegt und ich habe ihm gesagt, dass er mich schon dazu zwingen müsste. Das konnte er nicht. Warum zum Teufel sollte ich sie dann bezahlen müssen? Sind wir Fae oder Feldmäuse?« Seth zuckte mit den Schultern und blieb bei seiner Unschuldsbeteuerung.

Ich schüttelte den Kopf und schaute weg, wobei ich einen Blick auf Roxy und Caleb durch die Menge erhaschte. Er war so kurz, dass ich nicht erkennen konnte, wie es lief. Einerseits wollte ich, dass er sie davon überzeugte, sich uns wieder anzuschließen, andererseits wollte ich nicht, dass sie ihm zuliebe hierherkam.

»Was glaubst du, sagt er, um sie zu überzeugen, hierherzukommen?«, fragte Seth. »Wahrscheinlich sagt er einfach: ›Komm schon, ich gebe dir einen Drink aus, dann kannst du *mein* Drink sein.‹«

»Roxy steht nicht darauf, von ihm gebissen zu werden«, grunzte ich.

»Noch nicht«, sagte Seth und rollte mit den Augen. »Denk mal darüber nach! Er begrabscht sie die ganze Zeit, sein Mund ist an ihrem Hals, er drückt sie gegen Dinge. Es ist nur eine Frage der Zeit, bis er mehr als nur seine Zähne in sie steckt …«

Ein Knurren entrang sich mir und ich stand auf, weil ich es leid war, darauf zu warten, dass Caleb und Max die Mädchen zu uns brachten. Es bestand die gute Chance, dass hier eine Nymphe herumlungerte, was bedeutete, dass ich in der Nähe der Zwillinge bleiben sollte, und genau das hatte ich vor. Tatsächlich würde ich Caleb wahrscheinlich aus dem Weg schieben müssen, damit ich näher an sie herankam. Schließlich musste ich sicherstellen, dass er sie nicht versehentlich in Gefahr brachte, ihre Magie von einer dunklen Kreatur gestohlen zu bekommen, die entschlossen war, uns alle zu vernichten. Er könnte sogar gegen einen Tisch fallen und sich die hübsche Nase brechen. Damit würde ich im Grunde ganz Solaria vor dem Zorn der fraglichen Kreatur retten, also war es quasi meine Pflicht.

Aber als ich über die Menge hinweg zu der Stelle schaute, an der sie alle noch vor wenigen Augenblicken gestanden hatten, sah ich dort nur Max und Caleb. Von den Zwillingen fehlte jede Spur.

Ich formte mit den Lippen *Wo sind sie?* und Max rollte mit den Augen, bevor er auf die Tanzfläche zeigte.

Roxy und ihre Schwester standen in der Mitte der Tanzfläche, die Arme in die Luft gereckt. Ihre Körper bewegten sich im Takt der Musik, während unzählige Fae von allen Seiten auf sie zukamen. Einige von ihnen waren sich anscheinend bewusst, wer sie waren, während ein paar Jungs nur aus Eigeninteresse an ihnen interessiert zu sein schienen. Oder aus Schwanzinteresse.

Nein. Definitiv nicht.

Ich entfernte mich vom Tisch und schritt durch den Raum. Seth war direkt hinter mir – offensichtlich hatte er sich meiner Vega-Jagd angeschlossen.

Ich schaffte es auf die Tanzfläche und die Leute wichen zurück und machten uns Platz, als wir durch die Menge auf sie zuschritten.

Ich blieb stehen, als wir sie dort entdeckten. Meine Absicht, sie an unseren Tisch zu zerren – ob es ihnen nun gefiel oder nicht –, wurde hinfällig, als mein Blick auf Roxys Körper fiel und ich mich stattdessen auf sie konzentrierte.

Ihre Augen waren geschlossen, den Kopf hatte sie nach hinten geneigt und ihr Körper bewegte sich in einem verführerischen Takt, sodass ich automatisch näher kam. Ich hätte sie einfach packen und wegzerren sollen, aber stattdessen streiften meine Finger ihre Taille. Die raue Haut meiner Hände berührte die Weichheit ihres Körpers unter dem Saum ihres Shirts.

Sie drehte ihren Kopf, um mich anzusehen, ihre Augen öffneten sich flatternd und für einen Moment war ihr Ausdruck voller Überraschung. Aber ich hielt ihren Blick fest und zog sie näher an mich heran.

Ihre blutroten Lippen teilten sich und ich erwartete, dass sie mich zum Teufel schickte, aber stattdessen huschte ein Lächeln über ihr Gesicht und sie neigte ihren Kopf ein wenig, als wollte sie sagen: *Okay.*

Ich zog ihren Körper an meinen, und ihre Brüste schmiegten sich an mich, sodass ich vor Verlangen fast aufgestöhnt hätte, bevor sie ihre Hände über meinen Oberkörper gleiten ließ und wir miteinander zu tanzen begannen.

Mein Körper fand so natürlich in einen Rhythmus mit ihrem, dass ich schwören könnte, sogar mein Herz schlug im Takt mit ihrem. Ihre Brust berührte meinen Oberkörper, ihre Finger strichen über meinen Nacken, während meine Hand auf die runde Wölbung ihres Pos fiel und ich sie näher an mich zog.

Mein Blick war auf ihren Mund gerichtet, während sich die Hitze zwischen uns im Takt der Bewegungen unserer Körper aufbaute und sich unser Atem in dem kleinen Raum vermischte, der uns noch trennte. Aber gerade als ich anfing, ernsthaft eine absolut schreckliche Idee in Betracht zu ziehen, drehte sie sich in meinen Armen. Ihr Arsch drückte gegen meinen Schritt, als sie einen Arm um meinen Nacken legte.

Ein echtes Knurren entfuhr mir, als sie sich an mich presste. Mein Schwanz schwoll an und meine Gedanken zerstreuten sich, als ich alles andere vergaß und nur noch dieses verdammte Mädchen in meinen Armen sah, mit dem ich tanzte.

Ich war mir nur vage bewusst, dass Seth neben uns mit Gwen tanzte, aber ich konnte meine Augen nicht von dieser perfekten Versuchung in meinen Armen abwenden.

Dieser Tanz war heißer als jede Sexerfahrung, an die ich mich erinnern konnte, und keiner von uns hatte auch nur ein einziges Kleidungsstück ausgezogen.

Roxy tanzte weiter mit ihrer Hand um meinen Nacken geschlungen, und durch die Wölbung ihrer Wirbelsäule konnte ich in ihr T-Shirt sehen – ein Anblick, von dem ich mich nur schwer losreißen konnte. Der Stoff bewegte sich und glitt über ihre Haut, sodass ich bei jedem Schlag der Musik einen flüchtigen Blick auf ihre harten Brustwarzen erhaschte, und ich leckte mir die Lippen vor Verlangen, an ihnen zu saugen.

Mein Schwanz machte sich definitiv bemerkbar, als sie sich weiter an mir rieb, und sosehr ich diese Reibung auch genoss, musste ich mich wirklich bemühen, mich zu beherrschen.

Ich packte ihre Hüfte und wirbelte sie herum, das Biest in mir schnurrte, als sie sofort ihre Arme um meinen Hals schlang, um mich näher zu sich zu ziehen.

Ich wusste nicht einmal, wie viele Lieder gespielt wurden, während wir tanzten, und es war mir auch egal, denn ich wusste, dass es nicht genug sein würde. Nicht einmal annähernd.

Mein Blick traf den ihren und das Feuer in ihren Augen reichte aus, um auch mich in Brand zu setzen, als sie ihr Kinn anhob und auf ihre volle Unterlippe biss. Meine Aufmerksamkeit galt sofort ihrem Mund, unsere Körper bewegten sich immer noch in dieser heißen endlosen Reibung, die nach Erleichterung verlangte.

Meine Entschlossenheit bröckelte. All die Gründe, die ich hatte, mich zurückzuziehen, waren wie Schneeflocken, die auf einem Inferno zu landen versuchten. Und ich beugte mich vor und überwand die Distanz, die uns trennte, als wollte ich dieses wunderschöne Geschöpf in meinen Armen verschlingen.

Ich umklammerte ihre Taille fester und ließ sie das pochende Drängen meines Schwanzes spüren, der gegen sie drückte und mehr als deutlich machte, womit ich den Rest der Nacht verbringen wollte. Es war mir egal, ob sie eine Vega, eine Prinzessin oder die Architektin meines Machtverlusts war – all das spielte keine Rolle. Denn in diesem Moment gab es nur sie und mich und den Druck des Himmels über uns, der uns antrieb, als würden wir in dem Feuer verbrennen, das zwischen uns loderte, wenn wir uns nicht jetzt einfach darauf einließen.

Ich ließ meine Hand an ihrem Rücken nach oben gleiten, bis zu ihrem Nacken, während ich ihren Mund beobachtete und mich darauf vorbereitete, ihn zu beanspruchen. Sie zu beanspruchen. Alles zu beanspruchen, was mit dieser Entscheidung einherging, denn es fühlte sich nicht einmal wie eine Entscheidung an, sondern eher wie ein dringendes Bedürfnis, das nach einer Antwort verlangte.

»Trinkt!«, forderte Caleb plötzlich neben uns und unterbrach damit die Spannung, die sich aufgebaut hatte. Der Moment war dahin, bevor ich sie auf eine der Arten beanspruchen konnte, nach denen ich mich so sehr sehnte.

Roxy wandte sich von mir ab, um den Shot anzunehmen, den er ihr hinhielt, und ich nahm meinen, ohne auch nur einmal den Blick von ihrem Gesicht abzuwenden, leerte die Flüssigkeit in meinen Rachen und wünschte mir, etwas anderes würde meine Lippen zieren.

Zwischen uns hing eine Frage in der Luft. Ein Verlangen, das wir beide verspürten und unbedingt stillen wollten. Aber es gab eine ganze Kluft voller Gründe, dieses Bedürfnis zu verleugnen. Nicht, dass mich die einen Scheiß interessiert hätte. Denn jede Faser meines Wesens schrie danach, sie zu beanspruchen und sie mir mit einer Dringlichkeit zu eigen zu machen, die mir den Kopf verdrehte. Ernsthaft, ich konnte praktisch hören, wie das Universum den Atem anhielt, als hinge so viel von der Entscheidung ab, die wir jetzt trafen. Aber bevor einer von uns etwas sagen konnte, unterbrach Caleb uns erneut.

»Orion ist auf der Suche nach dir«, sagte er zu mir und deutete zurück zur Bar, wo Lance vermutlich stand. »Es geht um irgendein Essay, das du nicht abgegeben hast. Ich habe ihm gesagt, dass er sich verdammt noch mal beruhigen und seinen Drink genießen soll, aber er hat mir diesen *Blick* zugeworfen. Du weißt schon, den Blick, bei dem man sich nicht sicher sein kann, ob er versucht, einen allein mit der Kraft seiner Gedanken in Brand zu setzen – oder ob er einfach nur unter extremer Verstopfung leidet. Also habe ich versprochen, dir Bescheid zu geben.«

Roxy prustete vor Lachen, und als sie wegsah, um die Menge nach Lance abzusuchen, war der Bann zwischen uns gebrochen.

Ich wischte mir mit der Hand übers Gesicht und fragte mich, was zum Teufel ich mir dabei gedacht hatte. Das Mädchen mochte heiß sein. Verdammt heiß und unendlich berauschend. Und ich wollte es dringender ficken, als ich jemals ein Mädchen hatte ficken wollen. Aber Roxy war eine sternverdammte *Vega*. Und das bedeutete, dass es zwischen uns aus war, bevor wir überhaupt daran denken konnten, es zu versuchen.

»Ich sollte besser nachsehen, was er will«, sagte ich, wohl wissend, dass diese Gelegenheit vorbei sein würde, sobald ich mich von hier entfernte. Ich warf Roxy einen letzten Blick zu, ohne wirklich zu wissen, was ich dort zu finden erwartete, aber sie schien mich bereits vergessen zu haben, als sie sich entfernte, um ihr leeres Schnapsglas auf einem Tisch abzustellen.

Ein Knurren donnerte durch meine Brust und Caleb grinste breit, klopfte mir auf die Schulter, als ich an ihm vorbeiging, und brachte mich dazu, ihm am liebsten erneut eine runterzuhauen. Zweifellos hatte Lance' Auftauchen ihm den Abend versüßt. Und es hatte meinen definitiv ruiniert.

Scorpio
Virgo
Gemini
Aries
Cancer
Leo
Sagittarius
Taurus
Capricorn
Aquarius
Libra
Pisces

ORION

KAPITEL 17

Meine rechte Hand war so fest zur Faust geballt, dass sie zu zittern begann. Mein Blick war auf zwei Personen auf der Tanzfläche fixiert, und es kostete mich jede Menge Willenskraft, stehen zu bleiben, anstatt den Mann zu vernichten, der Darcy Vega berührte.

Seth Capellas Hände wanderten über ihren ganzen Körper, während sie tanzten – als wären sie die einzigen Fae auf der Welt. Sie starrten einander an, tauschten kokette Lächeln aus und ihre Münder kamen sich allzu oft viel zu nahe.

Durch den Lärm der Musik und das Stimmengewirr war es schwierig, sich auf die Worte zu konzentrieren, die zwischen ihnen fielen, aber ich schaffte es, ein paar Sätze aufzufangen.

»Scheiß auf die Feindschaft! Heute Abend will ich dein Freund sein«, säuselte Seth an ihrem Ohr und schlang seine Finger um ihre blauen Haarspitzen. Ein Knurren entrang sich mir.

Darcy lachte, offensichtlich betrunken, während sie ihre Finger seinen Arm hinuntergleiten ließ. Seine andere Hand fiel auf ihren Hintern, woraufhin er sie näher an sich zog und fest zudrückte.

Nein.

»Welcher Freund benimmt sich so?« Sie lachte erneut und er schmiegte sich an ihren Kopf, ein lüsterner Ausdruck trat in seine Augen, der meine Eckzähne schärfer werden ließ.

Alle rationalen Gedanken schwanden aus meinem Kopf, bis ich nichts weiter als ein Tier war, das kurz davorstand, anzugreifen. In dieser Sekunde wusste ich, dass ich es tun würde. Ich würde an ihre Seite schießen, Seth Capella von ihr losreißen und ihn bluten lassen, weil er sie so angefasst hatte. Sie war meine *Quelle.*

»Der beste aller Freunde«, antwortete er mit einem wölfischen Grinsen und ich machte einen Schritt nach vorn. Aber plötzlich tauchte Darius mit einem finsteren Gesichtsausdruck auf, der seinem Drachen hätte gehören können, und versperrte mir die Sicht.

»Also?«, fragte er gereizt, als hätte ich ihm gerade einen Tritt in die Eier verpasst.

»Also was?«, entgegnete ich genauso gereizt und er runzelte die Stirn. »Oh, richtig, ja. Wir sollten auf die Jagd gehen.«

Ich biss die Zähne zusammen und zermalmte sie dabei fast zu Staub, während ich meine Füße zwang, sich zum Ausgang zu bewegen. Es kostete mich alles, mich nicht noch einmal umzudrehen. Darius ging steif an meiner Seite – er schien über unseren Abgang genauso sauer zu sein wie ich. Wenn man berücksichtigte, wie heftig er sich an Tory Vega gerieben hatte, musste ich mich fragen, ob sie der Grund dafür war. Ich warf meinem Freund einen skeptischen Blick zu und erwischte ihn dabei, sich nach ihr umzudrehen.

»Was?«, blaffte er und ich blickte wieder nach vorn.

»Nichts«, grunzte ich. »Ich bin einfach nur in der Stimmung, zu töten.«

»Ich auch. Lass uns die verdammte Nymphe finden und sie leiden lassen.« Seine Augen wurden zu Schlitzen und eine Gruppe von Männern, die uns im Weg stand, wich zur Seite, als sie uns kommen sah.

Wir schafften es nach draußen und Francesca, die auf der Straße stand, winkte uns in eine Gasse.

Ich lockerte meine immer noch verkrampfte rechte Hand, meine Knöchel waren weiß, als ich sie beugte, und brachte Magie in meine Fingerspitzen. *Wird sie mit ihm nach Hause gehen? Wird sie ihn ficken?*

Das kann sie nicht. Er ist ein verdammter Erbe. Der schlimmste verdammte Erbe.

Der Drang, zurückzugehen, wurde immer stärker und ich musste meine Beine zwingen, sich weiter von diesem Nachtclub zu entfernen. Hier draußen war irgendwo eine Nymphe, das hatte für mich Priorität. Unabhängig davon, ob sich Darcy Vega dafür entschied, einen Erben zu ficken oder nicht. Mein Herz pochte schmerzhaft in meiner Brust und flehte mich weiter an, zurückzugehen. Um sie davon abzuhalten, die dümmste Entscheidung ihres Lebens zu treffen. Sie war zu gut für dieses Wolfs-Arschloch. Zu süß. Er hatte es nicht verdient, ihren Körper in die Finger zu bekommen. Ich stellte mir vor, wie sie unter ihm lag, und blieb wie angewurzelt stehen.

»Lance!«, zischte Francesca verzweifelt, als Darius sich zu mir umdrehte. »Ich habe sie gesehen. Sie ist in diese Richtung gegangen.« Sie zeigte die Gasse hinunter und meine Gedanken schalteten wieder auf die richtige Spur.

Ich setzte mich in Bewegung, holte tief Luft, um einen klaren Kopf zu bekommen, und versuchte, alle Gedanken an Blue zu verdrängen. Aber sie war ganz schön hartnäckig.

Ein Schrei hallte durch die Luft, und mir gefror das Blut in den Adern. Plötzlich rannte ich los und riss Darius und Francesca mit in die Gasse hinter dem Nachtclub.

Ich legte einen Vampir-Sprint hin, schoss in die Dunkelheit und spürte das rasselnde Saugen der Anwesenheit einer Nymphe, kurz bevor ich sie sah. Ihre gewaltige Gestalt war über ein Mädchen auf dem Boden gebeugt, ihre Fühler steckten bereits in dessen Rücken. Das rote Leuchten der Nymphenaugen erhellte eine Seite des Gesichts des Opfers.

Geraldine Grus.

Sie sah bewusstlos aus und Panik durchzuckte meine Brust, als ich das Klappmesser aus meiner Tasche nahm und den Verhüllungszauber entfernte, sodass es in meiner Hand zu einem großen silbernen Schwert wurde. Ich sprang vor und rammte es mit voller Wucht in den Rücken der Nymphe, um mit einem kräftigen Schlag ihr Herz zu treffen. Aber ein Schrei verließ das Monster, als es zur Seite schnellte, bevor ich mein Ziel treffen konnte. *Scheiße.*

Die Nymphe wirbelte herum und ich schleuderte ihr eine wütende Welle Luftmagie entgegen, bevor sie meine Kraft mit ihrem Rasseln blockieren konnte. Ich fluchte, als mir klar wurde, wie wenig Kraft ich noch hatte.

Das Rasseln der Nymphe dröhnte in meinem Kopf und versuchte, alles, was ich hatte, auszuschalten. Ich knurrte, machte einen Schritt nach vorn und stieß ihr stattdessen mein Schwert in die Brust. Dieses Mal nutzte ich meine Geschwindigkeit, um sie zu überlisten, und rammte es hart und tief in ihr Herz.

Die Nymphe zerfiel vor meinen Augen zu Asche und Schatten. Erleichterung überkam mich, als ich feststellte, den Kampf gewonnen zu haben.

»Darius, verschwinde von hier!«, fuhr ich ihn an und drehte mich um. Er rannte bereits in meine Richtung.

»Aber ...«

»Kein verdammtes Aber«, blaffte ich, während ich auf die Knie fiel, um Grus zu heilen. »Du darfst nicht am Schauplatz eines weiteren Angriffs gefunden werden. Selbst dein Vater kann dich nicht retten, wenn das FIB dich erneut entdeckt. Francesca, schaff ihn hier raus!«

Sie gehorchte sofort und packte ihn am Arm. Darius fluchte, während er mich anstarrte, bevor er meinem Blick nachgab und die Gasse zurückrannte. Ich drückte eine Hand auf Geraldines Rücken, während ich versuchte, die Löcher zu heilen, die die Nymphe in ihn gerissen hatte. Mit der anderen Hand zog ich meinen Atlas heraus, um Stern-Stern-Stern – den Notruf – zu wählen.

»Bleib bei mir, Grus!«, brummte ich.

»Plätschernde Bäche, töte mich nicht, du Fantagoon«, murmelte sie, bevor sie wieder ohnmächtig wurde.

»Komm schon, wach auf!«, knurrte ich.

Meine Magie strömte Welle um Welle aus mir heraus, als ich ihr alles gab, was ich zu geben hatte. Es war nicht einfach, sie am Leben zu erhalten, während sich der Brunnen in mir leerte und meine Erschöpfung immer näher kam. Die Wunde war tief gewesen und noch immer nicht annähernd verheilt. Sie brauchte einen besonderen Heiler für eine Verletzung, die von Nymphen-Fühlern verursacht worden war – und sie brauchte ihn schnell. Ich konnte es nicht selbst tun, aber ich war verdammt sicher, dass ich es versuchen würde.

»Was ist Ihr Notfall?«, antwortete eine Frau.

»Nymphenangriff. Havenfire Street, Tucana«, zischte ich. »Schnell!«

»Ein Team wurde per Sternenstaub losgeschickt, sie werden in drei … zwei … eins bei Ihnen sein. Mögen die Sterne mit Ihnen sein.« Der Anruf wurde unterbrochen und ich schickte eine Warnmeldung an den Gruppenchat der Professoren, dem ich angehörte, um sicherzustellen, dass die Studenten in der Stadt so schnell wie möglich zusammengetrieben wurden. Diese Nymphe war zwar erledigt, aber wir vermuteten ein ganzes Nest in der Nähe. Und wer wusste schon, ob heute Nacht nicht noch mehr von ihnen auf der Jagd waren?

Ich hob Geraldine in meine Arme, als sie wieder zu sich kam, und ein Hauch von Erleichterung durchfuhr mich.

»Goldfische in einem Weidenstrauch«, murmelte sie und krallte sich an meiner Brust fest. »Welches muskulöse Tier hat mich in seiner Gewalt?«

Ich schoss aus der Gasse und entdeckte dort einen Krankenwagen, aus dem Sanitäter auf die Straße strömten und eine Trage auf mich zurollten, als ich zum Stehen kam. Ich legte Geraldine darauf und ihre Finger schlangen sich um meinen Arm.

»Wo sind meine Königinnen? Sind sie in Sicherheit? Sagen Sie mir, dass meine lieben Königinnen in Sicherheit sind und ich ohne Angst in die Umarmung der Sterne gehen kann!« Sie sah völlig verwirrt aus und starrte in den Himmel, als würde sie wirklich gleich sterben.

»Was ist passiert?«, fragte mich ein Sanitäter.

»Eine Nymphe«, knurrte ich leise vor mich hin, und seine Augen weiteten sich vor Schreck, als er nickte und sich beeilte, sich mit seinen Kollegen um sie zu kümmern.

Ein Schrei ertönte hinter mir und ich drehte mich um. Dort stand Marguerite Helebor mit ein paar herausgeputzten jüngeren Mädchen, während hinter ihr die Leute aus dem Nachtclub strömten. »Bei den Sternen! Geraldine Grus liegt im Sterben!«

»Beruhigen Sie sich!«, bellte ich. »Niemand stirbt hier …«, fügte ich hinzu, aber sie rannte bereits in den Nachtclub und schrie: »Geraldine Grus wurde gerade angegriffen. Sie sagen, sie könnte sterben.«

Verdammt noch mal.

Auf der Straße versammelten sich immer mehr Fae – hauptsächlich Studenten der Zodiac Academy und einige Professoren –, und ich trat einen

Schritt zurück, während Geraldine von den Sanitätern versorgt wurde, und mein Herzschlag verlangsamte sich wieder.

»Heilige Mutter, ich komme zu dir. Meine geliebte, kleine Libelle, wie habe ich dich vermisst«, sagte Geraldine mit zitternder Stimme und wurde wieder ohnmächtig, als ihr einer der Sanitäter etwas injizierte. Sie schoben sie in den Krankenwagen, einige von ihnen stiegen mit ihr ein und schlossen die Tür.

»Sie haben ihr das Leben gerettet«, sagte einer der Sanitäter zu mir. »Gut, dass Sie sie gefunden haben, bevor ihr Angreifer zu Ende bringen konnte, was er angefangen hat.«

»Ich war gerade stark genug. Ich habe keinen Tropfen Magie mehr«, murmelte ich. Es gab zu viele Zeugen, um im Moment mehr zu sagen; es würde eine Massenpanik auslösen, aber ich wusste, dass es nicht lange dauern würde, bis bekannt wurde, dass es sich um einen Nymphenangriff handelte.

Der Sanitäter entfernte sich und gab mir freie Sicht auf die Menge, und mein Blick blieb an Darcy hängen. Ich war so durstig, dass ich mich bewegte, bevor ich mir der Entscheidung überhaupt bewusst war, mit ihr zusammenstieß und meine Reißzähne in ihren Hals trieb.

Sie schrie vor Schreck auf und ich knurrte tief, während ich den süßen Nektar ihres Blutes trank, meine Augen schloss und jede Sekunde genoss. Sie schien dadurch geradezu mit mir verbunden zu sein, ihr rasender Puls pochte in meinem eigenen Körper, und ich schwelgte in dem Gefühl, ihre Kraft in meiner Gewalt zu haben. Ich verlor jegliches Zeitgefühl, als ich mich den Bedürfnissen meiner Formgebung und dem Verlangen, die Magie dieses Mädchens zu verschlingen, hingab. Ich wollte jeden einzelnen Tropfen. Ich brauchte mehr von ihr. Alles.

Sie krallte sich an meinem Arm fest und ich fand Gefallen an der Berührung, drückte sie fest an meine Hüfte, während mein Schwanz zu pochen begann. Ich befand mich mitten in einer Studentenschar, und das war aus vielen Gründen der falsche Zeitpunkt für einen Ständer. Aber verdammt, sie schmeckte so gut. Und es war mehr als das, ich hielt sie wieder in meinen Armen und wollte sie nicht loslassen. Sie war die Sommersonne nach dem längsten Winter meines Lebens – und alles, was ich wollte, war, mich in ihrem Glanz zu sonnen. Vor allem, nachdem ich gesehen hatte, wie Capella sie berührt hatte. Dieses Mädchen gehörte nicht ihm. Ich hatte meinen Anspruch angemeldet und vielleicht hätte es nur um ihr Blut gehen sollen, aber mir wurde klar, dass es weit mehr als das war. Ich wollte nicht, dass jemand außer mir ihr so nahe kam. Und ich würde jeden Rivalen bekämpfen, um das zu verhindern.

»Hey«, schrie Tory und schubste mich grob, um mich von ihrer Schwester wegzudrängen, aber ich war wie von Sinnen und konnte nicht aufhören. »Das reicht!«

Ich stieß ein warnendes Knurren aus, damit sie sich zurückzog, aber dann entfachte sie ein Feuer in ihren Handflächen, dessen Wucht mich nach hinten taumeln ließ und Blue aus meinem Griff befreite. Mein Kopf drehte sich aufgrund der enormen Kraft, die ich gerade zu mir genommen hatte. Ich war wie im Rausch, und mein Atem kam schwer, als mir klar wurde, wie viel Blut ich gerade getrunken hatte. Viel zu viel.

Zwei Handabdrücke waren auf meiner Brust eingebrannt, mein Hemd qualmte und meine Haut war gerötet. Tory sah aus, als würde sie mich bei lebendigem Leib verbrennen, wenn ich ihrer Schwester auch nur einen Schritt näher kam.

»Das reicht!«, knurrte Tory wieder, und ich bleckte angesichts der Herausforderung in ihrer Stimme die Zähne.

»Vielleicht wollen Sie ja für die Sache spenden?«, fuhr ich sie an, aber ich versuchte nur, davon abzulenken, wie sehr ich ihre Schwester wollte. Denn jeder Student in der Nähe hatte sicherlich mitbekommen, wie ich mich Darcy Vega gegenüber völlig unkontrolliert verhalten hatte. So, als hätte ich überhaupt keine Selbstbeherrschung.

Caleb tauchte auf, legte Tory einen Arm um die Schultern und stieß ein tiefes Knurren aus dem hinteren Teil seiner Kehle aus. »Diese Aussage sollten Sie vielleicht noch einmal überdenken, *Professor*.«

Ich starrte sie an, obwohl ich eigentlich Darcy ansehen wollte, aber ich fürchtete, dass ich mich sonst wieder auf sie stürzen würde. Und ich war mir nicht sicher, ob ich dieses Mal aufhören würde. *Verdammt. Was ist los mit mir?*

Ich schüttelte den Kopf, um ihn zu klären, und holte tief Luft, als ich begriff, dass meine magischen Reserven voll waren und ich kein Blut mehr brauchte. Dieses Verlangen in mir hatte nichts mit meinen Kraftreserven zu tun. Es ging nur um das Mädchen, das mich nach wie vor anstarrte – so viel konnte ich aus den Augenwinkeln ausmachen. Ich konnte nicht glauben, was ich gerade getan hatte. Ich hatte zu viel Blut genommen, und das war falsch. Es verstieß gegen den Vampir-Kodex.

Ich schluckte ihren immer noch anhaltenden Geschmack hinunter und sah sie schließlich an. In ihren Augen lag so viel Hass, dass es mich erschreckte.

»Ich war schon lange nicht mehr so ausgelaugt. Ich hätte nicht versuchen sollen, so viel auf einmal zu nehmen«, murmelte ich mit dem Wunsch, mich zu entschuldigen, aber ich fand keine Worte, die über diese Aussage hinausgingen.

»Prima Grund dafür, mich komplett auszusaugen«, zischte Darcy eisig und umklammerte ihren Hals noch fester. Ich hatte das Bedürfnis, sie zu heilen, aber ich wusste, dass sie sich nur noch mehr zurückziehen würde, wenn ich sie noch einmal berührte.

Der Krankenwagen fuhr los und ich musterte die Umgebung, um sicherzustellen, dass Darius nicht hier war. Ich war froh, dass er ausnahmsweise mal auf mich gehört hatte. Immerhin.

»Kommen Sie, ich kann Sie beide zurück zum Campus fahren«, meinte ich. Ich hatte meinen FAErrari beim letzten Besuch in Tucana im Acrux Hotel geparkt und mich für Sternenstaub auf dem Heimweg entschieden, weil ich zu betrunken zum Fahren gewesen war. Aber ich hatte heute Abend keine magischen Drinks zu mir genommen und mich längst von den Auswirkungen des Whiskeys geheilt, bevor ich Darius aus dem Nachtclub abgeholt hatte.

Tory schürzte die Lippen, als sie mich mit einem giftigen Blick anstarrte.

»Mit Ihnen gehen wir nirgendwohin. Und definitiv nicht allein«, sagte Darcy bitter und mit Misstrauen in den Augen.

»Machen Sie sich nicht lächerlich«, schnauzte ich und trat vor, um sie zu packen. Ich würde sie heute Nacht beschützen, ob es ihr gefiel oder nicht.

Tory trat auf mich zu, um mich aufzuhalten, und Caleb schloss sich ihr an. Dieser Wichser.

»Finger weg!«, knurrte Tory.

Ich kniff die Augen zusammen und wollte gerade etwas erwidern, aber als mein Blick über ihre Schulter zu Darcy glitt und ich die Abweisung in ihren Augen sah, wusste ich, dass ich diesen Kampf nicht gewinnen würde.

»*Arschloch*«, zischte Darcy mir zu und sah dabei ziemlich benommen aus. Scheiße, ich musste sie heilen. Und ich könnte ihr an der Academy einen Blutauffrischungstrank besorgen.

»Kommt schon. Der Bus fährt bald«, sagte Caleb und zog Tory hinter sich her, aber sie stemmte die Fersen in den Boden und wartete auf Darcy.

Ich öffnete den Mund, um Blue zum Bleiben zu überreden, aber sie ging ohne ein weiteres Wort an mir vorbei. Tory warf mir noch einen verächtlichen Blick zu, bevor sie alle die Straße entlang zur Bushaltestelle gingen, wo sich bereits eine große Gruppe von Studenten versammelt hatte. Auch einige Professoren waren darunter, und ich wusste, dass sie in der Überzahl sicher waren, aber meine Füße waren immer noch wie angewurzelt, als ich Darcy gehen sah.

Du hast viel zu viel getrunken. Du musst dich zusammenreißen. Wie willst du weiter von ihr trinken, wenn du dich jedes Mal wie ein Monster aufführst, wenn du deine Zähne in sie versenkst?

Dieses Problem hatte ich noch nie zuvor gehabt. Das Einzige, womit ich es vergleichen konnte, war, als meine Magie erweckt worden und meine Formgebung entstanden war. Bei meinem ersten Blut-Drink hatte mich wie ein ausgehungertes Tier mit einem bodenlosen Magen gefühlt, und doch war es nicht annähernd mit Blues Blut zu vergleichen gewesen.

Caleb führte Tory und Darcy an der Warteschlange vorbei direkt zum Bus, und meine Nackenhaare stellten sich auf, als sie sich Max und Seth auf den Rücksitzen anschlossen. Und als Seth Darcy an sich zog und sich an ihre Wange schmiegte, erwachte das wilde Tier in mir erneut.

Ich holte meinen Atlas heraus und schickte Francesca eine Nachricht, während ich mir nervös mit den Fingern durch die Haare fuhr.

Gerade als der Bus losfuhr und um eine Ecke bog, tauchte das FIB auf der Straße auf und ich war sofort von drei Agenten mit finsteren Mienen umgeben.

»Lance Orion, Sie müssen mit aufs Revier kommen und eine Aussage machen«, sagte Agent Hoskins und ich seufzte, weil ich wusste, dass es eine verdammt lange Nacht werden würde.

Ich stimmte zu und als ich mit Sternenstaub auf das Revier verfrachtet wurde, drängte mein Herz in eine andere Richtung und zwang die Sterne fast dazu, mich woanders hinzuführen. Aber Hoskins sorgte dafür, dass ich dorthin kam, wo er mich haben wollte, und ich sprach ein stilles Gebet zu den Sternen, dass Darcy heute Nacht nicht in Seth Capellas Bett landen würde. Denn ich war mir nicht sicher, ob ich den Dämon in mir kontrollieren könnte, der ihm dafür den Kopf abreißen wollte.

Gemini
Scorpio
Virgo
Cancer
Aries
Leo
Sagittarius
Taurus
Capricorn
Aquarius
Libra
Pisces

DARIUS

KAPITEL 18

»**L**aut meiner Quelle befinden sie sich in einem Haus in den Bergen außerhalb der Stadt«, sagte Francesca, während wir zusammen durch Seitenstraßen und Hinterhöfe rannten. Mein Puls raste vor Aufregung wegen des bevorstehenden Kampfes.

Wir schafften es bis zum Stadtrand und hielten dort im Schatten eines hohen Gebäudes inne, von wo aus wir auf die sanften Hügel dahinter blicken konnten.

»Nur eine Sekunde, ich rufe die Koordinaten ab«, murmelte Francesca und tippte auf ihrem Atlas herum.

Ich lehnte meinen Kopf gegen die Backsteinmauer hinter mir und versuchte, durch langes Einatmen der kühlen Luft das Schwindelgefühl in meinem Schädel zu lindern. Halb besoffen gegen Nymphen zu kämpfen, war nicht die beste Idee, die ich je gehabt hatte, und obwohl ich mich seit dem Verlassen der Bar immer wieder von den Auswirkungen des Alkohols geheilt hatte, war er noch nicht ganz aus meinem Körper verschwunden. Ich hätte es besser wissen müssen, als so viele magische Drinks zu konsumieren. Aber als Seth eine Runde Kurze spendiert hatte, war es fast unmöglich gewesen, sie abzulehnen.

Ich knöpfte die Vorderseite meines Hemdes auf, ließ die Luft meine erhitzte Haut streicheln und konzentrierte mich auf dieses Gefühl, während ich meine Gedanken auf Linie brachte.

Francesca räusperte sich und ich öffnete ein Auge, um sie anzusehen, als sie mir ihren Atlas hinhielt. Ihre Wangen färbten sich rosa, als sie einen Moment lang auf meine nackte Brust hinunterblickte, aber ich ignorierte die Aufmerksamkeit und konzentrierte mich auf den Markierungspunkt, den sie auf einem Bauernhaus dort draußen in der Dunkelheit gesetzt hatte.

»Der Gebirgspass liegt gleich dahinter«, sagte ich und fand die Stelle mühelos, da ich viel Zeit damit verbracht hatte, Karten und Luftbilder des Königreichs zu studieren. Zu meiner Ausbildung als einer der nächsten Anführer Solarias gehörte es, jeden einzelnen Teil des Landes zu kennen, über das wir herrschen sollten. Es war nur eines von Tausenden Wissenselementen, die die Vegas niemals so umfassend erwerben konnten wie wir. Und ein weiterer Grund, warum sie niemals regieren könnten.

»Ja, und die Trails durch den Pass führen in Richtung Norden in die Region, in der wir schon lange die größeren Nester der Nymphen vermuten«, stimmte sie mir zu. »Es ist ein ziemlich günstiger Ort zur Ansiedlung.«

»Bis dorthin sind es ein paar Kilometer, wir können mein Motorrad nehmen«, sagte ich, während ich darüber nachdachte. Es war verlockend, sich zu verwandeln und zu fliegen, aber wenn wir unauffällig bleiben wollten, war es vor allem in Stadtnähe besser, wenn ich in meiner Fae-Gestalt blieb.

»Es steht vor dem Club …«

»Ich hole es für dich«, schlug Francesca vor. »Mich wird niemand befragen, aber Lance hat mir erzählt, dass sie die Studenten zusammentreiben und mit Bussen zur Academy zurückbringen. Also ist es wahrscheinlich am besten, wenn du nicht selbst aufbrichst, um nicht ebenfalls zurückgeschickt zu werden.«

Ich unterdrückte einen Seufzer, nahm den Schlüssel aus meiner Tasche und streckte ihn ihr entgegen. Ich wollte eigentlich nicht, dass jemand anderes mein Motorrad fuhr, aber ihr Argument machte Sinn und mit etwas Glück konnte sie Lance vielleicht sogar unterwegs abholen.

Francesca rannte die Gasse zurück in die Richtung, aus der wir gekommen waren, und ich schickte Lance schnell eine Nachricht.

Darius:

Alles in Ordnung bei dir?

Lance:

Ja. Grus ist wohl auf dem Weg der Besserung. Sie wird gerade geheilt und dann in die Uranus-Krankenstation gebracht. Nova hat ausdrücklich darum gebeten, mit mir zu sprechen, sobald ich mit dem FIB fertig bin, also sehen wir uns wohl erst morgen. Bist du wieder auf dem Campus?

Ich las seine Worte noch einmal durch, wohl wissend, dass dies das Vernünftigste wäre. Aber als ich in die Dunkelheit hinter der Stadt hinausblickte, schien das Feuer in meinen Adern mit dem Wunsch zu brennen, mich auf den Weg zu machen und die Monster aufzuspüren, die mein Volk bedrohten.

Lance würde das nicht gefallen, aber er war mein Wächter, nicht mein Vormund. Außerdem wäre ich fertig und zurück in meinem Bett, bevor er überhaupt etwas davon mitbekäme.

Darius:
Bald. Bis morgen.

Ich schaltete meinen Atlas auf lautlos, da ich wusste, dass er wahrscheinlich zwischen den Zeilen meiner Worte lesen und stinksauer auf mich sein würde, weil ich ohne ihn loszog. Aber er wusste nicht, wohin wir fahren würden, und er saß sowieso bei Nova und dem FIB fest, sodass er mich nicht aufhalten würde.

Das Dröhnen des Motors meines Motorrads erregte meine Aufmerksamkeit, und ich schob den Atlas zurück in meine Tasche und drückte meine Finger wieder an meine Schläfe, um mit etwas mehr Heilmagie den Schwindel aus meinem Schädel zu verbannen.

Francesca hielt neben mir an und ich schob sie alles andere als subtil auf den hinteren Teil des Motorrads, bevor ich aufstieg, um selbst zu fahren. Ich wirkte eine Stillekuppel um uns herum, um das Geräusch des Motors zu verbergen, während Francesca hinter mir herumwackelte, als wollte sie herausfinden, wie sie auf dem Motorrad sitzen sollte, ohne runterzufallen.

Sie murmelte eine leise Entschuldigung, als ich den Motor aufheulen ließ, bevor sie zögerlich ihre Arme um meine Taille schlang, und in dem Moment, in dem sie sich festhielt, fuhr ich los.

Das Motorrad raste in die Nacht hinaus. Ich fuhr ohne Scheinwerfer – mit meinen Drachenaugen konnte ich mehr Details im Gelände ausmachen, als ich es mit meinen Fae-Augen gekonnt hätte.

Der Wind peitschte um uns herum und half dabei, die betäubende Wirkung des Alkohols aus meinem Körper zu vertreiben. Ich wurde wacher, und mein Adrenalinspiegel begann angesichts des bevorstehenden Kampfes zu steigen.

Wir brauchten weniger als eine halbe Stunde, um das Bauernhaus zu erreichen, das Francesca mir gezeigt hatte. Ich parkte im Schutz einiger Bäume, stellte den Motor ab und stieg vom Motorrad.

»Nette Maschine«, kommentierte Francesca und betrachtete mein Motorrad, während sie den Helm vom Kopf nahm und ihn an den Lenker hängte. »So eines muss ich mir vielleicht auch zulegen.«

»Das ist eine limitierte Auflage«, murmelte ich. »Es wurden nur dreißig davon hergestellt.«

»Oh …«

Ich entfernte mich, bevor sie noch mehr meiner Zeit mit Small Talk verschwenden konnte, hob meine Hände und lenkte die Schatten zu mir, um mich in der Dunkelheit zu verstecken. Zum Glück war der Mond heute Nacht hinter den Wolken verborgen und es war ein Leichtes, mich vor neugierigen Blicken zu verbergen, als ich mich dem dunklen Bauernhaus näherte.

Francesca eilte an meine Seite. Zumindest sagte mir mein Instinkt, dass sie da war, aber als ich in ihre Richtung schaute, konnte ich auch dort nichts als Schatten sehen.

Ich wünschte, ich hätte mein Beil mitgebracht, aber ich war mehr als fähig, es mit Magie und meiner Formgebung mit diesen Monstern aufzunehmen.

Mein Herz schlug schneller, als wir das Bauernhaus erreichten, und ich ging voran zur Eingangstür. Ich dehnte meine Kraft aus, um zu versuchen, Fallen oder magische Schlösser zu spüren, aber es gab keine.

Ich trat über die Schwelle und blieb in dem dunklen, kalten Raum stehen. Ich sprach einen Verstärkungszauber, um alle Geräusche aus der Nähe wahrnehmen zu können. Aus einem der oberen Räume war ein sich wiederholendes Tropfen zu hören, und das leise Scharren kleiner Krallen auf Holz ließ mich vermuten, dass Ratten in den Wänden lebten. Aber das war alles. Der Ort schien verlassen zu sein.

»Ich sehe mich mal um, um sicherzugehen«, hörte ich Francescas Stimme neben mir und ich murmelte zustimmend.

»Ich umrunde das Haus und halte nach Hinweisen Ausschau, wohin sie verschwunden sein könnten«, antwortete ich, bevor ich wieder in die frische Nachtluft hinausstapfte.

Ich lief einmal schnell um das Gebäude herum und benutzte Magie, um nach Spuren zu suchen, aber es lag kein Geschmack von Macht in der Luft. Wenn hier Nymphen gewesen waren, dann hatten sie wahrscheinlich keine Magie mehr. Und selbst wenn sie es geschafft hätten, unschuldige Fae zu ermorden, um etwas zu stehlen, hätten sie nicht die nötige Ausbildung, um etwas so Subtiles wie eine Falle für mich zu bauen.

Ich schnaubte frustriert, als ich draußen nichts finden konnte, und blieb im Schatten des Berges stehen, der sich hinter dem Haus erhob. Im Norden gab es noch mehr davon, einen ganzen Gürtel monströser Berge, über den ich in meiner Drachenform mehr als einmal geflogen war. Es war ein wunderschöner, aber gnadenloser Teil von Solaria, der aufgrund der heftigen Schneestürme, die ihn heimsuchten, völlig unbewohnt war. Zumindest von Fae.

»Nichts.« Francescas Stimme ließ mich fast zusammenzucken und ich drehte mich zu ihr um. Sie hatte ihre Verhüllungszauber deaktiviert, und ich vermutete, dass sie die übersinnlichen Fähigkeiten ihrer Zyklopenform genutzt hatte, um herauszufinden, wo ich mich befand. Ich ließ auch meine Verhüllungszauber fallen, damit wir uns unterhalten konnten.

»Kannst du hier draußen irgendetwas spüren? Gibt es eine Spur, wohin sie gegangen sein könnten?«

Francesca summte konzentriert und einen Moment später verwandelte sie sich, ihre beiden Augen verschmolzen zu einem großen Auge, das die Mitte ihrer Stirn dominierte.

Ich fluchte, als die Kraft ihrer Gaben auf meine mentalen Schutzschilde traf. Eine Welle der Übelkeit überschwemmte mich, bevor ich es schaffte, meinen Geist wie eine Festung abzuschotten, um die Auswirkungen ihrer psychischen Fähigkeiten vollständig aus meinem Kopf fernzuhalten.

Es dauerte ein paar Minuten, aber dann hob sie plötzlich eine Hand, zeigte auf die Berge und lief los. Ich blieb ihr auf den Fersen.

Wir erreichten einen Feldweg am Fuße des Berges, der zum Pass führte, und sie ging in die Hocke, berührte mit den Fingern den Schlamm und richtete sich dann wieder auf.

»Vor einigen Stunden ist hier etwas mit einem komplexen Verstand vorbeigekommen«, verkündete sie. »Mehrere von ihnen … Sechs, wenn ich mich festlegen müsste. Es könnten Tiere gewesen sein, aber die einzigen Lebewesen mit einem Gehirn, das groß genug ist, um diese Art von psychischen Echos zu hinterlassen, leben hier nicht. Vielleicht Heylische Wölfe oder Tangarische Elche, aber dafür befinden wir uns fast zu weit südlich. Geisterhunde reisen nicht in so großen Gruppen, also würde ich darauf wetten, dass es entweder eine Gruppe von Fae war oder …«

»Nymphen«, beendete ich ihren Satz mit einem Knurren. »Wenn sie schon ein paar Stunden Vorsprung haben, werden wir sie zu Fuß nicht einholen können. Und mein Motorrad wird dem Weg nicht gewachsen sein.«

Francesca musterte den steinigen Feldweg, als wollte sie gegen diese Behauptung protestieren. Aber die scharfen Kieselsteine und der dicke Schlamm machten deutlich, dass es mein Superbike nicht weit den Bergpass hinauf schaffen würde.

»Wir sind jetzt weit genug von der Stadt entfernt«, gab ich zu bedenken und warf einen Blick über meine Schulter auf die schimmernden Lichter von Tucana in der Ferne. »Ich kann mich verwandeln.«

»Okay … aber wie soll ich mithalten? Könntest du mich tragen? Oder vielleicht könnte ich auf …«

»Drachen sind keine Packesel«, entgegnete ich mit einem wütenden Fauchen, auf das mein Vater verdammt stolz gewesen wäre. Seine Gesetze über Drachen, die es anderen Fae nicht erlaubten, auf ihnen zu reiten, waren mehr als deutlich genug. Lance war der Einzige, für den ich dieses Gesetz brechen würde, und selbst dann würde ich niemanden davon wissen lassen.

Francesca wich angesichts meiner Wut zurück und fiel fast auf den Hintern, als sie über ihre eigenen Füße stolperte. »Entschuldigung«, keuchte sie. »Ich weiß. Ich wollte nicht … Es ist wahrscheinlich am besten, wenn wir die Jagd auf sie aufgeben, bis …«

»Willst du etwas Nützliches tun?«, fragte ich sie, während ich mein aufgeknöpftes Hemd abstreifte und meinen Gürtel öffnete.

Francescas Blick fiel für einen Moment auf meine Hände, bevor sie ihren Blick wieder zu mir hob. »Was?«, hauchte sie.

»Nimm meine Sache und deponiere sie bei meinem Motorrad. Ich nehme an, du kommst auch ohne von hier weg?«

Ihre Lippen teilten sich wie bei einem Goldfisch und ich konnte sehen, dass es ihr nicht gefiel, dass ich sie herumkommandierte. Aber als ich meine Jeans fallen ließ und meine Schuhe auszog, schien sie von meinem Schwanz abgelenkt zu sein und protestierte nicht schnell genug, um mich davon abzuhalten, ihr meine Sachen in die Arme zu werfen.

»Ich werde Lance bitten, dir zu sagen, wie es gelaufen ist«, fügte ich hinzu.

Francescas Augen weiteten sich vor Empörung, aber ich wandte mich von ihr ab und verwandelte mich, bevor sie mich umstimmen konnte.

Mein riesiger goldener Drache erhob sich aus meinem Fleisch und ich sprang bereits in den Himmel, während die Verwandlung noch andauerte. Meine Flügel schlugen hart, als ich den Wolken entgegeneilte.

Ich flog über den Bergpass, meine Flügel durchschnitten die kalte Luft, während ich die Distanz überwand, und ich genoss das Gefühl, von meinem Drachenfeuer durchflutet zu werden.

Der Pass schlängelte sich immer weiter in die Berge und ich musste mich zwischen steilen Felswänden und engen Spalten hindurchzwängen, um sicherzustellen, dass ich meinen Blick auf den Pfad unter mir richten konnte.

Stunden vergingen, aber ich flog unbeirrt weiter. Die Entschlossenheit in mir brannte heiß wie mein Drachenfeuer.

Schließlich, als ich zwischen zwei riesigen Bergen schwebte und bereits die Hoffnung aufgab, hier draußen in dieser dunklen Einöde etwas zu finden, erregte eine Bewegung meine Aufmerksamkeit.

Feuer brannte in meiner Kehle, als ich die Nymphen entdeckte, die unter mir übers Land rasten. Sie waren zu sechst, genau wie Francesca es vermutet hatte. Und noch besser: Eine der Nymphen humpelte.

Ein Brüllen entrang sich mir, um sie wissen zu lassen, dass ihr Tod gekommen war. Sie antworteten mit wütenden Schreien und rasselnden Todesrufen, die mir einen Schauer über den Rücken jagten, als sie versuchten, mich außer Gefecht zu setzen.

Aber da mein Drache vor Kraft nur so strotzte und meine innere Bestie vollständig entfesselt war, konnte ich die Anziehungskraft ihrer lähmenden Macht leicht abschütteln. Und als ich erneut brüllte, schoss eine Flut von Drachenfeuer aus meinem Maul.

Die Nymphen kreischten und schrien, als ich sie einkreiste, während Feuer vom Himmel regnete, um sie gnadenlos zu verbrennen. Aber ich war kein himmlisches Wesen, das ausgesandt worden war, um für irgendeinen obersten Lord Gutes zu tun. Nein, ich war eine Bestie, geschaffen aus Zorn und Hass, geformt nach dem Abbild eines Mannes, den ich verachtete, und mit so viel Wut erfüllt, dass sie ausreichte, um die ganze Welt in Brand zu setzen.

Rauch und Schatten quollen von unten zu mir auf, als die Nymphen vernichtet wurden, und ich brüllte meinen Triumph zu den Sternen, deren wissender Blick immer auf mich gerichtet war.

Ein metallisches Glitzern erregte meine Aufmerksamkeit, als ich über dem Gebiet, in dem die Nymphen gewesen waren, kreiste, und ich presste meine Flügel fest an meinen Körper, während ich auf den Boden zusteuerte, um der Sache auf den Grund zu gehen.

Meine Krallen gruben sich tief in den Schlamm, als ich in dem Ring aus verkohlter Erde landete, wo mein Feuer die Nymphen vernichtet hatte. Ich stieß eine Lunge voll Rauch aus, als ich den Blick senkte und die Halskette fand, die dieser humpelnde Mistkerl zuvor getragen hatte.

Dunkle Magie und Schatten wanden sich darum, und ich hasste es, daran zu denken, welchen üblen Zweck diese Kreaturen mit dem Besitz solcher Dinge verfolgten.

Ich holte tief Luft und stieß dann ein Gebrüll aus, das von der Wut meines Drachenfeuers begleitet wurde. Ich schleuderte es direkt auf die Halskette und das Echo von Schreien hallte in meinen Ohren, als sie in Flammen aufging.

Als sie schließlich erloschen, blieb nichts auf dem Boden zurück und die Schatten verschwanden wie Ameisen, die aus einem überfluteten Nest huschten.

Ich vergewisserte mich, dass nichts von der Kette übrig geblieben war, und flog dann von Blutlust getrieben weiter, den Bergpfad hinauf. Ich war auf der Jagd. Denn diese Nymphen waren nicht ziellos in die Berge gelaufen – sie hatten ein Ziel vor Augen gehabt. Und das konnte nur eines bedeuten: Hier draußen befanden sich noch mehr von ihnen. Vielleicht war hier draußen sogar das Mutternest, wie wir es seit Langem befürchtet hatten. Und ich war ihm auf der Spur.

Ich schlug kräftig mit den Flügeln und brüllte mit aller Wut, die ich besaß, um sie wissen zu lassen, dass ich ihnen auf den Fersen war. Und ich hoffte, dass sie bei diesem Gedanken vor Angst zitterten.

***

Die Dämmerung begann sich am Horizont abzuzeichnen, als ich meine Jagd aufgab und zum Bauernhaus zurückkehrte, wo ich Francesca zurückgelassen hatte.

Ich war hundemüde, meine Flügel fühlten sich an, als wären sie mit Blei beschwert, und ich nutzte jede Gelegenheit, um zu gleiten, anstatt zu fliegen.

Ich hatte in den Bergen nichts anderes gefunden. Ein Pfad hatte in den nächsten und dann in einen weiteren geführt, bis es viel zu viele gewesen waren, als dass ich sie hätte verfolgen können. In den Schneestürmen hatte ich schließlich jegliche Sicht verloren.

Ich ärgerte mich über mein Versagen, war aber froh, dass ich die sechs Nymphen, die auf der Flucht gewesen waren, vernichtet hatte. Ich konnte nur hoffen, dass sie es sich jetzt zweimal überlegen würden, bevor sie sich Tucana abermals näherten.

Mühsam landete ich auf der Lichtung neben den Bäumen, wo ich mein Motorrad zurückgelassen hatte, und verwandelte mich mit einem Seufzer der Erleichterung wieder in meine Fae-Gestalt.

Ich fand meine Kleidung ordentlich gefaltet auf meinem Superbike und zog mich wieder an. Ich schnürte gerade meine Schuhe, als mein Atlas zu klingeln begann.

Ohne auf das Display zu schauen, nahm ich ab, weil ich wusste, dass Lance gerade stinksauer auf mich sein würde, weil ich einfach so verschwunden war und mich allein auf die Suche nach den Nymphen gemacht hatte.

»Mir geht es gut, hör auf, dir Sorgen zu machen«, sagte ich abwesend und rieb mir die Augen, um etwas munterer zu werden.

»Ich weiß nicht, warum du denkst, dass ich mir Sorgen um dein Wohlergehen machen würde. Aber ich nehme an, es liegt daran, dass du bereits weißt, dass es in Gefahr ist.« Die Stimme meines Vaters war wie das Knallen einer Peitsche an meinen Ohren, und ich verfluchte mich dafür, dass ich nicht die verdammte Anrufer-ID überprüft hatte. Ich schluckte die Worte hinunter, die mir in den Sinn kamen, und zwang mich, sie besser zu überdenken.

»Entschuldige, Vater, ich dachte, Lance ruft an. Du weißt ja, wie er sein kann, wegen des Bandes.«

»Hmm.«

Das war alles. Mehr hatte er mir nicht zu bieten, und meine Haut kribbelte bei den Implikationen dieses einen einfachen Klangs.

»Kann ich etwas für dich tun?«, fragte ich.

»Du wirst sofort nach Hause kommen. Wir müssen uns unterhalten.«

Meine Angst wuchs und ich umklammerte meinen Atlas fester, aber das war alles, was er sagte, bevor die Verbindung beendet wurde.

Fuck.

Ich rief Lance' Nummer auf, um mit ihm zu sprechen. Vielleicht könnte er mir sagen, warum mich Lionel Acrux so dringend sehen wollte. Aber noch bevor ich auf *Anrufen* drücken konnte, leuchtete auf meinem verdammten Atlas eine Batteriewarnung auf und das verdammte Ding gab den Geist auf.

Ich fluchte, presste meine Handballen auf meine Augen und versuchte, herauszufinden, warum zum Teufel mein Vater mich sehen wollte und was ich diesmal angestellt hatte, um ihn so wütend zu machen. Aber mein Kopf war wie leer gefegt und ich wusste, dass ich ihn nicht länger warten lassen konnte, sonst würde ich es nur noch schlimmer machen.

Ich schwang mein Bein über meine Maschine und setzte mich schwerfällig darauf, bevor ich etwas Sternenstaub aus meiner Tasche zog und ihn über mich warf. Zusammen mit meinem Motorrad wurde ich durch den Himmel zum Acrux-Anwesen geschleudert.

Ich startete das Motorrad, als die Männer an den Toren mich sahen und sie aufschwangen, um mich hereinzulassen. Mit voller Geschwindigkeit raste ich die Kiesauffahrt hinauf, während mir immer noch die Frage durch den Kopf schwirrte, worum es hier gehen könnte.

Ich parkte, ging zur Tür, riss sie auf, bevor Jenkins es schaffte, und warf dem Butler einen trockenen Blick zu, als dieser mich finster ansah.

»Lord Acrux erwartet Eure Anwesenheit in seinem Büro«, sagte er, und seine Augen leuchteten mit einer Art von Freude, die ich mit den Fäusten meines Vaters in Verbindung brachte, die auf meinen Körper trafen.

Ich machte mir nicht die Mühe, zu antworten, ging die Treppe hinauf und versuchte, die Tatsache zu verdrängen, dass ich hier in den schmutzigen Kleidern der letzten Nacht auftauchte – mit Augenringen einer schlaflosen Nacht und schwerer Müdigkeit.

Ich klopfte an die Tür, als ich sie erreichte, und die barsche Stimme meines Vaters ertönte.

»Herein.«

Mit erhobenem Kinn öffnete ich die Tür, trat ein, überquerte die Schwelle und schloss die Tür wieder hinter mir.

Mein Vater saß hinter seinem Schreibtisch, sein Anzug war makellos und seine blonden Haare waren perfekt frisiert, obwohl es noch nicht einmal sechs Uhr war.

Sein Blick wanderte mit Abscheu über mein zerzaustes Hemd und mein ungepflegtes Äußeres, bevor er langsam nach seinem Atlas griff und zu lesen begann.

»Hat ein Erbe etwa Gefühle für unsere zurückgekehrten Prinzessinnen?«

Mir stockte der Atem, als mir klar wurde, worum es ging, und er las weiter laut aus dem Artikel in seinem Atlas vor – ohne eine Regung von Emotionen in seinem kalten Gesicht.

»Darius Acrux schien letzte Nacht mehr als nur vernarrt in die schöne Tochter des Grausamen Königs, als er seine Arme um sie legte und provokativ mit ihr tanzte, sodass es die ganze Welt sehen konnte. Augenzeugen, die die Szene des verführerischen Tanzes und der ungezügelten Lust miterlebten, berichteten, er schien wie verzaubert von dem Mädchen in seinen Armen und machte seine Absichten, sie für sich zu beanspruchen, unmissverständlich klar, indem er jeden, der sich ihnen näherte, wie ein Tier anknurrte.«

Der Fernseher hinter seinem Schreibtisch erwachte zum Leben und ich zuckte zusammen, als ich unzählige Bilder und Videos von meinem Tanz mit Roxy sah, unsere Körper aneinandergepresst, die Augen aufeinander gerichtet, die Hände umherwandernd. Die Lust schien direkt aus dem Bildschirm zu brennen. Mein Blut erhitzte sich allein beim Anblick dieser Bilder und ich konnte nicht anders, als daran zu denken, wie verdammt gut sie sich angefühlt hatte, als sie so an mich gepresst gewesen war. Gleichzeitig versuchte ich, jede Reaktion zu unterdrücken, die ich beim Anblick dieser Bilder verspürte.

Vater legte den Atlas geräuschvoll auf den Tisch und ich erhaschte einen Blick auf eines der provokantesten Bilder von uns beiden, das auf dem Bildschirm des Geräts vergrößert war.

»Der Artikel beschreibt weiter, wie sehr Seth Capella darauf erpicht zu sein schien, ihre Schwester besser kennenzulernen. Dann sind da Fotos von Caleb Altair, der die andere betatscht, nachdem du offensichtlich ›in Eile gegangen bist‹. Es scheint, als wäre Roxanya glücklich genug gewesen, deine Aufmerksamkeit gegen seine einzutauschen, sobald du weg warst.«

Ein Knurren versuchte, sich aus meiner Brust zu kämpfen, als ich Fotos von Caleb zu sehen bekam, wie er mit meinem Mädchen tanzte, nachdem ich gegangen war. Wut durchströmte mich. Doch als ich genauer hinsah, war schnell klar, dass es zwischen den beiden nicht so heiß hergegangen war wie zwischen ihr und mir.

Vater wechselte zu einer Fotoserie von Seth und Gwen, in der er so aussah, als wäre er nur fünf Sekunden davon entfernt, sie direkt auf der Tanzfläche zu ficken. Und ich war zumindest ein wenig erleichtert, zu sehen, dass ich nicht als Einziger in diesen verdammten Skandal verwickelt war.

Was zum Teufel hatten wir uns dabei gedacht, in der Öffentlichkeit auf diese Weise zu agieren, wo uns jeder fotografieren und die Bilder an den Meistbietenden verkaufen konnte? Ich hätte wissen müssen, dass das passieren würde, und mich zumindest auf diese Konfrontation mit meinem Vater vorbereiten sollen.

»Obwohl ich vermute, dass dein Verhalten dem, was Max Rigel angestellt hat, vorzuziehen ist«, fügte mein Vater mit einem leichten Zucken seiner Oberlippe hinzu.

Die Fotos veränderten sich erneut und ich musste mich wirklich zusammenreißen, um meine Überraschung zu verbergen, als ich Max auf der Bar stehen sah, ohne Hemd und mit den dunkelblauen Schuppen seiner Sirenenform auf seiner dunklen Haut. Er hatte seine Hose geöffnet und seinen Schwanz in der Hand, während er seine Wassermagie einsetzte, um Wasser auf sich selbst regnen zu lassen, als würde er an einem Pornodreh teilnehmen.

Ich war mir nicht sicher, ob ich schon vorher gegangen war oder ob ich so auf Roxy Vega fixiert gewesen war, dass ich das nicht mitbekommen hatte. Aber ich räusperte mich unbehaglich, bevor ich meinen Blick wieder auf meinen Vater richtete.

»Wir haben alle ziemlich viel getrunken«, sagte ich zur Erklärung, aber ich wusste, dass das eine erbärmliche Ausrede war, die bei ihm keinen Moment lang ziehen würde. Wir waren keine Idioten. Wir wussten, was es bedeutete, ständig in der Öffentlichkeit unter die Lupe genommen zu werden, und wir hatten mehr als genug Training in Bezug auf unser Verhalten in der Öffentlichkeit, um es besser zu wissen, als uns zu betrinken und unser Verhalten so aus dem Ruder laufen zu lassen.

Die darauffolgende Stille dauerte so lange an, dass ich mich kaum beherrschen konnte, nicht herumzuzappeln.

»Hast du sie gefickt?«, fragte mein Vater und strich mit dem Finger über das Foto von Roxy und mir, wobei er die Kurven ihres Körpers gezielt berührte, woraufhin sich meine Nackenhaare aufstellten. »Hast du sie wenigstens die volle Kraft eines Drachen zwischen ihren Schenkeln spüren lassen und ihr die Dominanz unserer Art gezeigt? Hast du ihren Körper genommen und ihn benutzt wie das Biest, zu dem du geboren wurdest, und sie gezwungen, zu verstehen, was es heißt, dem König aller Formgebungen zu gehören?«

»Wir haben nur getanzt«, stieß ich hervor. Ich hasste es, wie er über sie sprach. Und ich hasste den lüsternen Ausdruck in seinen Augen, der zu seinen Worten passte.

»Du willst mir also sagen, dass dieses Mädchen so nach dir gehechelt hat und du ihren willigen Körper nicht einmal benutzt hast? Dass du die Gelegenheit nicht genutzt hast, sie als Wegwerfgeschöpf zu benutzen und ihr zu zeigen, für welche Position sie in diesem Königreich geeignet ist?«

»Und welche Position wäre das?«, knurrte ich, und der Drache in mir erhob seinen Kopf mit einer Wut, die nicht einmal ich ganz verstand. Aber je länger er so über sie sprach, desto dringender wurde mein Bedürfnis, ihm den Kopf von den Schultern zu reißen.

»Wenn sie Glück hat, eignet sie sich als Hure für den Feuer-Erben. Weißt du, es ist noch gar nicht so lange her, dass die Herrscher dieses Königreichs solche Haustiere hielten – hübsche, nutzlose kleine Fae, die nur für eines gut waren: Sie wurden in der Nähe ihrer mächtigeren Gegenstücke gehalten, damit sie ihnen jederzeit fleischliche Freuden bereiten konnten. Vielleicht könntet ihr – du und die anderen Erben – die Zwillinge auf diese Weise nutzen, wenn ihr mit ihnen fertig seid. Damit zeigt ihr dem Königreich immer wieder, dass die Töchter des Grausamen Königs nur für eines gut sind: ihren Herrschern zu Diensten zu sein.«

Mir blieb die Galle im Hals stecken, so widerlich waren seine Worte. Es war nicht das erste Mal, dass er in schwärmerischen Tönen davon erzählte, wie die Könige und Königinnen von einst Solaria regiert hatten. Und ich wusste, dass wir, wenn es nach ihm ginge, zu vielen dieser veralteten und abgefuckten Praktiken zurückkehren würden.

Er befürwortete die Beibehaltung von Energiesklaven, die Unterbindung von Beziehungen zwischen den Formgebungen und natürlich befürwortete er einen Harem hübscher, geistloser Mädchen, die seinen Schwanz neben seiner Frau bedienen sollten. Er hatte meine Mutter jahrelang betrogen, auch wenn es ihm gelungen war, die meisten seiner schmutzigen Affären aus der Presse herauszuhalten. Sie betrog ihn auch, allerdings nur mit Männern, mit denen er eine Art politisches Bündnis eingehen wollte. Und so ungern ich auch darüber nachdachte, waren Lance und ich schon lange zu dem Schluss gekommen, dass sie es wahrscheinlich auf Vaters Drängen hin tat.

Aber Roxanya Vega und ihre Schwester waren und würden niemals zu den Mädchen gehören, die in eine solche Position gezwungen werden könnten, selbst wenn er es wirklich wollte. Sie waren aus Feuer und Eis gemacht, mit der Entschlossenheit eines Hurrikans und der Stärke der Erde unter unseren Füßen. Sie dazu zu bringen, sich zu unterwerfen, würde nie so einfach sein, wie er es immer wieder darstellte. Und selbst die Vorstellung, dass ich Roxanya als meine persönliche Hure benutzte, war lächerlich.

»Ich habe sie nicht gefickt«, fuhr ich ihn an, weil ich seine lüsternen Worte über sie nicht mehr hören wollte.

»Also, wo warst du dann die ganze Nacht?«, fragte er. »Denn der Skandal um den Angriff auf das Grus-Mädchen ist auch öffentlich geworden. Und wenn Lance am Tatort war, muss ich davon ausgehen, dass du auch in der Nähe warst.«

»Er hat mich weggeschickt, damit mich niemand sieht«, gab ich zu. »Da das FIB bereits einmal versucht hat, mich zu verhaften, schien es mir die bessere Option zu sein, zu gehen, bevor die Agenten am Tatort eines weiteren Angriffs eintreffen und mich dort ebenfalls antreffen.«

»Tja, dann bist du wohl doch nicht völlig nutzlos«, sinnierte mein Vater, lehnte sich auf seinem Stuhl zurück und verschränkte die Hände vor der Brust, während er in stille Gedanken versank.

Ich widerstand dem Drang, vor ihm von einem Fuß auf den anderen zu wechseln, und blieb stattdessen regungslos stehen, während ich abwartete.

»Du willst mir also sagen, dass die Vega-Zwillinge nicht nur immer noch an der Zodiac Academy eingeschrieben sind, sondern dass du – anstatt sie loszuwerden, wie ich es dir aufgetragen hatte – die Nacht damit verbracht hast, eine der Schwestern trockenzubumsen, um … *Spaß zu haben? Und das vor einem Raum voller Zeugen?*«

Ich zuckte zusammen, aber was sollte ich sagen? Ich hatte Roxy nichts zuleide getan, seit ich das letzte Mal seiner Gnade ausgeliefert gewesen war. Ich konnte nicht einmal wirklich erklären, warum nicht.

Ich wollte mich einfach nicht schon wieder seinem Willen beugen. Ich wollte das auf meine eigene Weise regeln, ohne mich blind seiner Herrschaft unterwerfen zu müssen. Und ja, wenn ich ehrlich war, hatte sich mein Verhalten in der vergangenen Nacht um mehr als nur darum gedreht, sie in meiner Nähe zu haben, für den Fall, dass irgendwelche Nymphen auftauchen würden. Ich hatte sie aus meinen eigenen Gründen bei mir haben wollen. In ihrer Gegenwart hatte meine Haut förmlich gebrannt und ich hatte mich so wach und lebendig gefühlt wie schon lange nicht mehr.

Ich wollte sie nicht aus den perversen Gründen ficken, von denen mein Vater träumte. Ich wollte sie einfach nur. Ganz simpel. Aber das war mehr als dumm von mir und ich wusste jetzt, dass ich den Preis dafür zahlen würde, dass ich meinen egoistischen Wünschen nachgegeben hatte. Es war mir nicht erlaubt, mir einfach ein Mädchen zu suchen, das ich wollte, und es auch noch zu haben. Nicht wirklich. Ich hatte eine Verlobte, die ich heiraten musste, und selbst wenn es einen Weg gäbe, dies zu umgehen, wäre dies nur möglich, wenn ich stattdessen ein seltenes reinrassiges Drachenmädchen aufzutreiben vermochte. Und soweit ich wusste, gab es nirgendwo in Solaria oder in einem der anderen Königreiche eines davon – ich hatte das überprüft. Selbst in einer verzerrten Version meiner Realität, in der ich frei wählen konnte, würde es nie eine Vega sein.

Es spielte keine Rolle, ob ich sie beobachtete und mich nach ihr sehnte und für die Momente lebte, in denen ich ihre Aufmerksamkeit erregte und sie mich mit ihrer scharfen Zunge und ihrer völligen Toleranzlosigkeit gegenüber meinem Bullshit zum Leben erweckte. Denn sie war eine Prinzessin, die Erbin des Grausamen Königs. Und egal, was ich von ihr wollte, ich konnte es nicht haben. Auch nicht dann, wenn sie selbst von der Formgebung der Drachen sein sollte.

»Ich verstehe.« Vater schaltete den Bildschirm hinter sich aus, ließ aber das Bild, das Roxy und mich beim Tanzen zeigte, auf seinem Atlas weiterleuchten. Er griff zur anderen Seite seines Schreibtisches und drückte dort einen Knopf, von dem ich wusste, dass er Jenkins auf den Plan rufen würde. Und ich musste gegen den Drang ankämpfen, zu fragen, warum er gerade jetzt nach dem alten Butler verlangte.

Schweigen breitete sich zwischen uns aus, und obwohl Hunderte Entschuldigungen oder Ausreden auf meiner Zunge brannten, verriet mir der Blick in seinen Augen, dass keine davon helfen würde. Also zwang ich mich, die Klappe zu halten und zu bleiben, wo ich war.

Als die Tür schließlich aufging, stockte mir der Atem und ich wandte mich in die entsprechende Richtung. Ich konnte nicht anders, als vorwärtszutaumeln – denn Jenkins führte Xavier zu uns in den Raum. Er trug eine schwarze Jogginghose und ein weißes T-Shirt und sah aus, als wäre er direkt aus dem Bett gezerrt worden, um an diesem Treffen teilzunehmen. Seine Augen wirkten verschlafen und seine dunklen Haare waren zerzaust.

Die Tür fiel ins Schloss, als der alte Mistkerl von einem Butler wieder aus dem Raum schlüpfte, sich dabei belustigt die Lippen leckte und ein Knurren ausstieß. Derweil stellte ich mich zwischen Xavier und meinen Vater.

»Warum ist Xavier hier?«, fragte ich und ignorierte die Tatsache, dass mein Bruder meinen Ellbogen packte und versuchte, mich wieder zurückzuziehen.

Ich würde mich keinen verdammten Zentimeter bewegen. Lieber würde ich fünfmal die Wut meines Vaters ertragen, als ihn auch nur einen Moment darunter leiden zu lassen.

Vater beobachtete uns beide, ohne ein Wort zu sagen, und klopfte mit dem Finger auf das massive Holz des Schreibtisches vor ihm, als würde er darüber nachdenken, wie er uns am besten bestrafen könnte.

»Xavier hat nichts damit zu tun«, brachte ich hervor, unfähig, meine Zunge im Zaum zu halten. »Ich hab's kapiert. Ich habe Scheiße gebaut. Bestraf mich – tu, was immer du tun musst. Aber halte ihn da raus. Er trägt keine Schuld für das, was ich getan habe.«

Langsam stand mein Vater auf, hob dabei den Atlas vom Schreibtisch und warf einen erneuten Blick auf das Foto.

»Ich habe seit unserem letzten Gespräch nichts mehr von deinen Bemühungen gehört, uns von dem Vega-Problem zu befreien«, sagte er langsam, legte den Atlas ab und lehnte ihn gegen die Lampe auf seinem Schreibtisch, sodass das Foto in unsere Richtung zeigte. »Und jetzt sehe ich das hier und muss annehmen, dass ich weiß, warum.«

»Es ist nichts«, protestierte ich – ein verzweifelter Versuch, mich an Strohhalme zu klammern und zu vertuschen, warum ich ihn enttäuscht hatte. »Wie du schon sagtest, ich wollte sie einfach nur ficken. Ihr zeigen, wie es ist, einem Drachen zu gehören, und sie dann wegwerfen, damit sie weiß, wie wenig sie mir bedeutet. Es war eine dumme Idee. Ich werde einfach ...«

Vater schnippte mit den Fingern in meine Richtung. Ich zuckte zusammen und ließ mich von Feuermagie durchströmen, aber sie half nicht gegen den subtilen Zauber, den er wirkte, um meine Atemwege zu blockieren.

Ich biss die Zähne zusammen, während meiner Lunge immer mehr Sauerstoff geraubt wurde, und er lehnte sich zurück an seinen Schreibtisch, verschränkte die Arme vor der Brust und beobachtete mich teilnahmslos.

Der Wunsch, ihn mit meiner eigenen Magie zu schlagen, war wie ein brüllendes Monster in meinem eigenen Kopf. Aber meine Angst um meinen Bruder und mein Verständnis für die Macht meines Vaters hielten mich in Schach.

Wenn ich ihn angriff, stünde alles auf dem Spiel. Was auch immer er gerade plante – es wäre tausendmal schlimmer, wenn er das wahre Bedürfnis verspürte, alle Ideen von Rebellion in mir zu zerschlagen.

Ich ballte meine Hände zu Fäusten, als meine Lunge zu brennen begann und schwarze Flecken vor meinen Augen zum Leben erwachten.

Ich blieb so lange auf den Beinen, wie ich konnte, bevor mir so schwarz vor Augen wurde, dass ich fast das Bewusstsein verlor. Während sich meine Lunge immer schmerzhafter verengte, stürzte ich auf die Knie.

Xavier sprang keuchend in meine Richtung und stützte mich, als ich auf die Seite fiel. Sein verängstigter Blick traf für den kürzesten Moment auf meinen, bevor er mit der Magie meines Vaters gewaltsam von mir weggerissen wurde.

Ich kämpfte gegen die Nutzlosigkeit meines Körpers an, indem ich versuchte, mich durch den Luftmangel in meiner Lunge zu kämpfen und mich hochzudrücken, um Xavier zu helfen. Aber meine Glieder waren wie mit eisernen Fesseln beschwert und ich konnte kaum meinen Arm in seine Richtung heben.

Dunkelheit umhüllte mich und entriss mich dem Moment, während mein Herz mit der angsterfüllten Geschwindigkeit von tausend stampfenden Pferden pochte.

Ich trieb für eine gefühlte Ewigkeit in der Dunkelheit, aber es waren wohl nur ein paar Sekunden, bevor ich tief Luft holte und die Augen wieder aufschlug.

Xaviers Schreie drangen an meine Ohren und ich brachte mich auf Hände und Knie. Meine Muskeln zitterten, während ich so viel Sauerstoff wie möglich einsog. Gleichzeitig versuchte ich, zu verstehen, was geschah.

»Du bist stark, Darius«, höhnte mein Vater, der immer noch vor seinem Schreibtisch stand und mich mit festem Blick fixierte, während ein Feuerring seinen jüngsten Sohn umgab. Xaviers Schmerzensschreie erfüllten den Raum und rissen mich innerlich auseinander. »So stark, dass ich glaube, dass meine Bestrafungen in letzter Zeit kaum mehr als ein ärgerliches Übel für dich sind.«

»Das sind sie nicht«, keuchte ich, schaffte es, auf die Beine zu kommen, und torkelte auf meinen Bruder zu, bevor ich gegen eine massive Barriere aus Luftmagie prallte. »Bitte hör auf, bitte …«

»Mir ist aufgefallen, dass dir deine eigene Haut nicht mehr so wichtig zu sein scheint, dass du alles für ihre Sicherheit tun würdest. Aber der Schwächling hier …« Er warf Xavier, den ich kaum hinter dem Ring aus loderndem rotem Feuer erkennen konnte, einen spöttischen Blick zu, während dieser schrie und brüllte. »Aus irgendeinem Grund scheinst du geneigt zu sein, ihn zu verteidigen. Das ist nicht sehr Fae-haft von euch beiden, aber ich nehme an, es erfüllt einen Zweck.«

»Sag mir, was du willst«, keuchte ich, als Xaviers Schreie mich in den Tiefen meiner Seele schmerzten und mich bis ins Mark durchbohrten. »Alles. Ich werde alles tun.«

»Du wirst die Vegas härter angreifen als bisher«, sagte Vater mit dunkler Stimme. »Keine Tricks, keine Spielchen, keine Versuche, ihre kostbaren kleinen Gefühle zu verletzen. Ich will, dass sie getestet und über die Grenzen hinaus getrieben werden. Ich will, dass du sie hart genug angreifst, um sie entweder von der Academy zu zwingen oder zweifelsfrei festzustellen, dass sie Fae genug sind, dir die Stirn zu bieten. Wir brauchen die Gewissheit. Und was auch immer geschieht, du wirst alles tun, um dieses Ziel zu erreichen. Hast du mich verstanden?«

»Ja«, stieß ich hervor, obwohl sich mein Herz bei diesen Worten verkrampfte und ich das Gefühl hatte, die Sterne selbst versetzten mir einen Tritt in die Magengrube, weil ich mich entschieden hatte, diesem

Monster wieder einmal zu gehorchen. Aber es war keine Option, es nicht zu tun. Nicht, wenn es um Xavier ging. Er war das einzig Reine, das ich hatte, das einzig wahre Gute, das ich kannte. Ich würde alles, was ich hatte, und alles, was ich sein wollte, für ihn opfern. Und Vater hatte das offensichtlich auch verstanden.

»Gut.«

Die Magie wich und ich stolperte nach vorn, als die Barriere, auf die ich mit meinen Fäusten eingeschlagen hatte, verschwand – dicht gefolgt von dem Feuerring, der Xavier bei lebendigem Leib verbrannt hatte.

Ein erstickter Schrei blieb mir im Hals stecken, als ich den Anblick der verbrannten und mit Blasen übersäten Haut meines Bruders sah. Der Geruch im Raum reichte aus, um mich würgen zu lassen, als ich auf Händen und Knien auf ihn zukrabbelte.

Xavier schrie erneut auf, als meine Hand auf dem verkohlten Fleisch seiner Schulter landete, und ich biss so fest die Zähne zusammen, dass ich überrascht war, dass sie nicht brachen, als ich Wellen heilender Magie in seinen Körper schickte.

Ich schloss die Augen, um mich auf das zu konzentrieren, was ich tat, und lenkte so viel Magie wie möglich in den Zauber, damit ich ihn so schnell wie möglich heilen konnte.

Xavier schrie zunächst weiter, aber seine Schreie verwandelten sich schließlich in Schluchzen und keuchende Atemzüge, bevor seine Hand auf meinem Arm landete. Als ich die Augen aufriss, sah ich, dass er mich mit so viel Dankbarkeit in seinen tränenden Augen anblickte, dass ich wegsehen musste.

Er hätte mir nicht dankbar sein sollen. Er hätte wütend sein sollen. Denn all das war meine Schuld. Ich hatte ihm das mit meinen egoistischen Handlungen und meinem kindischen Trotzversuch eingebrockt. Ich war genauso schlimm wie das Wesen, das ihm das angetan hatte, und das

Schuldgefühl, das sich seinen Weg durch meine Seele bahnte, fühlte sich stark genug an, um mich zu verzehren.

»Verschwinde, Xavier«, sagte mein Vater abweisend, und mein Bruder zuckte bei seinen Worten zusammen und sah mich besorgt an.

»Ich möchte bei ihm bleiben …«

»Geh!«, herrschte ich ihn an. Ich hasste die Tatsache, dass er auch jetzt zusammenzuckte, weil ich wusste, dass er in diesem Moment auch das Monster in mir sehen konnte. Ich wusste, dass er sehen konnte, wie viel von mir genauso verdorben und abscheulich war wie jener Mann, der uns erschaffen hatte. Aber ich musste so sein. Denn nur so konnte ich überhaupt hoffen, ihn davor zu schützen, dass so etwas jemals wieder geschah.

Eine Träne lief über Xaviers Wange, als er mich ansah, aber glücklicherweise bemerkte Vater sie nicht, bevor Xavier sich umdrehte und aus dem Zimmer floh. Mich jedoch traf sie mitten ins Herz. Diese eine Träne. Dieser Schmerz und diese Angst in seinen Augen, die nur mir gegolten hatten.

Ich machte mir nicht einmal die Mühe, mich zu verteidigen, als Vaters Faust auf meinen Unterkiefer traf. Und als er mich auf den Rücken warf und anfing, auf mich einzutreten, tat ich nichts anderes, als es hinzunehmen. Ich verdiente jede Qual, jeden Moment des Schmerzes. Denn ich hatte meinen Bruder heute Abend im Stich gelassen und würde nie in der Lage sein, das, was ihm gerade widerfahren war, ungeschehen zu machen.

»Sag mir, was du für Vegas vorhast!«, knurrte mein Vater, als er endlich mit seinem Angriff auf mich fertig war.

»Was auch immer nötig ist«, flüsterte ich, ließ den Kopf hängen und versuchte, nicht an diese großen grünen Augen zu denken, die mich zu durchschauen schienen. Ich versuchte, das Stechen in meiner Brust nicht zu spüren, während ich akzeptierte, was ich tun musste – obwohl ich genau wusste, wozu mich das machen würde.

Aber wenn ich zu meinem Vater werden musste, um meinen Bruder vor ihm zu retten, dann würde ich das tun. Ich würde alles tun, was nötig war, und zu dem werden, was ich werden musste. Und es gab jetzt kein Zurück mehr.

Vater war mit meiner Antwort ganz offensichtlich zufrieden, denn er nickte entschlossen und ging dann zur Tür. »Mach dich frisch und geh zurück auf den Campus. Diese Mädchen müssen getestet werden. Wenn sie sich als stark genug erweisen, um an der Academy zu bleiben, nachdem ihr vier euer Schlimmstes gegeben habt, müssen wir unsere Pläne für sie neu bewerten. Ich habe keine Zeit mehr für eure Misserfolge.«

Die Tür fiel hinter ihm ins Schloss und ich holte tief Luft – jeder Bluterguss und jeder Schnitt, die er mir zugefügt hatte, pochte, aber ich heilte sie nicht. Ich war mir ziemlich sicher, dass ich auch ein paar gebrochene Rippen hatte, aber die Qualen meines Körpers waren nichts im Vergleich zu dem Schmerz, den ich empfand, weil ich Xavier für mich hatte leiden lassen. Das war das Mindeste, was ich verdiente.

Ich stand auf, blickte auf mein Hemd hinunter und stellte fest, dass die makellosen Schuhe meines Vaters nicht einmal einen Fußabdruck darauf hinterlassen hatten, obwohl er so oft mit dem Fuß auf mich eingetreten hatte. Nur die Blutspuren, die durch den Stoff sickerten, verrieten, was er mir angetan hatte.

Ich warf einen Blick auf den Atlas, den er auf seinem Schreibtisch abgestellt hatte. Das Bild von mir, wie ich mit Roxanya Vega tanzte, schien so weit von der Realität entfernt zu sein, dass ich kaum glauben konnte, dass es erst letzte Nacht aufgenommen worden war.

Ich zwang mich, sie anzusehen und den Schmerz meiner Verletzungen zu spüren, mich an die Schreie meines Bruders zu erinnern und die Luft einzuatmen, die immer noch nach seinem brennenden Fleisch roch. Ich konzentrierte mich auf das, was meinen Bruder und mich dieser

Moment des Scheins in ihren Armen gekostet hatte. Dann wandte ich mich ab und ging zur Tür.

Ich hätte Xavier aufsuchen sollen. Um mich zu entschuldigen, mich zu erklären … irgendetwas. Aber ich war zu beschämt, zu verdammt feige, also ging ich stattdessen zur Tür.

Mittels meiner Wassermagie entfernte ich das Blut von meiner Kleidung, aber ich heilte meine Wunden nicht, weil ich es nicht verdient hatte, mich einfach von diesem Schmerz zu befreien.

Sobald ich es durch die Tore geschafft hatte, warf ich eine Handvoll Sternenstaub über meinen Kopf, um mich zurück zur Academy zu bringen. Aber gerade als die Sterne mich in ihren Bann zogen, dachte ich an sie. Das Mädchen mit dem Feuer in der Seele und der Macht, alles zu zerstören, was ich war.

Als die Sterne mich wieder aus ihrer Umarmung entließen, fand ich mich nicht in meinem eigenen Zimmer wieder. Sondern in ihrem.

Ich holte überrascht Luft, als ich dort stand und auf ihre schlafende Gestalt hinunterblickte. Ihre Bettdecke war beiseitegeschoben und ihre bronzefarbenen Beine unter dem schwarzen Seidendessous zogen meine Aufmerksamkeit auf sich. Mein inneres Tier schrie so laut *mein*, dass es ohrenbetäubend war.

Sie war so schön, so friedlich im Schlaf und so unschuldig, wenn man bedachte, was für eine zerstörerische Kraft des Chaos in ihr steckte.

Ich fragte mich, wie anders unser Leben verlaufen wäre, wenn der Grausame König nie getötet worden wäre. Wenn sie zusammen mit mir aufgewachsen wäre und ich sie so gut gekannt hätte wie die Erben. Ich wäre dazu erzogen worden, ihr zu dienen, anstatt dazu, an ihrer Stelle zu herrschen. Und vielleicht hätte es für jemand anderen so ausgesehen, als sollten wir uns darauf vorbereiten, ihnen wieder zu dienen, anstatt zu planen, alles in unserer Macht Stehende zu tun, um sie aufzuhalten.

Aber so einfach war es nicht.

Erstens gab es im Königreich keine vernünftig denkenden Fae, die wollten, dass Herrscher wie der Grausame König auf den Thron zurückkehrten, um die Brutalität seiner Herrschaft und die Gräueltaten, die er begangen hatte, erneut durch seine Nachkommen fürchten zu müssen. Aber selbst wenn sie keine Angst davor haben müssten, hatten diese Zwillinge, die in einem anderen Leben meine Königinnen hätten sein können, etwas viel Gefährlicheres an sich.

Sie waren ignorant. Und ignorante Anführer waren immer die schlimmsten Anführer. Sie verstanden nichts von diesem Königreich, unserem Volk, den Methoden der Herrschaft oder den Bedrohungen, denen wir uns stellen mussten, um Solaria zu Wohlstand zu verhelfen und sein Volk sicher und glücklich zu machen. Und es gab kein Heilmittel für ihre Art von Unwissenheit, keine Möglichkeit, dass sie jemals all die Dinge lernen konnten, die wir unser Leben lang studiert hatten. Ohne dieses Wissen könnten die Königreiche um uns herum leicht Vorteile daraus ziehen, die Nymphen könnten näher kommen oder zumindest würde unser eigenes Volk unter ihren schlecht informierten Entscheidungen leiden. Es war undenkbar – auch, ohne dass mein Vater mich dazu antrieb, dagegen anzukämpfen.

Ich war nicht nur um seines oder meines selbst willen entschlossen, ihnen den Thron vorzuenthalten. Ich wusste aus erster Hand, was es bedeutete, unter der Herrschaft eines mächtigen Tyrannen zu leiden – und ich weigerte mich, unserem Volk das ebenfalls zuzumuten. Vor langer Zeit hatte ich mit den anderen Erben einen Eid geschworen, die besten Herrscher zu werden, die sich unser Königreich wünschen konnte, und wir hatten unser ganzes Leben lang unermüdlich daran gearbeitet, dies zu erreichen. Ganz gleich, welche Absichten die Zwillinge verfolgten – selbst wenn sie so rein wie eine Jungfrau unter einem Blutmond wären

–, so könnten sie das Königreich doch niemals angemessen regieren. Und ich würde mein Versprechen, Solaria die bestmöglichen Herrscher zu bescheren, niemals brechen.

Ich war mir nicht sicher, wie lange ich dort stand, sie beim Schlafen beobachtete und all die Lust, Sehnsucht und das Verlangen, das ich für sie empfand, zuließ. Ich verstand nicht, warum sie mich so anzog, wie sie es tat, aber ich musste dem ein Ende setzen. Ich würde mich nicht noch einmal dazu hinreißen lassen, sie so anzusehen. Ich würde nicht mehr an sie denken, außer mit der Kälte, die ich brauchte, um das zu tun, was ich tun musste.

Sie war für einen dummen Moment ein schöner Traum gewesen. Aber jetzt war ich mir meiner Realität bewusst und die blauen Flecken auf meiner Haut erinnerten mich schmerzhaft daran, wie diese Realität aussah.

Die Vegas mussten verschwinden.

Und ich musste dafür sorgen, dass das geschah.

Ich drehte mich um und verließ ihr Zimmer. Das leise Klicken der Tür, die sich hinter mir schloss, klang wie ein Donnerschlag in meinen Ohren, während der Drang, mich umzudrehen und sie wieder zu öffnen, durch mich strömte wie flüssiges Gold, das mich von innen heraus veredeln wollte.

Der Hunger nach ihr war wie ein Schmerz in meiner Seele, und ich hätte schwören können, dass die Welt ins Wanken geriet und sich neigte – als würde die Schwerkraft versuchen, mich durch diese Tür in dieses Zimmer zurückzuziehen. Ich wollte sie mit dem Kuss wecken, den ich ihr letzte Nacht hätte geben sollen, und alles vergessen, was wir beide waren, während ich mich in dem Gefühl verlor, ihren Körper an meinem zu spüren.

Aber als Xaviers Schreie in meinem Schädel widerhallten, ließ ich diesen Tagtraum verglühen und ignorierte das Gefühl des Unrechts, das bei jedem Schritt, mit dem ich mich von ihrer Tür entfernte, durch meinen Körper hallte.

Ich erreichte mein Zimmer und zog die Klamotten aus, die ich gestern Abend in der Bar getragen hatte. Dabei hielt ich inne, um die blau-grün gefleckten Blutergüsse zu betrachten, die sich über meinen gesamten Oberkörper ausbreiteten. Ich konzentrierte all meine Gedanken auf sie und erlaubte ihnen, auch weiterhin meine Haut zu zieren, um sicherzugehen, dass ich nicht vergaß.

Ich hatte eine Aufgabe zu erfüllen. Und ich würde mein Herz für die Seele meines Bruders opfern, wenn es sein musste.

Gemini
Scorpio
Virgo
Cancer
Aries
Leo
Taurus
Sagittarius
Capricorn
Aquarius
Libra
Pisces

SETH

KAPITEL 19.

Ich erwachte mit festen Lippen auf meinem Schwanz auf und stieß ein Stöhnen aus, als ich an das Mädchen dachte, das ich letzte Nacht mit ins Bett hatte nehmen wollen. Ich hatte sie nach oben begleitet, meine Hand auf ihrem unteren Rücken, ihren Körper an meinen gelehnt. Es hatte sich auf eine Weise richtig angefühlt, die ich nie verstehen würde. Sie und ich waren etwas Besonderes. Ich konnte noch nicht genau beschreiben, was das war, aber ich hatte vor, sie auf jede erdenkliche Weise zu ficken, um meine Antworten zu bekommen.

Leider hatte sie, als wir in ihrem Zimmer angekommen waren und ich den Versuch eines Kusses unternommen hatte, lediglich meine Haare zerzaust, als wäre ich ein Hund. Dann war sie durch die Tür geschlüpft und hatte mir diese mit einem wilden Lachen vor dem Gesicht zugeschlagen.

Sie war eine Herausforderung. Und Caleb liebäugelte damit, Tory zu ficken, sobald sie sich ihm fügen würde. Warum also sollte ich nicht ein bisschen Spaß mit Darcy haben? Cal hatte die richtige Einstellung.

Ficken, brechen, abservieren. Dann könnten wir beide zusammen in den Sonnenuntergang reiten. Natürlich nicht als Paar. Es sei denn … Ich stellte mir Cals Mund auf meinem Schwanz vor, anstelle desjenigen, der gerade mit Begeisterung daran auf und ab glitt. Ein Knurren rollte durch meine Kehle, als ich unter die Decke griff und meine Hand in den Haaren dessen vergrub, der mich gerade verwöhnte. Kurze Haare. Wie die von Cal.

Verdammt, mein Katerhirn spielte wirklich verrückt. Aber es war nur eine kleine Fantasie. Nichts Schlimmes. Jeder hatte doch Fick-Fantasien über seine besten Freunde, oder? Völlig normal.

Also gab ich mich der Vorstellung hin, Calebs Mund um meinen Schwanz gewickelt zu wissen, während ich meine Hüften vorschob, um tiefer in seine Kehle vorzudringen. Die Vorstellung machte mich so heiß, dass sie endete, als sie gerade erst begonnen hatte.

Ich stöhnte, als ich kam, und ergoss mich in den Rachen desjenigen aus meinem Rudel, der gerade damit beschäftigt war, seinem Alpha zu gefallen. Mein Kopf sank zurück ins Kissen, während ich ein Seufzen ausstieß.

Ich öffnete die Augen einen Spalt, als Frank mit einem schelmischen Grinsen auf den Lippen unter der Bettdecke hervorkroch und sich neben mich aufs Bett fallen ließ. Ein paar schlafende Körper bewegten sich, um ihm Platz zu machen. Sein Ständer drückte gegen meinen Oberschenkel, als Alice anfing, seinen Nacken zu küssen und seine Brust zu streicheln, und ich nickte ihm zu, bevor ich aufstand und über das Meer aus Körpern krabbelte. Die Hitze von so viel Fleisch setzte meine Haut regelrecht in Flammen.

Ich brauchte eine Dusche. Und etwas zu essen. Und … Darcy. Ja, ich wollte Darcy sehen. Für eine morgendliche Knuddelrunde und einen Bagel. Daran war nichts Unanständiges. Außer, dass ich definitiv härter daran arbeiten sollte, sie loszuwerden. Aber mein Gehirn war ein einziges Wirrwarr und ich hatte nicht vor, dieses Wirrwarr zu beseitigen, weil es mir hier irgendwie gefiel. Und mein benebeltes Ich wollte Darcy. Vielleicht könnte ich ihr Gesicht in ihren Bagel stopfen oder so, das wäre dann ein Kompromiss. Ja, Mom würde einem Bagel-Bashing definitiv zustimmen. Und wenn nicht, na ja … sie war nicht hier. Also konnte ich tun, was ich wollte.

Ich war nicht der einzige Erbe, der letzte Nacht eine Vega trockengevögelt hatte, also warum nicht noch ein bisschen länger auf Tuchfühlung mit ihr gehen? Vielleicht würde ich etwas herausfinden, das ihr langfristig schaden könnte, vielleicht auch nicht. Vielleicht war es mir auch egal. Nur, weil wir eines Tages um den Thron kämpfen würden, hieß das nicht, dass wir in der Zwischenzeit keine Frühstückskumpel sein konnten. Jup. Entscheidung getroffen.

Ich betrat mein Badezimmer und entdeckte Ashanti, die von Eric an die Wand gepresst wurde, während er in sie eindrang, und ich pfiff eine Melodie, während ich mich ihnen im heißen Wasser anschloss, mir das Duschgel schnappte und mich gut einseifte.

Ashanti tätschelte mich immer wieder und versuchte, mich in ihren Fick einzubeziehen, aber ich war hungrig und wollte nach unten gehen, um meine neue Freundin zu wecken. Sie ließ aber nicht locker, also küsste ich sie hart, um sie endgültig um den Verstand zu bringen, und zupfte mit meinen Zähnen an ihrer Unterlippe, während sie mit einem lauten Schrei kam. Dann verließ ich die Dusche, putzte mir die Zähne und trocknete mich mit meiner Luftmagie ab, bevor ich in mein Zimmer zurückkehrte, wo in meinem Bett und auf dem Boden eine Orgie im vollen Gange war.

Ich musste über mehrere sich aneinander reibende Körper steigen, um zum Schrank zu gelangen, und als ich mich anzog, hallten enttäuschte Rufe um mich herum wider.

»Mach mit, Alpha!«, bettelte Nessa und griff nach dem Bund meiner Jeans, aber ich schob ihre Hand weg.

»Ich habe Hunger«, knurrte ich und sie wimmerte klagend.

»Wir bringen dir etwas zu essen«, bot Tina an, die unter Geoff auf dem Bett feststeckte und deren Kopf kopfüber über die Bettkante hing.

»Nee, amüsiert euch nur.« Ich grinste und bahnte mir meinen Weg durch das Orgie-Labyrinth zur Tür, während mir ein trauriges Heulen folgte. Aber ich hatte heute noch einiges zu erledigen. Und ich sehnte mich nach der Gesellschaft der Erben. Ich liebte mein Rudel, aber manchmal brauchte ich eine Pause von all ihrem Anbiedern und Umschmeicheln. Bei meinen Jungs konnte ich einfach ich selbst sein. Ein Alpha unter Alphas.

Ich fuhr mir mit der Hand durch die langen Haare, begab mich zu Darcys Zimmer – und zögerte dort eine Sekunde. Nach der letzten Nacht mochte ich sie viel lieber, als ich laut zugeben würde. Vielleicht musste all dieser Feindeskram durch einen guten, altmodischen Fick beigelegt werden. Tatsächlich war ich bereit, zu wetten, dass sich alle Probleme der Welt mit Sex lösen ließen. Ich war so gut im Bett, dass ich sie wahrscheinlich dazu bringen könnte, ihren Anspruch aufzugeben, während ich tief in ihr steckte. Und sie würde mich als Zugabe zu ihrem König krönen. *Definitiv plausibel.*

Ich hob die Hand, um an Darcys Tür zu klopfen, aber diese ging auf, bevor meine Knöchel sie auch nur berühren konnten. Überrascht hob ich die Augenbrauen. Sie trug einen schwarzen Pullover und Jeans, ihre Augen waren klein – eine Mischung aus Müdigkeit und Kater –, und sie sah verdammt süß aus, als der Schock über ihr Gesicht hereinbrach.

»Morgen, Babe.« Ich grinste, als ich an ihre Hände dachte, die mich letzte Nacht überall berührt hatten, und hoffte, dass wir schnell wieder auf den richtigen Weg kommen würden.

»Hey«, sagte sie knapp und steckte sich eine feuchte Haarsträhne hinters Ohr.

»Lass mich dir dabei helfen.« Ich hob eine Hand und wirkte heiße Luft, um ihre Haare zu trocknen, trat einen Schritt vor und drückte meine Nase hinein, um den Duft ihres Shampoos einzuatmen. Es roch regelrecht essbar und mir lief das Wasser im Mund zusammen, während ich mich fragte, ob ich das Frühstück ausfallen lassen und stattdessen ein Festmahl mit ihr veranstalten sollte.

»Kirsche, meine Lieblingssorte. So süß, so unschuldig. Apropos Unschuld, hast du deine noch?« Ich warf einen Blick in ihr Zimmer, für den Fall, dass sie irgendwelche großschwänzigen Jungs oder großbusigen Tussis eingeladen hatte, nachdem ich sie gestern Abend hier zurückgelassen hatte, aber ihr Zimmer war leer. Sie stemmte ihre Schulter gegen die Tür, um mich aufzuhalten, ihr Gesichtsausdruck wurde grimmig und verursachte ein Ziehen in meiner Magengegend. Warum war sie heute Morgen so angespannt?

»Das geht dich einen Scheiß an«, zischte sie.

»Darf ich es zu meinem Scheiß machen?«, schnurrte ich, legte einen Arm um sie und zog sie an meine Brust. War sie wirklich noch Jungfrau? Sie hatte noch mit niemandem auf dem Campus gefickt und war schon fast eine ganze Woche hier an der Zodiac Academy. Ich hatte in meinen ersten drei Tagen hier eine ganze Blaskapelle flachgelegt. Mir gefiel der Gedanke, dass sie noch unberührt war, denn ich hatte ihr so verdammt viel beizubringen, wenn sie mir ihre unberührte Pussy anbot. Ernsthaft, ich war mir sicher, dass Venus selbst meinen Schwanz mit ihren Gaben ausgestattet hatte.

»Was zum Teufel machst du da?« Sie stieß mich zurück und ein Winseln baute sich in meiner Kehle auf, das ich aber nicht herausließ. Was war ihr Problem? Ich hatte gedacht, sie mochte mich. Ich war verdammt liebenswert, wenn ich meinen Charme spielen ließ, und letzte Nacht hatte ich sie mit meinem Charme regelrecht um den Finger gewickelt und meinen Schwanz mehrfach an ihr gerieben. Was gab es da nicht zu lieben?

»Ich dachte, zwischen uns wäre jetzt alles in Ordnung … Du weißt schon, nachdem du an meiner Unterlippe gesaugt und mir dann schmutzige Dinge ins Ohr geflüstert hast«, stichelte ich. Okay, vielleicht hatte sie mir nur zugeflüstert, dass ich ein arroganter Vollidiot mit einem Gottkomplex sei, aber sie hatte sich gleichzeitig an meinem Schwanz gerieben, also hatte ich es als Kompliment aufgefasst.

»Ich erinnere mich an kein Flüstern.« Ihr Blick fiel auf meinen Mund, was verriet, dass sie sich zumindest an das Lippensaugen erinnerte.

Ich lachte leise. »Erinnerst du dich auch daran?« Ich bewegte meinen Mund zu ihrem Ohr, bereit, es zwischen meine Zähne zu nehmen und die Frühstücksparty zu beginnen, als sie aufschrie und mich zurückdrängte.

Ich grinste sie anzüglich an – denn dieses Spiel war definitiv nach meinem Geschmack –, als sie mit mir auf den Flur trat und die Tür hinter sich schloss. *Na gut, dann wird sie wohl nach dem Essen mit meinen Eiern spielen.*

»Komm, ich begleite dich zum Frühstück.« Ich legte meinen Arm um ihre Schultern, und sie wand sich ein wenig, aber nicht genug, um zu signalisieren, dass sie losgelassen werden wollte. Irgendwie gefiel mir dieses Katz-und-Maus-Spiel, obwohl meine kleine Maus sich wirklich daran hätte erinnern sollen, dass die Katze am Ende immer zu hungrig sein und das Spiel in einem Blutbad enden würde.

»Warum täuschst du vor, nett zu mir zu sein? Wir haben dieses Spiel bereits hinter uns – und ich falle nicht darauf herein, Seth«, warnte sie mich und mein Schwanz zuckte in meiner Hose. Wow, sie hat meinen Namen gerade verdammt gut mit ihrer Zunge gefickt.

»*Fuck*, mach das noch mal«, sagte ich und biss in meine Faust.

»Was?« Sie starrte mich stirnrunzelnd an.

»Sag meinen Namen, als würdest du ihn mundficken.«

Ich grinste spöttisch.

»Das ist nicht mal ein Wort.« Sie schüttelte den Kopf, machte einen weiteren vagen Fluchtversuch und scheiterte. »Ich muss zu Geraldine«, sagte sie besorgt und warf mir einen Blick zu, um meine Reaktion zu sehen. Mein Magen zog sich zusammen. Darius hatte uns gestern Abend, nachdem er verschwunden war, eine SMS geschickt, um uns zu sagen, dass sie von einer Nymphe angefallen worden war. Und dieser Nymphenangriff stand definitiv auf der Liste der Dinge, über die ich heute mit den Erben sprechen wollte. Aber mein verkatertes Gehirn hielt mich davon ab, mir zu viele Sorgen darüber zu machen. Meine Mutter würde zweifellos ausflippen und es würde heute eine ganze Stellungnahme von ihr und den anderen Celestia-Ratsmitgliedern in den Nachrichten geben. *Erst essen, dann arbeiten.*

»Ja, klingt, als hätte es das arme Mädel ganz schön erwischt«, sagte ich. Grus war eine Elf auf einer Skala von eins bis zehn für verrückte Royalisten, aber sie war ein ganz passables Mädchen. Sie konnte Pitball spielen wie eine verdammte Kriegerin, und das konnte ich respektieren.

»Zum Glück war Orion da, um zu helfen«, sagte Darcy trocken und meine Wut wuchs, als sie seinen Namen so aussprach. Als wäre er eine verdammt süße Süßigkeit, die sie sich auf der Zunge zergehen ließ.

»Hey! Stopp!« Ich drehte sie zu mir und suchte ihren Blick.

»Was?«, keuchte sie.

»Wir haben ein ernsthaftes Problem, Babe«, knurrte ich.

»Welches?«, fragte sie alarmiert.

»Du hast gerade den Namen eines anderen Kerls mundgefickt«, warf ich ihr vor, weil ich die Aufmerksamkeit dieses Mädchens ganz für mich allein haben wollte.

Wir könnten ein oder zwei Fick-Kumpels ins Schlafzimmer holen, sobald ich sie eine Weile für mich allein gehabt hatte, aber Professor Orion stand nicht zur Debatte. Das hatte sie doch verstanden, oder? Er war zu hundert Prozent tabu. Er war toll anzusehen, ich hatte sogar eine Erinnerung an ihn in meiner Sammlung von Wichsvorlagen, in der er mich fast erstickt hätte, weil ich eine Kommilitonin fünfzehn Meter tief unter der Erde begraben hatte – erst, nachdem sie den Mond eine Hure genannt und mir einen Schlag gegen die Kehle verpasst hatte. Aber diese Erinnerung spielte nur in meinem Kopf, ich handelte nicht danach. Er war tabu.

Darcy öffnete den Mund und ihre Wangen färbten sich rosa, was mir die ganze Wahrheit über ihre kleine Schwärmerei verriet. Es war kaum überraschend, dass kaum ein Mädchen nicht bemerkte, wie verdammt heiß Orion war. »Willst du mich jetzt verarschen?«

»Das war kein Scherz. Du weißt, dass du keinen Lehrer daten darfst, oder? So lauten die Regeln. Und ich würde es begrüßen, wenn du seinen Namen nicht in meiner Anwesenheit mundficken würdest«, erklärte ich und drückte sie fester an mich.

»Kannst du bitte aufhören, *mundficken* zu sagen? Dieses Wort existiert nicht«, fauchte sie und kniff sich auf entzückende Weise die Nase. *Mmm, kleine Maus, ich werde dich bald vernaschen.*

»Doch, tut es.« Ich zuckte mit den Schultern. »Ich habe es gerade erfunden.«

»Du bist unmöglich«, seufzte sie, befreite sich aus meinem Griff und marschierte frustriert von mir weg.

»Warte!«, rief ich mit einem hündischen Wimmern, während ich ihr nachlief, ihre Hand ergriff und meine Finger zwischen ihre schob. Ich wollte nicht, dass sie weglief. Eigentlich wollte ich lieber zu gestern Abend zurückkehren, als sie mich nicht so angesehen hatte, als wäre ich der Teufel. »Hör zu, ich weiß, dass ich viel Mist gebaut habe und ein echtes Arschloch war, okay?«

Sie drehte sich zu mir um und starrte mich entsetzt an, aber es war die Wahrheit.

Ich holte tief Luft, um sie zu besänftigen und mir stattdessen eine Kuscheleinheit zu verdienen. »Es tut mir leid, okay? Dein erster Abend hier … dass ich versucht habe, dich dazu zu bringen, dir die Haare abzuschneiden … dass ich dich mit meinen Jungs mit Schlamm bedeckt und das Foto online gepostet habe … dass ich dich im Wimmernden Wald allein gelassen habe …«

»Schon gut«, unterbrach sie mich und meine Brust zog sich zusammen, als ich das Gift in ihren Augen sah. »Ich erinnere mich. Ziemlich genau sogar.«

Sie versuchte, ihre Hand zu befreien, aber ich weigerte mich, loszulassen. Es war doch nur ein albernes Spielchen. Ich wollte, dass sie sich mir unterwarf, aber sie musste mich nicht hassen. Wir könnten das klären. Wir könnten beste Feinde mit gewissen Vorzügen sein.

»Ich dachte nur … nach letzter Nacht.« Ich räusperte mich und fühlte mich seltsam verletzlich, als ich versuchte, diese Scheiße zwischen uns zu überwinden. Letzte Nacht hatte sich so richtig angefühlt. Wir waren alle sechs zusammen gewesen und hatten Zeit miteinander verbracht. Ich fühlte mich immer unwohl in der Gegenwart anderer Studenten; die Art und Weise, wie sie mich verehrten oder fürchteten, machte es schwierig, außerhalb der Erben gleichberechtigte Beziehungen aufzubauen. Aber mit ihr und Tory passte es einfach … »Ich dachte, die Dinge hätten sich geändert. Aber offensichtlich habe ich mich geirrt.« Ich ließ ihre Hand los und hoffte, dass sie mir widersprechen würde, aber sie warf mir nur einen grimmigen Blick zu. Nicht einmal ein winziger Widerspruch? Ein klitzekleiner?

»Letzte Nacht waren wir betrunken«, sagte sie und ich unterdrückte ein Knurren.

»Ich weiß, aber …« Ich zuckte mit den Schultern. »Was soll's? Ich weiß, wie ich mich heute Morgen gefühlt habe, du nicht?«

Mein Herz schlug wie wild, als ich ihr meine Seele offenbarte und mich zum ersten Mal in meinem Leben verwundbar machte. Zwischen ihr und mir herrschte eine eindeutige Anziehung. Ich wusste, dass es kompliziert war, aber … das musste es nicht sein. Wir könnten unsere politischen Ansichten vorerst beiseitelassen und unsere Körper mit unseren Zungen erkunden. Warum nicht? Welchen Schaden würde das tatsächlich anrichten? Nur ein bisschen Nippellutschen und Fingerficken vor dem Frühstück.

Sie schüttelte den Kopf und in ihren tiefgrünen Augen lag ein Misstrauen, das ich ihr wohl nicht verübeln konnte.

»Ich vertraue dir nicht«, gab sie vorsichtig zu, und mein Herz machte einen Sprung, denn Vertrauensprobleme waren genau mein Ding. Sie würde schon sehen, dass ich der beste Freund war, den man sich nur wünschen konnte. Sie würde es verstehen, wenn sie mir eine Chance gäbe.

»Kann ich versuchen, dein Vertrauen zu gewinnen?«, fragte ich.

Sie presste die Lippen aufeinander und fuhr mit den Fingern durch ihre blauen Haarspitzen.

»Nein«, flüsterte sie und setzte ihren Weg fort, wobei sie mein Herz, auf dem sie herumgetrampelt und das sie wie eine alte Blechdose mit Füßen getreten hatte, auf dem Boden liegen ließ. Ich starrte ihr zwei endlose Sekunden lang nach, während ich gegen den Drang ankämpfte, vor Trauer über dieses eine Wort zu heulen, dann rannte ich los und stellte mich ihr in den Weg. Ich hatte noch ein Ass im Ärmel. Das Einzige, dem die Erben niemals widerstehen konnten. Dem niemand jemals widerstehen konnte.

Ich schenkte ihr meinen Welpenblick, meinen besten,

verführerischsten Welpenblick, der jeden für mich zum Schmelzen brachte. Ich war einfach zum Anbeißen.

»Na schön«, gab sie nach, ein Lächeln umspielte ihre Lippen und ich hüpfte fast vor Freude.

Ich grinste von einem Ohr zum anderen, spielte aber lieber den Coolen. »Kuss?« Ich beugte mich zu ihr vor, um einen zu bekommen, und sie zuckte überrascht zurück.

»Nein! Bist du verrückt?« Sie stieß mich zurück und ich begann auf meinen Fußballen vor und zurück zu wippen. Ich liebte dieses Hin und Her. Diese Herausforderung. Sie wollte mich. Ihr betrunkenes Ich hatte sie verraten. Wenn ich also ihre wilde Seite herauslocken und ihr Vertrauen gewinnen musste, dann würde ich das eben tun. Dann würde ich alle nüchternen Küsse bekommen, die ich wollte.

»Verrückt nach dir«, sagte ich mit einem albernen Grinsen.

»Das ist das Peinlichste, was ich je gehört habe«, meinte sie lachend.

»Sag's nicht weiter, Babe. Könnte meine Glaubwürdigkeit ruinieren und so.« Ich zwinkerte ihr zu, nahm wieder ihre Hand und zog sie mit. *Ich bin auf dem Weg zum Frühstück mit meinem Frühstücksbuddy*, sang ich stumm das Lied, das ich mir ausgedacht hatte, und das mit einem breiten Lächeln auf den Lippen. *Frühstück, Frühstück, hast du meinen Buddy gesehen? Oh, da ist sie ja, da ist mein Frühstücksbuddy. Nur sie und ich zum Frühstück ...*

»Du kommst nicht mit zum Frühstück«, sagte sie bestimmt, und meine Stimmung verschlechterte sich sofort, als wir das Treppenhaus betraten.

Oh.

Ein paar Freshmen kamen auf uns zu, ein Typ mit einer Mütze auf dem Kopf und das Mädchen ein zierliches kleines blondes Ding.

»Bis dann.« Darcy zog ihre Hand aus meiner, gesellte sich zu den beiden und warf mir noch einen Blick zu, der mir zu verstehen gab, mich zurückzuhalten.

Ich starrte sie an, die Zurückweisung brannte und schmerzte in meiner Brust, als sie mich mit ihren Augen zum Teufel schickte. Ich fuhr mir mit der Zunge über die Unterlippe, während ich den Fae in mir unterdrückte, der nach einem Kampf verlangte. Aber ich beschloss, sie jetzt nicht zu demütigen, und zwang mich, weiterzugehen und die Treppe nach unten zu nehmen.

Schmollend holte ich meinen Atlas heraus und stellte fest, dass eine Reihe verpasster Anrufe und SMS auf mich warteten. Die Hälfte davon stammte von Kylie, die Antworten auf ein Video verlangte, das online durchgesickert war und Darcy und mich beim Tanzen im Club zeigte. Mir wurde flau im Magen, als ich realisierte, dass die andere Hälfte der Nachrichten von meiner Mutter kam. Eine Reihe von Benachrichtigungen teilte mir außerdem mit, dass ich in allen möglichen Artikeln im Internet und auf FaeBook erwähnt worden war.

Scheiße auf dem Mond, ich stecke in Schwierigkeiten.

Ich verließ den Aer-Turm und machte mich auf den Weg zu den Klippen, um meine Mutter anzurufen – dabei schirmte ich mich mit einer Stillekuppel ab. Als ich den äußersten Klippenrand erreichte, setzte ich mich auf einen großen Felsen, der über den Abgrund hinausragte, ließ meine Beine baumeln, starrte auf das strahlend blaue Meer unter mir und drückte auf die Wähltaste.

Meine Mutter nahm sofort ab, und ihre Stimme bohrte sich wie ein Messer in mein Gehirn.

»Seth Capella, wo zum Teufel warst du?«, bellte sie und ich zuckte angesichts ihres wütenden Tons zusammen.

»Ich habe geschlafen«, sagte ich unschuldig.

»Geschlafen?«, knurrte sie. »Während die Welt zu deinen Füßen in

Trümmern liegt, hast du geschlafen?«

»Sie liegt nicht in Trümmern …«, begann ich, aber sie schnitt mir das Wort ab.

»Es gab einen Nymphenangriff auf eine Studentin der Zodiac Academy vor einem Club, in dem du letzte Nacht unterwegs warst. Und weißt du, wie ich davon erfahren habe? Durch einen Anruf mitten in der Nacht von Gus Vulpecula, der mich um eine Erklärung gebeten hat, warum mein Sohn mit seinen Händen auf einer Vega gesehen wurde, während eine unschuldige Studentin direkt vor deiner Nase von einer Nymphe angegriffen wurde.«

Oh. Fuck.

»Mom, wenn du nur …«

»Ich werde überhaupt nichts. Du steckst in ernsthaften Schwierigkeiten, du leichtsinniger kleiner Welpe.«

O nein. Sie maßregelte mich wie einen Welpen. Das war übel. Apokalyptisch übel.

»Diese Sache ist im Begriff, ein ausgewachsener Skandal zu werden«, fuhr sie mit einem Knurren fort, das mir ein Winseln entlockte. »Und die anderen Erben sind in dieser ganzen Sache nicht einmal annähernd unschuldig, verstehst du? Überall im Internet kursieren Fotos und Videos, auf denen ihr mit den Vegas flirtet – hast du eine Ahnung, wie schädlich das für euren Ruf sein könnte?«

»Ich weiß, Mom, aber sie sind doch nur Mädchen. Und irgendwie sind sie cool. Ist es nicht gut, wenn wir zeigen, wie friedlich wir mit unseren Feinden umgehen können? Ich meine, wir müssen sie nur besiegen und ihnen den Thron entreißen, und wir haben jahrelang trainiert. Sie können noch nicht einmal einfache Zauber sprechen. Wo ist das Problem?«

»Das Problem?«, brüllte sie so laut, dass sich mein Herz hinter meiner

Lunge versteckte. »Das Problem, Kleiner, ist, dass du auf diesen Bildern schwach aussiehst. Es sieht so aus, als hätten die Mädchen die Kontrolle und würden dich an deinem Schniedelwutz herumführen.« Bei den Sternen, ich hasste es, wenn sie meinen Schwanz einen Schniedelwutz nannte. »Hast du eine Ahnung, in welche kompromittierende Lage du uns alle gebracht hast? Und was für eine Schadensbegrenzung hier nötig ist, um das wieder geradezubiegen?«

»Ich sehe das Problem immer noch nicht«, drängte ich, und mein Blut brodelte vor Frustration.

»Du bist ein Erbe. Geboren, um zu herrschen. Und die Vegas sind deine Feinde«, fuhr sie mich an. »Du darfst nicht dabei gesehen werden, wie du mit ihnen anbandelst – schon gar nicht, wenn dich das davon ablenkt, eine Nymphe in deiner Nähe zu erspähen. Weißt du, welch schlechtes Licht das auf dich wirft?«

»Wie bitte soll ich denn Nymphen erspähen? Ich habe kein Nymphenradar im Kopf, Mom«, knurrte ich.

»Werd bloß nicht frech, Kleiner!«, zischte sie und ich biss die Zähne zusammen. »Du wirst diese Mädchen los, hast du mich verstanden? Du wirst daran arbeiten, den von dir verursachten Schaden wiedergutzumachen. Du wirst der Welt zeigen, dass diese Zwillinge unter deiner Würde sind, dass du sie leicht vernichten könntest, dass du die wahre Macht in diesem Königreich bist und dass du dich erheben wirst, um den Thron zu beanspruchen, den die Vegas zurückerobern wollen.«

»Ich kann sie jederzeit schlagen, das weiß jeder, der bei Verstand ist.«

»Tatsächlich ist genau das eben nicht der Fall. Die Nachrichten müssen voller Geschichten sein, die diesem Skandal entgegenwirken, Seth. Du hast mich schwer enttäuscht.«

»Aber Mom …«, versuchte ich es wieder.

»Kein Aber. Ich habe genug von deiner Arroganz. Du musst die

Bedeutung dieser Situation verstehen, das Ausmaß des Ganzen. Also habe ich keine andere Wahl, als dich zu bestrafen, um dich zur Vernunft zu bringen.«

»Mich bestrafen?«, blaffte ich. »Warum? Wegen eines Nymphenangriffs, auf den ich keinen Einfluss hatte? Und weil ich mit einer Vega getanzt habe?«

»Genau!«, donnerte sie. »Denn wenn du das nicht ernst nimmst, werde ich dich dazu zwingen. Du bist offiziell vom Familien-Mond-Spaziergang ausgeschlossen und darfst erst wieder nach Hause kommen, wenn du alles getan hast, um diesen Fehler wiedergutzumachen.«

Mir stockte der Atem und ich sprang entsetzt auf. »Was? Das kannst du nicht machen.«

»Oh, das habe ich bereits«, knurrte sie. »Tu, was du tun musst, um das, was du versaut hast, wieder in Ordnung zu bringen. Sonst wird es weitere Strafen geben, und ich garantiere dir, dass diese Strafe im Vergleich dazu geradezu harmlos sein wird.« Sie legte auf und ich fühlte mich wie erstickt, unfähig zu atmen, während ich auf das Meer starrte. Mein Puls raste unter meiner Haut.

Das konnte sie nicht machen. Das konnte sie nicht. Ich musste meine Familie sehen, so wie ich Luft zum Atmen brauchte. Ich fuhr jede Woche nach Hause, um meine Brüder und Schwestern, meine Cousins und Cousinen zu sehen. Ich brauchte ihre Verbundenheit, das war eines meiner wichtigsten Bedürfnisse. Und mich vom Familien-Mond-Spaziergang auszuschließen, war, als würde man mir einen Teil meiner Seele abtrennen. Es war eine Capella-Tradition. Ich hatte in meinem ganzen Leben noch keinen einzigen Mond-Spaziergang verpasst. Es war eine riesige Party, die unter dem Mond am Ufer des Questos-Sees stattfand. Wir blieben die ganze Nacht in unseren Formgebungen und schliefen unter den Strahlen des Mondes, badeten in seinem Licht. Und jetzt würde ich nicht dort sein, um daran teilzunehmen. Ich würde nicht im kühlen Wasser schwimmen, das im Mondlicht glitzerte, und die Mondkraft spüren, die durch seine Tiefen plätscherte. Ich würde nicht den Chor meiner Familie hören, der den Himmel anheulte. Ich würde hier sein. Allein. Ohne sie.

Mein Atem ging stoßweise und meine Hände begannen, zu zittern, als sich Panik in mir breitmachte. Sie konnte das nicht durchziehen. Wie konnte sie das verdammt noch mal durchziehen?

Mein Atlas klingelte und ich stellte fest, dass die eine Person, mit der ich unbedingt sprechen wollte, am anderen Ende der Leitung war.

»Cal?«, krächzte ich, als ich abnahm.

»Wir sind am Arsch«, presste er hervor, und ich war einen Moment lang erleichtert, weil ich wusste, dass ich nicht allein war. Aber diese Erleichterung währte nur kurz. »Komm ins Hollow!«

»Okay«, raunte ich. »Wir kriegen das wieder hin, oder?«

»Das tun wir immer.« Sein Ton wurde etwas sanfter. Caleb war angesichts chaotischer Situationen immer so ruhig; er hatte diese Art an sich, die mich erdete, und die brauchte ich jetzt mehr denn je. Er legte auf und ich drehte mich um und ging in Richtung des Wimmernden Waldes. Meine Glieder waren schwer und taub, das Einzige, was ich fühlen konnte, war das schmerzende Pochen meines Herzens in meiner Brust.

Was sollen wir tun? Wie sollen wir das in Ordnung bringen?

Ich trottete den Waldweg entlang, starrte auf den Boden und meine Gedanken rasten mit tausend Kilometern pro Stunde, während ich versuchte, eine Lösung zu finden. Aber in meinem Kopf herrschte zu viel Panik, um etwas Logisches zuzulassen. Ich brauchte eine Umarmung. Und einen Kaffee. Und einen Snack.

Ein Freshman rempelte mich an und ich stieß ihn vor Wut zu Boden.

»Capella!« Eine raue Stimme ließ meinen Kopf hochschnellen und ich sah, wie Professor Orion auf mich zukam und mich böse anstarrte. »War das wirklich nötig?« Er deutete mit dem Kinn auf den Freshman, der sich aufrappelte und den Weg entlang sprintete, dabei nach links und rechts auswich, als dachte er, ich würde ihn mit Magie bombardieren.

»Er stand mir im Weg«, knurrte ich.

»Wollen Sie so das Königreich regieren?«, fragte er eisig. »Jeden, der Ihnen in die Quere kommt, zu Boden zwingen?«

»Was geht Sie das an?«, keifte ich, jetzt völlig aufgebracht. Ich konnte es heute Morgen nicht gebrauchen, dass er mir auf die Nerven ging. Was wollte er überhaupt? Es war Samstag, sollte er sich nicht lieber anderswo als Arschloch aufspielen?

»Achten Sie auf Ihren Tonfall!«, warnte er und rückte näher, bis er mit gefletschten Zähnen direkt vor mir stand.

Ich starrte ihn wütend an und fragte mich, warum er es ausgerechnet auf mich abgesehen hatte. Es war der falsche Zeitpunkt, um sich mit mir anzulegen.

»Sonst was?«, zischte ich, unfähig, mein Temperament zu zügeln. Ich brauchte ein Ventil, und vielleicht war es angesichts meiner aktuellen Situation eine beschissene Idee, einen Streit mit einem Lehrer anzufangen – aber ich hatte noch nie viel Impulskontrolle besessen. Also baute ich mich vor ihm auf und seine Augen verdunkelten sich vor Herausforderung, als wäre er genauso scharf auf diesen Kampf wie ich.

»Was hat Ihre Laune verdorben, Capella? Wurden Sie letzte Nacht abserviert?«, stichelte er und seine Augen glitzerten vor Bosheit.

»Ich werde nicht abserviert, *Sir*«, fauchte ich. *Außer anscheinend von Darcy Vega.*

Das schien ihn noch wütender zu machen und er trat näher. Sein Oberkörper berührte den meinen und ich fragte mich, ob ich mein Grab heute wirklich noch tiefer schaufeln wollte.

»Sie glauben also, dass Sie Ihren Thron am besten erobern können, indem Sie eine Vega daten?«, fragte er mit kalter Stimme und funkelnden Augen. Ich vermutete, dass er seine eigenen Investitionen in meine Handlungen hatte. Er war fest entschlossen, Team Erbe und Darius' kleiner bester Freund zu sein – nicht, dass ich eifersüchtig wäre. Außer okay, manchmal wünschte ich mir, ich könnte an ihren Kuschelpartys teilnehmen.

»Ich date sie nicht«, erklärte ich bitter. *Und es sieht auch nicht so aus, als würde sich daran etwas ändern.*

Seine Augenbrauen zogen sich zusammen und ich seufzte; ein Winseln entwich mir, als ich den Blick abwandte.

»Haben Sie Darius gesehen?«, murmelte er. »Ich kann ihn nicht finden und er geht nicht an seinen Atlas.«

Ich runzelte die Stirn und schüttelte den Kopf, obwohl ich mir vorstellen konnte, dass Darius ins King's Hollow kommen würde. Aber wenn er nicht gefunden werden wollte, dann würde ich ihn nicht verraten.

Orion seufzte und rieb eine Stelle auf der Brust, während seine Augen mit einem gewissen Bedürfnis zu funkeln schienen.

»Geht es Ihnen … gut?«, fragte ich, und er runzelte die Stirn.

»Natürlich«, blaffte er.

»*Mir* nicht«, murmelte ich.

Ich wusste nicht, warum, aber plötzlich begann ich, vor seinen Augen in Stücke zu zerfallen. Ich brauchte einfach dringend eine Umarmung. Also stürzte ich mich auf ihn und schlang meine Arme um seinen Hals. »Ich weiß nicht, was ich tun soll. Was soll ich tun?«

»Lassen Sie mich los!«, grunzte er und stieß mich zurück, aber ich hielt mich fest wie eine Klette. Ich war mir sicher, dass er großartige Umarmungen gab. Ich musste nur durchhalten, bis er nachgab. »*Capella!*« Er stieß mich mit einem Luftstoß von sich, und ich warf den Kopf in den Nacken und heulte zum Himmel, bevor ich an ihm vorbei und in den Wald rannte. Ich brauchte meine Brüder jetzt mehr als alles andere auf der Welt.

Ich schaffte es bis zu dem riesigen Baum, der den Zugang zum King's Hollow ermöglichte, schoss hinein, rannte die Wendeltreppe im Baumstamm hinauf und stieß die Tür auf.

Caleb war schon dort und schürte Feuer im Kamin, und ich stieß mit ihm zusammen, warf ihn auf den Teppich und schmiegte mich an sein Gesicht.

»*Seth*«, keuchte er, während ich ihn festhielt, ein Wimmern in meiner Kehle.

Er seufzte, schloss langsam seine Arme um mich und ich entspannte mich schließlich und vergrub mein Gesicht in seinem Nacken.

»Meine Mutter hat mir verboten, am Familien-Mond-Spaziergang teilzunehmen«, sagte ich an seiner Haut. Er roch so gut. Ich wollte einfach für immer hierbleiben, wo sich die Dinge fast in Ordnung anfühlten.

»Mann, das tut mir leid«, sagte er und strich mit einer Hand beruhigend über meinen Rücken. Die Anspannung wich aus meinem Körper, als ich Trost bei ihm fand, obwohl ich wusste, dass er die Schmuseeinheiten meiner Art nicht mochte. Aber er ließ sie immer zu, wenn ich sie brauchte, und in diesem Moment konnte ich wirklich nicht anders.

Ein Knall ertönte und das Baumhaus erzitterte, als Darius auf dem Dach landete. Einen Augenblick später rutschte er durch die Luke, bereits in eine Jogginghose und ein schwarzes T-Shirt gekleidet, und ich fragte mich vage, warum er seine Kleidung hierhergetragen hatte, anstatt sich wie üblich einfach etwas aus der Truhe zu nehmen.

»Hi«, grunzte er in unsere Richtung, und ich stand auf und ging mit ausgestreckten Armen auf ihn zu.

Er drehte mir den Rücken zu, während er Kaffee kochte, aber davon ließ ich mich nicht abhalten, sondern legte meine Arme von hinten um ihn. Ich stützte mein Kinn auf seine Schulter und sah ihm beim Kaffeekochen zu, während ich ihn fest umschlungen hielt. Er zuckte ein wenig zusammen, als täte ihm etwas weh, also lockerte ich meinen Griff ein bisschen, denn ich war superstark und wollte ihn nicht zerquetschen.

»Ist schon okay, Darius«, flüsterte ich an seinem Ohr und er schlug mit der Hand nach mir, als wäre ich eine Wespe, die um seinen Kopf schwirrte. Aber ich wusste, dass er diese Umarmung brauchte. Wir alle brauchten manchmal eine Umarmung, und zum Glück waren sie meine Spezialität.

Die Tür ging auf und Max kam herein, bekleidet mit einem dunkelblauen T-Shirt und Jeans, sein Gesicht voller Zorn. »Scheiße, hier drin schmeckt es wie auf einer Beerdigung.«

Ich ließ Darius los und ging stattdessen mit weit ausgebreiteten Armen auf Max zu, der mich fest an sich zog, seine Sirenenkräfte in meine Brust drückte und mir den größten Teil meiner Angst nahm.

»Danke, Bro«, murmelte ich, und er klopfte mir auf die Schulter, bevor wir uns voneinander lösten.

»Warum riechst du so … krankenhausig?«, fragte ich und legte den Kopf schief.

»Oh … ähm.« Max fuhr sich mit der Hand über den Nacken und hob dann das Kinn, während er erklärte: »Ich habe heute Morgen kurz bei Grus auf der Uranus-Krankenstation vorbeigeschaut. Sie darf keine Besucher empfangen, und ich wollte keine Szene machen, also habe ich mich reingeschlichen und nachgesehen, ob sie noch lebt, während sie geschlafen hat.«

»Du hast dich in ihr Zimmer geschlichen und sie beim Schlafen beobachtet?«, fragte ich und zog eine Augenbraue hoch.

»Nur für etwa zwanzig Minuten oder so – um sicherzugehen, dass sie nicht gestorben ist. Wir brauchen nicht noch den Ärger mit einem Nymphenmord direkt vor unserer Haustür.«

»Dem kann ich nur zustimmen«, pflichtete ich ihm nickend bei, wandte mich von ihm ab und ging zur Couch, da ich plötzlich das Interesse an diesem Thema verlor. Ich fragte mich vage, ob er gerade etwas mit meinen Gefühlen gemacht hatte, damit ich die Sache vergaß, aber ich nahm an, dass es wahrscheinlich nur mit seiner beruhigenden Energie zu tun hatte.

Darius brachte uns allen Kaffee und ich ließ mich neben Cal auf die Couch fallen, obwohl nicht viel Platz war, da Darius sich neben ihn gesetzt hatte. Also kuschelte ich mich meistens einfach auf die Schöße der beiden.

»Alter«, brummte Darius, auf dem ich meinen Hintern platziert hatte, und ich wand mich, um es mir bequem zu machen. Meine Schuhe hatte ich bereits auf den Boden fallen lassen.

»Ich hab's gleich«, sagte ich und bewegte meine Hüften nach links und rechts, während ich mich zu entspannen versuchte, und Cal fluchte, als mein Kopf gegen seinen Kaffee stieß.

Max schnippte mit den Fingern, fing die kochende Flüssigkeit auf, bevor sie über mich schwappte, und schickte sie direkt zurück in den Becher.

»Bist du jetzt fertig?«, fragte Cal, und ich nickte und warf ihm einen traurigen Blick zu, während ich meinen Kopf auf seinen Schoß legte.

»Also … Schadensbegrenzung«, sagte Max mit seiner tiefen Stimme von seinem Platz zu unserer Linken und stützte seinen Knöchel auf seinem Knie. »Ich habe letzte Nacht ein paar Dinge getan … Dinge, auf die ich nicht stolz bin.«

»Du meinst, als du auf die Bar geklettert bist und den Titten der Vegas zugejubelt hast?«, fragte Caleb lachend. »Oder als du deinen Schwanz rausgeholt und gesagt hast, dass du damit den Macarena tanzen kannst? Ich war irgendwie beeindruckt, dass du das tatsächlich kannst.«

»Ja, Cal«, stieß Max aus. »Das sind die Dinge, auf die ich nicht stolz bin. Vor allem, weil meine verdammten Eltern das Vergnügen hatten, im ganzen verdammten Internet auf diese Videos zu stoßen.«

Darius ließ sein Gesicht mit einem tiefen Seufzer in seine Hände sinken. »Wir sind so was von am Arsch.«

»So schlimm ist es nicht«, meinte Caleb und Darius riss den Kopf hoch und funkelte ihn an.

»Nicht so schlimm? Willst du mich verarschen? Mein Vater wird mich vernichten, wenn ich nicht schnell etwas unternehme, um das in Ordnung zu bringen. Und ich habe Angst, dass er …« Er unterbrach sich, nippte stattdessen an seinem Kaffee und ein leises Winseln verließ mich.

»Ist schon okay, Darius«, sagte ich leise, aber er schüttelte den Kopf, seine Augen waren von unsäglichen Ängsten erfüllt und mein Herz zog sich zusammen. »Wir lassen uns etwas einfallen.«

»Wir müssen hart rangehen«, sagte Max. »Als mein Vater heute Morgen angerufen hat, habe ich meine Mutter im Hintergrund gehört. Sie will versuchen, Ellis' Kräfte frühzeitig zu erwecken – für den Fall, dass ich der Aufgabe, die Vegas zu besiegen, nicht gewachsen bin.«

»Ernsthaft?«, entgegnete ich und Max nickte, seine Züge waren von Sorge gezeichnet. Je mehr dieser Nachrichten auf mich einprasselten, desto wütender wurde ich auf die Vegas. Sie hatten uns geködert, uns dazu gebracht, sie zu wollen, und jetzt? Meine Brüder litten. Und niemand tat meinen Brüdern weh und kam damit davon.

»Wir müssen etwas tun, das der Welt zeigt, dass sie unter uns stehen. Wir haben es verkackt, Leute. Und zwar so richtig«, sagte Max.

»Ja«, stimmte ich zu, als ich das ebenfalls realisierte. Vielleicht hatte ich gestern Abend meinem Schwanz zu viel Kontrolle überlassen, vielleicht war ich ein Idiot, zu glauben, dass wir mit den Vegas abhängen könnten und das Ganze nicht zu einer Katastrophe werden würde.

»Ich denke, das wird sich legen«, sagte Caleb. »Meine Mutter war sauer, aber normalerweise vergibt sie mir ziemlich schnell.«

»Du nimmst das nicht ernst genug«, fuhr Darius ihn an und Caleb setzte sich aufrechter hin. »Hier geht es um alles oder nichts, Cal.«

Caleb zuckte mit den Schultern. »Ich denke, wenn wir dem Ganzen eine Woche geben …«

»Das können wir nicht«, sagte ich knurrend, während Panik in mir aufstieg. »Meine Mutter hat sich klar ausgedrückt: Ich darf erst nach Hause kommen, wenn ich etwas unternommen habe, um das Problem zu lösen.«

Caleb sah mich mit einem schockierten Stirnrunzeln an, seine Finger krallten sich in mein Hemd. »Wirklich?«

Ich nickte, ein dicker, unnachgiebiger Kloß in meinem Hals. »Ich brauche sie, Cal. Ich kann ohne meine Familie nicht überleben.«

Er nickte, seine Stirn war in Falten gelegt.

»Diese Pranks sind nicht mehr gut genug«, sagte Darius düster, leerte seinen Kaffee und stellte die Tasse zur Seite. Er sah aus, als hätte er kaum geschlafen, und ich bewegte meinen Fuß auf seinem Schenkel hin und her, um ihn zu beruhigen. Er schlug mit der Hand darauf, um mich zu stoppen, und ich genoss den Körperkontakt.

»Also, was machen wir?«, fragte ich. »Sie herausfordern?«

»Nein«, sagte Max bestimmt. »Eine Abreibung ist in diesem Stadium sinnlos. Sie sind nicht darauf trainiert, sich zu wehren, es würde schwach aussehen, wenn wir sie dazu zwängen.«

»Was dann?«, hakte ich nach.

»Wir müssen sie dazu bringen, fliehen zu wollen«, knurrte Darius düster. »Sie sollen fliehen und nie wiederkommen wollen.«

Ein Wimmern entrang sich mir, aber ich wusste, dass dies die einzige Option war. Uns blieb keine andere Wahl. Unsere Eltern würden das

Ganze nicht auf sich beruhen lassen und wir mussten ihnen beweisen, dass wir in der Lage waren, die Erben zu sein, zu denen sie uns erzogen hatten. Dies war eine unserer ersten echten Prüfungen und ich konnte meine Familie nicht wegen einer Vega verlieren. Also würde ich zu dem herzlosen Wesen werden, das ich sein musste, um zu herrschen, und jegliche Freundschaftsideen mit ihnen unterbinden. Es war sowieso dumm gewesen. Und ich hatte bereits die Konsequenzen zu tragen. Ich würde den Mond-Spaziergang verpassen, weil ich auf die dumme Idee gekommen war, Darcy Vega ficken zu wollen. Meine Mutter hatte mir immer eingebläut, mit dem Kopf zu denken, nicht mit meinem Schniedelwutz – äh, meinem Schwanz, verdammt noch mal.

»Wir müssen dafür sorgen, dass sie Angst vor uns haben«, sagte ich und näherte mich der dunkelsten Seite meiner selbst, woraufhin mein innerer Psycho zu schnurren begann. »Sie müssen denken, dass sie uns niemals besiegen können.« *Wenn du mir meine Familie wegnimmst, nehme ich dir auch etwas weg, Darcy Vega.*

Darius und Max nickten, während Caleb stumm blieb und die Stirn tief in Falten legte.

»Ich kann herausfinden, wovor sie Angst haben«, sagte Max, als eine dunkle Wolke über den Raum herabzusinken schien – eine Wolke, die von der Rücksichtslosigkeit unserer Natur befleckt war.

»Ja«, sagte Darius entschlossen. »Dann können wir zu den Monstern werden, die ihre Ängste zum Leben erwecken.«

»Ich weiß nicht …«, sagte Caleb und schob die Finger in seine Haare. »Ist das wirklich notwendig?«

»Es ist notwendig«, knurrte Max und sowohl Darius als auch ich nickten.

Caleb runzelte die Stirn, gab aber nach, obwohl ich merkte, dass er Vorbehalte hatte. Aber auch er würde davon profitieren. Ich würde nicht zulassen, dass sein Name wegen eines Ausrutschers in den Dreck gezogen wurde. Ich würde verdammt noch mal alles tun, um ihn zu beschützen.

Meine Mutter hatte mir immer wieder gesagt, dass Herrscher nicht immer das taten, was ihnen gefiel, sondern das, was auf lange Sicht das Beste war. Dies war eine dieser Situationen, und wenn ich mich ihres Sitzes im Celestia-Rat als würdig erweisen wollte, dann musste ich mich erheben und des Titels würdig sein, den ich eines Tages von ihr beanspruchen würde. Ich musste der Öffentlichkeit zeigen, dass ich ein Rückgrat aus Stahl hatte und mich nicht für die Vegas verbiegen lassen würde. Also würde ich sie in den Dreck zwingen und der Welt zeigen, dass ich dazu bestimmt war, zu herrschen – und sie nicht. Auch wenn meine Seele der Preis dafür sein sollte.

Gemini
Scorpio
Virgo
Cancer
Aries
Leo
Sagittarius
Taurus
Capricorn
Aquarius
Libra
Pisces

ORION

KAPITEL 20

S eit gestern Abend hatte ich nur eine einzige Nachricht von Darius erhalten, in der er mich gebeten hatte, mich fernzuhalten. Ich hatte den gesamten Campus nach ihm abgesucht und schließlich aufgegeben, als der Abend hereingebrochen war. Jetzt, da der Mond hoch stand und die Dunkelheit tief war, machte ich mich auf den Weg zum Strand der Luft-Bucht, um mich mit den Schatten zu beraten.

Mit jedem Schritt schoss der Schmerz durch meinen Körper. *Sein* Schmerz. Und das Wächterband flehte mich an, ihn zu finden, ihn zu heilen. Aber es war ihm offensichtlich scheißegal, was ich wollte.

Ich hatte Francesca gestern Abend noch angerufen und erfahren, was er getrieben hatte. Aber wenn er sich bei einem Nymphenkampf verletzt hatte, warum heilte er sich dann nicht selbst?

Ich widerstand dem Verlangen, ihn erneut anzurufen, und warf einen Blick auf diesen felsigen Teil des Strandes – wohl wissend, dass es immer ein Risiko war, hierherzukommen. Aber unsere Geheimnisse waren gut genug verborgen und konnten nur mit einem Aussaugenden

Dolch enthüllt werden.

Ich benutzte die Klinge, um meinen Daumen einzuritzen, bevor ich die Zauber durchtrennte, um mir den Zugang zur Höhle zu ermöglichen. Ich wirkte ein Fae-Licht, als ich eintrat, und sorgte damit dafür, dass sich der dunkle Verhüllungszauber hinter mir schloss wie Vorhänge, die zusammengezogen wurden. Zischend ließ ich mich auf einen flachen Felsen sinken und umklammerte meine Seite, wo Darius' Schmerz aufs Neue aufflammte. Seine Rippen waren mit Sicherheit schwer geprellt, wahrscheinlich gebrochen, aber dieser Schmerz war nichts im Vergleich zu der Qual, die mir das Band bereitete, weil ich ihm nicht helfen konnte.

Ich rieb mir die Augen und hob dann den Dolch in die Mitte meiner Handfläche, in der Hoffnung, dass mich die Schatten in sich hineinziehen und mir ihre dunkle Führung anbieten würden. Vielleicht würde ich endlich etwas *sehen*, das uns helfen könnte, Lionel zu besiegen, aber ein Teil von mir wollte sich einfach nur in ihre Umarmung flüchten. Ich zögerte, bevor ich den Schnitt machte, und dachte an den Rat meines Vaters, niemals mit einem aufgewühlten Geist in die Schatten zu schlüpfen. Und mein Geist war gerade verdammt aufgewühlt.

Meine Hand zitterte und ich ballte sie zu einer festen Faust, als Wut durch die Mitte meiner Brust schoss. Der Ruf der Schatten war wie der Gesang einer Sirene in meinem Kopf. Er flehte mich an, mich ihm hinzugeben, damit er mir all meinen Schmerz nehmen konnte. Und es war so verdammt verlockend. Vielleicht wäre es gut, wenn mich die Schatten in ihren Bann ziehen würden. Vielleicht würde ich Frieden finden, wenn ich einfach …

Mit einem letzten Anflug von Willenskraft stand ich auf und schleuderte den Dolch mit aller Kraft gegen die Wand. Das Geräusch schallte durch die Luft wie eine Glocke, die mein unvermeidliches Ende einläutete.

»Darius!«, brüllte ich so laut, dass ich glaubte, meine Lunge würde entzweireißen. So konnte es nicht weitergehen. Ich musste ihn heilen. Ich musste sicherstellen, dass es ihm gut ging. Ich verlor den Verstand und wusste nicht, was ich tun sollte. Wie lange würde er mir noch aus dem Weg gehen? Wie lange würde ich das noch ertragen?

Ich schoss durch die Höhle, schnappte mir den Dolch und drückte ihn auf meine Handfläche. Scheiß drauf! *Vielleicht zeigen mir die Schatten, wo er ist. Zumindest werden sie mir etwas Erleichterung von dieser Folter verschaffen.* Ich würde schon klarkommen. Ich war darauf trainiert, klarzukommen.

Bevor ich den Schnitt machte, hallte Darius' Stimme durch die Höhle und mein Herz setzte einen Schlag aus. »Ich bin hier.«

Ich wirbelte herum, ließ den Dolch fallen und schoss vorwärts, wobei ich so hart mit ihm zusammenstieß, dass ich ihn mit dem Rücken gegen die Wand schleuderte. Ein Schmerzensfluch entrang sich ihm, als ich ihn mit einer Hand festhielt, die andere unter seinem Hemd nach oben schob und seine Verletzungen suchte. Dabei ließ ich eine Welle heilender Magie von meinem Körper in seinen fließen. Er stöhnte und schob seine Finger in meine Haare, als meine Stirn gegen seine fiel, aber das reichte nicht aus. Er verstand nicht, was er getan hatte. Und jetzt musste ich dieses Band so schnell wie möglich wiederherstellen, sonst würde ich dem Wahnsinn verfallen. Ich riss ihm das Hemd vom Oberkörper, und er fluchte, als ich in der nächsten Sekunde das Gleiche mit meinem tat und meine Haut an seine presste, während meine Magie anschwoll und verlangte, dass er sie mit seiner eigenen Magie erwiderte. Er gab meiner Bitte nach und ließ seine magischen Barrieren fallen, sodass unsere Kraft in einem wütenden Sturm der Energie zusammenfloss, der uns beide aufstöhnen ließ.

Ich heilte jede Wunde, die ich fand, suchte jeden Bluterguss, jeden Schnitt und die Brüche in seinen Rippen. Und ich heilte alles, während er sich an mich klammerte und die Flut der Magie zwischen uns wogte.

»Fick dich!«, sagte ich mit zusammengebissenen Zähnen. »Warum hast du dich von mir ferngehalten? Warum hast du das getan?«

»Ich verdiene jede Wunde«, erwiderte er bitter, und ich packte ihn am Kinn, schaute ihm in die Augen und fand dort nichts als Leere.

»Was ist passiert?« Meine Wut verwandelte sich in Sorge, und er schüttelte den Kopf, während er den Blick von mir abwandte. »Was ist passiert?«, brüllte ich, und mein Herz hämmerte so heftig gegen meine Brust wie sein eigenes. Aber ich musste es wissen.

»Ich habe die Nymphen gefunden, hinter denen wir her waren, und sie vernichtet«, sagte er, und ich konnte es kaum glauben. »Dann bin ich nach Hause gegangen, um Vater zu sehen«, sagte er einfach, ohne mir in die Augen zu sehen, und ich vergaß die Nymphen sofort.

»Es ist mehr als das.« Ich senkte meine Stimme, als mir klar wurde, dass Lionel etwas Schreckliches getan haben musste. Darius konnte seine Schläge ertragen. Er hatte es unzählige Male getan. Das hier war anders. Etwas hatte sich verändert, und ich hatte Angst davor, was es war.

Sein Kehlkopf hob und senkte sich, als er mich anschaute, und er sah so gebrochen aus, dass es die wenigen Stücke meiner Seele zerschmetterte, die noch übrig waren. »Er hat Xavier wehgetan.«

Ich knirschte vor Wut mit den Zähnen, und Darius versuchte, sich wieder von mir abzuwenden.

Ich trat zurück und unterbrach den Kontakt zwischen uns, obwohl ich mich ihm näher fühlen wollte.

»Er will, dass ich mich um die Vegas kümmere«, fuhr er fort, und sein Ton war so leer, dass er mir Angst machte. Das war nicht mein Freund. Das war die Kreatur, zu der Lionel ihn machen wollte. Sein angeleintes Monster.

»Wir kümmern uns um sie«, entgegnete ich, aber wahrscheinlich wusste ich, dass das nicht ganz stimmte. Was hatten wir wirklich getan, um sicherzustellen, dass sie für die Erben kein Problem mehr darstellten? Ich hatte zugesehen, wie Darius mit Tory Vega getanzt hatte, und nichts gesagt. Ich hatte an nichts anderes gedacht als an meine verbotenen Sehnsüchte nach dem anderen Vega-Mädchen. Wir scheiterten so kläglich bei dem Versuch, sie loszuwerden, dass wir durch sie kompromittiert wurden. Und jetzt mussten Darius und Xavier den Preis dafür zahlen.

»Das tun wir nicht«, erwiderte er mit Nachdruck. »Nicht einmal annähernd. Aber wir werden es tun. Die Erben und ich haben einen Plan.«

»Was für einen Plan?«, wollte ich wissen, aber er zuckte nur mit den Schultern.

»Das ist unwichtig. Überlass das einfach uns.«

»Du erwartest also, dass ich mich raushalte?«

»Ja, Lance«, knurrte er, dann wurden seine Züge weicher und ich sah den Freund, den ich liebte, und nicht seinen Vater in seinen Augen. »Du musst mir vertrauen.«

»Das tue ich«, krächzte ich. »Aber …«

»Aber was?«, fragte er scharf.

Ich zwang mich, weiterzusprechen und mich dabei an das zu halten, was ich hier wirklich sagen wollte. »Aber so einfach ist das nicht, oder? Diese Mädchen sind nicht so grausam wie ihr Vater. Sie sind einfach nur … Mädchen.« *Und eines von ihnen hat in meine Brust gegriffen und an einer Schnur gezogen, die mit meiner Seele verbunden ist.*

»Es ist egal, was sie sind«, murmelte er. »Ich werde nicht riskieren, dass Xavier von meinem Vater gefoltert wird. Du verstehst nicht …«

»Ach nein?«, spottete ich und schoss vor ihn, als er versuchte, mir den Rücken zuzukehren. Ich ließ meine Handfläche auf seine Brust knallen, um ihn festzuhalten. »Ich habe gesehen, wie dein Vater meine

Schwester aus dieser Welt gestohlen hat.« Mein Herz zerriss mir in der Brust, während ich mich bemühte, weiterzusprechen. »Ich habe ihre Schreie gehört und konnte nicht zu ihr gehen. Seinetwegen. Und glaub mir, ich werde alles in meiner Macht Stehende tun, um sicherzustellen, dass deinem Bruder nicht das gleiche Schicksal widerfährt.«

Seine Gesichtszüge verhärteten sich und in seinen Augen flammten Emotionen auf. »Ich habe solche Angst um ihn, Lance.«

»Und ich habe Angst davor, was du tun wirst, um ihn zu retten«, sagte ich mit leiser Stimme. »Denn ich hätte meine Seele für Clara in die Verdammnis geschickt, und ich sehe dich kurz davor, das Gleiche für Xavier zu tun. Aber es muss einen anderen Weg geben.«

Darius sah hin- und hergerissen aus und schien in meinen Augen nach einer Antwort zu suchen. »Was, wenn es keinen gibt? Wir sind nur Figuren in diesem Spiel, und vielleicht ist es an der Zeit, dass wir zugeben, dass wir immer verlieren werden, weil er der Meister dieses Spiels ist. Und egal, welchen Zug er von uns erwartet, er wird einen Weg finden, uns zur Ausführung zu zwingen, weil er die Regeln aufstellt.«

»Sprich nicht so, als hättest du aufgegeben!«, knurrte ich und versuchte verzweifelt, das Feuer in ihm zu finden, das in dieser Höhle immer entfacht wurde. Wenn er alles lernte, was ich ihm über dunkle Magie beibringen konnte, damit er sie eines Tages gegen seinen Vater einsetzen konnte. Aber jetzt schienen seine Augen leer zu sein und ich konnte kein Anzeichen von Kampfgeist in ihnen erkennen.

»Darius, bitte!«, sagte ich schroff, packte ihn am Nacken und zog ihn näher zu mir heran. »Rede mit mir! Wir können gemeinsam eine Lösung finden.«

»Es gibt nur eine Antwort, Lance. So war es schon immer, wir waren nur zu verdammt optimistisch, um sie zu sehen. All das hier …« Er deutete auf die Höhle und den Dolch auf dem Boden. »Es war eine

Möglichkeit, uns selbst etwas vorzumachen. Eine Möglichkeit, uns zu der Annahme zu bringen, wir könnten eine Chance gegen ihn haben.«

»Die haben wir«, brummte ich, weil es alles war, woran ich mich klammern konnte. Ohne diesen Drang, Lionel zu zerstören – welchen Sinn hatte ich dann noch im Leben? Den Boden einer leeren Bourbonflasche zu finden? »Bitte gib nicht auf!«, flehte ich, wobei ich jegliche Würde verlor, als ich mich an dieses Bedürfnis in mir klammerte, verzweifelt darum, dass er es mir nicht nehmen möge. Mein Racheplan für Clara war mein Grund, morgens aufzustehen. Meine Seele wurde durch diese letzten lohnenswerten Dinge in meinem Leben zusammengehalten, und ohne sie wäre sie dem Wind ausgeliefert. Ich hätte nichts. Ich *wäre* nichts. Und das Schlimmste daran war, dass Claras Tod nichts bedeuten würde.

Er sah so niedergeschlagen aus, dass mein Herz in tausend Stücke zersprang.

»Es tut mir leid, Lance«, sagte er und sah mir mit absoluter Aufrichtigkeit in die Augen. »Wirklich. Es tut mir so verdammt leid. Aber ich würde alles tun, um Xavier vor meinem Vater zu retten. Und das ist der Preis.«

Er drückte meinen Arm, in seinen Augen spiegelte sich der verlorene Kampf wider. Dann ließ er seine Hand fallen und entfernte sich von mir. Und ich blieb zurück – mein einziger verbliebener Lebenszweck aus meiner Brust gerissen. Ich war eine Hülle ohne Richtung – wie ein Löwenzahnsamen im Wind.

Und ich war mir sicher, zu fühlen, wie sich die Sterne vom Himmel lösten. Bis jeder einzelne zu fallen drohte.

***

Der darauffolgende Sonntag war ein Wirrwarr aus Alkohol und Schlaf.

Wenn ich bei Bewusstsein war, so war ich betrunken. Wenn nicht, steckte ich in Albträumen fest, in denen meine Schwester in einem Raum voller schwarzer Schleier um Hilfe schrie und mich jeder, den ich herunterriss, um sie zu finden, nur zu einem weiteren führte.

Der Montag kam und ich schleppte mich wie auf Autopilot durch den Unterricht und ließ meine Wut an meinen Studenten aus, um das wilde Tier in mir zu befriedigen. Aber nichts half.

Nach Feierabend ging ich zum Pitball-Training, in der Hoffnung, beim Sport etwas Freude zu finden, aber die Erben waren trübsinnig und irgendwie vermisste ich Grus' Enthusiasmus auf dem Feld. Der Regen prasselte auf uns nieder und ich brüllte allen Spielern Befehle entgegen, bis meine Kehle heiser war.

Darius war in eine düstere Stimmung verfallen, die sich seit unserem Gespräch in der Höhle nicht gebessert zu haben schien. Und ich wusste, dass ich wenig tun konnte, um das zu ändern. Das Wächterband brannte in mir und flehte mich an, ihm zu helfen, aber ich konnte ihn nicht unterstützen. Also schleppten wir uns durch das Training und als alle völlig am Rande ihrer Kräfte waren, entließ ich das Team und blieb draußen im strömenden Regen stehen. Ich blickte in den schwarzen, unerbittlichen Himmel und fragte mich, ob die Sterne jenseits des Sturmes lachten. Vielleicht waren wir hier auf der Erde ihre Spielzeuge, dazu verdammt, in einer Show zu tanzen, die sie Leben nannten. Ihre Unterhaltung auf Abruf.

Ich wollte keine Gesellschaft, also nutzte ich die Geschwindigkeit meiner Formgebung, um in die Umkleidekabine zu schießen und meine Tasche zu holen, bevor ich wieder aus der Kabine rannte und das Stadion verließ. Ich sprintete den ganzen Weg zurück zum Asteroidenplatz, stieß das Tor auf und rannte zu meinem Chalet. Drinnen tropfte ich Wasser auf den Boden und meine Tasche fiel mir aus der Hand.

Ich griff nach der Fernbedienung und schaltete den Fernseher ein. Ich hatte den ganzen Tag nach Updates zum Angriff auf Grus gesucht. Der Nymphenangriff war bisher nicht offiziell verkündet worden, und ich musste davon ausgehen, dass die Ratsmitglieder sich Zeit verschaffen wollten, um sich auf die Aufmerksamkeit vorzubereiten, die ihnen zuteilwerden würde. Aber es sah so aus, als wäre ihre Zeit abgelaufen, denn der Nachrichtensprecher verkündete es gerade der Welt und unterbrach seine Ausführungen mit Aussagen der Ratsmitglieder, die dem Königreich versicherten, dass es sich bei dem Problem um einen Einzelfall handelte. Was völliger Schwachsinn war, sie wollten einfach nur keine Panik auslösen.

Mein Blick fiel auf die leeren Bourbonflaschen auf der Küchentheke und dann auf die drei neuen, die danebenstanden. Der Nachrichtenbericht wechselte zu einer langweiligen Geschichte über ein Pegasus-Mädchen, das mit sechs Jahren superfrüh seine Formgebung erhalten hatte. Es sang die Farben des Regenbogens, während Glitzer aus seinen Haaren rieselte, und ich hob die Fernbedienung, um den Fernseher auszuschalten. »… und gelb und pink und grün, orange und lila und …«

»*Blue*«, keuchte ich, warf die Fernbedienung weg, schoss fluchend zur Tür hinaus und rannte über den Campus in Richtung Jupiter Hall.

Ich schaffte es ins Gebäude und verlangsamte meinen Schritt, als ich den Korridor erreichte, der zu meinem Büro führte. Darcy stand vor der Tür und sah sauer aus. Mein Herz hämmerte wie ein gefangenes Tier gegen meinen Brustkorb und Wut stieg in mir auf, als ich die Summe all meiner Probleme anstarrte. Sie und ihre Schwester hatten keine Ahnung, welchen Ärger sie verursachten. Sie hatten alles vermasselt und jetzt wusste ich nicht einmal, was Darius tun würde, um das Problem zu lösen. Ich war so wütend, dass ich nicht wusste, auf wen ich wütender sein sollte oder ob ich meine ganze Wut einfach in den Weltraum schießen und jedem einzelnen Stern sagen sollte, dass er mich mal am Arsch lecken konnte.

Ich sah sie nicht an, steckte meinen Schlüssel ins Schloss meines Büros, drückte die Tür ein Stückchen auf und trat wortlos ein. Scheiß auf sie, verdammt noch mal! Warum musste sie so sein? Warum konnte sie nicht einfach eine Schlampe sein? Oder wenigstens hässlich.

Ich stapfte zu meinem Schreibtisch, versuchte, das Dröhnen in meinem Kopf auszublenden, und wünschte mir, ich hätte daran gedacht, ein Glas Bourbon zu trinken, bevor ich hierhergekommen war.

Meine Tür flog plötzlich so heftig auf, dass sie gegen die Wand krachte, und ich machte mir nicht einmal die Mühe, mich umzudrehen, bevor ich mich in meinen Polstersessel fallen ließ und anfing, den Schlamm und das Wasser von mir zu entfernen. Dabei versuchte ich, meine Gedanken zu fokussieren, damit ich nicht völlig durchdrehte.

Nach einer Weile räusperte sich Darcy und ich wedelte mit der Hand und ließ die Tür mit Luftmagie zuknallen, wobei ich genauso viel Kraft aufwandte, wie sie sie beim Öffnen aufgewendet hatte.

»Stellen Sie sich auf den Schreibtisch!«, befahl ich, und meine Stimme vibrierte vor Manipulation. *Bist du immer noch schwach? Oder lernst du endlich, deine Kräfte zu verfeinern?*

Schließlich sah ich zu ihr auf und bemerkte, dass sie die Augen geschlossen hatte, während sie sich konzentrierte, und ich nutzte jede verbotene Sekunde, in der ich ihr ins Gesicht starren konnte. Ich konnte sie nie einfach nur ansehen, musste mich immer abwenden und konnte höchstens flüchtige Blicke auf sie erhaschen. Aber jetzt nahm ich mir, wonach ich mich immerzu sehnte, und musterte ihre sanft gerundeten Wangen, die schmale Nase, den Bogen ihrer Oberlippe und die volle Unterlippe. Ich versuchte, herauszufinden, warum mich dieses Gesicht über ihre offensichtliche Schönheit hinaus unendlich reizte. Dann wurde mir plötzlich klar, dass sie sich nicht bewegte. Sie gehorchte nicht.

Sie stieß einen langen Atemzug aus, öffnete die Augen und ich könnte schwören, dass ihr Blick mir einen Stich ins Herz versetzte. Ich bewahrte einen neutralen Gesichtsausdruck und ließ mir nicht anmerken, wie beeindruckt ich davon war, dass sie eine Manipulation so stark wie die meine abgewehrt hatte.

Ich schnalzte mit der Zunge, als wäre das nichts, obwohl es genau das Gegenteil war.

»Gut. Lassen Sie uns mit der heutigen Sitzung beginnen.« Ich warf einen Blick auf meine Uhr, um zu sehen, wie spät es wirklich war. *Verdammt noch mal.* »Wir haben noch fünfundvierzig Minuten.«

Sie ließ sich auf den Stuhl mir gegenüber fallen und mein Unterkiefer zuckte. Es sollte keine sündigen Gedanken mehr an dieses Mädchen geben. Ich war damit fertig, in ihren Bann zu geraten. Ich war stark genug. Ich hatte einen Willen aus Sonnenstahl und kein Mädchen – egal, wie verführerisch – würde mich wieder zu tückischen Gedanken verleiten.

»Geraldine geht es besser«, sagte sie und musterte mich genau, als dachte sie, ich hätte etwas Interessantes dazu zu sagen. Hatte ich aber nicht.

»Ja, den Sternen sei Dank«, sagte ich hohl. »Jetzt kann sie uns alle wieder mit ihren Predigten über die ›Wahren Erben‹ nerven.« Ich hob meine Finger, um Anführungszeichen in die Luft zu malen, und griff dabei auf meine feineren Talente als Arschloch zurück. Es war bedauerlich, dass eine solche Fähigkeit hier an der Zodiac Academy kein Unterrichtsfach war, sonst hätte ich es mit Bravour bestanden.

»Haben Sie eine Ahnung, wer sie angegriffen haben könnte?«, fragte sie lässig. Ihre Haare kräuselten sich vom Regen, der Schimmer der blauen Spitzen glich Nachtglas. Es war eine seltene Substanz, die entstand, wenn der Blitz eines Sturmdrachen auf Sand traf. Es gab einen Ort in der Nähe von Alestria, an dem man es finden konnte, aber die skrupellose Oscura-Gang hatte es für sich beansprucht. Ich besaß jedoch ein Stück davon, das mir Gabriel geschenkt hatte.

»Was immer ich über diesen Vorfall weiß oder nicht weiß, geht Sie nichts an.« Ich starrte sie an und hoffte, dass sie zurückweichen würde, aber das tat sie nicht. Ich wollte ihren Hass, ich wollte sie so lange provozieren, bis sie sich von mir zurückzog. Bis sie aufhörte, mit ihren anklagenden Augen dazusitzen.

Sie schob ihre Finger in den schwarzen Rock, den sie trug, und ließ diesen ein Stück ihre Schenkel hinaufgleiten, sodass mein Blick direkt auf ihre nackte Haut fiel. Ich stellte mir vor, wie ich ihre Beine spreizte, sie auf meinen Schreibtisch drückte und sie dazu brachte, brav meinen Schwanz zu nehmen.

Dann biss ich die Zähne zusammen und lehnte mich in meinem Sessel zurück, während ich einen kühlen Gesichtsausdruck aufsetzte, der nichts davon verriet, wie sehr sich mein Schwanz bei dem Gedanken daran, Darcy Vega nackt auf diesem Schreibtisch vor mir zu haben, versteifte.

»Also, wie geht es mit der Erkundung Ihrer Formgebung voran?« Ich legte die Hände auf den Bauch und ihr Blick fiel auf die Stelle, an der mein Shirt über den Hosenbund rutschte, bevor ihre Augen wieder nach oben schossen, um meinem Blick zu begegnen. Verdammt, sie war hübsch, wenn sie nervös war. Und ich wollte wirklich nicht belustigt sein, aber ein Muskel in meinem Mundwinkel wagte es zu zucken.

»Nun, ich weiß, dass ich kein Werwolf bin«, sagte sie mit einem Achselzucken, nachdem sie sich schnell wieder gefasst hatte. Und dieses Wort auf den Lippen ließ meine Stimmung erneut auf den Nullpunkt sinken.

»Ja, ein guter Weg, die Möglichkeit der Werwolf-Formgebung auszuloten, ist, mit einem von ihnen zu tanzen, als würde man dafür bezahlt.« Ich starrte sie lange und eindringlich an, um ihr zu verstehen zu geben, dass ich sie gesehen hatte. Ich hatte gesehen und gehört und wusste, dass sie dieses Arschloch begehrte. Eine Tatsache, die ich seit Freitagabend bewusst ignoriert hatte. Aber jetzt war sie hier und brachte es zur Sprache – und mein Inneres brannte wieder, mit Raketentreibstoff übergossen und wie ein Lagerfeuer angezündet.

Sie rutschte nervös auf ihrem Stuhl hin und her und schien sich wegen meiner Einschätzung unwohl zu fühlen. Und ich begann, zu bedauern, dass ich es erwähnt hatte. Es war nicht professionell gewesen. Warum hatte ich es überhaupt zur Sprache gebracht? Aber gleichzeitig war ich so verdammt neugierig, ob sie das, was sie sich auf der Tanzfläche eindeutig von ihm gewünscht hatte, durchgezogen hatte. Hatten sie gevögelt? Hatte er sie unter sich gehabt, während sie seinen Namen gestöhnt hatte?

Der Gedanke war unerträglich. Er brachte mich dazu, ihn jagen und ihm den Kopf von den Schultern reißen zu wollen. Und ich wusste, dass das irrational und noch so viel anderes war, aber ich steckte in dieser Situation fest und kam nicht mehr raus. Ich musste es wissen. Hatte er sie genommen? Würde ich akzeptieren müssen, dass dieser großspurige Arsch von einem Hund einen Anspruch auf sie erhoben hatte, den ich niemals haben könnte?

Ihre Wangen waren gerötet, als mein Blick nicht weniger intensiv wurde, und ich wich der Frage, die in der Luft zwischen uns hing, nicht aus. Und warum sollte ich die Frage auch nicht aussprechen? Sie war sowieso da. Und vielleicht könnte ich so fragen, dass mein Interesse an dem Thema nicht angedeutet wurde. Ich konnte die Antwort einfach nicht an ihrem Gesichtsausdruck ablesen. Also scheiß drauf, ich würde fragen.

»Und ihn zu vögeln hat den Wolf in Ihnen auch nicht zum Vorschein gebracht?«, fragte ich völlig ruhig und ließ mich nicht von der stürmischen See in mir, die ganze Klippen in ihre Fluten riss, aus der Ruhe bringen. Es war nur eine einfache Frage, die absolut spöttisch gemeint war. Ich war ein Arschloch von einem Lehrer, das war es, was sie denken würde. Nichts anderes.

Ihre Lippen waren fest aufeinandergepresst und in ihren Augen blitzte es vor Zorn. »Ich habe ihn nicht gevögelt«, zischte sie. »Und es würde Sie auch nichts angehen, wenn ich es getan hätte.«

Die Erleichterung summte wie ein Lied in meinen Adern. Sie hallte durch jeden Zentimeter meines Körpers und ich ließ mir nicht das Geringste davon anmerken. Aber ich rutschte mit meinem Sessel nach vorn, bis unsere nackten Knie einander berührten und die Glätte ihrer Haut mich nach mehr Kontakt verlangen ließ. Ich sollte jetzt rational sein, aber das war das Letzte, was ich war. Ich stand kurz vor dem Wahnsinn und sie war die Stimme in meinem Kopf, die mir riet, das Undenkbare zu tun.

Ich beugte mich vor und ihre Lippen teilten sich, die Luft, die sie einatmete, schien auch mich anzusaugen. »Es ist meine Aufgabe als Ihr Betreuer, auf Sie aufzupassen. Die Erben werden Sie in der Luft zerreißen und wieder ausspucken, Miss Vega. Nur eine freundliche Warnung.« Ich sagte es auf eine Art und Weise, die alles andere als freundlich war. Dabei ließ ich meine Reißzähne lang werden, in der Hoffnung, meinen Standpunkt zu verdeutlichen. *Lauf um dein verdammtes Leben, Blue! Ich kann dich nicht beschützen und würde es auch nicht tun, wenn ich es könnte.*

Sie legte ihre Handflächen auf den Schreibtisch, beugte sich näher zu mir, anstatt sich von mir und meinem Schwanz zurückzuziehen, der sich in dem Moment für sie versteifte, als ihr Duft mich umhüllte. Sie war die süßeste Frucht, die ich je gesehen hatte, so saftig und appetitlich, dass mir das Wasser im Mund zusammenlief. Nur ein einziger verweilender Bissen.

Ich konzentrierte mich auf ihren Puls und stellte fest, dass ihr Herz eine hektische Melodie spielte, die mich mit Kraft auflud und mir half, einen klaren Kopf zu bewahren. Denn sie war nicht so selbstsicher, wie sie aussah.

»Seltsamerweise, Sir, habe ich in letzter Zeit auch Interesse an Ihren Aktivitäten gefunden.« Sie blinzelte nicht und sprach diese Worte sorgfältig aus, als hätte sie sie schon zuvor in ihrem Kopf formuliert. Wir spielten ihr Spiel, aber ich war bereits zum Sieger gekrönt. Sie hatte es nur noch nicht bemerkt.

Ich legte den Kopf schief und setzte ein Lächeln auf, während ich den selbstbewussten Ausdruck auf ihrem Gesicht genoss, obwohl ich wusste, dass sie mir nichts vormachen konnte. »Dann halten Sie mich nicht länger hin, Miss Vega. Ich brenne darauf, die Rede zu hören, die Sie für diesen Anlass geschrieben haben.« Ich grinste finster, da ich wusste, worauf sie hinauswollte. Dass ich es auf sie und ihre Schwester abgesehen hatte, dass sie mich für einen Mörder hielt und deshalb auch glaubte, dass Geraldine Grus' Angreifer genau vor ihr saß. Sie hatte mich bereits beschuldigt, ihren und Torys Tod geplant zu haben, und wenn ich an ihrer Stelle wäre, würde ich wahrscheinlich zu einem ähnlichen Schluss kommen. Das Problem mit Darcys kleinem Sherlock-Holmes-Moment war jedoch, dass sie keine Beweise und offensichtlich in letzter Zeit keine Nachrichten gesehen hatte.

Sie betrachtete mein Gesicht, erkannte, dass ich bereits herausgefunden hatte, was sie sagen wollte, verschränkte die Arme vor der Brust und funkelte mich an. *Na, du hattest doch eine Rede vorbereitet, oder nicht, Blue?*

Ihre Augen funkelten wie Feuer und ich musste zugeben, dass es mir Spaß machte, sie so in Rage zu bringen. Sie hob die Hand und zählte ihre Punkte einzeln auf: »Sie und Darius sind gegen Tory und mich, seit wir den Campus betreten haben. Sie treffen sich heimlich und reden von Mord, als wäre das völlig normal. Sie plaudern in einer Bar mit einem verdammt heißen Model, das offenbar über Ihre mörderischen Vorhaben Bescheid weiß, und dann treiben Sie mich auf der Damentoilette in die Enge wie ein Verrückter. Später am Abend verschwinden Sie und Darius, kurz bevor Geraldine bei einem seltsamen Angriff fast getötet wird. Oh, und wer ist zufällig der Erste am Tatort? Sie! Blutverschmiert und nach Zimt riechend.«

Das war eine Menge zu verarbeiten. Und meine Augenbrauen waren in Richtung Haaransatz geflogen, als ich jeden dieser Punkte auseinandergenommen hatte, wobei ich mich auf zwei konzentrierte, die vielleicht am wenigsten relevant sein sollten, aber für mich sehr interessant waren. Verdammt heißes Model? War meine Annahme, dass sie eifersüchtig klang, total verblendet? Und heilige Scheiße, sie hat an mir gerochen?

Ein Grinsen breitete sich auf meinem Gesicht aus – dieser Verräter! –, aber ich konnte es nicht unterdrücken, als mir klar wurde, dass Blue über ihre Hexenjagd hinaus tatsächlich Interesse an mir haben könnte. »Zimt?«

»Ja«, sagte sie bestimmt, aber ihre Wangen färben sich rot und sie wurde immer nervöser. Und damit auch appetitlicher. »Geraldine hat Zimt gerochen und Sie riechen auch danach, also …« Sie hob das Kinn, als hätte sie einen großartigen Punkt vorgebracht, als wäre dies ein unbestreitbarer Beweis gegen mich, obwohl es in Wirklichkeit nur das Eingeständnis war, dass sie wusste, wie ich roch. Und dass das offenbar erwähnenswert war.

»Und wie vielen Leuten haben Sie das erzählt, Miss Vega?«, fragte ich beiläufig, was sie noch mehr zu ärgern schien. Ich machte das absichtlich und genoss es, ihr unter die Haut zu gehen. Denn wenn sie schon halbwegs gefasst so süß aussah, musste ich einfach wissen, wie sie aussah, wenn sie völlig die Fassung verlor. Und ich hatte so viel Spaß dabei, dass ich nicht einmal an all die Gründe dachte, warum ich nicht mit ihr spielen sollte. Nicht zuletzt wegen der Art und Weise, wie mein Schwanz pochte.

»Oh, reichlich. Die ganze Academy wird noch vor Mitternacht

wissen, was Sie vorhaben, sollten Sie mich auch nur anfassen.« Triumph breitete sich auf ihrem Gesicht aus, und es war so verdammt süß, dass ich mir fast wünschte, sie würde nicht gleich zurechtgestutzt werden. Aber das reichte nicht aus, um mich davon abzuhalten.

»Nun, es scheint, als hätten Sie eine Menge Zeit damit verbracht, mir nachzuspionieren – und offensichtlich auch damit, an mir zu schnuppern. Aber ich warte immer noch darauf, dass Sie die Beweise auf meinem Schreibtisch platzieren.« Ich starrte auf ihre Hände und tat so, als würde ich danach suchen, obwohl ich genau wusste, dass sie absolut nichts gegen mich in der Hand hatte. »Nichts?«, stichelte ich. »Kein Video, kein Foto, keine Tonaufnahme? Überhaupt keine Beweise?«

Die Farbe in ihren Wangen verschwand und ich nahm seelenruhig meinen Atlas aus meiner Sporttasche, hielt ihn ihr unter die Nase und zeigte ihr den kürzlich ausgestrahlten Nachrichtenbericht.

Wunden einer Studentin der Zodiac Academy jetzt als Folgen eines Nymphenangriffs bestätigt.

***Professor Orion – Leiter des Fachgebiets** Grundlagen der Magie an der Zodiac Academy – wird voraussichtlich mit dem Adelswappen ausgezeichnet, nachdem er sie durch seine mutige Tat vor dem Tod gerettet hat.*

Ihre Augen ruhten auf den Worten und ich beobachtete sie und kostete jede Sekunde aus, während sie vor Verlegenheit rot anlief.

»Oh«, hauchte sie.

»Ja – *oh*. Können wir jetzt zu Ihrer Sitzung zurückkehren, oder haben Sie noch mehr wilde Anschuldigungen, die Sie in die Welt setzen wollen? Dealt Rektorin Nova unter der Tribüne des Pitball-Stadions mit

Drogen? Oder legt Professor Pyro Brände im Wimmernden Wald?« Ich lachte über meine eigenen Worte, obwohl das Geräusch erstickte, als sie sich aufraffte und in ihrer Eile ihren Stuhl umstieß, während sie mich giftig anblickte.

»Wissen Sie was? Ich bin fertig mit diesen Sitzungen. Ich weiß, was ich gehört habe, Sir. Und vielleicht haben Sie Geraldine nicht angegriffen, aber ich weiß, dass Sie etwas im Schilde führen.« Sie schritt zur Tür und innerhalb einer Millisekunde beschloss ich, dass dieses Mädchen im Moment das Einzige war, was mein Leben auch nur annähernd angenehm machte. Wenn Blue jetzt ginge, würde sie nicht wieder zurückkommen. Sie würde mir ihr Licht nicht mehr bringen. Ich wäre wieder allein im Dunkeln und nach allem, was in letzter Zeit passiert war, musste sie bleiben.

Ich schoss mit der Geschwindigkeit meines Vampirs vor sie, versperrte ihr den Weg nach draußen und hielt sie fest, obwohl ich wusste, dass es verrückt, dumm und definitiv egoistisch war. Aber ich wollte sie in diesem Raum haben. Bei mir. Solange es mir möglich war.

»Beißen Sie mich nicht!«, knurrte sie und trat wütend zurück. »Sie haben mir neulich fast alles genommen und ich habe gerade erst meine volle Kraft wiedererlangt.«

Vor Überraschung zog ich die Augenbrauen zusammen. Ein Ruck fuhr durch mich hindurch. »Sie haben sie wiedererlangt? Wie?«

Sie schüttelte den Kopf. »Ich bin mir nicht sicher.«

»Dann passen Sie beim nächsten Mal besser auf.« Ich trat einen Schritt vor, und sie schlug mir ihre Hand auf die Brust, wobei mich die Hitze ihrer Handfläche fast aufstöhnen ließ.

»Stopp!«, befahl sie, und ihre Augen flammten auf, weil sie meine Reißzähne nicht in sich haben wollte. Und ich war überrascht, wie sehr das schmerzte.

»Ich will Sie nicht beißen«, murmelte ich, und ihre Schultern sackten vor Erleichterung in sich zusammen, wodurch sich mein Magen verkrampfte. *Ich will nur nicht, dass du gehst. Denn wenn du gehst, muss ich in die Realität zurückkehren. Und meine Realität ist so verdammt beschissen – du hast ja keine Ahnung.* Ich trat einen Schritt zurück, zeigte auf ihren Stuhl und wedelte mit dem Finger, um ihn mittels meiner Luftmagie wieder aufzurichten. »Bleiben Sie. Beenden Sie die Sitzung.« *Bitte.*

Sie warf einen unsicheren Blick zur Tür und schien sich nicht entscheiden zu können, ob sie bleiben wollte oder nicht. Und ich konnte es ihr nicht verübeln. Ich war nicht gerade ein Quell der Heiterkeit. »Würden Sie mir zuerst eine Frage beantworten?«

»Kommt drauf an«, sagte ich mit leiser Stimme. *Denn es gibt einige Geheimnisse, die ich niemals preisgeben könnte. Aber um dich hier bei mir zu behalten, denke ich, dass ich sie alle verraten würde.*

»Wollen Sie meine Schwester und mich loswerden?« Sie sah mich mit einem Blick an, der davon sprach, wie sehr sie diese Antwort brauchte, und starrte mir in die Augen, während sie darauf wartete, meine Antwort zu ergründen und die Wahrheit in meinen Augen zu lesen.

Mein Blick wanderte über ihr wunderschönes Gesicht und es gab nur eine Antwort, die ich wirklich geben konnte. Denn egal, was von nun an passieren würde, ich war mir sicher, dass ich sie oder ihre Schwester nicht sterben sehen wollte. Dieses Mädchen sterben zu sehen, würde etwas in mir zerstören, von dem ich bis zu unserer Begegnung nicht einmal gewusst hatte, dass es existierte. »Nein, Blue. Das will ich nicht.«

Es folgte ein Moment der Stille zwischen uns und gleichzeitig mit ihrem Atem verließ auch meiner meine Brust. Sie runzelte die Stirn, als könnte sie nicht herausfinden, was ich dachte. Und ehrlich gesagt war ich mir nicht sicher, ob ich es selbst wusste. Mein Kopf war wegen

Darius durcheinander, aber auch ihretwegen. In diesem Moment fühlte ich mich in zwei Richtungen gerissen, und ein Teil von mir wollte die Tür abschließen und so lange hier drinnenbleiben, wie es mir möglich war. Solange sie bleiben würde.

»Also … was wollen Sie mir beibringen?«, fragte sie, offensichtlich immer noch sauer auf mich, weil ihre Anschuldigungen auf taube Ohren gestoßen waren.

Meine Finger verkrampften sich mit dem Drang, sie zu packen, aber stattdessen schüttelte ich den Kopf, um ihr zu signalisieren, dass es besser sei, Abstand zu halten. »Setzen Sie sich.«

Sie tat es und ich ging zu meinem Schreibtisch, öffnete eine Schublade in meinem Schreibtisch und holte eines meiner Lieblingsbücher – *Der illustrierte Leitfaden für Formgebungen und ihre Gaben* – heraus.

Der Einband war handbemalt, die Formgebungen waren in Gold auf die schwarze Oberfläche gepinselt und glitzernde Edelsteine markierten die Sterne.

Darcy streckte die Hand aus, um das Buch zu berühren, ihre Finger streiften die meinen und ein Funkeln in ihren Augen erinnerte mich an meine Studienzeit an dieser Academy. Sie war wissensdurstig und ich verspürte den leisen Drang, sie mit jedem Brocken zu füttern, den ich hatte, auch wenn das eine gefährliche Idee war. Denn Wissen war Macht und Macht war in Solaria alles. Dennoch … war ich ihr Lehrer, ihr Betreuer. Es konnte also nicht schaden, die Rolle für eine Weile zu spielen.

Ich schob ihr das Buch zu und sie zog ihre Unterlippe in den Mund, während sie es öffnete. Dieser Anblick war heißer als der beste Porno der Welt. Ich nutzte ihre Ablenkung, um meinen Schwanz in meiner Hose zurechtzurücken, und rutschte auf meinem Sessel näher, aber nicht so nah, dass sich unsere Knie wieder berührten.

»Hier«, sagte ich mit harter und rauer Stimme, während der Kloß in meinem Hals anschwoll, und zeigte auf das Inhaltsverzeichnis, in dem jede Formgebung mit einem kleinen Symbol ihrer Art aufgeführt war. »Das sind die Formgebungen.« Die Liste in diesem Buch kam einer vollständigen Enzyklopädie aller Formgebungen, die jemals bekannt geworden waren, so nahe wie nur möglich. Es bestand immer die Möglichkeit, dass eine neue, seltsame und seltene Formgebung entdeckt werden könnte, aber soweit man zu diesem Zeitpunkt wusste, enthielt dieses Buch alle. Ich hatte ihnen in meinem Kurs bereits eine kurze Liste mit einigen der gebräuchlicheren Formgebungen zum Studieren gegeben, aber hier war jede einzelne Formgebung aufgeführt, was bedeutete, dass auch ihre zwischen den Seiten liegen musste.

»Es gibt so viele«, hauchte sie voller Ehrfurcht und blätterte Seite für Seite des Inhaltsverzeichnisses um, während ich jede noch so kleine Bewegung ihrer Augen und Lippen mit gespannter Aufmerksamkeit verfolgte. Sie war für mich absolut fesselnd und ich war wieder einmal überrumpelt, als ihr Blick zu meinem schoss und ein Lächeln über ihr Gesicht huschte, das nicht für mich bestimmt war. Es galt dem Buch. Und der Gedanke, dass dieses Buch sie glücklich machte, ließ mein Herz höherschlagen und verlangte danach, ihr mehr zu zeigen, jedes geliebte Exemplar aus meiner verdammten Sammlung. Was absurd war, denn ich begehrte diese Bücher und hatte nie daran gedacht, sie mit jemandem zu teilen. Aber wenn mir jedes einzelne ein so natürliches Lächeln entlocken könnte, dann schien es unvermeidlich, sie ihr alle zu zeigen. Unvermeidlich, aber nicht besonders vernünftig.

Ich räusperte mich, merkte, dass sie auf eine Anweisung wartete, und streckte die Hand aus, um die erste Formgebung aufzublättern: das Aalarianische Erdferkel.

Auf der linken Seite war eine kunstvolle, farbenfrohe Zeichnung des Wesens zu sehen, dessen bronze- und rostfarbene Schuppen schimmerten. Das Kunstwerk war so realistisch, dass es aussah, als könnte es direkt aus dem Buch spazieren. Auf der rechten Seite befanden sich Statistiken über seine Größe, seine Bedürfnisse, seine Gaben und was es brauchte, um seine Magie wieder aufzuladen.

Ich zeigte auf diesen Teil des Textes und erklärte, dass ein Aalarianisches Erdferkel sich zu einer Kugel zusammenrollen und Hügel hinunterkullern musste, um seine Kraft wieder aufzuladen. Dabei dankte ich stumm den Sternen, dass ich nichts so Lächerliches tun musste, um meine eigene Kraft wiederherzustellen.

»Ich möchte, dass Sie sich diese Seiten ansehen und jede einzelne davon lesen«, wies ich sie an. »Wenn Sie etwas finden, das Sie anspricht, dann notieren Sie sich die Formgebung. Ich werde einige Tests durchführen, um herauszufinden, ob wir der Entdeckung näher kommen, als was Sie sich entpuppen werden.«

Sie nickte, blätterte um und ihre Augen weiteten sich beim Anblick des Abada, einer seltenen Formgebung, die wie ein kleiner flügelloser Pegasus mit zwei krummen Hörnern und einem Eberschwanz aussah.

»Allerdings«, fuhr ich fort, »ist es erwähnenswert, dass über einige Formgebungen nur wenig bekannt ist, weil sie entweder zu selten oder ausgestorben sind. Es gibt zum Beispiel einige Kolonien von Muskianischen Tigern, die unabhängig von der Gesellschaft leben und die Geheimnisse ihrer Formgebung hüten, aber was bekannt ist, findet sich zwischen diesen Seiten.«

Sie nickte und schien es kaum erwarten zu können, weiterzulesen, während sie eine weitere Seite umblätterte.

»Wenn Sie Fragen haben, können Sie diese gern stellen«, sagte ich, aber sie war bereits in ihrer eigenen Welt versunken, blätterte Seite für Seite um, neigte den Kopf und ihre Nase kam dem Buch immer näher, während sie es ihr Sichtfeld ausfüllen ließ.

Ich erlaubte mir, sie zu beobachten, und fand Frieden in ihrer Naivität gegenüber unserer Welt. Und angesichts des Chaos, das außerhalb dieses Raumes herrschte, gestattete ich mir, mich dem hinzugeben. Denn dies war mit Sicherheit die Ruhe vor dem Sturm, und ich hatte keine Ahnung, welchen Schaden er anrichten würde, wenn er über uns hereinbrach. Also genoss ich diesen Moment der Stille, in dem der Schmerz in meiner Seele nachließ, während ihr Leuchten mein gesamtes Büro zu erfüllen schien. Es fühlte sich an wie ein Waffenstillstand während eines Krieges, unsere Waffen vorübergehend niedergelegt, und in einem Moment des Wahnsinns fragte ich mich, wie es wohl wäre, sie ruhen zu lassen.

Scorpio
Virgo
Gemini
Cancer
Leo
Taurus
Capricorn
Sagittarius
Aquarius
Libra
Pisces

DARIUS

KAPITEL 21

Ich lag in meinem Bett, umgeben von Gold, um meine Magie zu regenerieren. Musik dröhnte aus meinen Lautsprechern, während ich versuchte, einen Anschein von Frieden zu finden – angesichts der sich ständig in meinem Schädel bekriegenden Gedanken und Gefühle ein schwieriges Unterfangen.

Eigentlich sollte ich jetzt unten in der Feuer-Arena sein und Roxy Vega in ihrer Feuermagie unterrichten, aber das würde niemals passieren. Professor Pyro hatte mich zwar darum gebeten und ich hatte möglicherweise auch zugestimmt, aber wenn es darauf ankam, würde Roxy mich schon dazu zwingen müssen. Und da sie dazu völlig unfähig war, machte ich mir keine Sorgen.

Ich mied sie ohnehin. Die anderen Erben und ich hatten die ersten Pläne ausgearbeitet, um sie und ihre Schwester endgültig loszuwerden, und ich konzentrierte mich auf dieses Ziel. Ich durfte mich nicht von meinem Verlangen nach ihr ablenken lassen und ich würde mich nicht in eine Situation bringen, die dazu führen könnte, dass sie mich wieder in ihren Bann zog.

Lance dachte, sie könnten Sirenen sein, aber ich fragte mich, ob sie nicht eher Incubi waren. Diese Formgebung war ziemlich selten, aber ihre Methode der Magie-Regeneration basierte auf sexuellem Verlangen. Sie waren Meister darin, die Lust anderer zu kontrollieren und für sich zu beanspruchen. Und Roxy Vega weckte definitiv überall, wohin sie auch ging, jede Menge Lust. Sie weckte sogar so viel Lust in mir, dass ich mich völlig unfähig fühlte, mir auf jemand anderen als sie einen runterzuholen. Die Erinnerungen an ihren Körper, ihren Mund oder ihre Beschimpfungen füllten meinen Verstand in dem Moment, in dem ich meine Faust um meinen pochenden Schwanz schlang. Ich hatte sogar versucht, mir Pornos anzusehen, um mich von ihr abzulenken, letztlich aber einfach meine verdammten Augen zugemacht und trotzdem an sie gedacht. Dabei hatte ich mir vorgestellt, wie gut es sich anfühlen würde, sie mit meinem Schwanz auszufüllen, anstatt die ganze verdammte Zeit nur meine Hand zu ficken.

Aber ich war entschlossen, nicht mehr auf diese Art und Weise an sie zu denken. Tatsächlich wollte ich überhaupt nicht mehr an sie denken – außer mit dem Wunsch, sie loszuwerden.

Vor ein paar Stunden hatte ich wieder mit Xavier gesprochen und er hatte mir versichert, dass alles in Ordnung sei. Er investierte viel Zeit in Hausaufgaben und Training außerhalb der Schule, um voranzukommen und meinem Vater aus dem Weg zu gehen, indem er nicht zu oft in seiner Gesellschaft landete.

Er hatte gesagt, dass Mutter sich nachts in sein Zimmer geschlichen, sich auf die Bettkante gesetzt und ihre Finger in seine Haare geschoben hatte, wie sie es früher getan hatte, als wir Kinder gewesen waren. Ich wusste, dass er da viel hineininterpretierte. Aber ich war mir nicht sicher, was ein paar sanfte Berührungen von der Frau, die uns vor langer Zeit der Tyrannei unseres Vaters überlassen hatte, beweisen sollten. Natürlich hatte ich das nicht zu ihm gesagt, denn Xavier war nicht wie ich. Obwohl wir beide in derselben toxischen Umgebung aufgewachsen waren, trug er immer noch so verdammt viel Hoffnung in sich. Er suchte nach wie vor nach dem Licht im Dunkeln. Und vielleicht hatte das etwas damit zu tun, dass ich der Erbe war und die Hauptlast von Vaters Aufmerksamkeit, Lektionen und Strafen trug, aber ich hatte das Gefühl, dass ihm diese Einstellung auch einfach irgendwie angeboren war.

Vor allem wünschte ich mir, dieses Jahr würde vorbeigehen, damit Xavier kommen und hier an der Academy bei mir sein konnte. Ich würde mich viel besser fühlen, wenn er für immer aus diesem Haus raus wäre und stattdessen an einem Ort lebte, an dem ich ihn jederzeit im Auge behalten konnte. Dann wäre auch seine Magie erwacht und seine Drachenform entfesselt.

Mein Atlas summte und als ich einen Blick darauf warf, sah ich, dass Lance geschrieben hatte. Ich seufzte genervt.

Lance:

Wirst du mir eure Pläne verraten?

Darius:

Besser nicht.

Ich war mir immer noch nicht sicher, was die anderen Erben und ich tun würden, um das Vega-Problem zu beseitigen, aber es bestand eine gute Chance, dass es über das hinausging, was ein Lehrer zulassen sollte. Ich würde seinen Job hier nicht dafür aufs Spiel setzen. Außerdem war es meine Aufgabe und die der Erben, die Angelegenheit zu klären – er musste nicht in noch mehr meiner Probleme hineingezogen werden.

Lance:

Ich könnte helfen.

Darius:

Du verbringst dein ganzes Leben damit, mir zu helfen. Tu doch einmal etwas, das dir Spaß macht!

Ich schaute mehrere Sekunden lang auf meinen Atlas, aber er antwortete nicht. Mein Magen verkrampfte sich, weil ich wusste, dass diese Aussage ihn verärgern würde, aber es war die Wahrheit. Vater hatte Lance seines Lebens beraubt, als er uns aneinander gebunden hatte, und ich hatte es satt, ihn ständig in meinen Mist hineinzuziehen. Ja, es war schön, einen Verbündeten in meinem Hass auf Lionel Acrux zu haben, aber was hatte mir das bisher gebracht? Lance hatte mich zwar in dunkler Magie unterrichtet, aber das reichte bei Weitem nicht aus, um mich auf eine Stufe mit meinem Vater zu stellen, damit ich es mit ihm aufnehmen konnte. Und jetzt war Xavier wegen meiner törichten Trotzversuche angegriffen worden. Ich wollte Lance nicht auch in die Schusslinie bringen.

Vielleicht verletzte es ihn also, dass ich ihn außen vor ließ, aber ich versuchte doch nur, ihn zu beschützen. Ich wollte ihn so weit wie möglich vom Zorn meines Vaters fernhalten. Und – um ehrlich zu sein – ich war auch egoistisch. Lance wollte immer das Gute in mir sehen, die Dinge, die mich von Lionel Acrux unterschieden und bewiesen, dass ich nicht der Klon war, zu dem er mich machen wollte. Aber ich begann, zu glauben, dass das nur eine hübsche Lüge war, die wir uns in den letzten Jahren selbst erzählt hatten. Denn jetzt würde ich genau zu dem Monster werden müssen, das mein Vater war, um meinen Bruder zu beschützen. Und wenn ich mich der Dunkelheit zuwenden müsste, um das zu erreichen, was mein Vater von mir verlangte, dann wusste ich, dass ich es tun würde. Ich wollte nur nicht die Enttäuschung in

Lance' Augen sehen müssen, wenn er sah, zu was ich geworden war.

Ein Kribbeln lief mir den Rücken hinunter und ich hob den Kopf und schaute zur Schlafzimmertür, einen Augenblick bevor jemand anklopfte.

»Ist offen«, rief ich. Ich hatte ohnehin halb damit gerechnet, dass Caleb vorbeikommen würde, und das war wahrscheinlich auch gut so, denn ich brauchte eine Ablenkung von dem Sturm meiner Gedanken. »Komm rein!«

Es folgte eine lange Pause, dann schwang die Tür auf und mein Herz setzte einen Schlag aus, als ich in die entsprechende Richtung schaute und Roxanya Vega in einer Kombination aus hautengem Sport-BH und Leggings vorfand, die viel zu verlockend aussah. Sie warf einen prüfenden Blick in mein Zimmer.

Ihre Nase kräuselte sich leicht, als sich ihre grünen Augen einen Überblick verschafften und alle Details des Ortes, den ich mein Zuhause nannte, in sich aufnahmen – von den gelb-orangefarbenen Fenstern, die sich über die Wand über meinem Bett erstreckten, bis zum Sofa und dem Fernsehbereich, den ich an der gegenüberliegenden Wand eingerichtet hatte.

Ihr Blick streifte jeden goldenen Gegenstand im Raum, von den Möbeln bis zur Uhr und den Bilderrahmen, bevor er auf die Schatztruhe fiel, die derzeit leer am Fußende meines Bettes stand.

Ein beschützerisches Knurren baute sich in meiner Brust auf, als ihr Blick dort verweilte. Sie betrachtete all meine wertvollsten Besitztümer, bevor sie ihre Aufmerksamkeit schließlich auf mich richtete – mit nacktem Oberkörper auf meinem Bett sitzend, umgeben von meinem Gold.

»Was zum Teufel willst du hier?«, fauchte ich, während ich sie finster anstarrte.

Ich hatte sie aus einem verdammt guten Grund gemieden, und als mein Schwanz zuckte, als wollte er ihr zur Begrüßung salutieren, wurde ich mit Nachdruck daran erinnert, warum. Ich hatte mir vorgenommen, mich von ihr fernzuhalten, bis wir bereit waren, unsere Pläne umzusetzen, um sie loszuwerden, weil ich nicht wollte, dass auch nur ein einziger Moment des Zweifels meine Entscheidung in dieser Angelegenheit beeinflusste.

»Hast du einen Piratenfetisch?«, fragte sie und zog eine Augenbraue hoch, was mich völlig aus dem Konzept brachte. Sie wirkte geradezu amüsiert. Ich hatte erwartet, dass sie mich anschreien würde, weil ich unsere Sitzung geschwänzt hatte, oder mich zumindest beschimpfte, aber stattdessen legte sie den Kopf schief und sah irgendwie süß aus. Der Hass, den ich auf sie gerichtet hatte, schien sie dabei vor allem zu irritieren. Ich vermutete, dass sie vielleicht dachte, dass unser gemeinsames Tanzen etwas von der Feindseligkeit zwischen uns gemildert hatte. Aber das konnte nicht weiter von der Wahrheit entfernt sein, wenn man berücksichtigte, welchen Preis ich für diesen Moment der Schwäche in ihren Armen gezahlt hatte.

»Was?«, fragte ich und zwang mich, finster dreinzublicken, während ich an meinen Bruder und seine Schmerzensschreie dachte. Nein, ich würde mich nicht von meinem Ziel ablenken lassen.

»Nun, du liegst halb nackt in einem Bett voller Münzen, also machst du entweder etwas damit oder legst sie an einer Stelle deines Körpers ab, die ... *unzugänglich* ist, wenn du vollständig angezogen bist. Oder ich habe die Information über deine Aufnahme in Captain Silvers neuer Flotte nicht erhalten.«

Sollte das ein Witz sein? Einen Moment lang hatte ich keine Ahnung, was ich darauf antworten sollte, aber als sie mich mit echter Verwirrung in den Augen anblinzelte, wurde mir klar, dass sie nicht wusste, was ich war. Hatte sie deshalb keine Angst davor, mich zu verärgern?

Provozierte sie mich deshalb immer weiter und weiter, während jeder andere Fae vor Angst zusammenkauerte?

»Du hast wirklich keinen Schimmer, was?«, spottete ich. »So regeneriert meine Formgebung ihre Kraft: Gold.«

»Oh.« Sie runzelte wieder die Stirn angesichts der Münzen und ich konnte sehen, dass sie immer noch nicht verstand. »Dann gehörst du zur Formgebung der Piraten? Verwandelst du dich in einen einbeinigen Mann mit einer Augenklappe, einer Vorliebe für Rum und einem Papagei als Haustier?«

Ihre Frage traf mich so unvorbereitet, dass ich fast nachgegeben hätte. Ein Lachen bahnte sich seinen Weg nach oben – wo es verdammt noch mal nichts zu suchen hatte. Ich war gezwungen, es mit einer deutlichen Erinnerung daran zu unterdrücken, wie der Geruch von Xaviers brennendem Fleisch die Luft im Büro meines Vaters erfüllt hatte. Und ich zwang mich, die Kontrolle über die Situation zurückzugewinnen.

»Was zum Teufel machst du in meinem Zimmer?«, fragte ich wieder.

»Rate mal!«, schoss sie sofort zurück. Aber ich hatte nicht vor, ihr den Gefallen zu tun, diese Interaktion einfach zu gestalten.

»Es gibt nur einen einzigen vorstellbaren Grund, der deine Dummheit erklären würde, hier hereinzuplatzen. Du hast endlich erkannt, wer es wirklich verdient, Solaria zu regieren. Ich gehe also davon aus, dass du dich gleich verbeugen und mich und die anderen Erben als deine Könige preisen wirst.« Ich zuckte mit den Schultern, als wäre das eine begründete Vermutung, und beobachtete, wie ihre Augen vor Wut über diesen Vorschlag aufflammten.

»Träum weiter«, murmelte sie. »Ich bin hier, weil du wieder einmal eine unserer Nachhilfestunden verpasst hast. Wie du sicher weißt.«

»Na und?« Ich stand abrupt auf und stieß dabei eine Ladung Goldmünzen auf den Boden. »Was wirst du dagegen tun? Mich deinem Willen beugen?«

Roxy hob ihr Kinn und starrte mich trotzig an. »Komm und arbeite mit mir, wie du es versprochen hast!«, forderte sie mich auf.

Ich ging auf sie zu und zwang sie mit meiner bloßen Größe, zu mir aufzuschauen. Ich wollte, dass sie klein beigab, aber sie blieb standhaft und biss die Zähne zusammen, während sie auf meine Antwort wartete.

»Nein«, hauchte ich, während jeder Zentimeter meines Körpers aufgrund der Herausforderung in ihren Augen zu brennen begann. Die Flammen krochen bereits an die Oberfläche meiner Haut. »Wenn du willst, dass ich dich ausbilde, musst du mich dazu zwingen. Wenn du wirklich zu uns gehörst, dann wirst du schnell lernen müssen, dass Fae sich nehmen, was sie wollen. Das Einzige, was zählt, ist Macht. Wenn du also willst, dass ich etwas für dich tue, dann wirst du mich dazu zwingen müssen.«

Roxy schien im Begriff zu sein, mich anzuschreien, aber als sie den Mund öffnete, kam stattdessen eine spöttische Stichelei heraus. »Über wie viele Elemente verfügst du noch mal, Darius? Zwei, richtig?«, fragte sie mit tiefer, fast schon heiserer Stimme.

Der Drache in mir brüllte vor Wut auf ihre Anspielung, aber ich ließ mir nichts anmerken und zeigte weiterhin die unnachgiebige Maske, die mein Vater mir eingeimpft hatte.

»Zwei sind mehr als genug«, antwortete ich schlicht.

»Ja … aber alle vier zu haben, muss besser sein.« Sie grinste mich praktisch an, köderte mich und forderte mich heraus, mich von meiner schlimmsten Seite zu zeigen. Als glaubte sie wirklich, sie könnte damit umgehen, wenn ich es täte. Und verdammt, ich war in der Tat versucht, genau das zu tun. Ich wollte, dass sie die Bestie in mir sah und herausfand, ob sie wirklich damit umgehen konnte.

»Ich bin ein Apex-Raubtier. Meine Art ist nicht dazu geschaffen, Befehle von irgendjemandem anzunehmen. Es ist in meiner DNA verankert, über dich zu herrschen. Ich könnte mich niemals beugen, egal, wie mächtig du sein magst«, erklärte ich kühl.

»Wie kannst du das wissen? Du weißt ja nicht einmal, welcher Formgebung ich angehöre. Vielleicht stehe ich in der Nahrungskette weiter oben, als du denkst«, sagte sie, und ihre Augen glitzerten immer noch, als würde sie sich an der Gefahr erfreuen, das Scheusal in mir zu verhöhnen.

Ich schnaubte und näherte mich ihr, bis ich direkt vor ihr stand. Der süße Duft ihrer Haut rief mich, als ich mich vorbeugte und meine Hände zu beiden Seiten ihres Kopfes gegen die Tür drückte, um sie einzukesseln. Mit rasendem Herzen beobachtete ich sie, während sie sich immer noch weigerte, zusammenzuzucken.

»Niemand steht in der Nahrungskette über mir, *Roxy*«, versprach ich ihr, während ich sie mit meinem Blick zu verschlingen drohte. Gleichzeitig weigerte ich mich, etwas anderes als den Hass auf sie und alles, wofür sie stand, meine Seele berühren zu lassen. Sie war schlicht und ergreifend meine Feindin, und ich konnte nicht zulassen, dass auch nur ein einziger Moment des Zweifels daran rüttelte. Es ging hier schließlich um meinen Bruder.

Sie beobachtete mich, während ich sie beobachtete, und die Anziehung, die ich immer wieder zu ihr verspürte, knisterte auf meiner nackten Haut wie ein herannahendes Gewitter. Aber ich würde mich ihren Wünschen nicht beugen. Zwischen mir und ihr gab es nichts außer dem Bedürfnis in mir, sie loszuwerden.

»Welcher Formgebung gehörst du an?«, hauchte Roxy, ihre Brust hob und senkte sich unter dem heftigen Druck der Luft, die uns umgab, und mein Blick fiel auf die Wölbung ihrer Brüste in dem kleinen Sport-BH, den sie trug.

»Ich zeige dir meine, wenn du mir deine zeigst«, neckte ich sie und meine Augen nahmen den goldenen Farbton meines Drachen an – mitsamt den reptilienartigen Schlitzen. Dann blinzelte ich sie wieder weg und beobachtete den Schock in ihren Gesichtszügen.

»Aber ich kenne meine Formgebung noch nicht«, protestierte sie. »Professor Orion glaubt, dass das Aufwachsen in der Welt der Sterblichen unsere Kräfte unterdrückt haben könnte.«

Ich musterte sie einen Augenblick lang und fragte mich, ob das wirklich stimmte und sie wirklich keine Ahnung hatte, was sie war. Und seltsamerweise glaubte ich ihr tatsächlich.

Aber wenn sie wissen wollte, welche Art von Wesen vor ihr stand, dann war ich gern bereit, ihr eine Show zu bieten und ihr klarzumachen, warum sie mich fürchten sollte.

Ich trat unwillkürlich einen Schritt zurück und durchbrach das Band aus Energie, das mich offenbar näher zu ihr gezogen hatte, während ich meinen Gürtel öffnete und meine Hose aufknöpfte.

»Was machst du da?«, keuchte sie und starrte mich an, als ich meine Jeans fallen ließ. Meine Boxershorts fielen ebenfalls zu Boden und sie konnte einen ausgiebigen Blick auf die volle Länge meines Schwanzes werfen.

Ihr Blick blieb darauf haften und das Gefühl ihrer Aufmerksamkeit ließ mein Blut in genau diesen Bereich schießen – als hätte dieser Teil von mir meiner Entscheidung, nichts weiter mit ihr zu tun haben zu wollen, bisher nicht zugestimmt. Ich biss die Zähne zusammen, während mein Schwanz weiterhin alle möglichen Ideen sammelte, was ich mit ihr anstellen würde. Wenn ich sie denn nur dazu bringen könnte, sich vor mir zu verbeugen. Und ich versuchte, meinen Blick nicht auf ihrem Mund verweilen zu lassen, während ich darüber nachdachte, wie gern ich ihn doch ficken würde.

»Wenn du aufhörst, mich mit den Augen zu ficken, zeige ich dir, was du so verzweifelt wissen willst«, meinte ich hämisch, zwang sie, ihre Aufmerksamkeit wieder auf mein Gesicht zu richten, und erntete einen finsteren Blick.

»Es ist nicht normal, mitten in einem Gespräch sein Gehänge herauszuholen«, keifte sie, als wäre sie sauer auf mich. »Wenn du also nicht willst, dass ich ein Auge auf den kleinen Darius werfe, hättest du ihn nicht in unser Gespräch einbeziehen sollen.«

Ich musste lachen, bevor ich mich beherrschen konnte, und meine Gedanken und mein Schwanz verirrten sich auf allen möglichen Abwegen, während ich mir zwei Sekunden Zeit nahm, um zu überlegen, ob ich sie doch noch davon überzeugen könnte, sich vor mir zu verbeugen.

Ich beugte mich vor, während sie finster dreinblickte, aber ihr Atem wurde schneller und ihre Pupillen weiteten sich, was ich für ihr eigenes Verlangen hätte halten können.

Ich wollte das. Ich wollte es mehr, als ich es in Worte fassen konnte, und es war so verdammt verlockend, einfach einen Schritt auf sie zuzugehen, ihren Nacken zu packen und sie hart zu küssen, bis sie nachgab und sich vor mir verbeugte. So wie ich es mir wünschte. Ich konnte es in ihren Augen sehen. Die Versuchung war da, trotz des Hasses, und ich wollte sie so dringend Hass-ficken, dass ich fast den entscheidenden Schritt unternahm.

Aber als mein eigener Puls wie eine Kriegstrommel in meinen Ohren donnerte, wusste ich, dass es nicht ganz so einfach sein würde. Eine Kostprobe, und ich wäre süchtig. Und das konnte ich mir nicht leisten – egal, welch verlockende Sünde sie auch sein mochte.

»Wenn du noch einmal uneingeladen in mein Zimmer kommst, dann besser, weil du bereit bist, dich vor uns zu verbeugen oder mich anzuflehen, dich über das Kopfteil zu beugen und dich meinen Namen schreien zu lassen«, sagte ich mit all dem Selbstbewusstsein, das ich verspürte, weil ich wusste, dass sie genauso feucht war wie ich hart.

Sie presste sich gegen meine Tür und ihre Schenkel verkrampften sich, als würde sie versuchen, ihre Reaktion zu unterdrücken. Aber ich spürte, wie es in der Luft zwischen uns summte, egal, wie finster sie dreinblickte.

Es war absolut animalisch, und ich wusste, dass es die beste schlechteste Idee überhaupt wäre, wenn wir uns dem hingeben würden. Aber ich brachte es nicht übers Herz.

Ich wandte mich schlagartig von ihr ab und sprang dann aus dem offenen Fenster neben uns.

Roxy keuchte alarmiert, als ich fiel, und ich streckte meine Arme weit aus und ließ die Sekunden verstreichen, während ich auf den Boden zuraste. Der Drache in mir erhob sich schließlich mit einer feurigen Sehnsucht nach Freiheit.

Als der goldene Drache aus meiner Haut brach, stieß ich ein Brüllen aus, das laut genug war, um alle Fenster in Haus Ignis zum Klappern zu bringen.

Im nächsten Moment schoss Feuer aus meinem Maul, dessen Hitze über meine goldenen Schuppen hinwegzüngelte, als ich kopfüber durch die Flammen tauchte.

Ich raste durch den Himmel und wagte nicht, mich nach dem Mädchen umzudrehen, das mich immer noch beobachtete, während das Gefühl ihrer Augen auf meiner Haut mich kribbeln ließ und ein Schauer der Vorahnung durch mich jagte.

Dieses Mädchen könnte mein Verderben sein. Ich musste nur sicherstellen, dass sie dieses Potenzial nie erreichte.

Gemini
Scorpio
Virgo
Cancer
Aries
Leo
Taurus
Sagittarius
Capricorn
Aquarius
Libra
Pisces

MAX

KAPITEL 22

Ich saß am Ufer des Sees und wartete voller Vorfreude auf den Beginn des *Formgebung-für-Fortgeschrittene*-Kurses der Sirenen, während ich die Vega-Zwillinge beobachtete, die über den Rasen auf uns zukamen.

Sie nahmen heute an unserem Kurs teil, um zu prüfen, ob es Hinweise darauf gab, dass sie selbst Sirenen sein könnten, aber ich hatte da meine ernsthaften Zweifel. Sirenen waren von Natur aus einfühlsam und konnten sich leicht in die Emotionen anderer versetzen, noch bevor sich unsere Formgebung offiziell zeigte. Wir waren entweder wirklich mehr um das Wohlergehen anderer Fae besorgt als um unser eigenes, weil wir so gut aufeinander eingestimmt waren, dass sich ihre Gefühle tatsächlich auch auf unsere auswirkten. Oder wir waren hinterhältige Arschlöcher, die ihr Wissen zur Selbstbereicherung missbrauchten.

Wie auch immer – ich konnte nicht behaupten, dass ich bei den beiden Mädchen, die auf dem Weg zu uns waren, Anzeichen für eine der beiden Verhaltensweisen gesehen hätte. Und ich hatte auch nicht gespürt, wie ihre eigenen Emotionen versuchten, auf andere einzuwirken. Daher war ich mir ziemlich sicher, dass sie nicht von meiner Formgebung waren.

Trotzdem freute ich mich wirklich auf diesen Unterricht. Die anderen Erben und ich wussten, was zu tun war, und obwohl Darius mir seine Gefühle vorenthalten hatte, als wir darüber gesprochen hatten, konnte ich seine Angst manchmal förmlich in der Luft schmecken.

Mein Freund war kein Mann, der sich vor vielem in dieser Welt fürchtete, und obwohl er die Dinge, die er zu Hause durchmachte, für sich behielt, waren wir nicht dumm. Wir hatten den Umgangston zwischen ihm und seinem Vater mitbekommen. Wir standen einander nahe genug, um einige der blauen Flecken zu Gesicht bekommen zu haben, und Caleb hatte auch einmal ein paar Dinge gehört. Aber keiner von uns konnte etwas tun, um ihn davor zu bewahren. Aber Darius war einer der stärksten Fae, die ich kannte. Er ertrug alles, was sein Vater ihm antat, und entwickelte sich sogar trotz seiner Dämonen prächtig. Ich wusste, dass er sich bis jetzt von nichts hatte unterkriegen lassen. Aber die Angst, die ich in den letzten Tagen in ihm gespürt hatte, war frischer und irgendwie so greifbar, dass es mir selbst Schauer über den Rücken jagte. Ich war also bereit, all meine Schuppen darauf zu verwetten, dass Lionel Acrux ihm mit etwas wirklich Motivierendem gedroht hatte, um eine solche Reaktion bei ihm hervorzurufen.

Das bedeutete nur eines: Wir mussten unsere Mission jetzt erfolgreich zu Ende bringen. Mein eigener Vater hatte mir seine Wünsche in dieser Angelegenheit ebenfalls unmissverständlich klargemacht. Die Vegas mussten auf Herz und Nieren geprüft werden. Wenn es auch nur die geringste Chance bestand, dass sie schwach genug waren, um vertrieben zu werden, dann waren wir dafür verantwortlich, dass dies geschah. Und wenn wir sie angriffen, sie aber dennoch den Mut und die Willenskraft fanden, zu bleiben … Tja, dann müssten wir unsere Taktik eben anpassen. Es würde nicht mehr darum gehen, sie loszuwerden. Es würde darum gehen, zu beweisen, dass sie uns niemals das Wasser reichen könnten. Und das schien mir viel gefährlicher zu sein, als sie einfach zum Gehen zu bewegen.

Mit diesem Plan im Hinterkopf und dem Wunsch, die Ursache für die turbulenten Emotionen, die ich bei Darius immer wieder wahrnahm, zu beheben, wappnete ich mich dafür, alles zu tun, um gegen die Vegas zu kämpfen.

Und zu meinem Glück nahmen sie heute an diesem Kurs teil, sodass ich die benötigten Informationen erhalten und später gemeinsam mit den anderen Erben unsere Pläne konkretisieren konnte.

Die Zwillinge erreichten unsere Gruppe und ich spürte ihre Nervosität. Ihre Aufmerksamkeit fiel kurz auf mich, bevor sie sich wieder anderen Dingen zuwandten.

»Guten Morgen, Mädels, ich bin Professorin Undine«, rief die Professorin, die diesen Kurs leitete, und winkte sie näher heran. Sie hatte karmesinrote Haare, die über den Rücken geflochten waren, und trug trotz der Kälte ein dünnes Oberteil und Shorts, um schwimmen gehen zu können, sobald der Kurs richtig losging. »Kommen Sie alle in den Kreis!«

Alle, die noch standen, setzten sich ins Gras, meine kleine Gruppe von Bewunderern drängte sich wie immer dicht an mich heran und ließ mich Verehrung, Lust und Neid spüren – alles schöne Gefühle, an denen ich mich erfreuen konnte, während ich mein Ego ein wenig fütterte.

Ich beugte mich vor, um einen besseren Blick auf unsere Neuankömmlinge zu werfen, schlang die Arme um die Knie und beobachtete, wie unwohl sie sich in der Gesellschaft meiner Art fühlten.

»Ich hätte nichts dagegen, ihnen ein wenig Lust einzuimpfen und zu sehen, wie wild sie werden können«, murmelte Lewis und lehnte sich dicht neben mich. Der Typ war ein absoluter Arschkriecher, der mir wahrscheinlich den Schwanz lutschen würde, während er mir die Schuhe polierte, sollte ich ihn darum bitten. Aber ich ließ ihn gewähren, weil seine Familie ziemlich einflussreich war und mein Vater sie bei Laune halten wollte.

Ich lächelte, als würde mich seine Bemerkung amüsieren, aber ich war kein Fan davon, anderen Fae Lust aufzuzwingen, ohne dass sie es wollten. Würde ich den Raum damit füllen, während ich ein Mädchen fickte? Ja, natürlich würde ich das. Aber zu diesem Zeitpunkt hätte besagtes Mädchen seine Zustimmung bestätigt und ich könnte meine Gaben einsetzen, ohne mich wie ein Widerling zu fühlen, der versuchte, einer unwilligen Person Sex aufzuzwingen. Lewis war jedoch schon immer ein Widerling gewesen.

Undine holte den Emotionsleser aus ihrer Tasche. Die silberne Kugel hing in einem Drahtnest, das sie mit einem Fingerschnippen in Bewegung setzte, sodass sich die Kugel darin zu drehen begann. Sie warf sie quer durch den Kreis zu Kayla, die sie aus der Luft auffing.

»Glücklich«, verkündete Kayla und las die Emotion von der Kugel ab, als diese aufhörte, sich zu drehen.

»Großartig«, sagte Undine. »Wer möchte anfangen?«

Ich stöhnte, weil ich dieses verdammte Kinderspiel schon längst satthatte. Ich hatte meinen Vater mehr als einmal gebeten, mich aus diesen Kursen zu nehmen, aber er bestand darauf, dass es gut für mich sei, die anderen meiner Art kennenzulernen, um die Loyalität meiner eigenen Formgebung mir gegenüber zu sichern. Darüber hinaus mussten wir uns immer wieder von glücklichen Emotionen ernähren, was ich im Allgemeinen nicht gern tat. »Können wir nicht wieder Angst nehmen, Miss?«

»Wir haben letzte Woche Angst gemacht«, sagte Undine entschlossen. »Außerdem verbringen Sie genug Zeit damit, die anderen Studenten der Academy zu terrorisieren, um Ihren Durst zu stillen, Mr. Rigel. Das müssen wir im Unterricht nicht fortsetzen.«

»Fuck! Das ist doch Scheiße!«, knurrte ich. Es ging nicht einmal darum, dass ich den Geschmack von Angst bevorzugte. Aber ich war so mächtig, dass ich anderen Fae ihr Glück raubte und sie leer und traurig zurückließ, sobald ich mich zu lange davon ernährte. Ich zog es bei Weitem vor, mir meinen Kick zu holen, indem ich ihnen ihre unangenehmen Gefühle nahm und sie sich danach von ihren Lasten befreit und glücklicher fühlten als zuvor. Nicht, dass ich diese Wahrheit jemals jemandem verraten hätte. Sollten sie mich ruhig für ein Monster halten, das sich am Geschmack von Angst und Schmerz labte – das nährte ohnehin nur meinen Ruf als einer der skrupelloseren Fae im Königreich.

»*Ausdrucksweise*, Mr Rigel. Fünf Punkte Abzug für Aqua«, fauchte Undine. »Sie wissen, wie sehr ich die F-Wörter und die S-Wörter hasse.«

»Was ist mit den A-Wörtern?«, stichelte ich mit einem Grinsen.

Undine ignorierte mich und sah sich im Kreis um, bis sie ihre Aufmerksamkeit auf die Vegas richtete. »Ah, das ist eine gute Gelegenheit, Ihnen unsere Formgebung vorzustellen, Mädels. Kommen Sie und stellen Sie sich zu mir!«

Sie erhoben sich und alle spitzten die Ohren und beäugten die beiden interessiert. Wir wussten bereits, wie dieses Spiel ablief, und jeder hier wollte eindeutig die Chance, sich von den mächtigsten Fae im Königreich zu ernähren.

»Denken Sie an eine glückliche Erinnerung der aktuellen Woche!«, wies Undine sie an, und die Mädchen tauschten einen Blick aus, der darauf hindeutete, dass sie diese Woche alles andere als glücklich gewesen waren.

Das mir innewohnende Mitgefühl hätte mich fast dazu gebracht, mich deswegen schlecht zu fühlen, aber dann konzentrierte ich mich auf die Notwendigkeit, sie von der Academy zu entfernen. Und mir wurde klar, dass es nur gut sein konnte, wenn sie sich hier elend fühlten.

»Äh …« Tory runzelte die Stirn und Darcy kaute auf ihrer Lippe.

Von den zuschauenden Sirenen hörte man leises Gelächter, aber ich blieb still.

»Sie müssen doch etwas haben, das Sie in den vergangenen sieben Tagen glücklich gemacht hat? Oder vielleicht in den letzten vierzehn?« Undine hob die Augenbrauen und sah besorgt aus, während sie ihre Gaben nutzte, um die Gefühle der Zwillinge zu beurteilen.

Ich spürte, wie sich die Gefühle der Zwillinge veränderten, als es ihnen beiden gelang, eine glückliche Erinnerung zu finden, auf die sie sich konzentrieren konnten. »Ich habe etwas«, verkündete Darcy und Tory nickte grinsend.

»Okay.« Undine wählte zehn Personen aus dem Kreis aus, darunter Lewis, der mir ein anzügliches Grinsen zuwarf, als er aufstand. Alle eilten erwartungsvoll nach vorn, während ich zurückblieb.

»Zieh deinen Mantel aus!«, drängte Bree Darcy, und Simon zog ihn ihr von den Schultern und warf ihn ins Gras, bevor sie protestieren konnte.

»Hey!« Sie griff danach, aber die Sirenen umringten sie und versperrten ihr den Weg.

»Fixieren Sie diese glückliche Erinnerung in Ihren Köpfen!«, rief Undine.

»Erzähl uns von deiner Erinnerung«, ermutigte Bree, und ich konnte spüren, wie sie versuchte, Darcy zu beruhigen, damit sie eher bereit war, etwas zu teilen.

»Ich war in der Stadt und habe mit Freunden getrunken«, sagte Darcy mit einem Lächeln, das in einen Lachanfall überging, und die Sirenen kicherten alle mit, während sie ihr Glück in sich aufsaugten und ihre magischen Reserven auffüllten.

»Was noch?«, fragte Lewis, und an der schmierigen Lust, die von ihm ausging, konnte ich erkennen, dass er auf eine sexuell geprägte Story hoffte. »Ich spüre da noch etwas anderes. Erzähl uns vom Rest deines Abends!« Er streckte die Hand aus, um mit den Fingern über ihr Handgelenk zu streichen, und ich spürte, wie seine Kraft gegen ihren Willen drückte, während er ihr das entlockte, was er hören wollte. »Ähm, ich habe Professor Orion gesehen.«

Kayla schnappte nach Luft, warf Lewis einen kurzen Blick zu und grinste dann eifrig, während sie sich an Darcys Arm klammerte.

Ich konnte die Lust bis hierher schmecken und verdrehte die Augen. Die Hälfte der Mädchen an dieser Schule war hinter unserem *Grundlagen-der-Magie*-Professor her. Es war irgendwie traurig.

Darcy runzelte die Stirn, als sie versuchte, sich loszureißen, aber Lewis hielt sie fest und zwang sie mit aller Kraft, weiterzumachen. »Er war wütend … Er ist so heiß, wenn er wütend ist.«

Ein paar der Mädchen stöhnten lustvoll und Undine klatschte plötzlich in die Hände, als sie merkte, was sie im Schilde führten. »Genug! Lust ist heute nicht an der Reihe.«

Die Gruppe ließ Darcy los und ihr Gesicht lief rot an, als ihr klar zu werden schien, was sie gerade gesagt hatte. Lewis kehrte zu mir zurück, grinste von einem Ohr zum anderen und streckte mir seine Hand zum Abklatschen entgegen.

Ich wollte diesen Mist nicht abklatschen, also tat ich so, als würde ich ihn nicht bemerken, und schaute zu Tory, die ihre Geschichte immer noch mit der sie umgebenden Gruppe teilte, aber ich war nicht nah genug dran, um etwas mitzubekommen.

Undine teilte uns in kleinere Gruppen auf und alle begannen, einander von glücklichen Erinnerungen zu erzählen, während ich mich einfach im Gras zurücklehnte, meinen Kopf mit den Händen stützte und darauf wartete, dass unsere Professorin diesen langweiligen Teil der Lektion hinter sich brachte.

Niemand versuchte, mich zur Teilnahme zu zwingen, also beobachtete ich einfach die grauen Wolken, die vorbeizogen, und badete in dem Glücksgefühl, das mich umgab, während sich alle anderen weiterhin von dieser Emotion nährten. Es war eine seltene Pause von all den pubertären Krisen und den Dramen, die diese Academy normalerweise beherrschten.

Undine versuchte ihr Glück, indem sie Darcy etwas Lust stahl, und ich seufzte. Sie war in dieser Hinsicht nicht besser als die anderen auch. Als ich mir sicher war, dass sie völlig abgelenkt war von dem, was auch immer Darcy Vega über Professor Orion dachte, stand ich auf und schlich mich von hinten an sie heran.

Mit einem Schrei stürzte ich mich auf sie, packte Undine an den Schultern und nahm ihr sogleich die Angst, als sie vor Schreck aufschrie. Meine Kraftreserven wuchsen und ich grinste sie an, während sie sich wütend zu mir umdrehte.

»Angst ist heute nicht dran, Rigel«, knurrte sie und hob eine Hand, sodass ihr Luftstoß mich ein paar Schritte zurückstieß.

Sie stolzierte davon und sah nach den anderen Studenten, und ich wandte mich dem Erschrecken einiger der anderen zu, um meine Langeweile zu lindern. Der Adrenalinstoß, den ich erzeugen konnte, indem ich ihnen die Angst raubte, war ein tolles Gefühl – und ich war noch nicht fertig.

Ich sammelte noch mehr Energie von ein paar weiteren Opfern, aber dann fand mich Lewis wieder. Er hatte ein paar Mädchen mitgebracht, die er mit seiner Lust eingefangen hatte, und sie kicherten, als sie näher an mich herantraten.

»Hey Alter, die vier hier sagen, dass sie nach dem Unterricht mit uns feiern wollen«, sagte Lewis aufgeregt und stieß mich so an, dass ich ihm am liebsten den verdammten Ellbogen gebrochen hätte.

»Ich habe gehört, dass du einen Raum mit so viel Lust füllen kannst, dass ein Mädchen allein durch das Betreten des Zimmers kommen kann«, sagte eines der Mädchen atemlos und musterte mich mit einem lebhaften Interesse, das mir nicht unangenehm war.

»Das ist ein- oder zweimal passiert«, gab ich mit einem Grinsen zu, das sie alle zum Kichern brachte.

»Also, was sagst du? Sollen wir nach dem Unterricht auf dein Zimmer gehen und etwas feiern?«, drängte Lewis. Seine Lust glitt über mich wie eine schmierige Hand, die einen Kürbis streichelte.

»Klingt gut«, stimmte ich zu, als eines der Mädchen hoffnungsvoll auf ihre Unterlippe biss. Aber ich würde Lewis nicht in diese Party einbeziehen. Dank Dads politischer Agenda musste ich nur etwas subtiler sein, als ihm einfach zu sagen, dass er sich verpissen sollte. Aber ich war mir sicher, dass mir etwas einfallen würde.

»Ich bin *keine* Sirene«, verkündete Tory Vega und erregte damit meine Aufmerksamkeit. Ich warf einen Blick in ihre Richtung und sah, wie auch ihre Schwester zustimmend nickte.

»Ich muss nur kurz mit den Vegas sprechen, bevor wir aufbrechen«, murmelte ich zu den anderen und Lewis stöhnte wie ein schmutziger alter Lustmolch, als er zu den Zwillingen schaute.

»Willst du sie auch dazu bringen, sich uns anzuschließen?«, fragte er aufgeregt.

»Nein«, fuhr ich ihn an. Es war eine Sache, meine Lust mit dieser Gruppe von Sirenenmädchen zu teilen, die ihre eigenen Kräfte aktiv in die Mischung einbrachten und es eindeutig wollten. Aber ich würde niemals einem Mädchen Lust aufzwingen. Und wenn ich Lewis jemals dabei erwischen würde, müsste ich ihn dafür bestrafen, Schande über unsere Formgebung gebracht zu haben – politische Agenda hin oder her. Dad würde mich unterstützen, wenn es dazu käme.

Undine klatschte in die Hände, um das Ende dieses Teils des Unterrichts zu signalisieren, und alle gingen zum Ufer des Sees, wo sie begannen, ihre Klamotten abzulegen und sich zu verwandeln. Sofort waren überall die schimmernden Schuppen unserer Formgebung zu sehen.

Undine machte sich nicht die Mühe, eine weitere Erklärung abzugeben, sondern sprang direkt ins Wasser, sobald ihre roten Schuppen zum Vorschein gekommen waren.

»Keine Chance! Ich gehe da nicht rein«, sagte Tory bestimmt und wich vom Ufer zurück, und ein Hauch von Angst streifte meine Haut, was mich sehr neugierig machte.

Der Rest der Klasse folgte Undine schnell in den See, und ich zog mein Hemd aus, als wollte ich ebenfalls ins Wasser springen. Schließlich waren nur noch meine kleine Gruppe, ich und die Vegas am Ufer.

Ich ließ mich von der Verwandlung durchströmen, marineblaue Schuppen kräuselten sich auf mir und bedeckten meine Haut wie eine kühle Liebkosung, die mich sofort vor dem beißenden kalten Wind schützte.

Ich grinste die Vegas an, als sie ihre Aufmerksamkeit auf mich richteten, schlich mich näher an sie heran und signalisierte dem Rest meiner Gruppe, sich zurückzuhalten. Gleichzeitig entfesselte ich die volle Kraft meiner Macht und bereitete mich darauf vor, mir das holen, was die anderen Erben und ich brauchen, um unsere Pläne zu verwirklichen.

Die Mädchen erstarrten, als ich sie mit meinen Gaben in den Bann zog, und ich nahm ihre Hände und nutzte den Hautkontakt, um sie vollständig in meine Macht einzutauchen und ihnen das Gefühl zu geben, bei mir geborgen und sicher zu sein.

»Hi«, flüsterte Tory, und ich musste den selbstgefälligen Ausdruck unterdrücken, der sich auf meinem Gesicht ausbreiten wollte, als ich einfach so die Kontrolle über die beiden mächtigsten Fae in Solaria übernahm.

»Wie geht es meinen Lieblingszwillingen?«, fragte ich, und Lewis und die anderen lachten idiotisch, obwohl sich keiner von ihnen näherte. Sie wussten, dass dies meine Beute war. »Setzt euch zu mir.«

Ich führte die Vegas ein Stück zur Seite und sie setzten sich links und rechts von mir hjn, während ich ihre Hände festhielt und dafür sorgte, dass sie mir voll und ganz verfallen blieben. Dann ließ ich ihre Hände los, legte aber je einen Arm über ihre Schultern, um sie näher zu mir zu ziehen, und erlaubte meiner Kraft, noch tiefer in sie eindringen, um sicherzustellen, dass ich sie in der Hand hatte, bevor ich fortfuhr.

»Was ist deine größte Angst, Tory?«, flüsterte ich an ihrem Ohr, woraufhin sie sich zu mir umdrehte und mich mit vor Schreck geweiteten Augen ansah. Ich spürte, wie sich ihre Angst unter der Wirkung meiner Gaben in ihr ansammelte.

Ich seufzte leise und wartete ab, während beide versuchten, sich gegen mich zu wehren, aber mein Einfluss war stark und tief in ihnen verwurzelt. Mit einem erneuten Stupser meiner Gaben gelang es mir, sie wieder vollends unter meine Kontrolle zu zwingen und die Wahrheit von Torys Lippen zu locken.

»Mein Ex-Freund hat mich eines Abends spät nach Hause gefahren«, flüsterte Tory und für einen Moment schien das Geräusch quietschender Reifen durch meinen Schädel zu dröhnen. »Wir hatten gestritten und er hat mich unablässig angeschrien. Ich habe gesagt, dass er die Klappe halten und sich auf die Straße konzentrieren soll – er ist wie ein Verrückter gefahren.« Ihre Angst wurde größer und ich hielt sie fest, weil ich mehr als das brauchte. Ich brauchte etwas, das wir verwenden konnten. »Wir waren auf dem Rückweg von einem Wochenende in

Wisconsin. Die Straßen waren so dunkel, aber er wollte einfach nicht vom Gas runter. Er ist zu schnell abgebogen und …« Ihre Augen schimmerten vor Tränen und Darcy streckte die Hand aus, um ihre zu nehmen. Für einen Moment fühlte ich mich schuldig, aber dann zwang ich mich, daran zu denken, warum ich das hier tun musste. Unsere Eltern brauchten uns. Solaria verließ sich auf uns – und darauf, dass wir sicherstellten, dass das Land von den stärksten Fae regiert wurde. Vor allem Darius brauchte mich jetzt. Es war notwendig. Und ich würde keinen Rückzieher machen.

»Wir sind von einer Brücke abgekommen und in den Fluss gestürzt. Das Auto ist so schnell gesunken und mein Ex … ist einfach ausgestiegen. Er ist zum Ufer geschwommen und hat mich zurückgelassen.« In Torys Stimme klang der Schrecken dieser Erinnerung mit, und ich sah sogar kurz, wie Wasser auf sie zukam, hörte die Geräusche ihrer Schreie. »Ich hatte Probleme mit meinem Sicherheitsgurt und wurde immer panischer. Die Luft wurde knapp und es war so dunkel.« Tränen liefen ihr über die Wangen und ich biss mir auf die Zunge, um nicht aufzuhören, sondern mich stattdessen so weit zurückzuziehen, dass ich ihre Erinnerungen nicht sehen musste und ihre Worte aufnehmen konnte. »Ich konnte meine Finger durch die Kälte nicht spüren. Und als das Wasser über meinen Kopf stieg, war ich mir sicher, das war's. Ich würde in diesem beschissenen Auto sterben, während mein noch beschissenerer Freund am Flussufer saß und nicht mal versuchte, mir zu helfen.« Sie schluckte schwer und ich beschloss, sie von diesem Moment zu befreien, da ich ohnehin hatte, was ich brauchte. »Zum Glück hatte ein Bauer gesehen, wie wir von der Straße abgekommen waren. Er ist rausgeschwommen und hat den Gurt durchgeschnitten. Er hat mich gerettet. Aber seitdem kann ich nicht mehr ins tiefe Wasser gehen. Es jagt mir eine Heidenangst ein.« Sie zitterte und ich beruhigte sie, indem ich ihren Arm rieb und

Gefühle des Trostes auf sie übertrug. Gleichzeitig schottete ich mich gegen jedes Mitgefühl ab, das ich für sie empfinden könnte. Jeder hatte vor irgendetwas Angst. Und ihre Angst war zufällig eine, die sich leicht ausnutzen ließ. Es war perfekt. Und das würde ich mir immer wieder einreden, bis ich das beklemmende Gefühl dieser Angst von meiner Haut abwaschen und wieder etwas Glück schmecken konnte.

Ich wandte mich Darcy zu und konzentrierte meine Kraft auf sie. »Und du? Was ist deine größte Angst, Darcy?«

»Jede unserer Pflegefamilien hat uns verstoßen. Wir waren kaum länger als ein Jahr in einem Zuhause. Wir haben ihnen viel Kummer bereitet. Manchmal bereue ich einige der Dinge, die ich getan habe. Wenn ich diese Familien besser behandelt hätte, wären sie uns vielleicht mehr zugetan gewesen. Das war aber fast noch erträglich. Aber … Na ja, mir war klar, dass es schwierig sein musste, mich zu lieben, aber ich hätte nicht gedacht, dass es unmöglich sein könnte …« Sie versuchte, sich gegen meine Macht zu wehren, aber ich hatte sie fest im Griff. Ich hatte eine Mission, also schob ich meine Gaben in sie hinein, bis sie sich nicht mehr dagegen wehren konnte.

»Sprich weiter«, flüsterte ich und versetzte meine Stimme mit meiner Gabe.

»Im letzten Schuljahr hat sich ein Typ für mich interessiert. Ich habe nie viel Zeit damit verbracht, mich mit anderen anzufreunden, aber er war nett und es tat gut, mit jemandem zu reden. Wir waren etwa drei Monate lang zusammen, und ich dachte für eine idiotische Sekunde, ich könnte mich tatsächlich in ihn verlieben. Auf einer Party habe ich meine Jungfräulichkeit an ihn verloren, und danach war er so kalt zu mir. Er hat mich kaum angesehen, und ich wusste sofort, dass etwas nicht stimmt. Es war wie die Ruhe vor dem Sturm. Er hatte bekommen, was er wollte. Und nachdem er mir irgendeine schwachsinnige Ausrede aufgetischt hatte, dass er noch nicht bereit für eine Beziehung sei, hat er mich einfach stehen lassen.«

»Darcy«, flüsterte Tory und versuchte, sich aus meinen Fängen zu befreien, um ihre Schwester davon abzuhalten, weiterzuerzählen. Aber ich musste mir das Ende anhören, also drängte ich sie, weiterzumachen.

»Er hat mich fünf *Sekunden*, nachdem er bekommen hatte, was er wollte, abserviert. Ich bin so schnell wie möglich von dort verschwunden. Auf dem Heimweg habe ich geweint. Vor lauter Tränen konnte ich nicht richtig sehen, bin auf dem Bürgersteig gestolpert und habe mein rechtes Knie aufgeschlagen – typisch für die tollpatschige Idiotin, die ich nun mal bin. Schließlich saß ich in meinem Bett und betrachtete die Verletzung und fragte mich, wie eine körperliche Wunde so grell und aufmerksamkeitserregend aussehen konnte, während emotionale Wunden völlig unsichtbar bleiben. Ich wollte, dass sich meine Verletzung einprägte, um mich daran zu erinnern, nie wieder jemandem zu vertrauen. Also habe ich meine Haare in der Farbe des Blutergusses gefärbt. Schwarz und blau. Meine ganz persönliche Wunde. Meine tiefste Angst ist es, mir mein Herz brechen zu lassen und verstoßen zu werden, weil ich blind vertraut habe. Deshalb werde ich niemals wieder jemanden in mein Herz lassen.«

Es folgte ein Moment der Stille zwischen uns, als ich überlegte, wie wir das gegen sie verwenden könnten. Für einen Moment weinte Darcy einfach in meinen Armen.

Ich zog meine Gaben zurück, verhärtete mein Herz gegen jede törichte Vorstellung von Mitgefühl und konzentrierte mich auf all die Gründe, die ich hatte, dies zu tun, bevor ich mich abrupt erhob und sie auf dem Boden sitzen ließ.

»Danke fürs Essen, Vegas. Man sieht sich.«

Ich sprang ohne einen Blick zurück in den See, um das Gefühl ihrer Angst von meiner Haut zu schrubben. Aber zumindest hatte ich bekommen, was ich brauchte. Und wenn ich in ein paar Stunden die anderen Erben zum Mittagessen traf, würde ich ihnen die Ängste der Vegas mitteilen können, damit wir vier unsere Pläne gegen sie finalisieren konnten.

Ich verschwendete nicht viel Zeit mit dem Schwimmen im See, sondern machte mich stattdessen auf den Weg zum unterirdischen Eingang von Haus Aqua und stieg aus dem Wasser zum kleinen Strand innerhalb des Gemeinschaftsraums.

Zu meiner Überraschung folgten mir die vier Mädchen und Lewis aus dem Wasser und ihre Lust überschwemmte mich, als sie zu mir auf den trockenen Teppich traten.

»Also? Was ist jetzt?«, fragte Lewis aufgeregt und schaute mich an, als wäre die Vorstellung, dass wir beide gleichzeitig ein Mädchen ficken könnten, der Höhepunkt seines ganzen Lebens.

Die Angst der Vega-Zwillinge hing immer noch an mir, aber als die Sirenen näher kamen, mit ihren Wimpern klimperten und sich vor Lust auf die Lippen bissen, während sie um mich herum tanzten, wurde mir klar, dass ich dieses Gefühl leicht vertreiben könnte, indem ich dieses Angebot annahm. Ich könnte ein paar Unterrichtsstunden schwänzen, um mich dem hinzugeben und meine Stimmung wieder aufzuhellen.

»Ja, kommt schon«, sagte ich und benutzte meine Magie, um uns alle abzutrocknen, bevor ich durch den Gemeinschaftsraum und den Flur zu meinem Zimmer stapfte.

Die Lust zwischen uns sechs wuchs auf dem Weg dorthin, und ich nutzte meine Gaben, um sie zu schüren, bis ich hart wie Stein war. Und ich freute mich darauf, diese Mädchen zu ficken, bis sie vor lauter Schreien meines Namens die Stimme verloren.

Aber Lewis würde nicht an der Party teilnehmen.

Als ich meine Tür vor mir entdeckte, steigerte ich die Lust des Kerls neben mir immer weiter, bis er schließlich zu grunzen begann.

»Fuck, pass doch auf, Max«, keuchte er und rieb seinen harten Schwanz durch seine Shorts. »Du bist so stark – wenn du in dem Tempo weitermachst, komme ich, bevor ich überhaupt drinnen bin.«

Meine Lippen zuckten und ich drückte ihm noch mehr Lust entgegen, indem ich die rohe Kraft meiner Macht einsetzte. Er stöhnte laut auf, als er direkt vor meiner Tür seine Hose vollspritzte.

»Scheiße, sorry, Kumpel«, sagte ich und täuschte einen entschuldigenden Blick vor, bevor ich die Tür öffnete und die vier Mädchen mit kokettem Kichern nach drinnen huschten.

»Fuck!«, fluchte Lewis und starrte auf den Wichsfleck, der durch seine Shorts sickerte.

»Vielleicht beim nächsten Mal, ja?« Ich betrat mein Zimmer und schlug ihm die Tür vor der Nase zu, bevor er auch nur versuchen konnte, zu protestieren.

Ich lachte leise, als ich mich in mein Zimmer umdrehte – die vier Mädchen lagen bereits nackt auf meinem Bett. Zwei von ihnen hatten ohne mich angefangen, die Brünette leckte die Pussy eines anderen Mädchens, als wäre es ihr Lieblingsessen, und mein Schwanz wurde noch härter, als ich die Show beobachtete.

Ich ließ mich zwischen die beiden anderen aufs Bett fallen und verlor mich in dem Verlangen, sie alle nacheinander zu ficken, bis alle Schuldgefühle, die ich vielleicht noch hegte, endgültig verschwunden waren.

***

Als ich mich durch alle vier Mädchen gefickt und sie so oft zum Kommen gebracht hatte, dass ich wusste, dass sie die Zeit in meinem

Bett für den Rest ihres Lebens nicht vergessen würden, war ich offiziell zu spät dran für mein Treffen mit den anderen Erben.

Ich ließ die Mädchen als gesättigten, schläfrigen Haufen von Gliedmaßen zurück und spritzte mir kaltes Wasser ins Gesicht, um mich aufzuwecken, bevor ich mir Jeans und ein T-Shirt anzog und mich auf den Weg machte.

Ich hatte etliche Nachrichten von Seth und Caleb erhalten, in denen sie mich warnten, dass sie meine Pizza essen würden, wenn ich sie noch länger warten ließe. Als ich also das Ufer des Sees erreichte, joggte ich los.

Ich rannte durch den Wimmernden Wald und verließ ihn wieder, bis ich schließlich zum Orb bog, wo die anderen auf mich warteten, um mit mir zu Mittag zu essen.

Drinnen steuerte ich direkt auf unsere Couch zu. Auf dem Tisch davor stapelten sich mehrere Pizzakartons und mehrere Dosen Limonade.

»Oh, da ist er ja«, rief Cal. Er saß auf der Couch neben Seth, dem ein halbes Stück Pizza aus dem Mund hing.

»Ja, ja«, entgegnete ich, während ich mich auf meinen Platz auf unserer roten Couch links vom Kamin fallen ließ. Ich warf einen Blick auf Darius, der am anderen Ende saß, um seine Stimmung zu ergründen. Die anderen waren für mich im Allgemeinen wie offene Bücher, die mir zumindest einen oberflächlichen Einblick in ihre Gefühle gewährten, aber Darius bemühte sich immer, mich außen vor zu lassen.

»Hast du es getan?«, fragte Darius, wirkte eine Stillekuppel um uns herum und ignorierte die anderen, während Caleb sich von uns entfernte, um sich etwas zu trinken zu holen.

»Habe ich«, gab ich zurück, schnappte mir einen Pizzakarton und klappte den Deckel auf, woraufhin der Duft von käsiger Köstlichkeit mich umwehte und mein Magen vor Vorfreude knurrte.

»Und?« Darius beugte sich vor und fixierte mich mit seinen dunklen Augen, während er seine Unterarme auf den Knien abstützte.

»Torys ist einfach. Sie hat Angst vor tiefem Wasser, vor dem Ertrinken, diese Art von Mist«, sagte ich, bevor ich einen Bissen von meiner Pizza nahm und ihnen die Gelegenheit gab, darüber nachzudenken.

»Warum werfen wir sie nicht einfach in den Pool der Lunar-Lounge?«, schlug Seth grinsend vor, als würde ihm nichts Besseres einfallen.

»Und lassen die Wasseroberfläche zufrieren, damit sie nicht mehr rauskommt«, fügte ich mit dunkler Stimme hinzu, als ich mich an die Angst erinnerte, die sie verspürt hatte, als das eisige Wasser ihre Haut berührt hatte. Ich war mir sicher, dass das den Schrecken noch verstärken würde.

»Du willst das Wasser zufrieren lassen?«, fragte Darius mit zuckendem Unterkiefer. »Ich glaube nicht, dass wir eine der Vega-Prinzessinnen tatsächlich töten können.«

In dieser Aussage schwang ein Hauch von Wut und vielleicht sogar Schmerz mit, aber als ich ihn ansah, baute er seine mentalen Schutzschilde zu einer soliden Mauer auf, die mich nicht einmal erahnen ließ, was er fühlte. *Arschloch.*

»Nein«, stimmte Seth zu. »Aber wir können sie in dem Glauben lassen, dass wir es tun werden. Wir schüchtern sie ordentlich ein, bis sie uns anfleht, sie zu retten. Dann schreiten wir ein, ziehen sie aus dem Wasser, machen Mund-zu-Mund-Beatmung – oder geben ihr eine Kostprobe unserer Schwänze, wenn sie darum bittet. Dann schicken wir sie weg von hier, weg von den großen bösen Monstern, denen sie einfach nicht gewachsen ist. Ganz einfach.«

So einfach, wie er es darstellte, war es jedoch nicht. Er benahm sich wie ein Irrer, seitdem seine Mutter ihm gedroht hatte, und ich wusste, dass er nicht nachgeben würde, bis er bekommen hatte, was er wollte.

»War da sonst noch etwas?«, fragte Darius mich. »Es muss doch noch etwas anderes geben, wovor sie Angst hat. Etwas, das nicht so …«

»Nichts«, antwortete ich mit einem Achselzucken. »Sie hat Angst vor dem Wasser – mehr nicht.«

Darius ballte die Hand zur Faust, nickte aber schließlich. »Wir können sie glauben lassen, dass wir sie reinstoßen werden. Vielleicht reicht die Angst davor schon aus.«

»Und wenn nicht, werfen wir sie rein und lassen das Wasser zufrieren, ja?« Ich provozierte ihn bewusst, um zu versuchen, seine Gefühle zu ergründen. Zögerte er aus einem bestimmten Grund oder war es das, was er brauchte? Es war frustrierend, keine Ahnung zu haben, und ich hasste es, dass er sich weigerte, mir zu sagen, was er brauchte.

Darius schwieg und sah mich wieder an, als wartete er immer noch auf eine weitere Option. Aber ich wusste nicht, was er von mir hören wollte. Der Plan schien mir ziemlich solide zu sein. Ich würde ihren Herzschlag im Wasser spüren können, wenn ich eine starke Verbindung zum Wasser aufrechterhielt. Sie wäre also nicht wirklich in Gefahr. Es ging nur darum, ihre Angst auszunutzen.

Caleb schaffte es zu uns zurück, stellte eine Dose Limo auf den Tisch, stürzte sich dann auf Seth und begann, mit ihm um ein Stück Pizza zu ringen, obwohl noch reichlich davon auf dem Tisch herumlag.

Seth knurrte spielerisch und stieß Caleb von sich, während er es schaffte, seinen letzten Bissen Pizza hinunterzuschlingen, und Cal warf einen Blick in die Runde, als er die ernste Stimmung unseres Gesprächs wahrnahm.

»Was habe ich verpasst?«, fragte Caleb und lehnte sich stirnrunzelnd zurück.

»Wir überlegen gerade, wie wir die Ängste der Vegas am besten gegen sie verwenden können«, erklärte ich bestimmt.

Caleb schürzte die Lippen. Er blickte von Seth zu mir und Darius, als hätte er etwas zu sagen, aber er hielt den Mund, als Seth erneut das Wort ergriff.

»Das wird großartig. Wir zwingen sie, sich den Dingen zu stellen, die ihnen am meisten Angst machen. Und wenn jeder sieht, dass sie nicht einmal Fae genug sind, um ihren Ängsten zu trotzen, wird es keine Zweifel mehr darüber geben, wer am besten geeignet ist, das Königreich nach unseren Eltern zu regieren.«

»Glaubt ihr wirklich, dass das alles notwendig ist?«, unterbrach Caleb und schob seine Finger durch seine blonden Locken, während er uns drei ansah. »Ich persönlich finde, dass es uns irgendwie schwach dastehen lässt. Warum greifen wir zwei untrainierte Mädchen an und versuchen, sie zu vertreiben? Wenn wir wirklich glauben, dass sie uns niemals an Können übertreffen werden, warum lassen wir sie dann nicht die Academy besuchen? Ich glaube sowieso nicht, dass sie uns jemals den Thron streitig machen werden. Nicht, wenn wir weiter auf unserem Wissen aufbauen und unsere Magie verfeinern. Wie könnten sie uns jemals an Wissen einholen? Und es ist ja nicht so, dass unsere Macht wesentlich geringer ist als ihre.«

»Das sagst du nur, weil du Tory an die Wäsche willst und weißt, dass du nicht an sie rankommst, wenn du sie so behandelst«, spottete Seth.

Darius knurrte dunkel und warnend, sein eisiger Blick fiel auf Caleb, der sich nicht einmal die Mühe machte, es abzustreiten.

»Na und? Ich mag den Geschmack ihres Blutes und ich will auch noch ein bisschen mehr von ihr schmecken. Das bedeutet nicht, dass ich plötzlich Royalist bin. Außerdem stehe ich zu dem, was ich gesagt habe, und meine Mutter stimmt mir auch zu. Dass sie hierbleiben, bedeutet nicht das Ende für uns. Wenn überhaupt bietet sich uns dadurch sogar die Möglichkeit, zu beweisen, dass unsere überlegenen Fähigkeiten und Kenntnisse ihre rohe Stärke übertreffen.«

Caleb sah uns alle an, um einen Verbündeten zu finden, aber Seth schien mehr daran interessiert zu sein, sich noch ein Stück Pizza zu schnappen, und ich war einfach froh, dem Plan meines Vaters zu folgen und zu versuchen, dieses Problem jetzt zu lösen. Wenn es nicht klappte, würden wir sowieso tun, was Caleb wollte.

»Nein«, knurrte Darius, wobei er für uns alle sprach und für einen Moment eine Welle der Anspannung durch die Gruppe schickte. Die Alphas in uns allen sträubten sich gegen die Vorstellung, dass er versuchte, die Führung zu übernehmen. »Ich will das einfach hinter mich bringen. Wir müssen tun, was unsere Eltern von uns erwarten, und damit hat sich's. Ich kann es mir nicht leisten, mich in dieser Sache gegen meinen Vater zu stellen.«

Es folgten einige Momente der Stille, in der wir alle zwischen den Zeilen seiner Worte lasen, und ich fing den leisesten Hauch von Verzweiflung von Darius auf. Tatsächlich war ich mir fast sicher, dass auch er Vorbehalte hatte, aber diese wurden von einer eisernen Entschlossenheit gemildert, von der ich wusste, dass sie nicht zu erschüttern war. Er zog seine eigenen Gefühle in dieser Angelegenheit nicht einmal in Betracht, er war eindeutig darauf konzentriert, Lionels Wünsche zu erfüllen. Und ich musste davon ausgehen, dass die Nichtbefolgung dieser Wünsche Konsequenzen nach sich ziehen würde, die er nicht ertragen könnte.

Ich warf den anderen einen kurzen Blick zu, da ich wusste, dass sie diese Andeutung ebenfalls verstanden hatten, auch wenn ihnen die Feinheiten, die ich dank meiner Gaben wahrnahm, entgangen waren. Aber es war offensichtlich, dass Lionel Drohungen ausgesprochen hatte, und keiner von uns wollte, dass Darius bei einem Misserfolg unsererseits seinem Zorn ausgesetzt war.

»Okay.« Caleb gab nach, obwohl er nicht besonders glücklich darüber zu sein schien. »Wenn ihr alle entschlossen seid, das durchzuziehen, dann wisst ihr, dass ich wie immer dabei bin.«

Darius nickte zufrieden, lehnte sich zurück und seufzte, während er ein paar Rauchwolken durch seine Lippen entweichen ließ. »Und was ist mit Gwendalina?«, fragte er und blickte ins Feuer, statt uns anzusehen.

»Bei ihr ist es etwas komplizierter«, gestand ich. »Sie hat diese tief sitzende Angst vor Zurückweisung. Davor, jemandem zu vertrauen, sich zu öffnen und dann von ihm verraten und gedemütigt zu werden und so weiter.«

Ich schaute zu den anderen, die alle die Stirn runzelten, weil sie genauso ratlos waren wie ich, wie wir das gegen sie verwenden könnten. Es gab niemanden, den wir zwingen konnten, sich gegen sie zu wenden, und die einzige Person, die ihr wirklich etwas bedeutete, war ihre Schwester.

Aber das Band zwischen den Zwillingen war unerschütterlich, und ich wusste, dass wir auf keinen Fall einen Keil zwischen sie treiben konnten, vor allem nicht in einem so engen Zeitrahmen.

»Was wäre, wenn jemand sie dazu bringen würde, ihn zu mögen?«, fragte Seth nachdenklich. »Ihr wisst schon – sie auf den Tanz einstimmen, sie als Date ausführen und dann eine komplette Carrie-Nummer abziehen.«

»Du willst ihr Schweineblut über den Kopf kippen?«, spöttelte ich. »Ist das nicht etwas übertrieben?«

Seth zuckte mit den Schultern. »Vielleicht gibt es eine bessere Option. Etwas Persönlicheres, etwas, das wirklich hart trifft und …«

»Ihre Haare«, platzte es aus mir heraus, als mir der Rest dessen, was sie gesagt hatte, einfiel und mir klar wurde, was wir ihr nehmen müssten, wenn wir sie wirklich hart treffen wollten. »Sie hat die Spitzen blau gefärbt, um sich daran zu erinnern, nie wieder jemandem zu vertrauen. Wenn sie also jemandem vertraut und dieser dann ihre Haare abschneidet …«

Seth klatschte aufgeregt in die Hände und wedelte mit der Hand in der Luft. »Ich melde mich freiwillig als Tribut! Ich werde dafür sorgen, dass sie sich so sehr in mich verliebt, dass sie am Abend der Party nach meinem Schwanz lechzen wird. Dann, bäm, werde ich wie ein Ninja mit mehr als nur einer Waffe zwischen meinen Schenkeln zuschlagen und ihr die Haare abhacken. Tschüss Haare, tschüss Würde, tschüss Vega.«

Darius verzog das Gesicht, als würde ihn diese Vorstellung anekeln, und auch Caleb schien nicht begeistert zu sein, aber keiner von ihnen sprach sich dagegen aus.

»Das wird funktionieren«, sagte ich zuversichtlich, denn ich hatte diese Ängste bei den Mädchen gespürt und war mir sicher: Wenn wir sie irgendwie brechen könnten, dann so.

»Dann packen wir es an«, sagte Darius entschlossen, während Schatten hinter seinen Augen flackerten, als er sich wieder zu uns umdrehte.

»In der Nacht des Balles?«, schlug Seth vor, während er eifrig zwischen uns hin und her blickte, als wäre dies das beste Spiel, zu dem er seit Langem eingeladen worden war.

»Ja«, stimmte ich zu und Caleb nickte, obwohl er immer noch zurückhaltend wirkte.

»Dann lasst uns die Details klären«, meinte ich. »Es ist an der Zeit, unser Vega-Problem ein für alle Mal loszuwerden.«

»Ihr könnt die Details ohne mich klären. Aber wo wir gerade von unserem Vega-Problem sprechen …« Cal nickte in Richtung Tür und ich drehte mich um und sah, wie die Zwillinge den Raum betraten. Sie sahen müde von ihren Unterrichtsstunden aus und waren wahrscheinlich immer noch ziemlich ausgelaugt, nachdem sie zuvor so viel Zeit mit den Sirenen verbracht hatten.

Sie durchquerten den Raum und entschieden sich dafür, sich ein paar ihrer Freunde anzuschließen, die sich in einer Ecke verkrochen hatten, anstatt sich heute mit dem Arschlochclub zusammenzusetzen. Wir vier sahen ihnen mit einer Art stiller Vorfreude nach.

Torys Blick glitt über unsere Gruppe und als er auf Darius landete, bleckte sie in deutlicher Abneigung die Zähne, woraufhin er sich irritiert verkrampfte.

Seth grinste breit, streckte die Hand in die Luft und winkte Darcy zu, als wären sie beste Freunde, aber sie wandte sich einfach ab.

»Lasst den Spaß beginnen«, sagte er, kramte in seiner Tasche nach einem Stück Papier und einem Stift und schrieb eine Notiz, die wir anderen über seine Schulter lasen.

Geh mit mir zum Ball.

»Du hast keine Chance, Alter«, sagte Caleb mit einem amüsierten Gesichtsausdruck, aber Seth versteckte den Zettel in seiner Hand und richtete sich auf.

»Äh, doch, die habe ich – ich bin verdammt heiß, verdammt sexy und jedes Mädchen und jeder Junge in diesem Raum kann mit einem Blick erkennen, dass ich genau weiß, wie ich sie zum Jaulen bringen kann. Und selbst durch den Schleier der Verachtung, den Darcy Vega mir vorhält, kann ich spüren, dass da eine absolut neugierige Pussy auf meine Aufmerksamkeit wartet.«

»Fünfzig Auren, dass sie dich eiskalt abblitzen lässt«, sagte Caleb mit einem Kopfschütteln.

»Hundert«, erhöhte Darius die Wette und Seth schnappte nach Luft, als wäre er beleidigt.

»Ich weiß, dass ihr gehofft habt, ich würde euch zum Ball einladen

– das heißt aber nicht, dass ihr euch wie kleine Schlampen aufführen dürft, weil ich jemand anderen frage.« Er drehte sich um und ging zielstrebig davon, und ich lachte leise, als ich ihm nachsah.

»Das zieht er auf keinen Fall durch«, murmelte Caleb und beobachtete ihn ebenfalls.

Darius ließ die Stillekuppel fallen, die uns umgab, als unser Gespräch über die Vegas zu Ende ging.

Seth sah so selbstsicher aus wie immer, als er einfach auf die Schwestern zuging und sich auf den freien Stuhl neben Darcy fallen ließ, woraufhin ihre kleinen Freunde vor Schreck zurückwichen, während Tory ihn nur finster anfunkelte.

Ich konnte nicht verstehen, was sie am anderen Ende des Raumes sagten, aber es sah so aus, als würde Seth einen Korb bekommen.

»Brauchen wir einen neuen Plan für Darcy?«, fragte ich die anderen zweifelnd, als Seth wieder aufstand.

»Nee, er hat ihr Interesse geweckt«, betonte Caleb, und ich schenkte ihnen wieder meine Aufmerksamkeit, als Seth sich vorbeugte, um Darcy etwas ins Ohr zu flüstern, bevor er ihr seinen Zettel in die Tasche steckte.

Er entfernte sich von ihr und kehrte zu uns zurück, und ich sah zu, wie sich Darcys Wangen rot färbten, während sie ihm nachblickte.

»Ich glaube, es könnte tatsächlich funktioniert haben«, meinte ich überrascht, obwohl Darius nicht überzeugt aussah.

Gerade als Seth zu uns zurückkam, tauchte auch Marguerite auf, ihren Rock bis zum Po hochgezogen und vor Geilheit triefend, bereit, sich auf Darius' Schoß fallen zu lassen.

»Lass das!«, bellte er, packte sie an den Hüften und stellte sie wieder auf die Füße.

»Was soll ich lassen?«, fragte sie verwirrt und klimperte mit den Wimpern, während sie zu ihm hinunterblickte.

»Deinen Arsch auf mir abzusetzen«, antwortete er in einem flachen Ton. »Tatsächlich wäre es mir lieber, wenn du keinen Teil deines Körpers mehr auf mir platzieren würdest, okay?«

Marguerite stotterte verwirrt, als einige ihrer Freunde hinter ihr näher kamen – wie ein Rudel Hyänen, das einen Kill witterte. Sie jedoch schien zu versuchen, die Situation mit einem Akt der Besorgnis zu kaschieren.

»Aber Sweetie, du und ich, wir sind wie Pech und Schwefel. Ich verstehe nicht …«

»Dann lass es mich dir erklären«, antwortete Darius in gelangweiltem, gleichgültigem Ton, lehnte sich zurück und betrachtete sie, als wäre sie nichts weiter als eine Störung in seinem Leben.

Das war echt kalt. Und Caleb zog die Augenbrauen hoch, als wollte er sagen: *Heilige Scheiße, Darius ist brutal.* Das konnte ich an dem Funkeln in seinen blauen Augen erkennen.

»Du und ich, wir waren offiziell sowieso nie wirklich was«, sagte Darius. »Und jetzt sind wir offiziell gar nichts mehr.«

»Du machst mit mir Schluss?«, keuchte sie, ihre Hand flog an ihr Herz, als mehrere Leute in unsere Richtung blickten.

»Nein«, antwortete Darius und sie entspannte sich sichtlich, aber ich zuckte zusammen, weil ich bereits wusste, was als Nächstes kommen würde. »Du warst nie meine Freundin, also können wir nicht Schluss machen.«

»W-was?«

Darius seufzte und ich konnte sehen, dass er genug vom Thema hatte. Ich hätte wahrscheinlich einschreiten können, um Marguerite zu helfen, sich von ihm zu lösen, aber ich war ein Arschloch und genoss das Drama genauso wie Seth, der es tatsächlich geschafft hatte, irgendwo eine Tüte Popcorn zu finden. Er kaute munter, während er sich die Show ansah.

Ich streckte die Hand aus und er ließ mich eine Handvoll nehmen, die ich zwischen meine Lippen schob, als Darius Marguerite den Todesstoß versetzte.

»Wir hatten ein paar Mal was miteinander, aber das wurde schnell langweilig«, sagte Darius. »Vielleicht solltest du mal mit jemand anderem ein paar neue Tricks ausprobieren oder so. Ist mir eigentlich egal. Der Punkt ist, wir sind fertig miteinander. Wenn du glauben willst, dass ich mit dir Schluss mache, dann okay – ich mache mit dir Schluss. Kapiert?«

»Das kannst du nicht machen!«, schrie Marguerite so laut, dass der gesamte Orb verstummte und alle in unsere Richtung schauten.

»Es ist vorbei. Zieh weiter!«, sagte Darius laut genug, dass es alle hören konnten, bevor er sie entnervt ignorierte.

Aber das arme, verzweifelte Dummchen konnte es nicht dabei belassen, und sie stürzte nach vorn, packte seine Hand und zog daran, während sie zu schluchzen begann.

»Darius, Baby, wie kannst du alles, was wir haben, einfach so wegwerfen?«

Darius entschied sich, diese Frage nicht mit einer Antwort zu würdigen, und konzentrierte sich stattdessen darauf, seine Hand zurückzuerobern. Das Flackern von Irritation in seinem Blick verriet mir, dass er gegen den Drang ankämpfte, eine größere Szene zu machen. Zweifellos wollte er nicht, dass dies morgen in den Boulevardzeitungen verbreitet wurde.

»Darius!«, schrie Marguerite verzweifelt und Feuer loderte in ihren Handflächen auf, als sie gänzlich die Nerven verlor.

Mein Amüsement verflog augenblicklich und ich sprang neben den anderen Erben auf die Füße. Seths Popcorn fiel zu Boden, als ein Knurren aus ihm herausbrach. Niemand bedrohte einen von uns und kam damit davon.

Darius trat mit herausforderndem Blick vor und Marguerite wich sofort zurück, ein Wimmern entrang sich ihren Lippen, als sie die Flammen in ihren Händen löschte und eine Entschuldigung murmelte.

Die umstehenden Mädchen machten einen Schritt auf sie zu, um sie wegzuziehen, und sie ließ sich von ihnen zurückschleifen, während sie weiter dramatisch schluchzte.

Darius war über diese Zurschaustellung eindeutig viel mehr verärgert als über den Verlust seiner neuesten Fickbekanntschaft, und ich legte ihm die Hand auf die Schulter, um ihm etwas Gelassenheit zu vermitteln, obwohl er sie nicht annahm.

»*Sie* sind schuld.« Marguerite erstarrte abrupt und zeigte mit dem Finger durch den Raum auf Tory, die zu ihrer Verteidigung nur eine Augenbraue hob. »Seit sie hier sind, verhältst du dich anders.«

»Hör auf, dich zu blamieren!«, sagte Caleb und rollte mit den Augen. »Du kannst dich einfach nicht damit abfinden, dass Darius dich schon vor Monaten satthatte. Zieh weiter, such dir jemand anderen zum Vögeln. Nach dem, was ich gehört habe, scheinst du die Übung zu brauchen.«

Marguerite sah Darius entsetzt an, aber ich konnte nicht viel Herzschmerz aus ihr herauslesen, eher enttäuschte Ambitionen und unerfüllte Lust. »Aber du liebst mich.«

Stille. Dann zerbrach Darius' ausdruckslose Maske, als er mit Grausamkeit in seinem Blick zwischen mir und den anderen hin und her schaute. Ich wusste, dass sie ihn zu weit getrieben hatte.

»Ich liebe dich?«, fragte er lachend, nachdem er sich wieder ihr zugewandt hatte. »An welchem Zeitpunkt unserer einmal wöchentlich stattfindenden Stelldicheins bist du denn auf diese Idee gekommen?«

Marguerite errötete heftig und ihre Freundinnen versuchten erneut, sie wegzuziehen, als hätten sie erkannt, dass es für sie nur noch schlimmer werden würde, wenn sie jetzt nicht aufhörte. Wir Erben scharten uns derweil um Darius.

Seth brach in Gelächter aus, als er Darius' Worte hörte, und Kylie blies sich auf, während sie ihn finster anblickte. »Du bist auch nicht besser. Ich habe das Video gesehen, in dem du und Darcy Vega vergangenen Freitag in der Bar rumgemacht habt.«

Seth legte eine Hand auf sein Herz und schnappte dramatisch nach Luft. »Sorry, Babe, habe ich vergessen, dich um Erlaubnis zu fragen? Du weißt doch, dass ich polyamourös bin, oder?«

Sie sah aus, als würde sie jeden Moment ihre Medusaform annehmen, so wütend wurde ihr Blick, während sie die Hände zu Fäusten ballte. »Nein, Seth, das hast du mir nie gesagt.«

»Nein?«, fragte er und lehnte seine Schulter an meine. »Aber du wirst jetzt nicht damit anfangen wollen, Poly-Shaming zu betreiben, oder?«

»Du bist ein Lügner«, zischte sie und bei dieser Anschuldigung kehrte wieder diese gefährliche Art von Stille ein.

Ich trat vor und ließ meinen Nacken knacken. »Willst du das wiederholen, Schätzchen?«

Kylie wich zurück, und Angst spiegelte sich in ihrem Gesichtsausdruck. »Er ist nicht polyamourös, Max, er betrügt mich nur.«

Sie tat mir fast leid, wenn sie das wirklich glaubte.

Darius hatte die ganze Show eindeutig satt. Er machte Anstalten, um Marguerite herumzugehen, aber sie packte seinen Arm, hielt ihn fest und zwang ihn, sie anzusehen. »Bitte«, flehte sie.

»Lass los«, sagte er mit tödlicher Ruhe, und ich konnte sehen, dass er sich alle Mühe gab, sich zurückzuhalten. Sein Drache schäumte sicherlich vor Wut über dieses öffentlich stattfindende Chaos.

Sie wich zurück und schien endlich zu begreifen, wie todernst er es meinte. Wir vier schritten durch die Menge der Mädchen, stürmten aus dem Raum und ließen das Drama hinter uns.

»Das war lustig«, grinste Seth. »Weißt du, was du jetzt tun solltest, um sie richtig wütend zu machen, Darius?«

»Was?«, fragte er und sah immer noch höllisch genervt aus.

»Du solltest Tory Vega ficken. Und zwar ohne Stillekuppel, damit das ganze Haus hören kann, wie sie deinen Namen schreit und dann …«

»Ich fliege eine Runde«, knurrte Darius, ließ seine Tasche fallen und begann sich schnell auszuziehen. »Kann einer von euch mit meinem Zeug draußen vor dem *Grundlagen-der-Magie*-Kurs auf mich warten?«

»Ja, Bruder«, antwortete ich, griff nach seinen Klamotten und stopfte sie in seine Tasche, bevor er sich in seine Drachenform verwandelte und ohne ein weiteres Wort verschwand.

»Armer Big D«, seufzte Seth. »Er braucht wirklich mal anständigen Sex. Diese Frustration wird ihn bei lebendigem Leib auffressen, wenn er es sich nicht von jemandem besorgen lässt.«

Ich schüttelte den Kopf und gab ihm einen Klaps auf den Hinterkopf. »Er muss nicht flachgelegt werden«, sagte ich bestimmt. »Er muss die verdammten Vegas loswerden, damit sein Vater seine Drohungen nicht wahr macht, über die er sich offensichtlich sorgt.«

»Oh«, sagte Seth und ein leises Heulen entfuhr ihm, als er aufblickte und Darius in den Wolken über uns verschwinden sah.

»Ja. Oh.«

»Dann bringen wir es hinter uns«, sagte Caleb und klang dabei resigniert. »Nach der Party können wir dann alle wieder zur Normalität zurückkehren.«

Damit waren wir alle einverstanden und machten uns auf den Weg, um den Rest unserer Mittagspause in Ruhe zu genießen. Aber ich war mir ziemlich sicher, dass wir erst dann wirklich Frieden finden würden, wenn die Vegas ihren Anspruch auf den Thron aufgegeben hatten.

Gemini
Scorpio
Virgo
Cancer
Aries
Leo
Taurus
Sagittarius
Capricorn
Aquarius
Libra
Pisces

CALEB

KAPITEL 23

Ich saß in dem Kurszimmer, das mir zugewiesen worden war, um meine Einzelgespräche mit dem Vampir zu führen, der mir als mein persönlicher Freshman-Quälgeist zugeteilt worden war. Es war eine verdammt nervige Tradition, die meine Familie vor Jahren eingeführt hatte und die besagte, dass die älteren Vampirstudenten der Academy einen Freshman in die Gepflogenheiten unserer Formgebung einweisen sollten. Das war notwendig, da unsere Art in dem Moment zum Vorschein kam, in dem auch unsere Magie erwachte, und wir schnell lernen mussten, mit dem Blutrausch umzugehen.

In der Theorie klang das alles großartig. Aber in der Praxis fand ich es höllisch langweilig.

Ich hatte jedoch den Vorteil genutzt, diesen Raum eine Stunde lang für mich allein zu haben, bevor Teddy auftauchen sollte, um ein wenig Zeit zum Entspannen zu haben.

Die Tür zum Zimmer wurde plötzlich aufgerissen und unterbrach meine Überlegungen, was wir wegen unseres Vega-Problems tun sollten. Und tatsächlich stand eine der Vegas vor mir, als hätte mein Geist sie heraufbeschworen.

Noch besser, es war *meine* Vega. Sie schien mich noch nicht einmal bemerkt zu haben, sondern lehnte an der Tür, die sie gerade hinter sich geschlossen hatte, und lauschte auf Geräusche von draußen.

Ich spitzte die Ohren und hörte wütendes Geschrei und Rufe nach Rache von der anderen Seite, als eine Schar von Mädchen an der Tür vorbeirannte.

»Versteckst du dich vor jemandem?«, fragte ich amüsiert, während Tory noch lange nach ihrem Vorbeigehen an der Tür stehen blieb.

Torys Herz machte einen überraschten Sprung, aber sie drehte sich mit finsterem Blick um und entdeckte mich dort mit den Füßen auf dem Schreibtisch im hinteren Teil des Klassenzimmers. Ich lächelte sie an, um den Todesblick zu kontern, den sie mir schenkte, und sie seufzte.

»Verdammt, ich bin direkt von einem Rudel Hyänen in das Maul eines Krokodils gerannt«, murmelte sie.

»Nicht in das eines Löwen?«, neckte ich sie und blieb genau dort, wo ich war, denn wir wussten beide, dass ich sie jetzt am Haken hatte. Sie würde diesen Raum nicht verlassen, bis ich mich dazu entschloss, sie gehen zu lassen.

»O nein, die jagen gemeinsam. Und du scheinst mir nicht der Typ zu sein, der Hilfe dabei benötigt, seine Beute in die Enge zu treiben.«

Angesichts dieser Einschätzung wurde mein Lächeln breiter.

»Manchmal kommt sie sogar direkt zu mir. Ganz ohne mein Zutun«, stimmte ich zu, während mein Blick zu ihrem Hals wanderte. Mein Durst intensivierte sich. Ich hatte geplant, sie nach meiner Sitzung mit Teddy aufzuspüren, aber dieses kleine Katz-und-Maus-Spiel war viel verlockender.

»Bringen wir es einfach hinter uns?«, fragte sie und trat mit einem

Anflug von Resignation auf mich zu, was der Jagd jeglichen Spaß nahm.

Ich schaute wieder auf ihren Hals, aber dann kam mir eine bessere Idee in den Sinn, als ich meinen Blick tiefer schweifen ließ und ihren Körper betrachtete. Etwas Süßes vor dem Hauptgang wäre jetzt genau das Richtige.

Ich stand auf und sie blieb stehen, gerade weit genug entfernt, dass ich sie nur knapp nicht erreichen und greifen konnte. Als sie zu mir aufsah und ihren Blick so leidenschaftlich auf mich richtete, musste ich mich unweigerlich fragen, ob wir nicht beide das Gleiche dachten.

»Weißt du, ich kann deine Kraft spüren«, flüsterte ich, blieb, wo ich war, und beobachtete, wie sie zögerte, unsicher, wie sie auf mein Verhalten reagieren sollte. Aber ich hatte es satt, um den heißen Brei herumzureden. Außerdem – wenn es uns gelingen sollte, sie am Abend des Balls zu vertreiben, würde ich vielleicht keine weitere Chance bei ihr bekommen.

»Hast du auch eine Ahnung, was ich sein könnte?«, fragte sie, biss sich auf die Lippe und sah so verdammt hoffnungsvoll aus, dass ich tatsächlich ein schlechtes Gewissen hatte, weil ich ihr keine Antwort darauf geben konnte.

»Leider nicht. Ich spüre nur die Tiefe deiner Macht, ihre Stärke. Und du bist *stark*. Wenn du erst einmal gelernt hast, sie zu nutzen, habe ich das Gefühl, dass ich dir ohne Erlaubnis keinen Tropfen mehr nehmen können werde.« Ich schenkte ihr ein Lächeln und ihr Blick folgte der Bewegung, was meinen Schwanz auf alle möglichen hoffnungsvollen Gedanken brachte.

»Warum zum Teufel sollte ich dir jemals die Erlaubnis dazu geben?«, fragte sie und zog eine Augenbraue hoch, als wäre die Vorstellung unglaublich absurd. Aber ich war mir ziemlich sicher, dass ich sie davon überzeugen könnte, meinen Biss zu genießen, wenn sie nur dem Drang nachgeben würde.

Ich rutschte ein Stück nach vorn, streckte die Hand aus und ließ meine Finger über den Pulspunkt an ihrem Hals gleiten, wobei ich das Gefühl ihres Herzschlags auf meiner Haut genoss.

»Du bist auch eine Erbin. Wenn du die *Abrechnung* überstehst und deine Ausbildung hier an der Academy abschließt, dann stehen die Chancen gut, dass wir für eine sehr lange Zeit im Leben des anderen sein werden«, erklärte ich.

»Ich dachte, der ganze Sinn eures kleinen Clubs ist es, dafür zu sorgen, dass meine Schwester und ich die *Abrechnung nicht* schaffen? Wollt ihr nicht, dass wir verschwinden?«, fragte sie herausfordernd.

Ich zuckte nur mit einer Schulter, denn natürlich war das der Plan. Aber ich hoffte irgendwie, dass er nicht funktionieren würde. Ich genoss die Vorstellung der Herausforderung, die dieses Mädchen und ihre Schwester für uns darstellen könnten. Der Gedanke, wirklich um mein Recht kämpfen zu müssen, den Thron zu beanspruchen, war berauschend. Wenn sie nicht vertrieben würden, wenn sie es durch die *Abrechnung* schaffen würden, dann brannte ich darauf, zu erfahren, was aus ihnen werden würde und was nötig wäre, um in der Nahrungskette über ihnen zu bleiben.

»Ich bin gespannt, wie sich die ganze Sache entwickelt«, gab ich zu. »Vielleicht fallt ihr durch und seid am Ende des Jahres weg. Oder ihr erhebt euch und fordert euer Geburtsrecht ein. Vor dem Tod eurer Eltern waren unsere Familien deren Celestia-Räte. Wir hätten immer noch die Position unter euch inne, wenn die Geschichte mit dem Grausamen König nicht so chaotisch verlaufen wäre. Vielleicht scheitert ihr also bei der *Abrechnung* und werdet in euer langweiliges, sterbliches Leben zurückgeschickt. Oder aber ihr werdet durch die Prüfungen, die ihr jetzt bestreiten müsst, lediglich noch stärker und besteht sie.«

»Mit anderen Worten – du wirst weiterhin mit den anderen Erben und ihren dummen Tricks mitziehen. Und wann immer du Hunger hast, bin ich quasi Freiwild«, fauchte sie – und fuck, sie war echt heiß, wenn sie wütend war.

»So ungefähr«, meinte ich mit einem Glucksen, wissend, dass sie das noch mehr anpissen würde. Und aus irgendeinem abgefuckten Grund gefiel mir das.

»Kannst du es jetzt einfach hinter dich bringen? Ich muss noch lernen.« Sie neigte ihr Kinn in der wütendsten Art und Weise, die ich je erlebt hatte, aber das würde heute nicht ausreichen. Was wäre nötig, damit sie sich von mir beißen lassen wollte? Ich hätte viel dafür gegeben, sie darum betteln zu hören, das war sicher.

»Willst du dir meinen Vorschlag nicht mal anhören, Tory?«, fragte ich in verführerischem Tonfall, während ich mich ihr näherte, um die Hitze ihres Körpers an meinem zu spüren.

»Ich kann mir nicht vorstellen, dass du mir etwas anbieten könntest, das mich zu einer willigen Teilnehmerin an deinem Abendessen macht«, erwiderte sie mit ausdrucksloser Miene.

»Es gäbe da vielleicht eine Sache«, sagte ich, neckend und verführerisch.

Ihre Augen leuchteten wütend auf und ich konnte sehen, dass sie kurz davor war, mich zu verfluchen oder etwas ähnlich Aggressives zu tun. Also nahm ich ihr Kinn zwischen meine Finger und presste meinen Mund auf ihren.

Tory atmete überrascht ein und ich schob meine Zunge zwischen ihre Lippen, küsste sie stürmisch und übernahm die Herrschaft über ihren Mund, um sie dazu zu zwingen, sich mir hinzugeben.

Sie legte ihre Hände auf meinen Oberkörper, die Handflächen flach auf meinen Brustmuskeln, und für einen Moment war ich mir sicher, dass sie mich entweder mit ihrer Kraft oder ihrer Magie zurückstoßen würde.

Aber dann verging der Moment und anstatt zu kämpfen, ergab sie sich – ihre Hände streichelten, anstatt mich wegzustoßen, ihre Zunge bewegte sich mit meiner und ihre Lippen verschlangen die meinen. Und sie schmeckte so verdammt süß.

Ich stöhnte tief in meiner Kehle, während ich meine Hände auf ihre Taille sinken ließ, und sie machte einen Schritt zurück, bis ihr Arsch auf einen Tisch traf.

Ich hob sie leicht an und spreizte ihre Schenkel, um dazwischen treten zu können. Mein Schwanz pochte, als ich ihn gegen ihr Höschen drückte, mir ein wenig Reibung gönnte und es genoss, wie sie sich gegen mich wölbte, als sehnte sie sich nach mehr.

Sie legte ihre Hände um meinen Hals und zog mich näher zu sich, küsste mich hart und leidenschaftlich, während sie ihre Hüften bewegte und sich an meinem harten Schwanz rieb.

Ich bewegte meine Hand zu ihrem Knie und zog mit meinem Daumen eine Linie entlang der Oberseite ihrer langen Strümpfe, bevor ich sie über ihre seidige Haut nach oben bewegte.

Tory küsste mich intensiver, ihre Finger durchwühlten meine Haare, während sie in den Pausen unseres Zungenspiels aufstöhnte. Derweil bewegte ich meine Hand weiter nach oben, halb erwartend, dass sie mich aufhalten würde, während mein Herz mit jeder Sekunde, in der sie es nicht tat, lauter pochte.

Ich schob meine Finger unter ihren Rock und sie stöhnte erneut, hakte ihr anderes Bein um meinen Hintern und zog mich näher zu sich heran, eine Aufforderung, der ich nur allzu gern nachgab.

Ich grinste gegen ihre Lippen und genoss es, wie schnell sie meinem Verlangen verfallen war. Aber in dem Moment, in dem ich das tat, nahm sie meine Unterlippe zwischen die Zähne und biss fest zu, um mich daran zu erinnern, welche Art von Tier sie war.

Ich wich zurück, bevor sie mein Blut vergießen konnte, lachte über das Feuer in ihr und hielt inne, wobei meine Hand fast ihr Höschen und die Versuchung dessen, was darunter lag, berührte.

»Warum?«, fragte sie atemlos, und Misstrauen schimmerte in ihren grünen Augen, sodass ich ihr am liebsten die Wahrheit gesagt hätte. »Du kannst dir nehmen, was du willst. Warum küsst du mich?«

»Ich kann dir dein Blut und deine Macht nehmen«, stimmte ich zu, während ich meinen Blick über ihren verlockenden Körper schweifen ließ. Das hier war kein Spiel und hatte auch nichts damit zu tun, dass ich ein Erbe und sie eine Prinzessin war. Ich wollte sie einfach. Ganz einfach. Und ich wollte wirklich, dass sie mich auch wollte. »Aber ich begehre mehr als das. Und ich bin ein Stier; wenn wir uns etwas in den Kopf gesetzt haben, ist es nicht leicht, uns davon abzubringen.«

Sie schnaubte und warf mir immer noch diesen misstrauischen Blick zu, obwohl ich hoffte, sie davon überzeugen zu können, mir zu vertrauen. Zumindest lange genug, um sie dazu zu bringen, meinen Namen so zu stöhnen, wie ich es mir wünschte.

»Neulich Abend schienst du gar nicht so abgeneigt zu sein«, drängte ich, während sie schwieg.

»Das war die betrunkene Tory«, sagte sie bestimmt. »Sie ist berüchtigt dafür, schlechte Entscheidungen zu treffen. Also würde ich mich an deiner Stelle nicht zu sehr darüber ereifern, was du glaubst, was hätte passieren können. Denn die nüchterne Tory würde so etwas nicht tun.«

»Du hältst mich also für eine schlechte Entscheidung?«, neckte ich sie, denn damit könnte sie recht haben. Aber ich wollte trotzdem zu den Entscheidungen gehören, die sie traf.

Meine Lippen zuckten und ich war mir fast sicher, dass ich sie überzeugt hatte.

»Ich habe genug schlechte Entscheidungen getroffen, um sie zu erkennen, wenn ich sie sehe«, sagte sie.

»Wie viele genau?«, fragte ich und beugte mich vor, um ihren Hals zu küssen, wobei meine Stoppeln über ihre Haut kratzten, während ich gegen den Drang ankämpfte, sie zu beißen.

»Genug, um zu erkennen, dass das hier eine schreckliche Idee ist.« Ihr Atem stockte, als ich mit meinen Küssen ihre Mundwinkel erreichte, und ich hielt inne, um ihre Entscheidung abzuwarten. Aber als sie mich wieder näher zu sich zog, war ich mir ziemlich sicher, dass mein Wunsch in Erfüllung gehen würde. »Wahrscheinlich nicht genug, um mich gänzlich abzuschrecken.«

Ich lachte leise und lehnte mich zurück, um in ihre tiefgrünen Augen zu blicken. Ich wollte, dass sie es sagte, dass sie darum bettelte. Obwohl das bei dieser speziellen Prinzessin vielleicht etwas zu viel verlangt war.

Die Worte kamen nicht über ihre vollen Lippen, aber als sich ihr Blick vor Verlangen verdunkelte, streckte sie die Hand aus und öffnete den obersten Knopf meines Hemdes. Ihre Entscheidung war gefallen.

Ich hielt still, während sie sich an jedem einzelnen Knopf entlangarbeitete, bis sie ihre Hände unter mein Hemd schob und die harten Konturen meiner Muskeln streichelte.

Ein Schauer lief mir über den Rücken und mein Schwanz war kurz davor, durch meinen verdammten Hosenschlitz zu brechen, also entschied ich, zur Sache zu kommen, und nahm ihren Mund erneut mit meinem in Besitz.

Ich konnte spüren, wie die Anspannung von ihr abfiel, als sie nachgab. Ihre Küsse waren reich und verzehrend, während ich ihren Mund mit meinem erforschte.

Ich bewegte meine Hand noch einen letzten Zentimeter nach oben, bis mein Daumen die Mitte ihres Slips erreichte, ich ihre Klit fand und Druck darauf ausübte, was sie vor Lust aufstöhnen ließ.

Ich begann, sie mit meinem Daumen durch den Stoff zu streicheln, und sie krümmte ihren Rücken, ihre Schenkel spreizten sich weiter, um mir den Zugang zu verschaffen, den ich brauchte.

Meine Küsse wurden immer leidenschaftlicher, während ich mit meiner freien Hand begann, die Knöpfe ihrer Bluse zu öffnen, weil ich diese verdammten Titten, zu denen ich mir schon mehrmals einen runtergeholt hatte, in natura sehen wollte.

Ihre Hände bewegten sich weiter über meine nackte Haut, während ich meine Arbeit an ihrer Klit fortsetzte. Ich gab den Versuch auf, mir Zeit zu lassen, als sie vor Verlangen zu keuchen begann, schob ihr Höschen beiseite und versenkte knurrend vor Verlangen einen Finger in ihrer Pussy. Sie war so nass und bereit für mich.

Tory stöhnte, ihre Stimme rau, heiser und so verdammt sexy, dass ich den Drang unterdrücken musste, meine Hose fallen zu lassen und meinen Schwanz in sie zu stoßen, damit ich hören konnte, wie es klang, wenn ich sie wirklich zum Schreien brachte.

Aber dank dieses verdammten Teddys wusste ich, dass ich keine Zeit hatte, sie so zu ficken, wie ich es wollte. Und ich wollte nichts überstürzen, von dem ich schon so lange geträumt hatte. Also würde ich eben so erkunden, wie es war, wenn sie für mich kam, würde die Kontrolle über ihr Vergnügen übernehmen und sie nach mehr verlangen lassen. Wenn wir das nächste Mal so allein waren, würde ich ihr all das zeigen, was in mir steckte.

Meine andere Hand fand ihre Brust und ich drückte sie durch ihren BH, stöhnte angesichts der Fülle in meiner Handfläche und unterbrach unseren Kuss, um mich an ihrem Körper hinunterzuarbeiten und ihre verhärtete Brustwarze besser verwöhnen zu können.

Tory lehnte sich zurück und gewährte mir einen perfekten Blick auf sie. Ihre Bluse stand weit offen und ihr Rock war noch oben gerutscht, als ich meinen Finger in ihre enge Pussy getrieben hatte.

Ich zog ihren BH nach unten, und mein Schwanz zuckte bei dem Anblick ihrer rosafarbenen Brustwarzen, bevor mein Mund sich eine aussuchte und ich sie zwischen meine Lippen nahm. Gleichzeitig schob ich einen zweiten Finger in ihre Pussy.

Sie stöhnte noch lauter, zog sich wie ein Schraubstock um meine Finger zusammen, während ich an ihrer Brustwarze saugte und spürte, wie ihr Körper seinem Höhepunkt entgegendrängte. Oh, es war, als würde ich das exquisiteste Instrument der Welt spielen.

In dem Moment, in dem ich spürte, dass sie dem Abgrund näher kam, richtete ich mich auf und küsste sie heftig, wobei ich ihre Schreie verschluckte und ihre Lust schmeckte, als ich meine Zunge über ihre gleiten ließ.

Mein Schwanz schmerzte höllisch und ich knurrte mit der verzweifelten, bedürftigen Bitte meines Körpers. Eine Bitte, von der ich wusste, dass ich keine Zeit haben würde, sie zu beantworten. Die Hitze unserer Küsse nahm ab und ich zog langsam meine Finger aus ihr heraus und brachte ihr Höschen wieder in Position.

Ich unterbrach unseren Kuss mit größter Anstrengung und nahm mir vor, Teddy die Hölle heißzumachen, weil er mich gezwungen hatte, die Sache vorzeitig zu beenden, nachdem ich so lange darauf gewartet hatte, sie zu haben.

Tory blinzelte mich überrascht an, und ich musste gegen den Drang ankämpfen, wie ein Mädchen zu schmollen, als ich den Wunsch in ihrem Körper las und wusste, dass sie gehofft hatte, nach dieser atemberaubenden ersten Runde ein zweites Mal auf meinem Schwanz zu kommen.

»Gleich kommt ein Student, um die Kunst des Vampirismus von einem Experten zu lernen«, erklärte ich und wünschte gleichzeitig, ich könnte die verdammte Sache einfach ausfallen lassen. Aber meine Mutter hatte mich bereits darauf angesprochen, dass ich nicht an mehreren dieser Sitzungen teilgenommen hatte, und da unser Familienname mit ihnen in Verbindung gebracht wurde, machte es keinen guten Eindruck, wenn ich noch mehr davon verpasste.

»Das war also nur für mich?«, fragte Tory überrascht, während sie begann, ihre Bluse zuzuknöpfen.

Mein Unterkiefer zuckte vor Frustration, obwohl ich nicht behaupten konnte, dass ich leer ausgegangen war.

»O nein, ich hatte definitiv auch was davon«, versicherte ich ihr, während mein Blick anerkennend über ihren Körper streifte. Im Geiste plante ich bereits, was ich mit jedem Zentimeter ihres Körpers anstellen wollte, sollte ich das Glück haben, noch einmal so mit ihr zusammen sein zu dürfen.

Ich knöpfte mein eigenes Hemd widerwillig zu, obwohl ich gegen meine pochende Erektion nicht viel tun konnte, außer eine zügige Rückkehr auf mein Zimmer zu planen, sobald ich diese Lektion hinter mich gebracht hatte. Mit dem neuen Wichsvorlagenmaterial, das sie mir gerade beschert hatte, würde ich es mir dann mehrmals hintereinander besorgen können.

Tory blieb auf dem Schreibtisch vor mir sitzen, und ich hoffte, dass das daran lag, dass ihre Beine noch nicht richtig funktionierten.

Der Durst kitzelte mich erneut, als ich auf ihren Hals schielte, und sie seufzte laut, als sie es bemerkte.

»Du willst mich beißen, nicht wahr?«, fragte sie und klammerte sich mit den Fingern an der Tischkante fest.

»Du könntest es als Belohnung für meine Bemühungen betrachten«, scherzte ich, denn sie würde auf keinen Fall hier rauskommen, ohne dass ich von ihr trank, und das wussten wir beide.

»Okay. Ich fühle mich dann zumindest etwas besser bei dem Gedanken, dich mit dicken Eiern zurückzulassen«, stichelte sie, und ich stöhnte fast frustriert auf, als mein Schwanz zustimmend pochte.

»Nächstes Mal nehme ich mir auf jeden Fall mehrere Stunden Zeit für dich«, erklärte ich. »Und dann wird es keinem von uns an etwas fehlen.«

»Nächstes Mal?«, fragte sie und zog eine Augenbraue hoch, als wäre das so gut wie ausgeschlossen. Aber ich konnte ihren Herzschlag hören und wusste, dass sie sich fragte, wie hart ich sie zum Kommen bringen könnte, wenn wir mehrere Stunden zur Verfügung hätten und mein Schwanz viel stärker in den Akt involviert wäre.

Ich musste wieder lächeln, aber dann wurde ich ernst, als mir klar wurde, dass es wahrscheinlich kein nächstes Mal geben würde, wenn die anderen Erben mit ihren Plänen für den Ball Erfolg hatten. Ich selbst hielt nicht viel von dem verdammten Plan, und in einem Anflug von Wahnsinn fragte ich mich plötzlich, ob ich sie davor bewahren könnte. Sie würden Darcy trotzdem angreifen, und vielleicht würde das ausreichen, um die Zwillinge zum Verlassen der Academy zu zwingen. Aber wenn ich ehrlich war, wollte ich eigentlich gar nicht, dass sie gingen.

Ich trat näher an sie heran und schob ihr eine dunkle Haarsträhne hinters Ohr. »Gehst du am Freitag zum Ball?«, murmelte ich, und ihr Puls beschleunigte sich, was mein zufriedenes Lächeln verstärkte.

»Ähm, ja«, sagte sie, und ihr Blick wurde wieder misstrauisch.

»Warum lässt du das nicht sausen?«, schlug ich vor und fragte mich, ob ich sie nicht einfach davon überzeugen könnte, sich von allem fernzuhalten. Sie war schließlich meine Quelle, sodass die anderen nicht einmal wirklich sauer auf mich sein könnten, weil ich sie beschützte – das gehörte irgendwie sowieso zur Stellenbeschreibung. Sie blinzelte mich überrascht an und mir wurde klar, dass sie wahrscheinlich dachte, ich würde sie bitten, mit mir als ihr Date zum Tanz zu gehen. Aber das konnte ich nicht tun. Wenn ich sie vor den anderen Erben und ihren Plänen bewahren wollte, musste ich sie von der ganzen Sache fernhalten.

»Welchen Grund sollte ich dafür haben?«, fragte sie und bewegte sich gerade so weit, dass meine Hand von ihrem Gesicht fiel.

Ich spürte die Ablehnung, bevor sie sie aussprechen konnte, aber so leicht würde ich nicht aufgeben.

Stattdessen ließ ich meine abgerutschte Hand ihren Arm hinuntergleiten, was ihr eine Gänsehaut bescherte und sie hoffentlich daran erinnerte, wie gut meine Finger sie hatten fühlen lassen. »Weil ich mich dann rausschleichen und in dein Zimmer kommen könnte. Wir hätten das ganze Haus den ganzen Abend über für uns allein.«

»Das ist ziemlich anmaßend von dir, Erdjunge.«

»Erdjunge?«, wiederholte ich amüsiert, aber ich würde nicht lockerlassen. Egal, wie vehement sie versuchen sollte, mir zu widerstehen.

Ich streckte ihr eine Hand entgegen, brachte Erdmagie in meine Fingerspitzen und ließ eine dunkelblaue Blume in meiner Handfläche erblühen. Mädchen liebten diesen Trick.

»Vielleicht habe ich bereits das bekommen, was ich von dir wollte«, sagte sie und machte einen Schritt nach vorn, um aufzustehen, ohne nach der Blume zu greifen.

Okay, vielleicht mochte dieses Mädchen diesen Trick nicht.

Ich ließ die Blume wieder zu nichts zerfallen und trat vor, um sie mit einem düsteren Lächeln davon abzuhalten, aufzustehen.

»Ich bin zuversichtlich, dass du zurückkommst, um dir noch mehr zu holen«, versprach ich ihr und ich konnte sehen, dass sie zumindest ein wenig von der Aussicht in Versuchung geführt wurde.

Die Tür hinter uns ging auf und Tory drehte sich um, als dieser verdammte Teddy hereinspazierte, ohne auch nur anzuklopfen. Argh, ich würde ihm heute das Leben zur Hölle machen. Seine Augen weiteten sich, als er zwischen mir und dem Mädchen hin und her schaute, das ich mehr oder weniger auf einem Tisch fixierte. Also beugte ich mich vor, um zu vertuschen, was wir wirklich getan hatten, indem ich nahm, worauf ich sowieso gewartet hatte.

Ich packte Torys Haare mit meiner Faust, während ich sie dort in Position hielt, wo ich sie haben wollte, und versenkte meine Zähne in ihrem Hals. Ihr ganzer Körper spannte sich an, als das pure Adrenalin ihres Blutes über meine Zunge und meinen Rachen floss.

Verdammt, sie schmeckte wie ein Regenbogen aus Blut auf einem verdammten Smoothie.

Ich trank gierig und genoss den Geschmack ihrer Kraft, die in mich hineinflutete, bevor ich mich zufrieden zurückzog, meinen Blick von der Schönheit vor mir abwandte und auf den verdammten Teddy richtete.

»Erste Lektion für heute, Teddy«, sagte ich. »Suche dir immer das mächtigste Wesen aus, das du überwältigen kannst. Tory zum Beispiel hat ihre Magie noch nicht im Griff, also ist sie derzeit Freiwild. Aber zu deinem Pech habe ich sie bereits als meine Quelle beansprucht – also lass die Finger von ihr!«

Tory stand auf, stieß mich einen Schritt zurück und griff dann nach ihrer Tasche, die neben uns auf dem Boden lag.

»Zweite Lektion«, fügte sie kühl hinzu und funkelte Teddy an, der sie hungrig ansah. »Unterschätze nie die Möglichkeiten der Rache. Meine Schwester und ich haben mehr Macht als ihr alle, und ihr seid dumm, wenn ihr glaubt, dass wir uns nicht daran erinnern werden, was wir durchgemacht haben, sobald wir diese Macht für uns beanspruchen.«

Sie warf Teddy noch einen letzten Blick zu, als sie an ihm vorbeiging, und er stolperte zur Seite, woraufhin ich ihn auslachte.

Sie riss die Tür auf und ich rief ihr nach, bevor sie gehen konnte.

»Bis zum nächsten Mal, Tory«, versprach ich, und als ich hörte, wie ihr Puls schneller schlug, hoffte ich, dass es ein nächstes Mal geben würde. Und ein Mal danach und dann noch ein Mal – denn ich wollte das so oft wie möglich wiederholen.

»Also, was steht heute auf dem Plan, Mr. Caleb?«, fragte Teddy eifrig.

Tja, Teddy, ich werde dir den Tag zur Hölle machen, weil du meinen Schwanz um seine Action gebracht hast. Wenn wir fertig sind, wirst du nicht mehr wissen, wo oben und unten ist.

Gemini
Scorpio
Virgo
Cancer
Aries
Leo
Taurus
Sagittarius
Capricorn
Aquarius
Libra
Pisces

ORION

KAPITEL 24.

Den Abend damit zu verbringen, den Schulball zu beaufsichtigen, stand ganz oben auf meiner Liste angenehmer Tätigkeiten – zusammen mit Selbstmord. Und da Nova mich – ach, so freundlich – als einen der anwesenden Professoren ausgewählt hatte, konnte ich es kaum *abwarten*, mich auf den Weg zum Orb zu machen, um zuzusehen, wie sich die Studenten volllaufen ließen und aneinander rieben.

O nein, warte, ich würde meinen Schwanz lieber in einen Mixer stecken.

Das Schlimmste daran war, dass ich wusste, dass die Erben etwas vorhatten – und Darius mir nicht sagen wollte, was. Und da wir im Moment nicht gerade beste Kumpels waren, verbrachte ich außerhalb des Unterrichts so gut wie meine ganze Zeit allein. Mit der Ausnahme des heutigen Abends natürlich. Heute Abend würde ich in Gesellschaft von Hunderten von Fae sein, die ich im Großen und Ganzen nicht ausstehen konnte, während ich mir Sorgen darüber machte, was Darius wohl im

Schilde führte. Ich befürchtete ernsthaft, dass er sich in Schwierigkeiten bringen könnte.

Ich warf einen Blick auf die Uhr, während ich mit nacktem Oberkörper auf meiner Couch lag und eine Flasche Bourbon auf meinen Bauchmuskeln balancierte. Bauchmuskeln, die wahrscheinlich meiner stetig zunehmenden Trinkgewohnheit zum Opfer fallen würden, wenn ich nicht aufpasste. Aber ich war vorhin im Lunar-Lounge-Gebäude im Fitnessstudio gewesen und hatte trainiert, bis ich nicht mehr hatte geradeaus sehen können, also hatte ich das Gleichgewicht wohl wiederhergestellt.

Es klopfte an der Tür und ich stöhnte und ließ mich tiefer in die Couch sinken. Ich war nicht betrunken. Ich war halbwegs verantwortungsbewusst, da ich heute Abend auf Darius aufpassen wollte, also hatte ich nur ein paar Schlucke getrunken – aber ich spielte durchaus mit dem Gedanken, jeden Tropfen der Flasche zu leeren, bewusstlos zu werden und mich am nächsten Tag um die Folgen zu kümmern.

Es klopfte erneut und ich fluchte, stellte die Flasche auf den Boden, stand auf und schoss zur Tür. Ich öffnete sie und sah Gabriel mit einem strengen Gesichtsausdruck und auf dem Rücken gefalteten Flügeln vor mir stehen.

»Noxy«, sagte ich überrascht und versuchte, ein Lächeln aufzusetzen, aber er erwiderte es nicht.

Er schüttelte den Kopf und schob sich ins Chalet, wobei er mir einen seiner Flügel ins Gesicht schlug.

»Unangebracht, aber okay«, murmelte ich, schloss die Tür hinter ihm und wandte mich ihm zu, um eine Erklärung für den unangekündigten Besuch zu erhalten.

»Orio, das ist …« Er warf erst einen Blick auf die leeren Bourbonflaschen auf der Küchentheke und dann auf mich. Ich hatte das Gefühl, als würde er mir die Brust aufreißen, in mein Herz greifen und mir all meine schlechten Entscheidungen im Leben unter die Nase reiben.

»Was?«, grunzte ich und er legte die Stirn in Falten.

»Das läuft aus dem Ruder.«

»Ich komme schon klar«, sagte ich abweisend.

»Tust du nicht«, knurrte er todernst. So hatte er noch nie mit mir gesprochen. Wir alberten immer nur herum, er war einer der wenigen Typen, mit denen ich wirklich Spaß haben konnte.

»Es ist nicht so schlimm, wie es aussieht«, meinte ich, aber er verschränkte die Arme vor der Brust wie ein genervter Vater und ich rollte mit den Augen.

»Es ist sogar noch schlimmer«, sagte er mit bissigem Unterton. »Und wenn du dich nicht zusammenreißt, spitzt sich die Lage zu. Du hast keine Ahnung, was hier auf dem Spiel steht.«

»Dann sag es mir«, sagte ich trocken und hob eine Hand. »Nur zu, o mächtiger Seher. Sag mir, welches Schicksal ich jetzt wieder versaue.«

»Das beste deines verdammten Lebens«, fuhr er mich an, und meine Augenbrauen hoben sich angesichts der Wut in seinem Tonfall.

Ich sah mich in meinem Chalet um, das so leer war wie der schlagende Muskel in meiner Brust, und zuckte mit den Schultern. »Wenn es um Lionel geht, solltest du vielleicht mit Darius reden, denn die Entscheidung liegt jetzt bei ihm. Ich kann seine Meinung nicht ändern, er hört verdammt noch mal nicht auf mich.«

»Es geht nicht um Lionel«, sagte er und wandte den Blick ab. »Okay, es geht um Lionel … aber es geht auch nicht um Lionel.«

»Na, danke, dass du das klargestellt hast«, sagte ich mit ausdrucksloser Miene und warf einen Blick auf die Uhr an der Wand. Mir wurde klar, dass der Ball vor zehn Minuten begonnen hatte – und dass es mir egal war.

Gabriel ging zu der Bourbonflasche, die ich auf dem Boden stehen gelassen hatte, nahm sie an sich und ging zum Waschbecken, um den Inhalt in den Abfluss zu schütten, während er mir direkt in die Augen starrte.

Ich fuhr mir angesichts seiner Laune mit der Zunge über die Zähne. »Ich habe noch mehr davon.«

»Nein, hast du nicht«, sagte er und sein Blick war herausfordernd. »Ich bin durch dein Hinterfenster geschlichen und habe sie alle aus deinem Schlafzimmer geholt.«

»Verdammt«, fluchte ich. Ich hatte diesen Ort mit Schutzzaubern belegt, die nur Gabriel und Darius durchließen, aber offensichtlich musste ich diese Liste kürzen.

»Und jetzt hör mir zu, Orio!«, sagte er und knallte die leere Flasche auf die Küchentheke. Ich straffte das Rückgrat angesichts seines herrischen Tonfalls. »Du musst anfangen, auf deine Instinkte zu hören. Und ich weiß, dass du das negativste Arschloch der Welt bist, aber ich sage dir, es gibt Hoffnung. Es gibt einen Weg aus dieser Drecksgrube, die du Leben nennst.«

Ich biss die Zähne zusammen, aber er hörte nicht auf, pirschte sich wie ein Mann auf einer Mission an mich heran und zeigte auf mein Gesicht.

»Du verschwendest dich selbst«, knurrte er. »Du bist so verdammt besonders, Lance. Wenn ich es dir nur zeigen könnte … Du würdest die Person, die du sein kannst, nicht wiedererkennen.«

»Und was soll ich tun, um diese besondere kleine Person zu sein, Gabriel?«, zischte ich. »Ein Tutu anziehen und Glitzer im Raum verteilen?«

»Nein, du Arschloch.« Er kam näher zu mir und nahm mein Gesicht in beide Hände. »Ich möchte, dass du dein Potenzial erkennst und es ausschöpfst. Denn der Weg, auf dem du dich befindest, führt ins Nichts, Lance. Verstehst du das? Ich spreche hier von einem frühen Grab. Und es ist mir wirklich scheißegal, ob die Sterne es für eine schlechte Idee halten, dir das zu sagen, denn ich habe es satt, zu versuchen, dich in die richtige Richtung zu stupsen. Fortan werde ich dir keine Wahl mehr lassen. Also zieh dir ein paar sternverdammte Klamotten an, geh durch diese Tür und erledige deine Pflicht! Ich schwöre dir, dass du es bereuen wirst, wenn du es nicht tust.«

Ich starrte ihn überrascht an, seine Worte brachen endlich durch den Nebel des erbärmlichen Schwachsinns in meinem Kopf. Er war ein Seher und ich nahm das sehr ernst, weil ich wusste, welche Macht er besaß. Er konnte mein Schicksal *sehen*. Und so sinnlos alles auch schien, wollte ich eigentlich noch nicht sterben. Und der Blick in seinen Augen verriet mir, dass ich nicht mehr lange auf dieser Welt sein würde, wenn ich keinen Weg fand, mich zu ändern. Ich hatte keine Ahnung, wie ich das anstellen sollte, wenn die Sterne mir weiterhin Steine in den Weg legten. Aber ich würde es wohl oder übel versuchen müssen. Denn mein Freund sah untröstlich aus – meinetwegen! –, und ich wollte nicht, dass diese Bürde auf ihm lastete.

»Okay«, erwiderte ich, und die Anspannung wich aus seinen Schultern. Erleichterung flutete seinen Blick, bevor seine Augen glasig wurden – eine Vision. Schließlich ließ er mich los und nickte, Dunkelheit wütete in seinen Augen.

»Warum siehst du immer noch traurig aus?«, fragte ich, während sich meine Brust unangenehm zusammenzog.

»Weil manchmal schreckliche Dinge geschehen müssen, damit neue Wege entstehen können. Ich muss sie zulassen.«

»Wie beruhigend, Bruder«, stichelte ich, und er schenkte mir ein Halblächeln, doch das verging schnell wieder. Er legte eine Hand auf meine Schulter, und seine Augen strahlten Zuversicht aus.

»Ich weiß, dass du am Ende das Richtige tun wirst. Ich vertraue dir.«

»Kannst du mir verraten, was das Richtige ist?«, fragte ich, aber er schüttelte nur den Kopf und lächelte wissend.

Er schwieg einen Moment und nickte dann steif. »Um einundzwanzig Uhr musst du für mindestens zehn Minuten weg von den Vegas und den Erben sein«, sagte er. »In Ordnung?«

»Und du wirst mir nicht sagen, warum, oder?« Ich seufzte.

»Nein. Aber du machst das schon, Orio. Tu einfach weiter das, was ich dir schon zuvor geraten habe.«

»Das Licht finden, hm?«, meinte ich mit einem Augenrollen.

»Es ist näher, als du denkst«, sagte er grinsend, während er zur Tür ging. »Ich werde noch ein bisschen auf dem Campus bleiben. Wir sehen uns später.« Er trat nach draußen, breitete seine Flügel aus und flog davon, bevor ich auf seinen rätselhaften Gesichtsausdruck reagieren konnte. Aber ich war es mittlerweile gewohnt, dass er so tat, als wüsste er etwas, was ich nicht wusste, also machte ich mir keine großen Gedanken darüber.

Ich seufzte, ging dann unter die Dusche, wusch mich in Rekordzeit – was schon etwas heißen wollte – und eilte in mein Zimmer, während ich mich trocknete. Nachdem ich ein hellblaues Hemd und eine schwarze Hose angezogen hatte, kämmte ich mir flüchtig die Haare. Dann rannte ich aus dem Haus und in Richtung Orb, wobei ich langsamer wurde, als ich den Weg dorthin erreichte, auf dem Studenten in schicken Klamotten eintrudelten.

Mein Blick ging durch sie alle hindurch zu den Vegas, die gerade den Eingang erreichten, und unwillkürlich fiel er auf Darcys Hintern. Sie trug ein figurbetontes dunkelblaues Kleid mit spitzenbesetzten Ärmeln, das ihre Kurven so perfekt umschmeichelte, dass meine Kehle eng wurde.

Ich beschleunigte mein Tempo erneut, meine Augen auf Blues entblößten Hals gerichtet, wo lose schwarze und blaue Haarsträhnen aus dem Dutt gefallen waren, den sie sich gemacht hatte. Meine Reißzähne kribbelten mit dem Verlangen, von ihr zu trinken. Aber das noch viel verbotenere Verlangen, einfach meinen Mund auf dieser goldenen Haut zu platzieren, ergriff ebenfalls von mir Besitz.

Ich folgte ihr wie ein Schatten ins Gebäude und beobachtete, wie sie sich die Dekoration ansah. Der Orb war in einen Ballsaal zum Thema Herbst verwandelt worden. Goldene Blätter fegten in einem endlosen magischen Wind durch den Raum und Ranken schlängelten sich über die Decke, deren Blätter erst grün, dann orange, rot und gold wurden, bevor sie zu Boden fielen und sich den Tanzenden anschlossen. Fasziniert blickte sie zu dem Zauber auf und ich neigte meinen Kopf, während ich sie beobachtete. Ich wünschte mir, mehr von diesem Ausdruck in ihren Augen zu sehen, mit dem sie die Welt vor sich zu verschlingen schien. Er weckte in mir die Sehnsucht nach dem Mann, der ich einmal gewesen war. Der Mann, der einmal so begeistert und voller Lebensfreude durch die Welt gegangen war und geglaubt hatte, dass alles möglich sei.

Sie bewegte sich mit ihrer Schwester tiefer in die Menge hinein und schien nach jemandem zu suchen. Ich fasste den spontanen Entschluss, ihre Aufmerksamkeit zu erregen. Nur für eine Sekunde. Damit ich ein kleines Stück von ihr stehlen konnte.

Ich trat hinter sie, meine Finger streiften ihren Ellbogen und sie drehte den Kopf. Ihr Atem stockte, als ich mich zu ihr bewegte.

»Guten Abend«, murmelte ich an ihrem Ohr, und die Energie in meinen Adern summte wie eine Droge. Die Interaktion dauerte nur zwei Sekunden, und doch blieb diese Energie in mir, als ich an ihr vorbeiging, und ich hielt sie so fest, wie ich konnte, während ich an die Dunkelheit dachte, der ich noch vor wenigen Augenblicken verfallen gewesen war. Ich musste verhindern, dass sie sich wieder einschlich.

Washer winkte mir begeistert von der Bar zu, an der er mit Nova stand, und ich seufzte innerlich, als ich mich zu ihnen gesellte – wohl wissend, dass es eine lange und absolut beschissene Nacht werden würde. Aber solange ich ab und zu einen Blick auf Darcy Vega erhaschen konnte, würde es vielleicht nicht ganz so unerträglich sein. Allerdings musste ich immer wieder an Gabriels Worte denken, dass manchmal schreckliche Dinge geschehen mussten. Und ich hatte das beklemmende Gefühl, dass die Erben heute Abend etwas tun würden, das sie nicht mehr rückgängig machen konnten. Irgendetwas in mir veränderte sich, als mir klar wurde, dass ich versuchen würde, die Vega-Schwestern vor ihrem Zorn zu schützen.

Scorpio
Gemini
Virgo
Aries
Cancer
Leo
Sagittarius
Taurus
Capricorn
Aquarius
Libra
Pisces

CALEB

KAPITEL 25

Ich stand am Rand des Raumes, während alle anderen Spaß am Tanzen hatten. Aber an diesem Abend sollte es für uns keinen Spaß geben. Wir wussten alle, was von uns erwartet wurde, und obwohl ich mich damit einverstanden erklärt hatte, war ich noch immer sehr zurückhaltend.

Seth hatte sich bereits von seiner Gruppe gelöst, um mit Darcy zu tanzen. Er lockte sie in seine Falle wie eine Spinne eine unschuldige kleine Fliege.

Ich sah das Glück in ihren Augen, als er sie unter seinem Arm herumwirbelte, und mir wurde ganz flau im Magen. Mir gefiel das Ganze nicht. Seth ließ sich immer zu leicht in die Dunkelheit locken, trieb seine Streiche zu weit und behauptete seine Dominanz über andere Fae mit einem Anflug von Wut, die manchmal etwas zu heftig aufflammte.

Aber ich wusste tief in meiner Seele, dass die Grausamkeit, der er sich hingab, nicht wirklich seiner Natur entsprach. Und wenn er sich so verhielt, konnte ich nicht anders, als ihn schütteln und ihn an die Dinge erinnern zu wollen, die ihm wirklich Spaß machten. Ich hatte manchmal Angst, dass er sein Licht und seine Unschuld durch die Hierarchie und die Politik, in die wir hineingeboren worden waren, verlieren könnte. Und der Gedanke daran bereitete mir einen verzweifelten Schmerz.

Ich wusste, dass er nicht der Einzige von uns war, der zu etwas geformt wurde, das weitaus härter war, als wir es uns vielleicht gewünscht hätten. Aber war das nicht der Sinn der Sache? Wir hatten keine Wahl, weil wir zur Macht geboren worden waren. Und mit der Macht kam eine ganze Menge Verantwortung, von der die geringste darin bestand, dass wir unsere Positionen an der Spitze der Rangordnung jederzeit behaupten mussten.

Darius hatte sich noch nicht blicken lassen, und ich wusste, dass er auch nicht wirklich glücklich darüber war, was wir heute Abend vorhatten. Nicht, dass ich ihn dazu hätte bringen können, das zuzugeben. Er hatte mir fast den Kopf abgerissen, als ich einen letzten verzweifelten Versuch unternommen hatte, ihn davon zu überzeugen, einen Rückzieher zu machen.

Ich verstand es ja. Sein Vater war nicht wie meine Mutter. Lionel Acrux regierte mit eiserner Faust und sein Wort war Gesetz. Max hatte mich überzeugt, mitzuspielen, und mir versprochen, dass es das Beste für unseren Bruder sei. Und da ich nur das Beste für Darius wollte, hatte ich zugestimmt.

Aber als mein Blick auf Tory Vega fiel, die allein an der Bar stand und in dem schwarzen Kleid, das sich wie Öl an ihre Figur schmiegte, absolut umwerfend aussah, kamen diese Zweifel erneut in mir hoch.

Sie bestellte sich einen Drink und ich schoss durch die Menge, bevor ich mich zurückhalten konnte, kam an ihrer Seite zum Stehen und lehnte mich an die Theke, als wäre ich schon seit Stunden statt nur wenigen Augenblicken dort.

»Es ist noch nicht zu spät«, sagte ich, unfähig, mich dagegen zu wehren, und warf einen kurzen Blick durch den Raum, um die anderen Erben ausfindig zu machen. Ich war mir nicht ganz sicher, was sie für sie geplant hatten, außer dass es am Pool stattfinden sollte. Aber ich wusste, dass es nichts Gutes sein würde.

Tory drehte sich zu mir um und schenkte mir ein Halblächeln, während sie mich mit ihren tiefgrünen Augen von oben bis unten musterte, was meine Brust anschwellen ließ und meinen Schwanz dazu brachte, ihr viel mehr Aufmerksamkeit zu schenken.

»Nicht zu spät wofür?«, fragte sie, nahm einen Schluck von ihrem Drink und lenkte meine Aufmerksamkeit auf den blutroten Lippenstift, den sie trug.

»Um uns von hier zu verpissen und richtigen Spaß zu haben«, erklärte ich und strich mit den Fingerspitzen über ihren Arm. Wenn sie nur zustimmen würde, könnte ich sie im Handumdrehen hier rausbringen, sie vor diesem Versuch, sie loszuwerden, retten und die Nacht damit verbringen, mich ganz ihrer Lust zu widmen.

Ich redete mir ein, dass ich ihr das anbot, weil sie meine Quelle war. Weil es meine Pflicht war, sie zu beschützen. Aber es war mehr als das – ich hatte einfach dieses Gefühl in meinem Bauch, dass das, was wir planten, das Falsche war. Der falsche Schritt. Ich glaubte immer noch, dass es uns schwach und nicht stark dastehen lassen würde, und obwohl ich gezwungen war, mich den dreien zu fügen, hatte ich das Gefühl, dass es ohnehin nicht funktionieren würde. Diese Mädchen mochten zwar nicht in diesem Königreich aufgewachsen sein, aber sie waren Fae und ich war mir sicher, dass sie sich wehren würden – egal, wie hart wir sie heute Abend angriffen. Warum also überhaupt erst diesen Schritt gehen?

Tory sah aus, als würde sie mein Angebot tatsächlich in Betracht ziehen, aber dann schüttelte sie leicht den Kopf, um abzulehnen, und zerstörte damit meine Hoffnungen.

»Du musst dich schon etwas mehr anstrengen, wenn du mich willst«, stichelte sie, und an jedem anderen Abend wäre ich mehr als bereit gewesen, ihr Angebot anzunehmen. Aber heute Abend musste ich sie vor allem dazu bringen, mich auf mein Zimmer zu begleiten.

Ich beugte mich ein wenig vor, mein Mund berührte ihr Ohr, als ich verführerisch sprach und versuchte, sie zum Einlenken zu bewegen. »Ich verspreche dir, dass ich mich sogar *sehr* anstrengen werde.«

Sie sah mich mit glühenden Augen an und für einen Moment hatte ich das Gefühl, sie überzeugt zu haben, aber dann zuckte sie mit den Schultern und schüttelte den Kopf, als hätte sie es nie in Betracht gezogen.

»Verlockend … aber nein.«

Ich schürzte enttäuscht die Lippen und öffnete den Mund, um noch etwas zu sagen, um sie zu überzeugen, aber bevor ich herausfinden konnte, was das hätte sein können, tauchten Max und Darius am anderen Ende der Bar auf.

Die beiden warfen mir und Tory vernichtende Blicke zu, als wüssten sie genau, was ich vorhatte, und mir wurde flau im Magen, als ich mich dem Unvermeidlichen ergab.

Darius winkte mich zu sich und ich straffte mein Rückgrat und unterdrückte ein Seufzen. Mir gefiel die Sache zwar nicht, aber ich wusste, wo meine Loyalität lag, und die würde immer an der Seite der anderen Erben sein.

»Und tschüss«, murmelte Tory, und ich zögerte einen Moment, da mir die Andeutung missfiel, dass ich wie ein braver Hund abgerufen worden war. Aber ich konnte auch nicht leugnen, dass mein Platz bei ihnen war. Und wenn ich wählen müsste, dann würde ich mich jedes Mal für meine Brüder entscheiden, egal, welche Alternative es gäbe.

Ich lächelte reumütig, als ich einen Schritt zur Seite trat. »Ich werde die Seiten nicht wechseln, Tory«, sagte ich und fügte mich in den Lauf der Dinge. »Egal, wie gut du in diesem Kleid aussiehst. Wir können euch trotzdem nicht auf den Thron lassen.«

Ich verschwand, hörte aber noch die bitteren Worte, die sie murmelte. »Ich will diesen verdammten Thron nicht.«

Ich wünschte nur, dass diese Worte auch den Ratsmitgliedern ausreichen würden.

»Was hast du zu ihr gesagt?«, fragte Darius mit leiser Stimme, als ich mich ihm und Max anschloss.

»Ich habe sie gebeten, heute Abend in mein Zimmer zu kommen, damit ich den Abend damit verbringen kann, sie zu ficken, anstatt mir die Shitshow anzusehen, die jetzt kommen wird«, gab ich zu, weil ich deutlich genug gemacht hatte, dass ich mit diesem Plan nicht wirklich einverstanden war. Ich würde meine Brüder nicht anlügen, auch wenn ihnen die Wahrheit nicht gefiel.

Darius schnaubte. »Ich nehme an, sie hat dich abblitzen lassen«, sagte er großspurig, und ich konnte mir eine Antwort nicht verkneifen.

»Ja. Im Gegensatz zum letzten Mal.«

Ein Knurren entrang sich Darius' Kehle, und er knallte sein Glas so fest auf die Bar, dass es zersprang.

Max trat vor und legte uns beiden eine Hand auf den Arm. »Für diesen Macho-Scheiß ist heute Abend keine Zeit«, erklärte er bestimmt und versuchte, uns mit seinen Gaben zu beruhigen. Ich ließ ihn gewähren, weil ich mich heute Abend sowieso viel zu nervös fühlte. Wenn wir diesen Scheiß schon machen mussten, dann wollte ich es einfach hinter mich bringen.

Ich sah mich nach Seth um, aber er und Darcy hatten sich aus dem Staub gemacht, was bedeutete, dass sein Plan mit ihr wahrscheinlich schon fast abgeschlossen war, und ich gab alle weiteren dummen Ideen auf, das Ganze aufzuschieben.

Darius starrte Tory finster von der Bar aus an, die trotzig ihr Kinn hob, bevor sie ihm den Mittelfinger zeigte, als hätte sie nicht die geringste Angst vor ihm. Scheiße. Sie war verdammt verrückt. Zum Sterben heiß, aber auch völlig durchgeknallt und lebensmüde. Sie drehte ihm den Rücken zu, um die Situation noch schlimmer zu machen, und schlüpfte dann in die Menge.

Darius schien ihr nachstellen zu wollen, aber als er sich von der Bar entfernte, klingelte sein Atlas in der Tasche und ich sah den Namen seines Vaters auf dem Bildschirm, bevor er den Anruf entgegennahm.

»Ich nehme an, du wirst mich heute Abend nicht wieder enttäuschen?«, fragte Lionel mit kalter Stimme, die mir die Nackenhaare aufstellte. Ich hätte meine Fähigkeiten wahrscheinlich nicht dazu nutzen sollen, das Gespräch mitzuhören, aber Darius hätte eine Stillekuppel wirken sollen, um mich davon abzuhalten.

»Ich werde mich darum kümmern«, sagte Darius knapp.

»Gut. Denn dein Bruder ist hier in meinem Büro und wartet darauf, zu hören, wie erfolgreich du warst. Nicht wahr, Xavier?«

»Darius?« Xaviers Stimme klang ängstlich, aber als ich Darius einen besorgten Blick zuwarf, erkannte er sofort, dass ich sein Gespräch hören konnte. Er schirmte sich mit einer Stillekuppel ab, um den Rest vor mir zu verbergen.

Es spielte allerdings keine wirkliche Rolle. Ich konnte anhand seines rasenden Herzschlags und seiner Knöchel, die dort, wo er seinen Atlas umklammerte, weiß waren, erkennen, dass er vor irgendetwas Angst hatte.

»Verstehst du jetzt, warum wir das tun müssen?«, knurrte Max mit leiser Stimme, seine Gaben hatten ihn offenbar auch auf Darius' Angst aufmerksam gemacht, und ich nickte zustimmend.

»Ja«, flüsterte ich. »Ich verstehe es.«

Ein aufgeregtes Quietschen ertönte, und als ich mich umsah, entdeckte ich Geraldine Grus, die in einem voluminösen rosafarbenen Kleid, das aussah wie eines dieser altmodischen Toilettenpapier-Deckchen, durch den Raum rauschte.

Sie stürzte sich vor Aufregung auf Tory und die beiden umarmten sich zur Begrüßung fest.

»Zum Glück geht es ihr gut«, flüsterte Max neben mir und ich drehte mich mit einem leichten Stirnrunzeln zu ihm um.

»Hast du dir Sorgen um die Grus gemacht, Alter?«, neckte ich ihn und er riss seinen Blick sofort von ihr los und schüttelte den besorgten Ausdruck in seinen Augen ab.

»Es wäre echt ätzend gewesen, wenn eine Nymphe ihre Kraft genommen hätte«, sagte er. »Außerdem ist sie eine der wenigen Fae in unserem Kurs, die halbwegs in der Lage ist, ihre Magie gegen uns einzusetzen, also ...«

»Also?«, hakte ich nach, aber in diesem Moment beendete Darius seinen Anruf und ließ seine Stillekuppel fallen.

»Lasst uns loslegen«, sagte er düster. »Wo ist Roxy?«

Ich entdeckte sie in der Menge, wo sie sich gerade von Geraldine löste und zum Ausgang ging. Ich konzentrierte meine geschärften Sinne auf sie und hörte, wie sie den Jungen mit der Mütze fragte, ob er eine Ahnung hätte, wohin Darcy gegangen sei.

»Der Junge mit der Mütze hat ihr gerade empfohlen, draußen nach ihrer Schwester zu suchen«, sagte ich und zeigte auf Tory, die durch die Tür schlüpfte.

Darius straffte die Schultern, als würde er in die Schlacht marschieren, und schritt durch die Menge davon, ohne auf uns zu warten.

Max und ich folgten ihm in einigem Abstand und überließen ihm die Führung, als er nach draußen ging und links vom Ausgang abbog, um Tory zu folgen. Dabei versteckte er seine eigenen Schritte in einer weiteren Stillekuppel.

Sie hatte keine Ahnung, dass ihr ein Monster in der Dunkelheit folgte, und als ich mir wieder Sorgen bezüglich unserer Aktion machte, packte Max meinen Arm.

»Es muss so sein«, beharrte er mit leiser Stimme und zwang mich, zustimmend zu nicken.

»Das heißt nicht, dass es mir gefallen muss«, murmelte ich.

Schimmernde Lichtkugeln markierten beide Seiten der Wege und Tory steuerte auf das Lunar-Lounge-Gebäude zu, als würden die Sterne ihr Schicksal jetzt dorthin lenken. Darius pirschte sich näher an sie heran, während sie sich ihm nie zuwandte.

In letzter Sekunde drehte sie sich zu ihm um, ihre Augen weit vor Überraschung, als er ein grausames Grinsen aufsetzte, das ich schon oft bei ihm gesehen hatte. Ich konzentrierte meine Gaben darauf, ihnen zuzuhören, während Max und ich uns außer Sichtweite im Schatten aufhielten und uns fragten, ob sie versuchen würde, ihn Fae gegen Fae zu bekämpfen. Mit einem ausreichend starken Ausbruch ihrer Kräfte könnte sie ihm vielleicht sogar entkommen, aber ich bezweifelte ernsthaft, dass das Schicksal ihr wohlgesonnen sein würde.

»Gehst du spazieren?«, fragte Darius, als Tory einen Schritt zurücktrat.

»So ähnlich«, antwortete sie und spähte an ihm vorbei, als hoffte sie, dass jemand anderes hier draußen sein könnte. Aber dank Max' Verhüllungszaubern sah sie uns nicht. »Wolltest du etwas?«, fragte sie, als Darius schwieg und ich sein Herz wie eine Kriegstrommel in seiner Brust rasen hörte, während er sich auf das Gespräch vorbereitete. Er mochte die Situation genauso wenig wie ich, da war ich mir sicher.

Aber was auch immer mit seinem Vater vor sich ging, es reichte aus, um ihn dazu zu bringen, es trotzdem zu tun.

»Letzte Chance, Roxy. Nimm deine Schwester und verlass die Academy. Kehrt zurück in euer kleines sterbliches Leben und überlasst Solaria den Leuten, die des Throns würdig sind«, meinte er düster, aber ich konnte auch den Hauch von einer Bitte in dieser Aufforderung hören. Als hoffte er, dass sie einfach zustimmen würde und wir das nicht durchziehen müssten.

»Ich gehe nirgendwohin«, antwortete sie trotzig. »Du wirst dich damit abfinden müssen.«

»Ist das deine endgültige Entscheidung?«, fragte er und machte einen Schritt auf sie zu, was ihren Herzschlag in die Höhe schnellen ließ, aber sie blieb standhaft wie eine echte Fae.

»Ja«, zischte sie.

»Dann werde ich dich wohl umstimmen müssen«, seufzte Darius.

Sie funkelte ihn böse an und machte eine Bewegung, um sich von ihm abzuwenden, aber er ließ seine Hand blitzschnell hervorschnellen, packte sie am Arm, zog sie an sich und beendete ihren Fluchtversuch, bevor er überhaupt angefangen hatte.

»Lass mich los!«, forderte Tory und versuchte, ihn abzuschütteln.

»Nein, ich glaube nicht, dass ich das tun werde«, knurrte er. »Du wirst eine kleine Lektion in Sachen Respekt lernen. Ich werde nicht dulden, dass du mir noch einmal den Rücken zukehrst.« Sein Tonfall war voller Zorn, als er mit ihr sprach, und ich hatte das Gefühl, dass er wütend auf sie war, weil sie nicht einfach nachgab und sich unserem Willen beugte, wie wir es von ihr erwartet hatten. Denn jetzt musste er zu dem Monster werden, das er unter keinen Umständen sein wollte, und ich vermutete, dass er ihr die Schuld dafür gab.

Tory wehrte sich, aber er packte auch ihren anderen Arm und zog sie so nah an sich heran, dass sich ihre Atemzüge vermischten, während sie einander in die Augen starrten.

»Wehr dich nicht! Und schrei nicht!«, sagte er mit einer Stimme, die von Manipulation getränkt war.

Ich konnte praktisch spüren, wie sie versuchte, sich seinem Befehl zu widersetzen, aber die Aura der Macht, mit der er sie manipuliert hatte, lag immer noch schwer in der Luft, und ich wusste, dass er dafür gesorgt hatte, dass sie keine Chance haben würde.

Darius lächelte, als würde er dem Teufel in sich nachgeben, drehte sich dann um und begann, sie auf das Lunar-Lounge-Gebäude zuzuschleppen, das vor uns lag.

Ich tauschte einen Blick mit Max, als dieser die Magie fallen ließ, die uns verborgen hatte.

»Lass uns zuerst dort sein und sicherstellen, dass alle anderen auf ihren Plätzen sind, um sich die Show anzusehen«, sagte er entschlossen, und ich nickte, weil es jetzt sowieso keine andere Option mehr gab.

Ich packte ihn, warf ihn mir über die Schulter, schoss um das Gebäude herum und trug ihn hinein. Jetzt gab es kein Zurück mehr. Und ich wollte nur, dass dieser Abend vorbei war.

Gemini
Scorpio
Virgo
Cancer
Aries
Leo
Sagittarius
Taurus
Capricorn
Aquarius
Libra
Pisces

ORION

KAPITEL 26

Ich hatte Darcy und Seth beim Tanzen zugesehen, bis es sich angefühlt hatte, als würden meine Augen gleich bluten. Ich hatte keinen einzigen Schluck von dem Bier getrunken, das ich in der Hand hielt, und Washer nicht zugehört, als er von seinen Erlebnissen hier an der Zodiac Academy und all seinen »schlüpfrigen« Eskapaden erzählt hatte. Die meisten davon schienen mit seinem Schwanz zu tun zu haben. Da Nova mit ein paar Mitarbeiterinnen tanzen gegangen war, hatte er wohl das Gefühl, dass dies eine gute Gelegenheit war, mir seine abgefuckten Geschichten zu erzählen.

Als Darcy und Seth in Richtung Ausgang verschwanden, wurde ich unruhig. Und während die Minuten verstrichen, verwandelte sich der Wunsch, sie aufzuspüren, in pure Verzweiflung.

»Ich brauche noch ein Bier«, murmelte ich zu Washer und machte mich sofort auf den Weg.

»Aber das hier ist voll«, rief er mir nach, und ich stellte die Flasche auf einen Tisch, ohne ihn zu beachten, und ging zur Tür, wobei ich ein paar Studenten aus dem Weg schob.

Mein Unterkiefer zuckte, meine Zähne knirschten und mein Herz raste, als ich es nach draußen schaffte. Wenn Seth etwas plante, musste ich sie warnen. Ich konnte nicht einfach tatenlos zusehen, wie er ihr wehtat. Es war meine Pflicht, weil sie meine Quelle war. Zumindest redete ich mir das ein.

Draußen lungerten ein paar Studenten herum, aber sie war nicht unter ihnen. Also bog ich in den Weg ein und begann meine Jagd, betend, dass ich dieses Arschloch nicht dabei erwischen würde, wie er sie küsste – oder Schlimmeres. Bei dem Gedanken erschauderte ich und meine Reißzähne schärften sich, als das Biest in mir erwachte. Ich war in einer gefährlichen Stimmung, einer regelrecht unberechenbaren. Und ich war mir nicht sicher, was ich tun würde, sollte ich die beiden zusammen erwischen.

Als ich mich weiter um den Orb herumbewegte, entdeckte ich sie. Sie stand allein mit dem Rücken zum Gebäude, die Augen geschlossen und ein Stückchen vom Weg entfernt. Sie hatte die Stirn in Falten gelegt und sah aus, als wollte sie nicht wirklich gefunden werden, aber ich ging trotzdem auf sie zu voller Erleichterung, dass sie nicht mit Seth Capella hier war. Aber das bedeutete nicht, dass sie aus dem Schneider war. Die Erben hatten etwas vor, und ich musste sicherstellen, dass sie sich dessen bewusst war.

Ich verstand ihr Bedürfnis nach Abstand, denn so hatte ich mich auf jeder Party gefühlt, auf der ich jemals gewesen war. Und als ich vor ihr stehen blieb, ihr wunderschönes Gesicht betrachtete und die Stille auf mich wirken ließ, fragte ich mich, wie es wohl wäre, mich vorzubeugen und ihre Lippen zu schmecken. Zu spüren, wie sie mich näher an sich zog und in der Wärme ihres Körpers willkommen hieß.

Sie öffnete die Augen, und ihr Blick fiel auf das Raubtier vor ihr. Überraschung, aber keine Angst, spiegelte sich in ihrem Gesicht wider.

»Oh«, flüsterte sie, und ihr Blick wurde besorgt, als sie merkte, dass wir allein waren. Sie warf einen Blick auf den Weg, als hoffte sie, dort auf Gesellschaft zu stoßen.

Sie stieß sich von der Wand des Gebäudes ab, offensichtlich in der Absicht, zu gehen, aber ich stellte mich ihr in den Weg.

»Professor«, warnte sie, sichtlich in der Befürchtung, ich sei hierhergekommen, um sie zu beißen. Aber das war nicht meine Absicht, auch wenn ich mit der Verzweiflung eines ausgehungerten Tieres nach ihrem Blut lechzte.

Ich legte meine Hand auf ihre Taille und drückte den Stoff ihres Kleides, während ich mich dem verzehrenden Verlangen in mir, ihr näher zu kommen, hingab. Sie war die personifizierte Sonne und ich hatte so lange im Dunkeln verbracht, dass ich mir nichts sehnlicher wünschte, als ein paar Momente in ihrer Hitze zu verbringen. War das wirklich so verwerflich?

Ja, das war es. Aber dennoch … Gabriels Worte spukten mir im Kopf herum und obwohl ich wusste, dass dies in jeder Hinsicht falsch war, fühlte es sich auch in jeder Hinsicht richtig an.

Sie atmete scharf ein und eine Gänsehaut breitete sich über ihren Nacken aus, was meine Reißzähne zum Kribbeln und meinen Schwanz zum Zucken brachte. Fühlte sie das auch? War ich für sie genauso verlockend wie sie für mich? Es schien unmöglich. Und doch verriet der Ausdruck in ihren Augen, dass es vielleicht doch der Fall war.

Ich zog meine Hand zurück, fand meine Selbstbeherrschung wieder und tauschte einen Blick mit ihr aus. Sie wusste, dass ich eine Grenze überschritten hatte. Aber sie tadelte mich nicht dafür. Ich hatte mich schließlich nur ein wenig hingegeben. Gerade genug, um die Kreatur in mir zu füttern, die mehr verlangte. Gabriel hatte mir aufgetragen, mich dem Licht zuzuwenden, und es gab keine Fae, die heller für mich brannte als sie. Aber ich sollte mich hier nicht über die Grenzen meiner schmutzigen Fantasie hinwegsetzen – ich war hier, um eine Warnung zu überbringen.

»Warum flirtest du ständig mit dem Teufel?«, fragte ich. Ich hatte es satt, sie wie eine willkürliche Studentin anzusprechen. Meine Beziehung zu ihr war eine so viel intimere. Sie runzelte die Stirn, als glaubte sie, ich spräche von mir selbst. »Seth Capella.«

Sie verschränkte die Arme vor der Brust und reckte ihr Kinn, während ihre Mauern sofort wieder hochgezogen wurden. »Sie sind mein Betreuer, Sir, nicht mein Guru. Wenn ich mit Seth ausgehen will, werde ich genau das tun«, erklärte sie kühl.

Na toll. Das läuft ja super.

Ich warf einen Blick auf meine Uhr und verfluchte innerlich die voranschreitende Zeit. Es war fast einundzwanzig Uhr. Ich musste diese Warnung überbringen und dann Gabriels Befehl, zu gehen, befolgen.

Ich konnte hören, wie sich andere Studenten näherten, und wusste, dass es keine gute Idee war, hier allein mit ihr gesehen zu werden. Es würde verdächtig aussehen.

»Halte ich Sie etwa auf?«, fragte sie bitter.

»Ja. Jetzt gib mir dein Handgelenk!« Ich griff danach, weil ich eine Ausrede für meine Anwesenheit brauchte, falls jemand aufkreuzen sollte. Aber sie wich erneut zurück.

»Wirklich? Sie wollen mich ausgerechnet heute Abend beißen?«, zischte sie, aber ich war zu abgelenkt, um zu antworten. Stattdessen warf ich wieder einen Blick den Weg hinunter, als Gelächter in meine Richtung drang. Ich trat vor, um nach ihr zu greifen, und plötzlich lachte sie. Sie lachte mich aus. Und das Geräusch war wie Gewehrfeuer in meiner Brust.

Sie kniff die Augen zusammen, und die Kraft in ihrem Griff veränderte sich, als ihr klar wurde, warum ich mich so verhielt. Aber das konnte ich nicht zulassen. Sie hatte hier nicht die Kontrolle. Die gehörte mir.

Ich machte einen Schritt nach vorn, drückte sie gegen die Wand, bleckte die Zähne und zwang sie, sich mir zu unterwerfen. Ihr Herz pochte an meinem, und ihr so nah zu sein, war ein Wahnsinnsgefühl.

»Das ist nicht unbedingt erlaubt, oder? Sir?«, fragte sie kühl, und ihre Worte trafen mich tief. Sie hatte erkannt, etwas gegen mich in der Hand zu haben. Und ich musste ihre kleine Waffe schnell entladen.

Ich hielt meine Hand fest um ihren Arm geschlungen, meinen Blick auf ihren Hals gerichtet, während mich das dringende Verlangen durchfuhr, mich auf diese Weise von ihr zu ernähren. Es war eine intimere Art der Versorgung, obwohl ich noch intimere Arten kannte – nicht, dass ich an diese gedacht hätte. Mein Schwanz würde mich verraten, wenn ich mich nicht bald bewegte, aber ich konnte sie nicht loslassen. Es war zu aufregend, sie so zu erleben. Und warum sollte ich sie nicht beißen? Sie war schließlich meine Quelle.

»Und was bringt dich auf diese Idee?«, fragte ich trocken und hoffte, sie von der Fährte meines Vergehens abzubringen.

»Ihr verschlagenes Verhalten. Warum sind Sie mir überhaupt hierher gefolgt? Sie hätten mich drinnen beißen können.«

Ich zuckte mit den Schultern. »Zu einfach.«

Warne sie und verschwinde, verdammt noch mal!

Aber ich genoss diese Interaktion ein bisschen zu sehr und hatte noch ein paar Minuten totzuschlagen.

Sie lachte kalt und die Gehässigkeit in ihren Augen veranlasste mich, meinen Griff um sie zu lockern. Vielleicht hatte ich mir ihr Verlangen nach mir doch nur eingebildet. Vielleicht überschritt ich hier wirklich eine Grenze, und das in mehr als einer Hinsicht. Und der Gedanke daran gefiel mir nicht.

»Das kaufe ich Ihnen nicht ab«, erklärte sie.

»Warum toleriere ich dieses Gespräch eigentlich?«, murmelte ich vor mich hin. Wir hatten uns auf gefährliches Terrain begeben. Ich hatte sie an die Wand gedrückt, aber bislang nicht gebissen. Und ehrlich gesagt hätte ich mit meinem Mund auch am liebsten etwas ganz anderes getan. Ein Kuss von ihr wäre eine Sünde, aber es könnte sich lohnen, dafür niederzuknien und Buße zu tun.

Das kannst du nicht machen. Du bist ihr Professor. Ihr Feind.

Fuck.

»Gut«, seufzte ich, als hätte ich diese Unterhaltung satt, aber es war die verlockendste, die ich je geführt hatte. Vielleicht sogar in meinem ganzen Leben. »Ich sollte wirklich nicht allein mit dir hier sein. Das ist nicht angemessen.«

Ihre Augenbrauen hoben sich. »Wir verbringen jeden Montag Zeit allein in Ihrem Büro.«

»Das ist etwas anderes«, knurrte ich und sah mich erneut um. Andere Studenten würden diesen Weg nehmen. Ich musste mich wirklich von ihr entfernen.

»Was würde passieren, wenn ich Rektorin Nova davon erzählen würde?«, fragte sie und mein Herz setzte einen Schlag aus.

»Würdest du das tun?«, zischte ich. Verdammt, vielleicht hatte ich dieses Mädchen unterschätzt. Vielleicht würde sie mich dafür den Wölfen zum Fraß vorwerfen. Aber dann lief ein Schauer durch ihren Körper, der so vielsagend war, dass ich mir sicher war, dass er mit mir zu tun hatte. Ihre Pupillen weiteten sich und sie befeuchtete ihre Lippen auf eine Weise, die mich so stark zu ihr hinzog, dass ich all meine Willenskraft aufbringen musste, um mich davon abzuhalten, sie zu küssen.

»Lassen Sie es doch drauf ankommen«, flüsterte sie, aber ihr Körper hatte sie bereits verraten. Sie würde nichts sagen, weil sie es auch spürte. Das sah ich an der Art und Weise, wie ihre Augen zu meinem Mund wanderten und ihr Kehlkopf wippte. Ich war mir nicht sicher, ob sie überhaupt wusste, wie sehr mich diese Augen anlockten und mich baten, gemeinsam mit ihr zu sündigen.

Ich ließ meine Finger ihren Arm hinaufgleiten, die Versuchung war wie ein Dämon in meinem Ohr. Nur eine Kostprobe. Konnte das wirklich so viel Schaden anrichten?

Meine Hand erreichte ihren Hals, streichelte ihre samtweiche Haut, und ich beugte mich vor, fühlte, wie die Sterne mich von hinten antrieben und näher drängten. Blue hob ihr Kinn, ihre Lippen ein Angebot, das ich nur zu gern annehmen wollte. Und in diesem Moment wusste ich, dass ich es tun würde. Ich würde eine Grausame Prinzessin küssen und die Konsequenzen verdammen. Denn dieses Mädchen war alles Gute auf der Welt, das mir gefehlt hatte, und ich musste wissen, wie es sich anfühlte, in ihm zu ertrinken. Selbst wenn es meinen Untergang bedeutete. Selbst wenn ich Blue selbst bis ins Mark verdarb.

Jemand räusperte sich und wir zuckten beide zusammen, mein Vampirgehör nahm das Geräusch um das Zehnfache verstärkt wahr. *Verdammt!*

Ich warf einen Blick zurück und sah Seth mit ungeduldigem Gesichtsausdruck hinter mir stehen. Sofort wandte ich mich wieder Darcy zu.

»Was macht er da?« Sie versuchte, mich zurückzudrängen, aber ich rührte mich nicht.

»Er wartet darauf, dass ich dich beiße«, sagte ich und wich einen Zentimeter zurück. Aber dieser Zentimeter fühlte sich wie eine Schlucht an. »Damit er dich zurückhaben kann.«

Sie zitterte, ihre Augen wurden starr und ich wusste, dass der aufgeheizte Moment, der zwischen uns stattgefunden hatte, nun vorbei war und nie wiederkehren würde.

»Na, dann los«, zischte sie. »Oder wollen Sie weiter mit Ihrem Essen spielen?«

Mir war die Zeit ausgegangen, zu hingerissen war ich von ihr, um das zu tun, weshalb ich gekommen war. Aber ich musste es versuchen. Ich beugte mich vor, um ihr ins Ohr zu flüstern. »Halt dich von ihm fern! Geh wieder rein!« Wir waren uns so nah und ihr Geruch war wie eine Droge, die meine Gedanken vernebelte und schwer fassbar machte. *Bitte hör auf mich, Blue. Ich weiß nicht, was passieren wird, wenn du es nicht tust.*

Ich hoffte, dass das reichte, denn meine Zeit war um und ich musste mich entfernen, wie Gabriel es mir aufgetragen hatte. Ich wusste es besser, als mich gegen seine Anweisungen zu stellen.

Mit einem flauen Gefühl im Magen zog ich mich zurück, ohne sie zu beißen, und schoss dann davon. Denn wenn ich mich langsamer bewegte, würde ich innehalten, um Seth meine Faust ins Gesicht zu rammen.

Ich hoffte nur, dass ich genug getan hatte, um sie zum Zuhören zu bewegen.

Pisces
Scorpio
Virgo
Gemini
Aries
Cancer
Leo
Sagittarius
Taurus
Capricorn
Aquarius
Libra
Pisces

SETH

KAPITEL 27

Jetzt, da Professor Beißerchen weg war, hatte ich Darcy Vega ganz für mich allein. Sie sah aus wie ein Tagtraum auf einer Schlagsahnewolke, und ich war der große böse Wolf, der ihre Wolke auffressen und zusehen würde, wie sie in den Abgrund stürzte. Und je länger ich sie ansah und ihr all meine Probleme in die Schuhe schob, desto leichter fiel es mir, mich in mein psychopathischstes Ich zu verwandeln. Denn sie und ihre Schwester waren der Grund, warum ich nicht beim Mond-Spaziergang meiner Familie würde mitmachen können. Sie waren der Grund, warum ich nicht nach Hause konnte, der Grund, warum meine Mutter den Kontakt zu mir unterbrochen hatte. Und was noch wichtiger war: Sie waren der Grund, warum ich möglicherweise meinen Sitz im Celestia-Rat verlieren würde, wenn ich mich nicht sofort darum kümmerte. Also ja, ich begrüßte meine inneren Dämonen, denn sie mochten den Geschmack von Schmerz und Leid und ermöglichten es mir, mein Lächeln ein wenig leichter zu ertragen. Vor allem, wenn ich meine schwächeren Gefühle unterdrückte und sie tief in mir vergrub, wo nicht einmal ich sie finden konnte.

Ich trat auf sie zu, schlang meine Finger um ihre und drückte sie fest. »Geht es dir gut?«, fragte ich fröhlich, und sie nickte, obwohl Orion ihr eine leichte Falte auf die Stirn gemalt hatte. Sie hasste es offensichtlich, dass er sie biss, obwohl ich nicht wirklich verstand, warum. Der Biss eines Vampirs konnte verdammt heiß sein, und ich genoss es definitiv, wenn Cal mich festhielt und seine Reißzähne in mich trieb. Aber die Tatsache, dass es bei ihr um ein Arschloch von einem Professor ging, war wohl etwas hinderlich.

Ich zog sie mit einem Lächeln auf den Lippen den Weg entlang und führte sie zu einer Bank, die vor einem großen Busch stand, in dem sich Kylie und ihre Freunde versteckten. Ich hatte eine willige Person gebraucht und da ich mein Rudel nicht in diese Sache verwickeln wollte, hatte ich Kylie und ein paar ihrer Freunde ausgewählt, um mir zu helfen. Ein mieser Schachzug? Absolut. Aber Alphas mussten ihre Familie schützen.

Ich ließ mich auf die Bank fallen, zog Darcy neben mich und drückte mein Gesicht in ihre Haare. Mein Lächeln verschwand, als ich sie einatmete, und mein Herz verkrampfte sich.

Ich bin ein skrupelloser Fae. Ein Anführer. Und eines Tages werde ich ein Lord sein. Das hier ist für das Allgemeinwohl.

»Was ist los, Babe?«, fragte ich, während mein Mund über ihr Ohr strich. Sie wirkte angespannt und abgelenkt. Und ich war es nicht wirklich gewohnt, dass Mädchen so distanziert waren, wenn ich meinen Charme spielen ließ.

»Nichts«, sagte sie schnell, und ich lehnte mich zurück und neigte meinen Kopf zur Seite, während ich ihren Gesichtsausdruck genauer betrachtete.

»Lügnerin«, neckte ich sie. »Hat Orion dir wehgetan?« Wenn

ja, würde ich ihn umbringen. Andererseits war ich kurz davor, ihr weitaus Schlimmeres anzutun, als er es je könnte, sodass dieser kleine Schwur irgendwie sinnlos war. Sie und ich waren dabei, in völlig entgegengesetzte Richtungen zu gehen. Sie könnte den ganzen Weg zurück ins Reich der Sterblichen laufen und nie wieder gesehen werden, obwohl mir der Gedanke daran nicht ganz behagte. Trotzdem ... ich würde darüber hinwegkommen. Ich hatte ein Herz aus Eisen. Ich war ein herzloses Biest, genau wie meine Mutter es immer sagte. Und heute Abend würde ich sie stolz machen.

»Nein«, gab sie zu, aber irgendetwas schien trotzdem nicht mit ihr zu stimmen.

Ein Rascheln ertönte in den Büschen hinter uns und ich wurde wütend. *Sie haben einen verdammten Job. Dumme Freshmen können nicht einmal eine Stillekuppel erzeugen. Nutzlos.*

Ich fuhr mir mit der Zunge über die Zähne, weil ich mich beeilen musste. Mir war völlig klar, dass ich zögerte. Aber jetzt war kein Platz für Schwäche. Ich musste Fae sein und das tun, wozu ich geboren worden war: Rivalen in den Dreck stoßen und beweisen, dass ich überlegen war. Das war unsere Art. Und ich brauchte die Zuneigung dieses Mädchens nicht, solange ich die der Erben hatte. Wir waren alles, was wir je gebraucht hatten, und mir wurde klar, dass sie die Einzigen waren, die mich jemals wirklich verstehen würden. Wir würden das gemeinsam durchstehen. Brüder bis zum bitteren Ende. Und sie würden mir den Rücken stärken, egal, welche Entscheidungen ich traf. Denn wir trafen sie gemeinsam, waren eine geschlossene Front. Die Könige von Solaria. Und es war an der Zeit, diesen Mädchen den Gefallen zu tun und sie gründlich, effizient und auf eine Weise zu vernichten, von der sie sich nie wieder erholen würden.

Ich strich mit meinen Fingern über Darcys Wange, um ihre

Aufmerksamkeit auf mich zu lenken, und sie sah mich mit großen Augen an, was mich zutiefst rührte. Aber ich unterdrückte jedes Mitgefühl, das ich empfand, und versank noch tiefer in der Dunkelheit, die in mir wohnte. »Wenn er dich belästigt, kann ich mein Rudel dazu bringen, ihn dazu zu zwingen, sich zurückzuhalten. Normalerweise lassen wir Professoren in Ruhe, aber …« Ich grinste, beugte mich näher zu ihr, meine Finger glitten an ihrem Kinn hinab und hoben ihren Mund zu meinem. »Du bist es wert.«

Zumindest würde ich noch einen letzten Geschmack ihrer Süße bekommen, bevor ich zu dem bittersten Wesen wurde, das sie je kennengelernt hatte. Meine Hand streifte ihr Knie und sie schmiegte sich an meinen Körper, ein Verlangen in ihren Augen, das nach einer Antwort schrie. Und als sie mir ihre Lippen anbot, nahm ich sie, schmeckte sie zuerst langsam, bevor ich sie packte und fest an mich zog. Ich stieß meine Zunge auf die schmutzigste Art und Weise, die ich kannte, in ihren Mund und zog sie dann auf meinen Schoß, sodass ihr Kleid ihre Schenkel hochrutschte und mein Schwanz anschwoll. Es sollte eine Inszenierung für die Kamera sein, aber ich verlor mich für eine gestohlene Ewigkeit in Darcy und nahm sie in Besitz. Es war die beste Methode überhaupt, eine Vega dazu zu bringen, sich mir zu unterwerfen.

Ich stöhnte, als ihre Zunge die meine berührte und sie ihre Finger in mein Hemd schob. Fast vergaß ich, wofür dieser Kuss gedacht war. Denn es war ein ruchloser Kuss, eine Ablenkung, die mir Zeit verschaffen sollte für den vernichtenden Schlag, den ich ihr gleich versetzen würde.

Ich zog das Messer aus meiner Tasche, packte ihren Nacken und drückte sie an mich, während ich mich darauf vorbereitete, ein Stück meiner Seele für den Thron zu opfern.

»Seth«, kreischte sie und unterbrach unseren Kuss, als ich sie fester umklammerte, nicht bereit, diese Chance zu verpassen.

Ich nahm ihren Dutt und schnitt ihn sauber ab. Ich umklammerte ihn noch immer, während sich eine Welle grausamer Befriedigung in meiner Brust ausbreitete. So. Es war vollbracht. Ich hatte meine Pflicht erfüllt. Aber warum verwandelte sich diese Befriedigung bereits in etwas Bitteres?

»Nein!«, keuchte sie vor absolutem Entsetzen, stieß mich zurück und ich ließ sie los.

Sie fiel von meinem Schoß auf den Weg und schrammte ihre Knie auf. Ich ließ das Monster in mir vollständig die Kontrolle übernehmen, denn ich musste jetzt eine gute Show abliefern. Ich musste dafür sorgen, dass es wehtat, ich musste die Welt dazu bringen, ihre Schwäche zu sehen, damit sie nie wieder ihr Vertrauen in eine Vega setzen würden. Denn die wahren Erben waren auf dem Vormarsch und niemand konnte uns besiegen. Nicht einmal die Ausgeburt des Grausamen Königs.

Eine einzelne Strähne ihrer blauen Haare löste sich aus meinem Griff und fiel vor ihr zu Boden. Mit zitternden Händen griff sie danach und als sie darauf hinabstarrte, füllten sich ihre Augen mit Tränen.

Ich sah zu, wie sie losweinte, und weigerte mich, wegzusehen, während ich mich dem stellte, was ich getan hatte. Ich konnte das ertragen. Ich würde mich nicht schuldig fühlen. Ich hatte getan, was ich tun musste. Das gehörte zu meiner Natur. Und jetzt sah sie ihren Feind im hellen Licht des Mondes und war nicht stark genug, sich zu wehren. Also hatte ich gewonnen. Und das war alles, was zählte. Oder?

Ein zufriedenes Grinsen breitete sich auf meinem Gesicht aus, als ich das Objektiv von Kylies Kamera auf mich gerichtet spürte. »Ich habe dir doch gesagt, dass ich deine Haare bekomme«, sagte ich mit einer kalten Stimme, die der Welt jegliche Wärme entzog. »Und seitdem Max mir die kleine rührselige Geschichte hinter der blauen Farbe erzählt hat, war ich noch entschlossener, sie in die Finger zu bekommen.«

Ihre Unterlippe zitterte und Tränen liefen über ihre Wangen, und der wölfische Teil von mir flehte darum, sie für einen Moment trösten zu dürfen, bevor ich mich zwang, dortzubleiben, wo ich war. Ich war ihre personifizierte Angst und ich würde die Rolle perfekt spielen. Ich konnte den Stolz meiner Mutter praktisch spüren, wenn ich ihr davon erzählte. Vielleicht würde sie mich jetzt nach Hause kommen lassen. Vielleicht würde sie mir sogar erlauben, am Mond-Spaziergang teilzunehmen.

Ein Kichern ertönte und Kylie kam mit einem Haufen ihrer Freunde aus dem Gebüsch, ihren Atlas in der Hand. »Ich habe alles aufgenommen«, sagte sie triumphierend.

Ich behielt Darcy im Auge, als sie ihre Handfläche öffnete, als würde sie gleich einen Zauber wirken, und ich eilte auf sie zu, nahm ihre Hand in meine und ging vor ihr in die Hocke.

»Nimm's nicht persönlich, Vega«, flüsterte ich und hoffte, dass sie sehen würde, dass ich diese Worte wirklich so meinte. Sie war ein süßes Mädchen, darum ging es nicht. Es hatte alles nur mit Politik zu tun. Und Politik war schmutzig. »Das ist der Weg der Fae. Wenn du nicht willst, dass es noch schlimmer wird, dann nimm deine Schwester und verschwinde von unserer Academy.« Ich zwinkerte ihr zu, stand auf und legte meinen Arm um Kylie, als letztes *Fick dich!* an Darcy, ohne mich allzu sehr darauf zu konzentrieren, ob sie nach dieser Aktion jemals wieder einem Mann vertrauen würde.

»Lasst uns zur Lunar-Lounge gehen! Ich will die Show nicht verpassen«, sagte ich laut, damit Darcy mich hörte. Dabei hielt ich ihre Haare nach wie vor in meiner Faust.

Nummer eins ist geschafft, jetzt noch die zweite ...

Gemini
Scorpio
Virgo
Cancer
Aries
Leo
Taurus
Sagittarius
Capricorn
Aquarius
Libra
Pisces

ORION

KAPITEL 28

Ich stand an einer Seite des Eingangs des Orbs im Schatten, während die Party immer wilder wurde. Es juckte mich in den Fingern, zu gehen. Aber nicht nach Hause, sondern dorthin zurück, wo ich Darcy mit Seth zurückgelassen hatte. Denn ich hatte das schreckliche Gefühl, dass es ein Fehler gewesen war, Gabriels Rat zu befolgen.

Tyler Corbin rannte mit Sofia Cygnus über der Schulter an mir vorbei, als würde er sie gerade entführt haben, und ich sah zu, wie er über seine eigenen Füße stolperte und sie gegen einen Tisch knallten. Eine Schüssel mit Punsch flog durch die Luft, und sie brachen in Gelächter aus. Ich rieb mir mit der Hand über das Gesicht, denn meine Toleranz für diesen Abend war endgültig erschöpft.

Ich schlüpfte zur Tür hinaus und beschloss, ein letztes Mal nach Darcy zu sehen. Schaden konnte es nicht. Ich hatte Gabriels Anweisungen befolgt, es war zehn nach neun, also was konnte jetzt noch schiefgehen?

Ich beschleunigte meinen Schritt, als ich den Orb umrundete. Mein

Herz schlug unbehaglich und ein Gefühl der Angst lag in der Luft, das mich nervös machte.

Ich erreichte den Ort, an dem ich sie zurückgelassen hatte. Darcy saß auf dem Boden vor einer Bank, die Hände über ihren abgehackten Haaren gefaltet, und stieß erstickte Schluchzer aus. Ich erstarrte, eine eisige Kälte lief mir den Rücken hinunter, als ich sie so gebrochen vorfand, und ich wusste genau, wer ihr das angetan hatte, ohne dass ein einziges Wort über ihre Lippen kommen musste. Ein Funke Wut schien sich in meiner Brust festzusetzen und sich nicht mehr lösen zu lassen.

Ich hätte das wollen sollen. Sie auf den Knien zu sehen, in Scherben – aber stattdessen spürte ich ihren Schmerz so scharf, als wäre es mein eigener.

Ich schoss auf sie zu und drückte meine Hand auf ihre Schulter. Sie zuckte bei der Berührung zusammen, drehte sich um und hob fauchend eine Hand in meine Richtung. Ihre Erdmagie riss eine gewaltige Furche in den Pfad, und ich sprang zur Seite, bevor sie mich umwerfen konnte. *Heilige Scheiße.*

Ihre Augen flammten mit teuflischer Wut auf, und für eine Sekunde sah ich die Fae in ihr, bevor sie sich abwandte und versuchte, ihr Gesicht vor mir zu verbergen. Meine Brust fühlte sich eng an.

Nein ... Blue.

Ich sank vor ihr auf die Knie, und in mir brodelte der Hass auf Seth Capella. Er war gefühllos, das hatte ich schon zuvor gesehen. Aber das hier war eine ganz neue Dimension, und ich konnte sehen, dass es ihr viel mehr bedeutete, als ich je verstehen würde.

»Sie haben mich gewarnt, ich weiß. Sind Sie deshalb hier? Um mir das unter die Nase zu reiben?«, fuhr sie mich an, während ihr weiterhin die Tränen über die Wangen strömten. Am liebsten hätte ich sie an mich gezogen und ihre Tränen getrocknet. Dieses Mädchen hatte es nicht verdient, im Dreck zu weinen. Das war falsch. Ich wollte vielleicht, dass die Vegas in ihre Schranken gewiesen wurden, aber nicht auf diese Weise.

»Steh auf!«, drängte ich, nahm ihren Arm und zog sie auf die Beine. Sie musste diese Wut nutzen und sie in eine Rüstung verwandeln, wenn sie Rache an Seth suchte. Das war der Weg unserer Art und sie musste das wissen, aber die Worte kamen nicht über meine Lippen, weil es die Worte eines Verräters waren. Ich hätte froh sein sollen, dass Seth das getan hatte, aber kein Teil von mir ließ das zu. Das war eine verdammt schmutzige Taktik.

»Warum sind Sie zurückgekommen?«, brachte sie hervor, riss ihre Hand aus meinem Griff und schlang die Hände wieder um ihren Kopf.

Er hatte ihre Haare völlig verunstaltet, alle blauen Spitzen entfernt und lediglich einen Fleck auf der Kopfhaut hinterlassen, aber das würde wieder nachwachsen. Sie brauchte nur den richtigen Trank. Sie sah mir so misstrauisch in die Augen, dass ein längst verloren geglaubter Teil meiner Persönlichkeit erwachte und versuchte, ihr etwas anzubieten, um ihre Stimmung aufzuhellen.

»Mein Spinnensinn wurde aktiviert«, sagte ich mit einem leisen Lachen und sie runzelte die Stirn. *Na toll, das war ein Volltreffer. Idiot.*

»War das eben wirklich ein Spiderman-Scherz?«, fragte sie mit rauer und verwirrter Stimme.

Ich grinste und versuchte, ein Lächeln aus ihr herauszulocken. Ich brauchte ihr Lächeln aus egoistischen Gründen und offenbar war ich nicht zu stolz, mich zum Narren zu machen, um sie aufzumuntern.

»In der Tat«, sagte ich. »Ein ziemlich guter, denke ich.« Ich zog sie näher an mich heran, atmete sie ein und setzte meinen Wahnsinn fort, fest entschlossen, ihre Stimmung aufzuhellen. »Jetzt, wo das Blau weg ist, wie soll ich denn da erkennen, welcher Zwilling welcher ist?«

Ein Lachen entrang sich ihr in Form eines Schluckaufs, und mein inneres Biest schnurrte. »Sie haben recht. Woher sollten Sie das wissen?« Sie schniefte, wischte sich mit ihrem Spitzenärmel über die feuchten Augen und verschmierte dabei Wimperntusche auf ihren Wangen.

Sie sah immer noch wunderschön aus, obwohl ihr Herz gebrochen war, ihre Haare ruiniert und ihre Wangen von Tränen gezeichnet waren. Ihre Zerstörung war ein grausames Kunstwerk, aber keines, von dem sie sich nicht erholen konnte. Sie war viel zu viel Fae, um sich davon unterkriegen zu lassen. Aber als ich den Mund öffnete, um diese verdammten Worte auszusprechen, schallte ein Schrei durch die Luft, der mir durch Mark und Bein ging.

Panik durchfuhr mich, als ich Tory Vegas Stimme erkannte und in meiner Seele wusste, wer für diesen Schrei verantwortlich war. Ich ließ Darcy los und rannte auf die Quelle dieses Geräusches zu, aber nicht so schnell, dass ich sie allein ließ. Ich musste mich trotzdem beeilen, denn Darius und die anderen Erben waren offenbar wild entschlossen, die Vegas heute Abend zu terrorisieren. Und sie schienen noch lange nicht damit fertig zu sein.

Gemini
Scorpio
Virgo
Cancer
Aries
Leo
Taurus
Sagittarius
Capricorn
Aquarius
Libra
Pisces

DARIUS

KAPITEL 29

Ich behielt ein schnelles Tempo bei, während ich Roxy hinter mir herzog. Die Stelle, an der ich ihren Arm festhielt, schien wie heiße Kohlen auf meiner Haut zu brennen.

Die Sterne leuchteten heute Nacht hell, und inmitten des ständigen Klopfens unserer Schritte hätte ich schwören können, dass ich ein Flüstern hörte. Sie beobachteten uns. Sie beobachteten *mich*.

Ich schluckte den Kloß in meinem Hals hinunter und ging weiter, ohne sie anzusehen, denn ich wusste, dass ich mich in ihren großen Augen reflektieren würde. Und ich wollte nicht den Mann ansehen, der ich heute Abend sein musste. Wenn ich in ihrem Blick wahre Angst finden würde, dann könnte ich dem Ganzen nicht standhalten. Denn dieser Abend war wichtig. So wichtig, dass das Schicksal auf der Kippe stand und der Ausgang des Münzwurfs alles bestimmen konnte.

Mein Plan beinhaltete eine dieser abscheulichen Taten, die mein Vater loben würde. Eine dieser grausamen Lektionen, die er mir gern erteilt hätte. Indem ich ihr das antat, begab ich mich nur noch tiefer in seinen Schatten und näherte mich dem Schicksal, das er für mich vorgesehen hatte und das ich nie hatte erfüllen wollen.

Aber vielleicht war es dumm von mir gewesen, jemals geglaubt zu haben, ich könnte etwas anderes sein. Um einen monströsen Mann zu besiegen, musste ich ein noch größeres Monster sein.

Sie wehrte sich nicht, sie stand immer noch unter dem Einfluss meiner Manipulation. Und der Gedanke, dass ich ihr ihren Willen auf diese Weise raubte, schnitt Stücke aus meiner bereits zerfetzten Seele.

All die Dinge an ihr, die ich am meisten bewundert hatte, dieses Feuer, das in ihr loderte und mich so leicht anzog, wurden durch diesen Einfluss, den ich auf ihre Handlungen gestohlen hatte, gedämpft. Ich hasste das. Ich wusste, was es bedeutete, von jemand anderem unterjocht zu werden. Das Recht, sich vor der Grausamkeit eines anderen zu wehren, wurde einem gestohlen. Ich verkörperte den einen Mann, der ich nie hatte sein wollen, und doch sah ich keinen anderen Ausweg.

Es ging nicht um mich oder sie oder den Thron. Es ging um meinen kleinen Bruder, der meinen Schutz brauchte. Und vielleicht hätte sie das verstanden, wenn ich es ihr erklärt hätte, denn sie liebte ihre Schwester so sehr wie die Sonne. Und ich war mir sicher, dass sie auch für sie jedes Opfer bringen würde.

Aber natürlich konnte ich weder ihr noch sonst jemandem eine solche Erklärung geben. In den Augen der Welt, die mich beobachtete, würde ich einfach der Bösewicht sein. Aber vielleicht könnte ich für die eine Person, die ich auf dieser Welt noch hatte und die noch etwas Wahres und Reines in sich trug, die Rettung sein. Darauf musste ich mich also konzentrieren. Xavier war darauf angewiesen, dass ich das tat. Also würde es geschehen.

»Wohin bringst du mich?«, keuchte Roxy, und die Angst in ihrem Ton brachte meinen Unterkiefer zum Zucken. Es würde kein Zurück geben. Ich wusste es. Vater kannte jetzt meine Schwäche. Er wusste genau, wie er mich treffen konnte. Das bedeutete, dass er mich fester in der Hand hatte als je zuvor. Ich war sein Geschöpf, dazu bestimmt, seinen Befehlen zu gehorchen. Gebrochen, so wie er mich schon immer hatte brechen wollen, bis ich kaum mehr als eine Marionette an einer Schnur war. Sein Erbe, seine rechte Hand, ein Doppelgänger der dunklen Kreatur, zu der er vor langer, langer Zeit geworden war.

»Wir besuchen nur ein paar Freunde«, sagte ich mit verächtlichem Unterton. Mehr konnte ich nicht sagen. Ich musste das hier einfach durchstehen. Es beenden.

Ich zog sie ins Gebäude und zerrte sie durch die stille Sporthalle und weiter in die Umkleideräume des Schwimmbads. Dank der Manipulation, die ich auf sie ausgeübt hatte, konnte sie sich nicht wehren. Aber ich konnte spüren, wie sich ihre Muskeln wie Sprungfedern spannten.

Warum hatte sie sich nicht einfach aus diesem Spiel verabschiedet, sobald sie hineingezogen worden war?

Ich zerrte sie durch eine weitere Tür zum riesigen Swimmingpool und schürzte die Lippen, als ich die versammelte Menge sah. Ich wünschte, wir hätten das ohne Zeugen durchziehen können. Aber darum ging es ja – wir mussten der Welt zeigen, wie tief die Vegas sinken konnten, und dafür sorgen, dass jedes Murren über ihren Aufstieg zur Macht und die Rückeroberung ihres Throns vollständig erstickt wurde. Dies war kein Fae-gegen-Fae-Kampf zwischen uns und zwei untrainierten Mädchen, sondern der Beweis, dass sie nicht Fae genug waren, um ihre eigenen Ängste zu überwinden. Und das würde für alle deutlich machen, wie schwach sie in Wahrheit waren.

Marguerite und ihre Freundinnen kreischten aufgeregt und meine Irritation wuchs beim Anblick des Mädchens, das ich einst mit zu mir ins Bett genommen hatte. Marguerite hatte sich als die Art von Psycho-Fehler herausgestellt, den ich nicht hatte machen wollen. Und angesichts des fröhlichen Blicks in ihren Augen, als sie beobachtete, wie ich Roxy hier hereinschleppte, dachte sie vermutlich, dass das hier etwas bedeutete, was die Zukunft unserer Beziehung betraf. Aber das war absolut nicht der Fall.

Eine Gruppe von Seths Wölfen begann vor Aufregung zu heulen. Sie schubsten einander und drängelten sich an den Rand des Pools, während sie aus Bierflaschen tranken. Von ihrem Alpha fehlte jede Spur, also nahm ich an, dass er noch an seinem Teil des Plans arbeitete.

Mir wurde mulmig, als ich darüber nachdachte, also wandte ich mich wieder anderen Dingen zu und konzentrierte mich auf jeden Schritt, den ich machte, während ich Roxy am Beckenrand entlang zog. Ich warf einen Blick auf das Schild, das darauf hinwies, dass das Wasser fünf Meter tief war, und fragte mich, wie weit ihre Angst vor Wasser wirklich ging. Würde das überhaupt ausreichen? Hatte es mehr mit offenen Gewässern zu tun oder mit der Aussicht zu ertrinken? Obwohl ich mir vorstellen konnte, dass jeder Angst hätte, wenn er unter Wasser gefangen wäre und nicht entkommen könnte. Ich war also zuversichtlich gestimmt.

Sie legte den Kopf in den Nacken und schaute zu den drei Sprungbrettern am anderen Ende des Beckens hinauf. Ich spürte, wie ein Schauer der Angst durch ihren Körper fuhr, aber ließ sie trotzdem nicht los. Ich musste nur an meinen Bruder denken, der verängstigt darauf wartete, dass ich das hier zu Ende brachte, und ich wusste, dass ich nicht aufgeben würde.

Caleb hatte seine Schnelligkeit eindeutig genutzt, um zuerst hier zu sein. Er und Max standen wartend an den Sprungbrettern. Die beiden hätten in ihrer Einstellung gegensätzlicher nicht sein können. Max sprühte geradezu vor Energie, stellte sich der Herausforderung und nutzte höchstwahrscheinlich seine Gaben, um die Emotionen zu verstärken, die er ausstrahlen wollte, während er alle Zweifel und Schuldgefühle verdrängte. Caleb ließ sich nichts anmerken, als er uns näher kommen sah, aber sein Blick blieb an dem Mädchen hängen, das ich mit mir zog. Und ich wusste, dass ihm nichts an dieser Situation gefiel, auch wenn er um der Einigkeit in unserer Gruppe willen mitmachen würde.

Ich blieb neben ihnen stehen und beschloss, die ganze Sache so schnell wie möglich hinter mich zu bringen. Ich drehte Roxy so, dass sie über den Pool hinweg auf die Menge der Zuschauer blickte, legte dann meinen Arm um ihre Schultern und schenkte allen ein übermütiges Grinsen.

»Viele Leute haben über die Rückkehr der Vega-Erben gesprochen, als wären sie etwas Besonderes«, rief ich und brachte die Menge zum Schweigen. »Aber ich habe noch nichts Beeindruckendes feststellen können. Dieses Exemplar hier kann sich nicht einmal gegen einfache Manipulation wehren.«

Ich drückte sie an meine Brust und fragte mich, ob sie etwas gegen mich sagen oder die Zuschauer bitten würde, ihr zu helfen. Das würden sie nicht tun. Aber wenn sie überzeugend genug bettelte, müssten wir unseren Plan vielleicht nicht einmal durchziehen. Würde es nicht reichen, wenn sie auf den Knien auf unsere Gnade angewiesen wäre?

»Um an die Spitze zu gelangen, müssen wir gegen unsere Ängste antreten und siegreich aus diesem Kampf hervorgehen«, schrie Max und wiederholte damit genau das, was unsere Eltern uns unzählige Male eingetrichtert hatten. Ich hatte mich während meiner Kindheit immer wieder solchen Herausforderungen stellen müssen, und mein Vater schien es zu genießen, mich auf jede erdenkliche Weise zu ängstigen, während er mich zwang, meine Ängste zu überwinden. »Sollten dann nicht auch die Mädchen, die behaupten, unsere Königinnen zu sein, beweisen müssen, dass sie das können?«

Roxy runzelte die Stirn und Max kam näher, beugte sich zu ihr und sprach mit Entschlossenheit und Bosheit in seiner Stimme.

»Danke, dass du deine Ängste mit mir geteilt hast«, säuselte er. »Das hat die Planung so viel einfacher gemacht.«

Ich schaute zwischen den beiden hin und her und fragte mich, ob Roxy nachgeben, betteln oder flehen würde. Aber natürlich tat sie nichts davon, denn bei ihr war nichts einfach, und sie würde nicht einmal das tun, um sich und uns davor zu bewahren, diese Sache durchziehen zu müssen.

Max beugte sich näher zu ihr, strich mit einem Finger über ihren Arm und grinste, als er ihre Gefühle schmeckte. Ich zuckte zusammen, als er sie berührte.

»Komm schon!«, sagte ich, nahm meinen Arm von ihren Schultern und gab ihr einen kleinen Schubs, damit sie sich wieder in Bewegung setzte.

Als wir an Caleb vorbeikamen, warf er Roxy ein beruhigendes Lächeln zu, als wollte er ihr sagen, dass alles gut werden würde. Ich bedachte ihn mit einem vernichtenden Blick, da ich es mehr als satthatte, sein schlechtes Gewissen zu spüren und mich aufgrund dessen, was wir hier tun mussten, noch elender zu fühlen. Er wusste ganz genau, dass ich keine verdammte Wahl hatte, und selbst wenn er bereit war, sich in dieser Angelegenheit gegen den Wunsch seiner Mutter zu stellen, konnte ich es mir nicht leisten, meinen Vater in irgendeiner Sache herauszufordern.

Ich ging mit Roxy an den beiden unteren Sprungbrettern vorbei und blieb bei der Leiter stehen, die zum Fünf-Meter-Brett führte, weil ich es hinter mich bringen wollte.

»Los, Roxy!«, sagte ich und beugte mich zu ihr hinunter, als würde das einen Unterschied machen. Als würde es das Ganze besser machen. »Rauf mit dir!«

Sie sah mich mit ihren grünen Augen an, befeuchtete ihre Lippen und lenkte meine Aufmerksamkeit auf ihren Mund, bevor ich wieder in ihre Seele blickte. Es fühlte sich an, als würde das Gewicht aller Sterne am Himmel auf mich drücken und mir Dinge zuflüstern, die ich nicht verstehen konnte, die sich aber in meinen Ohren wie ein ferner Sturm anhörten. Hier geschah etwas, das wichtiger war, als ich es in vollem Umfang verstehen konnte, aber ich wusste nicht, ob das bedeutete, dass ich mit dieser Aufgabe weitermachen oder vom eingeschlagenen Weg abkommen sollte.

»Ich kann nicht wirklich schwimmen«, hauchte Roxy und es war kein Hilferuf oder auch nur annähernd etwas in der Art. Nur eine Feststellung, weil sie sichergehen wollte, dass ich das wusste. Sie wollte, dass ich voll und ganz verstand, was ich ihr damit antun würde, wenn ich sie dazu zwang. Und ich konnte nicht leugnen, dass mich das zum Nachdenken brachte. Ich wusste, was das aus mir machte. *Wer* ich dadurch wurde. Aber es war auch nicht so, dass ich eine andere Wahl gehabt hätte. Xavier war jetzt bei diesem Monster und ich hatte keine Ahnung, wie weit er gehen würde, um mich zu bestrafen, wenn ich ihn jetzt wieder im Stich ließe. »Wenn ich da reinspringe, ertrinke ich.«

Niemals.

Das Wort hallte mit einer Endgültigkeit durch mich, von der ich wusste, dass sie real war. Ich war zwar bereit, ihr das anzutun, sie zu terrorisieren und sie dazu zu bringen, mich mehr zu hassen als jeden anderen Mann, den sie kannte. Aber ich würde nicht zulassen, dass sie hier starb. Das würde nicht passieren. Doch die Angst in ihren Augen zwang mich, all die schrecklichsten Dinge meiner selbst zu sehen, und für den kürzesten Moment bröckelte meine Entschlossenheit.

Wenn sie sich verbeugen und einwilligen würde, zu gehen, müsste ich doch sicher nicht so weit gehen? Vater müsste damit zufrieden sein.

»Bist du bereit, dich uns zu unterwerfen?«, fragte ich fast verzweifelt, während ich mich so nah an sie herantastete, dass ich praktisch ihr Herzklopfen in ihrer Brust spüren konnte. »Und die Academy zu verlassen?«

Sie sah mir in die Augen, aber statt all des Feuers und der Wut, die sie mir normalerweise entgegenbrachte, sah ich nur ein Mädchen vor mir stehen. Ein Mädchen, dem man hier als Baby das Leben gestohlen hatte. Das weggeworfen und beiseitegeschoben worden war und nirgendwo hingehört hatte, bis es den Weg zurück nach Solaria gefunden hatte.

Sie war nicht das grausame Wesen, das wir als Tochter des Grausamen Königs erwartet hatten. Tatsächlich war sie nicht einmal wirklich eine Bedrohung für uns. Zumindest noch nicht. Sie war verloren und auf der Suche nach etwas, das der Schlüssel sein könnte, um all die leeren Winkel in ihrer Seele zu füllen. Und ich konnte diesen Drang besser verstehen als die meisten anderen.

Meine Lippen teilten sich, als meine Entschlossenheit ins Wanken geriet und das Flüstern der Sterne fast wie das Tosen eines Sturms in der Ferne klang. Ich wusste nicht, was ich sagen oder tun sollte, aber aus irgendeinem Grund wollte ich das nicht mehr …

»Fang an, zu klettern! Bis ganz nach oben!«, schrie Max hinter uns; seine Manipulation war so stark, dass ich ihr fast auch erlag, als sie mich unvorbereitet traf.

Roxy riss sich von mir los, während ich noch dabei war, meine mentalen Schutzschilde gegen seine Macht zu verstärken. Und bevor ich mehr tun konnte, als ihr nachzusehen, wie sie davonstürmte, hatte sie ihre Stilettos ausgezogen und kletterte die Leiter hinauf.

Ich machte einen Schritt nach vorn, als wollte ich sie aufhalten, aber Max packte meinen Arm und legte eine Stillekuppel um uns, als ich ihn ansah.

»Wenn du deine Meinung änderst, was wird dann mit deinem Vater geschehen?«, fragte er mit leiser Stimme, und der Ausdruck in seinen Augen verriet mir, dass er trotz meiner Bemühungen, ihm diese Geheimnisse zu verschweigen, zu viel über die Realität meiner Situation herausgefunden hatte.

Ich schaute ihm lange in die Augen und ließ dann meinen Blick wieder zu meinen Füßen sinken. »Er wird mich bestrafen«, murmelte ich, und meine Haut prickelte angesichts der Halbwahrheit, denn ich wusste, dass nicht *ich* die Hauptlast dieser Strafe tragen würde.

»Ich habe einen Bruchteil der Angst gespürt, mit der du wegen dieser Bestrafung gelebt hast. Und ich weiß mit Sicherheit, dass ich nicht will, dass du dich ihr stellst. Also sag mir, Darius – ist sie es wert, was es dich kosten wird, jetzt einen Rückzieher zu machen?«, fragte Max ernsthaft.

Mein Blick wanderte zu Roxy, die weiter nach oben kletterte, während sich ihr langes schwarzes Kleid um ihre Beine wickelte. Die Arschlöcher, die eingeladen worden waren, sich das alles anzusehen, skandierten »Spring! Spring! Spring!«, während sie sich nach ihrer Zerstörung sehnten.

Meine Kehle wurde eng im Angesicht der Worte, die ich nicht aussprechen wollte, aber obwohl ich es hasste, der Mann zu sein, den ich heute Abend verkörperte, wusste ich, dass ich das und noch mehr für die Sicherheit meines Bruders opfern würde. Sogar sie.

Max schien meine Entscheidung zu spüren und nickte fest, als er mich losließ.

»Ich werde nicht zulassen, dass du für eine Vega leidest«, sagte er ernst. »Das bedeutet, dass die Sache hier bereits entschieden ist.« Er ließ die Stillekuppel fallen und ersparte mir so eine Antwort. Ich blickte wieder zu Roxy hoch und sah, dass sie es gerade bis zur obersten Sprosse der Leiter geschafft hatte und sich auf dem Sprungbrett aufrichtete.

Max trat an die Kante des Schwimmbeckens, zwirbelte seine Finger, um seine Magie aufs Wasser zu übertragen. Der Dampf, der von ihm aufstieg, verschwand schnell, als die Temperatur der Flüssigkeit sank.

Die Türen am anderen Ende des Raums wurden aufgerissen. Seth stürmte aufgeregt herein, formte mit den Händen einen Trichter um den Mund und rief uns etwas zu, während er näher kam: »Ich hatte schon Angst, die Show zu verpassen. Ich bin gerade erst mit der Vernichtung der anderen fertig geworden.«

Ich nickte, weil ich verstand, was das bedeutete. Die Hälfte war bereits erledigt, jetzt mussten wir nur noch unseren Teil dazu beitragen. Dann wäre Xavier in Sicherheit und ich könnte mich auf ihn konzentrieren, anstatt mich von einem Mädchen ablenken zu lassen, das sowieso nie mir gehören könnte.

»Komm schon!«, befahl Max und hob das Kinn, um mich dazu zu bringen, zu ihm an den Rand des Pools zu treten.

Wir hoben die Hände und übernahmen die Kontrolle über das Wasser vor uns, sodass es sich zu drehen und zu winden begann, als würde ein Sturm durch seine eisigen Tiefen schneiden.

»Bist du bereit, kleine Vega?«, brüllte Max und die Rufe der Studenten wurden immer lauter, als ihr Blutrausch wuchs. Ich war ihm dankbar, dass er die Führung übernommen hatte, obwohl ich wusste, dass ich dadurch auch zu einem Feigling wurde. Aber ich hatte keine andere Wahl, und solange ich mich auf Xavier konzentrierte, wusste ich, dass ich es mit meinen Brüdern an meiner Seite durchstehen konnte.

»*Spring!*«, schrie Max, seine Manipulation so mächtig wie ein Rammbock.

Roxy trat vor, hielt dann aber ruckartig inne und Max stieß einen Fluch aus.

»Sie hat den Zauber abgewehrt«, knurrte er und aus irgendeinem verrückten Grund hätte ich darüber fast gelacht. Denn natürlich hatte sie das. Das Mädchen war stur wie der Mond.

»Ich kümmere mich darum«, meinte Seth mit einem finsteren Grinsen, und einen Augenblick später fegte ein heulender Wind durch den Raum, der bis zu den Dachsparren hinaufzog. Und er begann, ihn auf Roxys Rücken zu richten.

Aber Roxy war kein Mädchen, das sich herumschubsen ließ, und bevor er genug Kraft aufbauen konnte, um sie über die Kante zu stoßen, nahm sie Anlauf und sprang vom Ende des Sprungbretts.

Die Sekunden, die sie brauchte, um ins Wasser zu stürzen, schienen sich endlos zu ziehen, während ich ihr beim Fallen zusah. Der schwarze Stoff ihres Kleides peitschte um ihre Beine, als sich ein Schrei aus ihrer Lunge löste, der mich bis ins Mark erschütterte.

Sie schlug hart auf der Wasseroberfläche auf und verschwand dann. Ich könnte schwören, dass die Sekunden wie Minuten vergingen, während ich auf die sich kräuselnde Wasseroberfläche starrte und darauf wartete, dass sie wieder auftauchte.

Seth lachte und die Menge schrie nach Vega-Blut, aber ich stand einfach nur da, starrte auf das Wasser und versuchte, sie darin zu finden.

Ich streckte meine Kraft aus und nutzte die Verbindung, die ich bereits mit dem Wasser hergestellt hatte, um in seinen Tiefen nach ihr zu suchen. Ich stieß den Atem aus, den ich angehalten hatte, als ich ihren Beinschlag im Wasser spürte, und mein Blick schnellte zu einem Punkt in der Mitte des Beckens – eine Sekunde bevor sie keuchend auftauchte. Sie hatte ihr Kleid ausgezogen, um das Schwimmen zu erleichtern, und trug jetzt nur Unterwäsche, als sie sich panisch umsah.

Meine Erleichterung hielt nur einen Moment an, als Seth sich zu mir beugte und mir ins Ohr flüsterte. »Tu es, Darius. Bring es zu Ende. Bringen wir es verdammt noch mal hinter uns.«

Und obwohl sich meine Glieder durch diese Entscheidung wie beschwert anfühlten, wusste ich, dass sie bereits getroffen war. Also biss ich die Zähne zusammen und folgte seinem Befehl, indem ich das Wasser in einer Fontäne aus dem Becken schießen ließ, die neben ihr aufstieg und sie in ihren Schatten hüllte.

Roxy versuchte, dem Strahl zu entkommen, aber ich bewegte meine Hand und ließ ihn auf sie herabfallen, sodass sie erneut unter die Oberfläche gedrückt wurde und sich in der von mir erzeugten Strömung im Kreis drehte. Ich weigerte mich, irgendetwas zu fühlen, abgesehen von der Konzentration, die es erforderte, die Magie zu kontrollieren, bis ich sie wieder aus ihr befreite, als sie erneut an die Oberfläche zu schwimmen begann.

Max bewegte seine Finger neben mir und die Wasseroberfläche wurde langsam zu Eis. Mein Herz pochte, als ich zusah, wie die Flüssigkeit erstarrte, während er sie in den Tiefen des Pools einsperrte.

Sekunden vergingen, dann schlug sie plötzlich mit der Hand auf das Eis ein. Mein Blick fixierte die Stelle, an der sie gegen die undurchsichtige Eisplatte schlug, während mein Puls zu donnern begann und ein Dröhnen in meinen Ohren ertönte.

Die Sterne schrien in meinem Schädel, verspotteten, verhöhnten und verfluchten mich – ich war mir nicht einmal sicher, was genau sie taten, aber ich wusste, dass sie zusahen, urteilten und das Schicksal veränderten.

Das war so abgefuckt. Das Schlimmste, was ich je auf Befehl meines Vaters getan hatte. Und ich hasste es, daran zu denken, was er jetzt noch von mir verlangen könnte.

Roxy begann, mit der Faust auf das Eis einzuschlagen, und ich bewegte mich mehrere Zentimeter nach vorn, unsicher, was ich überhaupt vorhatte, bevor Max meinen Arm packte und mich streng ansah.

»Es ist bald vorbei«, knurrte er und ich nickte, aber das flaue Gefühl in meinem Magen ließ nicht nach.

Plötzlich zitterte das Eis und Risse zogen sich wie Spinnweben über die Oberfläche, als Roxy die Wucht ihrer Kraft entfesselte.

Sie schaffte es, ein Loch durch das Eis zu schlagen, und holte dann tief Luft, während Max' Griff um meinen Arm sich verstärkte und seine Kraft gegen meine Barriere prallte.

»Ich brauche mehr Kraft, um das Eis zusammenzuhalten«, presste er hervor – seine Forderung war klar. Ich schob meine Barrieren für ihn beiseite und ließ unsere Kräfte verschmelzen, während er aus der magischen

Quelle in mir schöpfte und das Eis verstärkte, sodass sie wieder unter der Oberfläche gefangen war.

Immer mehr Risse breiteten sich im Eis aus, das die Oberfläche des Beckens bedeckte, als Roxy ihre Magie in einer brutalen und starken Welle gegen unsere schleuderte. Der Jubel der Menge ging in ein Raunen des Zweifels über, was die ganze Sache noch viel wichtiger machte als zuvor.

Wenn es ihr gelang, dieses Eis zu durchbrechen, würde unser Plan auf spektakuläre Weise nach hinten losgehen. Sie würde beweisen, wie mächtig sie war, indem sie sich von uns befreite und ihre Angst doch noch überwand. Und ich konnte mir nur vorstellen, wie wütend mein Vater sein würde, sollte das passieren.

Ich dachte an meinen Bruder und an nichts anderes, während ich mehr Magie in meine Verbindung mit Max einfließen ließ und ihm half, das Eis zu verstärken. Gleichzeitig lenkte ich meine eigene Wassermagie auf sie, indem ich mich auf die Bewegungen ihrer Beine und das Klopfen ihres Herzens konzentrierte.

Ich war bereit, sie aus dem Wasser zu ziehen, sobald sie keinen Widerstand mehr leistete. Es ging nicht darum, sie zu verletzen, sondern sie zu terrorisieren. Und selbst das würde vielleicht schon ausreichen, um etwas in mir zu zerbrechen. Denn ich wusste bereits, dass ich diesen Schritt nicht mehr rückgängig machen konnte. Ich war jetzt genau wie er. Genau wie der Mann, von dem ich immer geschworen hatte, dass ich nie so werden würde.

Meine Kiefer waren fest aufeinandergepresst, während meine Entschlossenheit in meiner Brust Stück für Stück zu zerbrechen begann. Nur noch ein bisschen länger. Nur noch ein paar Sekunden.

Nicht für mich.

Aber für Xavier.

Scorpio
Virgo
Gemini
Aries
Cancer
Leo
Sagittarius
Taurus
Capricorn
Aquarius
Libra
Pisces

ORION

KAPITEL 30

Als ich es zum Lunar-Lounge-Gebäude geschafft hatte und der laute Jubel einer johlenden Menge in meinen Ohren immer lauter wurde, warf ich einen Blick zurück auf Darcy. Ich sah die blanke Panik in ihren Augen und schoss von ihr weg, um ihre Schwester zu suchen. Es klang, als würde die Gefahr ohnehin vor uns liegen, und ihre Angst um ihre Schwester sandte einen weiteren Blitz der Entschlossenheit durch mich hindurch, die Erben aufzuhalten.

Ich schaffte es ins Gebäude, als grausames Gelächter die Luft erfüllte. Ein Knurren entrang sich mir, als ich das Eis und das darunter gefangene Mädchen entdeckte.

Ich erreichte den Rand des Beckens und sprang ins Wasser, wobei ich einen Wasserstrahl aus meinen Handflächen strömen ließ, der das Eis zum Schmelzen brachte, bevor ich darauf aufschlug. Ich tauchte tief in das eiskalte Becken, der tobende Sturm aus Magie wirbelte um meinen Körper und ergriff meine Gliedmaßen. Mit der Kraft meiner eigenen Magie kämpfte ich mich hindurch und bahnte mir einen Weg durch das Wasser bis zu Torys bewusstlosem Körper, der immer tiefer im Becken versank.

Ich schlang einen Arm um sie, trat kräftig mit den Beinen und nutzte meine Gaben, um das Wasser zu bändigen und uns schneller an die Oberfläche zu treiben.

Sobald ich die Oberfläche durchbrach, holte ich tief Luft und drückte Tory fest an mich, während der Lärm der Menge zu aufgeregtem Gemurmel und etwas nervösem Gelächter verebbte. Mein Unterkiefer zuckte, als ich zum Beckenrand schwamm und versuchte, nicht daran zu denken, was passieren würde, wenn sie tot war. Wenn die Erben sie verdammt noch mal getötet hatten. Wenn Darius sie getötet hatte.

Darcy stieß einen verzweifelten Schluchzer aus, als ich Tory am Beckenrand hochhob, und griff nach dem Arm ihrer Schwester, während ich mich selbst aus dem Wasser zog.

Mein Herz pochte wie eine Bombe, die kurz vor der Explosion stand, aber ich musste mich konzentrieren. Ich musste sie verdammt noch mal heilen.

»Tory«, schluchzte Darcy und meine Gedanken wanderten zurück in die Vergangenheit, zu dem Moment, in dem ich meine eigene Schwester hatte sterben sehen. Ihr Name war meinen Lippen mit ebenso viel Trauer entwichen, wie ich sie nun aus Blues Mund gehört hatte.

Mein Puls pochte in meinen Ohren, als ich mich auf Torys andere Seite kniete und eine Hand auf ihre Stirn drückte. Ihre Haut war so kalt und ihr Herzschlag drang nicht bis zu meinen Ohren vor. Ich war mir nicht sicher, ob das daran lag, dass Darcys Herz so laut schlug oder weil Torys Puls einfach nicht da war. Es spielte keine Rolle – ich musste schnell handeln, um zu versuchen, sie zurückzubringen.

Darcy holte schaudernd Luft, ihre Augen waren auf Torys reglose Züge und ihre blauen Lippen gerichtet.

Komm schon. Du bist eine Kämpferin, Tory Vega. Wach auf!

Ich suchte mit meinem Element das Wasser in ihrer Lunge und hielt es fest, während ich weiterhin Heilmagie in ihre Adern strömen ließ. Und mit einem entschlossenen Ruck meiner Magie zwang ich sie zu einem Husten.

Ihre Augen sprangen auf und sie hustete und prustete, als das Wasser hochkam. Ich trat zur Seite. Sie war nur mit Unterwäsche bekleidet und ihr Körper zitterte heftig, aber als Darcy sie in ihre Arme schloss, wusste ich, dass sie wieder in Ordnung kommen würde.

Die Erben hingegen …

Mein Blick fiel auf sie, als alle vier sich rückwärts zum Ausgang bewegten. Die Wut krachte wie ein Donnerschlag durch mich hindurch.

»WENN SICH AUCH NUR EINE EINZIGE PERSON IN DIESEM RAUM EINEN EINZIGEN ZENTIMETER BEWEGT, DROHT IHR DER SOFORTIGE AUSSCHLUSS!«, brüllte ich so laut, dass es kein einziger Student in diesem Raum überhören konnte.

Die Erben blieben stehen und verstummten.

Darius kratzte sich mit der Hand am Nacken, sein Unterkiefer war hart und seine Augen schienen von unermesslicher Dunkelheit erfüllt zu sein.

Seth rieb sich an ihnen allen, als wollte er sie beruhigen, und als ich Darcys Haare aus seiner Tasche ragen sah, wurde meine Wut zu einer tödlichen Klinge.

»Gesicht zur verdammten Wand!«, befahl ich und ließ die Hälfte der anwesenden Studenten zusammenzucken, aber nicht die verdammten Erben. Nein. Sie waren die Könige der verdammten Welt und dachten offensichtlich, sie könnten jeden mit Füßen treten und damit davonkommen.

Ich versuchte, Darius' Blick einzufangen, aber er sah mich nicht an. Seine Gesichtszüge waren eine Maske kalter Distanziertheit, und ich hatte das schreckliche Gefühl, dass sein Vater dieses Mal wirklich gewonnen hatte. Es war ihm endlich gelungen, seinen Sohn nach seinem eigenen Bild zu formen, und *verdammt*, es war erschreckend, das Ergebnis zu sehen. Die vier drehten sich gleichzeitig zur Wand, um mir zu gehorchen, und ich ging auf und ab, während ich überlegte, was ich mit ihnen machen sollte.

Meine Muskeln spannten sich an, als der Rest der Schaulustigen sich zusammenscharte, um sich vor meinem Zorn zu schützen.

»Bist du okay?«, würgte Darcy hinter mir hervor, und das reichte aus, um meine Nerven erneut zum Glühen zu bringen. Das war nicht Fae gewesen, sondern eine mehr als feige Aktion. Und bei dem bloßen Gedanken daran kribbelte es mich vor Abscheu.

»Es tut mir leid, Darcy«, sagte Tory mit rauer Stimme, und meine Brust zog sich krampfartig zusammen.

»Es gibt nichts, was dir leidtun müsste«, flüsterte Darcy.

Ich starrte auf die Hinterköpfe der Erben und wusste, dass ich sie dafür nicht wirklich bestrafen könnte. Die Celestia-Ratsmitglieder würden sie bis aufs Letzte unterstützen, selbst wenn Tory gestorben wäre. Sie würden einen Weg finden, das Ganze wie einen Unfall aussehen zu lassen, um ihre kostbaren kleinen Wunderkinder zu schützen. Und angesichts dieser Macht fühlte ich mich nutzlos. Denn was war der Sinn von Regeln, Gesetzen und Moral, wenn sie den Fae, die die Welt regierten, einen Scheißdreck bedeuteten? Und mir wurde klar, dass ich vor vier Männern stand, die eines Tages das Schicksal von Solaria in ihren Händen halten würden. Diese eine Tat reichte aus, um mich an meinem Wunsch danach zweifeln zu lassen. Die anderen Erben waren mir nie besonders wichtig gewesen, aber ich hatte sie für würdiger gehalten. Ich hatte ihre Eltern für ehrbarer gehalten. Aber jetzt stand ich vor den Konsequenzen ihrer Fähigkeiten und musste feststellen, dass sie sich für hinterhältige Taktiken entschieden hatten, und das hinterließ einen bitteren Geschmack in meinem Mund. Darius stach besonders heraus. Denn ich wusste, dass er nicht dieser Mann war. Und doch war es erschreckend, wie leicht er zu einem Monster werden konnte.

Die Anhänger der Erben begannen untereinander zu tuscheln und einige versuchten, den Raum zu verlassen, was ein aussichtsloser Versuch war.

»Niemand verlässt diesen Raum, bevor ich nicht gehört habe, was passiert ist«, knurrte ich sie an, und die abtrünnigen Studenten zogen sich in ihre Reihen zurück wie verängstigte Schafe vor einem Wolf.

Ich pirschte mich an die Erben heran, meinen Blick fest auf Seth gerichtet, bevor ich seine langen Haare mit meiner Faust packte und seinen Kopf mit einem lauten Knall gegen die Wand schlug. Verdammt, das fühlte sich gut an.

»Haben Sie etwas zu dem zu sagen, was heute Abend mit den Vega-Zwillingen passiert ist?«, fragte ich, als Seth ein schmerzvolles Zischen ausstieß. Zufriedenheit durchströmte mich.

Das ist für Blue, du arroganter Arsch.

»Nein, Sir«, sagte Seth mit leiser Stimme.

Natürlich hatte er das verdammt noch mal nicht.

Ich trat auf Max neben ihm zu und drückte sein Gesicht gegen die Wand, bis er mich leise verfluchte. »Was ist mit Ihnen? Rigel?«

»Nein, Sir«, murmelte er, und ich wusste genau, wie das hier ablaufen würde.

Ich ging zu Caleb, beugte mich vor und flüsterte ihm ins Ohr. »Haben Sie Ihrer Quelle das Leben schwer gemacht, Caleb? Sie wissen, dass das gegen den Vampir-Kodex verstößt, und ich könnte gerade in der Stimmung sein, Ihnen dafür die Reißzähne zu ziehen.« Es war eine leere Drohung.

Melinda Altair würde alles tun, um ihren Sohn aus Schwierigkeiten herauszuhalten. Aber mehrere Verstöße gegen den Vampir-Kodex könnten zu so etwas führen, und ich hoffte, dass er zumindest glaubte, dass ich einen Weg finden könnte, das durchzuziehen.

Calebs breite Schultern spannten sich vor Wut an, und ich wusste, dass er seinen Instinkt, mich zu bekämpfen, unterdrückte. Noch ein Verstoß an diesem Abend, und seine Mommy müsste vielleicht kommen und mich fragen, warum ihrem Sohn der Kopf abgerissen worden war. »Ich bin mir des Kodexes bewusst, Sir. Ich habe überhaupt nichts getan.«

»Bullshit!«, fuhr ich ihn an, während die Wut in meinem Blut brodelte.

Als Nächstes ging ich zu Darius, legte ihm eine Hand auf die Schulter, weil mich das Band zu ihm zog und mich stumm anflehte, mich mit ihm zu versöhnen. Seine Bedürfnisse waren mir egal, aber ich wollte eine ehrliche Antwort von ihm. Die anderen konnten mich mal, aber Darius würde wenigstens ehrlich zu mir sein. Er schüttelte meine Hand ab, aber ich schlang stattdessen meinen Arm fest um ihn und zwang ihn, die Verbindung zwischen uns zu spüren. Die Anspannung in seinem Körper verdoppelte sich, als er dagegen ankämpfte.

»Wollen Sie mir auch ins Gesicht lügen, Darius?«, fragte ich.

Darius schüttelte mich ab. »Ich kann Ihnen nicht ins Gesicht lügen, wenn ich mit dem Gesicht zur Wand stehe. Oder, Sir?« Sein Tonfall war spöttisch und darauf ausgelegt, mich abzuschotten, was das Wächterband in mir heftig aufflammen ließ und mich dazu zwang, die Dinge zwischen uns in Ordnung bringen zu wollen. Von wegen. Er war derjenige, der das getan hatte. Ich würde mich ihm nicht fügen, selbst wenn das Band mich von innen heraus zerstören sollte.

Ich wirbelte ihn herum und ließ ihn im selben Moment los. Er starrte mich mit einer eisigen Distanziertheit an, die Lionel Acrux würdig gewesen wäre. Ich suchte den Jungen, den ich kannte und liebte, in seinen Augen, aber es fiel mir so verdammt schwer, ihn dort zu finden, dass ich für eine Sekunde Angst davor hatte, wie weit er sich von mir entfernt hatte.

»Letzte Chance«, sagte ich mit leiser Stimme, die nur für ihn bestimmt war. »Erklären Sie sich!«

Darius' Blick schweifte von meinem Gesicht zu Tory, sein Unterkiefer zuckte und ein Anflug von Schmerz flackerte in seinen Augen auf. Erleichtert stellte ich fest, dort einen Mann und kein Monster vorzufinden.

»Wir wollen die beiden nicht hier haben. Wir versuchen nur, sie von hier wegzuschaffen – Sie wissen doch selbst, unter welchem Druck wir stehen. Also hat Max ihre Ängste herausgefunden und, na ja, wir haben sie gemeinsam gewissermaßen zum Leben erweckt.« Er zuckte mit den Schultern, als wäre das eine Kleinigkeit, aber in Wirklichkeit war es eine verdammt große Sache.

Ich schüttelte enttäuscht den Kopf. Ich wusste, dass er bedroht wurde, ich wusste, welches Risiko er einging, indem er sich Lionel widersetzte, ich wusste, dass er Xavier in die Schusslinie brachte, aber das … das war das Werk eines herzlosen Tyrannen. Nicht eines Fae, der den Thron verdiente. »Ich dachte, *Sie* wären von allen Erben besser, als Ihre Eltern es sind.«

Darius verzog das Gesicht und ich drehte ihm den Rücken zu, um zu zeigen, wie wenig ich von seinen heutigen Handlungen hielt. Ich hatte unermüdlich daran gearbeitet, ihm dabei zu helfen, so schnell wie möglich Lionels Platz im Rat einzunehmen, um ihm dann endgültig den Garaus zu machen. Aber war ich blind dafür gewesen, was aus ihm geworden war? Direkt vor meinen Augen? War er jetzt Lionels Marionette?

Ich konnte ja verstehen, dass er Xavier beschützen wollte, aber so mit den Vegas umzugehen, war nicht nötig. Das hätte man viel besser und würdevoller regeln können. Und jetzt würde die ganze Welt sehen, wie er und die anderen Erben mit einer Bedrohung umgingen. Und das war ganz sicher nicht edel.

»Alle Anwesenden in diesem Raum, mit Ausnahme der Vega-Mädchen, werden eine Woche bei mir nachsitzen. Noch so eine Aktion und es ist mir egal, ob Sie die Kinder der Sterne selbst sind – dann werden Sie von der Zodiac Academy verwiesen.« Weiter konnte ich nicht gehen. Die Ratsmitglieder würden keine weitere Bestrafung als diese dulden. Es war beschissen, aber ich begann, zu glauben, dass die Welt beschissen war. Und Macht stand im Mittelpunkt von allem, korrumpierte das Gute und verstärkte das Böse.

»Weißt du was, Orion? Fick dich!«, knurrte Darius, stürmte an mir vorbei und marschierte direkt zur Tür hinaus.

Ich schäumte vor Wut über die Gleichgültigkeit, mit der er mit mir gesprochen hatte, starrte ihm finster hinterher und kämpfte mit aller Kraft gegen das Band an, das mich dazu zwang, ihm zu folgen. Aber ich würde nicht wie ein geprügelter Hofhund zu ihm rennen. Er hatte heute Abend seine Wahl getroffen. Er hatte reichlich Gelegenheit gehabt, dies mit mir zu besprechen und eine Alternative zu finden. Aber nein, das war die Entscheidung der Erben gewesen. Und im Moment war mir speiübel bei dem Gedanken, mich eines Tages vor ihnen allen zu verbeugen.

»Nachsitzen?«, zischte Tory. »Ist das alles? Ernsthaft?«

Ich knirschte mit den Zähnen und schwieg, da ich keine Antwort hatte, die diese Frage zufriedenstellend beantworten würde. Obwohl es an einem längst verlorenen Teil von mir zog. Denn wenn ich sie ansah, war es Clara, die zu mir zurück starrte.

»Wie können Sie sie damit durchkommen lassen?«, fragte Darcy und mein Blick fiel auf sie, wobei sich das Ziehen in meiner Brust intensivierte. *Weil ich keine verdammte Wahl habe, Blue.*

Ich ging vor den beiden in die Hocke, griff nach Torys Hand und bot ihr das Einzige an, was ich ihr in diesem Moment geben konnte. »Sie benötigen zusätzliche Heilmagie.«

»Nicht hier«, zischte sie und ließ ihren Blick über die Menge schweifen. »Ich will einfach nur gehen.«

Ich ignorierte sie, drückte meine Hand auf ihre Schulter und versuchte, sie weiter zu heilen, während sich in meinem Kopf ein heftiger Sturm zusammenbraute. Ich steckte all meine Energie in diese Aufgabe, weil ich das Gefühl hatte, genau dort zu sein, wo ich sein sollte, als ich diesem Mädchen meine Kraft gab. Und ich fragte mich, warum es sich anfühlte, als würden uns alle Sterne am Himmel beobachten. Ich hatte das nagende Gefühl, dass ich sie irgendwie im Stich lassen würde, aber das war töricht. Ich war in diesem Krieg nicht auf ihrer Seite, aber das bedeutete nicht, dass ich das gewollt hatte.

Ich warf Darcy einen verstohlenen Blick zu, als sie die Hand ihrer Schwester umklammerte. Würden die beiden jetzt wirklich gehen? Zurück in die Welt der Sterblichen? Um ihr verdammtes Leben rennen? Sie hatten kaum Zeit gehabt, sich an die Lebensweise Solarias und an die Art der Fae zu gewöhnen, also warum sollten sie bleiben?

Der Fae in mir wollte einen Kampf in ihren Augen sehen, aber da war keiner. Sie sahen besiegt aus. Und irgendetwas daran behagte mir nicht.

Nicht so. So tritt man nicht ab.

Tory zog die Beine an die Brust, ihre Zähne klapperten, während die Kälte weiterhin ihren Körper durchdrang. Sie griff nach Darcys Haaren, als würde sie sie erst jetzt bemerken, und Darcys Kehlkopf bewegte sich auf eine Weise, die mich dazu brachte, meine Faust in Seth Capellas Brust rammen und sein Herz herausreißen zu wollen.

Sie werden nachwachsen. Sie braucht nur einen Haarwuchs-Trank. Jemand wird ihr sicher davon erzählen.

»Setzen Sie Ihre Feuermagie ein«, murmelte ich zu Tory. »Das wird Sie aufwärmen.«

Ihr Blick glitt für einen Moment zu mir und sie wich ein wenig von mir zurück, aber ich ließ sie nicht los. Ich wusste, dass sie in mir einen Feind sah, und vielleicht war das eine zutreffende Einschätzung. Aber ich war immer noch ihr Lehrer, ich hatte eine Pflicht ihr gegenüber, auch außerhalb dieser Fehde – und es war mir egal, ob sie wusste, dass ich das, was ihr angetan worden war, nicht gutheißen konnte.

»Ich sorge nur dafür, dass das ganze Wasser aus Ihrer Lunge verschwindet, und heile den Schaden, den es angerichtet hat«, erklärte ich sachlich, während mein Herz immer schneller schlug, als ich dieses Mädchen und das Ergebnis von Darius' Wut anstarrte. *Er hat sich entschieden, heute Abend wie Lionel zu sein. Er hat diesen Weg gewählt, und ich fürchte, er wird nicht mehr davon abkommen, jetzt, da er ihn eingeschlagen hat.*

»Was ist mit dir passiert?«, fragte Tory ihre Schwester mit immer noch heiserer Stimme.

Darcy öffnete und schloss den Mund und ihr Blick wanderte zu Seth, Caleb und Max hinter mir. Tory folgte ihrem Blick, wandte ihn aber schnell wieder ab. Meine Magie schwand, als ich den letzten Schaden an ihrer Lunge heilte und meine Hand von ihrer Schulter nahm.

Tory starrte mich unsicher an, zog dann ihre Knie näher an ihren Körper und versuchte offensichtlich, die Spitzenunterwäsche, die sie trug, zu verbergen. Die Menge schaute immer noch zu und diese andere Art der Demütigung würde nicht andauern.

»Caleb, ziehen Sie Ihr Hemd aus und geben Sie es Miss Vega!«, schnauzte ich.

Caleb zögerte einen Moment, bevor er sich daran machte, seine Knöpfe zu öffnen.

»Ich will nichts von ihm«, sagte Tory mit leiser und entsetzter Stimme, aber ihre Entscheidung war klar.

Caleb hielt inne, und ich stieß ein leises Knurren aus, bevor ich mein eigenes Jackett auszog und es ihr reichte. Darcy half Tory, ihre Arme in die Ärmel zu stecken, und zupfte ihre nassen Haare aus dem Kragen. Ich war erleichtert, als sie aufstand und das Jackett zuknöpfte, sicher, dass es ihr gut gehen würde. Vielleicht nicht mental, aber zumindest körperlich. Ihr Blick blieb auf ihre Füße gerichtet und ich hatte die leise Hoffnung, dass sich dieses Mädchen von den Erben nicht den Mut nehmen lassen würde. Sie war doch so viel stärker. Stärker, als sie es sich vorstellen konnte. Das waren sie beide.

»Ich bringe Sie zurück zum …«, begann ich, aber ein hoher angsterfüllter Schrei durchdrang die Luft irgendwo außerhalb des Gebäudes. *Das kann doch wohl nicht wahr sein, Sterne?*

»Was denn jetzt schon wieder?«, knurrte ich, drehte mich um und rannte auf den Ausgang zu.

Als ich die Doppeltür erreichte, holten mich Darcy und Tory ein, und mein Instinkt sagte mir, dass ich sie nicht zurücklassen sollte, als ich die Türen aufstieß und den Drang, meine Vampirgeschwindigkeit einzusetzen, unterdrückte.

Ich marschierte den Weg entlang, während sich meine Reißzähne verlängerten. Ein Schauer lief mir über den Rücken und ich beschleunigte meinen Schritt in Richtung Orb.

Dort hatte sich bereits eine Menge versammelt, und das Licht eines Feuers spiegelte sich in der goldenen Fassade des Orbs wider, was mich augenblicklich in Alarmbereitschaft versetzte. *Was zum Teufel ist hier los?*

»Zur Seite! Sofort!«, befahl ich, und die Menge teilte sich, um mich durchzulassen.

Die Zwillinge blieben direkt hinter mir, und meine Finger sehnten sich nach dem Schwert, das als Klappmesser in meiner Tasche verborgen war, als ich es bis an die Front der Menge schaffte.

»Wer war das?«, murmelte ein Junge zu meiner Rechten.

»Meinst du, das war eine Nymphe?«, flüsterte ein Mädchen ängstlich.

Die Hitze des Feuers erreichte mich und der abscheuliche Geruch des Todes traf meine Sinne, kurz bevor ich die Leiche sah.

»Was zum Teufel ist das?«, flüsterte Darcy vor Angst.

»Ich habe bisher nur Drachenfeuer so brennen sehen«, hörte ich eine Jungenstimme zu meiner Linken, aber als ich auf das lodernde Feuer vor mir starrte, war ich mir sicher, dass es kein Drachenfeuer war. Es brannte mit der weiß glühenden Hitze eines Infernos, im Gegensatz zum roten Feuer eines Drachen. Es hätte Elementarmagie sein können, und doch … hätte jemand verdammt mächtig sein müssen, um ein solches Feuer zu entfachen.

Ich hob meine Arme und löschte das Feuer mit einem Schwall Wasser, wobei ich mit der Kraft des Wassers zu kämpfen hatte, da meine Magie immer schwächer wurde. Und als die Flammen schließlich unter der Wucht meiner Gaben erloschen, fiel mein Blick auf die verkohlte Leiche auf dem Boden, und mir blieb die Luft weg.

Die Zwillinge traten plötzlich um mich herum, um einen besseren Blick zu erhaschen, und meine Gedanken schossen in alle Richtungen, als ich versuchte, herauszufinden, was zum Teufel hier passiert war. Wer war das? Und wer hatte ihn verdammt noch mal getötet?

»Heilige Scheiße«, hauchte Tory, und Darcy legte eine Hand vor den Mund.

Endlich kam ich wieder zu Sinnen und richtete mich auf. »Alle Studenten kehren jetzt in ihre Häuser zurück!«, brüllte ich. »Alle Zeugen, die die Entstehung dieser Flammen oder etwas Verdächtiges im Vorfeld dieses Todesfalls gesehen haben, melden sich bitte sofort.«

Ich entdeckte Washer in der Menge und zeigte auf ihn, sein Gesicht war blass und er hatte die Augen weit aufgerissen, als er auf die Leiche am Boden starrte. »Hol Elaine!«, befahl ich ihm, und er nickte, blinzelte sich in die Realität zurück und huschte in die Menge davon.

Die Studenten umringten mich in einem Meer aus sich bewegenden Körpern, während ich ihnen mit Nachsitzen drohte und versuchte, die Ordnung aufrechtzuerhalten. Ich wusste nicht, wie das passiert war oder wer da auf dem Boden lag, aber ich musste Darius finden. Denn dieser Tod war von jemandem verursacht worden, der über immense Kräfte verfügte, und ich musste sicher sein, dass er in Sicherheit war. Mir kam der schreckliche Gedanke, dass es sich bei dem verkohlten Körper um seinen handeln könnte, bevor ich das starke Pochen des Wächterbandes zwischen uns spürte und sofort wusste, dass dem nicht so war. Die Anspannung wich aus meinen Schultern. *Es geht ihm gut. Ich muss ihn nur finden.*

Ich verlor die Beherrschung angesichts all der verbleibenden Studenten, die immer noch versuchten, die Leiche zu sehen oder sogar ein Foto davon zu machen.

»IN FÜNF SEKUNDEN WERDE ICH ALLE, DIE NOCH HIER SIND, MIT GENÜGEND WASSER ÜBERGIESSEN, UM SIE VOM GELÄNDE ZU SPÜLEN!«, brüllte ich und die verbleibenden Studenten beeilten sich, meiner Anweisung Folge zu leisten, wobei einige vor Schreck aufschrien.

»Was machen Sie beide denn noch hier?«, bellte ich, als ich die Zwillinge entdeckte, die sich überrascht zu mir umdrehten.

»Wir wollten nur …«, begann Darcy, verstummte aber, als ihr kein Ende für den Satz einfiel. Panik stieg in mir auf und meine Züge verhärteten sich, als ich sie ansah. Sie mussten gehen, zurück in ihre Häuser. Da war ein verdammter Mörder auf freiem Fuß.

»Verschwinden Sie, verdammt noch mal!«, fuhr ich sie an und Darcy zuckte zusammen. Die beiden stolperten von mir weg und rannten mit den anderen den Weg entlang.

Mein Atem wurde schwerer, als ich mir mit den Fingern durch die Haare fuhr, näher an die Leiche trat, auf die Überreste hinunterblickte und versuchte, irgendein Zeichen dafür zu erkennen, wer es sein könnte.

Die Sterne schienen heller über mir zu leuchten, und ich schaute zu ihnen auf, um Antworten zu finden. Wieder hatte ich das Gefühl, beobachtet zu werden. Ein Schatten verdunkelte sie, und mein Herz setzte einen Schlag aus, bevor Gabriel hinter mir landete und mich am Arm zog, damit ich mich ihm zuwandte.

»Gabriel«, keuchte ich und packte ihn fest an der Schulter. »Was ist los?«

»Du musst gehen«, sagte er und Panik blitzte in seinen Augen auf.

»Wohin gehen?«, fragte ich verwirrt.

»Zu Darius. Sofort, Lance«, sagte er hektisch. »Er ist im Begriff, nach Hause zu gehen, um seinen Vater zu töten. Das Wächterband wird dich zu ihm ziehen, sobald der Kampf beginnt. Und du wirst im Kreuzfeuer sterben, bevor Darius zu Lionels Füßen in die Knie gezwungen wird.«

»Was?« Ich stieß einen leisen Seufzer aus, während der Wahnsinn dieser Nacht weiterging.

»Beeilung!«, rief er, als das Geräusch sich nähernder Lehrer weiter unten auf dem Weg zu hören war. »Du hast nur Minuten Zeit, um dieses Schicksal zu verhindern. Er ist auf seinem Zimmer, aber nicht mehr lange.«

Ich nickte und konnte praktisch spüren, wie sich die Würfel in Bezug auf dieses Schicksal zu bewegen begannen.

Fuck, ich war tot, wenn ich mich nicht bewegte.

Ich schoss mit der vollen Geschwindigkeit meiner Formgebung von Gabriel weg und tausend wispernde Stimmen, die ich nicht verstehen konnte, drangen an meine Ohren. Als würden die Sterne am Himmel miteinander sprechen. Und ich fühlte mich ihrer Umarmung nur allzu nahe, während mein Tod in der Schwebe hing.

Darius, was zum Teufel hast du vor?

Gemini
Scorpio
Virgo
Cancer
Aries
Leo
Sagittarius
Taurus
Capricorn
Aquarius
Libra
Pisces

DARIUS

KAPITEL 31

Die Galle brannte mir in der Kehle, als ich die Treppe in Haus Ignis hinaufschritt, immer zwei Stufen auf einmal nahm und schließlich in mein Zimmer stürmte.

Ich riss die Tür auf und sie schlug so hart gegen die Wand, dass das massive Holz mittig riss, bevor ich sie wieder an ihren Platz trat.

Mein Herz raste so wild, dass ich meinen Puls überall in meinem Körper spüren konnte. Meine Muskeln zitterten und bebten und der Drache in mir zerrte an seinen Fesseln und brüllte, dass er befreit werden wollte.

Ein Brüllen der Wut entrang sich mir und ich griff nach dem Rand meiner Schatztruhe, warf das ganze Ding um und ließ Goldmünzen und Edelsteine in alle Richtungen über den Teppich springen.

Ich ballte die Hand zur Faust und schritt auf den vergoldeten Spiegel zu, der an der Wand hing, mit der festen Absicht, meine Knöchel direkt hineinzuschlagen, um ihn zu zerstören. Aber ich erstarrte, als ich mich selbst im Spiegel sah.

In meinen Augen lag eine Dunkelheit, die mein Herz einen Schlag aussetzen ließ. Und im schwachen Licht meines Zimmers, das nur vom orangefarbenen Flackern des Feuers in meinem Kamin beleuchtet wurde, hätte ich schwören können, dass es mein Vater war, der mich aus meinem Spiegelbild heraus anstarrte. Die geballte Faust zum Schlag erhoben, brannte die Wut in ihm heißer als Drachenfeuer und nicht ein Funken Gnade haftete an seiner massigen Gestalt.

Ich holte tief Luft, das Zittern in meinen Muskeln wurde stärker, während ich gegen die Wahrheit ankämpfte, die mir ins Gesicht starrte.

Ich wurde wirklich zu ihm. Meinem Albtraum. Meinem Dämon. Meinem Monster.

Was ich heute Abend getan hatte … Die Angst, die ich diesem Mädchen eingejagt hatte, nur weil ich sie dazu zwingen wollte, sich meiner überlegenen Macht zu beugen … Das war alles er. Genau so hätte er sich verhalten, und mir drehte sich der Magen um, als mir klar wurde, dass er stolz auf mich sein würde.

Ich beugte mich vor, klammerte mich an die Kanten des Tisches, der vor dem Spiegel stand, und starrte auf das dunkle Holz hinunter. Ich konzentrierte mich auf die Maserung, die sich durch das Holz zog, damit ich nicht sehen musste, wie mein Vater mich aus meinem eigenen Spiegelbild anblickte.

Das war es, was er wollte. Und alles, was ich jemals geschworen hatte, niemals zu werden.

Ich hatte dummerweise gedacht, mehr Zeit zu haben. Zeit, die dunkle Magie zu erlernen, die Lance mit mir praktiziert hatte, Zeit, meine Feuer- und Wassermagie zu meistern, Zeit, meine Stärke voll zu entfalten, damit ich ihn herausfordern, schlagen und vernichten konnte.

Unzählige Male war ich eingeschlafen und hatte davon geträumt, dieses Monster unter meinem Fuß zu zerquetschen. Aber stattdessen hatte ich all diese Wut und diesen Hass auf ein Mädchen gerichtet, das mir nichts getan hatte, außer mir im Weg zu stehen.

Ich schloss die Augen, aber in dem Moment, in dem ich es tat, sah ich nur noch sie vor mir – wie sie vor Kälte zitterte und wie ihre grünen Augen mich fanden, während sie am Rand des Pools lag und ihre Schwester fest umklammerte. Mit nichts als Liebe zwischen ihnen.

Sie hatte mich gesehen. Meine schlimmste Seite. Sie hatte mir in die Augen geschaut. Und war klar, dass sie wusste, was ich war. Und irgendwie war es das, was meinen Entschluss gebrochen, meinen Willen zerschmettert und meine Entschlossenheit zunichtegemacht hatte.

Aber dafür war es mittlerweile viel zu spät. Wir hatten es getan. Ich hatte den Mann verkörpert, gegen den ich immer zu kämpfen geschworen hatte. Ich war zu ihm geworden, genau wie er es seit jeher wollte. Und die Art, wie sie mich angesehen hatte, war genau die gleiche, mit der Xavier ihn immer angesehen hatte.

Als wäre ich das schlimmste Wesen, dem sie je das Pech gehabt hatte, zu begegnen. Als wäre ihr Hass auf mich ein Strom aus Blut, der mit jedem Schlag ihres Herzens durch ihren Körper pulsieren und niemals versiegen würde.

Ich war erfüllt von der widerlichen Gewissheit, dass ich etwas getan hatte, von dem ich nie wieder zurückkommen könnte. Ich hatte eine Barriere durchbrochen, von der ich nicht einmal gewusst hatte, dass sie existierte. Und jetzt, da ich es getan hatte, wusste ich, dass es fortan einfacher sein würde, sie erneut zu durchbrechen. Jede Handlung, die ich künftig ausführen würde, wäre von der Grausamkeit geprägt, die ich an diesem Abend an den Tag gelegt hatte. Das könnte ich nie ungeschehen machen und niemals zurücknehmen. Ich könnte nie in Ordnung bringen, was ich in dem Mädchen, das mich vom ersten Moment an hatte brennen lassen, zerstört hatte.

Es hätte mir egal sein sollen. Ich hätte mich nicht einen einzigen Deut um eine verlorene Prinzessin mit smaragdgrünen Augen und Feuer in der Seele kümmern sollen. Aber das tat ich. Ich tat es und hatte trotzdem so entschieden. Ich hatte auf Befehl des Mannes gehandelt, den ich hasste, und meine Seele den Preis für meine Taten zahlen lassen.

Ich versuchte, mich an meine Gründe dafür zu klammern. Mich daran zu erinnern, dass Xavier meinetwegen in Sicherheit war. Aber das war er nicht. Nicht wirklich. Nicht, solange dieses Monster noch über uns herrschte und unser Schicksal bestimmte.

Ich war in großer Versuchung, mich einfach zu verwandeln und das Biest in mir freizulassen, aber ich kämpfte gegen den Drang an und konzentrierte mich stattdessen auf den Mann, der all dies verursacht hatte – und auf die einzige Chance auf Freiheit, die ich mir vorstellen konnte.

Meine Augen weiteten sich, als ich eine Entscheidung traf. Eine, die ich bereits vor langer Zeit mit Lance an meiner Seite und den Sternen als Zeugen getroffen hatte. Ich würde Lionel Acrux herausfordern und seinen Einfluss auf mich zerstören, während ich ihn selbst zerstörte.

Ich würde seinen Platz im Celestia-Rat einnehmen, und wenn ich Glück hatte, würde er in dem Kampf sterben, den ich führen musste, um ihm seine Position zu entreißen.

Aber das sollte kein Zukunftstraum mehr sein.

Nein.

Das sollte jetzt geschehen.

Weil ich so nicht weitermachen konnte, als Sklave seiner abscheulichen Begierden und als Schachfigur in seinen verdorbenen Spielen. Ich hatte heute Abend etwas in mir selbst kaputtgemacht und in einem Mädchen, das nicht einen Moment meiner Folter verdient hatte.

Das war nicht mehr zu reparieren.

Aber es gab etwas, das ich reparieren konnte, und das war Lionel Acrux.

Ich riss den Kopf hoch und starrte wieder auf mein Spiegelbild, wobei ich die Ähnlichkeiten zwischen dem Mann im Spiegel und dem, der meine Albträume schon viel zu lange heimgesucht hatte, auf mich wirken ließ. Er wollte, dass ich zum Monster wurde? Gut. Ich würde sein Monster sein.

Ich riss die oberste Schublade des Tisches auf und griff nach dem Beutel mit Sternenstaub, den ich dort aufbewahrte – mit der Absicht, direkt zu seinem goldverkleideten Anwesen zu schießen und dem ein Ende zu bereiten. Ich war erfüllt von der Wut und Verzweiflung eines gebrochenen Mannes und würde sie als Waffe gegen den Mann einsetzen, der mir das Leben geschenkt hatte.

Aber als meine Finger den Beutel mit Sternenstaub berührten, peitschte ein Wind um mich herum und jemand riss ihn mir so schnell aus der Hand, dass ich die Bewegung kaum wahrnahm. Das Licht ging an und ich schaute auf. Das Bild meines Vaters in meinem Spiegelbild war verschwunden, als meine eigenen Gesichtszüge durch das Licht in den Fokus gerückt und alle Unterschiede zwischen uns sichtbar wurden.

Hinter mir stand Lance am Fenster, den Beutel mit Sternenstaub in der Hand. Sein wütender Blick bohrte sich mir in den Rücken, während er die Zähne fletschte, um seine Reißzähne zu entblößen.

»Gib das zurück!«, forderte ich ihn auf, drehte mich zu ihm um und richtete mich zu meiner vollen Größe auf.

»Nein«, erwiderte er ebenso grimmig und hielt den Beutel in Richtung Feuer, als ich einen Schritt auf ihn zumachte. Sofort hielt ich inne.

»Was zum Teufel machst du da? Gib mir den Sternenstaub, Lance! Ich muss gehen.«

»Du kannst deinen Vater nicht auf diese Weise herausfordern«, warnte er mich, und die Falte in meiner Stirn wurde tiefer, als ich versuchte, herauszufinden, woher zum Teufel er wusste, wohin ich unterwegs war und was ich vorhatte. »Gabriel hatte eine Vision über den Ausgang der Sache – du wirst nicht gewinnen.«

»Und wie ich das werde«, knurrte ich und stürmte auf ihn zu, aber Lance warf den Beutel mit Sternenstaub in die Flammen, bevor ich auch nur die Hälfte der Distanz zwischen uns überbrücken konnte.

Eine Explosion dunkler Flammen erfasste den Kamin, als die kostbare Substanz vom Feuer verzehrt wurde, und ein Brüllen entrang sich meiner Kehle, als ich vorwärts stürmte, gegen meinen sogenannten besten Freund prallte und ihn am Hemd packte, während ich ihn gegen die Wand drückte.

»Ich kann dich diesen Kampf nicht verlieren lassen, Darius!«, brüllte er und versuchte, mich zurückzustoßen, während er seine Reißzähne fletschte, aber ich weigerte mich, loszulassen.

»Gabriel kann meine Zukunft nicht vorhersagen«, brüllte ich als Antwort. »Ich kenne diesen halb gerupften Truthahn kaum – er kann unmöglich das Ergebnis meiner Handlungen *sehen*. Ich hätte …«

»Er *hat gesehen*, wie ich gestorben bin«, unterbrach mich Orion, und Panik schoss mir durch die Adern.

»Lügner«, hauchte ich, aber ich konnte die Wahrheit in seinen Augen sehen.

»Du bist noch nicht bereit«, sagte er mit rauer Stimme, streckte die Hände aus und umklammerte mein Gesicht, um mich zu zwingen, ihm in die Augen zu sehen. »Noch nicht.«

»Wann dann?«, entgegnete ich, aber er konnte nur den Kopf schütteln, und ich wandte mich wütend von ihm ab, während mein ganzer Körper vibrierte, als ich gegen die Verwandlung ankämpfte, die mich in ihre Gewalt bringen wollte.

»Ich weiß es nicht«, gab Lance zu, was meine Hoffnung auf Rettung zunichtemachte. Ich ballte eine Hand zu einer Faust, während ich mich wieder zu ihm umdrehte.

»Du hast gesehen, was ich heute Abend getan habe«, krächzte ich. »Zu was ich seinetwegen geworden bin. Und du weißt, dass es damit nicht getan ist. Er weiß jetzt, wie weit er mich drängen kann, wenn er Xavier als Druckmittel benutzt. Und jedes Mal, wenn ich so etwas tue, wird es den Mann, der ich sein will, Stück für Stück zerstören. Bis ich genau das bin, wozu er mich machen will.«

Lance sagte nichts, seine Hände fielen an seine Seiten, während er mich beobachtete. Und ich wusste genau, was er sah. Ich hatte das Entsetzen in seinen Augen gesehen, als er entdeckt hatte, was ich Roxy angetan hatte. Ich hatte die Enttäuschung gesehen – und noch schlimmer, die Angst. Die Angst, dass ich wirklich in das Schicksal stürzen könnte, das mein Vater für mich wollte. Und dass wir ihm niemals entkommen würden.

»Du wirst ihn besiegen«, sagte Lance fest, als könnte er sehen, wie ich innerlich zerbrach. Und er versuchte, die Scherben zusammenzuhalten. »Nur nicht heute.«

»Und was ist mit der Kreatur, zu der ich in der Zwischenzeit werde?«, raunte ich, während mich Selbsthass erfüllte, als Roxys Schrei in meinem Kopf widerhallte und der Druck des Schicksals so schwer auf meinen Schultern lastete, dass ich kaum auf den Beinen bleiben konnte. »Was passiert, wenn ich den Anblick meines eigenen Spiegelbildes nicht mehr ertragen kann? Was passiert, wenn der Mann, von dem du so verzweifelt willst, dass er Lionel Acrux vernichtet, am Ende genauso schlimm ist wie er, wenn es darum geht, sich gegen ihn zu stellen?«

»Du musst etwas finden, woran du dich festhalten kannst«, sagte Lance. »Etwas, das dich mit dem, was du bist, verbindet. Und das darfst du verdammt noch mal nicht loslassen.«

Ich schnaubte verächtlich angesichts dieses verdammt leeren Vorschlags und wandte mich dem Fenster zu, das ich offen gelassen hatte, um die Sterne am Himmel zu sehen.

»Das ist aber das Problem, oder? Ich habe nichts als Sand in meinen Taschen und Sünde in meinem Herzen. Ich kann das Gute in mir nicht festhalten, Lance, weil dank dieses Mannes nichts mehr davon übrig ist.«

Er öffnete den Mund, um noch etwas zu sagen, aber die Bestie unter meiner Haut hatte es satt, darauf zu warten, dass ich ihr die Erlaubnis gab, auszubrechen.

Ich sprang aus dem Fenster und mein Drache riss sich brüllend von mir los, sodass das Glashaus hinter mir erzitterte, während meine Kleidung in Fetzen von meinem Körper riss.

Ich wandte mich den Sternen zu und flog direkt auf sie zu, tauchte in die Wolken ein und ließ einen wütenden Feuerstrahl aus meinen Lippen schießen und über meinen Körper wabern.

Ich flog höher und höher, auf der Suche nach einem Spalt in den Wolken, damit ich die Sterne betrachten und sie für mein Schicksal verfluchen konnte. Und dafür, wie oft es sich gegen mich wandte. Aber ich konnte das Ende der Wolken nicht finden, egal, wie hoch ich flog.

Das Einzige, was ich in der grauen Masse sah, war der Blick in Roxanya Vegas Augen, als sie meine schlimmste Seite erkannt hatte. Und ich spürte, wie mein ganzes Leben wie Glas um mich herum zersprang.

Vielleicht war es mir schon immer vorherbestimmt gewesen, ihr Monster zu sein, aber ich hasste dieses Schicksal mit weitaus mehr Leidenschaft, als ich sie jemals hassen könnte.

NACHRICHT DER AUTORINNEN

Puh, das war eine holprige Reise!

Es ist schon eine ganze Weile her, seit wir *Das Erwachen* geschrieben haben. Und als wir uns auf diese Reise begeben haben, um die Geschichte aus der Sicht der Jungs zu erzählen, klang das eigentlich ganz lustig. Wir wussten zwar schon im Vorfeld, was die Jungs so alles angestellt hatten, aber es dann tatsächlich zu erleben, war etwas ganz anderes.

Es war gar nicht so einfach, diese Geschichte zum Leben zu erwecken. Ich glaube, während wir die darauffolgenden Bücher dieser Reihe geschrieben und den Reifeprozess dieser Jungs beobachtet haben, die sich seit dem Eintreffen der Mädchen in ihrem Leben so stark weiterentwickeln durften, haben wir vergessen, wie verkorkst sie davor wirklich gewesen sind. Aber durch das Miterleben ihrer Leiden und das Eintauchen in ihre verwirrte und gebrochene Psyche wurde uns das erst so richtig bewusst.

Diese Jungs haben viel durchgemacht und definitiv eine Menge Fehler begangen, aber hoffentlich hilft euch dieses Kapitel ihrer Geschichte, sie ein wenig klarer zu sehen, sie ein wenig besser zu verstehen und vielleicht sogar ein bisschen mehr Verständnis für ihre Entscheidungen aufzubringen. Obwohl sie, um ehrlich zu sein, echte Arschlöcher waren, also ist es auch in Ordnung, ein bisschen wütend auf sie zu sein.

Diese Serie ist für uns beide etwas ganz Besonderes und wir möchten uns bei euch allen für die unglaubliche Menge an Liebe bedanken, die wir für die Welt von Solaria erhalten, und euch allen unsere unendliche Dankbarkeit für eure anhaltende Liebe und Unterstützung dieser Serie aussprechen.

Wenn ihr mehr von unserem Geschwafel und eine Menge cooler

Zusatzinhalte haben möchtet, sowie die Möglichkeit, andere tolle Leser wie euch kennenzulernen, dann vergesst nicht, unserer <u>Lesergruppe</u> beizutreten.

Noch einmal: Wir lieben euch, es tut uns leid, dass wir euch so viel Schmerz bereiten, und wir versprechen, euch bis zur letzten Seite zu quälen … und vielleicht sogar noch darüber hinaus …

In Liebe

Susanne & Caroline x

IHR WOLLT MEHR?

Um mehr zu erfahren, kostenloses Lesefutter zu erhalten und unserer Lesergruppe beizutreten, scannt einfach den QR-Code unten!

* 9 7 8 1 9 1 6 9 2 6 8 3 7 *